THE KILLING

THE KILLING

David Hewson

Baseado no roteiro original de Søren Sveistrup para a série de TV

Tradução de
Gustavo Mesquita

2ª edição

EDITORA RECORD
RIO DE JANEIRO • SÃO PAULO

2021

EDITORA-EXECUTIVA
Renata Pettengill

SUBGERENTE EDITORIAL
Mariana Ferreira

ASSISTENTE EDITORIAL
Pedro de Lima

DIAGRAMAÇÃO
Ilustrarte Design e Produção Editorial

IMAGEM DE CAPA
Skylines/ andreiuc88

TÍTULO ORIGINAL
The Killing - Book 1

CIP-BRASIL. CATALOGAÇÃO NA PUBLICAÇÃO
SINDICATO NACIONAL DOS EDITORES DE LIVROS, RJ

H528k
Hewson, David, 1953-
The killing / David Hewson; tradução de Gustavo Mesquita. - 2. ed. - Rio de Janeiro: Record, 2021. (The killing; 1)

Tradução de: The Killing
ISBN 978-65-55-87292-7

1. Ficção inglesa. I. Mesquita, Gustavo. II. Título. III. Série.

21-70104 CDD: 823
CDU: 82-3(410.1)

Meri Gleice Rodrigues de Souza - Bibliotecária - CRB-7/6439

TÍTULO EM INGLÊS:
The Killing

Publicado originalmente por Macmillan, um selo da Pan Macmilla, divisão da Macmillan Publishers Limited.

Texto revisado segundo o novo Acordo Ortográfico da Língua Portuguesa.

Impresso no Brasil

ISBN 978-65-55-87292-7

Non nobis solum nati sumus.

Não nascemos para viver apenas para nós mesmos.

— Cícero, *De Officiis* (I, 22)

Agradecimentos

Tentar transformar uma tragédia televisiva épica num romance policial épico não é tarefa fácil, ainda mais com uma trama ambientada num país que eu nunca havia visitado, um país totalmente diverso do clima quente e descontraído da Itália, onde se passa a maioria dos meus livros. Eu não teria conseguido embarcar nessa jornada sem o trabalho abnegado e dedicado de pessoas próximas a esse projeto, tanto na Dinamarca quanto no Reino Unido.

Søren Sveistrup, o criador da série original, muito gentilmente encontrou tempo em meio às filmagens da terceira temporada da versão dinamarquesa de *The Killing* para me colocar a par de seus pensamentos, e generosamente me aconselhou a seguir as minhas próprias impressões ao transportar a história da tela para a página. Susanne Bent Andersen, da minha editora dinamarquesa, a Engstrom, me ajudou enormemente com percepções locais acerca da cidade de Copenhague e de sua cultura, assim como Lars Ringhof, o sempre prestativo agente de Søren. Também fui auxiliado por incontáveis outras pessoas, tantas que seria impossível enumerar, da sede da polícia de Copenhague, do Rådhus e de outras instituições locais.

No Reino Unido, minha editora Trisha Jackson e seus colegas da Pan Macmillan — todos, sejam homens ou mulheres, dedicados fãs de Sarah Lund — foram uma fonte constante de conselhos, opiniões e incentivo, assim como muitos "civis" que são fãs da série *The Killing*. Entre esses últimos, sou especialmente grato a Keith Blount, não apenas por suas opiniões acerca desta história, como também por criar o aplicativo de edição de textos Scrivener, que me permitiu captar e controlar as três tramas paralelas da narrativa do começo ao fim (sem o qual eu não consigo imaginar como este grande projeto teria sido realizado).

Dito isso, devo ressaltar que esta reinterpretação da história original — com uma abordagem necessariamente diferente da versão televisiva, como os leitores descobrirão — é minha e apenas minha, assim como quaisquer possíveis falhas.

Tak,
David Hewson

Principais personagens

Polícia de Copenhague
Sarah Lund — Vicekriminalkommissær, departamento de homicídios
Jan Meyer — Vicekriminalkommissær, departamento de homicídios
Hans Buchard — inspetor-chefe, departamento de homicídios
Lennart Brix — investigador-chefe adjunto, departamento de homicídios
Svendsen — investigador, departamento de homicídios
Jansen — perito criminal
Bülow — agente da promotoria

Família Birk Larsen
Theis Birk Larsen — pai
Pernille Birk Larsen — mãe
Nanna Birk Larsen — filha de Theis e Pernille
Anton Birk Larsen — filho de Theis e Pernille
Emil Birk Larsen — filho de Theis e Pernille
Lotte Holst — irmã mais nova de Pernille

Políticos e funcionários do Rådhus (prefeitura)
Troels Hartmann — líder da bancada do Partido Liberal e secretário da Educação
Rie Skovgaard — consultora política de Hartmann
Morten Weber — chefe de campanha de Hartmann
Poul Bremer — prefeito de Copenhague
Kirsten Eller — líder da bancada do Partido de Centro
Jens Holck — líder da bancada do Partido Moderado

Mai Juhl — líder da bancada do Partido Verde
Knud Padde — presidente do comitê de campanha do Partido Liberal
Henrik Bigum — integrante do comitê de campanha do Partido Liberal
Olav Christensen — servidor público da Secretaria da Educação
Gert Stokke — chefe de gabinete de Holck na Secretaria do Meio Ambiente

Escola Frederiksholm
Oliver Schandorff — aluno, ex-namorado de Nanna
Jeppe Hald — aluno
Lisa Rasmussen — aluna
Koch — diretora
Rahman Al Kemal — professor, mais conhecido como Rama
Henning Kofoed — professor

Outros
Hanne Meyer — esposa de Jan Meyer
Carsten — ex-marido de Sarah
Bengt Rosling — psicólogo criminal, namorado atual de Sarah
Mark — filho de Sarah
Vagn Skærbæk — amigo e funcionário de longa data da família Birk Larsen
Leon Frevert — taxista e funcionário eventual da Birk Larsen Transportes
Amir El' Namen — filho do dono de um restaurante indiano, amigo de infância de Nanna
John Lynge — motorista da campanha de Troels Hartmann

Um

Sexta-feira, 31 de outubro

Pela mata escura, onde as árvores secas não oferecem proteção, Nanna Birk Larsen corre.

Dezenove anos, ofegante, tremendo de frio em uma camisola fina e rasgada, pés descalços pisando em falso na lama densa.

Raízes cruéis prendem seus tornozelos, galhos ameaçadores rasgam-lhe a pele clara dos braços a se agitar. Ela cai, levanta, desvencilha-se com esforço de valas repugnantes, tentando fazer o queixo parar de tremer, tentando pensar, ter esperança, esconder-se.

Um único olho, ofuscante, a segue, como um caçador atrás de um cervo ferido. Ele se aproxima lentamente e em zigue-zague, atravessando a terra desolada de Pinseskoven, pela Floresta de Pentecostes.

Troncos branco-prateados emergem do solo sombrio como membros de cadáveres antigos congelados nos últimos espasmos.

Mais uma queda, a pior. O chão sob ela desaparece e, com ele, as pernas dela. Tateando o vazio, gritando de dor e desespero, a jovem cai na vala imunda e gelada, tromba com pedras e toras, patinha em cascalho afiado e cortante, sente a cabeça e as mãos, os cotovelos e joelhos se chocarem contra o chão duro mas invisível que espreita de baixo.

A água gelada, o medo, a presença dele não muito distante...

Ela consegue sair, arfando, do lamaçal, escala o barranco, enterra na lama os pés descalços e feridos, ambos sangrando, para tentar ganhar impulso.

No alto da encosta encontra uma árvore. As últimas folhas do outono roçam o rosto de Nanna. O tronco é mais grosso do que os demais, de forma que, ao envolvê-lo com os braços, ela pensa no pai, Theis, um gigante silencioso e carrancudo, uma muralha sólida e estoica contra o mundo.

Ela agarra a árvore, aperta-a como o pai um dia a apertou. A força do pai com a sua, a dele com a dela. Nada mais era necessário, jamais seria.

Do céu infinito se ouve um uivo grave: as luzes brilhantes e oniscientes de um avião escapando dos limites da gravidade, fugindo de Kastrup, fugindo da Dinamarca. Sua presença fugaz hipnotiza e ofusca. No fulgor inclemente, os dedos de Nanna Birk Larsen buscam seu rosto. Sentem o corte que corre do olho esquerdo à face, profundo, aberto, sangrando.

Ela sente o cheiro do homem, sente a presença dele. Sobre si. Dentro de si.

Em meio a toda dor, em meio ao medo, aflora uma chama quente e súbita de fúria.

Você é filha de Theis Birk Larsen.

Era o que sempre diziam quando ela lhes dava motivo.

Você é Nanna Birk Larsen, filha de Theis e de Pernille, e escapará do monstro da noite que a persegue pela Floresta de Pentecostes, nos limites da cidade, a apenas alguns quilômetros do lugar quente e seguro que chama de lar.

De pé, ela abraça o tronco como no passado abraçou o pai, envolve com os braços a casca que se desfaz à luz prateada, a camisola reluzente suja de terra e sangue, e ela treme em silêncio, convencendo a si mesma de que a salvação repousa adiante, além da mata escura e das árvores mortas que não oferecem proteção.

Um facho branco volta a buscá-la. Não é o jorro de luz emitido pelo avião que sobrevoa a desolação como um anjo mecânico enorme em busca de almas perdidas para salvar.

Corra, Nanna, corra, grita uma voz.

Corra, Nanna, corra, pensa ela.

O facho da lanterna então a encontra, o olho brilhante. Está ali.

Dois

Segunda-feira, 3 de novembro

— Aqui atrás — disse o policial. — Algum sem-teto a encontrou.

Sete e meia da manhã. Ainda escuro, e a chuva caindo em linhas retas, geladas. A *Vicekriminalkommissær* Sarah Lund estava de pé em frente ao imundo edifício de tijolos próximo ao porto, observando oficiais uniformizados isolarem a entrada com a fita da polícia.

A última cena de crime que ela veria em Copenhague. Tinha que ser um assassinato. E ainda por cima uma mulher.

— O prédio está vazio. Estamos verificando o da frente.

— Qual a idade dela? — perguntou Sarah.

O policial, um homem que ela mal conhecia, deu de ombros e limpou os pingos de chuva do rosto com o braço.

— Por quê?

Por causa de um pesadelo, ela queria dizer. Um pesadelo que a acordara às seis e meia daquela manhã, fazendo-a erguer o corpo na cama vazia tão rápido quanto um raio. Quando ela se levantou, Bengt, o amável, atencioso e calmo Bengt, estava terminando de empacotar as coisas na sala. Mark, o filho dela, dormia profundamente em frente à TV no quarto dele, e nem se mexeu quando Sarah abriu um pouco a porta, em silêncio, para vê-lo. Naquela noite, os três embarcariam em um voo para Estocolmo. Uma nova vida em outro país. Uma página virada. Um caminho sem volta.

Sarah Lund tinha 38 anos; era uma mulher séria, sempre de olho no mundo à sua volta, jamais em si mesma. Ali começava seu último dia na polícia de Copenhague. Mulheres como ela não têm pesadelos, não têm medo do escuro, nem vislumbres fugazes de um jovem rosto assustado que poderia ter sido, um dia, o seu.

Essas eram fantasias para outras pessoas.

— Não precisa responder — disse o policial, fazendo cara feia diante do silêncio de Sarah e erguendo a fita para passar por baixo e acompanhá-la até a porta de correr de metal. — Vou te dizer uma coisa. Nunca vi nada parecido.

Ele entregou-lhe um par de luvas de látex azuis, observou-a vesti-las e então empurrou com o ombro a porta de metal enferrujado, que abriu guinchando como um gato sendo torturado.

— Já vou entrar também — disse ele.

Sarah não esperou, apenas seguiu em frente, como sempre fazia; sozinha, perscrutando de um lado e do outro, os olhos brilhantes bem abertos, sempre atentos.

Por algum motivo o policial fechou a porta de correr no momento em que ela entrou, tão rapidamente que o gato soltou um grito uma oitava acima. Então fez-se silêncio, com o som pesado da porta de ferro batendo, isolando o dia cinza do outro lado.

Adiante havia um corredor principal e uma câmara semelhante a um matadouro, com ganchos pendendo das vigas em intervalos regulares. No teto, apenas um spot com duas lâmpadas.

O piso de concreto estava úmido e brilhante. Algo se moveu nas sombras ao longe, oscilando lentamente como um pêndulo gigante.

Ouviu-se o estalo de uma chave sendo desligada, e então o lugar ficou tão escuro quanto seu quarto naquela manhã, quando um indesejado sonho brutal a acordara num sobressalto.

— Luzes! — gritou Sarah.

Sua voz ecoou pelas entranhas escuras e vazias do prédio.

— As luzes, por favor.

Nenhum som. Ela era uma policial experiente, lembrara-se de tudo que deveria levar consigo, a não ser pela arma, que sempre parecia vir em segundo plano.

Mas trouxera a lanterna, guardada no bolso direito. Sarah a pegou e empunhou como os policiais fazem: a mão direita erguida, o pulso para trás, o facho de luz à frente, examinando lugares que outras pessoas ignoram.

Sarah e a luz foram à caça. Cobertores, roupas jogadas, duas latas de Coca-Cola amassadas, uma embalagem vazia de preservativos.

Três passos depois ela parou. Na parede à direita, visível no ponto em que encontrava o piso, havia um rastro de líquido vermelho e pegajoso, duas linhas horizontais no reboco descascado, o tipo de marca de sangue que é deixada quando arrastam um corpo pelo chão.

Sarah levou a mão ao bolso, pegou a embalagem de chiclete de nicotina, colocou um na boca.

Não era apenas Copenhague que ela estava deixando para trás. O cigarro também estava na lista.

Abaixando-se, ela tocou a poça com um dedo enluvado e o levou ao nariz para cheirar.

Três passos depois, encontrou um machado de lenhador, o cabo limpo e brilhante como se tivesse sido comprado na véspera. Levou dois dedos à poça de líquido vermelho que rodeava a lâmina, esfregou um no outro, cheirou e pensou.

Ela jamais conseguiria gostar do sabor do Nicotinell.

Seguiu em frente.

A coisa adiante começava a ganhar forma. Oscilava de um lado para o outro Uma lona tão suja de vermelho que mais parecia a mortalha de um animal abatido.

O que havia ali dentro tinha uma forma familiar, humana.

Sarah mudou a posição da lanterna, segurando-a próxima à cintura com o facho voltado para cima, e inspecionou a lona em busca de uma ponta.

O tecido foi puxado num único movimento rápido, e o que havia embaixo ficou balançando lentamente no gancho. O rosto congelado revelado pela luz era de um homem, a boca estava aberta eternamente. Cabelos pretos, pele rosada, um pênis de plástico monstruoso, ereto e brilhante. Na cabeça, um capacete de viking azul, com chifres prateados e tranças loiras.

Sarah inclinou a cabeça e, por consideração, sorriu.

Um bilhete estava preso no peito do boneco inflável: *Obrigado, querida chefe, por sete ótimos anos. Os rapazes.*

Risos irromperam das sombras.

Os rapazes.

Uma brincadeira das boas. Mas eles podiam ter usado sangue de verdade.

* * *

O Politigården era um labirinto cinza construído numa área aterrada próxima à margem do canal. Sóbria e quadrada no exterior, a sede da polícia se abria para um pátio interno circular. Colunas clássicas sustentavam uma arcada mal-iluminada ao redor. Dentro, escadas em espiral levavam a corredores sinuosos revestidos de mármore preto estriado que contornavam o círculo perfeito como veias calcificadas. Ela levara três meses para conseguir se situar naquele complexo escuro e labiríntico. Mesmo agora, às vezes precisava quebrar a cabeça para descobrir onde estava.

O departamento de homicídios ficava no segundo andar. Ela estava na sala de Buchard, usando o capacete de viking, escutando piadas, abrindo presentes, sorrindo, quieta sob os chifres de papelão e as tranças loiras.

Então agradeceu a todos e foi para sua sala, começou a juntar as coisas. Tinha pouco tempo. Ela sorriu para o porta-retratos com a foto de Mark na mesa. Era de três anos antes, quando o filho ainda tinha 9 anos, muito antes de chegar em casa com aquele brinco ridículo. Antes — pouco antes — do divórcio. Então aparecera Bengt, tentando-a com a ideia de viver na Suécia, construir uma vida nova do outro lado das lúgubres e geladas águas do Øresund.

O pequeno Mark, tão sério quanto agora. Isso mudaria na Suécia. Assim como todo o resto.

Sarah jogou as coisas que ainda tinha na mesa — o suprimento de Nicotinell para três meses, as canetas, o apontador de lápis no formato de um ônibus londrino — em uma caixa de papelão e então, em cima de tudo, colocou a fotografia de Mark.

A porta se abriu e um homem entrou.

Ela o olhou, avaliou-o, como sempre fazia. Um cigarro pendia do canto da boca do sujeito. Tinha cabelos curtos, um rosto severo. Olhos grandes, orelhas grandes. Roupas baratas e um pouco modernas demais para um homem não muito mais novo do que ela. Ele também carregava uma caixa de papelão, quase igual à dela. Sarah viu um mapa de Copenhague, uma tabela de basquete de brinquedo própria para se pregar na parede, um carrinho de polícia e fones de ouvido.

— Estou procurando o escritório de Lund — disse o sujeito, olhando para o capacete de viking pendurado no par de esquis que haviam dado a ela no café da manhã.

— Sou eu.

— Jan Meyer. Esse é o uniforme que vocês usam por aqui?

— Estou de partida para a Suécia.

Sarah pegou suas coisas, e os dois fizeram uma dança atrapalhada ao tentarem dar passagem um ao outro quando ela se encaminhou para a porta.

— Pelo amor de Deus... por quê? — perguntou Jan.

Ela colocou a caixa de lado, ajeitou os cabelos castanhos compridos e rebeldes e tentou pensar se esquecera algo importante.

Jan pegou a tabela de basquete, olhou para a parede.

— Minha irmã fez algo parecido — disse ele.

— Parecido com o quê?

— Não conseguiu colocar a vida nos trilhos por aqui, então se mudou com um cara para Bornholm. — Ele prendeu a tabela acima dos arquivos. — Cara legal. Não deu certo.

Sarah desistiu de arrumar os cabelos, pegou um elástico e fez um rabo de cavalo.

— Por que não?

— Isolado demais. Eles surtaram de tanto ouvir as vacas peidando o dia inteiro. — Jan tirou da caixa uma caneca de chope de alumínio. — Para onde você vai?

— Sigtuna.

Jan ficou imóvel e a olhou em silêncio.

— Também é bastante isolado — acrescentou ela.

Ele deu uma longa tragada no cigarro e tirou da caixa uma pequena bola de futebol. Então colocou o carrinho de polícia sobre a mesa e ficou empurrando-o para a frente e para trás. Quando as rodas se moveram, a luz azul no teto ganhou vida e soou uma sirene.

Ele ainda brincava com o carrinho quando Buchard entrou, segurando uma folha de papel.

— Vocês já se conheceram — disse o chefe. Não era uma pergunta.

O homem de óculos com aparência paternal ao lado de quem ela sentara no café da manhã desaparecera.

— Tivemos o prazer... — começou Sarah.

— Isso acabou de chegar. — Buchard entregou a ela a ocorrência. — Se estiver ocupada demais arrumando as coisas...

— Tenho tempo — disse ela. — O dia todo...

— Que bom — comentou Buchard. — Por que não leva o Meyer?

O homem da caixa apagou o cigarro e deu de ombros.

— Ele está arrumando as coisas dele — disse Sarah.

Jan soltou o carrinho, pegou a bola de futebol e ficou quicando-a na mão. Ele sorriu. Estava diferente; mais humano, maduro.

— Nunca estou ocupado demais para trabalhar.

— Um bom começo — disse Buchard. Havia algo de brusco na sua voz. — Eu bem que gostaria disso, Meyer, e você também.

Com a janela aberta, sentada no banco do carona, Sarah observava a paisagem de Kalvebod Fælled. Treze quilômetros ao sul da cidade, próximo à costa. Fazia uma manhã de céu aberto depois de alguns dias chuvosos. O clima provavelmente não continuaria bom por muito tempo. A região pantanosa e plana, com mato amarelado e valas, se estendia até o horizonte; à direita, uma mata escura de árvores nuas, sem folhas. Um cheiro distante de mar, um fedor próximo de vegetação úmida apodrecendo. O ar estava úmido, quase congelante. Um inverno duro e frio.

— Você não vai poder carregar uma arma? Não vai poder prender ninguém? E quanto a multas de trânsito?

Um homem que saíra cedo para passear com o cachorro havia encontrado roupas femininas próximo a uma mata de vidoeiros-prateados conhecida como Pinseskoven. A Floresta de Pentecostes.

— É preciso ser sueco para prender alguém. É uma... — Sarah desejava nunca ter respondido às perguntas dele. — É assim que funciona.

Jan levou um punhado de batatas à boca, amassou a embalagem e a jogou no piso do carro. Ele dirigia como um adolescente, rápido demais, pouco se importando com os outros.

— E o que o seu filho está achando?

Ela desceu, sem olhar para trás para ver se ele a acompanhava.

Um detetive à paisana os esperava ao lado do objeto encontrado, enquanto um policial uniformizado vasculhava o mato baixo, chutando os torrões secos de vegetação rasteira. Aquilo era tudo que tinham: uma blusa de algodão florida, do tipo usado por adolescentes. O cartão de uma videolocadora. Ambos dentro de sacos plásticos para provas coletadas. A blusa tinha manchas de sangue.

Sarah olhou ao redor 360 graus, seus olhos grandes e brilhantes procuravam por algo, como sempre faziam.

— Quem costuma vir aqui? — perguntou ela ao policial uniformizado.

— Durante o dia, alunos do fundamental, em passeios escolares para interagirem com a natureza. À noite, prostitutas da cidade.

— Que lugar para se fazer um programa — disse Jan. — Não existe mais romantismo hoje em dia? Vou te contar...

Sarah ainda olhava em volta, lentamente.

— Quando essas coisas foram deixadas aqui?

— Ontem. Não, na sexta-feira. Houve um passeio escolar na sexta. Eles teriam visto.

— Nenhum telefonema? Nenhuma busca nos hospitais?

— Nada.

— Nenhuma ideia de quem ela seja?

Ele mostrou o saco com a blusa.

— Tamanho M — disse o detetive. — É só isso o que sabemos.

Parecia ser barata, as flores tão berrantes e infantis que eram quase irônicas. Uma brincadeira de adolescente: infantil e sensual.

Sarah pegou o segundo saco plástico e examinou o cartão da locadora.

Tinha um nome: Theis Birk Larsen.

— Encontramos isso perto da trilha — acrescentou o policial. — A blusa, aqui. Talvez eles tenham brigado, e então o sujeito a jogou para fora do carro. E depois...

— E, depois — completou Jan —, ela encontrou os sapatos, o casaco, a bolsa e a embalagem de camisinhas e voltou para casa andando para ver TV.

Sarah se deu conta de que não conseguia deixar de olhar para a mata.

— Querem que eu vá conversar com esse tal de Birk Larsen? — perguntou o policial.

— Faça isso — disse ela, e olhou para o relógio.

Em oito horas estaria tudo acabado. Copenhague e a vida que tivera até ali.

Jan se aproximou, e ela se viu envolta por fumaça.

— Podemos falar com ele, Lund. Deixar uma prostituta aqui. Bater nela. O meu tipo de cliente.

— Não é trabalho nosso.

O cigarro foi parar na vala mais próxima.

— Eu sei. Eu só... — Um pacotinho de chiclete surgiu do seu bolso. Aquele sujeito parecia viver à base de batata frita, doces e cigarro. — Só quero ter uma conversinha com ele.

— Sobre o quê? Não existe um caso. A prostituta não deu queixa.

Jan inclinou o corpo para mais perto dela e falou como um professor dirigindo-se a uma criança:

— Eu sou bom de conversa.

Ele tinha orelhas grandes, quase cômicas, e a barba de um dia. Daria um bom agente infiltrado, pensou ela. E talvez já tivesse feito algo do tipo. Ela se lembrou de como Buchard se dirigira a ele. Criminoso de rua. Policial. Jan podia desempenhar ambos os papéis.

— Eu disse...

— Você deveria me ver em ação, Lund. Sério. Antes de ir embora. O meu presente para os suecos.

Jan pegou o cartão das mãos dela. Leu:

— Theis Birk Larsen.

Sarah olhou em volta mais uma vez, girando no mesmo ponto; perscrutou o mato amarelado, as valas e a mata.

— Eu dirijo — disse ela.

Pernille estava aconchegada no largo peito dele, rindo como uma criança.

Seminua no chão da cozinha, em plena manhã de um dia de semana. A ideia, como sempre, fora de Theis.

— Vista-se — ordenou ela, e saiu de cima dele, erguendo-se. — Vá trabalhar, seu animal.

Ele sorriu como o delinquente juvenil do qual Pernille ainda se lembrava. Então vestiu o macacão vermelho. Quarenta e quatro anos, cabelos ruivos começando a ficar grisalhos, costeletas descendo até o largo queixo, a expressão pronta para mudar da fúria à indiferença e então ao impassível de costume em um segundo.

Pernille era um ano mais nova. Uma mulher dinâmica, ainda em forma depois de três filhos, o bastante para chamar a atenção dele com a mesma facilidade com que fizera 20 anos antes, quando se conheceram.

Ela ficou vendo-o vestir o uniforme pesado e então olhou o pequeno apartamento em volta.

Ela esperava Nanna quando se mudaram para Vesterbro. Estava grávida quando se casaram. Ali, naquele lugar claro e colorido, com vasos de plantas na janela, fotografias nas paredes, repleto do movimento da vida familiar, eles a criaram. De bebê chorão a bela adolescente, seguida, depois de um longo intervalo, por Emil e Anton, agora com 7 e 6 anos.

O apartamento ficava acima da movimentada sede da empresa de transportes Birk Larsen. O térreo era mais organizado do que os cômodos bagunçados onde viviam os cinco, sempre esbarrando uns nos outros. Uma desordem de lembranças, desenhos, brinquedos e coisas fora do lugar.

Pernille olhou para as hortaliças na janela, observando como a luz verde as transpassava.

Cheias de vida.

— Nanna logo vai precisar de um apartamento — disse ela, arrumando os longos cabelos castanhos arruivados. — Podemos ajudar com uma entrada, não podemos?

Ele soltou um misto de riso e rosnado.

— Você seguiu o seu ritmo. Ela pode seguir o dela. Vamos deixar ela terminar a escola antes.

— Theis...

Ela voltou a se aninhar nos braços musculosos do marido, olhou nos olhos dele. Algumas pessoas temiam Theis Birk Larsen. Mas não ela.

— Talvez não seja preciso — disse ele.

E o rosto dele se iluminou com um sorriso provocativo.

— Por quê?

— Segredo.

— Me conte! — gritou ela, esmurrando-o no peito.

— Se eu contar, deixa de ser segredo.

Theis desceu as escadas até a garagem da empresa. Ela foi atrás.

Vans e homens, paletes de madeira e materiais envolvidos em filme plástico, inventários e cronogramas de trabalho.

O piso de madeira sempre rangia. Talvez ela tivesse gritado alto demais. Eles deviam ter ouvido. Pernille notou que sim, pelos sorrisos. Vagn Skærbæk, o mais antigo amigo de Theis, anterior até mesmo a ela, tocou a aba de um chapéu imaginário.

— Me conte! — ordenou ela, tirando do gancho o velho casaco de couro preto do marido.

Birk Larsen vestiu o casaco, pegou o familiar gorro de lã preto, arrumou-o na cabeça. Vermelho por dentro, preto por fora. Ele parecia viver dentro daquele uniforme. Deixava-o parecido com uma foca de peito vermelho, uma foca truculenta, feliz com seu território, pronta para enfrentar qualquer invasor.

Uma rápida conferência na prancheta, um destino anotado, e ele indicou a van mais próxima a Vagn Skærbæk. Também era vermelha, e, assim como os uniformes, exibia o nome Birk Larsen na lateral. Assim como o triciclo Christiania vermelho com caçamba, que Skærbæk continuava a usar 18 anos depois de terem-no comprado para carregar Nanna pela cidade.

Birk Larsen. Patriarca de uma dinastia modesta e feliz. Rei do seu pequeno quarteirão em Vesterbro.

As mãos gigantes batendo palmas uma só vez, ordens sendo disparadas. E lá se foi ele.

Pernille Birk Larsen ficou por lá até os homens voltarem ao trabalho. Havia um formulário de imposto a preencher. Dinheiro a ser pago, o que nunca é bom. E também dinheiro a ser escondido. Ninguém dá tudo ao governo, não se puder evitar.

Não precisamos de mais segredos, Theis, pensou ela.

Sob a estátua dourada de Absalão, abaixo do campanário e do telhado acastelado, contra a parede da fortaleza de tijolos vermelhos que era o Rådhus, a prefeitura de Copenhague, havia três cartazes.

Kirsten Eller, Troels Hartmann, Poul Bremer. Sorrindo como apenas políticos são capazes.

Eller, a mulher, com os lábios finos fechados, formando algo parecido com um sorriso presunçoso. O Partido de Centro, sempre atolado em uma terra de ninguém filosófica, sempre na esperança de se agarrar a um lado ou outro, e então pegar as migalhas que caíssem da mesa do patrão.

Abaixo dela, Poul Bremer abria um sorriso radiante para a cidade que tinha nas mãos. Prefeito de Copenhague havia 12 anos, era um estadista gordinho e firme, sempre próximo dos parlamentares que fatiavam o orçamento, sintonizado com as opiniões volúveis de seus incompetentes correligionários, conhecedor da rede dispersa de partidários e defensores que seguiam cada uma das suas palavras. De paletó preto, camisa branca, gravata de seda azul discreta e óculos pretos formais, Bremer, aos 65 anos, tinha a aura simpática do tio preferido de qualquer cidadão, aquele generoso portador de presentes e favores, aquele parente inteligente que detém todos os segredos, todo o conhecimento.

E então Troels Hartmann.

O jovem. O bem-apessoado. O político para quem as mulheres olhavam e a quem admiravam em segredo.

Ele vestia as cores dos liberais. Terno azul, camisa azul, aberta no colarinho. Hartmann, 42 anos, parecia jovial na sua bela aparência nórdica, mas seus claros olhos azul-cobalto sugeriam uma dor que escapava à lente do fotógrafo. Um bom homem, dizia a imagem. Uma nova geração perseguindo a antiga com vigor, trazendo consigo ideias novas, a promessa de mudança. E ele já estava a meio caminho disso. Graças ao sistema eleitoral, ele administrava com energia e visão a Secretaria de Educação da cidade. De certa forma já era prefeito, ao menos das escolas e universidades.

Três políticos prestes a se enfrentar pela coroa de Copenhague, a capital, uma metrópole em expansão onde vivia e trabalhava, discutia e brigava mais de um quinto dos 5,5 milhões de pessoas que constituía a população da Dinamarca. Jovens e velhos, dinamarqueses de nascimento e imigrantes — esses, muitas vezes não tão bem-vindos. Honestos e diligentes. Desocupados e corruptos. Uma cidade como qualquer outra.

Eller era a azarona cuja única chance era forjar a melhor aliança que conseguisse. Hartmann, jovem, idealista. Ingênuo, diriam os desafetos, na forte esperança que nutria de derrotar Poul Bremer, o gigante da política municipal, tirá-lo do poleiro que o velho chamava de seu.

Naquela tarde fria de novembro, os rostos deles olhavam para a câmera, para a imprensa, para as pessoas na rua. Do outro lado das janelas ornamentais sujas de fuligem do castelo de tijolos vermelhos chamado Rådhus, ali nos corredores e nos gabinetes onde os políticos se reuniam para sussurrar e tramar, a vida era diferente.

Atrás dos sorrisos fixos e artificiais travava-se uma guerra.

Madeira reluzente. Janelas compridas e finas de vidro decorativo. Móveis forrados em couro. Adornos folheados a ouro, mosaicos, pinturas. Cheiro de mogno envernizado.

Havia cartazes de Hartmann por todo lado, encostados nas paredes, prontos para serem despachados para a cidade. Sobre a mesa, em um porta-retratos de madeira, havia uma fotografia da mulher dele em seu leito de hospital, plácida, bela e corajosa, um mês antes de sua morte. Ao lado, uma fotografia de John F. Kennedy com uma inocente Jackie, na Casa Branca. Uma banda tocava no segundo plano, em reverência ao casal. Ela usava um vestido de seda azul e sorria. Kennedy falava com a esposa, dizia algo particular no ouvido dela.

Na Casa Branca, dias antes de Dallas.

Em seu gabinete, Troels Hartmann olhou para as fotografias e então para o calendário de mesa.

Manhã de segunda-feira. À sua frente estavam três das semanas mais longas da sua vida política. A primeira de uma sucessão sem fim de reuniões.

Os dois assessores mais próximos de Hartmann estavam sentados do outro lado da mesa, um laptop diante de cada um, ambos conferindo a agenda do dia. Morten Weber, gerente de campanha, amigo desde os tempos da faculdade. Comprometido, calado, solitário, intenso. Quarenta e quatro anos, cabelos castanhos revoltos e cacheados, rareando sobre a careca crescente; rosto afável, intenso e negligenciado, olhos inquietos atrás das lentes dos óculos de armação dourada barata. Nunca sabia o que a própria aparência transmitia, nem se incomodava em tentar saber. Na semana anterior, não desgrudara do mesmo terno amarfanhado que não combinava com as calças. Suas maiores felicidades eram cuidar de minúcias burocráticas do gabinete e fechar acordos em salas enfumaçadas.

Às vezes ele se afastava da mesa em sua cadeira de rodinhas, escolhia um canto tranquilo, pegava a seringa e a insulina, erguia a camisa acima da cintura e aplicava a injeção na barriga flácida e pálida. Então voltava à discussão, sem perder a linha de raciocínio.

Rie Skovgaard, a consultora política, sempre fingia não notar.

A mente de Hartmann vagueou da lista de compromissos enumerados por Weber. Ele se viu arrancado do mundo da política por um instante. Trinta e dois anos, feições angulosas, rosto intenso, mais atraente do que bonita. Combativa, veemente, sempre elegante. Hoje ela usava um terninho verde bem justo. Caro. Os cabelos pretos pareciam saídos da fotografia na mesa de Hartmann. Jackie Kennedy por volta de 1963, longos e com as pontas curvas à altura do pescoço esguio, um corte aparentemente casual, mas sem um fio fora do lugar.

O "corte do funeral presidencial", nas palavras de Weber, mas apenas às costas dela. Rie Skovgaard não tinha aquela aparência quando chegara.

Morten Weber era filho de um professor de Aarhus. Rie era mais bem-relacionada. O pai era um parlamentar influente. Antes de passar a trabalhar para os liberais, ela era executiva de uma agência de publicidade nova-iorquina, na filial da empresa em Copenhague. Agora ela o promovia, sua imagem, suas ideias, quase como, no passado, promovia seguradoras e redes de supermercado.

Uma equipe improvável, estranha em certas ocasiões. Ela invejava Weber? O fato de o colega a preceder em vinte anos, de ter galgado com o próprio esforço seu caminho pelo secretariado do Partido Liberal, o homem que agia nos bastidores enquanto o sorriso atraente de Hartmann e seu charme atraíam publicidade e votos?

Rie Skovgaard era uma novata farejando oportunidade, a quem a ideologia apenas entediava.

— O debate do meio-dia. Precisamos de cartazes na escola — disse ela, em um tom calmo e profissional. — Precisamos...

— Feito — respondeu Weber, apontando para a tela do computador.

Era um dia de clima monótono. Nublado e chuvoso. A vista do gabinete dava para a fachada do hotel Palace. À noite, o letreiro de neon azul do edifício projetava uma luz estranha na sala.

— Mandei um carro até lá assim que cheguei.

Ela cruzou os braços finos.

— Você pensa em tudo, Morten.

— É preciso.

— O que quer dizer?

— Bremer. — Morten murmurou o nome como se fosse um palavrão. — Ele não virou dono desta cidade por acidente.

Hartmann voltou à conversa:

— Não continuará assim por muito tempo.

— Você viu os resultados das últimas pesquisas? — perguntou Rie.

— Nada mal — respondeu Hartmann, assentindo. — Melhores do que esperávamos.

Morten Weber fez que não.

— Bremer também viu. Ele não vai ficar sentado e permitir que seu reino escape por entre os dedos. Esse debate de hoje, Troels. É numa escola. Território nosso. A imprensa estará lá.

— Fale sobre educação — interpôs Rie. — Pedimos verba adicional para a compra de mais computadores. Melhor acesso à internet. Bremer barrou a verba. Agora o índice de faltas dos alunos está na casa dos 20 por cento. Podemos jogar isso contra ele...

— Barrou pessoalmente? — perguntou Hartmann. — Você tem essa informação?

Um sorriso sutil, irônico.

— Consegui botar as mãos em algumas atas confidenciais.

Como uma colegial culpada, ela indicou os documentos à sua frente com uma mão delicada.

— Está aqui, preto no branco. Posso vazar os documentos se for necessário. Estou descobrindo muita coisa que podemos usar contra ele.

— Podemos evitar esse tipo de baixaria, por favor? — perguntou Morten, com irritação indisfarçada. — O povo espera mais de nós.

— O que o povo espera de nós é a derrota, Morten — retorquiu Rie imediatamente. — Estou tentando mudar isso.

— Rie...

— Vamos chegar lá — interrompeu Hartmann. — E faremos isso do jeito certo. Tive uma reunião com Kirsten Eller no café da manhã. Acho que eles querem entrar no jogo.

Os dois ficaram em silêncio, até que Rie falou:

— Eles estão interessados em uma aliança?

— Com Kirsten Eller? — resmungou Morten. — Meu Deus do céu. Melhor se aliar ao diabo...

Hartmann se recostou na cadeira e fechou os olhos, dominado por uma felicidade que não sentia há muitos dias.

— Os tempos são outros, Morten. Poul Bremer está começando a perder apoio. O peso do apoio de Kirsten não é nada desprezível...

— Teremos uma coalizão com a maioria das intenções de voto — acrescentou Rie, empolgada.

— Precisamos refletir sobre isso — disse Morten.

Seu telefone tocou. Ele foi até a janela atender a ligação.

Troels Hartmann folheou os papéis que a consultora preparara para ele, um briefing para o debate.

Rie aproximou sua cadeira da dele para que pudessem ler juntos.

— Você não precisa da minha ajuda, precisa? Essas ideias são suas. Estamos apenas relembrando o que você pensa.

— Preciso ser lembrado. Eu perdi o meu relógio! Um bom relógio. Um...

Rie o cutucou. O Rolex prateado estava na mão dela, que Rie mantinha discretamente abaixo da mesa, para que ninguém mais o visse.

Ela abriu os dedos de Hartmann e colocou o relógio na mão dela.

— Encontrei debaixo da minha cama. Não consigo imaginar como foi parar lá. Você faz alguma ideia?

Hartmann colocou o Rolex no pulso.

Morten voltou da janela, telefone na mão, uma expressão preocupada no rosto.

— É a secretária do prefeito. Bremer que falar com você.

— Sobre o quê?

— Não sei. Ele quer vê-lo agora.

— Quinze minutos — disse Hartmann, conferindo o horário. — Não estou à disposição dele.

Morten pareceu confuso.

— Você disse que tinha perdido o relógio.

— Quinze minutos — repetiu Hartmann.

Os corredores eram intermináveis, longos e superiluminados, com afrescos de batalhas e cerimônias no teto, figuras grandiosas em armaduras olhando para as pessoas que caminhavam apressadas abaixo.

— Você não me parece feliz — disse Hartmann enquanto seguiam rumo ao gabinete do prefeito.

— Feliz? Eu sou o seu gerente de campanha. Estamos a três semanas de uma eleição. Você está formando alianças sem nem ao menos me informar. O que queria? Que eu cantasse, dançasse, contasse piada?

— Acha que Bremer sabe? Sobre Kirsten Eller?

— Poul Bremer é capaz de escutar o que você murmura dormindo. Além disso, se você fosse Kirsten Eller em busca de uma aliança... faria a proposta para apenas um dos lados?

Hartmann ficou parado em frente à porta da câmara municipal.

— Deixe comigo, Morten. Eu vou descobrir.

Poul Bremer, usando camisa com as mangas dobradas, falava entusiasmado ao telefone no púlpito ao lado da cadeira cerimonial que ocupara nos últimos 12 anos.

Hartmann foi até lá e pegou o livro de sobre a mesa, ao lado do microfone. Uma biografia de Cícero. E ouviu a conversa, como era a intenção do outro.

— Sim, sim. Escute. — Aquele riso grave e generoso, a bênção de Bremer àqueles de quem gostava. — Você estará no governo em breve. Como ministro. Estou prevendo isso, e eu nunca me engano. — Um olhar de relance para o visitante. — Desculpe... preciso desligar.

Bremer se sentou na cadeira do vice. Não na do prefeito.

— Já leu este livro, Troels?

— Não.

— Fique com ele. Um presente instrutivo. Ele nos lembra que a única coisa que aprendemos com a história é que... não aprendemos nada com a história. — Bremer tinha a voz e a postura de um diretor de escola afável, um comportamento que refinara ao longo dos anos. — Cícero era um bom homem. Teria ido longe se tivesse sido paciente.

— Parece denso.

— Venha, sente-se comigo. — Bremer gesticulou para a cadeira ao seu lado. A do prefeito. O trono. — Experimente, veja se o tamanho lhe serve. Ela não pertence a ninguém. Nem mesmo a mim, seja lá o que você pense.

Hartmann embarcou na brincadeira. Acomodou-se na cadeira de madeira maciça envernizada. Sentiu o cheiro do mogno, do poder. Olhou para a câmara em volta, seu semicírculo de cadeiras de vereadores vazias, com um monitor de tela plana e botões de votação em frente a cada uma.

— É apenas uma cadeira, Troels — disse Bremer, sorrindo para ele com malícia.

Ele sempre falava e se movia como um homem mais jovem. Fazia parte de sua imagem.

— Roma gostava de Cícero, admirava suas ideias. Ideias rendem uma bela retórica. Não mais do que isso. César era um ditador, e um patife que os romanos conheciam e amavam. Cícero era impaciente. Insistente. Um homem que começava a sentir o gosto do poder. Sabe o que aconteceu com ele?

— Foi para a TV?

— Muito engraçado. Foi assassinado. Colocaram as mãos e a cabeça dele em exibição no fórum para que todos rissem. Certas vezes, servimos a um bando de canalhas ingratos.

— Você queria me ver, não?

— Eu vi as pesquisas. Você viu?

— Sim.

— Você será um bom prefeito. Administrará bem essa cidade. — Bremer alisou as mangas do seu paletó de seda preto, puxou os punhos da sua camisa branca impecável, tirou os óculos e conferiu se estavam limpos, e então correu os dedos pelos cabelos grisalhos. — Mas não desta vez.

Hartmann suspirou e olhou para o Rolex prateado.

— Vou me aposentar daqui a quatro anos. Por que a pressa?

— Acredito que o nome certo seja eleição. Na terceira terça-feira de novembro. A cada quatro anos.

— Tenho uma proposta para você. Uma cadeira à minha mesa. À frente de mais do que escolas. Há sete prefeitos. O prefeito-executivo e seis outros para as secretarias. Você pode escolher qualquer uma das seis. Aprenderá como esta cidade é administrada. Quando chegar o momento, estará pronto para o trabalho, e eu o entregarei a você de bom grado.

Bremer voltou aquele sorriso radiante para ele.

— Garanto que ninguém ficará no seu caminho. Mas essa cadeira não pode ser sua agora. Você não está pronto.

— Essa decisão não cabe a você.

O sorriso se foi.

— Estou apenas tentando ser cordial. Não tem por que sermos inimigos...

Hartmann se levantou para sair. Poul Bremer se colocou na frente dele, deteve-o com o braço estendido. Era um homem robusto, ainda em forma. Corriam histórias de que ele conseguira apoio à base da força bruta quando jovem. Ninguém sabia se eram verdadeiras. Ninguém tinha coragem de perguntar.

— Troels.

— Você está ficando inoportuno; tempo demais por aqui — disse Hartmann bruscamente. — Saia em silêncio. Com dignidade. Talvez eu possa encontrar um trabalho para você em algum lugar.

O polido homem mais velho o fitou, parecendo achar graça.

— É aquela oferta mísera do Partido de Centro que lhe inspira tanta confiança? Ah, por favor. Eles são insignificantes. Aquela puta gorda da Eller está disposta a chupar o pau de qualquer um, e depois vai deixar que mijem nela. Contanto que lhe renda um subcomitê. No entanto... — Ele ajeitou as abotoaduras de ouro. — Eles conhecem o seu lugar. Como só um bom político sabe.

Bremer pegou o livro e o estendeu para Hartmann, dizendo:

— Leia sobre Cícero. Talvez você aprenda alguma coisa. Ninguém quer ser feito em pedaços para divertimento do público. O melhor é que essas transições sejam negociadas. Serenamente. Com eficiência. Com alguma...

— Você vai perder — interrompeu-o Hartmann.

O velho riu.

— Pobre Troels. Você impressiona nos cartazes. Mas ao vivo... — Ele estendeu a mão e lhe tocou o colarinho do terno de seda. — O que há embaixo deste terno?, eu me pergunto. Será que ao menos você sabe?

Jan havia descido do carro antes mesmo que ela tivesse tempo de desligar o motor e agora mostrava o distintivo para uma mulher que arrumava o porta-malas de uma perua. *Vermelha.*

Tudo ali parecia exibir um tom de vermelho vívido. Os macacões dos funcionários. As vans. Até mesmo um reluzente triciclo Christiania, com caçamba na frente para levar as crianças à escola, carregar as compras e fazer o cachorro preguiçoso passear pela cidade.

Em tudo, a mesma cor e o mesmo nome, Birk Larsen.

Sarah se aproximou, ouvindo Jan apenas por alto, mais avaliando o lugar à sua volta.

Duas portas de correr davam para um depósito/garagem. Além das caixas de madeira e de papelão e do maquinário, ela viu um escritório com janelas de vidro em um canto, e nos fundos uma escada com uma placa em que se lia *Privado*. Aquele era o endereço de Birk Larsen. Ele devia morar no andar de cima.

— Onde está Theis Birk Larsen? — perguntou Jan.

— Meu marido está trabalhando. E eu estou de saída para me encontrar com o contador.

Uma mulher na casa dos 40 anos; olhos vivos, bonita, com cabelos castanhos um pouco mais bem-cuidados do que os de Sarah. Ela vestia um *trench coat* de gabardine cáqui e tinha um ar tenso, preocupado. Filhos, pensou Sarah. Estava escrito na sua testa. E ela não gostava da polícia. Quem gosta?

— A senhora mora aqui? — perguntou Sarah.

— Sim.

— Ele está lá em cima?

A mulher voltou para a garagem.

— Vocês estão aqui para falar de novo sobre as vans? Somos uma empresa de transportes. Entramos no caminho dos outros.

— Não é a respeito das vans — disse Sarah, acompanhando a mulher a alguns passos de distância. Mais vermelhos e uniformes. Homens corpulentos em meio a caixas, conferindo pranchetas, avaliando-a de cima a baixo. — Só queremos saber o que ele fez esse fim de semana.

— Fomos à praia. Com os nossos dois filhos. Ficamos de sexta a domingo. Alugamos um chalé. Por quê?

Lonas e cordas. Baús de madeira e paletes. Sarah se perguntava o que teria pela frente como uma quase policial na Suécia. Ela nunca se fizera de fato essa pergunta. Bengt queria ir. Ela queria ir junto.

— Talvez ele tenha voltado para a cidade para resolver questões de negócios, hã? — sugeriu Jan.

A mulher pegou um livro contábil. Estava ficando farta daquilo.

— Não. Foi o primeiro fim de semana de folga que tivemos em dois anos. Por que ele voltaria?

Escritório bagunçado. Papéis por todo lado. Grandes empresas não trabalhavam daquele jeito. Tinham sistemas. Organização. Dinheiro.

Sarah saiu e olhou dentro do porta-malas da mulher. Papéis e pastas. Brinquedos de criança. Uma bola de futebol pequena, parecida com a que Jan deixara no escritório. Um Nintendo velho. Ela voltou ao escritório.

— O que ele fez quando vocês chegaram em casa? — perguntava Jan.

— Fomos para a cama.

— Tem certeza?

Ela riu.

— Tenho.

Enquanto eles conversavam, Sarah caminhou pelo escritório, inspecionando a bagunça em busca de algo pessoal em meio a todas as contas, recibos e notas fiscais.

— Não sei o que vocês acham que ele fez... e pouco me importo — dizia a mulher. — Estávamos na praia. Voltamos para casa. Isso é tudo.

Jan fungou, olhou na direção de Lund.

— Talvez a gente volte outra hora.

Então ele saiu, acendeu um cigarro, encostou-se a uma das vans vermelhas e olhou para o céu duro e pálido.

Nos fundos do escritório, atrás de um arquivo de madeira antigo e gasto, havia algumas fotografias. Uma adolescente bonita abraçava dois meninos. Um retrato em close da mesma menina, cabelos loiros encaracolados, olhos vivos, um pouco de maquiagem demais. Tentando parecer mais velha do que era.

Lund pegou a embalagem de chiclete de nicotina e colocou um na boca.

— Vocês têm uma filha? — perguntou ela, ainda olhando para a menina, para seu sorriso encantador. Para as duas fotos, tanto para a que ela parecia sozinha, mais velha, quanto para a outra, com os meninos, no papel de irmã mais velha.

A mãe estava saindo do escritório. Ela parou. Voltou-se, olhou para Sarah e respondeu em voz baixa e serena:

— Sim. E dois meninos. De 6 e 7 anos.

— Ela costuma pegar o cartão da videolocadora do pai emprestado?

A expressão da esposa de Birk Larsen mudou lentamente. O rosto perdendo a firmeza, ficando velho. A boca aberta. As pálpebras tremendo como se tivessem vida própria.

— Talvez. Por quê?

— Ela estava aqui ontem à noite?

Jan voltara ao escritório e escutava.

A mulher colocou os papéis de lado. Parecia preocupada agora. E assustada.

— Nanna passou o fim de semana na casa de uma amiga. Lisa. Eu pensei... — Sua mão foi até os cabelos sem motivo aparente. — Pensei que ela fosse telefonar. Mas ela não ligou.

Sarah não conseguia tirar os olhos das fotografias, para o rosto que aparecia nelas, feliz, olhando despreocupado para a câmera.

— Acho que a senhora deveria ligar para ela agora.

A escola de ensino médio Frederiksholm, no centro da cidade. Onde ficava o dinheiro. Não em Vesterbro. Recreio da manhã. Lisa Rasmussen telefonou outra vez.

— *Você ligou para Nanna. Estou fazendo o dever. Deixa uma mensagem. Tchau!*

Lisa Rasmussen respirou fundo e disse:

— Nanna, por favor, me ligue.

Idiota, pensou. Era a terceira vez que deixava a mesma mensagem aquela manhã. Agora estava na sala, escutando o professor Rama falar sobre cidadania e as próximas eleições. Ninguém sabia onde Nanna estava. Ninguém a via desde a festa de Halloween na escola, na sexta-feira.

— Hoje — disse Rama — vocês terão a oportunidade de decidir em quem votar.

Havia uma fotografia no quadro branco. O semicírculo de cadeiras no Rådhus. Três políticos: um bonitão, um velho e uma mulher com expressão presunçosa no rosto rechonchudo. Lisa não dava a mínima.

Ela pegou o telefone outra vez e digitou uma mensagem. *Nanna, onde você se meteu?*

— É uma sorte vivermos em um país onde temos o direito de votar — continuava o professor. — De decidir o nosso futuro. De controlar o nosso destino.

Ele tinha 30 e tantos anos e vinha de algum lugar do Oriente Médio; não que isso fosse perceptível no sotaque. Algumas garotas tinham uma queda por ele. Alto e bonito. Corpo bacana, roupas modernas. Sempre prestativo. Sempre tinha tempo para os alunos.

Lisa não gostava muito de estrangeiros. Nem mesmo quando sorriam e eram bonitos.

— Então vamos ouvir as perguntas que vocês prepararam para o debate — prosseguiu Rama.

Sala cheia; a turma parecia interessada.

— Lisa. — Ele tinha que escolhê-la. — As suas três perguntas. Estão no seu telefone?

— Não.

Ela soava petulante, e sabia disso. Rama inclinou a cabeça para o lado e esperou.

— Não consigo lembrar. Eu não...

A porta se abriu e a diretora Koch entrou. A assustadora Koch, a mulher de meia-idade atarracada que costumava ensinar alemão antes de ser nomeada diretora.

— Desculpem interromper — começou Koch. — Nanna Birk Larsen está aqui na sala?

Sem resposta.

Ela foi até a frente da sala.

— Alguém viu Nanna hoje?

Nada. Ela foi até o professor para falar com ele. Lisa Rasmussen sabia o que viria em seguida.

Um minuto depois ela estava do lado de fora da sala com ambos, os ferinos olhos pretos de Koch cravados nela.

— Onde está a Nanna? — perguntou a diretora. — A polícia está procurando por ela.

— Não vejo Nanna desde sexta-feira. Por que vocês me perguntam isso?

Koch a olhou como se dissesse "é mentira sua".

— A mãe de Nanna disse à polícia que ela passou o fim de semana na sua casa.

Lisa riu. As pessoas costumavam achar que as duas eram irmãs. Mesma altura, mesmas roupas, ambas loiras, apesar de os cabelos de Nanna serem mais bonitos. E Lisa sempre tivera uma cintura mais larga.

— O quê? Ela não estava lá em casa.

— Você não sabe onde ela está? — perguntou Rama, com um pouco mais de tato.

— Não! Como eu iria saber?

— Se ela telefonar, peça que ligue para casa — disse Koch. — É importante. — A diretora olhou para Rama. — Eles precisam da sua sala para o debate. Termine antes das 11h.

Quando a diretora se foi, Rama se virou e segurou o braço de Lisa.

— Se tiver alguma ideia de onde ela possa estar, você deve dizer.

— Você não pode tocar em mim.

— Desculpe. — Ele tirou a mão. — Se você souber...

— Eu não sei de nada — disse Lisa. — Me deixa em paz.

Sarah e Jan estavam no apartamento dos Birk Larsen, em cima do escritório-garagem. O lugar era tão desordenado quanto a microempresa deles, mas era uma desordem agradável. Fotografias, desenhos, plantas e flores. Vasos e lembranças de viagens. *Decorado*, pensou Sarah. Ela nunca se dera àquele trabalho. A mulher que ela agora sabia se chamar Pernille Birk Larsen se dedicava ao seu papel de mãe. E parecia ser boa nisso. Pelo menos até onde Sarah podia julgar.

— Ela não está na escola — disse Sarah.

Pernille ainda estava com sua capa de chuva, como se nada daquilo estivesse acontecendo.

— Deve estar na casa da Lisa. Elas são amigas. Lisa divide um apartamento com dois rapazes. A Nanna vive lá.

— Lisa está na escola. Disse que Nanna não dormiu na casa dela.

Pernille ficou com a boca semiaberta. Seus olhos estavam arregalados e inexpressivos. Na parede da cozinha, Sarah viu as mesmas fotografias do escritório: Nanna com os meninos, Nanna sozinha, bonita e crescida demais para os seus 19 anos. Estavam espetadas em um quadro de cortiça ao lado de um calendário com os eventos esportivos da escola. O ar casual e despreocupado das vidas familiares pairava naquele lugar. Como o cheiro de cachorro, que passa despercebido pelo dono, mas é imediatamente nítido para um estranho.

— O que aconteceu com ela? Onde ela está? — perguntou Pernille.

— Provavelmente nada. Vamos tentar ao máximo encontrá-la.

Sarah foi até o pequeno hall e telefonou para a central.

Jan ficou distraindo Pernille com perguntas sobre as fotografias para evitar que ela ouvisse.

A ligação foi transferida para Buchard.

— Preciso que todo o pessoal disponível ajude nesse caso — disse Sarah. O chefe nem fez perguntas, apenas ouviu. — Diga que estamos procurando por uma jovem de 19 anos chamada Nanna Birk Larsen. Desaparecida desde sexta-feira. Mande alguém aqui para pegar as fotografias.

— E vocês?

— Estamos indo para a escola.

Hartmann e Rie tinham à sua disposição uma sala de aula vazia para se prepararem. Ela repassava os dados da verba negada para a educação. Ele andava de um lado para o outro, nervoso. Por fim, ela fechou o laptop e foi até ele conferir a roupa. Camisa azul, sem gravata. Estava bem. Mas ainda assim ela ajeitou o colarinho, aproximou-se o bastante para que ele precisasse abraçá-la.

Hartmann a envolveu pelas costas, puxou-a para si, beijou-a. Uma paixão súbita, inesperada. Ela queria rir. Ele queria mais.

— Venha morar comigo — disse ele, e a encostou contra a mesa.

Ela se sentou no tampo, rindo, envolveu-o com suas longas pernas.

— Você não está ocupado demais?

— Não para você.

— Depois da eleição.

O rosto dele mudou. O político estava de volta.

— Por que tanto segredo?

— Porque eu tenho um trabalho a fazer, Troels. E você também. Não queremos complicações. — A voz dela ficou mais grave. Seus olhos inteligentes brilhavam. — E não queremos que Morten fique com ciúmes.

— Morten é o assessor mais experiente que temos. Ele sabe o que faz.

— E eu não?

— Eu não disse isso. Não quero falar sobre Morten...

As mãos dela voltaram ao paletó dele.

— Vamos pensar nisso depois que você vencer, está bem?

Hartmann fez menção de puxá-la novamente para si.

A porta se abriu. A diretora Koch. Ela pareceu ficar constrangida.

— O prefeito chegou — anunciou ela. Um sorriso confidente. — Se vocês estiverem prontos.

Hartmann abotoou o paletó e seguiu para o corredor.

Poul Bremer estava radiante abaixo do pôster de uma cantora pop seminua. Rie os deixou sozinhos e foi conferir a sala.

— Espero que o Partido de Centro goste das suas ideias, Troels. Muitas delas são boas. Assim como as do seu pai.

— Ah, sim?

— Têm o vigor dele. O otimismo.

— Convicção — disse Hartmann. — As ideias eram o resultado daquilo em que ele acreditava. Não daquilo que ele acreditava que pudesse lhe render alguns votos.

Bremer concordou.

— Pena que ele nunca foi bom o bastante para conseguir materializá-las.

— Vou pensar nele. Quando tiver o seu cargo.

— Sei que vai. Um dia. — Bremer pegou um lenço e limpou os óculos. — Você é mais forte do que ele. O seu pai sempre foi... Como dizer? — Os óculos voltaram ao rosto, olhos gélidos o mediam de cima a baixo. — Frágil. Como porcelana.

Bremer ergueu a mão direita. Um punho daqueles. Um lutador, apesar das aparências.

— Ele quebrava, não aguentava a pressão.

O estalo dos seus dedos fortes foi tão alto que as paredes, com sua tinta já descascando, pareceram ecoar o som.

— Se eu não o tivesse quebrado, ele quebraria sozinho. Pode acreditar. Foi uma gentileza, de certa forma. Não é bom permitir que alguém nutra ilusões por tempo demais.

— Vamos ao debate — disse Hartmann. — Está na hora...

Quando se viraram, a diretora Koch já se aproximava deles. Tinha o semblante preocupado. Ao seu lado vinha uma mulher vestindo um casaco de chuva azul e, visível por baixo, um suéter com uma estranha estampa em preto e branco, os cabelos penteados para trás como uma adolescente ocupada demais para pensar em namorados.

Uma mulher que não se importava com a própria aparência. O que era estranho, já que era bonita e atraente.

Agora ela tinha o olhar fixo adiante; neles, e em nada mais. Tinha olhos muito grandes e atentos.

De alguma forma, Hartmann não ficou surpreso quando ela tirou do bolso um distintivo de policial. *Vicekriminalkommissær Sarah Lund.*

Bremer recuara para o final do corredor no momento em que vira a policial se aproximando.

— Os senhores precisam cancelar o debate — disse Sarah.

— Por quê?

— Há uma jovem desaparecida. Preciso falar com pessoas daqui da escola. Colegas, professores. Preciso...

A diretora Koch ansiosamente lhes indicava uma sala para que saíssem do corredor. Bremer ficou onde estava.

Hartmann ouvia a policial.

— Vocês querem que eu cancele um debate porque uma aluna matou aula?

— É importante que eu fale com todos — insistiu Sarah.

— Todos?

— Todos com quem eu queira falar.

Ela não se mexeu. Não desviou o olhar. Tinha os olhos fixos nele, em nada mais.

— Podemos adiar o início do debate em uma hora — sugeriu Hartmann.

— Eu não — interrompeu Bremer. — Tenho compromissos. Esse convite foi seu, Troels. Se você não pode...

Hartmann deu um passo na direção de Sarah Lund.

— A situação é grave?

— Espero que nada tenha acontecido.

— Eu perguntei se é grave.

— É o que estou tentando descobrir — retorquiu Sarah, e colocou as mãos na cintura, à espera de uma resposta. — Então...?

Ela olhou em volta, conferindo as salas.

— Então está combinado — concluiu ela própria.

Bremer pegou o telefone e leu algumas mensagens.

— Ligue para a minha secretária. Tentarei encontrar um horário para encaixar você. Ah! — Um súbito acesso de cordialidade. — Tenho boas notícias para as suas escolas do centro. Parece que o índice de faltas dos alunos está na casa dos 20 por cento. — Ele riu. — Não podemos permitir isso, podemos? Então destinei recursos para novas instalações. Mais computadores. As crianças adoram essas coisas. Isso vai dar um jeito na situação.

Hartmann olhou para ele, sem palavras.

Bremer deu de ombros.

— Eu teria lhe dito isso lá dentro. Mas agora... Divulgaremos um comunicado imediatamente. Boas notícias. Tenho certeza de que você as aprova.

Um longo momento de silêncio.

— Estou vendo que você ficou feliz — disse Bremer por fim, com um aceno, e foi embora.

Três e meia da tarde. Eles ainda estavam na sala onde deveria ter sido realizado o debate, sem chegar a lugar algum. Nanna estivera na festa de Halloween da escola na última sexta-feira, fantasiada com um chapéu de bruxa preto e uma peruca azul berrante. Ninguém a vira desde então.

Agora era a vez dos professores.

— Como é a Nanna?

Todos o chamavam de Rama. Ele se destacava, e não apenas pela bela aparência morena do Oriente Médio. Servia como modelo para a iniciativa de Troels Hartmann de aproximar grupos de imigrantes e a comunidade. Um homem articulado, inteligente e convincente.

— Nanna é uma jovem inteligente — disse ele. — Sempre cheia de energia. Sempre disposta a fazer alguma coisa.

— Vi a foto. Ela parece ter mais do que 19 anos.

O professor assentiu.

— Todos desejam isso, não é verdade? Querem crescer logo, desesperadamente. Ou sentir que cresceram. Nanna é a primeira da turma em muitas coisas. Uma garota brilhante. Mas isso não a impede de ter os mesmos desejos que todos os outros.

— Que são?

O professor olhou para ela.

— Eles são adolescentes. Você está falando sério?

— O que aconteceu na festa?

— Fantasias. Uma banda. Fantasmas e abóboras.

— Ela tem namorado?

— Pergunte a Lisa.

— Estou perguntando a você.

Ele pareceu ficar constrangido.

— É melhor que um professor fique fora dessas coisas.

Sarah saiu, parou a primeira jovem que encontrou, pediu-lhe que se sentasse, fez perguntas até obter uma resposta.

Então se voltou novamente para o professor:

— Oliver Schandorff. Ele está aqui?

— Não.

— Você sabia que Oliver era o namorado dela?

— Eu já disse. É melhor mantermos certa distância.

Ela esperou.

— Eu sou professor deles. Não guardião. Tampouco pai.

Sarah olhou para o relógio. As entrevistas já haviam consumido mais de três horas, e aquilo era tudo que tinham. E isso incluía todos eles. Jan, que vasculhara a mata e os campos próximos ao aeroporto com uma equipe de busca, também não encontrara nada.

— Merda.

— Lamento — disse o professor.

— Não é com você.

É comigo, pensou ela. Sem dúvida poderia ter arrancado aquilo de Pernille em alguns minutos se houvesse tentado. Por que as melhores perguntas só lhe ocorriam quando ela tinha algo — pessoas, evidências, crimes — à sua frente?

Duzentos e trinta e cinco sobrados de três andares com varandas formavam o lugar chamado Humleby, uma pequena propriedade a quatro ruas da casa dos Birk Larsen. Com cor de ardósia e bronze de canhão, as casas haviam sido construídas no século XIX para os trabalhadores de um estaleiro próximo. Então a cervejaria Carlsberg crescera e as casas passaram a ser ocupadas por homens que produziam a bebida. Poucas eram colocadas à venda, e eram disputadas, apesar de muitas precisarem de reformas consideráveis. Theis Birk Larsen comprara a mais barata que encontrara. A casa já havia sido residência de alguns invasores, que deixaram uma herança de lixo, colchões e móveis baratos. Precisava de limpeza, muitas reformas. Ele faria a maior parte do trabalho, sem falar nada, sem contar a Pernille, ao menos até que fosse chegada a hora de deixarem aquele apartamento minúsculo acima do depósito-garagem.

Vagn Skærbæk o ajudava. Os dois se conheciam desde a adolescência, passaram por muita coisa juntos, inclusive algumas visitas ao tribunal. Para Birk Larsen, ele se tornara quase um irmão mais novo, um tio das crianças, um funcionário de longa data da sua empresa de transportes. Honesto, confiável, bom com Anton e Emil. Um homem solitário que parecia não ter vida própria assim que tirava o uniforme vermelho.

— Pernille está procurando você — disse Vagn, afastando-se do telefone.

— Pernille não vai saber sobre esse lugar. Eu já te disse. Nenhuma palavra até que eu conte.

— Ela está telefonando para todo mundo, perguntando onde você está.

Havia andaimes do lado de fora, telas plásticas cobrindo as janelas decadentes. Birk Larsen vinha pagando um extra aos próprios funcionários para carregarem material de construção até ali: tábuas de madeira para o assoalho, canos, fios elétricos. E os fizera prometer que ficariam de boca fechada quando Pernille estivesse por perto.

— Os meninos poderão ter um quarto para cada um — disse ele, olhando a casa de pedra cinza em volta. — Está vendo a janela lá de cima?

Vagn fez que sim.

— Nanna vai ter aquele andar só para ela, uma escada com acesso independente e alguma privacidade. Pernille, uma cozinha nova. E eu... — Ele riu. — Um pouco de paz e tranquilidade.

— Isso vai custar uma fortuna, Theis.

Birk Larsen enfiou as mãos nos bolsos do macacão vermelho.

— Eu dou um jeito.

— Talvez eu possa ajudar.

— O que quer dizer?

Vagn era um homem franzino e inquieto. Ele ficou em silêncio, trocando o peso do corpo de um pé para o outro mais do que era seu hábito.

— Sei de um lugar que tem trinta TVs da B&O dando sopa. Tudo que precisamos fazer...

— Você está com dívidas, é isso?

— Escute, tenho compradores para metade dos televisores... Podemos dividir...

Birk Larsen tirou um maço de notas do bolso, separou algumas.

— Eu só preciso pegar emprestada uma empilhadeira...

— Aqui. — Ele dobrou o dinheiro e o colocou na mão de Vagn. — Esqueça as TVs. Não somos mais adolescentes, Vagn. Eu tenho família. Uma empresa. — Vagn guardou o dinheiro. — Você é parte das duas. Sempre será.

Vagn olhou para o dinheiro. Birk Larsen queria que ele se livrasse daquela ridícula correntinha dourada que usava no pescoço.

— Como você acha que os meninos se sentiriam se precisassem visitar o tio Vagn na prisão?

— Você não precisa fazer isso... — começou Vagn.

Theis Birk Larsen não o ouvia. Pernille vinha na sua direção no triciclo Christiania, tão rápido que a caçamba vermelha na frente quicava nos paralelepípedos.

Ele esqueceu todo o segredo em relação a casa, os planos para as obras e a questão de onde o dinheiro viria.

Ela parecia assustada.

Pernille desceu, foi direto até ele e segurou o colarinho de seu casaco preto de couro.

— Nanna desapareceu. — Ela estava ofegante, pálida, assustada. — A polícia encontrou o seu cartão da locadora perto do aeroporto. Eles encontraram...

Ela cobriu a boca com a mão. Lágrimas brotaram de seus olhos.

— Encontraram o quê?

— A blusa dela. Aquela cor-de-rosa florida.

— Muitas garotas usam blusas daquele tipo. Não usam?

Ela o olhou com severidade.

— E o cartão da locadora?

— Eles falaram com Lisa?

Vagn escutava. Pernille olhou para ele e disse:

— Por favor, Vagn.

— Vocês querem ajuda?

Birk Larsen o encarou. Ele se afastou.

— E quanto àquele garoto maldito?

— Ela não está mais namorando o Oliver.

Havia um tom vermelho de raiva nas bochechas dele.

— A polícia conversou com ele?

Pernille respirou fundo.

— Não sei.

Ele pegou as chaves, chamou o amigo.

— Leve Pernille para casa. E o triciclo. — Então algo lhe ocorreu. — Por que você não veio de carro?

— Não me deixaram usar o carro. Disseram que eu não tinha condições para dirigir.

Theis Birk Larsen envolveu a esposa com os braços fortes, abraçou-a, beijou-a uma vez, tocou seu rosto, olhou nos seus olhos e disse:

— Nanna está bem. Eu vou encontrá-la. Vá para casa e espere por nós.

Então entrou na van e se foi.

— Vou deixar você na casa da sua avó. Está com as chaves?

O tempo estava fechando, o dia terminando com neblina e chuva fina. Sarah dirigia para Østerbro, o filho Mark, de 12 anos, ao seu lado.

— Quer dizer que não vamos mais para a Suécia?

— Preciso fazer uma coisa antes.

— Eu também.

Ela olhou para o filho. Mas na verdade tudo que via estava na sua cabeça, o mato seco, uma blusa de adolescente suja de sangue. E a fotografia de Nanna Birk Larsen, sorrindo como uma irmã mais velha orgulhosa dos irmãos pequenos. Com aparência de adulta atrás de toda aquela maquiagem.

Ela não sabia do que Mark estava falando, não fazia ideia.

— Eu já disse, mãe. A festa de aniversário do Magnus.

— Mark. O nosso voo é hoje à noite. Decidimos isso há séculos.

Ele resmungou e olhou para os riscos de chuva que corriam na janela.

— Você fica parecendo um pato com esse bico.

Ela riu. Ele não.

— Você vai amar a Suécia. A escola é incrível. Vou ter mais tempo para você. Podemos...

— Ele não é o meu pai.

O telefone de Sarah começou a tocar. Ela olhou para o número e começou a ajeitar o fone de ouvido, desajeitada.

— Claro que não é. Ele encontrou um clube de hóquei para você.

— Eu já tenho um.

— Mas já deve estar cansado de ser o mais novo no FCK.

Silêncio.

— Não está?

— O nome é KSF.

— Alô — disse ela ao telefone.

— KSF — repetiu Mark.

— Estou a caminho.

Ele repetiu uma segunda vez, muito lentamente:

— K... S... F...

— Sim.

— Você sempre diz o nome errado.

— Sim.

Não era difícil saber onde a cabeça dela estava agora. Sarah queria encontrar Jan, e Mark estava... no caminho.

— Não vou demorar, e então nós vamos para o aeroporto — disse ela. — Você está com a sua chave, não está?

Sob um sombrio céu monocromático, uma fila indiana de quase vinte policiais, todos vestidos de azul, movia-se lentamente pelo mato amarelado, espetando a lama e os torrões de vegetação com varas brancas e vermelhas enquanto cães farejadores procuravam rastros na terra úmida.

Sarah os observou por um instante e então entrou na mata. Lá, uma segunda equipe percorria as trilhas em meio às árvores cobertas de líquen, examinando o terreno, instalando marcadores, seguindo outros cães.

Jan estava ensopado sob seu casaco da polícia.

— O rastro está claro? — perguntou ela.

— O bastante. Os cães o seguiram desde o ponto onde a blusa foi encontrada. — Ele consultou suas anotações e gesticulou para algumas árvores a 10 metros de distância. — Também encontramos um tufo de cabelos loiros em um arbusto.

— Para onde leva o rastro?

— Aqui — disse Jan, gesticulando com o mapa que segurava. — Exatamente onde estamos. — Outra consulta às anotações. — Ela estava correndo em zigue-zague pela mata. Foi aqui que ela parou.

Sarah se aproximou e olhou por sobre o ombro dele.

— O que temos nas cercanias?

— Uma estrada usada por lenhadores. Talvez alguém a tenha resgatado lá.

— E quanto ao celular dela?

— Desligado desde sexta à noite. — Ele não gostava daquelas perguntas óbvias. — Escute, Lund. Passamos pente fino no rastro. Duas vezes. Ela não está aqui. Estamos perdendo tempo.

Ela se virou e caminhou na direção oposta, olhou para o pântano e o mato amarelado.

— Ei? — disse Jan, com um sarcasmo que ela estava começando a reconhecer como um traço típico dele. — Eu sou invisível?

Sarah voltou.

— Espalhem-se. Confiram tudo de novo.

— Você ouviu alguma palavra do que eu disse?

Um dos homens das equipes de busca chamou o nome dela no rádio.

— Encontramos algo — disse a voz.

— Onde?

— Entre as árvores.

— O que é?

Uma pausa. Começava a escurecer.

— Parece uma cova.

O mesmo crepúsculo desolador cobria sorrateiramente a cidade, úmido e sombrio, pálido e frio. No comitê de campanha, abaixo das pétalas coral dos lustres, Hartmann ouvia as respostas de Morten Weber. Poul Bremer não voltaria à escola para outro debate. Administrar a cidade era mais importante do que implorar por votos.

— Não é muito conveniente para ele? — disse Hartmann.

Rie pousou uma xícara de café na mesa.

— O gabinete de Bremer anunciou as novas verbas para a educação enquanto estávamos na escola. Ele estava pronto para fazê-lo independentemente do resultado.

— Ele sabia sobre os 20 por cento. Como isso é possível, Morten? — perguntou Hartmann.

Morten pareceu ficar desconcertado com a pergunta.

— Por que está perguntando para mim? Talvez ele faça as próprias pesquisas. Faz sentido. Prometer dinheiro para a educação sempre rende pontos.

— E ele chegou aos mesmos resultados? Ele sabia.

Morten deu de ombros.

— Você não devia ter cancelado — disse Rie.

O celular de Hartmann tocou.

— Uma menina desaparecida. Eu não tive escolha.

— É a Therese — disse a voz do outro lado da linha.

Hartmann olhou para Rie.

— Não é uma boa hora. Ligo para você depois.

— Não desligue, Troels. Você não está muito ocupado para isso. Precisamos nos encontrar.

— Não é uma boa ideia.

— Alguém está tentando cavar podres seus.

Hartmann respirou fundo.

— Quem?

— Um jornalista me ligou. Não quero falar sobre isso ao telefone.

— Teremos um evento para arrecadar fundos aqui, às cinco da tarde. Venha. Posso sair por alguns minutos.

— Às cinco, então.

— Therese...

— Se cuide, Troels.

Morten e Rie o observavam.

— Algo que precisemos saber? — perguntou ela.

Theis Birk Larsen foi até a república em Nørrebro onde Lisa Rasmussen morava com Oliver Schandorff e outros alunos da escola, fazendo de conta que eram adultos, aprontando, bebendo, fumando maconha, basicamente sendo idiotas.

Lisa estava do lado de fora, empurrando a bicicleta para sair. Ele segurou o guidom.

— Cadê a Nanna?

A garota estava vestida como uma puta, tal qual todas faziam; Nanna também, se ele permitisse. Ela evitava o olhar de Theis.

— Eu já disse a eles. Não sei.

O grande punho dele não se moveu.

— Cadê aquele filho da mãe do Schandorff?

Ainda olhando para a parede:

— Saiu. Desde sexta-feira.

Theis se abaixou, alinhando o rosto ao dela.

— Cadê ele?

Finalmente ela o encarou. Parecia que tinha chorado.

— Ele disse que os pais ficariam o fim de semana fora. Acho que está dormindo lá. Depois da festa de Halloween...

Theis não esperou para ouvir mais.

Ele ligou para Pernille no caminho.

— Acabo de falar com a Lisa — disse ele. — Vou buscar a Nanna.

Ele escutou o alívio no breve suspiro da esposa.

— É aquele moleque rico outra vez. Os pais estão fora. Ele deve estar...

Ele não queria dizer aquilo, pensar aquilo.

— Tem certeza de que Nanna está lá? Lisa disse isso?

O trânsito de fim de tarde estava intenso. A casa ficava em um dos novos condomínios da região sul da cidade, perto do aeroporto

— Eu tenho certeza. Não se preocupe.

Ela estava chorando. Theis podia ver suas lágrimas. Ele desejou poder tocá-las, enxugá-las com seus dedos grossos, brutos. Pernille era bela e preciosa. Assim como Nanna, Emil e Anton. Todos mereciam mais do que aquilo que ele lhes dava, e logo teriam.

— Não vou demorar, amor. Eu prometo.

Quando Sarah já estava de volta às árvores escuras e sem folhas, Buchard ligou.

— O helicóptero. A equipe de peritos. Vocês encontraram algo, espero.

— Uma cova.

— Você não me informou.

— Tentei entrar em contato. Você estava em reunião.

— Eu estava na sua festa de despedida. As pessoas não se despedem no café da manhã...

— Espere um pouco.

Jan se aproximava em meio à mata. Nos braços, ele carregava algo envolvido num lençol de plástico da polícia técnica. Um corpo.

— Encontraram alguma coisa? — insistiu Buchard.

Jan colocou o lençol no chão e o abriu, revelando uma raposa morta. Morta e seca, suja de terra. Tinha um lenço dos Lobinhos no pescoço, além do laço de arame que a estrangulara.

— Podemos interrogar as crianças das redondezas — disse Jan, levantando a raposa pelas patas traseiras. — Crueldade contra os animais é uma coisa chocante.

— Não — disse Sarah a Buchard. — Ainda não.

— Arrumem as coisas, voltem para a sede e me deem um relatório completo. Talvez tenhamos tempo para uma cerveja antes de você embarcar.

Jan a observava, o corpo duro do animal morto debaixo do braço. Os olhos do bicho eram pretos e estavam vidrados; seu pelo, sujo de lama.

— Este é meu novo amigo Raposão — disse ele, com um rápido sorriso irônico. — Você vai gostar dele.

Mais uma recepção entre muitas. Parte do calendário político. Uma oportunidade para conhecer gente, negociar, forjar alianças e confirmar inimizades.

A comida era cortesia de uma empresa de petróleo; as bebidas, de um magnata dos transportes. Um quarteto de cordas tocava Vivaldi. Morten Weber falava de políticas públicas enquanto Rie Skovgaard abusava da retórica.

Hartmann sorria e conversava, apertava mãos, falava de amenidades. Quando seu celular tocou, ele pediu licença e foi até seu gabinete.

Therese Kruse o esperava. Alguns anos mais jovem do que ele. Casada com um banqueiro maçante. Uma mulher séria, bem relacionada e atraente, mais dura do que aparentava ser.

— Você está se saindo bem nas pesquisas. As pessoas no governo estão reparando.

— E deveriam mesmo. É o resultado do nosso trabalho.

— Verdade.

— Você conseguiu o nome do jornalista?

Ela lhe entregou uma folha de papel. *Erik Salin.*

— Nunca ouviu falar — disse Hartmann.

— Andei sondando. Ele costumava trabalhar como detetive particular. Agora é um freelancer que vende sujeira para quem pagar mais. Jornais. Revistas. Sites. Qualquer um que ofereça dinheiro.

Ele colocou o papel no bolso.

— E?

— Ele queria saber se você pagava as contas de hospedagem com o seu cartão de crédito ou o do gabinete. Se você compra muitos presentes. Coisas do tipo. Eu não disse nada, é claro...

Hartmann tomou um gole de vinho.

— Ele queria saber sobre nós — acrescentou ela.

— O que você disse?

— Eu ri diante da sugestão dele, é claro. Afinal... — Um sorriso breve e amargo. — Não foi nada importante. Ou foi?

— Concordamos que era o melhor a fazer, Therese. Desculpe. Eu não podia...

Ele parou.

— Não podia o quê, Troels? Assumir o risco?

— O que ele sabia?

— Sobre nós? Nada. Estava blefando. — O sorriso cáustico outra vez. — Talvez ele acredite que, se perguntar a uma boa quantidade de mulheres, vai acabar dando sorte. Mas acho que ele tem uma outra informação. Não sei como.

Hartmann olhou de relance para a porta para ter certeza de que estavam sozinhos.

— Que tipo de informação?

— Ele parece ter tido acesso à sua agenda. Estava verificando datas. Para saber onde você esteve e quando.

Hartmann olhou para o nome outra vez, perguntou-se se já o ouvira em algum lugar.

— Ninguém de fora deste gabinete tem acesso à minha agenda.

Ela deu de ombros. Levantou-se. A porta se abriu. Rie olhou para ambos.

— Troels. Eu não sabia que você tinha companhia — disse ela, com um sorriso rígido e desconfiado. — Há algumas pessoas que você precisa conhecer na recepção.

As duas mulheres se entreolharam. Pensando. Julgando. Não havia necessidade de palavras.

— Estou indo — disse Hartmann.

Oliver Schandorff era um rapaz magro de 19 anos, com cabelos ruivos cacheados e um rosto azedo e sério. Ele fumava o terceiro cigarro do dia quando Theis Birk Larsen irrompeu pela porta da casa.

Oliver pulou da cadeira e recuou quando o homem grande e furioso avançou na sua direção.

— Vá chamá-la agora mesmo — berrou Theis. — Ela vem comigo.

— Alô! — gritou Oliver, refugiando-se no corredor. — Temos uma campainha aqui. Isso é propriedade particular.

— Não brinque comigo, moleque. Cadê a Nanna?

— Ela não está aqui.

Theis começou a vasculhar o primeiro andar da casa, abrindo portas, gritando o nome da filha.

— Sr. Birk Larsen, estou dizendo. Ela não está aqui.

Theis voltou à sala. Havia roupas em uma poltrona ao lado do sofá. Camiseta cor-de-rosa. Sutiã. Uma calça jeans.

Ele xingou o garoto e avançou para as escadas.

O rapaz perdeu a razão e correu até ele, entrou na sua frente, empurrou-lhe o peito, gritando:

— O que é isso? O que é...

O homenzarrão o agarrou pela gola da camiseta, carregou-o de volta para a sala, atirou-o contra a porta e sacudiu o punho fechado no seu rosto.

Oliver se calou.

Theis se conteve. Avançou pelas escadas dois degraus de cada vez. O espaço era enorme, o tipo de mansão que ele jamais sonharia em ter, por mais que trabalhasse, por mais vans vermelhas que tivesse.

Um rock barulhento vinha de um quarto à esquerda. O ar tinha um odor impregnado de maconha e cheirava a sexo.

Uma cama de casal com lençóis desarrumados, um edredom amarfanhado. Os cachos loiros de uma jovem estavam espalhados sobre os travesseiros. Deitada de bruços, um pé para fora do cobertor. Chapada. Bêbada. As duas coisas, ou pior.

Ele encarou Oliver, que o seguira; as mãos nos bolsos, ele sorria timidamente, de uma forma que fez Theis desejar socá-lo.

Em vez disso, ele foi até a cama e, ainda se perguntando como agir, puxou o edredom e falou em voz branda:

— Nanna, você precisa vir para casa. Não importa o que aconteceu. Nós vamos agora...

A mulher nua olhou para ele com uma expressão severa, misto de medo e fúria. Também loira, o mesmo tom de cor de cabelos. Tinha no máximo 25 anos.

— Eu falei — disse Oliver. — A Nanna não apareceu aqui. Se eu puder ajudar...

Theis saiu da casa se perguntando o que fazer. O que dizer a Pernille. Aonde ir agora? Ele não gostava da polícia, mas talvez fosse a hora de falar com eles. Ele queria saber alguma coisa, encontrar alguma coisa. Ou fazer algo acontecer.

Um som veio de cima. Um helicóptero, com a palavra POLITI escrita na lataria.

Ele não pensara na localização quando decidira ir até ali. Nanna estava na casa de Oliver Schandorff. Não havia mais nada que se precisasse saber. Agora se dava conta de que não estava longe do pântano a leste do aeroporto.

Pernille lhe dissera que aquele era o lugar onde tudo começara.

Sarah estava de volta ao terreno plano do Kalvebod Fælled onde havia sido encontrada a blusa suja de sangue, consultando o mapa.

— Vamos embora — disse Jan, acendendo outro cigarro.

O telefone dela tocou.

— Você vai para a Suécia ou não? — perguntou Bengt.

Ela precisou pensar por um instante antes de responder:

— Daqui a pouco.

— Que tal uma open house no sábado? Podemos convidar Lasse, Missan, Bosse e Janne.

Sarah perscrutava o horizonte, desejando poder desacelerar o tempo e deter o cair da noite.

— E os meus pais — acrescentou Bengt. — E a sua mãe.

Ela olhou novamente para o mapa, varreu o pântano e a mata com os olhos mais uma vez.

— A sua mãe pode ficar no quarto de hóspedes — disse Bengt.

Três meninos passaram empurrando bicicletas. Carregavam varas de pescar.

Mark nunca tinha ido pescar. Não havia ninguém para levá-lo.

— Seria ótimo — disse ela, gesticulando para chamar a atenção de Jan.

— Não quero que ela durma no sofá — disse Bengt.

Sarah já não ouvia mais. O telefone pendia dos seus dedos, ao lado da capa de chuva azul.

— O que há ali? — perguntou ela a Jan.

— Mais mata. E um canal.

— Vocês procuraram na água, não?

Ele fez uma careta. Jan era o tipo de homem capaz de parecer irritado até mesmo dormindo.

— A garota correu para o outro lado!

Sarah voltou ao telefone.

— Vamos perder o voo.

— O quê?

— Pegue o avião você. Eu vou amanhã com o Mark.

Jan ficou parado, braços cruzados, colocando batatas fritas na boca entre uma baforada e outra do cigarro.

— A equipe de peritos tem mergulhadores? E equipamento próprio? — perguntou Sarah.

— Temos homens suficientes para começar uma pequena guerra. E quanto à Suécia? Francamente...

Os dois seguiram de carro até o canal. Caminharam por toda a área. Havia marcas de pneu perto de uma ponte de metal baixa. Que sumiam na borda da encosta barrenta, rumo a nada além de água preta.

O terreno sombrio refletia o estado de espírito de Theis Birk Larsen: uma confusão de becos sem saída desconcertantes e esquinas que levavam a lugar algum. Um labirinto sem saída.

Ele dirigiu sem parar, rumo ao pôr do sol cinzento, assim como na direção oposta, sem encontrar nada. Até mesmo o ruído do helicóptero desaparecera. Pernille estava com ele durante cada doloroso segundo, a voz estridente e assustada soando no telefone que ele mantinha pressionado contra o ouvido:

— Onde ela está?

Quantas vezes ela já perguntara aquilo? Quantas ele próprio também perguntara?

— Estou procurando.

— Onde?

No Kalvebod Fælled, ele quis dizer. O lugar aonde Anton fora certa vez, em um passeio da escola para aprender ciências, e graças ao qual falara de insetos e enguias quase o dia inteiro, embora depois tivesse esquecido completamente tudo isso.

Havia luzes adiante. Uma delas era azul.

— Por todo lado.

* * *

A estradinha de terra ficava acima do canal estreito, construída com a terra dragada. Sarah olhava para as marcas de pneu, o caminhão guincho, a corrente. O carro emergindo da água lúgubre.

Olhe, pense, imagine.

Alguém estacionou na estrada, com as rodas dianteiras na direção da água, no topo do barranco. Então desceu e o empurrou. A gravidade fez o resto.

Jan estava ao lado dela, observando o carro emergir na direção do céu. Água jorrava das quatro portas. Era um veículo preto, da cor do canal, mas muito brilhante, como se o houvessem limpado na véspera.

Um Ford hatch. Novinho em folha.

— Consulte a placa — ordenou Sarah no instante em que os números e letras ficaram visíveis.

O caminhão estava estacionado no barranco, o longo braço do guincho estendido sobre o canal. O braço girou até que o carro oscilasse acima da estradinha de mato. Então três policiais ajudaram a baixar o Ford lentamente até o chão, onde ele ficou, um carro como outro qualquer não fosse pela água malcheirosa que escorria por sob todas as portas.

Jan desligou o telefone. Os dois se aproximaram e olharam pelas janelas. Vazio.

O tampão do porta-malas estava fechado, escondendo algo.

Ele foi até lá e tentou abrir. Trancado.

— Vou pegar um pé de cabra — disse Jan.

Luzes de faróis brilharam às suas costas. Sarah se voltou e olhou. Não era um carro de passeio. Uma van, pensou ela. Pareceu vermelha quando iluminada pelos faróis das viaturas.

Theis ainda estava ao telefone quando chegou à área isolada pela fita da polícia. Tão perto que não conseguia contar as luzes azuis do outro lado. Eles haviam instalado refletores portáteis, do tipo que é usado em eventos esportivos.

Ele não sentia a cabeça no lugar. O coração batia tão forte que parecia prestes a sair pela boca.

— Espere um segundo — disse ele, sem esperar pela resposta.

Desceu. Avançou.

— Onde você está? — perguntou Pernille.

— Nos pântanos de Vestamager.

Uma pausa, e então ela perguntou:

— A polícia ainda está aí?

Dois policiais se aproximaram e tentaram detê-lo. Ele os afastou com um safanão de seu grande braço e continuou a caminhar rumo à ponte de metal baixa que atravessava o canal estreito.

— Vou resolver isso. Já falei.

— Theis...

Mais policiais agora. Rodearam-no como abelhas irritadas quando ele tentou seguir em frente, afastando-os, o telefone pressionado contra a orelha.

Ele ainda escutava a voz de Pernille acima da comoção:

— O que você está vendo aí, Theis? *O que está acontecendo?*

Um som adiante.

Água escorrendo.

Água escorrendo. Jorrando do porta-malas quando Jan o abriu. Litros e mais litros escorrendo para o chão enlameado.

O cheiro era pior.

Sarah colocou outro Nicotinell na boca e esperou.

Depois do fluxo de água, duas pernas nuas caíram sobre o para-choque reluzente. Ela apontou a lanterna para os membros. Tornozelos atados bem apertados com lacres de plástico.

Então se viu movimento. Uma forma escura e esguia deslizou sobre os membros pálidos e inertes, agarrando-se à pele, indo até os pés, passando sobre o para-choque e alcançando o chão.

Um dos policiais começou a vomitar no mato amarelado.

— Que barulho é esse? — perguntou Sarah, dando um passo na direção do carro.

Jan fez um gesto de cabeça para o policial enjoado.

— Não estava me referindo a ele — disse Sarah.

Era uma voz grave e alta, e estava furiosa.

Sarah observou o resto da água escorrer do porta-malas, outras duas enguias escorrerem para fora do carro, e então se aproximou e enfiou a cabeça. O cabelo loiro já não mais parecia o das fotos.

Mas o rosto...

A voz colérica berrava um nome.

— Ah, meu Deus — disse Jan. — O pai está aqui.

Theis Birk Larsen era um homem grande e forte. Já fazia muito tempo desde a época em que enfrentava policiais. Mas certas coisas não se esquece. Dois socos rápidos, um urro e ele voltou a avançar na direção da ponte escura.

Além daquele ponto ele via um carro na estrada ao lado de um guincho. Silhuetas se moviam agitadas em volta.

O telefone estava de volta ao ouvido.

— Theis! — gritou Pernille.

— Eu vou falar com eles.

Os policiais de quem ele se desvencilhara estavam de volta. Em maior número dessa vez. Muitos.

Uma mulher deixara o carro para trás e caminhava com firmeza na direção dele. À luz dura dos refletores, Theis viu que ela tinha uma expressão séria, cabelos castanhos compridos e olhos brilhantes, tristes e alertas.

— Pelo amor de Deus, Theis... — gemeu Pernille.

Eles o haviam dominado agora, seis policiais, talvez sete. Seguravam todas as partes de seu corpo exceto o braço com o telefone.

Theis parou de resistir. E disse, com toda a calma que conseguiu reunir:

— Eu sou o pai da Nanna. Quero saber o que está acontecendo.

A mulher passou sobre mais uma fita vermelha e branca da polícia.

Ela não disse nada, apenas continuou a caminhar com firmeza na direção de Theis, olhando nos olhos dele, mascando chiclete.

Uma voz alheia, nem de longe a sua, perguntou humildemente:

— É a minha filha ali?

— O senhor não pode ficar aqui.

Pernille estava no ouvido dele, na sua cabeça, fazendo uma única pergunta:

— Theis?

A mulher parou na frente dele.

— É a Nanna que está ali? — perguntou ele mais uma vez.

Ela ficou em silêncio.

— É ela?

A mulher apenas assentiu.

O urro brotou das entranhas dele, aflorou pelo corpo, irrompeu para o ar úmido da noite. Tão alto e cheio de dor e fúria incompreensível que parecia capaz de reverberar até Copenhague.

Mas o telefone ainda estava ali. Embora não houvesse necessidade. Enquanto lutava e gritava para ver a filha, Pernille estava com ele, também gritando, chorando.

Mãe e pai. Uma filha perdida para a morte.

Então toda a fúria, toda a força, esvaiu-se. Theis Birk Larsen era um homem em frangalhos, em lágrimas, fraco e atormentado, sustentado pelos braços que segundos antes tentavam conter sua força sem limites.

— Quero ver a minha filha — implorou ele.

— O senhor não pode — disse ela. — Lamento.

Gemidos baixos vinham da mão direita do homem. Sarah deu um passo à frente, abriu os dedos dele. Dedos de trabalhador. Fortes e marcados de cicatrizes, a pele grossa e velha.

Ele não protestou quando a mulher pegou o telefone, olhou para o nome na tela.

— Pernille. Aqui é Sarah Lund. Alguém irá até aí em breve falar com você.

Então ela colocou o aparelho no bolso, fez um gesto de cabeça para que os policiais levassem Theis e voltou para o preto e brilhante Ford resgatado das águas, agora ao lado do caminhão guincho.

O lugar já estava repleto de peritos. Todos os procedimentos em andamento. Policiais em roupas especiais. Ela não precisava ver mais nada.

Carro preto. Brilhante e reluzente. Jan tinha razão. Era novo e estava perfeitamente limpo.

Ela o encontrou fumando encostado ao guincho, balançando a cabeça, como se lamentando.

— Sabemos quem é o proprietário — disse ele. — Você não vai acreditar.

Sarah ficou parada ao lado dele, esperando.

— O carro pertence ao comitê de campanha de Troels Hartmann — disse Jan.

— O político?

Ele atirou o cigarro no canal com apenas um dedo.

— O secretário de educação. O bom moço. Sim, ele mesmo.

Três

Terça-feira, 4 de novembro

Buchard chegou pouco depois da meia-noite. Depois dele, o patologista de plantão e sua equipe. Um enxame de peritos medindo marcas de pneu, tirando inúmeras fotografias, isolando a área úmida e barrenta.

Eles chapinhavam na chuva, deixando para o fim o corpo ensanguentado e ferido da jovem, ainda em sua camisola rasgada, com os pulsos e tornozelos atados por lacres plásticos pretos, largado no porta-malas de um reluzente Ford preto.

Sarah falava com todos. Estava à frente da operação. Em seus pensamentos não havia espaço para Mark, Bengt ou a Suécia.

Mais flashes ao redor do carro. Então finalmente a equipe passou a se concentrar no porta-malas aberto, passando a registrar detalhes do corpo pequeno e inerte e de suas feridas, do rosto sem vida, dos olhos azul-claros vidrados.

Buchard perguntou, como sempre fazia, qual havia sido a hora da morte. Ela respondeu o mesmo que o patologista lhe dissera: não faziam ideia. Nenhuma queixa fora registrada no fim de semana. Seria preciso algum tempo para definir isso.

O velho ficou carrancudo.

— Que lugar terrível...

— Não sabemos se ela morreu aqui. Ele não queria que a encontrassem. Mais um dia ou dois, e com essa chuva... — Ela olhou para a movimentação em torno do carro. Os peritos a tirariam dali em breve. Alguém precisava pensar na família. — As marcas de pneu teriam sido apagadas.

Buchard esperou.

— Ele conhecia esse lugar — disse Sarah. — Sabia o que estava fazendo.

— Causa da morte?

— Ainda não sabem. Ela foi agredida. Golpes violentos na cabeça. Sinais de estupro.

— E esse carro? Pertence ao comitê de Hartmann?

— É a melhor pista que temos.

Bengt telefonou. Ela se afastou para atender a ligação.

— O que aconteceu? — perguntou ele.

— Encontramos o corpo de uma menina. Explico depois. Me desculpe por não poder ir.

Bengt era psicólogo criminal. Foi assim que se conheceram. No decorrer da investigação de um assassinato cometido por um traficante em Christiania. A vítima era um paciente dele.

— E quanto ao Mark? — perguntou ele.

— Ele está com a minha mãe.

— Estou falando de amanhã. Ele iria começar as aulas de sueco na escola. Em Sigtuna.

— Ah. É.

— Vou dizer que ele chega na quarta-feira.

— Vou reservar outro voo. Ligo para dizer o horário.

Buchard se aproximou e perguntou:

— A menina tem alguma ligação com Hartmann?

— Vou conferir.

— Se o candidato estiver envolvido, me informe.

— Não posso fazer isso, Buchard.

Uma sirene soou. Era Jan, de cigarro na boca, chamando-a.

— Use ele — disse Sarah.

O chefe se aproximou.

— Esse não deveria ser o primeiro caso de Meyer. Não precisa pedir. Vou ligar para a polícia de Estocolmo e colocá-los a par.

— Não — insistiu ela. — Não posso.

E se afastou na direção de Jan e do carro.

— Você encontrou essa garota. — Buchard a seguia às pressas, falando para as costas brilhantes da capa de chuva azul dela. — Meyer teria feito isso? Ele só conseguiu encontrar uma raposa morta.

Sarah parou, virou-se, encarou o chefe.

Ele parecia um cão pug velho e grisalho, tinha os mesmos olhos inoportunos algumas vezes.

— Só mais um dia, Sarah.

Silêncio.

— Você quer que Meyer fale com os pais?

— Eu odeio você. Sabia disso?

Ele riu e bateu as mãozinhas roliças uma na outra.

— Vou trabalhar o resto da noite — concedeu ela. — Amanhã é com você.

O necrotério estava deserto. Ecos pelos corredores antissépticos, um depois do outro.

Ainda vestindo o casaco de couro preto e o macacão de algodão vermelho, mais o gorro de lã, Theis Birk Larsen caminhava pesadamente pelo piso de ladrilhos em direção à única porta ao fim do corredor.

Uma antessala.

Pernille estava lá, em seu *trench coat* de gabardine cáqui; ela se voltou para o marido com os olhos arregalados, o rosto cheio de perguntas. Ele parou a dois passos dela, sem a menor ideia do que dizer ou fazer. Sentiu palavras desconexas surgirem na boca e então ficarem ali, incompletas e inseguras, enquanto ele temia violar o ar frio e seco.

Um homem grande, poderoso, muitas vezes ameaçador, silencioso, com olhos que agora eram poças de lágrimas.

Ele ficou envergonhado quando Pernille, sensibilizada, foi até ele e o abraçou com carinho.

Ela o apertou contra si, o rosto molhado contra seu pescoço áspero de barba por fazer. Juntos eles ficaram, juntos eles agarraram um ao outro em silêncio íntimo. Juntos eles caminharam para a sala branca com azulejos reluzentes e armários, torneiras e pias e mesas prateadas côncavas, equipamentos cirúrgicos, todas as ferramentas que codificavam a morte.

Os policiais seguiram à frente, a mulher de olhos observadores e o sujeito carrancudo de orelhas grandes. Caminharam em direção a um lençol branco e então pararam, observando-os de esguelha em expectativa, à espera. De um canto da sala veio um homem em uniforme de cirurgião, touca azul, avental azul, luvas azuis. Parecia os médicos de quando Nanna nascera. Theis se lembrava daquela imagem com nitidez. As mesmas cores, os mesmos cheiros químicos pungentes.

Sem uma palavra, sem um olhar, o homem estava ao lado deles, erguendo o lençol branco de algodão.

Pernille se aproximou, os olhos arregalados.

A policial observava o tempo todo, cada gesto, cada respiração e movimento.

Theis tirou o gorro preto, envergonhado por ainda usá-lo. Olhou para o rosto lívido e ferido na mesa, os cabelos sujos de lama, os olhos cinzentos sem vida.

Imagens vinham à sua memória. Fotografias, sons, um toque, uma palavra. Um choro de bebê, uma discussão da qual muito se arrependia. Uma tarde quente na praia. Uma manhã gelada de inverno, passeando a céu aberto com um trenó. Nanna pequena no triciclo Christiania vermelho que Vagn consertara e pintara, e no qual acrescentara o logo *Birk Larsen* na lateral, em estêncil.

Nanna mais velha, subindo na cabine do mesmo triciclo aos 16 ou 17 anos, rindo de como era pequeno para ela agora.

Momentos distantes que nunca mais seriam recuperados, promessas deixadas por fazer que nunca seriam feitas. Todas as pequenas peças que antes pareciam tão triviais agora gritavam...

Viu? Você nunca notou. E agora eu fui embora.

Agora eu fui embora.

Pernille se virou, voltou para a antessala, o caminhar de uma velha, destruída e imersa em sofrimento.

— Esta é a Nanna? — perguntou a mulher.

Ele a encarou. Uma pergunta estúpida, e ela não parecia ser uma mulher estúpida.

Não, Birk Larsen queria dizer. Mas *era*.

Em vez disso ele assentiu, nada mais.

Os quatro frente a frente, sentados a uma mesa de plástico.

Apenas fatos.

Theis, a mulher e os dois filhos pequenos tinham viajado para a praia na sexta-feira, voltando na manhã de segunda. Nanna supostamente estaria na casa de amigos.

— Como ela estava se sentindo? — perguntou Sarah.

— Estava feliz — disse Theis. — Ela se fantasiou para a festa.

— De quê?

— Bruxa.

Pernille ficou ali sentada, de boca aberta, perdida em algum lugar distante. Então olhou para Sarah e perguntou:

— O que aconteceu?

Sarah não respondeu. Tampouco Jan.

— Alguém fale comigo! O que aconteceu?

A voz dela reverberou nas paredes brancas nuas da sala fria e vazia.

Jan acendeu um cigarro.

— O carro foi empurrado para dentro do canal — disse ele.

— Ela tinha interesse por política? — perguntou Sarah.

Theis fez que não.

— Conversava com alguém que tenha esse tipo de interesse?

— Não.

— No Rådhus, talvez? — sugeriu Jan.

Na ausência de uma resposta, ele franziu a testa, levantou-se e foi até o fundo da sala fazer uma ligação.

— Namorados...?

— Não ultimamente.

— Como ela morreu? — perguntou Pernille.

— Ainda não sabemos.

— Ela sofreu?

Sarah hesitou, depois respondeu:

— Não sabemos muito bem o que aconteceu. Estamos tentando entender. Então vocês não falavam com ela desde sexta-feira? Nenhum telefonema? Nenhum contato? Nada fora do comum?

Olhos semicerrados, uma careta de amargura e raiva, um quê de sarcasmo na voz quando ele rosnou uma resposta:

— Fora do comum?

— Coisas que não o surpreenderiam. Qualquer coisa incomum. Mínima que seja.

— Eu me irritei com ela — disse Pernille. — Isso é comum? Ela estava fazendo barulho demais. Gritei com ela por ficar correndo pela casa com os irmãos.

Ela olhava para Sarah.

— Eu estava fazendo a contabilidade. Estava ocupada...

Theis a envolveu com seu braço forte.

— Ela só queria brincar com os meninos. Só...

Mais lágrimas; Pernille se sacudia sob o braço do marido.

— Só o quê?

— Só queria brincar.

— Vou pedir que alguém os leve para casa — disse Sarah. — Precisamos isolar o quarto de Nanna. É importante que ninguém entre lá.

Sarah e Jan os acompanharam até a porta, onde policiais uniformizados os aguardavam com um carro.

— Se vocês se lembrarem de qualquer coisa... — disse Sarah, e entregou um cartão para Theis.

Ele olhou para o pedaço de papel; um homem forte, resistente.

— Quanto vocês sabem?

— É muito cedo para dizer.

— Mas vão encontrar o culpado?

— Faremos tudo que estiver ao nosso alcance.

Ele permaneceu imóvel. Tinha a expressão amarga e dura quando voltou a perguntar, mais lentamente dessa vez:

— Mas vão encontrar o culpado?

— Sim — disparou Jan. — Vamos encontrá-lo.

Theis o encarou com firmeza e então dirigiu-se ao carro.

Sarah os observou partir.

— Os dois acabaram de perder a filha. E você grita com eles?

— Eu não gritei.

— O jeito como você falou...

— Isso é gritar! — berrou Jan.

De tão alto, o patologista enfiou a cabeça no corredor.

— Eu não gritei — repetiu Jan, mais baixo dessa vez.

Seus olhos frios e atentos buscaram os dela.

— Ele nos odeia, Lund. Você viu.

— Somos policiais. Muita gente nos odeia.

— Mas ele escolheu o momento errado, não?

Duas e meia da manhã. Hartmann estava lá quando eles chegaram ao Rådhus. Rie, a bela e astuta mulher que eles tinham visto na escola, sentada à esquerda dele. O chefe de campanha, o inquieto e desajeitado quarentão Morten Weber, do outro lado.

— Obrigada por virem — disse Sarah.

— Não viemos — respondeu Hartmann. — Apenas ficamos por aqui. Há uma eleição em curso. Trabalhamos até tarde. Vocês encontraram a jovem?

— Sim. — Jan encarava aquele político em camisa e calça azuis. — Ela estava no carro alugado em seu nome.

Sarah anotou um número e colocou o papel sobre a mesa.

— Quem foi a última pessoa a dirigi-lo?

Hartmann se empertigou na sua cadeira de couro.

— Nosso carro?

Jan empurrou o papel para mais perto dele.

— Foi o que dissemos. Podemos ter uma resposta agora?

— Vou verificar — disse Morten. — Pode demorar um pouco.

— Por quê? — quis saber Jan.

— Temos muitos carros — explicou Morten. — Trinta motoristas. Estamos no meio da noite. Ainda tem gente nossa trabalhando. Preciso dar alguns telefonemas.

Ele deixou a mesa e foi até um canto da sala com o celular.

— O que eles fazem, esses carros? — perguntou Sarah.

— Entregam material de campanha — respondeu Rie. — Cartazes. Esse tipo de coisa.

— Quando vocês mandaram um carro para a escola em Frederiksholm?

— Provavelmente sexta-feira, acho...

— Achar não é o bastante — disparou Jan, colocando as palmas das mãos sobre a mesa e se curvando para a frente. — A garota está morta. Precisamos saber...

— Não temos nada a esconder — interrompeu Hartmann. — Queremos ajudar. Já passa de duas da manhã. Não podemos tirar respostas do nada.

— Nanna Birk Larsen tinha alguma relação com o seu trabalho político?

— Não — respondeu Rie de chofre. — Ela não está em nenhuma das nossas listas.

— Mas que rápido — disse Jan.

— Achei que fosse isso que vocês quisessem.

Morten voltou.

— O secretário da campanha está em Oslo nesse momento.

— Dane-se Oslo! — gritou Jan. — Isso é um caso de assassinato. Precisamos de respostas.

Morten se sentou, arqueou uma sobrancelha para ele, olhou para Sarah.

Conferindo a hierarquia, pensou ela. Sujeito esperto.

— Então perguntei à central de segurança. As chaves foram retiradas por Rikke Nielsen na sexta-feira.

— Quem é ela? — perguntou Sarah.

— Rikke é responsável pela nossa equipe de voluntários. — Morten deu de ombros. — Qualquer pessoa pode ser voluntária. Usamos trabalhadores temporários quando não há voluntários suficientes.

Ele olhou de relance para Jan, que agora andava de um lado para o outro da sala com as mãos nos bolsos, como um galo ansioso por briga.

— Você falou com ela? — perguntou Jan.

— O telefone dela está desligado. Deve estar organizando os cartazes.

Jan assentiu com sarcasmo.

— "Deve"?

— Sim. Como eu disse, são trinta motoristas para coordenar. Muito trabalho.

— Parem com isso! — Jan estava de volta à mesa. — Uma garota morreu e vocês ficam aqui sentados como se estivessem acima do incidente.

— Meyer — disse Sarah.

— Eu quero respostas — vociferou ele.

— Meyer!

Bem alto. Ele parou.

— Ligue para a central — ordenou ela. — Coloque Buchard a par do que há de novo. Diga que vamos falar com os voluntários.

Ele não se mexeu.

— Buchard já foi dormir a essa hora.

Ela o encarou.

— Agora.

Ele se afastou em direção à janela.

— Vocês têm ideia de onde essa mulher está agora? — perguntou Sarah.

Morten consultou uma folha de papel. Realçou algo com um marca-texto verde.

— É a minha melhor aposta.

Rie pegou o papel, conferiu os nomes, depois o passou a Sarah.

— A imprensa — disse ela. — Não há motivo para que saibam.

Sarah fez que não, perplexa.

— Uma jovem foi assassinada. Não podemos manter isso em segredo.

— Não — disse Hartmann. — Se foi o nosso carro, precisamos divulgar uma declaração. É importante que ninguém tenha a oportunidade de nos acusar de esconder nada.

— Não quero que divulguem detalhes ao público — insistiu Sarah. — Vocês não falam com ninguém além de mim.

Rie se levantou, agitando as mãos.

— A eleição está em andamento. Não podemos nos dar ao luxo de esperar.

Sarah se voltou ao candidato.

— A informação que acabamos de lhes dar é confidencial. Se decidirem divulgá-la e colocar em risco uma investigação de assassinato, a escolha é de vocês. Poderão arcar com as consequências. E haverá consequências, Hartmann. Isso eu garanto.

Morten tossiu. Rie ficou em silêncio. Jan parecia satisfeito.

— Rie — disse Hartmann —, acho que podemos esperar um pouco. Desde que...

Um sorriso breve, suplicante.

— Desde que...? — perguntou Jan.

— Desde que nos digam quando decidirem ir a público. Para que possamos trabalhar juntos. Garantir que tudo corra bem.

Ele cruzou os braços. A camisa tinha o mesmo tom de azul da que ele usava no cartaz acima de sua cabeça. Tudo ali era coordenado. Planejado.

Sarah pegou um cartão, riscou seu nome e escreveu o de Jan.

— Ligue amanhã de manhã para Jan Meyer neste número — disse ela. — Ele vai atualizá-los.

— A senhora não está no caso? — perguntou Hartmann.

— Não — respondeu Sarah. — É com ele.

Morten saiu com os policiais. Rie ficou com ele, ainda contrariada.

— Que merda é essa, Troels?

— Como é que eu vou saber?

— Se concordarmos em esconder os fatos, a imprensa pode nos crucificar. Eles amam a palavra encobrir. Ficam logo com ereção.

— Não estamos encobrindo nada. Estamos fazendo o que a polícia nos pediu para fazer.

— Para eles não faz diferença.

Hartmann vestiu o paletó, pensando, olhou para Rie.

— Ela não nos deu alternativa. A imprensa também nos crucificaria por ter atrapalhado uma investigação de assassinato. E Lund sabe. Não tem nada a ver conosco. Esqueça isso.

Seus olhos perspicazes se arregalaram, a boca ficou semiaberta.

— Uma garota foi encontrada morta em um dos nossos carros e isso não tem nada a ver conosco?

— Nada. Se quiser algo com que se preocupar, olhe à sua volta.

Ele apontou para o comitê de campanha além da porta. Oito, dez funcionários trabalhavam lá o dia todo.

— E isso significa...?

— Significa: estamos seguros? Os computadores? E-mails? Nossos relatórios?

Um olhar cáustico.

— Você não está ficando meio paranoico em relação a Bremer?

— Como ele conseguiu surgir com aquela cartada da verba especial para as escolas? Como ele soube dos 20 por cento?

Hartmann pensou na conversa com Bremer, no que o prefeito dissera sobre seu falecido pai.

— Aquela raposa velha está aprontando alguma coisa.

Ela foi até Hartmann com o casaco, ajudou-o a vesti-lo, fechou o zíper para protegê-lo do frio da noite.

— O quê, por exemplo?

Hartmann falou por alto sobre o motivo da visita de Therese Kruse. Sobre o jornalista fazendo perguntas. Deixou de fora os detalhes pessoais.

— Parte disso deve ter saído daqui. Só pode ser.

Ela não ficou feliz.

— Por que não me contou?

— Estou contando agora.

Ele entrou na grande sala do comitê. Mesas e computadores. Arquivos, correio de voz. Todos os detalhes particulares da campanha estavam naquela sala enterrada no coração do Rådhus, que era trancada todas as noites.

— Vá para casa — disse ela. — Vou dar uma olhada por aqui.

Hartmann foi até ela, segurou-a pelos ombros, beijou-a com ternura.

— Eu posso ajudar.

— Vá para casa — repetiu ela. — Você precisa fechar o acordo com Kirsten Eller amanhã bem cedo. Quero que esteja bem disposto.

Ele olhou pela janela, para a praça.

— Eles disseram que a garota tinha 19 anos. Uma criança.

— Não é nossa culpa, é?

Troels Hartmann olhou para o letreiro de neon azul do hotel, para as luzes amarelas da praça.

— Não — respondeu ele. — Não é.

— Por que você disse que vamos encontrá-lo? — perguntou Sarah.

Eles estavam em um carro sem a identificação da polícia, Jan ao volante.

— Você não vai voltar a falar comigo daquele jeito — disse ele. — Na frente daqueles palhaços. Logo você...

De tão indisfarçada e pueril, a raiva dele era quase engraçada.

— Não vai ser preciso. Não estarei mais aqui. Por que você disse aquilo? Para o pai da garota?

— Porque nós vamos encontrá-lo. — Uma pausa. — Eu vou.

— Não fazemos promessas — retorquiu ela. — Leia o manual. Página 1.

— Eu tenho o meu próprio manual.

— Percebi.

Ele ligou o rádio. Uma estação de rock barulhento 24 horas. Sarah se curvou para a frente e desligou.

Ela conferiu o endereço.

— Vire aqui.

Uma estátua de um homem a cavalo, espada erguida. Um edifício imponente, bem iluminado. Um estacionamento com diversos andares. O lugar onde a equipe de campanha de Hartmann se reunia antes de sair para inundar a cidade com cartazes, panfletos, bottons, bonés e camisetas.

Os carros estavam no segundo pavimento. Fords pretos idênticos, iguais ao que havia sido tirado do canal. Sarah e Jan circularam, olhando para a mesma foto de Troels Hartmann colada nas janelas dos veículos. Um deles tinha a porta traseira aberta. Três horas antes, em um Ford idêntico àqueles, ela vira o cadáver seminu de Nanna Birk Larsen, coberto de feridas sob uma camisola manchada e esfarrapada. Ali havia caixas e mais caixas de panfletos, e a mesma fotografia de Hartmann. Aquele sorriso um tanto incerto e infantil, com uma ponta de dor nos olhos francos e honestos.

Uma mulher loira se aproximou, vindo de trás do carro, olhou para ela desconfiada. Sarah mostrou o distintivo.

— Rikke Nielsen?

A mulher parecia exausta. E também nervosa, quando Jan surgiu do outro lado do carro, cruzou os braços, sentou-se no porta-malas aberto e a observou.

— Preciso do nome de um dos motoristas do fim de semana — disse Sarah.

— Por quê?

— A placa do carro é... — Sarah folheou a caderneta.

— XU 24 919 — disse Jan, de pronto. Ele se levantou e foi até Rikke. — Um Ford preto igual a esse. Precisamos saber quem foi a última pessoa a dirigi-lo.

Então ele sorriu, de uma forma que ele devia acreditar ser simpática.

Homens carregavam cartazes do rosto sorridente de Hartmann para carros mais distantes.

— É uma estrutura e tanto isso aqui. Vocês devem ter um livro de registros.

— É claro.

— Podemos vê-lo? Por favor.

A mulher assentiu, afastou-se. Jan piscou para Sarah. A mulher voltou.

— Qual era mesmo a placa? XU...?

— XU 24 919.

Sarah se afastou, observando os homens que carregavam cartazes. Estava frio na garagem, mas não muito.

Um dos voluntários era um sujeito magricela que vestia um casaco sujo e surrado. A cabeça estava coberta com o capuz. Ele colocou os cartazes no fundo do carro. Virou-se. Suéter cinza. Rosto nas sombras. Tentando se esconder.

O papel de policial bonzinho que Jan tentava incorporar começava a azedar.

— Eu estou muito calmo — ela o ouviu dizer às suas costas. — Então fique calma também. Não quero mais ouvir um "se" ou "mas" ou "preciso consultar o Sr. Weber". Apenas me dê o nome do maldito motorista.

Ele começou a erguer a voz. Os homens que carregavam cartazes para os carros de Hartmann conseguiam escutar. Eles olhavam para Rikke Nielsen. Mas não o do capuz.

Sarah se voltou para pedir que Jan baixasse o tom. Quando olhou outra vez, o sujeito de suéter cinza e casaco não estava mais lá.

O motor de um dos Fords pretos da fila ganhou vida e o carro acelerou para fora da vaga, a porta traseira aberta, espalhando cartazes com o rosto sorridente de Troels Hartmann para todo lado.

— Meyer!

O motorista precisava passar por ela para chegar à rampa.

Sarah se colocou no meio da pista e ficou parada, com os olhos cravados no para-brisa que se aproximava.

Um homem na casa dos 30, talvez 40 anos. Barba por fazer, rosto tenso, assustado, determinado.

— Pelo amor de Deus! — gritou Jan.

Ele saltou na direção dela, agarrou-a pelo ombro com uma das mãos e a puxou para fora do caminho.

Ainda acelerando, o Ford passou a não mais de 1 metro deles.

Sarah ficou observando o carro, quase alheia ao fato de que estava nos braços de Jan e de que o colega olhava para ela, ofegante. Talvez furioso. Ela às vezes provocava aquela reação. O carro dobrou a esquina, rumo ao terraço. Jan a soltou e correu para a rampa, arma em punho, gritando. Sarah disparou na direção oposta para as escadas, saltando os degraus, três de cada vez.

Um pavimento, dois. Três, e era o último. O terraço estava escuro e brilhava sob a chuva que caía na noite. Adiante se via o belo domo barroco da Igreja de Mármore, suavemente iluminada contra a silhueta da cidade. O carro estava parado nos fundos, os faróis luzindo intensamente.

Estava desarmada. Ainda assim ela avançou na direção do carro, tentando enxergar.

— Polícia! — gritou ela.

— Lund!

Jan surgiu pela rampa, arfando, tossindo, quase incapaz de falar.

Um som veio de um canto distante. Uma porta se abrindo e fechando um andar abaixo. Sarah disparou para o parapeito para ver, Jan foi atrás. Havia uma segunda escadaria na lateral do prédio. O homem subira até ali para despistá-los. E conseguira.

Eles viram uma silhueta chegar ao nível da rua e desaparecer na noite da cidade vasta e escura.

Furioso, Jan deu um pulo de frustração, que mais parecia com o de um animal, xingando e berrando tão alto que ela precisou cobrir os ouvidos.

Eles dormiram com a roupa com que estavam, agarrados um ao outro, a dor dele na dela, a dela na dele.

Ao acordar, Theis puxou os braços com cuidado para não perturbá-la, sentou ao lado da cama, levantou-se em silêncio.

Lavou o rosto, comeu um pouco de pão e bebeu café enquanto os meninos e Pernille ainda dormiam. Então desceu para encarar os homens.

Doze naquele turno. Vagn Skærbæk entre eles, pálido, olhos marejados. Vagn. Parte da família. A primeira pessoa para quem ele ligara, às 2 horas daquela madrugada, uma conversa da qual Birk Larsen pouco se lembrava, tão pontuada que fora por lágrimas e urros e fúria.

Vagn era um bom homem para momentos difíceis. Momentos que Theis imaginava fazerem parte do passado. Ele tinha uma família. Um rochedo no qual se apoiar, assim como ele próprio era um rochedo para a mulher e os filhos.

Às vezes o rochedo tremia quando estava sobre terreno arenoso.

Ele entrou no escritório, tirou o casaco preto do gancho, vestiu-o com meticulosidade, como fazia havia anos. Então saiu e foi para o meio deles, o chefe de sempre, distribuindo as tarefas do dia.

A maioria daqueles homens trabalhava para ele havia anos. Conheciam a família, viram as crianças crescer. Traziam presentes de aniversário. Ajudavam no dever de casa. Às vezes enxugavam suas lágrimas, na ausência de Theis ou Pernille.

Alguns estavam à beira das lágrimas. Apenas Skærbæk conseguia olhá-lo nos olhos.

Theis tentou falar, mas ficou ali parado sem conseguir dizer nada.

Trabalho.

Havia uma prancheta. Uma lista de tarefas que definia a forma como as horas passariam. Ele a pegou, entrou no escritório. Procurou algo para fazer.

Um longo momento de silêncio. Então Vagn Skærbæk chamou os homens na direção das vans.

— Todo mundo se mexendo! Não sou babá de vocês.

Então ele veio e se sentou de frente para Theis. Um homem pequeno e insignificante. Mais forte do que sua compleição franzina sugeria. O rosto não muito diferente de quando eram adolescentes. Cabelos pretos, olhos inexpressivos, uma correntinha de prata barata no pescoço.

— Faça o que você precisa fazer, Theis. Eu cuido do resto.

Theis acendeu um cigarro, olhou para as paredes do escritório. Fotos por todo lado. Pernille. Nanna. Os meninos.

— Alguns repórteres telefonaram. Desliguei na cara deles. Se voltarem a ligar, deixe que eu cuido daqueles filhos da mãe.

Lentamente a garagem ganhou vida. Caixas de papelão eram carregadas do outro lado do vidro. Paletes eram transportados. Vans ganhavam a rua.

— Theis, eu não sei o que dizer. — O mesmo gorro de lã, o mesmo macacão vermelho. Irmão mais velho, irmão caçula. — Eu quero ajudar. Me diga...

Theis olhou para ele, não disse nada.

— Eles têm alguma pista do culpado?

Theis fez que não, deu uma tragada no cigarro, tentou pensar nas entregas do dia, em nada mais.

— Se eu puder fazer alguma coisa... — começou Vagn.

— A entrega em Sturlasgade — disse Theis, suas primeiras palavras aquela manhã.

Vagn esperou.

— Prometi uma empilhadeira para eles.

— Feito — disse Vagn.

Jan agitou uma fotografia de ficha criminal para a equipe em roupas civis na sala de reuniões. Um homem comum em camiseta preta segurando um número. Cabelos rareando, rosto com um hematoma e barba por fazer, um bigode comprido de hippie. Olhando para a câmera com ar entediado.

— O nome dele é John Lynge, de Nørrebro. Ele não está em casa. É um criminoso conhecido e nós... — ele prendeu a fotografia no quadro de cortiça — ... vamos colocar esse canalha na prisão. Falem com os vizinhos. Colegas de trabalho. Bares. Lojas de penhores. Traficantes. Qualquer um que o conheça. Tem 43 anos. Um filho da mãe triste e solitário...

Sarah escutava do escritório adjacente, tomando café lentamente enquanto conversava com o filho. Ela tivera três horas de sono em uma sala vazia. Não fora tão ruim.

— Ele não tem um plano — anunciou Jan, como se fosse um axioma. — Nem esconderijo. Em algum momento, ele vai sair para respirar. E então é aí que...

Ele bateu as mãos tão alto que soou como um tiro.

Sarah conteve uma risada.

— Você não vai deixar de ir às aulas de sueco — disse ela a Mark, ao telefone. — Nem poderia. Estamos indo morar lá. Bengt pode explicar à professora o motivo do seu atraso. Não tem problema.

Jan ergueu uma outra fotografia, esta de Nanna. Ainda bonita. Sem maquiagem, sem sorriso sensual forçado. Sem fazer tipo.

— Precisamos saber tudo a respeito dela. Mensagens de texto e voz, e-mails. Qualquer coisa que a ligue a Lynge.

Mark estava ficando rabugento.

— Vamos viajar amanhã à noite — disse Sarah. — Eu ligo para dizer o horário do voo depois que comprar as passagens.

— Vamos trabalhar — berrou Jan, e bateu as mãos outra vez.

E então, quando todos já haviam saído, ele foi ao escritório onde ela estava.

— Buchard quer dar uma palavrinha com você.

O velho tinha a fotografia de Lynge à sua frente na mesa que fora dela. Jan repassava as informações que recolhera nos arquivos.

— Há 13 anos ele foi pego espreitando crianças em um parquinho. Um ano depois estuprou uma menina. Catorze anos.

O chefe escutava. Sarah ficou parada à porta, segurando sua caneca de café frio. Não gostava do olhar no rosto de Buchard.

— Seis anos depois, foi mandado para um manicômio judiciário. Solto faz 18 meses.

Tudo isso, Jan recitava de memória, depois de olhar uma só vez a ficha criminal. Impressionante, pensou ela. De certa forma.

— E por que ele foi solto? — perguntou Buchard.

Jan deu de ombros.

— Porque não era mais considerado perigoso? — sugeriu Sarah.

— Eles sempre dizem isso.

— Nem sempre, Meyer — retorquiu Buchard. — Sarah?

— Precisamos falar com ele.

Jan jogou as mãos para cima, num gesto zombeteiro.

— O eufemismo do ano.

Ele brincava com o carro de polícia de brinquedo. Empurrava-o para a frente e para trás, fazendo a luz azul acender e a sirene soar. Como uma criança.

— Pare com isso. Quero falar a sós com ela — ordenou Buchard.

Jan colocou o carro sobre a mesa com cuidado afetado.

— Se for sobre o caso...

Algo no rosto de Buchard o deteve. Jan levantou as mãos e saiu.

No momento em que a porta foi fechada, Sarah pegou a bolsa.

— Já tivemos essa conversa. Você sabe qual é a minha resposta.

— As coisas mudam

— Chefe! Não temos onde morar. Bengt está esperando por mim na Suécia. A escola do Mark começa amanhã.

Ela foi até a porta.

— Acabo de vir do laboratório — disse Buchard. — A menina ainda estava viva quando a atiraram no canal. Um carro como aquele leva vários minutos para encher de água. Some-se a isso o tempo para afundar.

Ele estava pegando uma pasta com fotografias.

— O caso não é meu — disse Sarah, mexendo na bolsa, arrumando novamente coisas que já rearrumara antes.

— Ela foi estuprada repetidamente. Na vagina. No ânus. Ele usou preservativo e não teve pressa.

Sarah o observou ler isso da folha de papel que ele tirara da pasta.

— Mark está muito animado com a mudança. Não!

— Ela foi abusada assim por horas. Todo o fim de semana, provavelmente. As equimoses indicam que foi mantida em algum lugar antes de ser levada para a floresta.

Sarah pegou o casaco.

— E tem isso — prosseguiu Buchard, erguendo um pequeno saco plástico de provas.

Sarah olhou, não conseguiu evitar.

— Meyer mostrou para a mãe. Ela disse que nunca viu antes.

Buchard pigarreou.

— A garota estava segurando isso na mão direita quando morreu. Minha suposição é de que ele a obrigou a usá-lo. Ela o arrancou do pescoço quando estava se afogando. Não consigo pensar em outra explicação.

Sarah estava parada em frente à janela, olhando para o pátio lúgubre que havia em frente às celas.

— Isso não é comum, Sarah. Você sabe disso. Estuprar a garota e depois a matar para calá-la. — Ela não conseguiu evitar aqueles olhos pequenos e brilhantes. — Você acha que ao menos saberíamos que ela morreu se deixássemos tudo a cargo de... — Ele gesticulou para a porta com a cabeça. — Do nosso novo amigo Meyer?

— Eu não...

— Falei com o pessoal de Estocolmo. Eles concordaram que você entre em contato quando o caso estiver encerrado.

Então ele se foi, deixando as fotos, as pastas e o pequeno saco plástico de provas sobre a mesa. Saiu da sala deixando-a ali, sozinha.

Ela pensou em Mark e Bengt. Na Suécia e no emprego civil em Estocolmo. Mas, principalmente, em Nanna Birk Larsen, um corpo encolhido no porta-malas de um Ford preto, descartado em um canal enlameado.

Ergueu o saco plástico, colocou-o contra a luz.

Era um pingente em uma correntinha de ouro. Vidro barato. Cafona. Diferente.

Um coração preto.

Jan voltou do corredor. Tinha o rosto afogueado. Buchard devia ter lhe dado a notícia.

— Isso é ultrajante.

— Concordo inteiramente. Faremos as coisas do meu jeito até o fim da semana. Se o caso ainda estiver aberto, você pode ficar com ele.

— Ótimo.

Não parecia estar nada ótimo.

— Seguimos as minhas regras. Tratamos as pessoas com respeito, gostemos delas ou não. Você não fuma no carro, não dirige a mais de 50 por hora...

— Posso peidar?

— Não. E também não quero batata frita e cachorro quente para todo lado.

— Algum tipo de cueca específico?

Ela pensou por um instante.

— Que tal limpa?

Escolas são mundos em miniatura, movidos a fofocas e boatos. Quando o professor chamado Rama chegou, naquela manhã cinzenta, sentiu a notícia pairando nos corredores como um fantasma perverso.

Então a diretora Koch falou com ele.

— Posso fazer isso se você quiser.

— Minha aluna — retrucou ele. — Minha turma.

Cinco minutos depois ele entrou na sala, sem livros nas mãos, sem sorriso no rosto. Olhou para os alunos, todos os alunos, nem crianças nem adultos. Oliver Schandorff com seus cabelos ruivos, os olhos chapados, o rosto amargo. Lisa Rasmussen, a melhor amiga de Nanna, embora não tão bonita nem tão inteligente.

O que dizer além do óbvio? O que oferecer além do banal?

Com o rosto moreno carrancudo, ele se dirigiu aos alunos:

— Acabo de ser informado... — Ele parou, fechou os olhos, escutou a aridez das palavras antes mesmo de proferi-las. — A polícia informou que Nanna está morta.

Um rápido suspiro coletivo. Lágrimas e lamentos e sussurros.

— Não haverá aula hoje. Vocês podem ir para casa. Ou ficar aqui. Os professores estarão na escola o dia todo. Teremos orientadores à disposição.

Uma mão foi erguida no fundo da sala. Alguém perguntou o inevitável.

O que aconteceu?

O homem que conheciam como Rama pensou na jornada da própria família, na terra difícil e perigosa que haviam deixado para trás. Ele era apenas uma criança na época. Mas ainda assim conseguia sentir, por intermédio deles, como aquela cidade parecia ser segura em comparação com a que eles abandonaram.

— Não sei.

Outra mão.

— Ela foi assassinada?

Lisa cobriu o rosto com as mãos, um gemido de sofrimento e dor escapando por entre os dedos.

— Vocês todos têm perguntas, eu sei. Eu também tenho. Não há... — Um professor nunca fica sem palavras. Um professor é sempre honesto. — Muitas vezes não há respostas rápidas. Vamos precisar esperar para saber o que aconteceu.

Ele se lembrou do que a diretora Koch lhe dissera. Foi direto até Lisa, pousou o braço sobre as costas curvadas da menina, tentou encontrar o olhar dela.

— Eles precisam da sua ajuda — disse. — Lisa?

Nenhuma resposta.

— A polícia quer falar com você.

Ela enterrou o rosto nos braços.

— Com você e com Oliver.

Rama ergueu os olhos. Ele estava ali apenas um minuto antes. Mas agora a carteira estava vazia.

Sarah mostrou a Lisa uma fotografia do Ford preto.

— Você já viu esse carro?

Lisa assentiu.

— Talvez. Ou algum igual a esse.

— Quando?

Ela pensou antes de responder.

— Sexta-feira. Antes da festa. Acho que estavam descarregando uns materiais.

Sarah mostrou a fotografia de John Lynge.

— E este homem?

A jovem olhou para a fotografia do homem calvo com olhos cravados na câmera, o bigode grisalho e a face com cicatriz, o número da ficha na polícia erguido na altura do peito.

— Foi ele?

— Apenas me diga se o viu.

Lisa analisou a fotografia.

— Acho que não. O que ele fez com a Nanna?

— Talvez ele tenha estado na escola. Ou em algum lugar aonde você e Nanna foram juntas.

Um prolongado momento, e então ela fez que não.

— Não. Nunca o vi.

Sarah guardou a fotografia.

— Nanna disse que estaria na sua casa. Você tem alguma ideia do motivo que a fez alegar isso?

— Não. — As lágrimas estavam de volta. Ela parecia ter novamente 15 anos. — Achei que ela pudesse ter saído com alguém.

— Quem?

— Não sei.

— Lisa...

— Eu não sei!

Mudança de tática. Começaram a falar sobre a festa.

— Como ela estava? — perguntou Sarah.

— Feliz.

— De bom humor?

— Feliz.

— E...?

— E ela foi embora. Achei que foi um pouco cedo. Mas...

— Por que ela foi embora?

— Ela não disse.

— Estava acompanhada?

— Eu não...

A frase ficou incompleta no ar.

Sarah se curvou e buscou os olhos da jovem.

— Eu não vi! Por que vocês insistem em me fazer perguntas? Por que eu deveria saber?

Sarah deixou que o arroubo da menina passasse, mastigou um chiclete de Nicotinell.

— Nanna era a sua melhor amiga, não era? Achei que você quisesse ajudar.

— Eu não sei de nada.

As fotografias haviam sido escolhidas com tato. Nada físico. Nada perturbador. Sarah pegou a última e a mostrou à jovem.

— Você reconhece esse colar?

Um coração preto em um cordão dourado.

Lisa fez que não.

— Parece velho — comentou Lisa.

— Você nunca viu Nanna com ele?

— Não.

— Tem certeza...?

— Tenho certeza, tenho certeza, tenho certeza! — gritou a jovem. — Eu a vi na festa. Abracei ela. Não sabia que seria a última vez...

Lisa olhava para a mesa, não para as fotografias, nunca para Sarah.

— Eu não sabia — repetiu ela.

— Eu verifiquei — disse Rie. — Lynge não é filiado ao partido. Ele é funcionário de uma empresa terceirizada que contratamos algumas vezes. Podia estar trabalhando para qualquer um.

Eles estavam do lado de fora do comitê de campanha, no corredor, conversando aos sussurros. Hartmann parecia que mal dormira.

— Isso é bom — disse ele.

— Só se as pessoas souberem. Se não dissermos nada e a imprensa ficar sabendo disso...

— O quê?

— Vão dizer que nós contratamos um assassino e o protegemos. Se Kirsten Eller ficar sabendo, podemos dar adeus à aliança. Temos que fazer uma declaração. Esclarecer nossa posição imediatamente.

Hartmann hesitou.

— Sou sua consultora, Troels. Estou lhe dizendo: isso é a beira do precipício. Não espere até começar a cair...

— Está bem, está bem. Mas informe primeiro a polícia.

— E quanto a Eller e o partido?

— Deixe que eu falo com eles.

Quando deu meio-dia, a escola estava vazia. Sarah e Jan comparavam anotações em um corredor deserto, próximo aos armários dos alunos. Em uma parede havia cartazes do governo com alertas de saúde sobre drogas, bebidas e sexo. Na outra, uma fileira de pôsteres de filmes e bandas de rock.

Jan tinha andado ocupado. Ele falara com três testemunhas que alegavam ter visto Lynge entregar material de campanha pouco depois do meio-dia.

— E à noite?

— O carro também estava aqui. Talvez ele tenha ouvido falar da festa e voltado.

— Temos certeza de que era o carro que ele dirigia?

Jan jogou algumas fotos na mão dela e sorriu.

— Eles tiraram fotos para o site da escola. Hora da festa. Olhe no segundo plano das que mostram o exterior. Era o mesmo carro.

O telefone dele tocou. Enquanto ele falava, Sarah correu os olhos pelas fotografias. Atrás de jovens em fantasias macabras, máscaras e perucas, todas horríveis, estava o contorno preto do Ford.

Jan estava ficando irritado.

— Eu já disse que isso está fora de questão — vociferava ele ao telefone.

Um Jan Meyer irritado. Que novidade. Ela continuou olhando as fotos. Não havia festas de Halloween como aquela quando Sarah tinha 19 anos. E mesmo que houvesse...

Ela se perguntou o que sua própria mãe diria.

— Não vou falar outra vez — gritou Jan. — A resposta é não.

Ele olhou para o aparelho. Xingou.

— Não acredito. Ela desligou na minha cara.

— O que está acontecendo?

— Hartmann vai fazer um comunicado à imprensa. Está tentando tirar o dele da...

Lund bateu o maço de fotografias no braço dele.

— Vamos para o Rådhus. Você dirige.

Theis foi trabalhar atordoado e, ao se dar conta do próprio alheamento, voltou para casa e se sentou na cozinha com Pernille, sem falar, apenas esperando; pelo quê, nenhum dos dois sabia.

Então chegou Lotte, a irmã dela. Onze anos mais nova, tão próxima de Nanna quanto de Pernille. Sentado num canto, mudo e letárgico, Theis viu as duas se abraçarem e chorarem, invejando suas emoções francas.

— E os meninos? — perguntou Lotte.

— Ainda não contamos a eles — disse Pernille. — Theis?

— O quê?

Era a primeira coisa que ele falava em uma hora.

Lotte se sentou à mesa e chorou. Pernille consultou o quadro de horários da escola no mural de cortiça com as fotos da família.

— Vamos pegar os meninos depois da aula de artes. Termina às duas.

— Sim.

Lotte estava devastada.

— O que ela estava fazendo lá? Nanna nunca entraria no carro de um estranho.

Mais café puro. Impedia-o de gritar.

Pernille mudou as fotos de lugar no mural de cortiça, sem motivo aparente.

— Precisamos... — Ela fungou, respirou fundo duas vezes. — Precisamos pensar nos meninos.

Ela voltara a chorar, mas não queria demonstrá-lo.

Theis precisava fazer alguma coisa. Precisava desesperadamente sair daquele lugar. Mas sabia que um pensamento velado também é um tipo de traição.

— Precisamos contar a eles — falou.

Sarah entrou no escritório do Partido Liberal. O lugar cheirava a suor, madeira e couro velho. Rie, a consultora elegante demais e confiante demais de Hartmann, estava ao telefone tratando da coletiva de imprensa.

— Quero falar com ele — disse Sarah quando ela encerrou a ligação.

— Ele está em uma reunião.

— Ah — disse Sarah.

Ela observou a mulher ir até o computador e digitar de pé, da forma como fazem as pessoas ocupadas.

— Vocês vão divulgar o comunicado?

Ainda digitando:

— Não podemos esperar mais.

— Terão que esperar.

Rie olhou para a porta atrás dela e falou muito lentamente, como se estivesse se dirigindo a uma idiota:

— Não podemos.

Sarah avançou, empurrou Rie para o lado quando a mulher avançou contra ela, gritando; e abriu a porta.

Troels Hartmann parecia perplexo. Assim como a mulher ao seu lado.

Kirsten Eller. A mulher roliça dos cartazes da eleição.

Ela não sorria. Não gostava de ser incomodada.

— Desculpe — disse Sarah ao homem da camisa azul impecável. — Mas precisamos conversar.

Um minuto depois, os dois à janela, Kirsten Eller no sofá, longe o suficiente para não ouvi-los.

— Se a imprensa especular que eu estou mentindo... — disse Hartmann.

— Isso é um caso de assassinato. Os detalhes são confidenciais. Você não pode colocar em risco as nossas chances de...

— E quanto às minhas chances?

Ele era um homem incomum. Abençoado com um carisma de político. Uma aura de sinceridade jovial. Ele conseguia dizer isso sem qualquer indício evidente de vergonha.

O telefone de Sarah tocou, ela tirou o aparelho da bolsa, suspirou quando viu o número no visor, atendeu de qualquer forma.

— Bengt, posso ligar para você depois?

Sons de marteladas. Distantes.

— Estou na casa. Os carpinteiros estão aqui. Que tipo de madeira escolhemos para a sauna?

Sarah fechou os olhos. Hartmann não se afastou, o que já era alguma coisa.

— Que tipo costuma ser usado em saunas?

— Pinho.

— Pode ser pinho. Está ótimo.

– Mas depende do...

— Agora não. Eu ligo para você mais tarde.

Telefonema encerrado.

Hartmann fez menção de voltar à mulher que esperava pacientemente no sofá.

Sarah o segurou pelo braço, olhou nos olhos dele. Havia algo ali...

— Estamos bem perto de pegá-lo. Não atrapalhe.

— Perto mesmo? Hoje?

— Espero que sim.

Hartmann hesitou.

— Ok — disse ele. — Vou esperar. Contanto que não passe de hoje.

— Obrigada — disse ela.

— Pinho polar.

Sarah parou.

— Pinho polar. É melhor do que o comum para as saunas. Tem menos resina.

— Ah.

Jan estava parado à porta, voltara da caça pelos corredores.

Hora de ir.

* * *

Kirsten Eller sorria quando Hartmann voltou.

— Más notícias, Troels?

— De modo algum. Não precisa se preocupar.

Ela o observou.

— Mesmo? Você me pareceu preocupado.

— Eu disse que não é nada.

— Se eu me divorciar de Bremer, nossa aliança deve ser um casamento. Não um caso passageiro.

— É claro — disse ele, assentindo com vigor.

— Um casamento marcado por sinceridade em tudo.

Hartmann sorriu para ela.

— Não temos más notícias, Kirsten. Podemos voltar ao que interessa?

Pouco depois das 14h, Pernille e Theis esperavam no pátio de cimento em frente ao bebedouro. Viram os filhos sair correndo do parquinho, de casacos grossos, gorro e luvas, mochilas às costas, agitando pipas de cores vibrantes.

Terça-feira. Eles sempre faziam alguma coisa.

Emil, 7 anos, cabelos loiros e curtos. Anton, 6, meio ruivo, como o pai fora um dia. Os meninos chegaram correndo aos tropeções, tentando fazer as pipas levantarem voo na brisa fria do inverno.

A de Emil era vermelha; a de Anton, amarela.

— Por que o papai veio com você? — perguntou Emil imediatamente.

Seguiram pela rua cinza, de olho no trânsito. Cuidado ao atravessar a rua. As mãozinhas dos filhos segurando as deles.

Anton queria saber se podiam ir ao parque empinar as pipas. Ficou emburrado quando a mãe disse que não.

O céu se agigantava, escuro e pesado. Colocaram as mochilas dos filhos no porta-malas.

Um telefonema. Vagn Skærbæk, ansioso ao ouvido de Theis.

— Não venham para casa ainda.

— Por que não?

— A polícia está revistando o quarto dela. Alguns fotógrafos vieram.

Theis ficou parado um instante, viu Pernille acomodar os meninos nas cadeirinhas, fivelas ajustadas, um beijo na testa.

Raiva não, ele pensou. Não agora.

— Quanto tempo vão ficar aí?

— Não faço ideia. Quer que eu me livre deles?

Theis não conseguia pensar em nada para dizer.

— Os meninos, Theis. Você não quer que eles vejam isso.

— Não. Me ligue quando tiverem ido embora.

— Vamos empinar essas pipas — disse ele, depois de entrar no carro e fechar a porta. — Vamos lá.

Dois gritinhos de felicidade, socos no ar no banco de trás. Pernille olhou para ele.

Não eram necessárias palavras. Ela sabia.

Jan dirigia como sempre.

— Então o Bom Moço conseguiu o seu voto?

— O que você quer dizer?

— Você sorriu para ele, Lund.

— Eu sorrio para muita gente.

— O sujeito não tirava os olhos do seu suéter.

Ela ainda vestia o suéter preto e branco das Ilhas Faroé. Era quente e confortável. Comprara-o nas férias que passara com Mark logo após o divórcio, uma tentativa de ajudá-lo a absorver o choque. Ela gostava tanto daquele suéter que comprara outros. Cores diferentes. Estampas diferentes. Havia um lugar onde podia comprar por reembolso postal...

— Da última vez que eu vi a minha avó, ela estava usando um parecido.

— Legal.

— Não, não foi legal. Ela estava num caixão. Eu odeio enterros. São tão... — Ele enfiou a mão na buzina para fazer um ciclista sair da frente. — Definitivos.

— Você está inventando isso — disse Sarah. Ele não respondeu.

As Ilhas Faroé eram tranquilas e repletas de verde. Um mundo silencioso e sonolento, muito distante da paisagem urbana suja de Copenhague.

— Tenho certeza de que ele não estava olhando para os seus peitos. Quer dizer...

Ela não escutou, deixou que ele continuasse a tagarelar. A botar aquilo para fora.

No mundo verde das Ilhas Faroé, pouco acontecia. As pessoas tocavam suas vidas. As estações iam e vinham. Vacas peidavam. Como em Sigtuna.

— Aonde estamos indo, Meyer?

— Lynge não aparece em casa desde ontem à noite. Ele tem uma irmã. Ela é dona de um salão de beleza em Christianshavn. O sujeito foi visitá-la hoje de manhã. Não foi muito simpático. Ele sorriu para Sarah. — Alguns homens são assim.

A irmã de Lynge era uma mulher atraente com cabelos lisos e compridos e um rosto sofrido.

— Onde ele está? — perguntou Jan.

— Não faço a menor ideia. Ele é meu irmão. Puro azar.

Lynge esperava numa rua lateral quando ela abrira o salão naquela manhã. Entrara à força. Deu azar. Ela tinha no caixa apenas 5 mil coroas. Ele pegou o dinheiro, revirou um pouco o lugar. A irmã limpava o chão, cheio de xampu e condicionador, enquanto falava.

Sarah conferia o lugar, deixara as perguntas para Jan.

— Para onde você acha que ele foi?

— Não o reconheço mais. Ele está doente.

— Sabemos disso.

— Não. — Ela bateu na têmpora com a ponta do dedo. — Não só nesse sentido. Está doente mesmo. Fisicamente. Precisa ir para um hospital. — Ela parou de limpar o chão. — Nunca o vi tão mal. Foi só o dinheiro. Não o coloquem de volta na cadeia. Outra vez não. Ele vai ficar ainda mais louco.

— Ele tem para onde ir? Uma namorada?

— Ninguém quer saber dele. Não depois do que ele fez. — Ela hesitou. — Havia uma mulher.

— Que mulher? — perguntou Sarah.

— A que o visitava na prisão. Uma voluntária. — A irmã fez uma careta. — Aquele velho tipo. Cristã. Nunca desiste. Ela me procurou faz algumas semanas. Implorou para que eu entrasse novamente em contato com ele. Disse que isso ajudaria.

Eles esperaram.

— Mas não, não ajudaria. Eu conheço o meu irmão. Além do mais... — Ela olhou em volta, para o pequeno salão. — Eu tenho uma vida. Tenho direito a isso. Não tenho?

Jan pegou uma escova de cabelo. Ficou brincando com aquilo.

— Você sabe o nome dessa mulher?

— Lamento, não sei. Ela é de alguma das organizações assistenciais da cadeia, eu acho.

Ela olhou para Sarah.

— Ele matou aquela garota da TV, não foi? Eu sabia que isso ia acontecer. Não deveriam tê-lo deixado sair. Ele estava tão assustado...

— E vai ficar ainda mais quando eu colocar as mãos nele — murmurou Jan.

A mulher nada disse.

— Como assim assustado? — perguntou Sarah.

— Hoje de manhã. Parecia apavorado. Como se... não sei.

— Precisamos encontrá-lo. Falar com ele.

A mulher voltou a limpar o chão.

— Boa sorte — disse ela.

Lá fora, chuva constante.

— Pegue o meu carro. Providencie alguém para falar com a mulher que o visitava na prisão — ordenou ela a Jan. — Depois me ligue.

— Aonde você vai?

Ela fez sinal para um táxi e se foi.

Mathilde Villadsen tinha 76 anos e era praticamente cega. Morava em um apartamento velho com seu gato Samson e seu segundo melhor amigo, o rádio, que no momento tocava músicas dos anos 1970 — a década que ela via como a sua.

Então a banda de swing foi interrompida pelo noticiário:

— *A polícia impôs silêncio sobre o assunto...* — começava o radialista.

— Samson?

Era hora de dar comida ao gato. A lata estava aberta. A comida estava na tigela.

— *... acerca do caso de Nanna Birk Larsen, encontrada morta na segunda-feira.*

Ela foi até a pia da cozinha, desligou o rádio. Estava frio no apartamento, ali era cheio de correntes de ar. Ela usava a mesma roupa que vestira a maior parte do inverno até então: um cardigã comprido de lã azul, um cachecol grosso enrolado no pescoço enrugado. O aquecimento era terrivelmente caro. Ela era uma garota dos anos 1950. Um pouco de dificuldade era uma cruz que ela podia carregar.

— Samson?

O gato miava do outro lado da porta principal do apartamento, no corredor. Em seus chinelos velhos e folgados, ela foi arrastando os pés até lá e abriu a corrente pega-ladrão.

Estava escuro nas escadas. As crianças viviam desligando as luzes. Mathilde suspirou, ajoelhou-se com esforço, desejou que o gato não aprontasse tanto.

No escuro, sentindo o frio do chão de pedra através das meias-calças, ela avançou penosamente pelo corredor.

— Samson, Samson. Gatinho feio, gatinho *feio*...

Então ela esbarrou em alguma coisa. Esforçando-se por enxergar, tateou com os dedos. Couro sujo, calça jeans.

Ela olhou para cima. Uma cabeça calva e um rosto marcado por cicatrizes surgiram à luz tremeluzente da chama de um isqueiro, aceso próximo aos bigodes do gato: o bicho estava nos braços do homem, bem mais alto que ela.

Ele parecia infeliz. Assustado.

— Meu gato... — ela começou a dizer.

A chama ficou mais próxima da cara de Samson. O gato miou e tentou se desvencilhar dos braços fortes.

— Não grite. Entre — ordenou ele, em voz baixa e ríspida.

Havia um vestido de noiva no manequim, cetim branco coberto de flores de algodão bordadas. A mãe de Sarah, Vibeke, costurava-os para uma loja local. Nem tanto pelo dinheiro, mais para ter o que fazer. A viuvez não lhe caía bem. Pouca coisa lhe caía bem, na verdade.

— O que Bengt diz disso tudo?

Era uma mulher rígida, sempre atenta, sempre séria, com um jeito enérgico — às vezes cáustico — e um olhar crítico.

— Vou ligar para ele.

Vibeke deu um passo para trás e contemplou o vestido. Colocou um alfinete no peito, outro na manga. Sarah pensou que a mãe devia gostar da ideia de as mulheres se casarem. Estreitava suas opções. Amarrava-as da forma como Deus queria.

— Então você nem ao menos disse a ele que não vai?

— Não tive tempo.

Sua mãe soltou um suspiro curto que Sarah conhecia desde criança. Mesmo agora, porém, ela continuava surpresa com o quanto de contrariedade e reprovação podia ser comprimido em algo tão curto.

— Espero que você não faça esse ir embora também.

— Eu já disse que vou ligar!

— O Carsten...

— O Carsten me bateu!

Aquele olhar, prolongado e frio.

— Uma vez. Só uma. Ele era o seu marido. O pai do seu filho.

— Ele...

— A forma como você se comporta. Essa obsessão com o trabalho. Um homem precisa saber que é desejado. Amado. Se você não der isso a eles...

— Ele me bateu.

Com muito cuidado, Vibeke enfiou a agulha no cetim brilhante da gola.

— Você alguma vez já se perguntou se não mereceu?

— Eu não mereci. Ninguém merece isso.

O celular dela tocou. Era Jan.

— Entrei em contato com o presídio.

— E...?

— Três pessoas costumavam ir vê-lo. Uma morreu. Outra se mudou. A terceira não atende o telefone.

— Venha me buscar — disse Sarah, e deu-lhe o endereço em Østerbro. — Vinte minutos.

— O táxi da sirene azul está a caminho. Espero que seja generosa com a gorjeta.

A polícia deixara marcas e rastros por todo o apartamento. Números e setas. Poeira cinza nos pontos onde haviam buscado digitais.

Anton, sempre o mais curioso, estava parado em frente à porta do quarto.

— O que é isso na porta do quarto da Nanna?

— Saia daí! — vociferou Theis. — Venha para a mesa.

A mesa.

Que Pernille e Nanna tinham construído durante um tedioso verão, três anos antes, quando não havia nada a se fazer a não ser ver a chuva cair. Madeira barata de uma loja para artesanato. Fotos e boletins escolares colados no tampo e depois envernizados. A família Birk Larsen congelada no tempo. Nana aos 16 anos, crescendo rápido. Anton e Emil muito pequenos. Rostos capturados no lugar que era o coração daquele pequeno lar. Quase todos sorrindo.

Agora os meninos tinham 6 e 7 anos, olhos arregalados, perguntando-se o que era aquele momento. Curiosos, talvez um pouco assustados.

Pernille se sentou, olhou para eles, tocou-lhes nos joelhos, nas mãos e no rosto e disse:

— Precisamos contar uma coisa para vocês.

Theis estava de pé, atrás da esposa. Pernille se voltou. Então, lentamente, ele se sentou ao seu lado.

— Aconteceu uma coisa com a gente — continuou ela.

— O quê? — perguntou Emil, o mais velho e, de certa forma, mais lento.

Lá fora o tráfego roncava. Vozes na rua. Era sempre assim. Para Theis Birk Larsen, sempre seria.

Juntos. Uma família. Completos.

Seu grande peito se inflou. Os dedos grandes e calejados correram pelos cabelos arruivados, que começavam a ficar grisalhos. Ele se sentiu velho, impotente, estúpido.

— Meninos — disse por fim. — Nanna morreu.

Pernille esperou.

— Ela não vai mais voltar — acrescentou ele.

Seis e 7 anos, olhos esbugalhados brilhando sob o lustre onde todos jantavam. Rostos estáticos olhando para eles à altura do tampo da mesa.

— Por quê, pai? — perguntou Emil.

Pensando.

Lutando.

— Vocês lembram que uma vez a gente viu uma árvore grande no parque?

Anton olhou para Emil. Ambos assentiram.

— Um raio atingiu essa árvore. Arrancou um...

Aquilo era real?, ele perguntou a si mesmo. Ou algo imaginado? Ou uma mentira elaborada para permitir que as crianças dormissem quando caísse a noite?

— Arrancou um galho grande. Bem...

Não importava, pensou ele. Mentiras também podiam funcionar, assim como a verdade. Às vezes eram até melhores. Mentiras bonitas nos ajudam a dormir. Verdades feias, nunca.

— Podemos dizer que um raio nos atingiu. E levou a Nanna embora.

Eles escutavam em silêncio.

— Mas, assim como a árvore do parque continua a crescer, nós também continuamos.

Uma boa mentira. Que o encorajou um pouco.

Ele apertou a mão de Pernille debaixo da mesa.

— *Precisamos* continuar.

— Cadê a Nanna? — perguntou Anton, o mais novo, o mais vivo.

— Tem alguém cuidando dela — disse Pernille. — Daqui a alguns dias, nós todos iremos à igreja. Para nos despedirmos.

Os meninos franziram a testa.

— Ela *nunca mais* vai voltar?

Mãe e pai, os olhares se encontraram por um instante. Eram duas crianças ali diante deles. Preciosas crianças, ainda presas no próprio mundo, e não havia necessidade de escaparem dele.

— Nunca mais — confirmou Pernille. — Um anjo veio e a levou para o céu.

Outra boa mentira.

Seis e 7 anos, olhos abertos e brilhantes. Eles não estavam dentro daquele pesadelo. Não...

— Como ela morreu?

Anton. Só podia ser ele.

As palavras fugiam de Theis e Pernille. Ela foi até o mural de cortiça, olhou para as fotos, os horários, os planos que todos eles haviam feito.

— Como ela morreu, pai?

— Não sei.

— Pai...

— Simplesmente... acontece às vezes.

Os meninos caíram em silêncio. Ele segurou as mãos deles. Perguntou a si mesmo: Será que já me viram chorar antes? Quanto tempo vai levar até que testemunhem isso de novo?

— Acontece.

* * *

Sarah e Jan subiram as escadas, tocaram a campainha, esperaram. O corredor estava escuro. Lâmpadas quebradas. Fedia a urina de gato.

— Então você foi morar com a sua mãe e não com aquele norueguês?

— Bengt é sueco.

— Tem diferença?

Ninguém atendeu à porta no endereço que eles tinham conseguido. A correspondência se acumulava no chão.

Sarah foi até a porta do apartamento vizinho. Havia uma luz acesa do outro lado do vidro fosco. A placa dizia M. Villadsen.

O rádio de Jan estrepitou. Estava alto demais. Ela lhe lançou um olhar de censura e bateu à porta.

Nada.

Bateu outra vez. Jan estava ao seu lado, mãos na cintura, punhos fechados, em silêncio. Ela quase riu. Assim como a maioria dos investigadores do departamento de homicídios, Jan carregava uma pistola Glock 9mm em um coldre no cinto. Ele ficava parecendo um caubói de desenho animado.

— Qual é o problema?

— Nada. — Ela tentou não sorrir. — Nenhum problema.

— Pelo menos eu tenho uma arma. Cadê a...?

Houve um rangido. A porta se abriu alguns centímetros, até o limite da corrente. O rosto de uma senhora idosa, impreciso na escuridão.

— Sou a detetive de homicídios Sarah Lund, da polícia — disse Sarah, mostrando o distintivo. — Precisamos falar com a sua vizinha, Geertsen.

— Ela não está.

Pessoas velhas diante de estranhos. Medo e desconfiança.

— A senhora sabe onde ela se encontra?

— No exterior.

A mulher se mexeu como que para fechar a porta. Sarah colocou a mão para detê-la.

— A senhora viu alguma coisa incomum no prédio hoje?

— Não.

Ouviu-se um som atrás dela no apartamento. Os olhos da mulher estavam fixos nos de Sarah.

— A senhora está com visitas?

— É só o meu gato — respondeu ela, e rapidamente bateu a porta.

* * *

Um minuto depois, estavam de volta à viatura, Sarah ao rádio, Jan ao seu lado. Ele começava a ficar agitado.

— Preciso de reforços. O suspeito pode estar neste local.

— Mandaremos um carro — respondeu a central.

Da rua eles podiam ver a janela do apartamento.

— As luzes estão apagadas — disse Jan. — Ele sabe que estamos aqui.

— Estão a caminho.

Ele tirou a arma do coldre e a conferiu.

— Não podemos esperar. Um homem como aquele. E uma velha. Vamos entrar.

Sarah fez que não.

— E fazer o quê?

— O que pudermos. Você ouviu a irmã dele. O cara é pirado. Não vou esperar até que a velhota esteja morta.

Sarah se curvou para a frente, olhou-o nos olhos, falou:

— Vamos ficar aqui.

— Não.

— Meyer! Nós somos dois. Não podemos cobrir as saídas...

— Cadê a sua arma?

Ela estava ficando farta daquilo.

— Eu não tenho arma.

O mesmo olhar que ela vira no dia anterior, quando falaram sobre a Suécia. Absoluta perplexidade.

— O quê?

— Não vamos a lugar algum. Vamos esperar.

Um momento prolongado. Jan assentindo.

— Você pode esperar se quiser — disse ele, e desceu do carro.

Do outro lado da cidade, em um carro de campanha avançando noite adentro, Troels Hartmann atendeu ao último telefonema que ele desejava atender no mundo. Uma agência de notícias. Oficial, dessa vez. Um jornalista de cujo nome ele se lembrava.

— Sabemos sobre o carro, Hartmann — disse o repórter. — Nanna Birk Larsen foi encontrada em um Ford da sua comitiva de campanha. Vocês omitiram o fato para a imprensa. Pode me dizer por quê?

No apartamento acima do depósito-garagem, enquanto Pernille chorava em silêncio, Theis estava com Anton e Emil, um em cada enorme joelho do pai, contando mais histórias sobre anjos e florestas, observando as reações dos filhos, odiando as próprias mentiras.

Sarah Lund colocou outro Nicotinell na boca, pensou em Jan Meyer, pensou na garota morta retirada da água.

Então abriu o porta-luvas, afastou caixas de chiclete, o isqueiro inutilizado, os lenços de papel, os absorventes, e pegou a arma.

Subindo as escadas escuras e fétidas, ela ouviu o som de vidro sendo quebrado.

Avançou correndo o resto da escada, segurou Jan pelo braço enquanto ele quebrava o vidro da porta com a coronha da arma.

— O que você pensa que está fazendo, caramba?

— O que acha?

— Eu disse para você esperar.

Ele quebrou mais um pedaço do bloco de vidro, ampliou o buraco com o cotovelo, enfiou a mão, olhou para Sarah e deu uma piscadela.

— Você vai para a esquerda — disse ele. — E eu, pela direita.

Mão do outro lado, tateando. Ouviu-se o som de uma chave velha girando na fechadura velha. Então a porta cedeu. O interior estava tão escuro quanto a noite da qual eles vinham. Jan entrou apressado e logo sumiu de vista. Ela colou na parede e avançou; a Glock era uma forma estranha na sua mão direita.

O apartamento fedia a naftalina e unguento, gato e roupa suja.

Nos primeiros três passos ela já trombou com um aparador, bateu o braço em alguma coisa, conseguiu pegar a peça antes que caísse no chão. Mal conseguia ver o que era: um enfeite de porcelana, uma leiteira sorrindo sob os pesados baldes. Ela colocou a peça de volta sem emitir um som sequer. Seguiu adiante, pisou em alguma coisa, ouviu uma voz mecânica quebrar o silêncio:

— *Seu peso é cinquenta e sete ponto dois quilos.*

Ela desceu da balança se perguntando o que Jan estaria dizendo a si mesmo.

— *Cinquenta e sete ponto dois quilos* — repetiu a coisa.

Um suspiro irritado veio de algum lugar à frente. Então passos. Uma silhueta. Jan, seguindo cautelosamente adiante, arma em punho.

Nenhum outro som. Mais três passos. Então uma porta escancarada à direita. Respiração pesada, arrítmica. Sarah guardou a arma, avançou, tateou a parede, encontrou um interruptor de luz. Acendeu.

Sob o brilho fosco e amarelado de uma única lâmpada, a velha lutava para se libertar, amarrada como uma galinha pelos pulsos e tornozelos, amordaçada com um pano.

Sarah se abaixou, colocou a mão no ombro da mulher, tirou-lhe o pano da boca.

Um alto e demorado uivo de terror e dor brotou dos lábios da velha.

Jan se aproximou, praguejando.

— Cadê ele? — perguntou Sarah. — Sra. Villadsen?

— O que ela disse? — inquiriu Jan, afobado.

A mulher ofegava, arfava em busca de ar. Aterrorizada.

— O que ela disse?

Sarah olhou para ele. Aguçou os ouvidos. Ele entendeu a mensagem. Voltou ao avançar no apartamento escuro, seus passos soando nos ladrilhos.

Ela esperou.

Você vai para a esquerda. E eu, pela direita.

Aquilo ainda valia? Sim, imaginou ela. Jan se parecia um pouco com ela, de certa forma. Havia um plano e apenas um plano. Era preciso se ater a ele até que algo mudasse. Ele também não gostava de trabalhar com outras pessoas.

Ela desamarrou os pulsos e tornozelos da mulher, ordenou que ficasse ali, quieta.

Duas mãos macilentas a agarraram.

— Não me deixe sozinha.

— Eu volto logo. Estamos aqui. A senhora está segura.

— Não me deixe sozinha.

— Está tudo bem. Não se preocupe.

Mas os dedos enrugados ainda a seguravam.

— Preciso da minha bengala.

— Onde está?

Ela arfou, pensou.

— No corredor.

— Tudo bem. — Voz calma, firme. Que era como Sarah se sentia. — Fique aqui.

Ela foi até a porta, virou à esquerda.

Cheiros de cozinha. Ralo, comida. O gato. Um abajur velho, cúpula amarela com franjas, desbotada. Uma cadeira, uma escrivaninha pequena.

Cortinas listradas indo até o chão. Ondulando levemente ao vento, como se a janela atrás estivesse aberta.

Em pleno inverno.

Sarah cruzou os braços, pensou, deu alguns passos à frente e puxou o tecido para o lado.

A dor atingiu seu braço como uma ferroada de vespa, rápida e intensa, suavemente aguda.

Uma forma saía de trás das listras, sua silhueta desenhada pelas luzes débeis que entravam pela janela. O braço direito dele se agitava para um lado e outro, para cima e para baixo.

Outra pontada de agonia.

— Para trás! Polícia! — gritou Sarah. — Para trás!

Tateando estupidamente em busca da arma.

A parede a deteve. A forma se lançou contra ela. E agora a luz o alcançava. Na mão do homem ela viu um estilete; lâmina curta, afiada. Ameaçadora.

Ele xingou, desferiu um golpe, tão próximo que Sarah sentiu o deslocamento de ar próximo ao rosto.

Um rosto furioso e insano, a boca aberta, dentes amarelos, vociferando. Ela urrou. Mais um golpe amplo, rápido...

Os dedos se firmaram na coronha da arma. Sacando-a, Sarah apontou o cano bem para o rosto do homem.

Os olhos de John Lynge se estreitaram. Ele suava. Parecia doente. Insano.

— Calma, John. Eu não vou machucá-lo.

Nenhum som vindo de Jan. Ela sabia o que o parceiro devia estar fazendo.

Lynge recuou um passo. Os olhos de Sarah se acostumavam à luz. Ela agora distinguia os ombros dele, os braços.

Manteve a arma apontada com firmeza.

— Eu não fiz nada!

Assustado, pensou ela. Bom sinal.

— Eu não disse que você fez, John.

Continue a falar o nome dele. Continue a acalmar os nervos.

Ele começou a oscilar, corpo para a frente e para trás, chorando, rosto enterrado nas mãos.

O estilete ainda estava ali. Será que ele sabia?

— Você não acredita em mim — gemeu Lynge.

— Estou ouvindo você. Abaixe a faca.

Ele brandiu o estilete para ela em ameaça. Não se intimidava pela arma.

— Vocês não vão me jogar de volta na cadeia!

Voz alucinada. Um homem em agonia.

— Estamos apenas conversando, John. Vamos conversar. Está bem? Quando você esteve na escola...

Rígido e furioso, tremendo, à beira de um colapso, Lynge gritou:

— Eu me senti mal. Fui ao hospital. Voltei. O carro tinha desaparecido. Talvez... talvez...

— Talvez o quê?

— Talvez eu tenha deixado a chave cair quando estava vomitando. Não sei.

— Que chave?

— A chave do carro! Você não está escutando.

Ele ficava cada vez mais transtornado.

— Você se sentiu mal. Estou escutando, John.

Ele deu um passo para a esquerda. Sarah o via banhado pelas luzes alaranjadas da rua.

— Você se sentiu mal e deixou o carro lá. Abaixe a faca. Vamos conversar.

— Eu não vou voltar para aquele lugar. Eles vão saber...

— Você não...

— John!

Uma dura voz de homem veio do corredor. Sarah respirou fundo. Olhou. Jan estava lá. Arma em punho. Apontada para a cabeça de John Lynge. Pronta.

— Largue a faca — disse ele, em tom baixo e ameaçador.

— Deixe comigo, Meyer — disse ela. — Está tudo sob controle...

Lynge já corria. Jan no seu encalço. Duas formas escuras cruzando o espaço.

Um grito, vidro se estilhaçando. Um tumulto de palavras entrecortadas. Então um estrondo terrível do lado de fora. O som repugnante de carne e ossos na calçada.

— Meyer? — chamou ela.

Havia uma forma na janela.

Sarah se aproximou.

— Meyer? — repetiu.

John Lynge estava inconsciente, atado a uma maca, tubos e aparelhos para todo lado, sendo conduzido às pressas por um corredor de hospital. Eram 22h.

— Quando vou poder falar com ele? — perguntou Sarah, pela terceira vez.

O cirurgião não diminuiu o passo, apenas a olhou.

— Está falando sério?

— Ele vai sobreviver? — perguntou ela quando chegaram às portas vaivém do centro cirúrgico.

Sarah parou, repetiu a pergunta em voz ainda mais alta.

Nenhuma resposta. Então John Lynge se foi.

— Temos as impressões digitais — disse Jan. — Os peritos coletaram as botas dele.

— Mas nenhuma pegada que bata com elas. Ele disse que foi ao hospital!

— Conversa!

— Você já ouviu alguém dizer isso, Meyer? Não foi "Eu estava transando com a minha namorada" ou "Estava num bar". Já ouviu "Fui ao hospital"?

Nada.

— Ele disse que perdeu as chaves do carro na escola. Que quando voltou o carro tinha sumido.

— Mentira!

Jan olhou para ela e fez que não.

— Ele cortou você, Lund. E teria cortado outra vez. — Ele se aproximou. — Teria retalhado o seu rosto. Isso não a perturba?

— Mas não quer dizer que ele matou Nanna Birk Larsen. Confira os registros do hospital.

— Ah, qual é. Você realmente acha...

— Se ele tem um álibi, eu quero saber. Descubra.

Sarah gritou a última ordem. O que não era típico dela. Aquele sujeito a tirava do sério.

Ela despiu o casaco, conferiu a manga do suéter preto e branco. Estava acabado. A lâmina de Lynge rasgara a lã e abrira um talho no seu braço, pouco abaixo do ombro.

— Você deveria cuidar disso...

— É! Deveria. E quanto à velha?

— Telefonei enquanto você gritava com os médicos. Ela vai ficar na casa de uns parentes.

Sarah assentiu. Mantenha a calma. O corte doía, mas ela não iria demonstrar.

— Vá para casa e durma — disse ela. — Peça que me avisem se mudar alguma coisa no estado de Lynge.

Jan cruzou os braços, ficou onde estava.

— O que foi? — perguntou ela.

— Eu não vou a lugar algum até ver você falar com uma enfermeira.

O debate na TV estava encerrado. Um empate, na melhor das hipóteses, pensou Hartmann.

Lá fora, à espera do carro em meio ao aglomerado de gente, ele puxou Rie de lado.

— Teve notícias de Lund?

— Não.

— Você chegou a ligar?

— Não consegui falar com ela.

Chovia. Não havia sinal do motorista deles.

— Não podemos esperar mais. Redija um comunicado.

— Finalmente...

— Entregue-a ao repórter que telefonou. Ele é sério. Diga que é exclusivo. Para podermos respirar um pouco...

Bremer se aproximou, paletó sobre o ombro, deu uma olhada na chuva, recuou para o abrigo da marquise.

— Reunião de crise?

Os dois se calaram.

— Achei você um pouco tenso hoje à noite — comentou Bremer. — Se não se incomoda que eu diga.

— Sério?

Nenhum dos dois lados marcara pontos. Ninguém fizera um gol. Mas o sorriso que não saía do rosto de Bremer deixou Hartmann desconfiado. A cada tópico, cada pergunta, ele conduzia a discussão para questões de caráter. A falta de experiência de Hartmann, de confiabilidade comprovada.

Aquele velho canalha sabia de alguma coisa. E estava esperando o momento certo para fazer uso da informação.

— Tenso — repetiu Bremer. — Você vai ter que fazer melhor que isso.

— Ainda temos três semanas até a eleição — disse Rie. — Muito tempo...

— Ritmo. Uma boa estratégia, até onde eu sei. Boa noite!

Hartmann ficou vendo-o se afastar.

— Um dia ainda acabo com esse dinossauro — murmurou ele.

— Você realmente precisa controlar o seu temperamento — disse Rie.

Ele dirigiu-lhe um olhar gelado.

— Ah é?

— Sim. É bom ser visto como entusiasmado. Enérgico. Comprometido. Mas não esquentado, Troels. As pessoas não gostam disso.

— Obrigado. Vou tentar me lembrar disso.

— Bremer está à procura de pontos fracos. Não lhe entregue um de bandeja. O seu temperamento o deixa vulnerável. Ele não foi o único a perceber.

Rie parecia evitar o olhar dele.

— Preciso que você se esforce nesse sentido.

Ela ergueu o celular.

— A agência de notícias Ritzau também ficou sabendo do carro. A história está circulando.

O carro preto chegou e estacionou em frente a eles. O motorista do Rådhus desceu e abriu as portas.

— Eu disse que precisávamos divulgar isso antes. Agora estamos correndo para tentar limpar uma coisa que deveríamos ter resolvido logo de cara.

— Bremer está por trás disso.

— É mais provável que tenha sido alguém da polícia. Como ele saberia?

— Doze anos naquele trono lustroso. Talvez o Politigården também trabalhe para ele.

Uma limusine comprida passou por eles. Bremer abaixou a janela e sorriu para os dois, acenou como se saudasse seus súditos.

— Ele tem alguém lá dentro — murmurou Hartmann. — Precisamos saber quem.

* * *

Dez minutos depois, o carro parou em frente ao Rådhus. Uma multidão de repórteres e fotógrafos os cercou.

— Diga o que combinamos — orientou-o Rie. — Fique calmo, seja confiante. Não se irrite, não fuja do roteiro.

— E quem escreveu esse roteiro? — disse Hartmann, e então eles estavam no meio do tumulto, mãos disputando a maçaneta para abrir a porta do carro.

A chuva continuava forte e constante. Hartmann avançou pela multidão até a escadaria do prédio. Escutando as perguntas. Pensando nelas.

— Hartmann? Qual é a sua ligação com Nanna Birk Larsen?

— Onde você estava na sexta-feira?

— O que você tem a esconder?

Um mar de vozes hostis. Quando chegou às portas, ele parou, olhou para os gravadores que passavam a cercá-lo, prontos para registrar cada palavra.

O que ele dissesse estaria no rádio em minutos. Registrado para sempre, repetido nos jornais, reproduzido na internet.

Ele esperou até que fizessem algum silêncio e falou, no tom mais calmo e diplomático que conseguiu:

— Uma jovem foi encontrada morta dentro de um carro alugado pelo meu comitê de campanha. Isso é tudo que posso dizer para vocês. A polícia pediu enfaticamente que não fizéssemos comentários. Mas permitam-me dizer uma coisa...

— Quando você soube? — gritou uma mulher.

— Permitam-me dizer... ninguém do partido ou da campanha está envolvido nesse incidente. Isso é tudo que posso...

— Você nega reter informações em benefício da sua campanha?

Hartmann encarou o dono da voz. Era um homem calvo e atarracado, cerca de 35 anos, cigarro na boca torcida num sorriso irônico.

— O quê?

O jornalista abriu caminho para se aproximar.

— Essa não é difícil, Hartmann — berrou o repórter em meio à floresta de gravadores. — Você nega que deliberadamente enganou o público em troca de alguns votos? É isso que podemos esperar do Partido Liberal?

Ele não parou para pensar. Avançou pela multidão tão rápido que Rie não conseguiu detê-lo, agarrou o homem pelo colarinho.

O sorrisinho de canto de boca em nenhum momento deixou o rosto do repórter careca.

— Sim — disse Hartmann. — Eu nego. — Uma pausa. Ele soltou a camisa do repórter, ajeitou o colarinho como se tivesse sido apenas uma brincadeira. — Isso não tem nada a ver com política. Essa jovem...

Ele estava fora do roteiro. Estava afundando.

— Troels? — chamou Rie.

— Essa jovem...

Flashes pipocavam. Uma coroa de espinhos de gravadores se fechava.

O repórter que ele quase socara tirou um cartão do bolso e o colocou entre os dedos de Hartmann. Sem pensar, ele o pegou.

— Troels?

Afundando.

Ela o segurou pelo braço e o puxou em silêncio. Porta adentro, até o hall, pelo pátio interno, adentrando o silêncio reluzente do Rådhus, até que estivessem em segurança atrás de suas muralhas.

Hartmann sentiu o papel que tinha na mão. Olhou.

Era um cartão de visita.

Apenas um número de celular. E um nome.

Erik Salin.

Ela passou a noite na sala assistindo TV, luz apagada, trocando de um canal de notícias para outro.

Agora passava o noticiário principal.

— *Troels Hartmann está cooperando com a polícia na elucidação do assassinato* — disse o âncora. — *Ele nega qualquer relação com a jovem ou o crime.*

Ela vira os cartazes espalhados pela cidade. Imponente, bonito, mais parecia um ator que um político. Parecia triste também, pensou ela.

Um barulho às suas costas. Ela não se virou.

Ele veio e desabou ao seu lado no carpete.

— O carro pertencia àquele político — disse Pernille. — Eles estão procurando um motorista.

Ele estava com o rosto enterrado nas mãos. Não disse nada.

— Por que eles não nos dizem o que está acontecendo, Theis? É como se não tivéssemos importância.

— Eles vão dizer quando tiverem o que dizer.

A letargia do marido a enfurecia.

— Eles sabem mais do que nós. Você não se importa?

— Pare com isso!

— Você não se importa?

A TV era o que mais brilhava na sala.

— Como a Nanna poderia conhecer esse motorista? Alguém envolvido com política? Como...?

— Eu não sei!

Havia um vão entre eles. Uma fissura que antes não existia. A mão grande e desajeitada dele a buscou. Pernille se encolheu.

— Escute — disse ele. — Acho que é melhor ficarmos fora por uns dias. Talvez alugar a cabana do fim de semana.

Na semiescuridão, com os rostos iluminados pelas notícias sobre a filha, Pernille o olhou, perplexa.

— A polícia vem aqui o tempo todo — disse ele. — Os meninos sempre veem a Nanna nos jornais. Os colegas falam sobre isso com eles na escola.

Ela começou a chorar. Ele levou a mão até o rosto úmido da esposa. Dessa vez Pernille não o repeliu.

— E você — continuou ele. — Vendo isso. Revivendo. Cada minuto do dia...

— Você quer que eu fuja de Vesterbro quando a minha filha precisa de um funeral?

Eles ainda não haviam usado aquela palavra. Não haviam encarado a ideia.

Theis apertou as mãos maciças uma contra a outra. Fechou os estreitos olhos com força.

— A gente fala com o pastor amanhã — disse ele. — Vamos cuidar de tudo. É isso o que vamos fazer.

Silêncio na luz pálida da cozinha. O homenzarrão com o rosto enterrado nas mãos.

Pernille pegou o controle remoto, trocou de canal.

Ficou assistindo.

Com cuidado, tentando evitar que doesse ainda mais, Sarah tirou o suéter das Ilhas Faroé. Olhou para o rasgo sujo de sangue. Será que tinha como consertar? Ela não saberia fazer. Mas...

O vestido de noiva ainda estava no manequim, com alfinetes e linha nas mangas e na gola.

Era a única coisa que a mãe dela já fizera. Era como uma campanha levada a cabo por uma única mulher para tentar casar toda a população feminina do mundo.

Ela deixou o suéter sobre a caixa de costura, de qualquer forma. A mãe veio do quarto, bocejando, resmungando.

— Você sabe que horas são?

— Sei.

Vibeke olhou com raiva para a mesa.

— Por favor, não deixe as suas roupas espalhadas pela casa. Não é de estranhar que Mark seja tão bagunceiro.

Ela viu o corte, naturalmente. Aproximou-se da filha, abaixou-se para olhar.

— O que aconteceu?

— Nada.

— Tem um corte no seu braço.

Ensopado de carne e batatas no fogão. O molho estava endurecido. As batatas, secas. Sarah colocou um pouco de cada em um prato e o colocou no micro-ondas.

— Um gato me arranhou.

— Não me diga que um gato fez isso.

— Era um gato de rua.

Elas se entreolharam. Uma espécie de trégua foi convocada. No que dizia respeito àquele assunto, ao menos.

— Por que você insiste em trabalhar? — perguntou Vibeke. — Agora que pode ter uma vida de verdade?

O micro-ondas apitou. A comida estava morna. O suficiente. Ela estava com fome. Sarah se sentou, pegou um garfo, começou a comer.

— Eu já lhe disse, hoje de manhã. É só até sexta-feira. Se for um problema para você, podemos ficar num hotel.

A mãe dela foi até a mesa, copo d'água na mão.

— Por que seria um problema? Por que...?

Sarah respondeu de boca cheia:

— Desculpe. Estou cansada. Não vamos discutir.

— Nós nunca discutimos. Você sempre vai embora.

Sarah sorriu. Pegou mais uma garfada de carne e batata. Ela comia aquilo desde criança. Nada de especial. Subsistência. Nunca mudava.

— Está delicioso — disse ela. — Sério.

A mãe a observava.

— Bengt perguntou se você vai à nossa open house, no sábado. Vamos arrumar o quarto de visitas.

Ela observava o prato; quanto havia sido comido, quanto restava.

— Bengt telefonou — disse Vibeke. — Hoje à tarde. Queria saber onde você estava.

Sarah baixou a cabeça. Praguejou.

— Você não disse que eu iria ficar aqui até sexta-feira, disse?

— É claro que eu disse! Deveria mentir?

Sarah afastou o prato, pegou uma cerveja na geladeira, foi para o quarto e telefonou.

Bengt Rosling não ficava nervoso. Nunca. Estava acima dele. Ou abaixo. Sarah nunca sabia.

Eles falaram de festas e pinho polar, comentaram amenidades, agiram como se nada houvesse acontecido. Nada errado.

Ele não sabia que Sarah estava assistindo ao noticiário no computador enquanto conversavam. Colocara o volume baixo. Hartmann era o centro das atenções.

Naquela sexta-feira ela estaria na Suécia. Com Mark e também com a mãe por algum tempo. Sua nova vida começaria. O passado ficaria para trás. Copenhague e Carsten. O distintivo de *Vicekriminalkommissær*.

Sentiu-se melhor por falar com Bengt, desligou o telefone se sentindo feliz. Mas imediatamente se lembrou do que esquecera de dizer.

Antes que ligasse outra vez, o telefone tocou.

Bengt, ela sabia. Então pegou o telefone e, com esforço deliberado, ouviu a si mesma dizer:

— Eu te amo.

— Uau! Acabo de ganhar o dia.

Jan. Pelo barulho, estava dirigindo. Ela podia até ver o carro dele cortando veloz a chuva negra. Batatas fritas sabor queijo no banco do passageiro. Chiclete e cigarros.

— O que você quer?

— Você pediu para eu ligar depois que verificasse os registros do hospital! — Ele se fazia de magoado. — Lynge foi internado na sexta-feira.

— Por quanto tempo?

— Ficou por lá até as 7 da manhã de sábado. O idiota é viciado em heroína. Fez alguma merda com a metadona ou coisa parecida.

Troels Hartmann estava na TV. Quase socando um repórter de língua comprida.

Ele perdera a cabeça com uma pergunta simples: "Você nega reter informações visando à eleição?"

Sarah o imaginara como um homem calmo e ponderado.

— Lynge poderia ter saído sem que ninguém o visse?

Uma pausa cheia de ruído, o som de mastigação amplificado.

— Sem chance. Ele estava na enfermaria. Sedado. Ficou lá a noite toda.

— Será que você pode largar essas batatas? Se tiver sujado o carro...

— Não comi nada o dia todo.

— Encontrou a bicicleta da Nanna?

— Não.

— E quanto ao celular dela?

O aparelho também estava no carro de Hartmann. O que era estranho.

— Os técnicos conseguiram ligá-lo — disse Jan. — A última chamada foi na sexta-feira. Talvez ela estivesse na escola. Ainda não têm certeza.

— Ok. Voltaremos lá amanhã de manhã.

— Não, Lund. Você não vai.

Ele ainda estava comendo as batatas. Ela podia ouvi-lo mastigar daquela forma desesperada, como se fosse o último saco do mundo.

— Por que não?

— Encontrei com o Buchard. Hartmann quer uma reunião. Para falar sobre você.

Ela pensou a respeito.

— Vá dormir. Escreva o seu relatório.

— Obrigado. Bons sonhos para você também, querida.

— Ha ha.

— Lund? Pense só: Hartmann não ligou para você para marcar a reunião. Ele ligou para Buchard. Ou alguém acima de Buchard. Ou talvez... — Aquela mastigação toda a estava enlouquecendo. — Alguém mais acima. Temos políticos no nosso pé agora. Aposto que todos estão ligando para nossos superiores tentando jogar merda na nossa cabeça. Durma bem depois disso.

No minúsculo quarto, escutando os sons da mãe arrumando e lavando coisas na cozinha, Sarah Lund acompanhava as notícias no computador. Observava Troels Hartmann atentamente, segundo a segundo.

Quatro

Quarta-feira, 5 de novembro

Hartmann chegou à central pouco depois das 9 horas e foi direto à sala de Sarah. Sentou-se em frente a ela e Buchard, iluminado pela ampla luz do inverno que jorrava pela janela estreita. A astuta e séria Rie Skovgaard estava ao lado dele, acompanhando cada palavra.

— Eu poderia ter evitado toda aquela merda de ontem à noite — disse ele — se tivesse feito a coisa certa e divulgado a declaração imediatamente. Antes que vocês vazassem a informação.

Aquilo era política, um mundo que Sarah conseguira evitar antes do caso Birk Larsen. Ela se sentia fora do seu meio. Mas interessada.

O chefe se curvou sobre a mesa, olhou Hartmann nos olhos.

— Não houve um vazamento aqui. Eu garanto.

— O motorista confessou? — perguntou Hartmann.

Sarah fez que não.

— Não, e nem vai confessar. Ele é inocente.

O rosto do cartaz, belo, ponderado e benevolente, desapareceu. Agora Troels Hartmann estava ficando irritado.

— Esperem um minuto. Ontem vocês disseram que...

— Ontem eu disse que ele era um suspeito. E era. Não é mais. É assim que funciona. Por isso pedimos que vocês não falassem sobre o caso.

— Mas vocês ainda acreditam que alguém usou o nosso carro?

— Temos certeza.

— O carro pode ter sido roubado — acrescentou Buchard.

— Roubado? — Ele não parecia satisfeito com a ideia. — Quando vão tornar isso público?

— Ainda não — disse Sarah. — Precisamos esperar.

— Esperar o quê? — quis saber Rie.

Sarah deu de ombros.

— O motorista está ferido. Falaremos com ele hoje. Vamos ver o que ele tem a dizer...

— Se o nosso carro foi roubado, a imprensa precisa ser informada — disse Rie. — Os problemas que isso está nos causando...

Sarah cruzou os braços, olhou para Hartmann, não para a mulher.

— Pode ajudar se o homem que procuramos acreditar que suspeitamos de outra pessoa.

— Não podemos continuar com esse jogo — disse Hartmann. — Rie pode redigir uma declaração. — Ele se voltou para Buchard. — Vocês receberão uma cópia. Ela será divulgada assim que...

Sarah arrastou a cadeira pelo escritório, parou em frente a ele.

— Eu agradeceria de verdade se vocês esperassem.

— Não podemos fazer isso.

— Os problemas que isso pode causar para nós...

Os olhos de Hartmann brilharam.

— E quanto aos problemas que isso pode causar para mim? Que já causaram? E está ficando pior. Buchard...

O chefe assentiu.

— Vocês receberão uma cópia — prometeu Hartmann. — Se encontrarem algum erro, nos informem. Apenas erros, nada mais.

— Eu agradeço.

— É só. — Hartmann se levantou. — Assunto encerrado. Bom dia.

Para Sarah, o assunto não estava nem de longe encerrado. Ela se levantou e foi até o corredor. Alcançou Hartmann e Rie quando eles chegavam à escadaria em espiral.

— Hartmann! Hartmann!

Ele parou. Nem sinal de sorriso.

— Se você puder me ouvir...

— A imprensa está agindo como se eu fosse um suspeito. — Ele enfiou a ponta do dedo no peito. — Como se eu tivesse matado aquela menina.

— Na TV você disse que iria cooperar.

— Nós cooperamos — disse Rie. — E veja o que recebemos em troca.

Sarah ficou parada em frente a Hartmann, os olhos claros brilhando, insistente.

— Preciso da sua ajuda.

— Temos que ir — disse Rie.

— Lund?

Svendsen, um dos integrantes da equipe de homicídios, saiu da sala de operações e a chamou.

— Suas visitas chegaram.

Ela tocou o braço de Troels Hartmann.

— Só um minuto, por favor. Ainda não terminamos. Só um minuto.

Duas pessoas no fim do longo corredor. Um homem gigantesco, cabelos ficando grisalhos, longas costeletas, jaqueta de couro preto. Uma mulher em um trench coat de gabardine cáqui, cabelos castanhos, rosto atraente com semblante perdido e assustado. Ele segurava um gorro preto nas mãos inquietas. Esperando, já na antecipação de algo que não queriam ver. Ela olhava para as paredes brilhantes de mármore preto e se agarrava ao braço do homem.

Sarah seguiu na direção do casal, séria, enérgica. Falou algo brevemente, e os dois voltaram pelo corredor, passando por Hartmann e Rie, que abriram caminho.

Nenhuma palavra foi dita. Não era necessário.

A mulher se virou brevemente e o fitou, e depois eles seguiram em frente.

— Estamos atrasados — disse Rie. — Troels. Precisamos ir.

Sarah observava. Hartmann estava hipnotizado pela visão do casal.

— Troels?

— Aqueles eram...? — perguntou Hartmann.

Sarah assentiu, olhou para ele, esperou.

— Fará alguma diferença?

— Sim.

— Como você pode ter certeza? — disparou Rie.

— Tenho certeza de que, se vocês divulgarem uma declaração, nós perderemos uma oportunidade. Talvez uma vantagem.

Sarah suspirou, deu de ombros.

— Temos tão poucas. Vou me esforçar ao máximo para agarrar o que puder.

— Está bem. — Ele não olhou para Rie, que o encarava com olhos duros. — Só até amanhã. E então... Lund...

Ela ouviu.

— Amanhã deixaremos nossa posição clara — concluiu Hartmann. — Independentemente do que vocês disserem.

Na sala de Sarah, café intocado sobre a mesa, Theis e Pernille Birk Larsen ficaram apenas escutando.

— Temos um relatório preliminar do legista — disse Sarah. — Mas ele ainda não terminou. O enterro...

— Precisamos nos afastar — interrompeu-a Theis. — Vamos para a praia esta tarde. Todos aqueles malditos jornalistas. Os meninos. — Ele a encarou. — Vocês aparecendo na nossa casa o tempo todo. Podem fazer o que quiserem quando não estivermos lá.

— Se é isso o que desejam...

— O que estão fazendo com ela? — perguntou Pernille.

— Mais alguns testes. Não sei exatamente. — Uma mentira, que ela sempre usava. — Informaremos a vocês quando o corpo puder ser liberado.

A mãe estava em algum outro lugar, pensou Sarah. Perdida em suas lembranças. Ou em sua imaginação.

O pai outra vez:

— Para onde a Nanna vai?

— Normalmente o corpo vai para uma funerária. A escolha é de vocês.

Pernille despertou.

— O que aconteceu com ela? — Ela fungou. — O que ele fez?

Sarah fez um gesto amplo com as mãos.

— Preciso esperar o relatório final. Entendo que vocês queiram saber. É...

Theis parecia estar prestes a cobrir os ouvidos com as enormes mãos.

Houve uma batida na porta. Um dos detetives da polícia. Desculpou-se, começou a pedir documentos que estavam sobre a mesa.

Eram tantos, e eles diziam tão pouco... Sarah o ajudou. Envolveu-se. Ficou distraída por um instante. Não percebeu que a porta estava aberta.

Mas Pernille percebeu, e pela fresta teve um chocante lampejo da sala do outro lado. A sala de operações.

Fotos na parede. Dois tornozelos atados com plástico preto. Pernas cheias de feridas sobre uma mesa de metal. Um rosto sem vida, de

Nanna, coberto de hematomas, olhos fechados, lábios roxos e inchados. Um olho com hemorragia interna. Uma unha quebrada. A camisola com uma marca de facada. Uma blusa rasgada.

Setas apontavam para detalhes, para marcas de sangue e cortes. Círculos destacavam manchas, anotações descreviam lesões.

O corpo dela, de lado, mãos amarradas, pernas atadas. Deitado sobre uma mesa, inerte, sem vida.

Pernille se levanta.

Respiração entrecortada, coração acelerado, Theis ao seu lado, caminhando para a porta.

Um barulho: um lápis cai quando ela passa.

O encanto se quebrou. Sarah olhou, sentindo a fúria subir pela garganta, puxou o policial e o empurrou para fora.

— Feche a porta!

Ela se voltou para os pais.

— Sinto muito.

Eles estavam em silêncio. O homenzarrão e sua esposa. Além do alcance das lágrimas, pensou ela. Além do alcance de sentimentos.

— Sinto muito — repetiu Sarah, e teve vontade de gritar.

Ele agarrava a mesa com uma das mãos, os dedos da mulher com a outra.

— Acho que é melhor a gente ir — disse Theis.

Eles caminharam pelo corredor como dois fantasmas perdidos no limbo, de mãos dadas, sem saber aonde iam.

— Telefonem sempre que desejarem — disse Sarah às costas do casal, desejando poder dizer mais que isso.

A diretora Koch estava ocupada demais para a polícia.

— Preciso que essa escola volte ao normal — disse ela. — Faremos um memorial. Vou fazer um discurso.

— A questão aqui não é o que a senhora precisa — argumentou Sarah.

Eles estavam no corredor, em frente à porta da sala de Nanna. Adolescentes indo e vindo. Oliver Schandorff, notou Sarah, rondando em volta, tentava escutar a conversa.

— Vocês não podem estar cogitando que a escola esteja envolvida.

Jan entrou na conversa com o tato habitual:

— Quer saber? Se a senhora nos deixar fazer o nosso trabalho, talvez possamos dar uma resposta.

A diretora os brindou com seu melhor olhar de desprezo.

— Lynge chegou ao meio-dia e foi orientado a deixar os cartazes no porão — disse Jan quando a mulher se afastou. — Alguém também o viu na quadra.

— Por quê?

— Não faço ideia. Talvez estivesse com preguiça. Ou se sentindo mal. Ou talvez gostasse de ver garotas jogando vôlei.

— Talvez ele tenha perdido as chaves do carro lá.

Jan deu de ombros.

— Que turma teve aula de educação física depois? — perguntou Sarah.

— Nenhuma. A aula seguinte foi só na segunda-feira. Ninguém avisou de qualquer chave encontrada. Que surpresa, não?

Eles seguiram pelo corredor na direção do saguão de entrada da escola.

— O que sabemos a respeito da garota?

Jan foi lendo suas anotações:

— Ótima aluna. Boas notas. Popular. Bonita. A queridinha dos professores. Os garotos queriam dormir com ela.

— E ela deixava?

— Apenas Oliver Schandorff, e ela terminou com ele faz seis meses.

— Drogas?

— Nada. Também não costumava beber. Tenho uma foto da festa. Ninguém a viu depois das nove e meia.

Sarah olhou para a fotografia que Jan segurava. Nanna com uma peruca azul brilhante e chapéu de bruxa preto, ao lado de Lisa. Ambas sorrindo; Lisa como uma adolescente, Nanna mais...

— Ela me parece muito... adulta — observou Jan.

— E isso quer dizer...?

— Quer dizer que ela me parece muito adulta. Principalmente ao lado da amiga.

Ele mostrou outra fotografia. Nanna e Lisa outra vez, talvez um pouco antes ou depois. Lisa abraçando Nanna. Que sorria, de boca aberta desta vez.

Sarah olhou para a peruca e o chapéu.

— Ela teve todo esse trabalho para se fantasiar e saiu cedo?

— Sim. Curioso, não?

Sarah olhou para o outro extremo do corredor, para os armários e os cartazes nas paredes.

Jan agitou a caderneta em frente ao rosto dela.

— Tem alguma resposta? — perguntou ela.

— Algumas perguntas, Lund. Já é um começo.

Eles levaram Lisa para uma sala vazia.

Sarah fez a primeira pergunta:

— Você não contou que Oliver e Nanna brigaram na pista de dança. Por quê?

A menina fez biquinho.

— Não era importante.

Jan a fitou com os olhos semicerrados.

— A sua melhor amiga foi estuprada e assassinada, e isso não era importante?

Ela não iria chorar. Aquele era o Dia da Hostilidade com os Policiais.

— A gente estava dançando. Oliver apareceu. Não foi nada de mais.

Sarah sorriu para ela.

— Oliver atirou uma cadeira.

Nada.

— Nanna estava bêbada?

— Nãããão — respondeu ela, em um tom nasal e petulante.

— Você estava — disse Jan.

A garota deu de ombros.

— Um pouco. E daí?

— Por que eles terminaram? — perguntou ele.

— Sei lá.

Jan se curvou para a frente sobre a mesa e repetiu a pergunta muito lentamente:

— Por... que... eles...

— Ela me disse que Oliver era imaturo! Um moleque.

— Mas ainda assim você achou que Nanna estivesse com ele naquele dia?

— Eu não conseguia encontrá-la.

Sarah assumiu o controle.

— Sobre o que eles discutiram?

— Oliver queria falar com ela. Ela não queria falar com ele.

— Então ela foi embora. Onde estava Oliver nessa hora?

— Atendendo no bar. Era a vez dele.

— Tem certeza?

— Eu o vi lá.

Jan empurrou uma folha de papel por sobre a mesa, olhando para Lisa.

— Essa é a escala de trabalho do bar — disse Sarah. — O nome dele não aparece. Ninguém mais se lembra de tê-lo visto trabalhar aquela noite.

Ela não olhou para o papel. Apenas mordeu o lábio como uma criança.

— O que ela estava vestindo? — perguntou Jan.

Um momento para pensar.

— Um chapéu de bruxa com fivela. Uma peruca azul. Ela trouxe uma vassoura. Feita de palha. Um vestido de festa cafona...

— Está fazendo frio, Lisa — interrompeu Jan. — Você não achou estranho que ela estivesse usando tão pouca roupa?

— Acho que ela deixou o casaco na sala de aula.

— Então ela foi lá em cima — disse Sarah.

— Mas não — disparou Jan. — Ela desceu. A Lisa nos contou isso antes. — Ele olhou para a menina. — Nanna desceu, certo?

— Desceu — murmurou ela.

— Então como foi que ela pegou o casaco? — Sarah exigiu uma resposta.

— É. — Jan a pressionava. Ambos a pressionavam. — Como?

— Eu não sei se ela trouxe um casaco. Tinha gente. Muita... Lisa parou, o rosto corado, aparentando culpa.

Jan a encarou.

— Achei que você não fosse chorar hoje, Lisa. Por que de repente isso ficou tão difícil?

— Você não sabe que horas ela foi embora nem se Oliver a seguiu — disse Sarah.

— Sabemos que você está mentindo para nós! — gritou Jan. — Oliver encontrou as chaves do carro? Ele transou com Nanna no carro para provar que é homem? Você assistiu só por diversão?

Sarah interveio, abraçou-a. As lágrimas jorravam agora.

— É importante que você nos diga o que sabe — disse ela.

Lisa choramingou, com a voz esganiçada e assustada de uma criança:

— Eu não sei de nada. Me deixem em paz.

O celular de Jan tocou.

— Você precisa nos dizer... — começou Sarah.

— Não, não precisa mais — interrompeu-a Jan, e pegou o casaco.

O porão da escola era composto por uma confusão de salas. O encarregado de vasculhar cada uma delas foi Svendsen, que resmungava por ter que fazer o trabalho sozinho.

Ele encontrou a vassoura de palha e alguns sacos plásticos em uma área reservada para bicicletas.

Sarah deu uma olhada.

Portas de metal uma depois da outra. Atrás delas, pequenos cômodos parecidos com celas.

A peruca azul estava em um dos sacos plásticos.

— E quanto à bicicleta?

— Estou sozinho — disse Svendsen pela quarta vez naquela manhã.

— Isole a área. Providencie uma equipe de peritos — ordenou Sarah.

Morten estava ao computador. A cada dia parecia passar cada vez mais tempo olhando para a tela.

— Já viram a nova pesquisa? — perguntou ele.

— A pesquisa de amanhã é a que importa — disse Hartmann. — Quando souberem que há uma aliança...

Morten fez cara feia.

— Não vamos contar vantagem até termos o nome de Kirsten Eller num pedaço de papel.

— Falei com eles ontem à noite. Está fechado, Morten. Pare de se preocupar.

Rie encerrou uma ligação. Ela também não parecia feliz.

— Vocês dois parecem estar juntos contra mim, para variar — afirmou Hartmann. — O que eu fiz de errado agora?

— O pessoal da Eller acha que você está sendo evasivo — disse Rie. — Assim como alguns dos nossos.

— Diga a eles... diga que o carro foi roubado.

O celular de Morten tocou.

— Por que não dizer a verdade? — sugeriu ele, antes de atender. — Que estamos ajudando a polícia.

— A polícia tem suas próprias preocupações — disse Rie. — Eles não dão a mínima para nós.

Hartmann ficou contrariado. A detetive Lund o intrigava. Ele estava disposto a dar-lhe uma chance.

— Não vou explorar essa situação, Rie. Não sou esse tipo de político.

— Às vezes você me dá vontade de gritar — disse Rie. — Continue a agir assim e acabará não sendo tipo nenhum de político.

— Era Kirsten Eller. — Ele colocou o celular no bolso. — Ela quer vê-lo. Agora. — Morten olhou para Hartmann por sobre as lentes dos óculos. — Achei que estivesse fechado, Troels.

— O que ela quer?

— Ela não diria a um criado como eu, diria? É óbvio, não é?

Hartmann ficou em silêncio.

— Ela quer mais garantias — disse Rie.

Ambos olharam para Hartmann como se ele devesse ter previsto aquilo.

— Quem não iria querer? — perguntou Morten.

Hartmann se levantou.

— Vou resolver as coisas com ela.

Quinze minutos depois, Hartmann estava sozinho numa sala de reuniões nos escritórios do Partido de Centro.

— Eu subestimei os sentimentos da nossa base — disse ela.

— De que forma?

— Essa confusão com a polícia. Faz com que as pessoas falem a seu respeito. A equipe do Bremer está farejando o seu sangue.

— O carro foi roubado. O motorista é inocente.

— Por que ninguém sabe disso, Troels?

— Porque a polícia pediu que esperássemos. Foi a coisa certa a fazer. Que diferença isso faz?

— Uma grande diferença. Você podia ter me alertado.

— Não. Não podia. A polícia me pediu para manter silêncio.

— Bremer me telefonou esta manhã. Ele está oferecendo a construção de 10 mil apartamentos, conjuntos habitacionais com aluguéis subsidiados.

— Você o conhece. Isso não vai dar em nada.

— Sinto muito, Troels. Não teremos uma aliança. Eu não posso. Nessas circunstâncias...

Hartmann hesitou com a resposta, sentiu a irritação subir pela garganta.

— Bremer está levando você na conversa. Ele só quer ganhar tempo até que seja tarde demais para fecharmos um acordo. Então ele a dispensará como um sapato velho. Você terá sorte se conseguir uma secretaria.

— A decisão é do grupo. Não posso fazer nada.

Ele ficou tentado a gritar. Berrar com ela por ser tão idiota, mas não o fez.

— A não ser, é claro, que você tenha uma oferta melhor — disse Eller.

Bremer estava no estúdio, preparando-se para a gravação de um quadro da propaganda eleitoral. Luzes e câmeras. Uma maquiadora. Puxa-sacos.

Esforçando-se para controlar a fúria, Troels Hartmann irrompeu no local, aproximou-se e olhou para o homem sorridente de camisa branca e pó no rosto.

— Seu canalha sem moral.

Bremer sorriu e balançou a cabeça grisalha.

— Lamento.

— Você já sabe.

A maquiadora parou de pentear o prefeito. Ficou parada. Escutando.

— O momento não é dos melhores para mim, Troels — comentou Bremer, com um suspiro condescendente. — Para você também não, acho. Depois...

— Eu quero uma explicação.

Eles foram até a janela para ter um pouco mais de privacidade. Hartmann não conseguiu evitar, começou a falar antes que chegassem:

— Primeiro você rouba o nosso plano. Depois dobra a proposta com um número irreal de apartamentos que você sabe que nunca construirá.

— Ah — disse Bremer, com um aceno de mão. — Você falou com a Kirsten. Uma fofoqueira terrível. Eu bem que alertei você.

— E então você explora a morte de uma jovem, se beneficia do momento para manobrar... precisamente quando estamos tentando ajudar a polícia e os pais.

O sorriso de Bremer evaporou. Ele avançou contra Hartmann, sacudindo o dedo no rosto dele.

— Com quem você acha que está falando? Quer dizer que eu devo levar em conta as confusões em que você se mete para fazer as minhas propostas? Vê se cresce, rapaz. Você não teve nada a ver com o carro e ainda assim escolheu não anunciar isso. Pensei que Rie Skovgaard fosse mais sensata.

— O que eu faço é da minha conta.

O prefeito riu.

— Você é uma criança, Troels. Não imaginava que fosse tão ruim nisso. Uma aliança canhestra com os palhaços da Kirsten... onde você estava com a cabeça?

— Não desça ainda mais baixo do que já desceu, Bremer. É difícil saber...

— Ah, meu Deus. É como lidar com o seu pai outra vez. O desespero. A paranoia. Muito triste.

— Estou lhe dizendo...

— Não!

A voz de Poul Bremer trovejou pelo estúdio, alto o bastante para silenciar a todos, inclusive Hartmann.

— Não — repetiu ele, mais baixo. — Não está me dizendo coisa alguma, Troels. Vá encontrar um homem de verdade para eu enfrentar. Não um manequim de alfaiate vestido num terno elegante.

A igreja era simples e fria, assim como o pastor. Eles se sentaram enquanto o homem listava as opções. Orações, músicas, flores. Tudo exceto aquilo de que mais precisavam: compreensão.

Era como uma lista de compras.

— Podemos incluir este, "Uma rosa imaculada está crescendo"? — perguntou Pernille, que segurava o hinário junto com Theis.

O ministro vestia um paletó marrom e um suéter cinza. Ele lançou um olhar comprido para a página.

— É o número 117. Um belo hino. Um dos meus preferidos.

— Quero que isso aqui esteja bem bonito, com muitas flores — acrescentou ela.

— Isso fica a cargo de vocês. Posso dar o telefone de algumas floriculturas.

— Ela adora flores.

Ao lado dela no banco, Theis Birk Larsen olhava para o chão de pedra.

— Íris azuis. E rosas.

— Algo mais? — perguntou Theis.

O ministro conferiu as anotações.

— Nada. Apenas o discurso, mas sugiro que vocês escrevam algumas coisas. Façam isso em casa. Quando tiverem tempo.

Ele olhou para o relógio.

— Não quero que mencionem o que aconteceu com ela — disse Pernille.

— Apenas Nanna como vocês se lembram dela. É claro.

Um longo silêncio, quebrado por Pernille:

— Nanna estava sempre feliz. Sempre.

Ele fez algumas anotações.

— Seria bom incluir isso no meu discurso.

Theis se levantou. O pastor também. Cumprimentou-o.

Pernille olhou a construção fria e escura à sua volta. Tentou imaginar um caixão ali, viu o corpo duro e frio no seu interior...

— Se precisarem falar com alguém — disse o pastor, como um médico oferecendo a marcação de uma consulta. Em seus olhos havia um ar de solidariedade estudada, ensaiada. — Lembrem-se de que está tudo bem com ela. Nanna está com Deus agora. — O homem assentiu como se aquelas fossem as melhores e mais sábias palavras que ele poderia encontrar para dizer. — Com Deus — repetiu ele.

Eles se encaminharam para a porta em silêncio.

Pernille parou depois de dois passos, virou-se, olhou para o pastor de paletó marrom e calça preta.

— Que bem isso pode me fazer?

Ele colocava uma cadeira de volta ao lugar. A caderneta estava no bolso, como o bloco de medidas de um carpinteiro. Devia estar somando mentalmente a conta a pagarem.

— Que bem? — gritou ela.

— Querida... — disse Theis, tentando pegar na mão da esposa.

Ela o afastou.

— Eu quero saber! — bradou Pernille para o homem nos degraus, congelado a caminho do altar, imobilizado pela fúria dela. — Que bem isso pode me fazer? O senhor, com as suas palavras hipócritas...

O pastor não se intimidou. Encontrou uma espécie de coragem. Virou-se, fitou-a.

— Algumas vezes a vida não tem sentido. Não tem piedade. É terrível perder uma filha. A fé ajuda a dar esperança. Força.

Ela respirava em fôlegos curtos. Seu coração batia acelerado.

— A saber que a vida não é destituída de sentido...

— Não me venha com essa conversa fiada! — berrou Pernille. — Eu não dou a mínima se ela está com Deus. Está me ouvindo?

Ela apertava o peito. Sua voz começou a falhar. O homem ficou onde estava, em frente ao altar. Theis congelou, enterrou o rosto nas mãos.

— Está me ouvindo? — gemeu Pernille. — Ela deveria estar com... — na igreja escura, um pássaro alçou voo em algum lugar, suas asas secas farfalharam a distância — ... comigo.

Sarah mastigava um Nicotinell. Olhava para o rapaz de cabelos ruivos, Oliver Schandorff. Rosto contorcido, dedos inquietos, sentado em uma sala de aula vazia, mais nervoso impossível.

— Ontem você saiu cedo da escola, Oliver. Não assistiu às aulas na segunda-feira.

— Não estava me sentindo bem.

— Preguiça não é doença — disse Jan.

Oliver fez cara feia, parecia ter 10 anos.

— O seu índice de faltas é de 17 por cento — acrescentou Sarah, consultando a ficha escolar do rapaz.

— O vagabundo da turma — acrescentou Jan, com um sorriso sarcástico. — Riquinho. Pais ausentes, permissivos. Conheço bem o seu tipo.

— Escutem — berrou Oliver. — Eu tive uma discussão com a Nanna. Foi só isso.

Os dois detetives se entreolharam.

— Lisa contou a você? — perguntou Jan. — O que mais ela falou?

— Eu não fiz nada. Nunca faria mal à Nanna.

— Por que ela terminou com você?

Ele deu de ombros.

— Aquelas coisas. Como se eu me importasse.

Jan se curvou para a frente, farejou o caro suéter azul-celeste do rapaz.

— Aposto que ela também não gostava que você fumasse maconha.

Oliver passou a mão na boca.

— Preso por posse de metanfetaminas há quatro meses. E de novo dois meses depois. — Ele farejou o ar outra vez. — Eu diria que você está com algum tipo de... não sei...

Ele olhou para o rapaz intrigado, como se visse algo. Curvou-se ainda mais para a frente, até ficar a centímetros do rosto de Oliver, que recuou assustado.

— Espere — disse Jan com urgência, encarando-o. — O que é isso?

— O quê?

— Tem alguma coisa. Uma manchinha... não sei. No fundo dos seus olhos.

Ele apontou o dedo acusadoramente. Oliver estava colado ao encosto da cadeira, não podia mais recuar.

— Ah — disse Jan, com um suspiro de alívio. — Não é nada. É só o seu cérebro...

— Vai se foder — murmurou Oliver.

— Você deu um pouco daquela porcaria para Nanna? — rugiu Jan. — Por acaso você disse... Ei, vamos ficar chapados... e aliás, se você tirar a calcinha é ainda melhor.

A cabeça ruiva avançou.

— Nanna não gostava muito.

— Do quê? — perguntou Sarah. — Das drogas ou de...?

— De nenhum dos dois.

— Então você perdeu a cabeça com ela? — Jan tinha o queixo apoiado nas mãos. Uma postura que dizia: Não estamos indo a lugar algum. — Na pista de dança. Atirou uma cadeira. Gritou com ela.

— Eu estava bêbado!

— Ah. — Jan pareceu se alegrar. — Então tudo bem. E o que você fez depois das nove e meia?

— Trabalhei no bar.

Sarah empurrou a folha de papel sobre a mesa.

— Você não está na escala.

— Eu trabalhei no bar.

Jan outra vez:

— Quem viu você?

— Um monte de gente.

— Lisa?

— Ela me viu.

— Não, não viu — disse Sarah.

— Eu fiquei por lá, pegando os copos vazios...

— Escute aqui, sabichão. — Jan voltara a falar alto, mas num tom diferente. Frio e ameaçador. — Ninguém o viu depois das nove e meia.

Ele se levantou, colocou uma cadeira ao lado da de Oliver, sentou tão perto que eles se tocaram. Colocou o braço ao redor dos ombros do rapaz. Apertou-o.

Sarah inspirou fundo.

— O que você fez, Oliver? Conte para o seu tio Jan. Antes que ele se irrite. Nós dois sabemos que você não vai gostar se isso acontecer.

— Nada...

— Você a seguiu quando ela saiu da escola? — Mais um aperto. — Ficou ali pelo porão?

Oliver se desvencilhou.

Jan piscou para ele.

— Nanna tinha outro, não tinha? Você sabia. E tinha ciúme. Muito ciúme. — Jan assentiu. — Pense bem. O riquinho da escola. Ela era sua. Como uma garota bonita de um buraco como Vesterbro podia esnobar você?

Oliver estava de pé, gritando, passando as mãos nos cabelos ruivos revoltos.

— Eu já disse o que aconteceu.

Sua voz estava um tanto mais aguda. Por um instante, voltou a ser uma criança.

— As chaves do carro... — começou Jan.

— O quê...?

— Você sabia que o carro estava lá.

— Do que você está falando?

— Nanna não o queria. Então você a estuprou. Desovou o corpo dela no canal. No caminho de casa...

— Cala a boca!

Jan esperou. Sarah observava.

— Eu a amava.

— Oliver! — Jan estava radiante. — Você acabou de dizer que não dava a mínima. Você a amava, mas ela o achava um idiota. Então você fez o que qualquer maconheiro de merda faria. Estuprou ela. Amarrou ela. Colocou-a na mala daquele carro preto...

Oliver voltara a se sentar, balançava a cabeça ruiva de um lado para o outro.

— Colocou-a lá para que ninguém a ouvisse gritar e então a empurrou para dentro do canal.

Jan bateu o punho na mesa com tanta força que lápis e cadernos voaram. Oliver era um bebê encolhido na cadeira, calado, tremendo.

Sarah esperou. Depois de algum tempo rompeu o silêncio, com muita calma:

— Oliver, se você tiver algo a nos dizer, a melhor hora é agora.

— Vamos levá-lo para a central — disparou Jan, pegando o telefone. — Eu e o Oliver precisamos de uma conversa tranquila, nós dois sozinhos numa cela.

A porta da sala foi aberta e duas pessoas entraram. Um homem de meia-idade em um terno de aparência cara. Uma mulher atrás dele, com ar preocupado.

— Sou o pai de Oliver — disse o homem. — Quero falar com o meu filho.

— Somos detetives — disse Sarah. — O senhor está interrompendo a nossa entrevista. Saia.

O homem não se moveu. A mulher o observava à espera de algo.

— Vocês o acusaram de alguma coisa?

Jan agitou a mão no rosto do homem

— Alô? Não ouviu...?

Uma carteira, um cartão de visita esfregado no rosto deles. Erik Schandorff. Advogado importante de um escritório importante.

— Não fale assim comigo — disse Erik Schandorff.

— Oliver está nos ajudando a... — começou Sarah.

— Pai?

A voz de uma criança assustada. Não havia dúvida.

— Quero falar com ele — disse o pai.

Do corredor, com Jan praguejando e resmungando entre os dentes, Sarah observava pelo vidro da porta.

Pai e filho, Oliver de cabeça baixa, balançando-a de um lado para o outro.

Então o menino ergueu a cabeça, e o pai o estapeou com força no rosto com as costas da mão.

— Famílias felizes — murmurou Jan, acendendo um cigarro. — Agora, se eu tivesse feito isso...

Um minuto depois, o advogado rico saía da sala com o filho rico e a esposa calada. Nem uma só palavra

— A gente se vê, Oliver! — disse Jan quando eles passaram.

Sarah se recostou na parede, cruzou os braços, fechou os olhos.

Jan a observava quando ela voltou a abri-los.

— Eu sei o que você está pensando, Lund. Que é vagamente possível que eu tenha sido um pouco duro com ele. Mas se aquele idiota não tivesse entrado...

— Tudo bem.

— Não, sério. Eu sabia o que estava fazendo. Tinha a situação sob controle. O tempo todo. Juro...

— Meyer — disse ela, aproximando-se, fitando os olhos esbugalhados do parceiro. — Eu disse que está tudo bem. Verifique o porão outra vez. Fale com os peritos. Se Oliver dirigiu o carro, eles descobrirão. Cronometre o caminho daqui até o bosque.

Ela tirou a chave do carro da bolsa.

— Mais alguma coisa?

— Você vai pensar em mais alguma coisa.

— E você, Lund?

— Eu?

— Vai ver um filme ou o quê?

Ela assentiu e se foi, sorrindo quando Jan não podia mais ver.

Havia flores no aparador, no pequeno consolo de ferro da lareira. Flores na pia, ainda embrulhadas, buquês no chão.

Algumas eram íris azuis. Outras, rosas.

Pernille lavava louça, olhando pela janela.

Uma mulher da equipe de peritos da polícia estava com os meninos à mesa que Pernille e Nanna haviam feito, sorrindo para as crianças. Ela segurava cotonetes.

Não podia ter mais de 22 anos. Não parecia ser mais velha do que Nanna quando ela saía à noite.

— Isso é mesmo necessário? — perguntou Theis.

— Precisamos de DNA — disse a mulher, que vestia uniforme azul. — Para comparações.

Na garagem, o carro estava carregado. Malas com roupas. Caixas com coisas de criança. Vagn Skærbæk ajudou, como sempre fazia.

Ele trouxera brinquedos novos. Carrinhos. Baratos, de latão, mas Vagn era descuidado com dinheiro e Pernille não tinha coragem de ralhar com ele. Os homens da empresa de transportes estavam como todo mundo. Como Theis. Como ela. Desesperados para fazer alguma coisa, sem ter a menor ideia do quê.

— Tudo bem? — perguntou a mulher, mas não esperou a resposta. Curvou-se adiante sobre a mesa, coletou primeiro a amostra de Anton, depois pediu para Emil abrir a boca.

Pernille observava da pia, pratos na mão.

Estavam de volta ao quarto de Nanna. Dois homens de azul, colando mais adesivos, fazendo anotações.

Lotte, a irmã dela, mais nova, mais bonita, ainda solteira, arrumara praticamente sozinha a bagagem. Ela se aproximou e os abraçou, um de cada vez.

— Leve algumas flores se quiser — disse Theis.

Lotte olhou para ele e fez que não.

— Meninos — disse Theis —, vamos ver o tio Vagn. Ajudá-lo a carregar o carro.

Pernille prometeu que desceria logo depois, e os viu partir.

Logo depois.

Ela saiu da cozinha depois que ele desceu. Olhou em volta, o quarto desarrumado.

Naquele apartamento pequeno e caloroso emergira um milagre inesperado entre eles. A magia que é a família. Vidas compartilhadas. Amor compartilhado.

Agora homens de azul vasculhavam o quarto de Nanna, abriam as mesmas gavetas que haviam aberto no dia anterior, falavam em voz baixa, calavam-se quando achavam que ela poderia ouvir.

Os meninos subiram correndo. Pegaram as pipas, pegaram mais brinquedos. Mostraram a ela os carrinhos de latão que Vagn trouxera.

— Cuidado com essas pontas — disse ela. — Cuidado...

Eles se afastaram sem escutar, seguidos por um dos homens de azul, que saía do quarto levando alguns livros de Nanna para o carro nas suas mãos enluvadas.

O policial que ficara era mais velho, tinha barba grisalha e rosto infeliz. Ele parecia incomodado. Não conseguia encará-la. Cabeça grisalha baixa investigando a estante de Nanna outra vez.

Ela pegou a bolsa, pronta para sair.

O apartamento estava tão dominado pelo cheiro de flores que a cabeça dela doía.

Ali vivíamos. Ali nos sentávamos à mesa, acreditando que essa nossa pequena felicidade particular nunca terminaria.

E agora partimos, fugimos amedrontados e sem saber de nada, como se a culpa fosse nossa.

Casa. Coberta de adesivos de perícia criminal e das pegadas das botas deles. Pó de coleta de impressões digitais nas paredes que ainda exibiam o belo rosto de Nanna.

A bolsa voltou para o carpete marrom velho e gasto. Pernille entrou no quarto, ficou observando o homem trabalhar. Examinar fragmentos da breve vida de sua filha perdida.

Ela se sentou na cama, esperou até que o homem tivesse coragem para encará-la.

— Eu não vou demorar. Sinto muito...

— O que aconteceu no bosque? — perguntou ela, e pensou: *Não vou me mexer, não vou sair daqui até que ele responda.*

Um pai. Pernille via isso no rosto dele. Ele entendia. Sabia.

— Não é comigo que a senhora deve falar. Sinto muito. — Ele vasculhava a gaveta da escrivaninha de Nanna. — Estou trabalhando. Preciso pedir que a senhora saia.

Pernille continuou sentada sobre os lençóis da cama arrumada de Nanna.

— Eu preciso... — Os olhos dele estavam fechados. Ela via a dor do homem, e ele também via a dela. — Preciso saber o que aconteceu. Sou a mãe dela...

A escrivaninha outra vez. Ele não estava fazendo nada, e ambos sabiam.

— O que aconteceu com a minha filha?

— Não tenho permissão para...

— Havia fotos. Na sua sala. Eu vi... — Palavras, pensou ela. As certas agora. — Eu vejo aquelas fotos na minha cabeça à noite e sei... que não pode ser pior do que nada que eu imagino. Não pode ser pior.

Ele parou, de cabeça baixa.

— Não pode ser pior. Mas... — Ela deu tapinhas nos cabelos castanhos, na cabeça. A voz era fraca e débil, como pretendia. — Eu vejo na minha cabeça...

O policial apoiou as mãos na escrivaninha, permaneceu imóvel.

— Sou a mãe dela. Preciso implorar?

Nenhuma resposta.

— Todos os dias ela morre na minha cabeça. Várias vezes seguidas, e cada vez é pior. Precisamos enterrar...

Ele tremia.

— Preciso saber — repetiu ela.

Pernille o observava quando o homem suspirou.

Então, finalmente, escutou.

Theis Birk Larsen olhou para o depósito-garagem à sua volta. Ajudou Vagn a carregar um móvel para uma van. Observou os meninos brincarem com os carrinhos novos. Conferiu as coisas na mala do carro: uma família reduzida a bagagens, pronta para se afastar dali.

— Alguma novidade, Theis?

Ele acendeu um cigarro, fez que não.

Anton e Emil correram até eles e agarraram a calça vermelha de Vagn. Implorando por dinheiro para comprar sorvete. Fazendo-o rir.

— Eu tenho cara de cofrinho? — disse ele, tirando algumas moedas do bolso que se espalharam no chão.

A velha piada que sempre usava com eles: *Nada de cerveja, meninos.*

— Quem é esse motorista que eles prenderam? — perguntou Vagn. — O jornal não mencionava nem o nome do sujeito...

— Não sei. Eles não dizem nada. Por que deveriam?

Theis olhou para o depósito-garagem ao seu redor tentando pensar como sempre pensara: em contratações e inventários, contas a pagar, duplicatas a receber. Nada funcionava. Era como se a morte de Nana os tivesse aprisionado em um presente sem fim, um ponto congelado no tempo, sem escapatória. Sem perspectiva de libertação.

— Somos pessoas insignificantes — murmurou ele.

— Não são não.

Vagn estava ao lado dele, ignorando os meninos, que voltavam a puxar-lhe o macacão.

— Obrigado por cuidar das coisas — disse Theis. — Não sei o que eu...

Palavras demais. Ele deu um tapinha no ombro do amigo.

— Você salvou a minha pele, Theis. — O rosto de Vagn exibia uma expressão dura de raiva. A correntinha de ouro reluzia em seu pescoço. — Eu não esqueço. Aquele filho da mãe vai ter o que merece. É só me dizer se quiser que eu faça alguma coisa.

— Tipo o quê?

— Quando ele receber uma sentença de merda. E eles o deixarem sair de condicional. É só você dizer, Theis... Eu quero...

— Ajudar? — Theis fez que não.

— Se é isso que você quer...

— Ela morreu.

Pobre Vagn. O tolo Vagn. Leal como um cão de guarda. Tão inteligente quanto.

— Morreu. — Uma palavra curta e cruel. — Você não entende?

Mas a chama fora acesa e causara um súbito arroubo de raiva. Theis bateu a mão maciça no móvel, fazendo-o estremecer.

— Cadê a Pernille, merda?

Lá em cima, na cozinha, cercada pelas flores, sufocando no aroma.

O policial estava ao telefone. Preocupado.

— Pernille?

Theis subira para procurá-la.

— Não vamos mais.

Ele balançou o corpo sobre os grandes pés, como sempre fazia antes de uma discussão. Não que os dois discutissem muito, mas ele sempre vencia.

— Eu já falei para os meninos que iríamos. Já paguei pelo chalé...

— Não vamos mais.

— Está tudo acertado!

Não que ela perdesse exatamente. Era mais que ela nunca insistia em continuar brigando. Esse assunto estava encerrado. Assim como muitos outros. Assuntos dos quais ela ainda não tinha consciência. Mas viria a ter.

— Nanna não estava morta quando o carro caiu no canal.

Sua voz estava límpida e calma, o rosto também.

— Ela não estava morta. Estava na mala do carro. Presa ali dentro. Se afogando.

Ela foi até o quarto da filha.

Roupas. Pertences. Espalhados pelo cômodo, pedindo para serem organizados. Tarefa da mãe...

Ela começou a guardar livros, a tirar roupas de um lugar e levar para outro, os olhos brilhando, lágrimas começando a se formar.

Então ela parou, cruzou os braços.

— Nós vamos agora — disse Theis, parado à porta. — E pronto.

Ele estava ao lado do aquário que Nanna pedira de presente. Pernille se viu cativada pelas formas douradas que nadavam lá dentro, presas. Olhando para fora, incapazes de compreender qualquer coisa além do vidro.

— Não — retrucou ela. — Vamos ficar aqui. Quero acompanhar o trabalho da polícia até o encontrarem. Quero ver o rosto dele.

Eles nadavam em círculos, intrigados com os próprios reflexos, pensando em nada, indo a lugar algum.

— Eles têm que encontrá-lo, Theis. E vão conseguir.

O momento se revolvia entre eles. Algo que nunca acontecera antes.

Ele mexia no gorro de lã.

— Vamos ficar aqui — repetiu Pernille. — Vou buscar os meninos. Você traz de volta as malas.

Lynge estava acordado. Tinha a cabeça enfaixada, tubos enfiados nos braços. Cortes e arranhões recentes cobriam a velha cicatriz no seu rosto. Traços de sangue ainda pontilhavam seu bigode grisalho.

— John? — chamou Sarah.

Movimento. Respiração. Olhos semiabertos. Se o homem conseguia ouvi-la ou não, ela não fazia ideia. Assim como o médico impaciente que ela precisara importunar para deixá-la entrar.

— Sinto muito que isso tenha acontecido. Está me ouvindo?

As sobrancelhas do homem se mexeram de leve.

— Eu sei que você não fez mal à garota.

Ele estava ligado a uma máquina que piscava números e gráficos.

— Preciso muito da sua ajuda, John. Preciso saber o que aconteceu na escola. Com quem você falou. Onde perdeu as chaves.

Os olhos dele se mexeram. Na direção dela.

— Você estacionou o carro. Levou os cartazes para dentro. Foi até a quadra. Foi nessa hora que se sentiu mal?

Lynge tossiu, engasgou com alguma coisa.

Um ruído, uma palavra.

— O quê? John?

Outro som. O homem abriu um olho, bem aberto. Havia algo ali. Medo e dor.

— Porão.

— Você foi até lá para deixar os cartazes. Foi onde perdeu as chaves?

— O garoto ficou irritado. Disse que eu não podia chegar perto dali.

— John. — Ela se levantou, aproximou-se da boca dele, precisava escutar aquilo. — Quem ficou irritado? Que garoto?

Aquele chiado outra vez. Sarah sentia o cheiro dele.

— Havia bicicletas lá? Bicicletas?

— A outra.

Sarah tentou visualizar aquele porão desagradável.

— A outra sala?

— A caldeira.

Um som. A porta se abriu. O médico estava de volta e parecia contrariado.

— Quem você encontrou na sala da caldeira? John?

Ela pegou as fotografias na bolsa. Retratos escolares. Apontou para Oliver Schandorff.

— Você viu este rapaz? Este. Por favor, olhe.

O chiado outra vez. Depois:

— Não.

O médico estava junto com eles, fez um gesto amplo com as mãos.

— Está bem. Já basta. Você tem que parar. Saia agora...

— Um minuto — insistiu Sarah, sem ceder. — Apenas...

Ela afastou o médico, e então mostrou o anuário da escola para o homem deitado na cama.

— Eu vou apontar, John. Um a um. Faça um gesto com a cabeça quando chegar o garoto. Está bem?

Um a um. Aluno por aluno.

Quando ela apontou para um rapaz alto de cabelos pretos e aparência simpática, comum, John Lynge assentiu.

— Você o viu na sala da caldeira...?

— Já basta — disse o médico, segurando-a pelo braço.

— John?

Lynge abriu o olho, fitou-a. A cabeça se moveu num gesto de confirmação quase imperceptível.

Ela se levantou, tirou o braço do médico de sobre si.

— Sim, já basta — falou.

Jan fumava no pátio da escola quando atendeu ao telefonema dela.

— Preciso que volte ao porão outra vez — disse Sarah.

Uma pausa.

— Por favor, diga que é uma piada.

Ele olhou para os peritos. Estava com fome. Todos estavam. E Svendsen estava começando a irritá-lo.

— Volte lá.

— Os peritos estão de saída. Vasculhamos tudo. Como está Lynge?

— Vai receber alta daqui a uma semana. Tem uma sala de caldeira no porão da escola?

— Fica trancada. Ninguém pode entrar lá, só o zelador.

— Estou a caminho.

Ele ouvia o som do trânsito. As ruas escuras estavam molhadas e vazias. Sarah chegaria em questão de minutos.

Jan começou a descer os degraus de concreto.

— É perigoso falar ao telefone enquanto dirige, sabia?

— Você já chegou?

— O zelador está aqui.

— Preciso saber o que tem aí dentro.

— Está bem, está bem.

Ele ordenou ao zelador que abrisse a porta.

— Já entrou?

— Sim! Fique calma, está bem?

— O que você está vendo?

Uma pausa.

— A caldeira. Surpreendente, não? — Depois acrescentou: — Só um monte de coisa velha. Mesas, cadeiras e livros. — Ele pigarreou. — Certo, Lund. Então eles podem ter entrado aqui. Mas não tem nada de diferente.

— Tem certeza?

— Espere.

— Está me ouvindo?

Jan soltou um resmungo de desgosto ao celular.

— A ligação está cortada, Lund — disse ele, e então murmurou: — Minha nossa...

Ele enfiou o celular no bolso e avançou, apontando o facho da lanterna para um lado e outro, para cima e para baixo.

Ele tinha pensado sobre aquilo mais cedo. O zelador dissera que a caldeira era alimentada com óleo de um tanque que ficava fora do prédio. Ninguém precisava entrar a não ser a equipe de manutenção, uma vez por semana. Toda sexta-feira à tarde.

Havia uma segunda porta no fundo da sala. Sem maçaneta. Parecia não ser usada havia anos.

Jan pegou um lenço, puxou a porta de metal. Deu uma olhada lá dentro, apontou o facho da lanterna.

Alguns alunos tinham estado lá. No chão havia pontas de baseado pisadas. Latas de cerveja. E...

Ele assobiou. Uma embalagem de preservativo, a ponta rasgada, vazia.

Sons atrás de si. Algo acontecia no porão. Ele não dava a mínima.

Pegou o telefone, discou o número dela. Não esperou pela voz da parceira para falar:

— Acho bom você vir aqui. Lund...?

Não havia sinal nas entranhas de concreto da escola.

— Não pode ser sério... — sussurrou Jan.

— Não pode ser sério?

O som o fez dar um pulo. Um facho de lanterna no seu rosto. Depois no chão.

— Você não respeitou o limite de velocidade. Admita, Lund. Você é tão errada quanto eu.

Ela não respondeu. Apenas olhava para a mesma coisa que ele. Um colchão sebento no chão.

Marcas de sangue em um canto.

Marcas de sangue na velha parede cinza.

As digitais surgiam na tinta que descascava das paredes daquela salinha isolada no porão da escola. Peritos de macacão branco etiquetavam, desenhavam, fotografavam. Sarah estava ao telefone, mandando Mark fazer o dever de casa, estudar sueco.

— Pode ser que eu fique presa aqui a noite toda. A sua avó pode ajudar você.

Ela voltara ao saguão da escola e agora inspecionava as flores e fotografias que havia no pequeno altar feito para Nanna, perto dos armários.

— Que bom — disse Sarah. — Tchau.

Uma fotografia chamou sua atenção. Duas meninas vestidas de anjo. Nanna, talvez aos 13 anos. Lisa.

Duas velas vermelhas em frente à fotografia. Uma única chama tremeluzia à brisa fria que varria o corredor.

— Quem acendeu a vela? — perguntou Sarah.

Jan estivera ali cinco minutos antes. Pareceu jovem e cheio de culpa por um instante.

— Não sei. Faz diferença?

— Você não deveria mexer nas coisas, Meyer.

— Quem disse...?

Ela fez um gesto com a mão, esquecendo o assunto.

— Deixa pra lá.

— Não devemos voltar ao porão?

Sarah ajeitou uma fotografia de Nanna. Olhou para a jovem morta.

Ela ergueu a mão. Jan fez que não, confuso.

— O seu isqueiro. Estou largando, esqueceu?

— Ah.

Ele lhe atirou o Zippo prateado. Parecia caro. Sarah olhou para as fotografias e flores, desejou poder oferecer mais do que aquilo. Sabia que aconteceria mais cedo ou mais tarde. Então acendeu a outra vela e observou a pequena chama amarela tremeluzir.

Uma pequena oferenda. Patético.

— Sim, devemos voltar ao porão — respondeu ela, e o acompanhou escada abaixo.

Jansen, um perito de cabelos ruivos, estava parado ao lado dos refletores portáteis. Listava o que haviam encontrado até o momento. Sangue no colchão, na mesa, no chão. Algumas manchas que podiam ser de esperma. Cabelos.

Um chapéu de bruxa. O de Nanna, ao que parecia.

E impressões digitais. Muitas impressões digitais.

— E o acesso? — perguntou Jan.

— Tem a porta do porão — disse Jansen. — E uma outra direto da escola. Só precisa de uma chave para elas.

— Uma...

— Uma chave diferente para cada — completou ele.

Tudo estava visível à forte luz dos holofotes. Numa mesinha baixa havia garrafas vazias de Coca-Cola e vodca, uma garrafa de Chianti. Pratos de comida. E pílulas. Vermelhas, verdes, cor de laranja. Todas as cores de balas de criança.

— Maconha — disse Jan. — Anfetamina. Cocaína.

Meia hora depois, a diretora Koch chegou à escola. Eles haviam lhe pedido que se afastasse do local. Havia gente demais em macacões brancos. Muita coisa para ver.

— Aquela sala é usada para quê? — perguntou Sarah numa sala de aula vazia

— Para guardar mesas e cadeiras. — Koch trouxera consigo seu cachorro. Um terrier marrom pequeno. Ela afagava o animal. — Livros e coisas do tipo. Nada...

— Nada o quê?

— Nada de especial. Eu não sabia que os alunos iam lá. Não deveriam.

Jan entrou na sala, falou:

— Pois é, mas iam. Davam festinhas particulares por lá. Bem debaixo do seu nariz.

— O que vocês encontraram?

Sarah não respondeu.

— A festa de Halloween foi organizada pelo conselho estudantil. Correto?

— Aquela sala deveria estar trancada — insistiu Koch. Ela apertou o cachorro contra si com mais força. — Era lá que Nanna estava?

Sarah pegou as fotografias de alunos da escola, apontou para o rapaz identificado por John Lynge. Jeppe Hald. Bonito. Cabelos pretos e ajeitados. Óculos formais.

— Fale sobre ele.

Koch sorriu.

— Jeppe é maravilhoso. Presidente do conselho estudantil. Aluno de destaque. Temos orgulho dele. Bons pais...

— Onde o perfeitinho mora? — perguntou Jan.

— Ele divide um apartamento com Oliver.

— Oliver também é bom aluno? — perguntou Jan.

O sorriso outra vez, só que menos caloroso.

— Eles vêm de boas famílias. De advogados. Os dois. Tenho certeza de que vão seguir a carreira dos pais. Um orgulho para...

— Melhor do que ser filha de um cara suado de Vesterbro que manobra vans, não é mesmo? — disparou Jan.

O sorriso dela não vacilou.

— Eu não disse isso. Não somos preconceituosos aqui. Contra ninguém.

— Contanto que paguem a mensalidade.

A diretora Koch o encarou com frieza.

— Ops — disse ele. — Acho que acabo de cavar uma advertência.

— Obrigada — disse Sarah à diretora, e o arrastou para fora da sala.

* * *

Jeppe Hald andava de um lado para outro próximo à janela, olhando para as luzes azuis lá fora, escutando o uivo de sirenes ocasionais.

Sarah e Jan entraram apressados, jogaram sobre a mesa as pastas que traziam.

Alto e magro. Óculos de lentes grossas. O irmão nerd e mais alto de Harry Potter. Ou ao menos era pelo que ele pretendia se passar.

— Por que eu estou aqui?

— Apenas rotina — disse Sarah, com simpatia. — Por favor, sente-se.

— Mas eu tenho um trabalho de física para fazer.

Os policiais se entreolharam. Jan enterrou o rosto nas mãos e fingiu chorar.

— Você falou com um homem no porão da escola, na sexta-feira — disse Sarah enquanto Jeppe puxava uma cadeira. — Ele estava entregando material de campanha.

O rapaz olhou para as cadeiras vazias em volta.

Jan se curvou para a frente sobre a mesa, sorriu com entusiasmo.

— Tentamos falar com o seu papai, mas ele estava tirando as medidas para uma peruca. O homem do porão...?

— É, eu o encontrei.

— E por que não disse isso antes?

Silêncio.

— Você sabia que estávamos procurando um motorista.

— Como eu podia saber que ele era o motorista?

Jan levou as mãos à boca, beijou as pontas dos dedos como um chef que acabasse de experimentar um prato perfeito.

— Sensacional. Você também representa Shakespeare?

— Shakespeare?

— Primeiro — rugiu Jan — vamos matar os filhos da puta dos advogados.

Jeppe ficou branco.

Sarah fez cara feia para o parceiro.

— Shakespeare nunca usou “filho da puta”. Não ensine coisas erradas ao rapaz. Jeppe. Jeppe!

— O quê?

— O motorista perdeu as chaves do carro. Você por acaso as viu?

— Eu estou aqui porque alguém perdeu as chaves?

— O que você estava fazendo no porão? — perguntou Sarah.

— Pegando... pegando coisas para o bar.

Jan mexia nas unhas. As mãos quase fechadas para um soco.

— Encontramos uma sala — disse ele. — Alguém deu uma festa. Você sabe alguma coisa a respeito?

Jeppe hesitou. Quase disse não. Mas mudou de ideia.

— Acho que os organizadores separaram uma sala para guardar cerveja e refrigerante. É disso que vocês estão falando?

— A sala com cerveja e refrigerante, sangue, drogas e camisinhas? — disse Jan, ainda olhando para as unhas. — Essa mesma.

— Disso eu não sei.

Sarah não falou nada por um bom tempo. Tampouco Jan. Consultaram seus papéis. Jeppe ficou onde estava, mal se movendo, mal respirando.

Então ela mostrou uma fotografia ao rapaz.

— O chapéu da Nanna. Foi encontrado lá. Ela entrou naquela sala?

Negativa com a cabeça. Um dar de ombros. Sei lá.

Jan deu um suspiro tão profundo que pareceu durar um minuto.

— Desci para pegar a última cerveja por volta das nove da noite. Não vi ninguém.

Lentamente, Jan pousou a cabeça nos braços, cruzados sobre a mesa, e ficou encarando o rapaz com olhos semicerrados.

— Você tem certeza de que não voltou à sala mais tarde? — perguntou Sarah.

Um momento, uma pausa para ser convincente. E então:

— Sim, tenho certeza.

— Ninguém o viu depois das nove e meia. O que você fez?

— Hã...

— Pense, Jeppe — disse Jan, forçando um bocejo. — Pense antes de responder.

O garoto se empertigou na cadeira. Parecia mais confiante.

— O fusível do globo espelhado da pista queimou. Eu já tinha usado o último que tinha. Então fui comprar mais. E tive que pedalar bastante para encontrar.

— Vamos conferir — murmurou Jan, sem erguer os olhos para ele.

— Quando voltei, encontrei o Oliver dormindo em uma sala de aula. Ele bebeu demais. Então o levei para casa. — Cruzou os braços, posando de aluno modelo. — Chegamos um pouco antes da meia-noite. Coloquei ele na cama. Tive que fazer isso.

— Tão cedo! — comentou Sarah.

— Eu ia caçar na manhã seguinte.

— Caçar! — Sarah estava impressionada.

Jan murmurou alguma coisa obscena para a manga da própria camisa

— Em Sonderris. O nosso clube de caça organizou um evento grande. Passei a noite lá.

— Vou começar a caçar em um minuto — murmurou Jan.

Sarah escrevia algo em sua caderneta.

— Eu gostaria muito de ajudar — ofereceu Jeppe.

— Eu gostaria muito de ajudar — arremedou Jan, num tom agudo de afetação.

— Mas isso é tudo o que eu sei.

Sarah sorriu para ele.

— Claro. — Fez mais anotações. — Bem...

Ela fechou a caderneta, deu de ombros. Jeppe Hald sorriu de volta.

— É só isso — concluiu ela. — A não ser...

Ela cutucou Jan, já no sétimo sono.

— Você quer perguntar alguma coisa?

Ele se ajeitou na cadeira, encarou o rapaz.

— Você se incomodaria se eu coletasse uma amostra de sangue sua? — disse ele, bem alto. — E impressões digitais?

Tocou a mão do garoto. Jeppe a puxou.

— Serei o mais gentil possível.

Jan voltou a orelha direita para Jeppe, atento; em vão.

— Senão — disse Sarah —, vamos prender você e aí conseguiremos de qualquer jeito.

Jeppe Hald, o jovem inteligente, o aluno brilhante, o líder estudantil, respondeu em voz fina e petulante, embora trêmula:

— Não vou falar mais nada. Quero conversar com o meu advogado.

Sarah assentiu.

— Um advogado. Ótimo. Meyer?

— Claro. — Ele agarrou o braço de Jeppe. — Primeiro você dá o seu telefonema, Sr. Perfeitinho. Depois vou lhe apresentar o conceito de cela.

Meia hora depois, Jan providenciara uma equipe para trabalhar nos registros telefônicos.

— Tenho informações sobre Oliver — disse ele a Sarah. — No sábado ele trabalhou em um café. Conheceu uma mulher. Saiu, encheu a cara e a levou para a casa dos pais. Os dois ficaram por lá até segunda-feira.

Um dos cadetes chegou com um embrulho. Meyer gemeu de satisfação.

— Você é um anjo.

Ele rasgou o papel com ansiedade. Sarah ficou olhando. Um cachorro-quente grande. Cebolas empanadas crocantes. Molho rémoulade. Picles de pepino fatiado em cima.

— Você mandou alguém ao *pølsevogn* e não me avisou? — reclamou Sarah.

— Achei que você só gostasse de salsicha sueca.

Ela pôs as mãos na cintura, os olhos cravados em Jan. Ele deu uma rápida mordida no cachorro-quente. Fez uma careta de deleite.

— Cretino. E por quê?

— Eu estava com fome.

Silêncio.

— Ah. Mas então: Jeppe e Oliver. Estão mentindo. Descubra a mentira primeiro. O motivo não pode estar longe. O Método Meyer de Investigação. Página 32.

Sarah parecia ainda irritada por causa da comida e da piada da salsicha. Mais pela comida, na verdade.

— Vou falar com o Ruivo e já te ligo — disse Jan.

— Ele vai espernear e pedir um advogado que nem Jeppe.

— Não — insistiu Jan. — Ele não pode exigir um a não ser que seja preso. Se eu falar com ele só como testemunha... Eu conheço a lei. Quase sempre a respeito. Além disso...

— Não.

— Você às vezes é uma mulher muito negativa. Só porque ficou sem cachorro-quente...

— Quero amostras de saliva. Amostras de sangue. — Uma decisão rápida. — Vamos prendê-los agora.

Ele ficou contrariado.

— Por mais que eu adore a ideia, os advogados vão demorar horas. Vamos ficar de mãos atadas até eles aparecerem.

— Não. Vamos revistar o apartamento. Verificar os e-mails deles. Os registros telefônicos. Falar com a mulher que supostamente passou o fim de semana com Oliver.

Ele comia e xingava entre uma mordida e outra.

— Mais alguma coisa?

Aquele tom de voz outra vez. Ele tinha outros. Sarah já os ouvira antes. Não com frequência, mas estavam lá.

— Por que está tão irritado, Meyer?

Ele terminou o cachorro-quente enquanto pensava.

— Porque — respondeu — eu tenho sentimentos.

Silêncio.

— Mais alguma coisa? — perguntou ele outra vez.

— Não.

Ela pensou melhor.

— Na verdade, sim. — Aproximando-se, ela o cutucou no peito com o dedo. — Da próxima vez que mandar um cadete ao *pølsevogn*, peça um para mim.

Sarah decidiu consultar Buchard primeiro. O chefe folheava as fotografias tiradas pelo legista. Hemorragia no olho, corpo em posição fetal, hematomas, feridas. Uma agressão violenta e prolongada.

— O que conseguiu sobre os rapazes? — perguntou ele. — Evidências físicas da sala?

— Nada até que cheguem os resultados. O laboratório está dando prioridade às nossas análises de DNA.

Buchard passou mais algumas fotografias.

— Você tem consciência de quem são os pais, não?

Ela franziu o cenho.

— Por que deveríamos nos importar com isso?

O chefe estava de mau humor por algum motivo.

— Já causamos muita confusão até agora. Precisamos agir com cautela.

Jan enfiou a cabeça pela fresta da porta.

— Hartmann quer marcar uma reunião.

— Sobre o quê? — ela quis saber.

— Não disse. Parecia importante.

— Hartmann pode esperar — disse Sarah. — Nós vamos ao apartamento.

Quando ela se dirigiu à porta, o chefe a segurou pelo braço.

— O que eu acabei de dizer? Troels Hartmann pode ser o próximo prefeito de Copenhague. Não irritamos a turma do Rådhus sem um bom motivo.

— Precisamos revistar o apartamento de um suspeito...

— Eu posso fazer isso — intrometeu-se Jan. — Não se preocupe. Vou mantê-la informada.

Buchard assentiu.

— Ótimo. Está resolvido. — E saiu da sala.

— Dê uma ligada para Hartmann — disse Jan, seguindo Buchard pelo corredor sinuoso. — Ele pediu para tratar com você.

Sarah esperava no balcão do bar sentindo-se estranha e desconfortável. Ela não saía muito, nem mesmo com Bengt. Depois dos últimos dias, aquele restaurante para turistas em Nyhavn parecia comum demais. Exageradamente acolhedor e humano.

Hartmann chegou cinco minutos atrasado, desculpou-se. Enquanto esperavam por uma mesa, ele perguntou:

— Como vão os pais da garota?

Aquele era o político, ela se perguntou, ou o homem?

— Foi por isso que me chamou aqui? Para falar dos pais?

— Você não é muito chegada a ir com calma, hein?

— Não no meio de um caso. Um caso como esse.

— Tenho uma coletiva de imprensa amanhã. Quero dizer as coisas certas.

— Certas para quem?

— Para vocês. Para mim. Principalmente para eles.

Homens como ele não tinham dificuldade em parecer sinceros. Era difícil ver alguma falha na aparência.

— Diga o que quiser — respondeu ela.

— Já tivemos muitas surpresas. Teremos mais?

Ela respondeu sem pestanejar:

— Não que eu saiba.

— Posso dizer que vocês têm certeza de que não há qualquer ligação entre nós e o crime?

Ela assentiu.

— Acho que sim. — Ela o perscrutou. — Se você achar que é verdade.

A garçonete os chamou. Hartmann reservara uma mesa.

— É só isso?

Sarah se levantou para sair.

Hartmann tocou o braço dela com muita delicadeza.

— Desculpe. Eu sei que dificultei as coisas. Temos uma eleição em curso. Coisas estranhas têm acontecido. — Hartmann pareceu irritado por um segundo. — Nunca esperei nada disso. — Ele olhou para Sarah. — Está com fome?

Um prato de comida passou por eles. Macarrão com almôndegas. Parecia bem melhor que o cachorro-quente que Jan não pedira para ela.

— Vou pedir um daquele — disse Sarah. E acrescentou: — Só um minuto.

Foi até a entrada, telefonou para a casa da mãe. Vibeke a atendeu efusiva e calorosa, como não fazia há meses, e então Sarah descobriu por quê. Bengt chegara da Suécia, ficaria em Copenhague apenas aquela noite.

— Vocês precisam conversar — disse a mãe dela, com doçura, e passou o telefone.

Não preciso disso agora, pensou Sarah, ouvindo-o falar sobre os progressos de Mark com o sueco, a camisa de hóquei do Sigtuna que ele comprara, a madeira perfeita para a sauna perfeita.

Ela assentia o tempo todo, vendo pouco à sua frente, apenas uma sala pequena e suja no porão de uma escola, um colchão manchado de sangue, uma mesa com bebidas e drogas, um chapéu de bruxa e uma peruca azul reluzente em um canto.

— Que horas você chega hoje? — perguntou Bengt.

De volta ao presente desconfortável.

— Daqui a pouco — prometeu ela. — Daqui a pouco.

Uma pausa.

— Quando?

Ele nunca a pressionava. Nunca parecia incomodado ou irritado ou frio. Sua natureza agradável, benigna, era uma das coisas que ela amava nele. Ou talvez apenas facilitasse a vida.

— Quando terminar as coisas aqui. Sinto muito que tudo isso tenha acontecido. Juro. A gente se fala mais tarde. Tenho que ir.

De volta à mesa, ela começou a comer avidamente. Eles voltaram a falar sobre declarações à imprensa. Cooperação. Frente a frente, Hartmann a interessava. Havia nele uma fragilidade ingênua que não se via no rosto dos cartazes. Ele era viúvo. Sarah descobrira isso nos clippings de notícias que acessara na central, ao mesmo momento em que levantara a ficha de Jan Meyer. A esposa morrera de câncer havia dois anos.

A perda o afetara. Ele chegara a considerar dar à carreira política — a única que tivera — um fim prematuro.

Ela percebeu que Hartmann a fitava, atipicamente em falta das palavras certas.

— O que foi?

— Tem um... — Ele fez um gesto para o rosto dela. — Tem molho no seu rosto.

Ela pegou um guardanapo, limpou a boca. Comeu um pouco mais, com a mesma ânsia de antes.

Era um café agradável. O tipo de lugar frequentado por casais. Ou por homens com suas amantes. Se alguém entrasse naquele momento e a visse com aquele homem...

— Estamos de acordo, então? — perguntou ele.

— Você conta a sua história. Nós contamos a nossa. Do jeito que ela é.

— E quanto a você? — Ele sorriu. — Desculpe. Não sei por que perguntei isso. Não é da minha conta.

— Tudo bem. Estou indo morar na Suécia com o meu filho. Meu namorado mora nos arredores de Estocolmo. Consegui um emprego por lá. Civil, na polícia.

Ela tomou um rápido gole de vinho, desejou que houvesse mais comida.

— Vai dar tudo certo — insistiu ela.

— Qual a idade do seu filho?

— Doze. E você?

— Sou um pouco mais velho que isso.

— Eu quis dizer...

— Eu sei, eu sei. Não chegamos tão longe. Minha esposa faleceu. Eu passo... — ele deu de ombros, pareceu um pouco envergonhado — passo a maior parte do tempo trabalhando. Mas conheci uma pessoa. Espero que não seja tarde demais.

— A mulher que trabalha com você — disse ela. Não era uma pergunta. — Rie Skovgaard.

Hartmann inclinou a cabeça para o lado e a observou.

— Você também consegue ver o que eu tenho nos bolsos?

Ele mal tocara na comida e na bebida. Parecia capaz de passar a noite ali. Falando, falando.

— Meu namorado está na cidade hoje, veio da Suécia — disse Sarah. — Tenho que ir. Aqui...

Ela tirou dinheiro da carteira.

— Não, não, não. — Ele agitou a mão. — Eu que a convidei.

— Contanto que seja você quem pague. Não os contribuintes.

— Eu que vou pagar, Sarah — disse ele, mostrando o cartão de crédito.

— Obrigada, Troels. Boa noite.

Bengt caiu no sono logo que deitou, como sempre acontecia. Sarah saiu da cama, vestiu um casaco de moletom, foi até a janela, sentou-se na cadeira de vime, ligou para Jan.

— O que você descobriu? — perguntou, sussurrando.

— Não muito.

Jan também estava sussurrando. Estranho.

— Tem que haver alguma coisa.

— Os peritos levaram o computador e coletaram algumas amostras.

O jantar com Hartmann ainda a intrigava.

— Alguma coisa no quarto de Nanna sugere que ela iria se encontrar com alguém?

— Isso não pode esperar até amanhã? Estou morto.

— Ela deve ter ido encontrar alguém.

— Sim, Lund. Com Oliver. Mas você não me deixa falar com ele. — Ruídos ao fundo. Movimento. Choro de bebê. — Pronto. Viu? Você acordou a casa toda.

Ela foi até a sala de jantar, acendeu uma luz, sentou-se à mesa.

— Os pais se lembraram de mais alguma coisa?

— Pergunto para eles amanhã. Está bem? — Um resmungo. — Algum idiota da equipe contou à mãe que a garota se afogou no porta-malas. A mulher está surtando.

Sarah praguejou.

— Você não precisa fazer isso. Eu falo com eles.

— Posso desligar agora?

— Sim — disse ela. — Claro.

Ela passou pelo quarto do filho. Mark dormia profundamente. Bengt estava acordado, mas fingia dormir. Todos ali estavam bem, pensou Sarah. Não precisavam dela.

Quinta-feira, 6 de novembro

A manhã estava nublada. Chuviscava. Eles tomaram café juntos e depois Sarah o levou à estação. Conversaram sobre o fim de semana. Quem encontrariam na Suécia. O que fariam.

Ele escutava em silêncio.

— A festa de open house... — começou Sarah.

— Pode esquecer. Eu cancelei.

Ela se perguntou: será que ouvira uma nota de contrariedade na voz dele? Era difícil dizer. A irritação era estranha a Bengt.

— Vamos esperar até o seu caso estar encerrado, Sarah. Aí então...

— Eu não preciso esperar. Já disse. Vamos no sábado, aconteça o que acontecer.

Bengt olhou pela janela, para o trânsito e os viajantes da manhã.

— Não vou convidar um monte de gente para você ligar outra vez dizendo que não vai.

Isso foi ácido. Dessa vez não havia dúvida.

— É claro que eu vou! Estou ansiosa para rever os seus pais. E também... — O pequeno refrão de nomes suecos que ele desfiara durante a conversa do outro dia lhe veio à mente. — Ole e Missan e Janne e Panne e Hasse e Basse e Lasse...

Bengt riu. Ela ainda conseguia arrancar um riso dele.

— É Bosse, não Basse.

— Desculpe. Ainda estou aprendendo.

— Bem, se você tem certeza...

— Tenho certeza! É um promessa.

Ela o deixou na Estação Central e seguiu para Vesterbro.

Sarah estava sentada na cama de Nanna tentando se lembrar de como era ser uma adolescente. O quarto era pequeno e claro, bagunçado e caótico. Sacolas de lojas de roupa baratas, anotações de aulas, livros e revistas, maquiagem e bijuterias...

Um reflexo da personalidade de Nanna Birk Larsen. De sua vida.

Ela folheou o diário da menina, não encontrou nada. Nada nos cadernos da escola, nem nas fotos do quadro de cortiça que havia acima da pequena escrivaninha.

Sarah se lembrou de si mesma naquela idade, uma garota estranha e rabugenta. Seu quarto era mais bagunçado do que aquele. Mas de uma forma diferente. Era um local só seu, uma expressão de sua natureza solitária e introvertida. Ali, pensou ela, Nanna criara um lugar de preparação. Um camarim do qual ela emergia para encantar o mundo exterior, arrebatar com sua beleza, suas roupas, sua inteligência impressionante e evidente.

Tudo que faltara à adolescente Sarah Lund, aquela menina tinha em abundância. Além de uma mãe amorosa.

E agora ela estava morta.

Havia uma trilha que levava daquele quarto para o fim brutal que Nanna tivera no canal do Kalvebod Fælled. Havia motivos, e motivos deixam vestígios.

Ela olhou dentro do armário, examinou as roupas. Em algumas, as etiquetas tinham sido cortadas: provavelmente de lojas ordinárias. Outras não. E...

Ela tentou mais uma vez lembrar-se de si mesma naquela idade. O que usava? Basicamente o mesmo que agora. Jeans, camisetas, suéteres. Roupas práticas para uma vida prática, não visando à atenção dos outros. Era natural que uma adolescente bonita se vestisse para ser vista. Sarah era exceção. Mas as roupas que encontrara no armário de Nanna pareciam ser boas demais, adultas demais... vividas demais.

Então ela empurrou os cabides para um lado, concentrou-se no fundo, onde havia uma pequena montanha de pares de sapato empilhados.

Atrás deles algo brilhava. Ela estendeu a mão, sentiu as roupas roçando no seu rosto como as asas de mariposas gigantes, pegou o que estava lá.

Um par de botas de caubói marrons e brilhantes, decoradas com motivos coloridos, glitter, tachinhas, microespelhos.

Elas exclamavam dinheiro.

Não. Gritavam.

— Minha esposa está aqui — disse, atrás dela, uma voz bruta de homem.

Sarah tomou um susto, bateu com a cabeça na barra onde se penduravam os cabides.

Era Theis Birk Larsen.

Ele a observou esfregar a cabeça.

— Cuidado com o que vai dizer a ela.

* * *

Sentados ao redor da mesa, rostos congelados capturados na superfície.

— Sinto muito pelo que a senhora soube — disse Sarah.

O dia tinha ficado mais claro. As flores murchavam; mas ainda enchiam o lugar com seu aroma doce.

— O perito não deveria ter feito isso. Ele foi transferido para que não voltem a vê-lo.

Theis, de cabeça baixa, olhos inexpressivos, murmurou:

— Bem, já é alguma coisa.

— Não é nada — retrucou Pernille. — Eu quero saber a verdade. Quero saber o que aconteceu. Sou a mãe dela.

Sarah consultou suas anotações.

— Ninguém viu Nanna depois da festa. Deve ter sido levada no carro roubado. O carro no qual a encontramos.

Ela olhou pela janela, voltou a olhar para Pernille.

— Ela foi estuprada.

Pernille esperou.

— Espancada.

Pernille esperou.

— Acreditamos que ela tenha resistido. Deve ter sido por isso que o homem a agrediu.

Nada mais.

— Na mata? — perguntou Pernille.

— Na mata. Acreditamos que sim. — Sarah hesitou. — Mas talvez ela tenha sido mantida em cativeiro em outro lugar antes. Não sabemos.

O homenzarrão foi até a pia, apoiou os punhos fechados na bancada, olhou para o pálido céu acinzentado.

— Ela disse que ia dormir na casa da Lisa — disse Pernille. — Nanna não mentia para mim.

— Talvez ela não tenha mentido. — Uma pausa. — Vocês não têm nenhuma suposição? — Um olhar de relance para o homem voltado para a janela, as costas curvadas agasalhadas pelo couro preto. — Não se lembram de mais alguma coisa?

— Se algo estivesse errado, Nanna teria me dito — insistiu Pernille. — Ela teria me dito. Nós éramos... éramos...

As palavras eram difíceis.

— ... próximas.

— Quando foi que ela terminou com Oliver Schandorff?

— Ele está envolvido?

Uma sombra longa e pesada caiu sobre a mesa. Theis se voltando para ouvir.

— Estou apenas recolhendo informações.

— Há mais ou menos seis meses — disse Pernille. — Oliver era meio que um namorado.

— Ela ficou triste quando o relacionamento terminou?

— Não. Ele é que ficou.

Sarah a observava.

— Ela não atendia os telefonemas de Oliver. Nanna... — Ela se curvou sobre a mesa, tentando encontrar os olhos grandes e atentos de Sarah. — Quando havia alguma coisa errada, ela sempre me dizia. Não é, Theis?

O silencioso homem continuava parado em frente à janela, uma forma gigantesca em um macacão vermelho e um casaco de couro.

O celular de Sarah tocou.

Jan descobrira algo.

— Certo. Já estou indo.

O casal a observava, os dois cheios de expectativa.

— Preciso ir.

— O que era? — perguntou ele, em voz baixa e bruta.

— Apenas um telefonema. Eu vi um par de botas no quarto da Nanna. Parecem caras. Foram vocês que deram?

— Botas caras? — resmungou ele.

— Sim.

— Por que a pergunta? — indagou Pernille.

Sarah deu de ombros.

— Eu faço muitas perguntas. Talvez demais. Enfio o nariz onde não sou chamada. — Uma pausa. — É o que eu faço.

— Não compramos nenhuma bota cara para ela — disse Pernille.

Sala de entrevistas. O advogado era ríspido e careca, com físico de jogador de hóquei. Quando Sarah entrou, ele estava gritando com um aparentemente entediado Jan, que, sentado à ponta da mesa, apoiava o queixo na mão fechada, um sorriso infantil no rosto.

— Vocês ignoraram todos os direitos do meu cliente. Ele foi interrogado sem a presença de um advogado...

— Não é culpa minha que o senhor tenha dormido até mais tarde. Qual é o problema? Levei o garoto para passear. Paguei o café da manhã. Posso trocar o babador dele se quiser...

— Venha comigo, Meyer...

— Haverá consequências — bradou o advogado quando Sarah foi para sua sala.

Jan se sentou, olhou para ela.

— Oliver Schandorff foi colocado na última cela vazia que tínhamos. Então dei uma volta de carro com Jeppe e o deixei aqui às cinco.

Já imaginando o problema que teriam por causa disso, Sarah perguntou:

— Você o interrogou?

— Já viu os e-mails dele? Um montão. E ele ligou 56 vezes para Nanna em uma semana. Se quer saber minha opinião...

— Você o interrogou sem a presença de um advogado?

— O advogado disse que chegaria às sete. E só apareceu às nove. — Jan tentava aparentar puro bom-senso. — Como eu disse, não podia jogar aquele bostinha em uma cela. Só tomamos café da manhã juntos. — Um gesto infantil de culpa. — Seria falta de educação não falar com ele, Lund...

Buchard entrou. Camisa azul. Rosto lívido.

— Não tínhamos ninguém para ficar com o suspeito ontem à noite — antecipou-se Sarah. — O advogado se atrasou duas horas. Meyer o levou para tomar café.

— Ele não estava com muita fome — disse Jan. — Mas achei que as boas maneiras exigiam isso.

— Talvez o rapaz tenha acreditado que foi interrogado, mas...

Ela não falou mais nada. Buchard não se sensibilizara com a explicação.

— Talvez Meyer possa se explicar ele mesmo.

— Foi o que ela disse.

— Escreva isso num relatório. Deixe-o no meu escritório. Será arquivado na sua pasta junto com os outros. — Uma pausa estudada. — Depois da audiência.

Quando o chefe saiu, Sarah se sentou a sua mesa, folheou fotografias e recados.

Jan sorriu.

— Acho que correu tudo muito bem. Não é?

A coletiva de imprensa estava lotada. Câmeras. Microfones por todo lado. Troels Hartmann usava dessa vez uma gravata preta. Pela manhã ele fora ao cabeleireiro escolhido por Rie, ficara esperando na cadeira enquanto ela dizia como queria o corte: curto e sério. Pesaroso.

Então o roteiro.

— Os últimos dias têm sido turbulentos. Mas estou colaborando ativamente com a polícia. O carro foi roubado. Ninguém da nossa equipe está envolvido. Nossas atenções e considerações estão voltadas aos pais da jovem. Desde o princípio, nossa prioridade tem sido ajudar na investigação. E nada mais.

— O motorista é suspeito? — perguntou uma mulher.

— O motorista é funcionário de uma empresa terceirizada. Além disso, já foi verificado que ele não tem envolvimento no caso.

Um mar de vozes, as mais altas gritando:

— Essa é a opinião da polícia?

Hartmann olhou e viu a careca e o sorriso reluzentes de Erik Salin.

— Não falo em nome do Politigården. Mas discuti o assunto com eles. Eles ficaram satisfeitos por eu me pronunciar e esclarecer que o nosso envolvimento foi uma coincidência infeliz. Não temos nada a ver com esse caso. Dirijam-se aos detetives da polícia se quiserem mais informações.

Mas as perguntas continuaram a chover.

Um político escolhe as que quer responder. Com cautela. Hartmann escutou o clamor, pensou em Bremer, esperou em silêncio até que a pergunta certa viesse à tona.

— O senhor formará uma aliança com o Partido de Centro?

Expressão surpresa, confusa mas irônica.

— Vocês sabem — disse ele — que o mundo da política local raramente é tão dramático quanto gostam de fazer seus leitores acreditarem. Obrigado.

Ele se levantou para sair.

A repórter estava de pé.

— Vocês estão formando uma aliança?

Nada.

O editor de política de um dos jornais locais atacou:

— Bremer também está cortejando Kirsten Eller?

Um flash de câmera pipocou no rosto dele. Não saia do roteiro, disse Rie.

— Está. — A sala ficou em silêncio, todos os olhos voltados para ele. — Mas pessoalmente creio que Bremer é um pouco velho para ela. Agora...

Risos súbitos e turbulentos.

Um equilíbrio delicado, que pendia em seu favor. Os jornalistas odiavam Bremer tanto quanto ele. Ao menos era o que diziam quando embriagados.

Troels Hartmann se refugiou em seu escritório, o cômodo ao lado.

Rie o elogiou. Arrumou sua gravata, o paletó. Estava sorridente e animada.

Um breve desvio do roteiro no final. Mas tinha funcionado. Então ela estava feliz.

— Já está bom — disse Hartmann, afastando-se das mãos dela. — Está bom.

— Troels, você ainda tem algumas reuniões pela frente. Depois uma visita à escola. As câmeras vão estar lá. Atrás de você.

Ele foi até a janela como uma criança emburrada.

Ela lançou mão do mesmo jogo. Fez um biquinho. Praticado. Ela cuidara dos cabelos antes dele. Pretos e lisos. O vestido justo valorizava seu corpo esguio.

Morten irrompeu na sala brandindo papéis. O rascunho do discurso de aliança. Queria que fosse aprovado por Eller.

— Vamos lendo no carro...

— Leve Morten com você — disse Rie. — Assim vocês dois vão poder conversar. Discutir os tópicos...

Morten fez que não.

— Não tem nada de novo. Você não precisa de mim. Tenho trabalho aqui...

— Eu seguro a barra por aqui enquanto vocês estiverem fora — insistiu ela. — Vão. — E gesticulou para os dois. — Vão. — Um sorriso. — E conversem.

De vez em quando eles jogavam xadrez. Ele geralmente vencia. Será que ela o deixava ganhar? Hartmann às vezes se perguntava isso.

Às vezes se perguntava por que jogava aquele jogo estranho e infantil.

— Vão, meninos! — bradou Rie, como uma mãe dando bronca, e agitava as mãos, fazendo brilhar os anéis.

— No sábado à noite — disse Jan —, Jeppe Hald telefonou várias vezes para Oliver.

— E quanto à mulher com quem Oliver estava?

— Divorciada em busca de diversão. Ela contou que ele parecia extremamente deprimido e preocupado com alguma coisa.

Sarah fez uma careta para ele.

— Só?

— Não.

O tom petulante estava de volta à voz dele. A proibição de fumar no escritório — imposta por ela — começava a cobrar seu preço.

— E quanto às digitais na sala da caldeira?

— Metade da escola esteve lá.

— E DNA?

— Ainda estamos esperando. Pronta?

Ela olhou para a porta de vidro da sala de entrevistas, do outro lado do corredor. Oliver Schandorff, sentado à mesa de cabeça baixa.

— Quero estar lá com você — disse Jan. — Devemos trabalhar nisso juntos.

Era verdade.

— Certo, você pode vir. Mas deixe as perguntas comigo.

Ele ficou de pé num salto. Uma saudação breve, os calcanhares batendo um no outro.

Assim que entraram na sala, Oliver, desmazelado numa camisa polo verde, apontou para Jan.

— Não vou falar com ele.

— Não — disse Sarah. — Você vai falar comigo. — Pausa. — Bom dia, Oliver. Como vai?

— Péssimo.

Ela estendeu a mão. O rapaz a cumprimentou. Depois o advogado careca que tinham visto mais cedo fez o mesmo. Ela se sentou perto dos dois. Jan se acomodou nos fundos da sala, sentou-se em uma cadeira à luz da janela.

— Só queremos fazer algumas perguntas — começou Sarah. — E aí você pode ir para casa. — Silêncio. — Nanna disse aos pais que ficaria na casa de Lisa. Vocês iam se encontrar?

— Não. Já disse isso.

— Você sabe com quem ela se encontrou?

— Não.

De uma pasta, Sarah tirou duas fotografias das botas caras que encontrara no armário de Nanna.

— Presente seu?

Ele olhou para as botas como se nunca as tivesse visto.

— Não.

Jan se recostou na cadeira, soltou um longo bocejo.

Sarah o ignorou.

— O que o deixou tão irritado que o levou a atirar uma cadeira?

O advogado careca sorriu.

— Meu cliente se reserva o direito de não responder.

Ela ignorou o homem.

— Estou tentando ajudar você, Oliver. Diga a verdade e irá embora daqui. Esconda-se atrás desse homem e eu prometo...

— Ela disse que tinha conhecido outra pessoa!

— Já basta — disse o advogado. — Vamos embora.

Sarah não tirou os olhos do garoto ruivo.

— Ela disse quem era?

O advogado ficou de pé.

— Meu cliente teve uma noite difícil...

— Ela disse mais alguma coisa?

— Já falei — interrompeu o advogado. — Basta de perguntas.

Oliver fez que não.

— Eu só pedi a ela que fosse ao porão conversar comigo. Mas ela não queria...

— Oliver! — bradou o advogado.

— Ei, rapaz — intercedeu Jan. Oliver olhou de esguelha para ele. — Ele não é seu pai. Não vai bater em você. Eu não vou deixar.

— Ela não quis ir comigo.

Sarah assentiu.

— E o que você fez?

— Eu a xinguei de um monte de nomes. Foi a última vez que a vi.

Ela pegou os papéis.

— Obrigada. É só isso.

* * *

Fora da sala. Pensando.

— Nanna ia se encontrar com um cara. Ela tinha botas caras que ninguém sabia que existiam.

— Podem ter sido presente de Oliver — disse Jan. — Ele está mentindo. Talvez a garota fosse se encontrar com ele.

— Não se encaixa.

— Não se encaixa — murmurou ele, levando a mão ao bolso para pegar um cigarro.

— Não fume aqui — ordenou ela. — Eu já disse.

— Vou dizer o que não se encaixa, Lund. Você. Já está aqui há tanto tempo que faz parte da decoração. Acha que ninguém é capaz de substituí-la. Isso é que não se encaixa. Você.

Ele acendeu o cigarro de qualquer forma. Soprou fumaça para cima. Tossiu.

— Minha sala. Minha.

Svendsen enfiou a cabeça pela porta.

— O instituto de criminalística telefonou. As amostras da sala da caldeira estão contaminadas. Não teremos os perfis de DNA hoje.

Sarah não disse nada. Olhou para as fotografias sobre a mesa. As botas.

— Certo — disse Jan. — Vamos voltar à casa dos garotos

Svendsen suspirou.

— Ficamos lá a noite toda.

— Não procuramos com muito afinco.

Eles saíram. Sarah continuou a olhar para as botas. O telefone tocou. Era o legista. Queria falar com ela pessoalmente.

Pernille esperava sozinha no apartamento, junto com as flores, as etiquetas da polícia e as roupas de Nanna.

Por volta do meio-dia ela estava prestes a enlouquecer. Então foi até a escola, falou com a constrangida e desconfortável diretora Koch e com o charmoso, calado e abatido professor Rama.

Ficou sabendo de apenas uma coisa: Oliver Schandorff e Jeppe Hald tinham passado a noite detidos na central de polícia.

Então esperou em uma sala vazia, ouvindo as vozes jovens que vinham do corredor, sonhando ouvir o tom alegre de Nanna entre elas. Esperou até que Lisa entrou chorando, correndo, atirando-se nos braços abertos do seu trench coat de gabardine, tremendo de emoção, soluçando como uma criancinha.

Os cabelos da menina eram loiros como os de Nanna. Pernille beijou a cabeça loira de Lisa e soube que não deveria. Aquelas duas eram amigas. Quase irmãs, às vezes. Aquelas duas eram...

Pernille a soltou, sorriu, parou de tentar racionalizar algo que estava além da compreensão. Um filho era um breve e feliz interlúdio de responsabilidade, não uma posse. Ela não tinha ideia do que Nanna fazia fora do pequeno apartamento deles. Não perguntava. Esforçava-se para não pensar naquilo.

Mas Lisa sabia. Aquela garota pequena e ligeiramente cheinha, que tentava ser tão bonita e inteligente quanto Nanna, sem nunca conseguir.

Lisa enxugou os olhos, ficou parada na frente dela. Estranha. Como se quisesse ir embora.

— Tem coisas... — começou Pernille — que eu não entendo.

Silêncio. A garota loira parecia inquieta.

— Nanna estava chateada com alguma coisa?

Lisa fez que não.

— E quanto ao Oliver? Ele está envolvido?

— Não.

Houve um quê de petulância adolescente na negativa.

— Então por que a polícia insiste em fazer perguntas a respeito dele, Lisa? Por quê?

Com as mãos inquietas às costas, ela se apoiou na mesa, respondeu com um bico:

— Não sei.

Pernille pensou na policial, Lund. No jeito calado e persistente da mulher. Nos seus olhos grandes e brilhantes, sempre atentos.

— Mas vocês foram juntas à festa. Ela disse alguma coisa? Ela parecia... — Palavras simples. Frases simples. Assim como Lund. — Ela estava diferente?

— Não. Ela não disse nada. Agiu simplesmente como... como a Nanna.

Não se irrite, pensou Pernille. Não diga o que você pensa... Você é uma vaca mentirosa e isso está escrito nessa sua cara gorda e sem graça.

— Por que ela disse que ia dormir na sua casa?

A garota fez que não, como uma atriz de quinta numa peça de quinta.

— Não sei.

— Mas vocês são amigas — disse Pernille, perguntando-se... isso é demais? Estarei sendo dura demais? Estarei parecendo louca? Mesmo assim continuou: — Vocês são amigas. Nanna deve ter lhe contado o que ela tinha em mente. — A voz ficando mais alta, os cabelos castanhos se agitando. — Ela teria dito a você se houvesse alguma coisa acontecendo.

— Pernille, ela não disse. Juro.

Sacuda a menina. Grite com ela. Berre até que ela diga... O quê?

— Ela estava triste? — perguntou Pernille. — Comigo?

— Não sei.

— Você precisa me contar! — gritou ela, sua voz começando a ficar trêmula. — É importante.

Lisa não se moveu, ficava mais calma e mais emburrada a cada palavra irritada que ouvia.

— Ela... não... disse... nada.

Mãos nos ombros da garota, encarando aqueles estúpidos olhos rebeldes.

— Conte!

— Não há o que contar — respondeu Lisa, em um tom neutro e desprovido de emoção. — Ela não estava triste com você. Não mesmo.

— Então o que aconteceu? — perguntou Pernille entre os dentes.

Sacuda essa garota. Dê um tapa na cara dela.

— O que aconteceu?

Lisa continuou com sua postura desafiadora. Os olhos dela diziam: Vá em frente. Pode me bater. Não vai fazer diferença. Nanna se foi.

Pernille fungou, enxugou o nariz, saiu para o corredor. Parou em frente às flores e fotografias ao lado dos armários. O altar de Nanna. Sentou-se em meio às homenagens. O terceiro dia. Pétalas caíam. Bilhetes se soltavam dos clipes. Tudo esvanecendo para uma distância cinza, perdida além de sua visão.

Ela pegou o papel mais próximo. Um desenho infantil.

Estava escrito: *Nunca esqueceremos você.*

Esquecerão sim, pensou ela. Todos vocês vão esquecê-la. Até mesmo Lund, depois de algum tempo. Até Theis, se conseguir, concentrando seu amor bruto e sem limites nos meninos, em Anton e Emil. Esperando que seus rostos jovens obliterem a memória de Nanna, suplantem-na com devoção o bastante para esconder a dor.

Formas passaram apressadas carregando mochilas, papéis, conversando em voz baixa.

Ela observava e escutava. Sua filha um dia caminhara por aqueles corredores cinzentos. De certa forma ainda o fazia, na imaginação de Pernille, o que tornava a dor ainda mais aguda. A dor deveria ser uma ausência, um vazio, não aquela coisa física que sentia agora. Ela perdera Nanna. Sua filha lhe fora roubada. Até que o ladrão e o feito fossem esclarecidos, a morte dela os marcaria a todos, como o tumor de uma doença cruel.

Eles estavam presos no presente, sem escapatória. Pernille ficou de pé, caminhou alguns passos, falseou, caiu.

Uma mão foi estendida. Ela viu o rosto, moreno e bondoso.

— A senhora está bem?

O professor outra vez. Rama.

Ela tomou a mão dele, segurou o corrimão, levantou-se.

Todos diziam a mesma coisa, sem desejar uma resposta.

— Não — murmurou ela. — Não estou bem.

Ela se perguntou o que Nanna devia achar daquele homem bonito e inteligente. Se gostava dele. Sobre o que conversavam.

— Lisa contou alguma coisa? — perguntou Rama.

— Uma coisa ou outra.

— Se eu puder...

— Ajudar?

Mais uma coisa que todos diziam. Usavam as mesmas palavras. Talvez fossem sinceros. Talvez fosse mais uma reação trivial, expressa de forma automática, como uma oração.

Pernille Birk Larsen saiu da escola se perguntando se Theis não teria razão. Ela estava sendo tola. A polícia estava trabalhando. Lund devia saber o que fazia.

A corretora olhava para os andaimes lá em cima, as telas que recobriam as janelas, as pilhas de material de construção próximas à porta.

— Preciso que seja vendida logo. Quero me livrar disso.

Theis vestia o casaco preto, o gorro, as botas simples e o macacão vermelho. Roupa de trabalho, embora o trabalho, aquilo que antes parecia tão importante, agora lhe escapasse. O negócio estava nas mãos de Vagn. Vagn podia cuidar de tudo. Não havia escolha.

— É claro — concordou a mulher.

— Aceito o valor que paguei. Só quero me livrar dessa casa.

— Entendo.

Ele chutou um andaime.

— Os materiais de construção estão inclusos.

Crianças brincavam na rua. Jogavam bola. Risos e gritinhos.

Ele as observava, com inveja.

— É uma boa casa — disse a mulher. — Por que não espera alguns meses?

— Não. Precisa ser agora. Isso é algum problema para vocês?

A mulher hesitou.

— Não exatamente. O senhor leu o relatório da vistoria?

Ela pegou uma pilha de documentos. Theis odiava papéis. Aquilo era função de Pernille.

— Foram identificados fungos na madeira.

Theis não disse nada, sentiu-se mal, impotente.

— O seguro deve cobrir isso.

A mulher não olhou para ele, fez que não.

— Não cobre. Lamento.

Uma brisa soprou. As folhas de papel se agitaram. Dois meninos passaram de bicicleta puxando pipas.

— Mas...

Ela apontou para o contrato com o dedo bem-cuidado.

— Diz aqui. Não há cobertura contra fungos. Sinto muito. — Um suspiro profundo e desconfortável. — Se o senhor vender agora, vai perder muito dinheiro. Nessas condições...

Ele olhou para a casa, pensou em todos os sonhos perdidos. Os meninos em seus quartos. Nanna olhando pela janela do andar de cima, agora coberta com tela preta.

— Venda essa droga — disse Theis.

Troels Hartmann estava de quatro, desenhando com as crianças de um jardim de infância.

Morten Weber se agachou ao seu lado.

— Troels, detesto ter que interromper a sua diversão, mas os fotógrafos já foram embora. Você tem outros compromissos.

Hartmann rabiscou uma galinha amarela no papel, arrancou gritos de felicidade das crianças à sua volta.

Sorriu.

— Eles também são divertidos, Morten?

— São necessários.

Hartmann apontou para os rostos das crianças no chão.

— Esses são os eleitores de amanhã.

— Bem, então vamos voltar amanhã. Estou mais interessado nas pessoas que votam hoje.

— Elas fizeram um bolo para nós.

Morten franziu o cenho.

— Bolo?

Dois minutos depois eles estavam sozinhos a uma mesa, afastados das professoras e das crianças.

— Experimente o bolo, Morten.

— Desculpe. Não posso.

— A diabetes é uma desculpa. Você não comeria de qualquer forma. É sofisticado demais.

Eles eram próximos o bastante para um comentário ferino como aquele, pensou Morten.

— E quanto àquele repórter? — perguntou Hartmann.

— Erik Salin?

— Ele está no meu pé, Morten. Por quê? Quem é ele? Como ele soube a respeito do carro?

— Ele é um inútil, só quer faturar um dinheirinho. Encare como algo bom. Ele não perderia tempo se você não tivesse chance.

— Como ele soube do carro?

Morten se empertigou.

— Você acha que alguém do escritório vazou a informação, não é?

— Você acha?

— Isso me passou pela cabeça. Mas não consigo imaginar quem.

Hartmann afastou o bolo e o copo plástico com suco de laranja, ouviu as crianças se divertindo com seus desenhos.

— Tenho toda confiança na nossa equipe — disse Morten, com um quê de altivez. — Em todos. Você não?

Hartmann estava para responder quando seu celular tocou.

Ele escutou, olhou para Morten.

— Temos que ir.

Caminhando a passos largos pelos compridos corredores ressoantes ao redor do pátio central, Hartmann estava lívido.

— Onde é que ela está?

— Vai ligar em um minuto.

Rie o encontrara à porta principal e agora tentava acompanhar o passo dele enquanto seguiam para o escritório. Morten ia atrás; calado, ouvidos atentos.

— Eller disse que Bremer fez uma oferta melhor. Ela ainda não aceitou. Quer saber o que temos a dizer.

— O que temos a dizer é que ela pode enfiar a aliança no rabo.

Rie suspirou.

— Isso é política.

— Não, não é. É um concurso de beleza. Não vamos entrar nesse jogo.

— Ouça o que ela tem a dizer. Podemos ceder em algumas coisas...

Ela deteve Hartmann antes que entrassem no escritório.

— Troels. Você precisa se acalmar.

Ele correu os olhos pelo interior do Rådhus. Às vezes o lugar parecia uma prisão. Uma prisão muito confortável.

O celular dela tocou.

— Oi, Kirsten. Só um segundo. Já estamos chegando.

Encerrada a ligação, ela olhou para Hartmann.

— Seja educado. Mantenha a calma.

Ele já se colocara a caminho. Rie se irritou. Deu um tapa no ombro dele.

— Ei! — gritou, num tom duro e estridente. — Cale a boca e me escute uma vez na vida! Se tivermos Eller do nosso lado, vamos vencer. Se não, seremos uma minoria implorando por migalhas da mesa de Poul Bremer. Troels...

Ele já estava andando outra vez. Rie o segurou pela lapela, arrastou-o de volta para as sombras.

— Está me ouvindo? Você não vai conseguir ser maioria sozinho. Não tem apoio suficiente. — Ela se acalmou um pouco. — Nada que a gente faça pode mudar isso agora. Fato.

Hartmann estendeu a mão, pedindo o telefone.

— Fique calmo — disse ela, e lhe passou o aparelho.

Hartmann telefonou para Eller. Manter as aparências, então:

— Ouvi falar sobre você e Bremer. Bem, é assim que as coisas são. Não tem por que eu me lamentar.

Ele fechou os olhos e escutou. Sobre portas que se mantinham abertas, ofertas que não eram finais. Sempre aquele tom insistente, aquela expectativa.

— Então me parece que não teremos uma aliança no final das contas — concluiu Hartmann. — Vamos tomar um café qualquer dia desses. Se cuida.

Rie estava pálida de fúria. Morten fora embora dali.

— Pronto. Isso foi calmo o bastante para você?

O legista era um homem prolixo com rosto bronzeado e barba branca. Enquanto seguiam para o necrotério, ele falava sem parar sobre sidra.

— As maçãs suecas são muito boas. Vou lhe dar a receita.

— Mas que ótimo.

Eles entraram, ambos colocaram as luvas, e foram até a mesa.

— Esse é um caso incomum — começou ele, erguendo o lençol branco.

Ela olhou para o corpo de Nanna Birk Larsen. Limpo agora, exibindo os sinais da necropsia.

— O sangue nos cabelos coagulou muito antes do contato com a água. Há hematomas nas pernas e nos braços, e no lado direito do tronco.

Sarah olhou. Pensara que já tinha visto o bastante.

— Venha cá — disse ele, apontando para a coxa direita.

— Já vimos isso.

A perna estava coberta de cortes.

— Abrasões?

— Não. Sinta a pele.

Ela o fez. Não percebeu nada de diferente.

— Há vermelhidão ao redor das feridas — ele destacou. — Quando um corpo é encontrado na água, isso desaparece. Mas ressurge depois de alguns dias.

Sarah balançou a cabeça.

— São ulcerações — disse o legista. — Ela foi mantida em uma superfície áspera. Talvez um piso de concreto.

— O piso do porão da escola é de concreto.

Ela tocou as lesões. Pensou na salinha escondida, com o colchão ensanguentado e as drogas.

— Por quanto tempo ela foi mantida assim?

— De 10 a 15 horas.

Ela pesou a informação, tentou avaliar o que significaria.

— Tem certeza?

— Sim. Houve uma série de estupros, com um intervalo de algumas horas entre eles. Mas não conseguimos encontrar DNA até o momento.

Ele deve ter usado preservativos. Não tem nada sob as unhas dela nem em nenhum outro lugar.

— Por causa da água?

Ele assentiu.

— Foi o que pensei. Mas ela estava na mala do carro. Olhe as mãos.

Ele as ergueu uma de cada vez.

— Alguém cortou as unhas dela.

Ele colocou as mãos de volta sobre o lençol branco. Sarah pegou cada mão e as observou atentamente.

— Há traços de éter no fígado e nos pulmões — prosseguiu o legista, pegando o relatório. — O que indica que ela foi drogada Talvez diversas vezes. Isso foi planejado. Ele sabia o que estava fazendo. Eu não... — Ele fez uma pausa, como que incerto. — Não é a minha área, mas eu não ficaria surpreso se você descobrisse que ele já fez isso antes. Há um... método.

Sarah pegou o relatório da necropsia.

— Isso ajuda?

Ela deu de ombros.

— Bem, entrarei em contato caso surjam mais novidades. Ah... — Ele sorriu. — E para lhe dar a receita da sidra.

Sarah voltou a sua sala. Buchard discutia com o advogado careca à porta. Fazendo o que podia para manter as mãos sobre Oliver Schandorff e Jeppe Hald. O advogado em breve teria uma audiência com o juiz para liberá-los. Pela expressão de Buchard, não havia muita esperança.

Eller fechou a porta às suas costas. Sentou-se, colocou as largas mãos no colo.

— Boa artimanha a sua, devo dizer.

— Não foi artimanha, Kirsten.

— Espero que não.

Ele esperou.

— Eu disse não ao Bremer. Não pense que foi uma decisão fácil. Não é uma palavra que ele goste de ouvir.

— Imagino.

— Mas na verdade não foi exatamente uma escolha. Somos parceiros naturais. Ele é apenas... — Ela sorriu. — O maldito que dá todas as cartas.

Ele continuou calado.

— Espero que você corresponda às nossas expectativas — acrescentou Eller. — Meu pescoço está por um fio.

— O seu grupo...?

— ... fará o que eu disser. Agora... vamos ao que interessa?

Cinco minutos depois, à mesa da sala anexa do comitê de campanha, as negociações começaram. Políticas e cargos. Orçamento e estratégias de relações públicas. Rie fazia anotações e sugestões.

Hartmann e Eller selaram o acordo.

Jan voltou do apartamento dos estudantes.

— Você liberou os garotos? — perguntou ele.

— Sim.

— Vamos ter que trazê-los de volta.

Sarah analisava algumas das fotografias sobre a mesa. As feridas de Nanna. As botas.

— Não acho que tenham sido eles.

— Pois eu tenho certeza que foram.

Ele trazia um leitor de cartões de memória. Colocou o aparelho sobre a mesa dela e conectou o cabo ao computador.

— Veja isso.

A máquina reconheceu o dispositivo, abriu uma janela.

Um vídeo tremido apareceu na tela. A festa de Halloween. Adolescentes fantasiados. Bebendo cerveja. Gritando. Comportando-se como se comportam os adolescentes quando sabem que não tem ninguém olhando.

Sarah assistia. Lá estava Jeppe Hald, o brilhante e calado Jeppe, aluno de destaque, líder estudantil. Gritando para a lente, bêbado ou chapado, ou ambos.

Lisa Rasmussen num vestido curto e apertado, fazendo pose, tão sóbria quanto o outro.

— Onde você conseguiu isso?

— No quarto de Jeppe Hald. Ele gravou o vídeo com o celular e depois o salvou no cartão de memória. — Jan olhou para ela. — Para assistir no computador.

Sarah assentiu.

— Não acho que ele seja tão esperto quanto a diretora acredita — acrescentou ele.

— Pare!

Jan pausou o filme.

Nanna com o chapéu de bruxa preto. Nanna viva e respirando. Bonita, muito bonita. Tão... *madura*.

Ela não parecia bêbada. Não gritava. Parecia... perplexa. Como um adulto subitamente cercado por um bando de crianças.

— Pode dar play — disse Sarah.

Jan colocou o vídeo em câmera lenta. A câmera deixou Nanna de lado e se voltou para Oliver Schandorff, cabelos desarrumados, olhos selvagens. Oliver olhando para Nanna com cobiça enquanto ela pegava uma lata de cerveja.

— Não tinha festas assim na minha escola — comentou Jan. — E na sua?

— Eu não teria sido convidada.

— Aposto que não. Aqui vamos nós. — Ele soltou um suspiro longo e triste e se sentou ao lado dela. — Hora do show.

Um corte na gravação. Outro lugar. Mais escuro. Pouca luz. Bebidas sobre a mesa. A sala do porão. Só podia ser.

Algo se movia ao fundo, crescia à medida que a lente se aproximava.

Sarah se inclinou para a frente, concentrou a atenção, sentiu o coração começar a acelerar.

Havia um som. Respiração entrecortada, arfante. Oliver Schandorff nu, os cabelos ruivos se agitando ao se contorcer sobre a forma abaixo dele, também nua, de pernas abertas, imóvel.

O contraste entre ele e a garota era incrível. Oliver era pura energia em frenesi e desespero. Ela...

Bêbada? Inconsciente?

Impossível dizer. Mas havia algo de errado ali.

As mãos de Oliver agarraram as pernas dela, fizeram-na enlaçá-lo. Ela ergueu os dedos como que para afastá-lo. Ele estava fora de si, empurrou a mão dela, gemia, gritava.

Sarah assistia.

A câmera se mexeu atrás dele, colocou-se às costas de Oliver. As pernas da garota o envolviam, paradas. Sexo à moda adolescente: como se um relógio fizesse tique-taque em algum lugar, e dissesse "Vá, faça agora, e faça rápido, ou nunca mais vai ter a oportunidade".

Mais gemidos, mais estocadas ferozes.

A imagem se aproximou. O chapéu de bruxa preto que eles viram antes, caído sobre os olhos da jovem, cobrindo-lhe o rosto. Cabelos loiros. O chapéu se move...

— Merda — disse Sarah.

Algo acontecera. A câmera se afastou do casal. Eles tinham ouvido algo, notaram que alguém os filmava às escondidas. Palavrões e movimentos bruscos. A garota apenas discernível, tentando se cobrir. Cabelos loiros, chapéu de bruxa, seios nus. O que se via além disso era pouco.

— Acho que vou trazê-los de volta — disse Jan.

Na escadaria da prefeitura, Troels Hartmann e Kirsten Eller estavam lado a lado, ofuscados pelos flashes das câmeras, sorrindo, trocando um aperto de mão.

À espera de Jan, Sarah assistia a tudo no site do canal de notícias. Então voltou ao vídeo. A escola.

A um trecho que pulara antes.

Nanna com o vestido de festa. De chapéu. Olhando radiante para a lente do celular de Jeppe Hald. Erguendo um copo do que parecia ser Coca-Cola. Sorrindo. Sóbria. Tão elegante e natural. Nem de longe uma adolescente. Diferente dos outros.

E alguns minutos depois...

Nua no porão, com Oliver a estocando como a um animal.

— Espero que você esteja certo, Meyer — murmurou ela.

O zelador abria a porta da escola para Sarah quando Jan telefonou.

— Estou com os dois.

— Não os interrogue ainda.

Uma pausa.

— Da última vez que eu conferi, tínhamos a mesma patente.

— Preciso verificar uma coisa antes.

Um longo suspiro.

— Não se preocupe, Lund. O crédito vai ser seu.

Os passos dela ecoavam nos corredores escuros e vazios.

— Espere vinte minutos — disse ela, e desligou.

As flores do altar de Nanna ao lado dos armários pareciam mortas, as velas reduzidas a tocos. Sarah desceu as escadas frias até o porão com a lanterna acesa, tateando em busca de interruptores que ela não conseguia encontrar.

Ela atravessou a fita da polícia. Entrou na salinha. Linhas e marcações por todo lado. Garrafas vazias circuladas, cobertas de pó para coleta de impressões digitais.

Ela olhou para o colchão sujo de sangue. Havia uma única mancha na base, uma linha de gotas na borda. Não era muito sangue. E não estava borrado.

Jan não esperou, não via motivo para isso. Estava com Oliver na sala de Sarah, sentado em frente ao computador, forçando-o a assistir ao vídeo. A cabeça de abóbora. Os jovens embriagados. As drogas. A bebida.

Sozinho agora, livre para agir como bem entendesse, Jan estava mais relaxado. Ele se sentou ao lado do rapaz, ficou observando-o enquanto ele assistia ao vídeo, cabelos ruivos para todo lado, rosto contorcido de medo e dor.

— Você tem duas opções, Oliver — disse ele, em um tom calmo e controlado. — Ou confessa agora...

Nanna. Com o chapéu de bruxa. Sorrindo. Feliz. Linda.

— Ou assistimos ao resto. E você espera seu advogado aparecer amanhã de manhã. Se ele conseguir sair da cama, é claro.

A câmera do celular se mexia. O saguão, as escadas, o porão. A caminho da sala escondida.

Duas pessoas nuas a distância, sob uma única lâmpada, enlaçadas.

Oliver não conseguia tirar os olhos da tela.

— Eu tenho a noite toda — disse Jan. — Mas nós dois sabemos que foi você. Então vamos acabar com isso logo de uma vez, que tal?

Silêncio.

Jan sentiu um formigamento de irritação. Tentou conter-se.

— Oliver? *Oliver?*

Sarah pegou as fotografias que levara. Closes do corpo de Nanna. Detalhes das ulcerações, das feridas nas costas.

Por algum motivo a sala estava sem energia, de modo que ela as analisou à luz da lanterna que carregava consigo. Ergueu as ampliações enquanto olhava para o colchão, para as manchas de sangue no chão.

Pegou a fotografia das mãos de Nanna. Unhas cortadas.

Correu a luz da lanterna pela sala.

Conferiu o inventário.

Nada de tesouras.

Tirou o celular da bolsa, olhou para a tela. Sem sinal naquela tumba subterrânea.

Oliver estava sentado com o corpo rígido em frente à tela. Dois corpos copulando. Seus cabelos ruivos sacudindo para cima e para baixo. Ele puxa as pernas da garota, faz com que o enlacem. Afasta as mãos dela quando tentam repeli-lo.

A câmera se aproxima. Suas costas, seu corpo socando nela num ritmo insano, frenético. Confusão. Imagens desencontradas quando ele se levanta, confronta o intruso que os filmava às escondidas.

Com os cantos da boca virados para baixo como uma criança levada, o rosto cheio de vergonha e raiva, sentado na sala do departamento de homicídios, Oliver se recusava a falar.

— Talvez Jeppe fale primeiro — provocou Jan.

Lá estava Jeppe na tela. Bêbado. Fora de controle.

— Pode ser que ele esteja na sala ao lado. — Ele deu um tapinha no braço de Oliver. — Pode estar dizendo que foi você. Você sozinho. Não seria muito legal, hã?

A mão de Jan subiu até o ombro do rapaz.

— Ele não é seu amigo, Oliver. Pense bem. Eu sei que gritei com você, garoto. Me desculpe. Mas é que...

Oliver estava imóvel como uma pedra.

— As fotos da Nanna depois que a tiramos do canal... — Ele o observava. — Não saem da minha cabeça. Não me obrigue a mostrá-las a você. Seria melhor se eu não fizesse isso. Melhor para nós dois.

Sarah não estava disposta a sair dali para conseguir sinal. Havia mais a fazer na salinha escondida. Ela vestiu um par de luvas de látex e pegou uma garrafa de cerveja quebrada, pousada dentro de um círculo de giz.

Apontou a lanterna para o vidro.

Batom na borda do gargalo. Cor de laranja. Berrante.

Pegou a fotografia de Nanna na escola, tirada na festa.

Nanna com chapéu de bruxa, a única coisa nela que parecia jovem.

Pegou o cinzeiro. Afastou pontas de cigarro e de baseado. Pegou um pequeno embrulho de papel-alumínio. Abriu-o com os dedos enluvados. Não eram drogas. Um brinco.

À luz da lanterna, ela viu três diamantes falsos numa base prateada.

De volta às fotografias. Nanna e os outros jovens. Lisa Rasmussen.

Quatro dias já haviam se passado desde que eles tiraram o corpo de Nanna Birk Larsen do canal gelado próximo ao aeroporto. A maior parte de todo aquele tempo eles trabalharam sem uma pista. Perseguindo sombras fugidias. Um quebra-cabeça que prometia respostas. Entretanto...

Aquele caso não era parecido com nenhum outro em que ela já tivesse trabalhado. Tinha camadas e texturas. Mistérios. Charadas. Investigações nunca são preto no branco. Mas ela nunca se deparara com uma tão cinza.

Olhou para a fotografia. Nanna e Lisa, as duas sorrindo, felizes.

Então um som acima dela. Passos no escuro.

— Talvez a ideia não tenha sido sua — disse Jan. — Jeppe veio com a proposta e você entrou nessa pela curtição.

Ele se curvou para a frente, tentou conseguir a atenção do menino.

— Oliver?

Nada. Apenas um rosto desgraçado cravado na tela do computador.

— Faria diferença. Se você nos contasse. Então, como vai ser?

Ele se recostou na cadeira, colocou as mãos atrás da cabeça.

— Vamos ficar aqui a noite toda, ver mais algumas fotos? Ou acabamos logo com isso?

Nada.

— Muito bem. — Havia tensão na voz de Jan, o que o incomodou. — Estou com fome. Não tenho dinheiro para comprar um lanche para nós dois...

— Não é ela, seu imbecil — disse Oliver entre os dentes.

Jan ficou surpreso.

Aquela voz adolescente petulante e torturada outra vez. Mas finalmente Oliver olhava para ele.

— A garota na sala da caldeira. Não é Nanna.

Subindo a escada, chegando em frente ao altar de Nanna. Um toco de vela tremeluzia no escuro.

Sarah olhou a tela do celular: dando sinal.

Escutou algo, passos próximos à porta. Não pensou em se esconder. Apontou a lanterna para a fonte do ruído.

— Lisa?

A jovem estava imóvel sob a forte luz branca, um jarro com rosas nas mãos.

— Como você entrou? — perguntou Sarah.

Lisa colocou as flores no altar.

— Estavam ficando velhas. As pessoas esquecem.

— Como você entrou?

— A porta da quadra fica aberta. A fechadura está quebrada. Todo mundo sabe disso.

Ela jogou para trás os longos cabelos loiros, olhou para as fotografias e flores.

— Quando você conheceu Nanna?

— No ensino fundamental. Nanna escolheu Frederiksholm, então eu também escolhi. — Ela mudou as rosas de lugar. — Não achei que fosse conseguir. Nanna é inteligente. O pai dela teve que se virar para pagar. O meu tem dinheiro. Mas eu sou... burra.

— Quando foi que vocês começaram a se afastar?

Lisa não olhou para ela.

— Não nos afastamos.

— Estamos com o celular da Nanna. Você não ligou para ela nem mandou mensagens nos últimos tempos.

Nada.

— Nanna ligou para você.

— Não foi uma discussão. Não exatamente.

— Sobre o Oliver?

— Não lembro. — Uma resposta de pronto.

— Acho que foi sobre o Oliver. Nanna não ligava muito para ele. Mas você está apaixonada por ele, certo?

Lisa riu.

— Você faz perguntas estranhas.

— Por isso você foi até a sala da caldeira.

— Posso ir agora?

Sarah pegou o brinco.

— Você esqueceu uma coisa.

A garota olhou para o saco plástico, xingou, virou-se para sair.

— Podemos perder muito tempo procurando pelo vestido — disse Sarah para as costas da jovem. — Ou você pode simplesmente me contar.

Lisa parou, apertou os braços contra o corpo. Ela vestia um casaco vermelho leve.

— É importante — disse Sarah. — Nanna estava na sala? Ou era só você e os rapazes?

Surpreendida entre ser uma criança e uma adulta.

— Eu estava brava com ela! Ok?

Sarah cruzou os braços, esperou.

— Nanna tomava todas as decisões, me tratava como se eu fosse uma criança. Eu estava bêbada. Aí aquele esquisito do Jeppe apareceu e começou a filmar a gente. Oliver se irritou. Eu tentei fazer o Jeppe parar. Tropecei em algumas garrafas.

Lisa puxou a manga do casaco. Curativos e arranhões. Uma ferida comprida, talvez alguns pontos.

— Eu me cortei.

— O que aconteceu?

— Oliver me levou ao hospital. Passamos a noite lá.

Ela se sentou no parapeito da janela, o rosto jovem inexpressivo iluminado pelas lâmpadas da rua.

— Ele ainda estava irritado com a Nanna. Eu achei que talvez pudesse...

Ela baixou a manga do casaco, abraçou a si mesma novamente.

— Idiota. Nanna tinha razão.

— Onde ela estava?

— Não sei.

— Lisa...

— Eu não sei! — gritou a menina. — Quando deu umas nove e meia... ela veio, colocou o chapéu em mim. Me abraçou. E se despediu.

Ela encarou Sarah.

— E foi isso. Ela foi embora.

Sarah assentiu.

— Meu pai precisa saber? Ele vai me matar.

Hartmann e Rie ouviam rádio a caminho da recepção. O noticiário falava das eleições. A aliança mudara o jogo. Uma forte mudança na estrutura política da cidade estava próxima.

As repercussões do caso Birk Larsen sobre Hartmann pareciam ter sido esquecidas. À sua frente estava o trabalho intenso com a campanha. Reuniões e coletivas de imprensa. Apertos de mão, conquista de votos.

E conchavos privados no círculo interno da política dinamarquesa, nas salas reluzentes onde direita, esquerda e centro se reuniam para digladiar-se com sorrisos e promessas hábeis, trocar insultos políticos, fazer ameaças camufladas como conselhos.

Mais tarde naquela noite, exausto, desejando nada além de levar Rie para sua cama, Hartmann se viu frente a frente com o pai dela. Um parlamentar de longa data do Partido Liberal, Kim Skovgaard era um homem corpulento, cordial e influente. Não muito diferente de Poul Bremer, que conversava amigavelmente com inimigos no salão.

A risada rouca do prefeito se elevou acima do burburinho.

— Não sabia que Bremer estava na lista do nosso partido — comentou Hartmann.

— Mantenha seus amigos próximos e os inimigos do seu lado — respondeu Kim, com um sorriso astuto. — No final das contas, todos lutamos pela mesma coisa. Uma vida melhor. Apenas discordamos quanto aos meios.

Hartmann sorriu.

— Você ainda está implicado no caso? — perguntou Kim.

— O assassinato da jovem?

— Há outros?

— Nunca estivemos implicados. Foi uma coincidência. Você nunca mais ouvirá falarem sobre isso.

Kim ajeitou os óculos.

— Bom. Seria difícil apoiá-lo com aquele tipo de manchete.

— Pai... — interveio a filha. — Agora não.

Ele prosseguiu:

— O primeiro-ministro... e alguns outros estão se perguntando se você tem tudo sob controle.

— A campanha está sob controle. Vamos vencer. — Um sorriso. Perdido em meio ao mar de rostos simpáticos. — Com licença...

Ele foi até o salão, pegou Bremer pelo braço, pediu um minuto. Os dois foram até um canto discreto em frente à lareira.

— Então no fim você conquistou a madame Eller, Troels — disse Bremer. — Meus parabéns. Espero que o preço não tenha sido alto demais.

— Eu sei o que você está tramando.

Bremer pestanejou, balançou a cabeça como se lamentasse.

— Se eu pegá-lo em mais um dos seus joguinhos... — Hartmann se aproximou, falou num sussurro rouco e determinado: — Vou levá-lo à Justiça. Está entendendo?

— Não, nada — respondeu Bremer. — Não sei do que diabos você está falando.

— Está bem — disse Hartmann, fazendo menção de se afastar. — Eu avisei.

— Troels! Volte aqui.

Bremer foi até ele, olhou-o no rosto.

— Sempre gostei de você. Desde que você era um novato, lutando para fazer o primeiro discurso. Hoje...

Hartmann tentou avaliá-lo, separar a sinceridade do histrionismo. Em vão.

— Hoje você me derrotou. Isso não acontece com frequência. Quando acontece... eu não gosto. Tampouco gosto quando, em um surto de paranoia, você me acusa de coisas que desconheço.

Hartmann ficou ali parado, tentando não se sentir como um garotinho que levou bronca na escola.

Bremer ergueu a grande mão, esfregando o polegar e o indicador.

— Se eu quisesse esmagá-lo, não acha que teria feito isso há muito tempo?

Ele deu tapinhas no ombro de Hartmann.

— Pense nisso. — O sorriso se transformou em expressão de contrariedade. — Você acabou com o meu bom humor, Troels. Vou embora. Espero que se sinta culpado.

Ele o encarou.

— Culpado. Sim. Essa é a palavra.

Eles liberaram Oliver e Jeppe. Sarah convenceu Lisa a assinar um depoimento, cuidou para que ela fosse levada para casa em segurança numa viatura.

Ao acompanhá-la até a porta, Sarah perguntou mais uma vez:

— Você tem certeza de que não sabe com quem ela ia se encontrar?

Lisa parecia exausta. E aliviada. Aquele segredo era um fardo que ela vinha carregando.

— Nanna estava feliz. Eu via isso. Como se esperasse ansiosamente alguma coisa. Algo especial.

Quando ela se foi, Jan entrou brandindo papéis.

— Vou acusá-los de perjúrio. De desperdiçar o tempo da polícia.

— Vale a pena?

— Por que não me ligou para me contar, Lund? Por que não disse nada? Eu fiz papel de idiota.

Ela mostrou o celular.

— Porão. Estava sem sinal. Eu tentei.

— Não, não tentou.

Ele falava igual àqueles adolescentes petulantes.

— Você vive no seu mundinho. A Lundilândia. Nada mais tem espaço nele.

— Ok. Me desculpe.

— E eu não posso fumar. Ou comer ou gritar com os suspeitos.

— Não se preocupe. Logo logo você vai se ver livre de mim.

Ele pegou o maço de cigarros. Brandiu um, acendeu, soprou fumaça nela.

Sarah suspirou.

— Não temos nada, porcaria nenhuma — resmungou Jan.

— Isso não é verdade.

— Está falando sério?

Ela notou que estava falando alto. Devia ser o cigarro. Estava desesperada por um.

— Temos muita coisa. Mas você não escuta.

Ele cruzou os braços e disse:

— Estou escutando agora.

Cinco minutos depois. Com Buchard, emburrado como um cão pug sério.

Ela organizou os papéis, as fotografias que reunira. Pacientemente, uma a uma.

— Sabemos coisas a respeito de quem quer que tenha feito isso. Sabemos que ele a drogou com éter. Que a manteve em cativeiro em algum lugar, que abusou dela por um período de 15 a 20 horas. E que depois...

Mais fotografias do corpo. Braços, mãos, pés, coxas.

— Ele deu um banho nela. Cortou-lhe as unhas. E então a levou de carro para a mata, onde sabia que não seriam incomodados.

Fotografias da trilha na Floresta de Pentecostes. Tufos de cabelos nos troncos de árvores mortas.

— Lá ele deu início a um jogo. Brincou com ela. Deixou que fugisse e então a capturou. Talvez... — Sarah vinha pensando naquilo havia algum tempo. — Talvez mais de uma vez.

— Esconde-esconde — disse Jan, e deu uma tragada no cigarro.

— Encontramos um par de botas caras no armário da Nanna — prosseguiu Sarah. — Os pais nunca as tinham visto.

Ela passou as fotografias para os outros: couro marrom e metal reluzente.

— Nanna não poderia tê-las comprado. Caras demais. O cordão...

O pingente de coração preto numa correntinha dourada ordinária.

— Ainda não sabemos de onde veio. Talvez tenha sido um presente da mesma pessoa que deu as botas para ela. No entanto, é um cordão barato. E velho.

Sarah então colocou à frente deles a fotografia de Nanna e Lisa na festa de Halloween. Lisa com aparência embriagada, uma adolescente. Nanna elegante e sorridente, usando o chapéu de bruxa preto como se fosse uma piada irônica.

— Isto é o mais importante: Nanna tinha um encontro secreto. Ela trocou de roupa e deixou a fantasia na escola. Ela foi se encontrar com alguém que nem mesmo a melhor amiga sabia quem era.

Buchard resmungou.

— Não vai me dizer que era um professor...

Sarah olhou para o chefe, não respondeu.

— Certo — disse Jan. — Amanhã começamos tudo de novo.

— Escutem! — ordenou Buchard. — As escolas são território de Troels Hartmann. Ele precisa saber o que vamos fazer.

— Está bem — disse Sarah. — Telefono para ele amanhã.

— E preciso que você fique um pouco mais — acrescentou Buchard.

Jan fechou os olhos. Soprou fumaça para cima.

— Fico até sábado. A escola do Mark começa na segunda. Eu fiz tudo que...

— Com todo o respeito — interrompeu Jan —, não acho que ela deva ficar. Eu entendo do riscado. Além do mais... — Ele fez uma careta. — Sejamos honestos. Nós dois não temos trabalhado exatamente como uma equipe. Acho que Lund deve seguir com o que planejou na vida dela.

Então ele se levantou e saiu.

Ela olhava para as fotografias. Nanna com o chapéu de bruxa. Distante dos adolescentes à sua volta.

Buchard a fitou.

— Meyer está com fome — disse ela. — Isso o deixa irritado. Não... — Ela fez um gesto com o dedo, corrigindo a si mesma. — Mais irritado.

— A escola...

— Precisamos investigar. Precisamos investigar com muita atenção.

Cinco

Sexta-feira, 7 de novembro

Com uma torrada na mão, Sarah fazia malabarismo para tirar o suéter preto e branco quando sua mãe disse:

— Achei que fôssemos viajar hoje à noite.

— Não. Vamos amanhã à tarde.

— Amanhã à tarde? É quando chegam os convidados.

— Não tem problema.

— Não posso me demorar na Suécia. Tenho o que fazer. — Vibeke olhou para o vestido. — Daqui a pouco tem o casamento.

— Toda hora tem algum casamento. Queríamos que você passasse a semana com a gente. Para conhecer a família do Bengt.

Um riso sarcástico.

— Para levar o seu filho à escola enquanto você trabalha, você quer dizer.

— Esquece. — Sarah pegou a caneca, tomou um gole, fez cara feia. — Era só uma ideia. Tem café quente?

Ela foi até a cafeteira. Não.

— Foi esse o tipo de mãe que eu a ensinei a ser? — perguntou Vibeke, fazendo que não com a cabeça, em ar de lamentação. — Você nem ao menos falou com o Mark desde que veio para cá. Você faz alguma ideia do...

— Foi uma semana puxada. Achei que você tivesse notado.

Rapidamente, sem se dar ao trabalho de ir a um espelho e pensando em Nanna e na escola o tempo todo, ela pegou um elástico do bolso da calça e prendeu os cabelos num rabo de cavalo descuidado.

— Ele tem 12 anos...

— Eu sei a idade dele.

— Você não sabe nada sobre o Mark! Nem sobre a vida dele.

— Preciso ir.

— Você ao menos sabe que ele está namorando?

Sarah parou. Hesitou por um instante.

— O Mark é como eu — disse ela. — Muito independente. A gente não costuma se meter na vida um do outro o tempo todo. E sim... eu sei que ele está namorando. Obrigada.

— Vou nessa — disse uma voz às costas de Sarah, fazendo-a dar um pulo.

Mark, de casaco azul, pronto para a escola.

Ela desceu as escadas atrás dele.

Um dia seco e nublado. Ele carregava o patinete, que colocou no chão e começou a tomar impulso assim que chegaram à rua.

— Mark! Você não tomou café.

Ele parou de dar impulso e desceu do patinete.

— Não estou com fome.

— Sinto muito por essa semana. Vou compensar depois. Prometo.

Ele voltou a subir no patinete. Sarah apertou o passo para conseguir acompanhá-lo.

— Sua avó disse que você está namorando.

Mark parou, não a olhou nos olhos.

Ela sorriu.

— Que legal.

Ela tentou não se incomodar com o brinco. Mark tinha furado a orelha sem nem pedir sua permissão, com a ajuda de algum colega imbecil.

— Qual é o nome dela?

— Não é nada sério.

— Você pode convidá-la para ir à Suécia.

— Vou chegar atrasado.

— Mark? Eu me importo com o que acontece na sua vida.

— Ela terminou comigo.

Doze anos e tanta dor no rosto jovem.

— E você não está nem aí. Só se interessa por gente morta.

Sarah parou na calçada. Ficou vendo o menino que ele fora aos 4 ou 5 anos. Oito. Dez. Tentando separar aquela criança do adolescente sério e triste que a fitava agora com uma expressão de...

De quê?

Decepção.

Era essa a palavra.

Mark lhe deu as costas e saiu empurrando o patinete rua abaixo.

Hartmann chegou às 9h. Sarah o levou até sua sala.

— Você me disse que estávamos livres da polícia.

— Eu não disse isso...

— Você nunca mencionou um professor...

— É uma das linhas de investigação.

— E estão investigando o quê, exatamente?

Jan enfiou a cabeça pela porta.

— Vamos ou não?

Hartmann nem se mexeu.

— O que descobriram agora?

Sarah balançou a cabeça.

— Não posso dizer.

— São as minhas escolas e os meus professores. Você vai me dizer.

— Quando puder.

— Não. Não!

Ele estava ficando irritado. Sarah já o vira assim antes. Na TV, quando avançara no jornalista. Agora aquela agressividade se voltava contra ela.

— Eu preciso saber quem é! Meu Deus! Preciso tomar precauções.

— Não podemos...

— Você já me fez passar por idiota uma vez, Lund. Não vai acontecer de novo.

— Sinto muito. Não posso colocar a sua eleição acima de uma investigação de assassinato. Não seria certo...

Ele estava lívido.

— Você não percebe o que vai provocar? Aos professores? Aos alunos? Aos pais? Você espalha a suspeita como um fazendeiro espalha bosta. E não dá a mínima...

— Não ouse dizer isso! — retorquiu ela, elevando a voz.

Hartmann ficou em silêncio, surpreso com o súbito aumento de volume.

— Nunca diga isso — repetiu Sarah, dessa vez em tom mais brando. — Eu não sou da política, Hartmann. Sou da polícia. Não tenho tempo para pensar em todas as consequências. Só tenho que... que...

— O quê? — perguntou ele quando ela não terminou a frase.

— Continuar procurando. — Ela pendurou a bolsa no ombro. — Seremos discretos. Não vamos disseminar boatos. Não temos nenhum interesse ou desejo de prejudicar qualquer parte inocente. Só queremos descobrir quem matou aquela garota, certo?

A fúria súbita dele se desfizera. Aqueles rompantes, pensou ela, eram intensos e inesperados, tão indesejados por Troels Hartmann quanto por quem o ouvia.

— Está bem — disse ele, concordando, e olhou para Sarah. — Você vai me deixar ajudar?

Ela não respondeu.

— Eu quero ajudar, Lund. O meu pessoal vai fazer cópias das fichas pessoais. Dos professores. De todos os funcionários da escola.

— Envie tudo para o meu escritório. Cuidarei para que alguém analise.

— Eu quero ajudar. Acredite.

O celular dele tocou. A máscara do político — sem emoção, distante, impassível — voltou ao seu rosto num instante. Sarah o deixou à vontade para atender a ligação.

Havia uma mulher sorridente no sinuoso corredor de mármore preto; era loira e carregava uma sacola de supermercado.

— Jan Meyer está? — perguntou ela a Sarah.

— Deve estar chegando.

Sarah voltou a conferir as mensagens de voz no celular.

— Sou Hanne Meyer — disse a mulher. — Trouxe algumas coisas para ele.

Uma esposa. Sarah se lembrou do telefonema da outra noite. *Você acordou a casa toda.* Um bebê chorando. Jan tinha uma vida fora da polícia. A ideia a surpreendeu.

— Sarah Lund — disse ela, estendendo a mão. — Trabalho com ele.

— Então esta é você!

Ela era muito bonita. Tinha um cachecol enrolado no pescoço e usava um vestido simples sob o casaco de lã marrom.

— Ele fala muito de você.

— Imagino.

— Ah. — Ela lançou um olhar cúmplice para Sarah. — Coisas boas. Ele só não costuma demonstrar. — Uma pausa. — E ele a acha... incrível.

Sarah a olhou intrigada.

— Incrível?

— Ele tem que tomar dois desses de hora em hora — disse Hanne Meyer, estendendo um frasco de comprimidos para Sarah. — Se não adiantar, tente uma banana.

Ela tirou algumas da sacola, entregou-as a uma Sarah perplexa.

— Seja lá o que ele disser, o Jan *não* pode tomar café, comer queijo nem batata frita — disse Hanne, fazendo um som de reprovação. — Faz mal para o estômago dele.

A mulher bateu palmas: tudo certo.

— Trabalho novo é sempre algo difícil. Vamos torcer para que dê certo dessa vez.

Jan apareceu no fim do corredor. Um velho casaco verde, suéter de marinheiro, expressão constrangida.

— Mas o que...?

— Oi, amor! — disse Hanne Meyer, alegremente.

Radiante, alheio a tudo mais ao seu redor, Jan se aproximou e lhe deu um beijo na boca.

— Que raios você está fazendo aqui?

Ela fez um gesto indicando os comprimidos e as bananas nas mãos de Sarah.

— Você esqueceu no carro.

— Ah...

Jan deu de ombros.

Ela acariciou o rosto do marido, a barba por fazer.

— Se cuide. Bom dia para vocês dois.

Ele não tirou os olhos da esposa, com um sorriso apaixonado, até ela desaparecer no corredor.

Então o sorriso evaporou e seu rosto ficou grave.

Jan pegou as frutas e os remédios das mãos de Sarah e colocou uma banana em cada bolso, como se fossem armas. Pegando uma delas, apontou para o corredor.

— Bang.

— Incrível — disse Sarah.

— O quê?

— Nada. Vamos.

* * *

A equipe de campanha estava a postos para a reunião matinal. Oito funcionários, com Rie Skovgaard à frente dos procedimentos. Hartmann deixou o caso Birk Larsen para o final.

— A imprensa pode chegar a conseguir alguma informação — concluiu ele. — Mas serão apenas especulações. Vamos enviar as fichas dos funcionários da escola para Lund. Mas não vamos nos distrair com isso. Temos coisas mais importantes a fazer.

— Esperem, esperem — disse Rie, pedindo, com um gesto, que todos permanecessem sentados. — Você está dizendo que eles acreditam que foi um professor.

Hartmann colocava os papéis na pasta.

— É uma teoria.

— Sabe o que isso quer dizer, Troels? Estamos de novo envolvidos na história. A imprensa vai ligá-lo ao caso de qualquer forma.

— Isso é assunto da polícia...

— Você é o secretário de educação. Se tiver sido um professor, eles vão responsabilizar você.

Ela nunca desistia. Nunca.

Hartmann voltou a se sentar, olhou para ela.

— O que você está sugerindo?

— Que tomemos alguma atitude primeiro! Vamos analisar essas fichas antes de entregarmos à Lund. Para garantir que não fizemos besteira.

— Como podemos ter feito besteira?

— Não sei. Só não quero surpresas. Além disso... Digamos que a gente ofereça alguma informação que os ajude a encontrar o homem. Receberemos algum crédito, e não culpa.

Hartmann a encarou.

— Troels — acrescentou ela —, se for uma escolha entre perder votos e ganhá-los, não é bem uma escolha.

— Está bem. Faça isso.

Quando a equipe saiu, ela entregou a Hartmann a agenda do dia, repassou os compromissos um por um, minuto a minuto. O último era apenas uma oportunidade de ser fotografado, um evento sobre integração social. Sobre estratégias para integrar grupos estrangeiros à sociedade. Sobre modelos que deveriam servir de exemplo, os imigrantes que a equipe de Hartmann escolhera para dar impulso à iniciativa.

— Vamos jantar depois? — perguntou ela.

— Claro — respondeu Hartmann, sem pestanejar.

— Você vai conseguir um tempinho para mim?

— Claro.

— Troels!

— Ah.

Havia pouquíssimo tempo para qualquer coisa. Hartmann a abraçou, gostou da forma como o rosto dela se iluminou. Estava para beijá-la quando bateram à porta. Um dos funcionários da prefeitura. Um jovem. Parecia envergonhado por incomodar.

— Vocês pediram algumas fichas? Das escolas?

— Você cuida disso — disse Hartmann, e saiu da sala.

Rie convidou o rapaz a sentar-se, listou as fichas que queria. Fichas dos funcionários da escola Frederiksholm. Contratos. Avaliações. Possíveis queixas.

O rapaz escutou em silêncio.

— Algum problema?

— Os documentos são para uso oficial? Não para fins... políticos? Desculpe. Preciso perguntar.

— Não — disse Rie. — Não precisa.

— Mas...

— Hartmann precisa dos documentos. Ele é o secretário de educação. Portanto...

Mesmo assim ele não cedeu.

— Qual é o seu nome?

— Olav Christensen.

— Algum problema, Olav? Se houver, diga. Você já viu as pesquisas, não viu? Não sabe que Troels Hartmann será o próximo prefeito?

Um leve sorriso, sarcástico.

— Não cabe a mim especular sobre política.

— Não. Cabe a você fazer o que o mandam fazer. Então faça, antes que eu encontre outra pessoa para fazê-lo.

Em uma sala pequena que servia como depósito da biblioteca, cercados de livros de inglês, física, artes, Sarah e Jan começaram a conversar com os professores um a um. Sobre Nanna, sobre Lisa Rasmussen, Oliver Schandorff e Jeppe Hald. Mas principalmente sobre eles próprios. O que tinham feito no último fim de semana, pergunta que Jan fazia enquanto Sarah observava, pensando, escutando. À caça de um deslize.

Ele comeu uma banana. Bebeu duas garrafas d'água, sempre fumando. Comeu dois sacos de batatas fritas, contra as ordens dela. Olhava para Sarah nos intervalos da interminável procissão de professores. Falou pouco. Não era preciso.

Não havia nada de suspeito naquelas pessoas comuns, decentes, dedicadas. Eram professores. E nada mais. Ao menos foi o que pareceu.

Pernille Birk Larsen estava sentada na cozinha fria, as mãos sobre a mesa que elas duas haviam feito. Olhava para a porta do quarto de Nanna, as marcas, as setas.

Agora sabia que aquilo era necessário.

Ouviu-o no andar de baixo, conversando com os homens. Uma voz baixa e brusca. O chefe.

Entrou no quarto. Tanta coisa faltando. Os livros e os cadernos de Nanna. As fotografias e os bilhetes haviam desaparecido do quadro de cortiça pendurado na parede. O lugar desprendia um fedor dos produtos químicos deles, tão forte que abafava o cheiro evanescente das flores. As manchas das canetas e dos pincéis e dos marcadores continuavam nas paredes.

Ela tentava se lembrar de *antes*.

Da filha ali, tão cheia de vida e energia.

Pernille se sentou na cama, pensando.

Aquilo precisava ser feito. *Aquilo precisava ser feito.*

Foi até o pequeno armário, olhou lá dentro.

O cheiro de Nanna continuava ali. Um perfume suave e exótico. Mais sofisticado do que Pernille lembrava.

Aquele pensamento incômodo voltou a afligi-la... *Você nunca a conheceu de verdade.*

— Conheci sim — disse ela em voz alta. — E conheço.

Eles receberam um telefonema do Instituto Médico-Legal naquela manhã. O corpo seria liberado. Era necessária uma cerimônia. Um funeral. O último ato do frio e prolongado ritual de uma morte violenta e prematura.

No quarto, imersa nos aromas do armário, Pernille lutou para se lembrar da última vez que escolhera roupas para Nanna. Mesmo quando criança, aos 7 ou 8 anos, a própria filha tomava esse tipo de decisão. Tão inteligente, tão bonita, tão confiante...

Depois passou a vasculhar a casa escolhendo as próprias roupas. Pegava peças no armário de Pernille. De Lotte, quando a tia dormia na casa deles.

Nada detinha Nanna. Ela era dona do próprio nariz. Fora assim desde que aprendera a falar.

E agora, como mãe, ela precisava escolher a última coisa que a filha vestiria. Um manto para o caixão. Um vestido especial para o fogo e as cinzas.

Pernille estendeu a mão e correu os dedos pelos tecidos macios. Por estampas florais e camisas, por vestidos e calças jeans. Parou em um vestido branco listrado, longo, com botões indianos marrons na frente. Comprado numa liquidação de fim de verão, já que ninguém o desejaria para o frio do inverno.

Ninguém a não ser Nanna, que usava aquele tipo de peça fizesse chuva ou sol. Que nunca sentia frio. Que pouco chorava. Nunca se queixava.

Nanna...

Pernille apertou o tecido macio contra o rosto.

Olhou para a blusa estampada ao lado. Desejou ter que enfrentar qualquer coisa no mundo menos aquilo.

Theis Birk Larsen estava no escritório com a corretora, olhando para números e planilhas. O nome Humleby agora lhe soava como uma maldição. Uma peça agourenta e implacável que a vida tinha esperado para lhe pregar.

— Você deve perder muito dinheiro — disse a mulher. — O fungo. As condições...

— Quanto?

— Não sei exatamente.

Pernille vinha na direção deles; olhos arregalados, os cabelos castanhos desalinhados, o rosto vazio e pálido e sofrido. Nas mãos, trazia dois vestidos: um branco, outro florido.

— Talvez meio milhão — disse a corretora. — Ou você pode terminar a reforma. Vai levar mais tempo, mas pode ser que...

Birk Larsen olhava pela porta de vidro. Não ouvia a corretora.

A mulher parou. Viu. Ficou de pé, constrangida. Emitiu os sons que ambos conheciam agora. Palavras apressadas, pêsames hesitantes. Então saiu rapidamente do escritório.

Pernille a observou partir, observou o marido pegar um cigarro do maço sobre a mesa, acendê-lo ansioso.

— Algum problema, Theis?

— Não. Era sobre a venda da casa. Está tudo bem.

Ele remexeu os papéis.

Ela ergueu os vestidos.

— Preciso saber.

Pernille mostrou o vestido branco e então o estampado, como se aquilo fosse o prelúdio para uma noite que eles passariam fora. Uma das ocasiões sociais às quais eles nunca iam. Um jantar. Uma festa.

— Qual?

Ele olhou por um segundo, não mais.

— O branco é bonito.

Deu uma tragada no cigarro, olhou para a mesa.

— O branco?

— O branco — repetiu ele.

Rama, o professor com quem haviam falado no início da semana, estava lá na metade da lista. As mesmas respostas pouco úteis. O homem tinha 35 anos. Trabalhava na escola havia sete.

A mesma pergunta que faziam a todos: qual a sua impressão a respeito de Nanna?

— Expansiva, feliz, inteligente... — disse Rama.

Jan rolou um dos comprimidos sobre a mesa, ficou olhando.

— Vocês tinham um bom relacionamento? — perguntou Sarah.

— Com certeza. Ela era muito inteligente. Esforçada. Madura.

— Você a via fora da escola?

— Não. Não socializo com alunos. Sou muito ocupado.

Jan engoliu o comprimido, atirou a garrafa d'água vazia na lixeira.

— Minha esposa está grávida — acrescentou Rama. — No fim da gestação. Ela também trabalha aqui. Meio período agora.

— Que bom — disse Sarah.

— Você viu Nanna na festa? — interrompeu Jan.

— Não. Fiquei no primeiro turno. Saí às oito.

— Isso é tudo, obrigada — disse Sarah. — Você pode chamar o próximo?

Ela riu.

— Estou parecendo uma professora.

Jan olhou para as cascas amarelas sobre a mesa

— Você comeu as minhas bananas? — perguntou ele, irritado.

— Uma.

Ele se levantou, foi até a janela, xingando, acendeu um cigarro.

O professor continuava ali sentado.

— Aconteceu uma coisa há algum tempo. Alguns meses atrás, Nanna escreveu um trabalho. Para um simulado.

Sarah esperou.

— Ela escreveu um conto.

— Por que isso é importante? — perguntou Sarah.

— Talvez não seja. — Rama olhou para ela. — Era sobre um caso amoroso secreto. Entre um homem casado e uma jovem. Era muito... — Ele procurava a palavra certa. — Era muito explícito. Ela escreveu como ficção. Mas me incomodou.

Jan voltou para a mesa, encarou o professor, perguntou:

— Por quê?

— Eu leio muitos trabalhos. Para mim, soou como se ela estivesse falando de si mesma. De algo que fez.

— Explícito? — perguntou Sarah.

— Eles tinham encontros. Faziam sexo.

— Por que não mencionou isso antes?

Ele deu de ombros.

— Não sei se é importante ou não.

— Precisamos ler esse trabalho — disse Jan.

— Deve estar no arquivo, junto com os outros. Era um simulado. Costumamos guardar.

Eles esperaram.

— Posso ajudar a procurar se quiserem.

O funcionário da secretaria de educação voltou com uma pilha de pastas azuis debaixo do braço. Rie agradeceu. Sorriu.

— O que dizem os documentos?

— Escola-modelo. Particular. Nada barata. — Ele abriu algumas pastas. — Os professores parecem qualificados e motivados. As notas são boas.

Ela olhou para a pilha de documentos.

— Nenhuma queixa?

— Nada que eu tenha reparado. Mas não sei o que vocês estão procurando. — Ele esperou por uma resposta. — Se soubesse...

— É só rotina. Queremos saber se está tudo em ordem.

Olav Christensen parecia mais flexível, disposto a ajudar, apesar de ela ter sido dura com ele antes.

— Tudo do Troels costuma estar em ordem — disse ele. — Quem dera... — Ele apontou com a cabeça na direção do gabinete de Poul Bremer — ... fosse sempre assim. Talvez em breve.

Rie se perguntou por que o rapaz ficara subitamente tão solícito. Ergueu uma pasta. Agradeceu.

Sarah e Jan passaram uma hora e meia vasculhando os arquivos. O professor precisou deixá-los antes para ir dar aula. A diretora Koch entrou, olhou contrariada para o cigarro de Jan.

— Encontraram?

— Não está aqui — respondeu ele.

— Tem que estar aqui — insistiu Koch.

— Não... está... aqui. Vasculhamos tudo.

Sarah pegou uma caixa de papelão.

— Estava aberta quando a encontramos.

Koch conferiu os nomes na etiqueta: as pessoas que haviam consultado a caixa e em que data.

— Um dos nossos professores é linguista. Está escrevendo um ensaio sobre tendências da linguagem. Uso de palavras. Dei permissão para que ele usasse tudo de que precisasse.

— Nome? — perguntou Jan.

Houve uma pausa, uma expressão de desconforto no rosto da diretora.

— Henning Kofoed. Acho difícil que ele não tenha devolvido. É um homem muito meticuloso. Extremamente inteligente e...

— Por que ainda não falamos com ele? — interrompeu-a Sarah.

— Ele não era professor de Nanna. Trabalha apenas no turno da manhã. Ele...

Sarah pegou o celular, o caderno e a bolsa.

— Precisamos do endereço — disse ela.

Piso de madeira e cadeiras de vime. Velas. Cruzes de ouro. Luz mortiça. Um crucifixo.

Pernille e Theis Birk Larsen estavam sentados lado a lado em silêncio. Ela segurava o vestido branco contra o peito. Recém-lavado, recém-passado, cheirava a flores e verão.

Nas janelas acima deles, a chuva de inverno produzia um murmúrio constante.

Depois de algum tempo, um homem apareceu. Terno preto, barba branca, rosto gentil, sorriso profissional fixo. Ele pegou o vestido, cumprimentou-os pela escolha.

— Dez minutos — disse, e se foi.

Pareceu muito mais. Eles mudavam de lugar, olhavam para as paredes. Ele tirou o gorro preto de lã, ficou girando-o nos dedos. Ela viu, e tentou não olhar.

Então o funcionário da funerária voltou. A porta estava entreaberta. Uma luz pálida e suave do outro lado. Ele os chamou.

Depois, na van vermelha que os levava lentamente pelo asfalto reluzente, Pernille disse:

— Ela estava bonita.

Theis Birk Larsen olhava pelo para-brisa para a chuva cinza.

A mão dela o buscou, tocou os cabelos da costeleta, o calor áspero e familiar do seu rosto.

Ele sorriu.

— Precisamos pegar as garrafas térmicas — disse Pernille. — Podemos pegar duas emprestadas com Lotte.

Ele bateu numa luz do painel com a ponta do dedo.

— Preciso comprar detergente para o para-brisa.

Um posto pequeno. Carros e vans. Homens e mulheres. A vida cotidiana, a passagem habitual, a rotina diária. Tudo isso ao redor deles como se nada houvesse acontecido. Como se nada houvesse mudado ou se quebrado ou se perdido.

Ele não usou a bomba de gasolina. Não fez nada a não ser seguir até a loja, correr para o banheiro.

Lá, naquele lugar anônimo, trancado no banheiro, com seu casaco preto e o gorro de lã, Theis Birk Larsen se curvou sobre a pia, chorou, tremeu, gemeu como uma criança.

Vinte minutos ela esperou. Ninguém se aproximou. Ninguém falou. Então ele saiu, com os olhos vermelhos, o rosto corado. Fragmentos de papel presos na barba rala, onde limpara o rosto. As lágrimas ainda espreitavam, a dor ainda pairava.

Nas mãos, um pequeno frasco de plástico. Azul.

— Aqui — disse ele, colocando o detergente para limpador de para-brisa no colo da esposa.

A casa de Henning Kofoed era um quarto e sala atrás de um posto de gasolina. O apartamento de solteiro mais ordinário que Sarah já vira na vida. Havia livros por todo lado, comida apodrecendo em pratos sujos na cozinha. Kofoed era um homem de 40 e poucos anos com olhar arguto, barba castanha malcuidada e cabelos desgrenhados. Ele fumava um cachimbo malcheiroso e os tratou com desconfiança desde o instante em que chegaram.

— Por que esse trabalho estaria comigo?

— Por que você o pegou — disse Jan. — Para o seu... Como é mesmo? Ensaio de linguística. É sobre a forma de falar das pessoas, certo?

— De forma bem grosseira...

— De forma bem grosseira, vou lhe dizer o seguinte... Encontre a porra do trabalho, Henning.

— Devo ter esquecido. Me desculpem.

Havia um computador no quarto. Jan caminhou pelo apartamento, remexendo em tudo. Kofoed o seguia, mais nervoso a cada minuto.

— Você leu o que a Nanna escreveu? — perguntou Jan.

— Eu... eu... leio muita coisa.

— É uma pergunta simples. Não é preciso um diploma em linguística para entender. Você leu o conto da Nanna?

Silêncio.

— A minha especialidade é a linguagem. Concentro-me nas palavras. Não tanto nas frases. O senhor sabia que a palavra *ciabatta* nunca existiu...?

Jan apertou as mãos fechadas uma contra a outra e praguejou

— Esqueça a *ciabatta*, está bem? Encontre esse maldito trabalho de uma vez.

— Ok, ok, ok.

Ele foi até o cômodo contíguo, começou a remexer na confusão de pastas e papéis espalhados por todo lado. O apartamento mais parecia um cartório atingido por uma bomba.

Jan olhou para Sarah, sorriu, apontou para o chão.

— Você jogou fora?

— Nunca faria isso.

Ele se agachou em frente a várias gavetas bambas. Pegou uma pasta plástica.

— Ah! Eu sabia que estava aqui.

Estendeu a pasta para os policiais.

— Me desculpem. Vou acompanhá-los até a porta.

Kofoed foi até a porta, abriu-a. Sarah ficou onde estava.

— Acho que precisamos conversar — disse ela.

— Sobre o quê?

Jan levantou uma das revistas que encontrara no chão, perto do computador.

Adolescentes gostosas.

— Sobre garotas jovens.

O professor estava sentado na cadeira do computador, no quarto, observando Jan folhear as revistas, abrir as páginas duplas com fotografias.

Ele suava bastante, e Sarah lhe tomara o cachimbo.

— Onde você estava na sexta-feira? — perguntou ela.

— Em uma conferência no centro. Sobre a linguagem dos jovens.

— Quando terminou?

— Às dez da noite.

— E depois?

— Vim para casa.

Jan se encostou no batente da porta, alternando olhares ameaçadores para as revistas e para Kofoed.

— Tem alguma testemunha?

— Não. Eu moro sozinho. Trabalho a maior parte do tempo.

— Quando não está se divertindo sozinho — rosnou Jan. — Ou olhando para as suas meninas.

O professor se empertigou.

— Não estou gostando do seu tom.

Jan balançou a cabeça, como se lamentasse.

— Não está gostando do meu tom? Posso prendê-lo por isso.

— Essas revistas não são ilegais. Comprei todas aqui. Qualquer um pode comprar.

— Então não vai se incomodar se levarmos o seu computador. Também tem um HD externo aqui. Quantas coisas interessantes não vamos encontrar neles?

Kofoed ficou em silêncio. Voltou a suar.

— Ah, Henning. — Jan se sentou de frente para o professor. — Tem ideia de como caras como você são tratados na prisão?

— Eu não fiz nada. E não foi para mim que apontaram o dedo...

— Eu é que estou apontando o dedo!

— Meyer! — Sarah olhou para o professor trêmulo. — O que quer dizer, Henning? Para quem apontaram o dedo?

Silêncio.

— Estamos tentando ajudar — insistiu ela. — Se alguém foi alvo de suspeita, nós precisamos saber.

— Não fui eu...

— É o que você não para de dizer. Quem foi?

Homem assustado. Mas ele não queria dizer.

— Não consigo lembrar...

— Vou levar o computador — disse Jan. — Você vai ser preso. Tchau, emprego. Tchau, aulas. Adeus à chance de se aproximar das meninas no corredor...

— Não tem nada disso! Não fui eu. A garota voltou atrás... — O professor estava à beira das lágrimas. — Ele foi inocentado. É um cara legal.

Jan pegou uma revista, abanou-a no rosto dele.

— Quem?

— Rama — disse Kofoed.

Ele parecia envergonhado de si mesmo. Mais envergonhado do que quando Jan encontrara as revistas pornográficas.

— A garota inventou tudo. Ele é um bom homem. Gentil com todo mundo.

— Assim como você — disse Jan, e atirou a revista no rosto dele.

Sentada à mesa, Pernille tentava sorrir para Rama. O belo e educado professor da escola de Nanna. Ele levara flores, fotografias, mensagens do altar. Ocupara a cadeira à sua frente com uma expressão séria e sentida.

— Estão um pouco murchas. Sinto muito.

Pernille as pegou, sabendo que iriam para o lixo no momento em que ele fosse embora. E que Rama também sabia disso.

— Alguns colegas de Nanna gostariam de ir ao funeral. Se for possível.

— Tudo bem.

Rama deu um sorriso breve e melancólico.

— O senhor pode ir também. Por favor.

Ele pareceu ficar surpreso. Será que achavam que ela não receberia um estrangeiro?

— Obrigado. Iremos todos. Bom, não quero tomar mais do seu tempo...

— Não vá.

Ele queria ir embora, pensou Pernille. Mas já se fora o tempo em que ela se preocupava com o que os outros queriam.

— Pode me dizer algo a respeito dela?

— Que tipo de coisa?

— Algo que ela fizesse.

O professor pensou na pergunta.

— Filosofia. Nanna adorava filosofia. Gostava muito de Aristóteles.

— Quem?

— Um grego. Ela participava do nosso grupo de teatro.

— Representando?

Nanna nunca mencionara aquilo. Nem uma vez sequer.

— Contei a eles o que Aristóteles disse a respeito da arte de atuar. Nanna ficou muito interessada. Achava que as nossas peças deveriam durar do amanhecer ao anoitecer. Como as dos antigos gregos.

— Ela era uma estudante — disse Pernille, subitamente irritada. — Tinha uma vida. Aqui. Uma vida real. Não era um sonho. Ela não precisava inventar nada.

Um erro. Ele pareceu ficar constrangido.

— Acho que era de brincadeira. — Ele consultou o relógio. — Sinto muito. Preciso ir. Eu trabalho em um clube de jovens. Tenho um compromisso, não posso faltar.

Pernille olhou para o seu calmo rosto moreno. Gostava daquele homem. Olhou para a mesa. Correu os dedos pela superfície envernizada, olhou para as fotos e os rostos.

— Fizemos essa mesa juntas. Lixamos a madeira. Colamos as peças. Fixamos as fotos.

A madeira estava lisa agora, e gasta. Nem sempre fora assim. Houvera farpas. Algumas lágrimas.

— A senhora está sozinha — disse o professor. — Isso é...?

— Theis está lá embaixo. No escritório. Fazendo...

A garagem estava escura quando ela atendera a porta. Não havia uma única luz acesa.

Fazendo o quê?

Fumando. Abraçando uma garrafa de cerveja. Chorando.

— Cuidando da papelada.

Que nada.

Theis Birk Larsen estava sentado imóvel e em silêncio no escritório escuro. A porta foi aberta. Vagn Skærbæk entrou, acendeu a lâmpada fraca que ficava acima do quadro de avisos. Chaves na mão. Ele conferiu a fileira de ganchos na parede. Encontrou o certo. Cada coisa no seu lugar.

Não viu o homem de casaco preto curvado sobre a mesa, cigarro numa das mãos, garrafa de cerveja na outra, até que Theis murmurou algo indistinto.

— Merda! Você me deu um susto.

A forma não se moveu.

— Está tudo bem, Theis?

Ele acendeu a luz do teto. Aproximou-se, observou.

— Vou chamar Pernille.

Uma mão forte se adiantou e o deteve.

Os olhos de Theis estavam vermelhos e marejados.

Bêbado.

— Semana passada eu tinha uma filha. Ela saiu por aquela porta. Foi a uma festa.

— Theis...

— Eu a vi de novo hoje. — Os olhos abaixo do gorro preto se fecharam, as lágrimas espremidas entre as pálpebras. — Não era ela de verdade. Era como se fossa uma coisa... uma coisa...

— Vou chamar Pernille. E você não vai beber mais nada.

— Não!

Voz alta e feroz. Vagn Skærbæk sabia que não deveria ignorá-la.

— Theis. Eu tenho um amigo, Jannik. Ele ouviu uma coisa.

Vagn hesitou. Sentiu os olhos de Theis cravados nele.

— Ouviu o quê?

— Talvez nada.

Theis esperou.

— A mulher do Jannik trabalha na escola. Ele disse que a polícia voltou a aparecer por lá. — Mãos inquietas na corrente de prata. — Interrogaram os funcionários. Todos os professores de Nanna.

Mais um cigarro. Mais um gole na cerveja. Ele olhou para Vagn.

— Talvez ela saiba mais do que Jannik me disse. — Vagn lambeu os lábios. — Os policiais são uns merdas imprestáveis. Se não fossem, eu e você...

— Não fale nisso — resmungou Theis. — Isso é passado.

— Então você não quer que eu fale com a mulher de Jannik?

Theis se empertigou, olhando para o vazio.

— Theis...

— Faça isso.

Eleições tratam de ideias. Temas. Ícones. Marcas. Então, naquela noite, Troels Hartmann se viu calçando tênis e saindo de terno a caminho do ginásio, com Rie Skovgaard ao seu lado.

O basquete é um esporte para gente jovem. Ele era o candidato jovem. Uma oportunidade para ser fotografado. Uma chance para trocar apertos de mão.

— Frederiksholm é uma escola-modelo — disse ela. — Não há nada de errado com nenhum dos professores. Eu li todas as fichas. Sarah já recebeu cópias. Estamos seguros.

Cheiro de suor, sons de uma bola quicando na madeira.

— Você vai à sessão de fotos. Depois nós nos encontramos com alguns dos cidadãos-modelo. Assim temos juventude, temos recreação, temos comunidade. Três coelhos com uma cajadada só.

Hartmann tirou o paletó, colocou a camisa para fora da calça, dobrou as mangas.

— A que horas os servidores públicos vão para casa?

— Concentre-se no porquê de estarmos aqui. Essas pessoas são importantes para nós.

Eles entraram no ginásio. Homens jogando. Brancos e negros. Movendo-se rápida e ruidosamente.

— Morten me disse que viu dois dos servidores trabalhando até tarde. Por que eles fariam isso?

— Não sei!

— Ele disse que precisamos ficar de olho nesses sujeitos.

— Morten é pago para gerenciar a sua campanha. Não para dar esse tipo de conselho.

— E se Bremer tiver alguém infiltrado? Para causar confusão. Vazar e-mails. Botar as mãos na minha agenda.

— Deixe que eu me preocupo com isso. Você é o candidato. A figura pública. Eu posso cuidar do resto.

Hartmann não se moveu.

— Foi dureza conseguir essa oportunidade — acrescentou Rie. — Todos os veículos de imprensa que importam estão aqui. Tente sorrir para eles, está bem?

Na quadra. Apertos de mão firmes. Cumprimentos amistosos. Um a um Hartmann falou com eles, iranianos e chineses, sírios e iraquianos. Um dinamarquês agora, trabalhando para aquele programa de integração. Cidadãos-modelo não remunerados para as comunidades à sua volta.

Dois times. Um dos quais com vaga para ele.

Hartmann amarrou os cadarços, olhou para o time adversário.

— Prontos para uma surra?

Por dez preciosos minutos, só existiu aquilo. Correr no piso de madeira envernizada, arremessar a bola. Passá-la. Esforço físico. Nada de pensar. Nada de estratégias. Nada de planos. Nem mesmo os flashes das câmeras o incomodavam. O Rådhus. O Partido Liberal. Poul Bremer. Kirsten Eller. Até Rie Skovgaard. Tudo desapareceu.

Uma falta. Ele faria o arremesso. Hartmann correu, gingou, quicou a bola, arremessou.

Viu a bola descrever um arco lento no ar, cair em direção à cesta, passar pela rede.

Um urro. Ele socou o ar. Pura emoção. Nenhum pensamento na cabeça.

Os flashes brilharam como relâmpagos. Sorrindo, ele se virou e comemorou com o jogador mais próximo, palmas contra palmas.

Capturados para sempre: dois homens sorrindo felizes um para o outro. Troels Hartmann de camisa azul, vitorioso. O professor chamado Rama, batendo com a mão na sua.

Ela segue pelo corredor e encontra o quarto de hotel. Está prestes a bater na porta. Reflete se aquilo é errado. Será que deveria mesmo ter vindo? É tão diferente estar com ele... Tão diferente de tudo em casa... A garagem onde brincava quando criança, com aquele cheiro de gasolina. Seu quarto e todas as suas coisas. Coisas demais, já que ela não consegue jogar nada fora. A cozinha, onde passava horas com a mãe, o pai e os dois irmãos, onde comemoravam aniversários, o Natal e a Páscoa. Em casa ela sempre será uma menininha. Mas agora... naquele corredor de hotel... ela é uma mulher. Ela bate. Ele abre.

Com os pés na mesa de sua sala, Lund lia o conto de Nanna. Jan entrou, os braços carregados de comida.

— Para o seu próprio bem, espero que tenha trazido um cachorro-quente para mim.

— Não. Kebab.

— De que tipo?

Ele dá de ombros.

— De carne. É um kebab, Lund.

Ele colocou uma caixinha de plástico branco sobre a mesa, e depois alguns potinhos de molho.

— Nenhum nome — disse ela. — Nenhuma descrição. Só um homem misterioso que ela encontra em diversos hotéis.

Eles abriram as caixinhas e começaram a comer.

— Tudo que temos — prosseguiu ela — é um par de botas, um trabalho escolar antigo e umas fofocas entre os professores.

— Não é só fofoca. — Ele pega a caderneta. — Conversei com a diretora Koch. Rama... ou melhor, Rahman Al Kemal esteve envolvido em um incidente há alguns anos. Uma aluna do terceiro ano disse que ele a bolinou.

— O que aconteceu?

— A aluna retirou a queixa. Koch acha que a menina era apaixonada por ele. Que inventou a história porque o professor a rejeitou.

Sarah virou o pote inteiro de molho de pimenta sobre o kebab e deu uma mordida. Jan assistiu horrorizado.

— Vai com calma com esse negócio.

— Meu estômago aguenta. Se foi ele, por que nos contar sobre o trabalho?

— Acabaríamos descobrindo de qualquer forma. Vamos falar com o sujeito. Ele disse que estava em casa com a esposa. Podemos conferir.

Sarah procurou a pasta de Rama na pilha de pastas com as fichas pessoais.

— Esse incidente deveria ter sido registrado na ficha dele.

— Com toda certeza — concordou Jan.

Ela remexia os papéis.

— Não perca o seu tempo, Lund. Não recebemos a pasta dele. O pessoal do Hartmann mandou todas. Menos a de Rama.

Ela ficou pensativa.

— Nós pedimos todas, não pedimos? — perguntou Jan.

— É claro que pedimos.

Sarah pegou o que restava do kebab e vestiu o casaco.

— Então...?

Em frente ao edifício onde Rama morava, em Østerbro, ela ligou para casa, Mark atendeu. Falou com o filho na rua de paralelepípedos, Jan escutando, não exatamente com discrição.

Haveria uma festa. Ela deu ordens. Volte direto para casa. Ligue se precisar de alguma coisa.

— Vamos embora amanhã — disse Sarah. — Sábado à noite. Vou comprar as passagens.

Ela olhou para o telefone.

— Mark? Mark?

Colocou o aparelho no bolso.

— Qual é a idade do seu filho? — perguntou Jan.

— Doze.

— Quer um conselho?

— Na verdade não.

— Você precisa ouvi-lo. Um menino passa por muita coisa nessa idade. As meninas e tudo mais. O cérebro dele... — A voz de Jan assumiu um tom diferente, que ela não reconheceu. — O cérebro está num certo estágio de desenvolvimento. Apenas ouça o que ele tem a dizer.

Sarah seguiu para o prédio na frente dele, tentando não se irritar.

— Ele disse que eu só me interesso por gente morta.

Jan parou, murmurou algumas palavras que ela não escutou.

— Deve ser o cérebro dele — disse Sarah. — Número quatro, certo?

Eles encontraram o apartamento e tocaram a campainha.

Uma mulher loira muito grávida, muito cansada, atendeu a porta e os convidou a entrar sem perguntas.

Rama não estava. Ela disse que o marido tinha um compromisso no clube da juventude local.

— A senhora também dá aulas na escola? — perguntou Jan.

Era um belo apartamento, moderno, ainda em reformas. Paredes nuas, portas sem pintura. No limite do habitável.

— Sim. Meio expediente no momento. O bebê...

Enquanto Jan falava, Sarah caminhava pelo apartamento, observando. Eles tinham caído naquela rotina com naturalidade, sem que fosse preciso conversar a respeito. O padrão parecia funcionar.

— A senhora conhecia Nanna Birk Larsen?

Uma sutil hesitação.

— Ela não era minha aluna.

Latas de tinta, rolos de carpete à espera da instalação. Nenhuma foto. Nada pessoal.

— A senhora foi à festa no sábado?

— Não. Eu me canso muito fácil.

Não tendo encontrado nada que despertasse seu interesse, Sarah voltou à sala, onde Jan falava com a esposa de Rama.

— Então a senhora estava em casa? — disse ela.

— Sim. Bem, eu não estava exatamente em casa.

Nada mais.

Jan respirou fundo.

— Então a senhora *não* estava em casa?

— Temos um pequeno chalé num condomínio próximo a Dragør. Passamos o fim de semana todo lá.

Dragør. Do outro lado de Kastrup. Não mais de 10 ou 15 minutos de carro do lugar onde Nanna foi encontrada.

— Esse lugar está uma bagunça — acrescentou ela. — O piso seria lixado. Não podíamos ficar.

— Ah — concordou Jan. As orelhas dele, pensou Sarah, pareciam maiores quando ele estava curioso. O que parecia impossível. — Então vocês dois estavam lá?

— Rama me pegou às oito e meia. Então fomos para lá.

— Deixe-me ver se eu entendi...

Muito maiores, percebeu Sarah.

— A senhora e o seu marido passaram o fim de semana no chalé?

— Sim. Por que a pergunta?

— Por nada. Achei que a senhora pudesse saber algo a respeito da festa na escola.

— Nada. Sinto muito.

Sarah foi até a janela. Tropeçou em alguma coisa. Um rolo de carpete. O que pareciam ser cortinas.

Havia um círculo de plástico no chão. Ela se agachou, pegou-o. Pensou em Nanna no porta-malas do carro. Os tornozelos presos. Os pulsos atados. Por algo parecido com aquilo.

Jan disse que eram usados em jardins. E para fixar material de construção. Para muita coisa.

Sarah pegou um saco plástico para coletar provas, colocou nele o lacre de plástico.

— Vocês querem falar com ele outra vez? — perguntou a mulher.

— Não no momento — disse Jan, guardando a caderneta no bolso.

Sarah voltou.

— Posso usar o banheiro?

— Por ali. Vou lhe mostrar...

— Não precisa. Eu encontro.

— Primeiro filho? — perguntou Jan.

— Sim.

Sarah entrava no apartamento. Ainda os ouvia.

— É uma menina.

A voz de Jan ficou animada:

— Uma menina! Sério? Que incrível. E vocês já sabem. Quiseram saber? Eu não. Eu gosto de surpresas...

Forro de plástico por todo lado. Um cabideiro. Um quadro.

— Posso lhe dar algumas boas dicas se estiver interessada. — A voz de Jan soava alegre. — Nos primeiros meses... A senhora vai ter que fazê-lo ajudar.

Sarah a ouviu rir.

— O senhor não conhece o meu marido. Ele vai ajudar. Não vou precisar pedir.

Muito silenciosamente, Sarah entrou no quarto do casal. Roupas. Fotografias. Rama mais jovem, sem camisa, sorrindo no que parecia ser uma equipe de natação. Uma insígnia militar ao fundo. Talvez uma piscina militar. Um homem atraente. Em forma e musculoso. Um calendário. Uma planilha de aulas da escola.

Sarah foi até o banheiro da suíte. Pia nova, vaso novo. Paredes nuas. Havia outro cômodo. Uma placa na porta dizia *Quarto do Bebê.*

Estava escuro. A luz que vinha da rua era suficiente apenas para enxergar. Coisas em um canto. Brinquedos de homem. Uma pipa. Um barco de controle remoto.

Perto da janela, um par de botas de caminhada masculinas. Sarah as pegou, olhou as solas, tocou a lama, esfregou-a entre os dedos.

Pensou no canal e na mata. Na proximidade de Dragør.

Havia uma garrafa numa caixa virada para baixo. Rótulo branco, vidro verde. Sarah a pegou, fez uma anotação.

Uma voz irritada às suas costas:

— Você passou direto pelo banheiro.

A garrafa voltou para a caixa. O saco plástico com o lacre, ela colocou no bolso, discretamente.

— Obrigada — disse Sarah, e voltou para a sala.

Então foi embora, levando Jan consigo.

A diretora Koch estava no gabinete de Hartmann. Rie Skovgaard e Morten Weber ouviam.

— Eles suspeitam de um dos nossos professores — disse a diretora. — O senhor precisa me dizer o que fazer.

— O que a senhora quer dizer? — perguntou Hartmann.

— Acabaram de me telefonar. Fazendo perguntas. Pareciam saber...

— Saber o quê? Fizemos um acordo com a polícia. Vão falar conosco primeiro.

— Parece que eles sabem de alguma coisa. — A diretora se ajeitou na cadeira, desconfortável. — Não quero problemas. Já tivemos bastante publicidade negativa. Devo suspendê-lo?

— Alguém foi intimado a depor?

— Será. Um professor em especial. Houve outro incidente no passado.

— Que incidente? — interrompeu-a Rie. — Eu olhei as fichas. Não havia nada.

— Não foi... provado — insistiu Koch. — Mas está na ficha dele. Eu mesma fiz o registro. Bobagem de uma menina idiota. O professor era inocente, tenho certeza. A polícia só começou a investigá-lo apenas porque Nanna era aluna dele.

— É por isso que estão interessados? — perguntou Hartmann.

— Que outro motivo poderiam ter?

Nenhuma resposta.

Koch olhou para os dois.

— Eu expliquei a situação a vocês. Fiz o meu dever. A responsabilidade não será minha se a polícia ou os jornais vierem procurar o...

— Não se preocupe — disse Hartmann, com um aceno. — É só me dizer o nome dele. Vou falar com a polícia. Tenho certeza de que não é nada.

Ele pegou uma caneta.

— O nome dele é Rama. É como o chamamos. O nome completo é Rahman Al Kemal.

Ela soletrou. Hartmann começou a anotar. Parou.

— E ele é professor na Frederiksholm?

— É o que eu acabei de dizer.

— E estão fazendo perguntas a respeito dele?

Um suspiro impaciente.

— Sim. É por isso que eu estou aqui.

Ele olhou para Rie, que franziu as sobrancelhas, fez que não.

— Algum problema? — perguntou Koch.

— Não. Só quero ter certeza. A senhora pode... — Ele olhou para a diretora. — Espere lá fora, por favor. Beba um café. Já vou falar com a senhora.

Hartmann fechou a porta. Rie se levantou.

— O que está acontecendo aqui? — perguntou Morten.

— Acabo de trocar um aperto de mão com um cidadão-modelo chamado Rama — disse Hartmann. — No clube de jovens.

— O quê?

Morten lançou um olhar de censura para Rie.

— Ele cumprimentou um professor daquela escola? E você não sabia?

— Eu não vi nenhum nome de professor na lista. Analisei as fichas pessoalmente. Troels não teria estado no mesmo lugar que ele se eu encontrasse alguma coisa errada.

— Mas tem alguma coisa errada! — berrou Morten.

— Eu olhei todas as fichas, Morten!

Hartmann apenas assistia, mortificado, sem desejar tomar partido.

— Quem trouxe as fichas? — perguntou Morten.

Rie praguejou baixinho.

— Um dos servidores públicos.

Morten jogou as mãos para cima, exasperado.

— Eu falei!

— Eles me deram as pastas. Eu analisei as fichas. O que mais eu poderia fazer? O que...

Morten estava de pé, o rosto vermelho, gritando:

— Poderia ter falado comigo, Rie. Poderia fazer uma pergunta de vez em quando. Em vez de sair por aí fazendo qualquer coisa que passe por essa sua cabecinha vazia...

— Morten — interveio Hartmann —, fique calmo.

— Calmo? Calmo? — Ele apontou para a porta. — Eu passei 20 anos trabalhando nesses corredores. Ela vendia sabão em pó, aí passa dez minutos aqui e acha que sabe tudo. .

— Morten! — A voz de Hartmann o calou. — Chega.

— Isso mesmo, Troels. Já chega. — Morten pegou sua pasta. Enfiou alguns papéis, com a mão trêmula. — Vamos encarar os fatos. Se essa eleição vai ser coordenada debaixo dos seus lençóis, então não há muito espaço para mim...

Hartmann avançou contra ele, furioso, sacudindo o punho fechado no seu rosto.

— Não me importa há quanto tempo conheço você. Não vou admitir isso. Saia daqui. Vá para casa.

Foi o que Morten fez. Sem mais discursos. Sem mais insultos vociferados. Pegou sua pasta e saiu.

Rie o observou.

E então, quando Morten já deixara a sala, agradeceu.

— Mas eu deveria ter dado ouvidos a ele, não deveria? — comentou Hartmann.

— Acho que sim — concordou ela.

No carro, voltando de Østerbro:

— Precisamos verificar o passado dele — disse Sarah. — Nem sempre ele foi professor. Confira o chalé e o álibi.

Ela pegou o saco de provas.

— E isso vai para o laboratório. Ele tem uma garrafa de éter. Anotei a marca. Descubra se é do mesmo tipo que foi encontrado na garota.

Jan não estava feliz. Para variar.

— Com todas essas provas, por que não esperamos que ele voltasse para casa? Agora ele pode se livrar de tudo.

O celular de Sarah estava tocando. Hartmann já fora incluído na lista de contatos àquela altura. Ela viu que era ele.

Passou o celular para Jan.

— É o Bom Moço. Fale com ele. Deve estar querendo reclamar.

— E não é o único, Lund. Qual é o horário do seu voo amanhã? Precisa de uma carona para o aeroporto de Kastrup?

Histórias para dormir. Pernille lendo. Os meninos de pijama, debaixo de edredons macios, cotovelos apoiados na cama, sacudindo os pés.

— A Nanna está no caixão? — perguntou Anton quando a mãe fechou o livro.

Pernille assentiu, tentou sorrir.

— Ela vai virar um anjo?

Uma longa espera.

— Sim. Vai.

Rostos curiosos e confusos olhavam para ela.

— Amanhã vamos dar tchau para a Nanna. Então...

— Tem uns meninos da escola que estão dizendo umas coisas.

Os pés de Anton se mexeram um pouco mais rápido.

— Que tipo de coisa?

— Que alguém matou a Nanna.

— E que um homem fez coisas ruins — acrescentou Emil.

— Quem disse isso?

— Uns meninos da minha sala.

Ela pegou as mãos dos dois, apertou gentilmente seus dedos pequenos, olhou para seus olhos brilhantes. Não conseguia pensar em nada para dizer.

Cinco minutos depois, os dois estavam deitados e quietos. Ela ouviu Theis andando, desceu para a garagem. O espaço estava abarrotado. Mesas e cadeiras alugadas. Ele empilhava e mudava algumas de lugar, pegava mais com uma das mãos do que a maioria dos homens pega com as duas.

— Os meninos queriam lhe dar boa-noite.

Ele carregou uma mesa para o outro lado da garagem.

— Eu precisava adiantar isso.

— Eles ouviram coisas na escola.

Nada.

Pernille levou a mão ao pescoço.

— Eu disse que foi o bicho-papão.

Uma mesa. Mais cadeiras.

— Theis, não sei se é uma boa ideia levá-los ao funeral. Quer dizer...

Ele não escutava, não se virava para olhar a esposa.

— Eles precisam se despedir, eu sei. Mas vai ter gente demais.

Uma caixa de pratos e talheres de plástico. Ele enxugou a testa.

— Não sei como eu e você vamos...

A mesa que ele carregara da esquerda para a direita ele agora levava de volta ao lugar original.

— Você pode, por favor, parar de fazer isso?

Ele colocou a mesa no chão. Olhou para a mulher em silêncio.

No bolso da camisa azul quadriculada, o telefone tocou.

Theis escutou:

— Vou descobrir mais coisas com Jannik amanhã — disse Vagn. — A mulher não ouviu nada de novo. Vou tentar.

— Ok.

— Precisa de ajuda hoje à noite?

— Não. Vejo você amanhã.

Quando desligou, a garagem estava vazia. Ele viu Pernille subir as escadas. Então voltou a carregar mesas, empilhar cadeiras.

Mark parecia animado. Como se enxergasse ali uma oportunidade.

— Então se a gente não vai...

— Nós vamos sim — insistiu Sarah. — O Bengt está organizado uma festa de open house.

Vibeke passava roupa. Dobrava peças e as jogava numa mala vazia, pressionando-as com as mãos e os cotovelos, pronta para sentar em cima caso necessário.

— E se...

— Mark! Não tem "e se". Vamos viajar amanhã. Sua avó vai passar uns dias com a gente. E ponto final...

O telefone dela tocou. Bengt. Parecia ansioso.

— Está tudo bem — disse Sarah. — Sob controle. Vemos você amanhã à noite. Estamos quase terminando de arrumar as malas...

Cobrindo o fone com a mão, ela falou para Mark sem emitir som:

— Arrume a mala!

Então escutou, ouviu uma batida na porta. Vibeke atendeu. Sarah olhou. Troels Hartmann, num pesado casaco preto, um perfeito político dos pés à cabeça.

Bengt falou algo que ela não entendeu direito.

— É claro que eu estou ouvindo — disse Sarah.

Ela foi para o quarto com o celular, viu quando Vibeke pediu a Hartmann para dobrar uma toalha de mesa grande para a nova casa.

Na Suécia.

A nova vida.

— Bengt — disse Sarah —, preciso desligar.

Quando ela voltou à sala, Vibeke perguntava a Hartmann:

— Então você é o legista?

— Não — respondeu ele, segurando a comprida peça branca de algodão.

— Você nunca dobrou uma boa toalha de mesa — disse Vibeke, balançando a cabeça. — Já reparei. Olhe...

— Mãe. Acho que Troels Hartmann não tem tempo para isso.

O queixo de Vibeke caiu.

— Hartmann? — Ela o olhou de cima abaixo. — Você é diferente nos cartazes.

Já sozinhos, na cozinha, ele balançava a cabeça, como um homem decepcionado.

— Você prometeu que me manteria informado.

— Eu não prometi nada.

Ela pegou uma fatia de pão, passou manteiga, colocou uma fatia de queijo e se pôs a comer enquanto Hartmann falava, irritado:

— Você está investigando um dos meus professores agora. Fiquei sabendo disso pela escola.

Ainda mastigando, ela perguntou:

— Por que você orientou a sua equipe a não nos entregar a ficha de Kemal? Chama isso de cooperação?

Ele balançou a cabeça novamente, em silêncio.

— Pedimos todas as fichas. De todos os professores, Hartmann. Por que não recebemos a dele?

— Eu não sabia disso. Acredite.

— Como não sabia? Você é o chefe, não é?

Ela terminou de comer, colocou o prato na pia.

— Sim, eu sei, não soa bem. O que quer que eu faça?

Ela arqueou a sobrancelha, secou alguns pratos com uma toalha.

— Que coopere.

— Estou tentando! Não sei por que não recebemos a ficha dele — disse Hartmann, e então baixou a voz. — Não sei o que está acontecendo. Tem alguma coisa, alguém, no meu gabinete...

Sarah pareceu ficar interessada.

— Fazendo o quê?

— Não sei — disse Hartmann. — Bisbilhotando. Vendo coisas que não deveria. É uma eleição. É de esperar que ocorra uma sujeira ou outra. Mas não...

Ele olhou para Sarah.

— Se alguém invadiu o nosso sistema, isso é crime, certo?

— Se...

— Tem alguma coisa acontecendo. Você podia dar uma olhada...

— Sou investigadora de homicídios — cortou Sarah. — Estou tentando descobrir quem estuprou e matou uma jovem. Não faço trabalho burocrático. E eu quero aquela ficha.

— Está bem! — Ele parecia furioso. E desesperado. — Vou providenciar. Deve haver uma cópia. Em algum lugar.

— Tem algo de especial em relação a Kemal?

— Ele é um dos nossos cidadãos-modelo. Ajuda jovens imigrantes com problemas. Tenho os registros relacionados a isso. Ele...

— Então, se foi ele, você vai ficar mal na história? É isso?

Hartmann a olhou de cara feia.

— Prejudicaria a sua campanha. — Ela pegou uma maçã, pensou melhor, trocou por um saco de batatas fritas. — Você perderia votos.

— A sua impressão a meu respeito não é das melhores, não é verdade?

Sarah lhe ofereceu batata frita.

— Se ele for o homem que vocês estão procurando, é só isso que importa — disse Hartmann. — Ninguém do meu gabinete vai interferir. Eu só quero saber.

— É só isso?

Ele relaxou um pouco.

— Sim. Só isso. Sua vez agora.

Ela riu.

— O que é isso? Um jogo? Eu não tenho nada a lhe dizer. Kemal é uma linha de investigação. Temos algumas perguntas que precisam de respostas. Onde ele estava...

— Está bem. Vou suspendê-lo.

— Você não pode fazer isso. Não temos provas suficientes para prendê-lo.

Sarah pegou uma caixa de leite na geladeira, cheirou, pegou um pouco.

— Não pode — repetiu ela. — Sei que você quer um sim ou não. Mas ainda não posso dizer.

— Por quê?

Ela deu de ombros.

— Vou entregar o caso para um colega amanhã.

— Ele é confiável?

— Ao contrário de mim?

— Ao contrário de você.

Ela ergueu o copo num brinde.

— Muito confiável. Você vai adorar ele.

Vinte e três horas no gabinete de Hartmann. Sob a luz azul do letreiro do hotel, ele se encontrou com Rie. Ela o fitou e logo perguntou:

— É assim tão ruim?

Ele atirou o sobretudo na mesa.

— Não sei. Lund não diz nada que não queira dizer. Pelo visto a polícia acredita que foi ele. Mas ela simplesmente se nega a dizer.

Rie consultou o laptop.

— As fotos que eles tiraram hoje à noite serão publicadas. Não posso impedir isso. Mas ninguém sabe que Kemal é um suspeito, assim como você não sabia quando apertou a mão dele.

— Quem segurou a ficha dele?

— Estou investigando.

Ela atirou propostas de folhetos sobre a mesa. Rostos estrangeiros ao lado de rostos brancos. Sorrindo. Juntos.

— A reta final da eleição giraria em torno da integração. Focamos bastante na ideia dos cidadãos-modelo. Mas vou voltar atrás. Vamos parar de usar o termo. Melhor nos concentrarmos em outras questões até que isso termine.

— O debate de amanhã...

— Vou cancelar a sua participação. Um presente para Bremer. Preciso dar alguns telefonemas.

Rie foi até sua mesa, pegou o telefone.

— Não. — Hartmann a observava. Ainda discando. Foi até ela, colocou o fone de volta no gancho. — Eu disse não. O debate está de pé.

— Troels...

— É só um homem. Um suspeito. Ele não foi nem condenado ainda, e, mesmo que seja, isso não muda nada em relação aos outros cidadãos-modelo. Eles fazem um trabalho muito bom. Não deixarei que sejam sacrificados por isso.

— Ah, belas palavras! — gritou ela. — Espero que soem bem quando perdermos.

— Isso é o que somos. O que eu sou. Preciso defender aquilo em que acredito...

— Você precisa vencer, Troels. Se não vencer, não vai adiantar merda nenhuma.

Agora ele estava ficando irritado. Desejou ter despejado um pouco daquela raiva em Sarah, que ficara olhando para ele o tempo todo com aqueles olhos brilhantes enquanto comia um sanduíche e bebia leite.

— Temos uma dívida com essas pessoas. Elas trabalham com aquelas crianças todo santo dia. Fazem coisas que você nem sonharia em fazer. Nem eu.

Ele pegou uma pilha de papéis, atirou-os para Rie.

— Temos estatísticas. Provas de que funciona.

— A imprensa... — começou ela.

— A imprensa que vá para o inferno!

— Eles vão nos crucificar se tiver sido Kemal! — Ela se levantou, aproximou-se de Hartmann, pousou as mãos nos seus ombros. — Vão crucificar você. Assim como fizeram com o seu pai. Isso é política, Troels. Guarde as suas belas palavras para os discursos. Se eu precisar nadar no esgoto para colocá-lo naquela cadeira, eu vou fazer. É para isso que você me paga.

Hartmann se virou, contemplou a noite lá fora.

Ela tocou seus cabelos.

— Venha para casa comigo, Troels. Podemos conversar sobre isso lá.

Um momento de silêncio entre eles. Um instante de indecisão, de dúvida.

Então Hartmann a beijou na testa.

— Não tem o que conversar. Vamos seguir como planejado. Tudo. Os cartazes. O debate. Não vai mudar nada.

Rie fechou os olhos, massageando as têmporas pálidas.

— O servidor que entregou a você as fichas dos professores... — disse Hartmann.

— Sim?

— Abra espaço na minha agenda. Amanhã. Quero falar com ele.

Sábado, 8 de novembro

Sarah estava pregando fotografias de Kemal no quadro, ouvindo Jan ler o que descobrira. Dez policiais na sala, Buchard de pé à cabeceira da mesa.

— Nascido na Síria. Damasco. Partiu com a família aos 12 anos. O pai é imã e frequenta a mesquita de Copenhague.

Jan olhou em volta.

— Ao que parece, Kemal rompeu laços com a família. Eles o consideram ocidental demais. Esposa dinamarquesa. Sem religião. Depois da escola e do serviço militar, ele foi soldado profissional.

Fotografias dele com uma boina azul, sorrindo.

— Então foi para a universidade e fez um mestrado. Admitido na escola há sete anos. Dois anos atrás, casou-se com uma professora com quem trabalhava. A escola diz que ele é popular. Respeitado...

Buchard o interrompeu, balançando a cabeça:

— Não me parece o tipo de homem que...

— Ele foi acusado de molestar uma jovem — disse Sarah. — Ninguém quis acreditar na época.

O chefe ainda não parecia convencido.

— O que a menina diz?

— Não conseguimos falar com ela. Está fazendo mochilão na Ásia.

Jan ergueu o saco com o lacre plástico.

— Lund encontrou isso no apartamento de Kemal. É igual ao que foi usado na garota.

— E vocês também encontraram éter? — perguntou Buchard. Ele coçou a cabeça de pug. — Muita gente usa esses lacres. Já o éter... Não sei. Não é suficiente.

— Vamos conferir o álibi dele — disse Sarah. Ela abriu o primeiro de um conjunto de envelopes. Fotografias de Nanna. — Quero que essas fotos sejam distribuídas nos hotéis da cidade. Ela foi a algum deles.

— Coloque agentes na cola de Kemal — ordenou Buchard. — Para sabermos o que ele anda fazendo. Não devem seguir muito de perto. O funeral é hoje. Não queremos incomodar a família.

O chefe correu os olhinhos pequenos pela sala.

— Já está bem ruim assim. Não vamos piorar as coisas.

Vinte minutos depois, Sarah e Jan se sentaram para entrevistar Stefan Petersen, um corpulento encanador aposentado que era proprietário de um dos pequenos chalés no condomínio em Dragør.

— O meu é o número 12. O dele é o 14. Daqui a um ano vou poder passar o ano todo lá — disse ele, orgulhoso. — Não podemos escolher os vizinhos. Mas não deixa de ser um bom lugar.

— O senhor viu Kemal chegar com a esposa na sexta-feira? — perguntou Jan.

— Ah, sim. — A atenção de Petersen estava concentrada nele, não em Sarah. Ele gostava de falar com homens. — Umas oito ou nove da noite, acho. Mas também vi outra coisa depois.

Ele parecia satisfeito consigo mesmo.

— É porque eu fumo cigarrilha. — Petersen tirou uma caixa do bolso. — Se incomodam se eu...

— Pode apostar que eu me incomodo — ralhou Jan. — Guarde isso. O que o senhor viu?

— Fume se quiser — disse Sarah, pegando um isqueiro na bolsa e o acendendo para Petersen.

O encanador gordo sorriu e acendeu a cigarrilha.

— Como eu estava dizendo... Sou fumante. Mas a minha senhora não me deixa fumar dentro de casa. Então eu sento na varanda. Faça chuva ou faça sol. É coberta.

Sarah sorriu para ele.

— O árabe saiu de casa. Pegou o carro.

— Kemal, o senhor quer dizer?

Ele olhou para Jan como se Sarah fosse idiota.

— Que horas foi isso? — perguntou ela.

O homem pensou, imerso numa nuvem fedorenta.

— Eu vi a previsão do tempo depois, então deve ter sido umas nove e meia.

— O senhor viu o carro voltar?

— Não passo a noite na varanda. Mas o carro estava lá de manhã.

Sarah se levantou, trocou um aperto de mão com Petersen, agradeceu.

Quando o encanador saiu, Jan andou de um lado a outro da sala, como se reclamasse o local para si.

Sarah se encostou à porta, ficou observando.

— Por que a esposa de Kemal mentiria a respeito do paradeiro dele? — perguntou ela.

— Vamos descobrir.

— Vamos esperar passar o funeral.

— Por quê? Quer que eu ligue para Hartmann e peça a permissão dele?

Buchard estava à porta.

— Lund — disse o chefe, apontando com o polegar na direção da sua própria sala.

— E quanto a mim? — perguntou Jan.

— O que é que tem você?

Ela foi, para se livrar da fumaça da cigarrilha do encanador.

— A resposta é não — disse Sarah, antes que Buchard começasse a falar.

— Escute...

— Posso ajudar por e-mail. Ou por telefone. Talvez aparecer por aqui de vez em quando.

— Posso falar? — pediu o chefe. — Não é isso. Você levantou a ficha do pai?

— É claro que eu levantei a ficha do pai!

— E o que descobriu?

Ela franziu o cenho, tentando lembrar.

— Pouca coisa. Nada interessante. Pequenos delitos. Roubos. Brigas de bar. Vinte anos atrás. Por quê?

Buchard tomou um gole d'água. Parecia cansado e doente.

— Recebi um telefonema de um investigador aposentado. Você conhece o tipo. Não tem nada melhor para fazer a não ser ler os jornais.

Ele lhe passou uma anotação.

— O sujeito disse que Birk Larsen era perigoso. Muito perigoso.

— Algum crime sexual?

— Não que ele tenha ouvido falar. Mas disse que Birk Larsen não valia nada.

— E daí? Nós verificamos o álibi dele. Não pode ter sido Birk Larsen.

— Tem certeza?

Certeza.

Lá estava a palavra. Todos queriam ter certeza. Ninguém tinha de fato. Porque as pessoas mentem. Para as outras. Para si mesmas algumas vezes. Ela mesma o fazia.

— Tenho certeza.

Os meninos corriam pela cozinha, brincando com os carrinhos que ganharam de Vagn. Theis Birk Larsen de preto, camisa branca bem passada, gravata fúnebre. Falando ao telefone. Sobre garrafas térmicas e mesas, sanduíches e bebidas.

Anton tropeçou, derrubou um vaso no chão. As últimas flores de Nanna. Rosas cor-de-rosa, quase sem pétalas agora.

Ficou parado ao lado do irmão, ambos de cabeça baixa. À espera da tempestade.

— Vão esperar na garagem — disse Theis. Sem reprimenda.

— Foi sem querer... — começou o menino.

— Vão esperar na garagem! — As coisas deles estavam sobre a mesa. — E não esqueçam os casacos.

Quando os filhos saíram, ele escutou o noticiário no rádio. Primeira notícia: o funeral de Nanna na Igreja de São João. Como se ela pertencesse a todos agora. Não à família que costumava comer ao redor daquela mesa, à luz da janela, pensando que nada jamais mudaria.

— Muitas pessoas já chegaram para prestar seus respeitos — prosseguia o radialista. — Do lado de fora...

Ele desligou o rádio. Tentou desanuviar a cabeça. Chamou:

— Amor?

Uma palavra antiga. Uma palavra que usava desde os tempos em que era um adolescente encrenqueiro em busca de emoção. Um lampejo do mundo duro fora da classe média à qual ela pertencia.

Theis se lembrava dela perfeitamente. E também via a si mesmo. Um brutamontes, um criminoso. Um vilão. Que estava ficando cansado daquela vida. Em busca de um rochedo. Em busca de ser ele próprio um rochedo.

— Amor?

Foi ela desde o começo. Ela o salvou. Em retribuição...

Uma família. Um lar. Uma pequena empresa de mudanças erguida do nada, com o nome deles na porta. Parecia tanto... Tudo que ele podia esperar oferecer. Tudo que tinha para dar.

Ela não respondia. Ele foi até o quarto. Pernille estava encolhida na cama, nua. No seu braço esquerdo, ainda vívida e azul como no dia em que a fizera, uma rosa tatuada. Theis se lembrava de quando ela fora a um estúdio hippie em Christiania. Os dois haviam fumado. Ele traficava, sem que Pernille soubesse. Era a forma dela de dizer "Sou sua agora. Parte da sua vida. Parte de você".

Ele odiava aquela rosa, e nunca o dissera. O que queria dela eram exatamente as coisas que ela considerava naturais. Sua decência, sua honestidade, sua integridade. Sua capacidade infinita de amar, cega e inexplicavelmente.

— Você vem?

O vestido preto estava sobre a cama, junto com as roupas íntimas. Uma bolsa preta. Meias pretas.

— Não consigo decidir o que usar.

Theis olhou para as roupas sobre o edredom.

— Eu sei... — começou ela.

Voz embargada, olhos marejados.

Ele ouvia a si mesmo gritar por dentro.

— Não importa, não é mesmo, Theis? Nada importa.

Pernille correu as mãos pelos cabelos castanhos escovados.

— Não consigo fazer isso. Não posso ir.

Ele pensou, esforçou-se.

— Talvez Lotte possa ajudar.

Pernille não ouviu. Seus olhos estavam fixos no espelho: uma mulher de meia-idade, nua, o corpo começando a ficar flácido, os seios caídos. A barriga inflada pelas crianças. Marcada pela maternidade. Como deve ser.

— As flores têm que estar bonitas... — murmurou ela.

— Vão estar. Vamos conseguir superar isso.

Theis se abaixou, pegou o vestido, estendeu-o para ela.

— Vamos conseguir superar isso. Ok?

No andar de baixo, Vagn estava sentado com os meninos. Sem o macacão vermelho. Camisa preta, correntinha de prata, calça jeans preta.

— Anton, era só um vaso, não se preocupe.

Theis o escutou dizer isso enquanto vinha por entre as mesas redondas e cadeiras, olhando para os pratos de porcelana que haviam alugado, os copos, a comida coberta de papel alumínio sobre o aparador.

— Eu quebrei uma garrafa uma vez — disse Vagn. — Fiz muitas coisas idiotas. Todo mundo faz.

— Precisamos entrar no carro — ordenou Theis. — Vamos.

Os meninos obedeceram rápido, cabeça baixa, calados.

Vagn olhou para ele.

— E Pernille?

— Vai com a irmã.

— A mamãe não vai? — perguntou Anton ao entrar no carro.

— Não com a gente.

Quando já estavam a caminho, Vagn se voltou para ele:

— Theis, eu estava pensando... A mulher da escola. Acho que é melhor eu não falar com ela.

— Por que não?

Vagn deu de ombros.

— Você já tem muito com que se preocupar. Talvez ela não saiba de nada. Só fofoca.

— Não foi o que você disse ontem à noite.

— Eu sei, mas...

Theis ficou grave, encarou Vagn, um homem menor. Um homem mais fraco. Aquele sempre fora o relacionamento deles. Cimentado pela violência, pelos punhos nos velhos tempos.

Sacudindo o dedo no rosto de Skærbæk, ele disse:

— Eu quero saber.

O funcionário público chamado Olav Christensen estava no gabinete de Hartmann, olhando para os cartazes da campanha. Sobre cidadãos-modelo. Integração. Futuro.

Vinte e oito anos, mas parecia mais novo. Rosto imberbe. Dócil.

Ele suava.

— Temos um pequeno problema — disse Hartmann. — As fichas dos professores que você nos entregou.

Um sorriso confuso.

— O que tem as fichas?

— Estava faltando uma.

Uma pausa.

— Faltando?

— Não é legal, não é mesmo, Olav? Quer dizer, nós pedimos um material. Você entrega. — Hartmann o encarava. — É assim que funciona, não é?

Christensen não disse nada.

— Em breve eu serei seu chefe e de todos que mandam em você. Que tal uma resposta?

— Talvez tenha sido extraviada quando transferimos os arquivos.

— Talvez?

— Foi o que eu disse.

— Isto aqui é o Rådhus. Temos documentos arquivados de um século atrás. Todos em arquivos trancados.

Hartmann esperou.

— É isso mesmo — concordou Christensen.

— Não tem nenhuma pasta faltando — intrometeu-se Rie. — Nem houve registro de documentos perdidos. Perguntei ao seu chefe. Ele tem certeza.

— Talvez tenha ocorrido um erro na catalogação.

Os dois esperaram.

— Temos alguns estagiários. Jovens. Sinto muito. Erros acontecem.

Hartmann se levantou, foi até a janela, olhou para fora.

— É curioso que o único documento perdido seja exatamente aquele de que precisamos. O que poderia nos causar problemas. A polícia precisa daquela ficha, Olav. Eles acreditam que eu a retive. Que tenho algo a esconder.

Christensen ouviu, assentiu.

— Vou descobrir o que aconteceu e volto a entrar em contato com o senhor.

— Não — disse Hartmann. — Não se dê ao trabalho.

Ele se aproximou, ficou bem perto do homem.

— O que vai acontecer — disse Hartmann — é que na segunda-feira daremos entrada em um inquérito administrativo. Iremos a fundo nisso. Pode ter certeza.

— Um inquérito?

Coelho surpreendido pelos faróis. Veado na mira.

— Mas se o arquivo aparecer — acrescentou Hartmann —, isso não será necessário, certo?

— Não sei nada sobre isso.

— Bem... Então o assunto está encerrado.

Eles o observaram sair.

— Eu me lembro dele agora — disse Hartmann. — Concorreu a diretor no ano passado. Moleque arrogante. Não passou nem da primeira fase. E agora está se vingando.

— Você acha que ele está prestando favores para Bremer?

— Não sei. Ele tem acesso à nossa rede. Mande todos trocarem as senhas. Vamos tomar cuidado.

Hartmann olhou para a sala principal.

— Cadê o Morten? Eu sei que fui duro com ele, mas...

— Ele ligou, disse que estava se sentindo mal. Ele não é um homem saudável, Troels. Não deveria estar fazendo um trabalho como esse.

— Ele é diabético. Tem altos e baixos. O humor dele muitas vezes é imprevisível. Você vai aprender a conviver.

Rie se sentou no braço do sofá.

— Estou aqui faz cinco meses. Há quanto tempo Morten trabalha para você?

Ele precisou pensar.

— Contando as interrupções? Desde sempre.

— E há quanto tempo as pessoas o veem como um candidato sério ao cargo de prefeito?

Ambição. Nunca faltava a Rie Skovgaard. Ambição é uma coisa boa. Nada acontece sem isso.

Ela levou a mão ao rosto de Hartmann.

— Vamos sobreviver sem Morten — disse Rie. — Não se preocupe.

Estava claro e frio do lado de fora. Um sol intenso de inverno. Pessoas fazendo compras no fim de semana. Famílias passeando.

Christensen foi até a praça e fez um telefonema.

— Quero a pasta de volta.

As coisas estavam mudando na prefeitura. Ninguém sabia que caminho tomariam.

Silêncio na linha.

— Você me ouviu?

Estava ficando irritado, o que talvez não fosse uma boa ideia. Mas não conseguia evitar. Hartmann não era idiota. Tampouco um bom moço ingênuo. Christensen via isso nos seus olhos.

Um inquérito administrativo...

Os documentos eram catalogados, a entrada e a saída dos arquivos, registradas. Levaria um dia para descobrirem que ele pegara a pasta de Kemal junto com todas as outras. Que constatara um possível problema ali.

Que a deixara de lado, por via das dúvidas.

Não havia saída. Nenhuma desculpa. Nenhuma mentira que pudesse inventar.

O dele estaria na reta num instante. Sua carreira indo pelo ralo.

Nenhuma palavra ainda.

— Fiz um grande favor para você, cara! — O grito chamou a atenção de um menino que passava segurando dois balões vermelhos. — Não me sacaneie. Eu quero ajuda nessa história. Já falei. Não vou me ferrar sozinho.

Isso foi idiotice. Ficou parecendo uma ameaça. Olav Christensen sabia exatamente com quem estava lidando. Alguém que fazia ameaças, não que as recebia.

— Escute... O que eu estou tentando dizer é que...

Ele prestou atenção. Nada. Nem mesmo o som lento e ritmado da respiração.

— Alô? Alô?

Pináculo de tijolos marrons contra um céu azul-claro. Sinos repicando. Câmeras do lado de fora. Multidões na rua.

Sarah pensou no caso, nas investigações que ainda precisariam ser feitas.

Será que ele também estaria ali? O homem que mantivera Nanna em cativeiro, que a estuprara repetidamente, que a espancara, a atormentara por horas a fio? As análises periciais estavam chegando a algum lugar. O sabonete na pele dela era recente e diferente dos encontrados na sua casa. Havia sangue sob a lama debaixo das unhas, a pele cortada despreocupadamente com tesoura ou cortador de unhas. Quantas explicações havia? Apenas uma. Ele lhe dera banho em algum lugar, limpara-lhe a pele ferida, cortara-lhe as unhas enquanto a garota tentava se defender. Então a libertara na mata escura, descalça, vestindo apenas a camisola. Até que...

Esconde-esconde.

Jan dissera isso, e ele não era nenhum idiota.

Aquilo tinha sido um jogo. Não exatamente real. Quando a trancara viva no porta-malas do carro de campanha de Hartmann e a empurrara gritando para aquele canal remoto, ele ficara assistindo. Da mesma forma que outros poderiam apreciar um filme. Ou um acidente na estrada.

Ou um funeral.

Um jogo selvagem, irreal.

Como ele seria?

Comum. Criminosos não são uma raça distinta, marcada por cicatrizes ou deformações físicas estranhas. Diferentes de suas vítimas. Eram iguais a elas. Comuns. Um estranho no ônibus. O homem que dá bom-dia numa loja toda manhã.

Ou um professor que vai à mesma escola dia após dia, que impressiona a todos com sua honestidade, notável apenas pela aparente decência em um mundo onde poucos se importam com isso.

Sarah olhou à sua volta como sempre fazia, os olhos brilhantes vagando. Olhou e imaginou.

Feitos monstruosos prescindem de monstros. São obra do homem médio e indistinto. Lágrimas cruéis no tecido de uma sociedade que luta para ser plena. Feridas no corpo comum da cidade, sangrentas e dolorosas.

Ela observava o mar de rostos à sua volta enquanto caminhava, encontrou um lugar no escuro ao lado de uma pilastra, sentou-se.

Um lugar de onde podia observar sem ser vista.

O órgão despertou com um som agudo. Um velho hino. Versos de uma canção de Natal da qual ela mal se lembrava.

Sarah não cantou.

Lisa Rasmussen, do outro lado do corredor, não cantou.

O braço direito de Birk Larsen, Vagn Skærbæk, com o rosto molhado de lágrimas, gorro preto apertado contra o peito, não cantou.

O professor conhecido como Rama, sentado num banco com alguns de seus alunos, não cantou.

Na frente, ao lado do caixão branco, Pernille e Theis Birk Larsen não cantaram, permaneceram sentados com os filhos, com os olhares perdidos, como se tudo — a igreja, as pessoas, a música, mas principalmente o caixão branco reluzente ao lado — fosse irreal.

O pastor. Um homem magro, com rosto enrugado e abatido. Vestido de preto com um colarinho branco, ele emergiu das sombras do altar, olhou para o caixão com a coroa de rosas em cima, correu os olhos lentamente pelas fileiras de bancos cheios e silenciosos.

Falou alto, em voz ressonante e teatral:

— Hoje nos despedimos de uma jovem que nos foi tirada cedo demais.

Oculta nas sombras, Sarah olhou para os pais. Pernille esfregando os olhos. O marido mais parecia um leão que um homem, uma fera grisalha. Cabeça baixa, rosto duro, olhando para o chão de pedra.

— Tão injusto — disse o pastor, num tom que fez Sarah se lembrar de uma carta enviada a um banco. — Além da compreensão.

Ela balançou a cabeça. Não. Aquilo não era verdade. Não podia ser.

— Então nos perguntamos: qual é o sentido?

Kemal — Rama, ela ainda pensava no professor dessa forma — estava na terceira fila, de terno preto e camisa branca. Os cabelos pretos num corte curto.

— Questionamos a nossa fé, nossa confiança uns nos outros.

Sarah respirou fundo, fechou os olhos.

— E nos perguntamos: como poderemos seguir em frente?

Ela teve um arrepio ao ouvir aquela frase temível e enganosa. Desprezava-a com todas as suas forças. Ninguém segue em frente. Apenas engolimos a dor. Esperamos conseguir enterrá-la. Mas ela continua a viver conosco. Para sempre. Uma cruz que é preciso suportar. Um pesadelo constante e recorrente.

— O cristianismo consiste em paz. Reconciliação e perdão. Mas não é fácil perdoar.

Sarah assentiu. Pensou: verdade.

A voz do pastor adquiriu um tom agudo, etéreo:

— Mas, quando perdoamos, o passado deixa de nos controlar. E conseguimos viver em liberdade.

Sarah olhou para o homem, sua batina preta, o colarinho branco. E se perguntou: o que ele diria se estivesse no canal naquela noite lúgubre e fria? Vendo Theis Birk Larsen urrar de fúria. Vendo os membros sem vida de Nanna tombarem do porta-malas junto com a água suja e malcheirosa, vendo enguias pretas escorrerem pelas pernas nuas dela.

Ele perdoaria? Seria capaz?

O órgão voltou a soar. Ela registrou quem cantava e não cantava. Então Sarah Lund saiu da igreja.

* * *

Eles sabiam que o professor estaria no funeral. Então Jan foi à casa dele conversar com a esposa.

Meio-dia e a mulher ainda de camisola branca e cardigã preto.

Não foi preciso muito esforço para que falasse sobre a acusação feita pela aluna alguns anos antes.

— É uma história ridícula, coisa antiga — disse ela. — Não há o que comentar.

— A diretora Koch registrou o ocorrido.

— A aluna inventou aquela história. Ela admitiu.

— Falamos com um vizinho de vocês em Dragør. O encanador.

As feições da mulher de Kemal se contorceram.

— Ele viu o seu marido sair por volta das nove e meia na noite de sexta-feira.

— Ele nos odeia. Mas não se incomoda em pegar o nosso cortador de grama emprestado. Sempre tenho que pedir de volta.

Jan se perguntou: o que Lund faria?

— O seu marido saiu?

— Sim. Foi até o posto de gasolina.

— Quando ele voltou?

— Uns quinze minutos depois, acho. Fui deitar quando ele saiu. Estava muito cansada.

— Imagino. Quando o viu de novo?

— Por volta das três da manhã. Eu acordei. Ele estava deitado ao meu lado.

Jan pensou nas longas pausas de Sarah. Naquele olhar implacável e brilhante.

Ele tirou o anoraque. Os olhos da mulher estavam fixos na arma que ele carregava na cintura.

— Então a senhora não o viu entre as nove e meia e as três da manhã?

— Não. Mas tenho certeza de que ele estava em casa. Ele gosta de ler ou ver TV.

A mulher sorriu para Jan.

— O senhor é casado?

— Sim.

— Então sabe quando ela está em casa, não? Não consegue sentir?

Jan não respondeu. Em vez disso, fez outra pergunta:

— Vocês passaram todo o fim de semana em Dragør? Enquanto o piso era lixado?

— Sim. Não estava fácil lidar com os operários.

Ele se levantou, pôs-se a caminhar pela sala, olhando para o material de construção.

Observando.

— Como assim?

— Eles não apareceram. Rama teve que lixar o piso ele mesmo. Passou o domingo instalando os pisos novos do banheiro.

— Então ele ficou fora durante todo o sábado e o domingo? Ele saiu cedo?

Ela abraçou o próprio corpo por dentro do cardigã.

— Acho que é melhor o senhor ir embora.

— Ele ficou fora das seis da manhã às oito da noite?

A mulher se levantou, irritada.

— Por que está me fazendo essas perguntas se não acredita em uma palavra do que eu digo? Por favor, vá embora.

Jan pegou seu casaco.

— Tudo bem.

Perdoai-nos as nossas ofensas.

Pernille mal escutava o pai-nosso, a oração que ouvia e recitava desde criança.

Assim como nós perdoamos a quem nos tem ofendido.

Tudo que via era a madeira branca reluzente. As flores, os bilhetes. O caixão que escondia a verdade. Dentro...

Não nos deixeis cair em tentação, mas livrai-nos do mal.

Anton a cutucou e falou em alto e bom som com sua voz de criança:

— Por que o papai não está com as mãos juntas?

Pois Teu é o reino, o poder e a glória, para sempre.

— Shh — disse ela, levando um dedo aos lábios.

— Por que você também não está? — perguntou Emil, olhando para as mãos da mãe.

Os meninos vestiam suas melhores roupas, estavam com as mãos espalmadas uma contra a outra.

Os olhos dela se encheram de lágrimas. A mente, de lembranças.

Amém.

O som veio primeiro. A melodia suave do órgão. Então formas emergiram lentamente à sua volta, uma a uma. Flores nas mãos. Rostos vazios e indiferentes. Parentes. Pessoas que mal conhecia. Estranhos...

Rosas colocadas sobre o caixão por mãos pálidas, trêmulas.

— A gente tem uma coisa — disse Anton. — Mãe. A gente tem uma coisa também.

Ele foi o primeiro da família a se levantar. Theis foi o último, despertado pelo toque gentil de Anton. Juntos, os quatro caminharam na direção dela.

Do caixão.

Madeira e rosas brancas. Uma fragrância para mascarar o cheiro.

Quando chegaram, os meninos uniram as mãos, colocaram um pequeno mapa no caixão. A cidade. Seus rios e ruas.

— Que bobagem é essa? — perguntou Theis em voz baixa e irritada. — O que é isso?

— É para Nanna — disse Emil. — Para ela ver onde a gente mora quando passar voando.

Ao lado do caixão, os quatro, tão unidos quanto separados por emoções que não conseguiam definir.

Chorando, Emil perguntou:

— Você está zangado, pai?

Você está zangado?

Ele não era um homem colérico. Não mais. Não desde que as crianças vieram e deram plenitude às suas vidas.

Pernille o sabia. Assim como ele.

E os meninos, principalmente.

— Não — disse Theis, curvando-se para beijar a cabeça dos dois, colocando as mãos nos ombros dos filhos e os puxando para si.

Pernille mal notou. Tudo que via era o caixão. Lágrimas correndo pelo rosto, manchas de sal na madeira branca.

Ele estendeu a mão, os dedos ásperos e calejados se entrelaçando nos dela.

— Theis...? — murmurou ela.

Pernille deixou cair a cabeça, surpresa ao ver como a palavra que se formava na sua mente podia conter tanto significado, tanta vida e dor e sofrimento.

Olhou para o rosto rude e grisalho do marido.

— Agora?

Um aperto nos dedos, um gesto afirmativo com a cabeça.

Eles desceram o corredor, passando por filas de pessoas enlutadas. Alunos e professores, vizinhos e amigos. A policial curiosa que os observava da porta com tristeza nos olhos brilhantes.

E saíram para a luz pálida do dia, deixando Nanna para trás.

Hartmann agora ouvia os boletins de notícias que iam ao ar de hora em hora. Não conseguia evitar. A polícia havia divulgado outro comunicado, tão inútil quanto os anteriores. Tinham todos os recursos disponíveis trabalhando no caso. Buchard, o obstinado investigador-chefe, deu uma declaração, soando mal-humorado e irritado:

— Estamos seguindo uma pista, mas isso é tudo que podemos dizer.

E então a previsão do tempo.

Rie Skovgaard entrou, tensa.

— Meu pai precisa vê-lo.

O debate com Bremer começaria em uma hora. Ele tirou uma gravata da gaveta, levantou, vestiu-a em frente ao espelho.

— Ocupado? — perguntou Kim Skovgaard, sentando-se.

— Nunca estou ocupado para você.

— Então você vai ao debate? Vai falar sobre integração? Estrangeiros? Cidadãos-modelo?

— Isso mesmo.

— Rie está preocupada com você, Troels.

— É. Eu sei.

— Ela é uma mulher muito inteligente. Não digo isso apenas porque é minha filha. — Ele se levantou, foi até Hartmann e colocou a mão no seu braço. — Você deveria ouvi-la mais. Mas, no momento, deveria ouvir a mim. Não fale sobre cidadãos-modelo. Não esta noite.

— Por quê?

A voz de Skovgaard se alterou, tornando-se severa e impaciente:

— Já basta um dos seus carros estar envolvido no caso Birk Larsen. Qualquer coisa que os jornais tenham sobre você e os imigrantes será desenterrada dos arquivos e jogada na sua cara. Guarde o seu amor por rostos morenos para depois, para quando isso lhe render votos em vez de fazer você perdê-los.

— E hoje à noite?

Ele ajeitou a gravata de Hartmann.

— Concentre-se em habitação. Em meio ambiente.

— Isso não vai acontecer.

Skovgaard não sorria mais, o que era raro.

— Vai sim. Acho que você não está entendendo. Estou mandando você fazer isso. Não pedindo. Há pessoas de olho em você. Aqui. No Parlamento. Você vai fazer o que eu estou dizendo.

Hartmann ficou em silêncio.

— É para o seu próprio bem. O bem de todos...

— Mas...

— Só estou tentando ajudar o meu futuro genro.

Ele deu tapinhas no braço de Hartmann. Um gesto condescendente. Estudado.

— Você terá a sua recompensa, Troels. E não será no céu.

Hartmann e Rie estavam caminhando até o estúdio de TV. O que começara como uma conversa estava se transformando em discussão.

— Você sabia que ele viria — disse ele. — Você armou aquilo.

Rie o olhava como se ele fosse louco.

— Não. Quem você acha que eu sou? Maquiavel? Meu pai estava no Rådhus. Apareceu na frente da minha mesa. O que eu deveria fazer?

Hartmann se perguntou se acreditava nela.

— Mas você concorda com ele?

— É claro que concordo. É óbvio. Para todo mundo, menos você. Quando as pessoas veem um iceberg, elas se afastam. Você não...

— Eu não sou o seu fantoche — cortou Hartmann. — Ou do seu pai.

Ela parou, jogou as mãos para cima, exasperada.

— Você quer ser eleito ou não? Não existe prêmio de consolação para os perdedores. Os seus belos ideais não vão servir de nada se Poul Bremer continuar no cargo.

— Esse não é o único problema.

— Qual é, então?

O produtor vinha na direção deles.

Rie sorriu para o homem, ficou doce e encantadora de um segundo para o outro.

— Agora não, Troels — sussurrou ela entre os dentes.

* * *

Sarah encontrou Jan no Pátio Memorial, um espaço aberto no piso térreo do Politigården. Silencioso e solitário. Uma estátua, a Matadora de Cobras, o bem combatendo o mal. Em uma parede, os nomes dos 157 policiais dinamarqueses mortos pelos nazistas. Em outra, uma lista mais curta: os mortos em serviço mais recentemente.

Ele olhava para a última, fumando com ansiedade.

— Como ele era? — perguntou Sarah.

Jan deu um pulo, levando um susto com a presença dela.

— Quem?

— Schultz.

Mágoa nos olhos. Acusação também.

— Você andou me investigando?

— Eu li a ficha que foi enviada para Hartmann. Pensei que...

Quatro anos antes. Ela se lembrava vagamente do caso. Um policial infiltrado da delegacia de narcóticos de Aarhus fora assassinado por uma das gangues. Jan era o parceiro dele. Estava doente no dia. Sua carreira era instável desde então.

— Era um idiota — disse Jan. — Foi para a rua sozinho. Se tivesse esperado um dia, eu estaria de volta ao trabalho.

Ela apontou com a cabeça para a parede.

— Então talvez houvesse dois nomes ali.

— Talvez. — Ele deu de ombros. — Mas não é isso que importa.

— E o que é?

— Nós éramos um time. Fazíamos as coisas juntos. Cuidávamos um do outro. Era parte do acordo. Ele o quebrou.

Sarah não disse nada.

— Como quando eu esqueci de comprar um cachorro-quente para você. Peço desculpas.

— Não é exatamente a mesma coisa.

— É sim.

Ele tirou do bolso uma banana comida pela metade, deu uma mordida entre uma tragada e outra no cigarro.

— Buchard quer falar com a gente — disse ela.

De volta ao escritório. Um saco de batatas fritas vazio na mesa. Além de um Buchard cético.

— Kemal deixa a esposa para se encontrar com a garota. Eles têm uma discussão no apartamento — disse Jan.

Sarah estava ao telefone.

— Ele a imobiliza e a droga. E aí volta para casa.

Buchard descansou o queixo na mão fechada, olhou para Jan com os olhinhos redondos. Não disse nada.

— No sábado de manhã ele alega que o operário que ia lixar o piso não vai mais. Mas na verdade foi o Kemal quem cancelou.

Buchard fez menção de dizer algo.

— O próprio sujeito confirmou — reforçou Jan. — Consegui encontrá-lo.

Sarah ergueu a voz, no outro extremo da sala:

— Temos tempo, mãe. Pare de se preocupar. Eu já disse que vou. Por que você não acredita em mim?

Ela desligou. Tirou uma caixa de Nicotinell do pacote, olhou para os cigarros sobre a mesa.

— Então — prosseguiu Jan — ele volta ao apartamento e à garota. Espera escurecer; então pega o carro na escola, volta, carrega a garota para o carro e vai para a mata.

Sarah se aproximou, sentou, escutou.

Jan se empolgava com sua teoria:

— No domingo, ele se livra dos vestígios, lixa o piso e instala os azulejos.

— Estou indo — disse Sarah a Buchard. — Já falo com você.

Jan agitou a mão no ar.

— Espere, espere — berrou ele. — O que há de errado com a minha história? Conte o segredo ao idiota do Jan. Por favor.

Os dois o observaram.

— Por favor — repetiu ele.

— Como ele poderia ter dirigido o carro do Hartmann? — perguntou Sarah.

Jan hesitou.

— Deve ter encontrado as chaves na escola na sexta à noite.

Jan olhou para Sarah, na expectativa. Assim como Buchard.

— Acho que ele não seria tão idiota — disse ela. — Na verdade, acho que ele é muito inteligente.

— Exatamente — concordou Jan.

— Se eu fosse você — disse Sarah —, não botaria as mãos em Kemal até ter provas mais conclusivas. — Ela sorriu. — Mas o caso é seu. — Ela estendeu a mão. — Obrigada por tudo. Foi muito... — A palavra parecia lhe fugir. — Muito instrutivo.

Jan apertou a mão dela vigorosamente.

— Digo o mesmo.

— Deixei o meu número na sua mesa. Se...

Ele a encarou.

— Você não vai precisar, claro. Mas...

Buchard continuava sentado na mesa com uma cara péssima. Antes que ele pudesse dizer uma palavra, Sarah o cumprimentou também e se despediu.

Então saiu da sede da polícia de Copenhague. Carreira concluída. Emprego encerrado.

Caso ainda em aberto.

O táxi tinha uma TV no painel. Mark de um lado, Vibeke do outro, Sarah assistindo ao noticiário da noite. Um debate entre Hartmann e Bremer. Todas as pesquisas diziam que a luta pela prefeitura era uma batalha entre aqueles dois. Um deslize poderia acabar com o jogo.

— Não compramos cerveja ou conhaque — queixou-se Vibeke.

— Ainda tem muito tempo.

— Nem chocolate para o café.

— Acho que eles também vendem chocolate na Suécia.

— Não o *nosso* chocolate!

O telefone de Sarah tocou. Ela olhou para a tela.

Skov. O investigador que ela havia encarregado de levantar informações sobre Theis Birk Larsen depois que Buchard recebera o telefonema do policial aposentado.

Esperou. Pensou em não atender. Acabou atendendo.

— Por que demorou tanto? — Ele parecia exaltado. — Consegui a pasta com o investigador aposentado.

— Ah.

— Não quer saber o que tem nela?

— Dê ao Meyer.

Ele hesitou.

— Ao Meyer?

— Foi o que eu disse.

A previsão do tempo. Sarah pegou o controle remoto, desligou a TV.

— O que você descobriu?

— É um caso de 20 anos atrás. Uma espécie de rixa entre traficantes. Não foi a julgamento.

Mark olhou à sua volta no carro.

— Esqueci o meu boné — murmurou ele. — Deixei na casa da vovó...

— Está me parecendo que...

— Mãe?

— Eu compro outro para você.

— É sobre uma... — continuava o policial.

— Eu não quero um boné sueco.

— Não vamos voltar agora, Mark.

Silêncio na linha.

— Estou ouvindo — insistiu Sarah.

— Jura? — disse Skov. — Envolvia um vendedor de drogas de Christianshavn. O cara foi espancado. Quase morto. Nunca encontraram o responsável. Theis Birk Larsen era o principal suspeito. Foi interrogado.

— Mark!

Ele procurava alguma outra coisa no assoalho do carro.

— Eu esqueci...

— Não quero saber o que você esqueceu — retrucou ela, ríspida. — Nós vamos.

— Conhaque, cerveja e cigarros — murmurou a mãe, do outro lado.

— Birk Larsen tinha um motivo — disse o policial. — O traficante tinha ameaçado revelar alguma coisa relacionada a ele. O cara ia falar com a gente.

— E o que era?

— Não sei. Ele fechou o bico depois. Muito medo de Birk Larsen, ao que parece. O sujeito tem uma reputação e tanto. Violência. Temperamento ruim. Espere... Ainda estou lendo. Tem um segundo documento embaixo.

Então ele falou, tão alto que Sarah afastou o telefone do ouvido:

— Meu Deus!

Mark estava inquieto no banco, Vibeke ainda resmungando.

— O que foi?

Silêncio.

— O que foi?

— Eles voltaram um mês depois, para ver se o traficante tinha mudado de ideia. A pedido do serviço de inteligência. Queriam muito pegar Birk Larsen.

— E?

— E nada. Encontraram o sujeito morto. Estou vendo as fotos. Meu Deus...

— O quê?

— É pior do que a primeira vez. O cara parece um pedaço de carne.

— Certo — disse ela. — Você precisa contar isso a Meyer.

— Meyer está ocupado.

— Diga a ele para me ligar imediatamente.

— Está bem. Tchau.

A garagem estava cheia; o velório, silencioso. Nada de discursos. Nada de música. Apenas mesas cobertas com toalhas brancas e flores, cadeiras dobráveis, comida simples.

Theis Birk Larsen circulava entre os convidados, assentindo com a cabeça, falando pouco. De olho nos meninos, Emil e Anton, que estavam confusos e entediados.

Pernille ia de mesa em mesa. Ouvindo, raramente falando. Deixando que o rumor produzido por tantas vozes embotasse sua mente ferida, dolorida.

Aquilo era uma empresa. As pessoas ainda telefonavam. Clientes. Não faziam ideia.

Perto da porta, Vagn Skærbæk, de calça jeans e suéter, ambos pretos, atendia as ligações na extensão, olhando em volta com ar abatido.

Café e água. Sanduíches e bolo.

Theis caminhava como um fantasma por entre as mesas, garantindo que os copos estivessem cheios, que os pratos nunca ficassem vazios. Um garçom com nada a dizer.

Então Vagn o puxou de lado no escritório, perto da cafeteira prateada.

— Theis. Acabei de receber um telefonema.

— Nada de trabalho hoje, Vagn. Estou fazendo café.

— Falei com a esposa de Jannik. A mulher da escola.

Theis desligou a torneira. Colocou na mesa a caneca pela metade.

Foi para as sombras, longe dos olhares das pessoas lá fora.

— Agora não é o momento...

— Não — insistiu Vagn. — Agora é o momento.

— Eu já disse. Isso pode esperar.

— Descobri uma coisa.

Theis olhou para ele. O rosto banal, meio que de bandido, que ele conhecia desde criança. Com mais rugas. Menos cabelo. Ainda um pouco assustado. Um pouco burro.

— Eu já disse, Vagn. Estou fazendo café.

Vagn olhou para ele. Desafiador. Talvez irritado.

— Ele está aqui — disse.

Theis balançou a cabeça, coçou o queixo, o rosto, perguntou-se por que não fizera a barba num dia como aquele.

— Quem? — perguntou.

— O cara de quem eles estão desconfiando. — Os astutos olhos pretos de Skærbæk brilhavam. — Ele está aqui.

Um nome. Proferido com a aversão cruel que Vagn reservava aos estrangeiros.

Theis olhou pelo vidro.

A sala começou a esvaziar. O velório chegava ao fim. Depois de muito tempo, ele saiu do escritório e cruzou o espaço com passos lentos e cuidadosos, tentando pensar nas palavras certas a dizer. A coisa certa a fazer.

Pernille agradecia ao professor pela coroa de flores.

Rama, elegante e belo num terno preto, distinto e apresentável de uma forma que Theis sabia jamais ser capaz de emular, disse:

— Foi um presente da escola. De todos nós. Alunos e funcionários.

O homem olhou para Theis à espera de alguma coisa.

Palavras.

— Precisamos de café.

Pernille olhou para ele, incomodada com a grosseria.

— Você quer que eu faça mais?

Um gesto de concordância.

Ela se foi.

Palavras.

— Obrigado por nos receber na sua casa — disse o professor.

Theis olhou para a mesa. As xícaras, os copos, os pratos com restos de comida.

Acendeu um cigarro.

— Significou muito para os colegas dela.

A voz dele era polida e gentil. Com apenas um toque exótico. Não como a maioria deles, inarticulados. Estranhos. Estrangeiros.

— Significou muito para mim — disse Rama, que estendeu a mão para tocá-lo no braço do outro.

Algo nos olhos de Theis o deteve.

Parques e recreação. Tecnologias limpas e ambientalismo. O debate corria bem. Hartmann sabia disso. Assim como as pessoas no estúdio. Ele o percebia pelo tom das perguntas, os acenos de concordância atrás das câmeras, no escuro.

E também pelas respostas rígidas de Poul Bremer.

— O senhor concorda com todas essas ideias, senhor prefeito?

A mediadora era uma mulher que Hartmann já conhecia. Inteligente e atraente.

Um gesto de concordância da imperiosa cabeça grisalha.

— Claro. Mas falemos de algo diferente. Imigração. Principalmente cidadãos-modelo.

Ele olhou para a câmera, e então para Hartmann.

— Convenhamos, Troels. São só uma jogada de marketing.

Hartmann se empertigou.

— Tente perguntar isso nos guetos.

Um riso afável.

— Oferecemos boa moradia a preços acessíveis para pessoas que, no geral, chegaram aqui sem ser convidadas. Eles parecem agradecidos pelo que fizemos. Mas não podemos obrigá-los a viver lá.

Hartmann ficou exaltado.

— É possível agir para tentar diminuir a desigualdade social...

— Voltemos aos cidadãos-modelo — cortou Bremer. — Você parece tão fascinado por eles! Sua criação pessoal. Por quê? Por que eles são tão importantes?

— A desigualdade social...

— Por que tratar os imigrantes de forma distinta? Eu não tolero discriminação contra minorias. Mas você deseja dar às minorias direitos que são negados aos demais. Às pessoas nascidas aqui. Por que não tratá-los como a todo mundo?

Troels Hartmann respirou fundo, estudou o homem do outro lado da mesa. Ele já ouvira aquele argumento muitas vezes...

— Não se trata disso, e você sabe muito bem.

— Não, não sei — retorquiu Bremer. — Esclareça. Do que se trata?

Hartmann buscava as palavras certas. Bremer pressentia algo ali.

— Você já não parece sentir mais tanto orgulho dos cidadãos-modelo. Por quê?

Poul Bremer sabia de algo. Estava escrito naquele sorriso malicioso.

Hartmann apertou as mãos uma contra a outra. Abriu a boca. Não disse nada.

Vinda do escuro, ele ouviu uma instrução em voz baixa:

— Câmera um. Continue nele.

A carreira de um político pode desaparecer num instante. Com uma única ação impensada. Uma única palavra descuidada.

— Tenho muito orgulho deles.

— Tem, é? — perguntou Bremer, com afabilidade.

— Essas pessoas trabalham sem remuneração para fazer de Copenhague um lugar melhor. Devemos agradecer a elas. Não desprezá-las como cidadãos de terceira categoria...

— Isso é maravilhoso.

— Vou terminar de responder!

— Não. Não. É maravilhoso.

Um olhar de relance para a câmera. Então os olhos frios de Bremer se voltaram para o homem do outro lado da mesa.

— Mas não é verdade que alguns dos seus modelos exemplares são criminosos?

— Isso é um disparate...

— Seja honesto conosco. Um deles está envolvido em uma investigação de assassinato.

A mediadora tomou a palavra:

— Que investigação de assassinato?

— Pergunte a Troels Hartmann — disse Bremer. — Ele sabe.

— Um caso em andamento? — perguntou a mulher.

— Como eu disse, um assassinato. Mas... — Bremer franziu a testa como se preferisse não prosseguir para manter o nível elevado. O golpe havia sido desferido. A bomba, lançada. — Hartmann é o secretário de educação. Pergunte a ele.

— Não. — A mediadora estava incomodada agora. — Isso é inadmissível, Bremer. Se não for mais específico, vamos mudar de assunto.

— Inadmissível? — Ele ergueu as mãos. — O que é inadmissível é...

— Pare com isso!

Hartmann falou tão alto que um técnico próximo da mesa arrancou os headphones.

— Digamos que você esteja certo. Digamos que seja verdade.

— Sim — concordou o político veterano. — Digamos que sim.

— Então o quê? Se um imigrante comete um erro, isso incrimina todos os imigrantes? Isso é absurdo, e você sabe disso. Se isso for verdade, o que se aplica a um político deve se aplicar a todos.

— Você está fugindo do assunto...

— Não. — Hartmann já não se importava com as consequências. — Os cidadãos-modelo conquistaram mais pela integração em quatro anos do que você conseguiu em todos os seus mandatos. Sem remuneração, sem agradecimentos. Enquanto você não fez nada...

— Não é verdade...

— É verdade!

Hartmann ouviu sua própria voz furiosa reverberar nas entranhas escuras do estúdio.

Bremer se recostou na cadeira, os braços cruzados, presunçoso e satisfeito.

— Tenho planos para Copenhague — começou Hartmann.

— Ouviremos falar mais desse assunto — interrompeu Bremer. — Ouviremos falar muito em breve, acredito eu.

Aeroporto de Kastrup. Quinze minutos para a decolagem. Eles ocuparam assentos próximos das asas. Mark à janela. Vibeke no meio. Sarah no corredor, falando ao celular.

Jan havia ligado.

— Ficou sabendo a respeito de Birk Larsen? — perguntou ela, enfiando uma sacola no compartimento de bagagem.

— Não. Mas encontramos a bicicleta da garota. O que você queria comigo?

— Que bicicleta?

— Uma viatura parou uma garota que estava numa bicicleta sem farol. Era a de Nanna, descobriram depois.

Uma comissária de bordo foi até Sarah e lhe ordenou que desligasse o telefone.

— A garota disse que roubou a bicicleta em frente à casa de Kemal. Vamos buscá-lo agora. Onde você está?

— No avião.

— Boa viagem.

— Meyer, fique de olho em Birk Larsen.

Ela se sentou. A comissária estava na frente do avião, repreendendo outro passageiro.

— Por quê?

— Leia o caso antigo que eu mencionei a você. Não deixe que ele chegue perto do Kemal.

Ela o escutou pegar um cigarro no maço.

— E você só me diz isso agora? Os dois acabaram de sair do velório. Birk Larsen ofereceu uma carona para Kemal.

— O quê?

— Eu mandei buscarem Kemal depois do funeral. Mas Birk Larsen já tinha dado uma carona para ele. Qual é o problema?

— Kemal já chegou em casa?

— Escute. — Jan estava ficando irritado. — Birk Larsen não sabe de nada. Se soubesse, por que teria recebido Kemal na própria casa? Por que...

— Ele já chegou em casa? — repetiu Sarah.

— Por acaso não. Eu não tenho tempo para isso. Vá para a Suécia logo de uma vez.

— Meyer!

A linha ficou muda.

A comissária de bordo voltou, ordenou-lhe que colocasse o cinto.

Eles ainda estavam na plataforma de embarque, a porta aberta. Mas não por muito tempo.

Sarah apertava teclas no telefone.

— Eu já pedi à senhora — disse a comissária. — Desligue o celular e coloque o cinto de segurança. Já vamos decolar.

Sarah olhou para o aparelho. Apertou a tecla vermelha. Notou que Mark a observava. A mãe também. Fazia algum tempo, provavelmente.

A voz do piloto soou. As informações de sempre.

Bem-vindos a bordo deste voo com destino a Estocolmo. Nossa decolagem será autorizada em breve. O tempo é bom ao longo da nossa rota. Esperamos aterrissar no horário previsto...

Sarah pensou em Nanna e no professor. Em Jan e em Theis Birk Larsen.

A comissária de bordo estava com a mão na porta da aeronave. Ela falava com um homem do lado de fora. Preparava-se para fechar a porta. Estava se despedindo.

— Peguem as bagagens — disse Sarah, tirando o cinto de segurança.

— O quê? — rugiu Vibeke.

Mark deu um soco no ar, exclamando:

— Eba!

Então Sarah seguiu para a frente da aeronave, mostrando o distintivo numa das mãos, segurando o celular contra o ouvido com a outra.

Theis Birk Larsen cortava a escuridão em alta velocidade na van. O professor ao seu lado, falando.

Sobre a escola. Sobre Nanna. Sobre famílias e crianças.

Palavras que passavam despercebidas pelo homem ao volante.

De Vesterbro rumo ao centro. Passando pelo Parlamento e pelo bairro de Nyhavn.

O mar. A região deserta nos arredores da Fortaleza de Kastellet.

Ruas longas e escuras se tornando mais estreitas e desertas.

O professor ficou em silêncio.

— Acho que passamos da entrada lá atrás.

Theis seguia dirigindo, noite escura adentro, tentando pensar. Desejando conseguir encontrar as palavras.

— É, passamos — disse ele, e seguiu em frente.

Do táxi, Sarah leu os detalhes para a central da polícia. Van vermelha placa UE 93 682. Da empresa de transportes de Birk Larsen. Um alerta a todos os carros, deveriam parar o veículo e esperar por ordens.

Vibeke estava no banco de trás, ralhando com Mark.

— É claro que você vai para a Suécia. Você não acha que uma bobagem da sua mãe vai mudar isso, acha?

Quando Sarah desligou o telefone, Vibeke falou com ela em tom abatido, arrastado:

— Pobre Bengt. O que será que aquele bom homem vai pensar?

— Bengt não pensa só em si mesmo. Ele me entende mais do que você.

A mãe a olhou com ar de censura.

— Espero que sim. Para o seu próprio bem. — Um longo olhar reprovador. — Então você não deveria ligar para ele? Para dizer que ele não precisa mais esperar no aeroporto?

Sarah assentiu.

— Já ia fazer isso. Obrigada.

Svendsen esperava em frente ao prédio do professor quando Jan chegou. Kemal ainda não havia aparecido em casa. A esposa não tinha notícias dele. O paradeiro de Theis Birk Larsen era desconhecido. Ele não atendia o telefone.

— Onde está o carro do Kemal?

— Na garagem.

— Ok. Faça o caminho da casa do Birk Larsen até aqui outra vez.

O investigador ficou contrariado.

— Já fizemos isso.

— Você ouviu o que eu acabei de dizer? "Outra vez"?

Svendsen não saiu do lugar.

— Devo registrar Kemal como desaparecido?

— Para quê? — perguntou Jan.

— Lund falou com Skov antes de viajar. Birk Larsen era perigoso.

Jan colocou um chiclete na boca, aproximou-se do homem, olhou em volta e começou a chamar:

— Lund! *Lund!* — Deu de ombros. Olhou para o policial. — Você está vendo Lund aqui?

O homem olhou para ele, não disse nada.

— De agora em diante vamos fazer as coisas do meu jeito. Entendido? Lund está sonhando acordada por aí. Ordenhado vacas ou sei lá o quê.

O rádio chiou. Uma mensagem sobre a van de Theis.

Jan telefonou para a central.

— Aqui é 80-15. Eu não pedi busca nenhuma. O que está acontecendo?

— A investigadora Lund solicitou a busca.

Jan tentou rir.

— Lund está na Suécia. Você está de brincadeira.

— Lund telefonou há 15 minutos e solicitou a busca. — Uma pausa. — Não estamos de brincadeira aqui.

E desligou.

— *Você ligou para Theis Birk Larsen. Deixe o seu nome e telefone que retornarei a ligação.*

Pernille estendeu o telefone quando começou a gravação. Sarah ouviu. O táxi havia levado Mark e Vibeke para casa. Ela estava sozinha com a esposa de Theis em meio às mesas ainda não arrumadas do velório de Nanna, cheias de pratos sujos, copos sujos, xícaras sujas.

— E você não faz ideia de onde ele possa estar? — perguntou Sarah.

— Ele foi levar o Rama em casa.

Pernille parecia pálida, exausta. E curiosa.

— O que é tão importante?

— Aconteceu alguma coisa antes de eles saírem? Entre os dois?

— Eu estava conversando com o professor. Theis apareceu. Queria que eu fizesse mais café. — Ela olhou em volta para o que restava do velório, a garagem vazia. — Então eu fiz. Para os convidados. O que está acontecendo?

— O seu marido parecia estar irritado ou perturbado? Ou...

— Perturbado?

Pernille Birk Larsen a encarou com fúria. Uma mulher forte, pensou Sarah. Comparável ao marido, de certa forma.

— Como você acha que Theis está se sentindo hoje? Como acha que eu estou me sentindo? Olhe à sua volta. Você está sempre em todos os lugares.

— Pernille...

— Em toda parte...

Veio um barulho do escritório. O homem que parecia estar ali o tempo todo, um dos funcionários, estava lá.

Sarah sabia o nome. Eles tinham levantado a ficha. Pequenos delitos, assim como Theis.

Vagn Skærbæk.

— O seu marido pode estar prestes a fazer uma besteira — disse ela, observando a mulher com muito cuidado. — É importante que eu o encontre.

— Por quê? Que besteira ele faria?

Uma voz de criança veio da escada. Um dos meninos chamando a mãe.

— O meu filho precisa de mim — disse Pernille, e se afastou.

Sarah foi direto ao escritório, mostrou o distintivo ao homem.

— Você é amigo dele?

Ele mexia em alguns papéis. Evitava o olhar dela.

— Sou.

— Aonde ele foi?

— Não sei — respondeu ele, de pronto.

Mais papéis. Ela se aproximou, tirou-os da mão de Vagn.

— Escute. Isso é importante. Se você é amigo dele, precisa ajudá-lo. Para onde eles foram?

Ele usava uma correntinha de prata no pescoço e tinha um rosto de menino, embora envelhecido. Sarah já lidara com toda uma geração de pessoas como ele. Pouco dinheiro. Poucas oportunidades. Ela sabia o que esperar.

— Não faço ideia.

Um ruído na porta. Alguém mastigando, pigarreando. Ela já reconhecia sua presença àquela altura.

Sarah já estava ao telefone falando com a central quando se voltou para encarar Jan.

— Preciso rastrear dois celulares. De Theis Birk Larsen e Rahman Al Kemal. Tenho os números.

Ela entregou o telefone para Jan e, com um aceno de cabeça, ordenou: cuide disso.

— Meu Deus. Você vai pagar por isso, Lund.

— Não temos tempo. Vagn?

Ele estava novamente no canto, escondendo-se.

— Onde ficam os depósitos de vocês?

Jan estava ao telefone, ditando os números.

— Vagn?

Às margens do canal, na região norte da cidade, nas desertas docas de Frihavnen. A chuva caindo como lágrimas de um céu preto sem fim.

A van vermelha seguiu lentamente até o fim da rua. Uma faixa de concreto. Um caminho para o mar. Nenhum carro. Nenhuma luz. Nenhum sinal de vida.

Theis Birk Larsen parou o carro, puxou o freio de mão.

Eles estavam sentados um ao lado do outro havia quase uma hora, tinham percorrido a cidade de carro. Rumo ao norte. Rumo a lugar nenhum. Mal trocando uma palavra.

Agora ele desligou o motor. Os faróis. Havia apenas a débil luz interna acima do retrovisor.

O telefone no bolso do paletó de Theis tocou outra vez. Ele pegou o aparelho. Desligou sem atender. Colocou-o de volta. Olhou para a frente.

— O que está acontecendo? — perguntou o professor. — O que...

Theis abriu a porta, desceu.

Vestiu o paletó do terno do velório. Caminhou sob o vento e a chuva gelada até a margem do canal.

Voltou-se, olhou para a van. Um rosto moreno atrás do para-brisa. Preocupado, cinza sob a luz fraca de dentro do carro.

Theis tirou um maço de cigarros do bolso. Com muito esforço acendeu um, por causa da tempestade. Protegeu a chama com os largos ombros. Fez o fogo crescer.

Sozinho em seu gabinete, Troels Hartmann estava novamente concentrado no noticiário. Houvera um tempo em que ele ansiava por estar nas manchetes. Não agora. Não assim.

— A batalha pela prefeitura teve uma reviravolta dramática quando Bremer acusou um dos cidadãos-modelo de Hartmann de estar envolvido em um assassinato.

Rie entrou, desfiando sua recusa padrão para mais um repórter que pedia uma entrevista. Desligou o telefone, entregou uma folha de papel para Hartmann.

— O Partido de Centro quer um encontro. Tive que concordar.

Hartmann desligou a TV. Ela se virou para sair.

— O que a polícia disse?

Ela parou à porta.

— Não consegui falar com ninguém. Troels?

Rie nem ao menos parecia cansada. Crescera no tumultuado mundo da política municipal, do qual o próprio pai de Hartmann havia sido excluído. Era como se tudo aquilo fosse simplesmente natural...

— Você sabe que precisa suspender Kemal e fazer uma declaração. Senão...

— Não até eu falar com a polícia. Quando tiver um motivo...

— Você precisa fazer isso! É importante mostrarmos que você não tem nada a esconder. Uma questão de transparência.

— Não, não é. É uma questão de ceder. Permitir que a pressão nos diga o que fazer. E não o que é certo.

Ele se levantou, pegou o paletó. Sentia-se calmo. Convicto da decisão que já tomara.

— Bremer jogou essa isca por algum motivo...

Ela se recostou na porta, inclinou a cabeça para a direita e então para a esquerda. Os cabelos pretos se movendo. Como é que Morten tinha definido? O visual presidencial-funeral de Jackie Kennedy.

— Você deveria ter se limitado ao roteiro. Não devia ter mencionado os cidadãos-modelo. Não precisava ter mordido a isca do Poul Bremer.

— Eu fiz o que era certo.

— Você meteu os pés pelas mãos.

— Isso é o papai falando?

Ela finalmente se irritou.

— Não, sou eu — disparou. — Quero que você vença. Não que jogue fora as suas chances sem um bom motivo.

— As chances de quem, Rie? As minhas? As suas? Do seu pai?

Ela balançou a cabeça, estreitou aqueles olhos luminosos e penetrantes.

— É assim que você me vê?

— Eu perguntei...

— Então talvez eu não seja a consultora certa para você. Qual o sentido disso? Você ignora tudo que eu digo, droga.

Um momento decisivo.

— Talvez não — disse Hartmann.

— A verdade é a seguinte, Troels. O professor é culpado. Não importa se será condenado ou não.

— É o que você acha?

— Se for o que a imprensa diz, sim. E estão dizendo isso...

Ele pegou o paletó do cabideiro.

— Fale com a polícia. Se eles disserem alguma coisa... se prenderem esse homem. Se me disserem que ele é culpado...

— Tarde demais.

— Então eu vou agir.

— Aonde você vai? — perguntou ela. — Troels? Aonde?

* * *

— Já rastrearam os telefones?

Jan não respondeu. Estava numa ligação ainda.

Sarah lia os documentos pregados na parede, buscava a localização dos depósitos da empresa, observada por um silencioso e mal-humorado Vagn Skærbæk.

Leu em voz alta para a central. Um galpão em Sydhavnen. Um depósito em Valby. Um galpão em Frihavnen, sem endereço.

— Onde em Frihavnen? — perguntou ela a Vagn.

— Nunca estive lá.

Havia um quadro cheio de chaves. Ela leu as etiquetas uma a uma.

— E quanto a essa garagem? Ele pode estar lá?

— Já falei que não sei de porcaria nenhuma.

Jan terminou a ligação.

— Triangulamos o sinal de uma antena de celular. Kemal está em Frihavnen.

Região portuária. Pouco usada à noite. Fácil de se esconder, pensou Sarah.

— Ele está em Frihavnen — disse ela à central. — Mandem um carro.

Não chovia agora. Eram apenas as águas escuras do Øresund, a Suécia em algum lugar a distância. Ondas refletiam as luzes do outro lado do canal. Theis estava na margem, iluminado pelos faróis da van. De volta ao mundo.

Um som. Ele se virou. O professor havia descido. Não corria. Bem que poderia. Mais jovem e em forma. Poderia voltar correndo à cidade. Escapar de Theis e da van.

Em vez disso, ele foi até a margem. Olhou para as ondas.

— Sinto muito...

Eles nunca perdiam completamente o sotaque. Nunca se livravam de quem eram.

— Minha esposa está me esperando.

Palavras. Onde estavam as palavras?

— Ela está grávida. Não quero que ela fique preocupada. Talvez seja melhor eu ligar para avisar que...

Outro cigarro na mão de Theis. Mal tocado. Mas agora ele o levou aos lábios, tragou a fumaça acre para os pulmões. Desejou que se espalhasse de lá, que preenchesse seu corpanzil. Que o transformasse em nada. Que o deixasse invisível. Que o fizesse desaparecer.

Palavras.

Deveriam ser sobre ela. Sobre ninguém mais. Sempre.

— Nanna nasceu virada para cima. Você sabia disso?

O professor fez que não.

— Isso não é comum. Ela era uma daquelas pessoas que olham para cima ao nascer. Para ver os olhos da mãe. Para ver algo mais. As estrelas.

Tantas lembranças. Uma confusão de imagens e sons. Um filho é um filho. Sua vida flui como um rio, nunca para, nunca é fixa.

— Dissemos que ela seria astronauta. Os pais dizem... — Ele deu outra tragada no cigarro. — Dizemos coisas idiotas. Fazemos promessas idiotas que nunca cumprimos.

O professor assentiu. Como se soubesse.

Theis atirou o cigarro na água. Deu de ombros. Olhou para a van mais atrás.

— Ela gostava de estudar, não gostava?

— Sim. Muito.

Bateu os pés no chão para afastar o frio úmido.

— Eu era muito ruim na escola. Arrumava confusão. Mas Nanna era...

Lembranças.

— Nanna era diferente. Melhor do que eu.

Havia um olhar no rosto moreno do professor. O olhar que eles guardam para os pais.

— Ela era uma aluna muito capaz.

— Capaz?

— Esforçada.

— E ela gostava de você, não gostava?

Lembranças. Queimavam como ácido.

O homem ficou em silêncio.

— Ela falava sobre as suas aulas.

Theis deu um passo na direção dele.

— As pessoas estão falando a seu respeito, professor.

Ele suava. Não era a chuva.

— Não importa o que você tenha ouvido... — Ele balançou a cabeça. Não se moveu. — Eu posso lhe garantir. Nanna era minha aluna. Eu nunca...

Theis esperou.

— Nunca o quê, professor?

— Eu nunca faria mal a ela.

Mais próximo. O hálito dele era doce. Não de bala de menta. Algo exótico.

— Então por que as pessoas estão falando?

A reposta foi imediata:

— Não sei.

Theis assentiu.

Esperou.

Um bom tempo. Então o professor voltou a falar, com um toque de irritação:

— Eu não toquei nela. Nunca faria isso. É tudo um mal-entendido.

— Mal-entendi...

— Eu vou ser pai!

Dois homens junto à vastidão fria do Øresund.

Um deles foi até a van. Ligou o motor. Olhou para o outro, alto e encolhido sob a luz dos faróis na margem do canal.

Jan continuava ao telefone, sem chegar a lugar algum. No canto do escritório, Vagn ficava cada vez mais sombrio. Pernille Birk Larsen estava farta.

— Vocês acham isso divertido? — explodiu a mulher. — Vocês vêm ao velório da minha filha. Não sei o que estão pensando, mas...

Olhos penetrantes e inteligentes se voltaram para Sarah.

— Theis não fez nada.

Vagn se recostou na porta do escritório, acendeu um cigarro.

— Eu acredito que ele tenha feito sim — disse Sarah.

Jan baixou o telefone para falar:

— Não tem ninguém no porto. Eles procuraram por toda parte.

— Tente os outros galpões.

— Feito o quê? — exigiu saber Pernille. — Vocês da polícia...

Eles escutaram um som. Sarah olhou, pensou na arma de Jan. Ele sempre a carregava.

A porta de correr subia. Jan ainda estava ao telefone.

Theis Birk Larsen entrou. Terno preto bem-cortado. Camisa branca bem passada. Gravata preta.

Olhou para eles. Primeiro os policiais. Vagn. Então Pernille.

— Os meninos estão dormindo? — perguntou.

Sarah não conseguia tirar os olhos do homem.

— Onde está Kemal?

A cabeça maciça de Theis se moveu de um lado para o outro. Havia algo em seus olhos estreitos e astutos que ela não conseguia interpretar, por mais que tentasse.

— Acho que ele pegou um táxi.

Sarah olhou para Jan. Apontou para o telefone.

Theis seguiu para a escada. A esposa o deteve.

— Onde você estava, Theis? Duas horas...?

— Nem é tão tarde. — Ele indicou o apartamento com a cabeça. — Quero ler uma história para eles.

— Espere. Espere! — disse Sarah.

Theis seguiu adiante, sumiu da vista dela.

Jan desligou.

— Kemal acabou de telefonar para a mulher. Está voltando para casa.

Pernille os encarou com hostilidade, balançou a cabeça, praguejou, saiu irritada. Restou apenas Vagn. Correntinha de prata no pescoço. Dirigindo a eles um olhar de "foda-se" de adolescente rebelde.

— Cancele a busca — rosnou Jan ao telefone. — Levem Kemal à central o mais rápido possível.

Ele colocou o celular no bolso. Saiu com ela da garagem.

— Bem — disse ele —, que merda toda foi essa?

Sarah telefonou para a Suécia.

— *Você ligou para Bengt Rosling. Não posso atender agora. Deixe seu nome e telefone que entrarei em contato.*

Usou sua melhor voz, tentando não soar na defensiva, pois não se sentia culpada. Não exatamente.

— Oi, sou eu. Você deve estar ocupado recebendo os convidados.

Ela falava enquanto tirava o casaco, que jogou sobre uma cadeira no canto do escritório, olhando para os documentos sobre a mesa.

A mesa dela?

De Jan?

Não sabia. Não se importava. Os documentos importavam. Nada mais.

— Eu queria poder estar aí, Bengt.

Pouca coisa mudara desde aquela tarde.

— O que acontece é que... surgiu um problema com a investigação.

Jan entrou.

— Eu sinto muito, muito mesmo. Dê lembranças a todo mundo...

Ela se sentou à mesa. Ainda sentia como se fosse sua. Mexeu nas canetas, nos papéis. Seu lugar.

— Diga a eles...

Jan mudara as coisas de lugar. As coisas dela. Sentiu uma pontada de irritação.

— É uma pena, mas...

Jan estava de pé com as mãos no encosto da cadeira à sua frente. Encarando-a, boquiaberto.

— Falo com você depois. Tchau.

Fone no gancho, novamente os papéis.

— Ele está pronto para o interrogatório? — perguntou Sarah.

— Escute, escute. — Ele parecia mais surpreso do que irritado. — Você não pode fazer isso. Não sei o que você acha que...

— Eu acho que você tem razão, Meyer.

— Tenho? — Ele se animou. — Que bom.

— Não está dando certo. Então eu decidi ficar até o caso ser solucionado.

— O quê?

— Não faz sentido ficar indo e voltando para a Suécia. É loucura. A polícia sueca disse...

— Pare, Lund.

Com as orelhas de abano e os olhos brilhantes e magoados, Jan subitamente pareceu muito jovem.

— Esse caso é meu agora. Você não vai ficar aqui. Fim de papo. Chega. A garota visitou o professor na noite de sexta. Assim que ele admitir, vou indiciá-lo.

Sarah olhou para as pastas uma última vez, pegou algumas, levantou-se.

— Então é melhor a gente torcer para que ele confesse. Vamos lá?

— Ah, não.

Jan barrou a passagem dela.

— Eu é que vou interrogá-lo.

— Não me obrigue a falar com Buchard, Meyer.

Ele se empertigou.

— Vou ser legal com você. Assista se quiser.

Kemal estava à mesa, a gravata preta afrouxada. Exausto. Nervoso.

Jan se sentou à sua esquerda. Sarah, em frente.

— Café ou chá? — ofereceu Jan, largando as pastas sobre a mesa.

Ele sabia fazer todas as vozes de policial. Ameaçadora. Compreensiva. Neutra e agora calma.

O professor pegou um copo d'água. Sarah se curvou sobre a mesa, estendeu a mão.

— Olá.

— Você não está preso — recitou Jan, de memória —, mas tem os mesmos direitos do acusado de um crime. Tem direito a um advogado.

— Não preciso de um advogado. Vou responder às suas perguntas.

O professor olhou para Sarah.

— Tem uma coisa que vocês precisam saber.

Eles o observaram. O homem suava. Buscava coragem para contar algo. Não acontecia com muita frequência, pensou Sarah.

— Na última sexta-feira eu supervisionei a festa de Halloween na escola. O meu turno acabou às oito e meia. Fui para casa buscar a minha esposa.

Ela se perguntou o que acontecera na van com Theis. A diferença que talvez tivesse feito.

— Fomos para o nosso chalé. Por volta das nove e meia eu me dei conta de que tínhamos esquecido de levar café. Então fui até o posto de gasolina.

Inventando, pensou ela. Você está inventando essa história.

— Na volta, lembrei que o operário iria no sábado. Voltei ao apartamento para liberar o espaço.

Jan se sentou mais para a frente na cadeira.

— A campainha tocou pouco depois das dez. Era Nanna.

Eles esperaram.

— Queria devolver alguns livros que eu tinha emprestado a ela. Ficou só dois minutos.

Jan se recostou na cadeira, colocou as mãos atrás da cabeça.

— É isso — concluiu Kemal, e bebeu o que restava de água no copo.

— Ela foi à sua casa para devolver alguns livros? — perguntou Jan.

— Livros didáticos? — especulou Sarah.

— Não, livros meus. Karen Blixen. Parecia que ela fazia questão de me devolver os livros àquela hora. Não sei por quê. Fiquei surpreso. — Ele deu de ombros. — Apenas os peguei de volta.

— Numa noite de sexta-feira? — perguntou Jan. — Às dez da noite?

— Ela estava sempre à caça de algo para ler. — Ele fechou os olhos brevemente. — Eu sei que devia ter contado isso antes.

— E por que não contou? — quis saber Sarah.

O professor olhava para as próprias mãos, não para eles.

— Houve um incidente com uma outra aluna. Alguns anos atrás. Uma acusação falsa. Fiquei com medo que vocês pensassem...

— Que pensássemos o quê? — perguntou Sarah.

— Que eu tinha algum tipo de relacionamento com Nanna.

Seus olhos negros encontraram os dela.

— Eu não tinha.

— É só isso? — perguntou Sarah.

— Sim. É só o que eu tenho a dizer.

O carro de Hartmann vagou pelos bares por algum tempo, ele no banco de trás, telefone desligado, rádio desligado.

— Tem que ser aqui, em algum lugar — disse ele ao motorista.

Um letreiro do qual ele se lembrava. Um nome.

— Aqui! Aqui!

Era um pub antigo. Barulhento. Cheio de homens que haviam bebido cerveja demais. Garrafas sobre a mesa. Nuvens de fumaça de cigarro no ar.

Hartmann procurou no bar escuro e, por fim, encontrou Morten Weber, olhando para o fundo de um copo, os cabelos encaracolados desgrenhados, uma cara péssima.

Havia seis homens à mesa. Todos concentrados nas suas bebidas. Em silêncio.

Hartmann parou em frente à mesa, ergueu um saco plástico. Morten resmungou, levantou-se, aproximou-se.

A insulina era entregue no comitê de campanha. Praticamente a residência de Morten.

— Vi você na TV — disse ele, pegando o saco.

O copo que ele segurava tinha uísque. Hartmann sentiu o cheiro. O último de muitos, pensou.

— Você não tem tempo para bancar o médico, Troels.

— Rie acha que você está doente. Ela não o conhece muito bem. Ainda.

Com os olhos turvos, Morten Weber tentou sorrir.

— Tenho direito a um dia de bebedeira por mês. Está no meu contrato, não está?

— Por que hoje?

— Porque você gritou comigo.

— Você pediu.

— Porque eu precisava de algum tempo fora daquela prisão de mármore. Para pensar sem você por perto, ou sem ela, sem nenhum maldito puxa-saco me enchendo o saco. Além disso...

Havia uma expressão que ele não reconheceu no rosto triste e enrugado de Morten. Amargura, concluiu Hartmann.

— Que diferença faz? Você não me escuta mais. Ela sabe que você está aqui? A sua nova consorte?

Ele virou a bebida. Foi até uma mesa vazia segurando o copo. Hartmann se sentou no banco em frente.

— Você ainda nem suspendeu o professor, não é? — disse Morten. — Pelo que eu ouvi, você está certo. Mas o que Kirsten Eller pensa disso?

Hartmann ficou calado.

— Ela já deu um pé na sua bunda, Troels? Ou vai esperar até amanhã? Qual é o conselho de Rie? Ir correndo atrás dela? Implorando? Dar o que ela quer? A cabeça do professor numa bandeja?

— Preciso que vocês dois trabalhem juntos.

— Ah, é? Só porque você me trouxe insulina não quer dizer... — A fala dele estava arrastada. Os pensamentos pareciam claros. — Não quer dizer que esteja tudo bem.

Hartmann vestiu o casaco, pronto para sair.

— Eu estava tentando uma reconciliação. Sinto muito se desperdicei o seu tempo.

— Pobre Troels. Sempre querendo fazer a coisa certa. Mas ele dá ouvidos às pessoas erradas. Pobre...

— Preciso de você no comitê amanhã. Preciso que pare com essa birra até o fim dessa eleição. E que se entenda com Rie.

Morten fez que sim.

— Ah sim. Aposto que sim. Agora que você está na merda.

Um riso curto, ébrio.

— Você sabe que é só o começo, não sabe? Todos aqueles parasitas que acreditam ter visto uma centelha de oportunidade. Eles vão atrás de você, Troels. No momento em que acreditarem que você os decepcionou. Fique de olho nos seus funcionários públicos. Fique de olho na sua gente. Bigum.

Henrik Bigum, um dos principais nomes do partido, um circunspecto acadêmico da universidade.

— O que tem ele?

— Ele odeia você e adora uma confusão. Vai ser ele a empunhar a adaga. Mas vai encontrar alguém para dar o primeiro golpe, claro. Você não faz ideia...

Ele nunca vira aquela fúria sombria no rosto de Morten Weber. Pelo menos não dirigida a ele.

— Quando a sua esposa morreu, Troels — Weber deu um murro na mesa —, você estava sentado aqui. E eu, aí. Lembra?

Hartmann não se moveu, não falou, não queria pensar naquilo.

Música pop ordinária tocando ao fundo. Vozes altas. Homens no prelúdio de uma briga.

— Você deveria me ouvir, Troels. Eu mereço isso. O que mais eu tenho?

Um último olhar carregado de ódio, então Morten deixou a mesa e voltou trôpego para o grupo de bêbados.

Uma ligação perdida no telefone de Hartmann. Rie. Ele retornou o telefonema.

— Encontraram a bicicleta da garota. Estava no apartamento do professor na noite em que ela desapareceu.

A música ficou mais alta. Mais uma palavra, um empurrão, e a briga começaria.

— Já está na imprensa. Será manchete amanhã. Fotografias suas com Kemal. Ele será mencionado como suspeito.

Silêncio.

— Troels — disse ela. — Estou redigindo a suspensão. Convocarei uma coletiva de imprensa daqui a uma hora. Preciso de você aqui.

* * *

Buchard irrompeu no escritório.

— Como é que o nome do nosso suspeito está na televisão? Lund?

— Não tem problema — cortou Jan. Indicou com a cabeça o homem na sala de interrogatório do outro lado do vidro. — Ele está aqui. Já o pegamos.

— Quando o comissário me telefona, é um problema. Lund sai por uma hora ou duas e veja o que acontece.

— Não foi culpa do Meyer — disse ela.

— O que o professor disse? — Buchard quis saber.

Jan torceu o nariz.

— Um papo-furado de que a garota foi à casa dele para devolver uns livros.

O rosto enrugado de Buchard se contorceu de perplexidade.

— Livros?

Sarah, que continuava a consultar os últimos documentos no computador, mal ouvia.

— É conversa — disse Jan. — Ele lixou o piso. Removeu tudo.

— Eles estão reformando o apartamento — esclareceu Sarah — Essa parte é verdade.

— É só me dar duas horas com ele, chefe — implorou Jan. — Eu descubro.

Buchard não pareceu ficar convencido.

— Igual você fez com aqueles rapazes?

— Vou interrogá-lo como testemunha. Posso...

— Ele está mentindo — disse Sarah, calando os dois.

Buchard cruzou os braços, olhou para ela.

— Kemal está mentindo — repetiu ela.

— Revistem o apartamento — ordenou Buchard. — O porão, o chalé em Dragør, tudo. Revirem o depósito de lixo do prédio. Grampeiem o telefone dele.

Jan parecia não estar incluído na conversa. Buchard observava Sarah enquanto ela tomava nota.

— Informem ao Hartmann o que estamos fazendo. E não façam mais burrada com a imprensa.

— Por falar em burrada — disse Jan quando o chefe estava saindo —, preciso falar a sós com o senhor um minuto.

— Amanhã — disparou Buchard. — Agora eu preciso de você trabalhando, não choramingando.

— E o que fazemos com ele? — perguntou Jan.

Buchard esperou por Sarah.

— Cuidamos para que ele fique no apartamento da esposa. Ou num hotel — disse ela. — Temos que mantê-lo longe de casa e do chalé. Vamos dar uma busca nos dois lugares. Precisamos do seu passaporte. E botar gente na cola dele.

Algo a incomodava, e ela não conseguia nem de longe discernir o que era.

— Ele disse que usou o próprio carro na sexta-feira. Precisamos ligá-lo ao veículo do Hartmann. Ele é um cidadão-modelo, não é?

A coletiva começaria em 15 minutos. Rie repassava os principais tópicos.

— A suspensão será imediata. Já estou com a papelada. Informei a direção.

Hartmann olhou para os documentos que ela colocara na sua frente.

— Você precisa se distanciar dessa história toda. Diga que lamenta o seu erro de julgamento. Que apoia os esforços da polícia.

Ele correu os olhos pela declaração, a linguagem condescendente, oportunista.

— Quando perguntarem sobre cidadãos-modelo, diga que não pode comentar. Se algum jornalista...

Hartmann se levantou e se pôs a caminhar pelo escritório, as mãos enterradas nos bolsos, a camisa azul molhada de suor.

— Se você é uma pessoa pública e comete um erro, é importante se desculpar imediatamente. Dê um basta nesse assunto e siga adiante. Tem roupas limpas no armário. Você vai precisar delas.

Ele olhou para a edição matutina de um jornal sobre a mesa. O professor, Kemal, cumprimentando-o durante a partida de basquete. Ambos sorrindo.

— Eu não entendo. Ele me pareceu ser uma boa pessoa. Ninguém tem nada de mau para falar a respeito dele. Eu consultei alguns arquivos. Tem um garoto que está hoje livre das drogas, decente. Estaria na cadeia se não fosse por ele.

As três primeiras páginas eram dedicadas ao caso.

— Então eu joguei basquete com ele.

Rie o observava com olhos cansados e preocupados.

— E na semana passada ele supostamente estuprou e matou uma de suas próprias alunas.

Ela parecia profundamente entediada com aquela conversa.

— Estão esperando por você, Troels. Precisamos ajustar a luz. Dar um jeito na sua aparência.

— Você acha que foi ele?

— Não sei e não me importo. O que me importa é salvar você. Nunca imaginei que fosse ser tão difícil.

Uma batida na porta.

Sarah ficou ali parada, esperando.

— O que é? — perguntou Rie, impaciente.

Ela entrou. O mesmo velho casaco. O mesmo suéter preto e branco. O mesmo rabo de cavalo, os longos cabelos castanhos presos de forma descuidada.

Aquela mulher parecia ter se grudado à vida dele como uma craca.

— Hartmann disse que queria ser informado — disse Sarah, confusa.

Um dar de ombros, cravando nele os olhos brilhantes.

— Então aqui estou eu.

— Você não deveria estar na Suécia? — perguntou Hartmann.

Ela sorriu.

— No momento certo. Kemal admitiu que a garota esteve no apartamento dele. Disse que ela saiu, mas ninguém a viu desde então. Estamos...

— Resuma a história — interrompeu Rie. — Temos uma coletiva de imprensa.

Novamente aquele sorriso. Um pouco diferente dessa vez.

— Resumir. Ele pode tê-la mantido em cativeiro em algum lugar. Não vamos indiciá-lo até revistar o apartamento. Talvez nem mesmo depois disso.

— Nós lemos os jornais — disse Rie. — Já sabemos disso tudo.

— Preciso dos registros de percursos e a documentação de todos os motoristas que usaram os seus carros nos últimos dois anos.

— Para quê?

— Kemal deve ter dirigido o carro em que Nanna foi encontrada. Tem que haver uma conexão...

Hartmann ficou alerta.

— Ele não dirigiu aquele carro.

— Os seus registros dizem que os cidadãos-modelo têm acesso aos carros — insistiu Sarah.

— Não a frota da campanha. São carros novos. Alugados por algumas semanas. Rie?

Ela o observava de braços cruzados, tentando não perder a paciência.

— Rie!

— Os carros usados na campanha são novos, chegam a brilhar — confirmou ela. — Precisamos causar uma boa impressão. Os cidadãos-modelo usam os velhos, que ninguém quer dirigir.

— Espere um minuto — disse Hartmann. — Você vai indiciá-lo?

— Eu disse que se encontrarmos provas...

— Mas, se o Kemal nunca dirigiu o carro, como ele poderia saber que era um dos nossos?

— Talvez... — Ela estava hesitante, coisa que Hartmann nunca vira antes. — Talvez... não sei.

Hartmann pressentiu algo.

— Estamos com esses carros há apenas duas semanas, mais ou menos. Talvez ele não seja culpado. Temos uma coletiva de imprensa para falar disso em apenas cinco minutos. Que raios devemos dizer?

— Eu não cuido das suas coletivas de imprensa, Hartmann.

— Se não fosse por vocês, não precisaríamos disso! Vocês já se enganaram antes. Quem pode garantir que não estão enganados agora? Você acha que eu devo suspender esse homem quando não tem uma prova sequer contra ele?

— Só preciso de cooperação. Eu faço o meu trabalho. Você faz o seu.

E, tendo dito isso, ela saiu. Rie o observava. Ele ouvia os jornalistas tomando seus lugares na sala ao lado.

Hartmann pegou o terno novo, a camisa limpa, começou a se trocar.

— Troels? — disse Rie. — Nem pense em voltar atrás. Já estamos com os documentos da suspensão. Pelo seu bem...

— Kemal é inocente. — Ele sorria ao vestir a nova muda de roupas. — Não foi ele.

Theis em frente à pia, as largas costas viradas para ela, bebendo uma cerveja. Pernille à mesa, observando-o, tentando fazê-lo falar.

— Eles suspeitam do professor — disse ela. — Eu vi na TV.

Theis tomou mais um gole e fechou os olhos.

— Aonde você foi? Por que demorou tanto?

— Não sei.

Cartas na mesa. Contas. Telegramas.

— Vou até a casa amanhã. Trabalhar um pouco.

Ela pestanejou.

— A casa?

— Preciso consertar algumas coisas. Não vou conseguir vender se não fizer isso.

Ele foi até a gaveta que sempre mantinha trancada com uma chave que Pernille não encontraria. Um hábito do passado. Não era o único lugar desse tipo, escondido.

Folhas de papel lá dentro. Plantas baixas.

— Essas eram as plantas. Desculpe. Eu devia ter contado.

— Ele esteve aqui — murmurou Pernille.

Anotações a lápis. Sonhos mortos.

— Conversamos sobre Nanna.

Ele abriu outra folha, alisou a ponta com o cotovelo.

— Eu agradeci pelas flores da igreja.

Theis correu os dedos pelos desenhos, não disse nada.

— Ele tocou o caixão.

Pernille olhou para os próprios dedos. A antiga aliança. As rugas. As marcas de trabalho.

— Eu toquei nele.

Um farfalhar de papéis. Nada mais.

— Por que você não fala comigo? — perguntou ela em voz calma, suplicante.

Ele ergueu os olhos das medidas e ângulos e desenhos de vigas.

— Não temos certeza.

— Você acha que foi ele. Não acha?

Um longo dia. Mas ele nunca se barbeava direito mesmo. Agora mais parecia um urso sofrido que fugira da floresta.

— Vamos deixar isso com a polícia.

As mãos dela voaram pela mesa, empurrando para longe os papéis da casa que eles nunca veriam.

— Com a polícia?

Lágrimas nos olhos dela. Fúria no seu rosto.

— Isso. A polícia.

* * *

O celular de Bengt continuava caindo na caixa postal. Vibeke estava de volta à máquina de costura, trabalhando em mais um vestido perfeito para mais um casamento perfeito.

No rosto, uma expressão que dizia: eu já sabia.

— Oi — disse Sarah, jogando a bolsa na cadeira mais próxima.

A mãe desligou a máquina, dobrou o delicado tecido branco. Empurrou os óculos para a ponta do nariz longo e fino.

— Se você quiser uma família, Sarah, vai ter que se esforçar para isso.

— Eu tentei ligar para Bengt. Ele não está atendendo. Eu tentei.

— Hum! — fez a mãe.

— É por causa da festa. Ele não está ouvindo o telefone.

Vibeke veio e se sentou ao seu lado. Com uma inesperada expressão no rosto, quase contrita.

— Eu sei que você acha que eu afastei o seu pai antes da morte dele.

— Não.

— Eu sei que você pensa assim. Talvez eu não tenha sido um bom exemplo...

— Nós não terminamos, mãe.

— Não. Mas você nunca deixa que ele se aproxime, deixa? Ele é como todos nós. Fora da sua vida.

— Isso não é verdade. Você não conhece a gente.

Vibeke tirou do manequim o vestido semiacabado, examinou as costuras.

— Só quero que você seja feliz. Não quero que enfrente a velhice na solidão.

— Você não se sente sozinha, sente?

Vibeke pareceu abalada com a pergunta.

— Não estava falando de mim.

— Não vou me sentir sozinha. Eu não me sentia sozinha antes do Bengt. Por que deveria...?

Agora sim, lá estava uma expressão que ela conhecia. Resumida em uma palavra: *exatamente*.

Sarah ligou a TV e assistiu às manchetes do noticiário. Apenas uma reportagem. Troels Hartmann na coletiva de imprensa, dizendo que não suspenderia o professor Kemal.

— Pelo amor de Deus. Por que não? — murmurou ela.

Hartmann respondeu na TV:

— Rahman Al Kemal não foi indiciado nem condenado. Não tomarei parte na destruição da reputação desse homem. Bremer pode estar determinado a isso. Que ele conviva com a sua consciência.

Ele ergueu a mão direita, um gesto comum a todo e qualquer político.

— Só haverá suspensão se tivermos provas concretas.

Ele se curvou para a frente, um rosto sincero para as câmeras.

— Condenar criminosos é trabalho da polícia. Não da política. Devemos ficar fora dessa investigação, a não ser para oferecer todo tipo de auxílio que pudermos. E é o que eu farei. Obrigado.

Uma multidão se levantou, disparando perguntas. Sarah assistiu, desejou ter gravado aquilo, para voltar a ouvir cada palavra, discernir cada inflexão, cada expressão no rosto de Hartmann.

— E se ele assassinou a jovem? — gritou um repórter.

— Até onde eu sei — respondeu Hartmann —, neste país um homem é inocente até que se prove o contrário. Isso é tudo...

— Isso é tudo? — murmurou ela.

Então terminou. Outras notícias. O Oriente Médio. A economia. Ela desligou a TV. Deu-se conta de que a sala estava escura e vazia. Vibeke havia ido dormir sem uma palavra.

Ela estava sozinha.

Domingo, 9 de novembro

Manhã cinzenta. Sarah entrou no prédio da polícia, e o chefe do plantão noturno a atualizou das novidades. A câmera de segurança de um posto de gasolina filmara Kemal comprando café às 21h50 da sexta-feira em que Nanna desapareceu. Ele recebeu um telefonema feito do telefone público de uma lavanderia no mesmo horário. Um lugar próximo ao seu apartamento. Vinte minutos antes da visita de Nanna.

Ainda não havia sido encontrado nada de útil no apartamento. Mas, se conseguissem provar que ele combinara de se encontrar com a jovem, isso poria por terra a história que ele contara. Uma mentira.

O único telefonema que fizera fora para o operário, cancelando o serviço.

Sarah pensava nisso quando olhou para dentro de sua sala. Bengt estava lá, sentado.

Um sorriso rápido. Ela fechou a porta, pegou mais café da garrafa térmica.

— Como você chegou aqui?

— Vim de carro ontem à noite.

Ela lhe entregou uma caneca, ainda pensando nos telefonemas. Por que Nanna estaria numa lavanderia? Por que não usara o próprio celular?

— Como foi a festa?

— Boa. — Ele parecia cansado e estava um pouco amarfanhado da viagem. Pela primeira vez havia um toque de raiva nos seus calmos olhos acinzentados. — Mandei todo mundo embora às 9.

Sarah usava o mesmo suéter preto e branco das Ilhas Faroé que vestira na véspera. Se soubesse que Bengt estaria lá... Ela correu os dedos pelos cabelos descuidados e pensou: ainda assim o teria vestido.

Bengt se aproximou e colocou as mãos nos ombros dela. Expressão profissional. Muito séria. Paternal.

— Escute, Sarah. Não é difícil. É só sair por aquela porta e entrar no carro que nós vamos para casa. Você não conhece aquelas pessoas. E quanto à sua família? E quanto ao Mark? Ele deveria estar começando o ano na escola.

Sarah foi até a mesa, pegou uma pasta.

— Queria que você lesse o caso. Aqui está o relatório do legista. Aqui está o que encontramos no canal...

— Não!

O mais próximo de um grito que ela já ouvira.

— Preciso da sua ajuda — disse ela, com calma.

— Precisa, é? E quanto a todo mundo ao seu redor?

Sarah não escutava.

— Ele deu um banho na garota e cortou as unhas dela. Que tipo de pessoa faz isso? Ele apagou todos os vestígios, com cuidado. Ou tem algum outro motivo que eu ainda não consegui enxergar. Olhe...

Ela pegou algumas das fotografias tiradas na sala de necropsia. Feridas. Hematomas. Sangue.

— O legista acredita que ele provavelmente já fez isso antes. Mas não consegui encontrar nada parecido.

— Não estou interessado no seu caso. Estou interessado em você.

Ele apontou para a porta.

— O carro está lá fora.

Uma batida na porta, Jan entrou. Camisa listrada estilo marinheiro. Casaco aberto no pescoço. Mais animado e mais arrumado do que de costume.

— Estou indo falar com Birk Larsen — disse ele. — Mas você não precisa...

— Já vou também.

Ela pegou o casaco.

Bengt Rosling era um homem bonito. Não era por isso que gostava dele. Que o amava. Ele era sereno, inteligente, paciente.

— Fique, Bengt. Por favor. — Ela se aproximou e pegou sua mão, sorriu, olhou nos seus olhos. — Significaria muito para mim.

Ele hesitava.

Sarah pegou as pastas e as colocou nas mãos dele.

Então lhe deu um beijo rápido e saiu para encontrar Jan.

Rie já lera os registros dos veículos. Os cidadãos-modelo não usavam os carros.

— Isso é uma boa notícia — disse Hartmann.

— Precisamos de um novo chefe de campanha. Se o Morten não voltar.

— Ele não vai voltar.

— Vou encontrar alguém. Knud Padde está aqui. Quer falar com você. A sós. Está na sua sala.

Padde era presidente do comitê de campanha, um cargo intermediário do partido. Influente, até mesmo importante em certas circunstâncias. Maçante.

— Você não pode...?

— Não. Vá você falar com ele.

Sindicalista, Padde era um homem pesadão, e vestia um terno ordinário, com óculos grandes e cabelos rebeldes, despenteados.

— Você leu os jornais? — perguntou ele no instante em que Hartmann entrou.

— É claro que eu li.

— Os eleitores estão preocupados, Troels. A direção do partido quer uma reunião. Hoje. À 1 da tarde.

— Knud, agora não. Kirsten Eller chegará em dois minutos.

— Por que você não suspendeu o professor? A impressão que passa é de que você o está protegendo.

Hartmann o encarou.

— De acordo com a polícia, é provável que o professor seja inocente.

— Não é o que dizem os jornais.

Padde estava se sentindo excepcionalmente seguro, pensou Hartmann.

— Não sei se conseguimos suportar esse tipo de pressão, Troels.

Hartmann pensou na conversa que tivera com Morten na noite anterior.

— Eu cuido disso. Não precisamos dessa reunião...

— Mas vai haver uma reunião. Já está marcada — disse Padde. — É melhor você estar lá.

— Você nunca me disse que ele era médico de maluco — disse Jan.

Sarah novamente o deixara dirigir. Isso evitava que ele devorasse batata frita e doces e cachorros-quentes. A maior parte do tempo.

Ela não respondeu.

— Não que tenha alguma coisa de errado em sair com o seu analista.

Ela suspirou.

— Bengt é psicólogo criminal.

Jan arqueou uma sobrancelha como se dissesse: qual a diferença?

— Ele é o homem mais inteligente que eu conheço.

— Conheceu no trabalho, hein?

Silêncio.

— Aposto que o seu ex-marido também era policial. Acertei?

Silêncio.

— Você não é a única que investiga o passado dos colegas, Lund.

Jan balançou a cabeça. Encarou-a ao fazer uma curva.

— Olhe para a rua — ordenou ela.

— Você conhece alguém fora da polícia?

— É claro que eu conheço! Bengt...

— É psicólogo criminal.

— Eu conheço muita gente.

— Tá bom. Eu pedi uma reunião com Buchard. Para falar sobre nós.

Ela olhou para Jan. Orelhas grandes. Olhos saltados. Barba por fazer e aquele corte de cabelo atrevido.

Jan começou a assobiar. E então entrou na rua dos Birk Larsen.

— Onde está o seu marido? — perguntou Sarah.

Pernille Birk Larsen passava pano na mesa da cozinha. A casa parecia limpa demais. Como se a mulher estivesse tentando apagar as lembranças da filha perdida.

O tampo da mesa era incomum. Fotografias e boletins escolares estavam colados na superfície, envernizados. Rostos e palavras. Nanna ainda criança, na caçamba do triciclo Christiania ao lado de um menininho indiano. Os filhos ainda bebês.

Outra esfregada na mesa, já limpa e reluzente.

— Ele também trabalha nos fins de semana.

— Precisamos de informações — disse Sarah. — Precisamos descobrir se Nanna conhecia ou não o assassino. Você se incomoda...

Outra esfregada obsessiva com o pano que nada limpava, já que não havia o que limpar.

— Você se incomodaria em fazer isso depois? Por favor? — pediu Sarah.

Pernille Birk Larsen não olhou para ela. Apenas continuou a esfregar a mesa.

Jan revirou os olhos, exasperado.

— Pode ser algo que ela tenha dito — prosseguiu Sarah. — Horários em que não estava em casa. Qualquer coisa. Presentes, livros que pegou emprestado...

Pernille parou a limpeza, apoiou as mãos na mesa, encarou os dois com hostilidade.

— Vocês sabiam que o professor era um suspeito. E permitiram que ele viesse ao velório. Permitiram que eu o recebesse na minha casa.

Jan balançou a cabeça.

— Ele apertou minha mão. E vocês não disseram nada!

Sarah deu de ombros, levantou, olhou em volta.

— E agora vêm fazer perguntas! — gritou Pernille. — É tarde demais.

Os policiais ficaram em silêncio.

— O que estão fazendo a respeito dele?

— Estamos revistando a casa dele — disse Jan. — Assim que soubermos de algo, eu ligo para vocês.

Um brilho de perplexidade nos olhos inteligentes e penetrantes da mulher. Uma conexão que ela nunca fizera.

— Nanna foi lá?

Nenhuma resposta.

— Ela foi à casa dele naquela noite?

Sarah balançou a cabeça.

— Não podemos dar detalhes...

— Sim — cortou Jan. — Ela esteve lá naquela noite.

Sarah fechou os olhos, furiosa.

— E ninguém a viu depois — acrescentou ele.

Ainda lívida, Sarah voltou a falar:

— Isso não prova nada. Precisamos de informações que liguem os dois. Precisamos...

De quê? Ela também não sabia.

— Precisamos de um motivo — concluiu Sarah, mais para si mesma.

Pernille pegou o pano, voltou a lustrar a mesa.

— Tudo que eu sei é que a Nanna gostava dele como professor. — Ela fez um gesto indicando o quarto da filha. — Olhem o que quiserem. Já meteram o nariz em tudo mesmo.

Ela os encarou.

— Mas me mantenham informada. Estão ouvindo?

— Claro — respondeu Jan.

Theis e Vagn tinham pegado alguns caibros novos no quintal. Estavam na garagem colocando-os na van. Havia trabalho a ser feito, mas a casa em Humleby vinha em primeiro lugar.

— Vou ajudar você, Theis — prometeu Vagn. — É só me dizer em quê.

Theis colocava mais caibros no fundo da van, calado.

Vagn se desviou de um.

— Foi bom você não ter encostado nele com todos aqueles policiais na sua cola. — Ele pegou algumas tábuas e as colocou no veículo. — Como um macaco como aquele pode ser professor? Este mundo é doente.

Theis tirou o gorro preto, olhou para a madeira. Pegou mais algumas tábuas.

— Quer saber? — Vagn olhou em volta para ter certeza de que ninguém os escutava. — Ele já era. Eu prometo a você. Escute...

Ele colocou a mão no casaco preto de Theis, parando-o.

— Vamos esperar — disse Vagn. — Já fizemos isso antes. A gente sabe como faz.

Uma fúria súbita tomou conta do rosto de pedra de Theis. Ele agarrou o homem franzino pelo macacão, atirou-o contra a traseira da van. Segurou-o pelo pescoço.

— Nunca mais diga isso. Nunca.

Vagn ficou imóvel, desafiador. Quase reagiu.

— Theis. Sou eu. Lembra?

O policial magro e emburrado entrou no seu campo de visão, o telefone tocando. Theis soltou o amigo.

— Meyer — atendeu o policial.

A tal de Lund estava com ele, bisbilhotando pelo lugar, como sempre. Olhando em volta como se pudesse registrar tudo com aqueles olhos que pareciam nunca piscar.

Theis botou um último caibro na van e fechou a porta. Vagn sumira de vista sem emitir qualquer som. Um talento que tinha desde que os dois eram adolescentes nas ruas.

Sarah foi até Theis.

— Se houver algo que eu possa fazer...

— Você sabe o que pode fazer — retrucou ele.

Kirsten Eller chegou, uma expressão sutil de ultraje no rosto redondo.

— Esse seu cidadão-modelo é o principal suspeito. De um assassinato.

— Ele pode ser inocente.

— Não suspendê-lo é loucura.

— Essa pode ser a sua opinião, mas não é a minha. Não deixemos isso interferir no nosso acordo.

— Nosso acordo?

Ele esperou. Rie olhava para as próprias unhas.

— Palavras no papel — disse Eller. — É o que são. Mais nada.

Havia café na mesa e croissants. Tudo intocado.

— Está dizendo que quer voltar atrás?

— É uma questão de credibilidade.

— É uma questão de princípios.

— Os seus princípios. Não os nossos. Não vou cair junto com você. Não serei responsabilizada. Não vou...

— O que você está dizendo? — ele a interrompeu.

— Se você não acabar com isso, vou me afastar. Nós precisamos...

Uma batida na porta. Morten Weber entrou. Parecia ter ido às compras. Vestia um terno de bom caimento, suéter vermelho, camisa branca

Hartmann e Rie olharam para ele.

— Aqui está o documento que você me pediu para encontrar — disse Morten, indo na direção de Hartmann com uma folha de papel na mão.

Ninguém falou.

— Mais café? — perguntou Morten.

Como não teve resposta, sorriu e saiu.

Hartmann olhou a folha impressa em cores. Era uma página do site de Kirsten Eller.

— Como ficamos, Troels?

Ele leu o texto com atenção.

— Muito bem — prosseguiu ela. — Não serei vista com você. Todos os nossos acordos estão cancelados, inclusive o compromisso de hoje à noite.

Eller arrumou seus papéis, colocou-os na pasta junto com a caneta. Preparou-se para sair.

— E quanto à sua credibilidade?

— O que você quer dizer?

Hartmann lhe passou a folha de papel por sobre a mesa.

— Você tem levado crédito pelos meus cidadãos-modelo. Está aqui. No seu site.

Ela pegou o papel com violência e o leu.

— Você gostou tanto da nossa iniciativa conjunta que escreveu a respeito. — Hartmann se recostou na cadeira, colocou as mãos atrás da cabeça. — Fico feliz em dividir o crédito com você, Kirsten. O problema é que... se houver culpa a ser imputada, você também vai ter que dividi-la comigo.

Ele se curvou sobre a mesa, sorriu para ela, acrescentou:

— É o que chamamos de responsabilização.

— Isso é chantagem.

— Não. Está no seu site, não no meu. Sua responsabilidade. Uma questão de registro junto ao público. Se você me abandonar, vai acabar se vendo no mesmo barco. Mas...

— Obrigada pelo café — rosnou Eller.

— Foi um prazer. Nos vemos hoje à noite. Como combinado.

Eles a observaram sair, e então foram para o gabinete.

— Ela não ficou muito feliz — disse Rie.

— Não dou a mínima para a felicidade dela. Não vou ouvir sermões sobre credibilidade de uma oportunista que vai para a cama com quem pagar mais.

Morten estava sentado à sua mesa. Hartmann foi até ele. Morten não tirou os olhos da tela do computador.

— Pensei que você tivesse desertado.

Morten via os assuntos dos e-mails na sua caixa de entrada. Linha após linha.

— Fico entediado sozinho.

Hartmann colocou na frente dele a folha em que fora impressa a página do site de Eller.

— Como você soube?

Morten olhou para ele como se fosse óbvio.

— Eu teria agarrado o crédito com unhas e dentes se fosse o chefe de campanha dela. Você precisa pensar como os outros às vezes. Ajuda.

— Fico feliz que você esteja de volta, Morten — disse Rie.

Morten riu, fitando-a.

— Eu também.

O apartamento de Kemal em Østerbro. Os peritos haviam vasculhado cada canto de cada cômodo. Tudo que encontraram foram duas digitais de Nanna Birk Larsen na porta da frente.

Jan queria mais.

— Olhe — disse o perito responsável —, nós fizemos tudo. Só tem isso.

Sarah lia os laudos preliminares.

— E quanto às botas? — insistiu Jan.

— Analisamos a lama. Não é da cena do crime.

— E o éter? Quem é que tem éter em casa, caramba?

— Donos de helicópteros.

Um dos peritos mostrou um aeromodelo.

— Brinquedos de homens — disse o perito. — O cara gosta disso. Esse negócio, para voar, tem que ter uma mistura de óleo, querosene e éter.

— E os vizinhos? — perguntou Sarah. — O que dizem?

— Houve uma festa no terceiro andar. Um morador disse que o viu levar o lixo para fora à 1h30 da manhã. Só isso.

Sarah olhou para ele. O homem deu de ombros.

— Lixo? À 1h30 da manhã?

— Foi o que o sujeito disse.

* * *

Vinte minutos depois, Kemal chegou para a reconstituição. Não parecia um homem que teme ser preso. Casaco moderno, cachecol cinza. Um professor, mesmo num domingo.

— Ela não passou da porta em momento algum? — perguntou Sarah. — É isso o que você está dizendo?

— Eu abri o portão pelo interfone. Ela tocou a campainha.

— E então?

— Ela disse que se sentia culpada por causa dos livros que tinha pegado emprestado.

— Vocês não entraram?

— Não. Conversamos aqui. Na porta.

— Então por que encontramos digitais dela numa fotografia que estava na sala?

— Eu ia lixar o piso. Todas as coisas da sala estavam aqui. Era a fotografia da turma. Nanna a pegou e deu uma olhada antes de ir embora.

— Por quê?

— Não sei. Ela quis, por algum motivo.

— E depois?

— Depois foi embora.

— Você a viu fora do prédio?

— Não. Só fechei a porta. É seguro aqui. Não tinha motivos... — Ele se calou. — Achei que fosse seguro.

— Por que você cancelou o serviço com os operários? — perguntou Jan.

— Era caro demais. Achei melhor fazer eu mesmo.

— Então você ligou para o cara? À 1h30 da manhã?

— Ele tem secretária eletrônica. Por que não?

Sarah observou a porta, entrou e saiu outra vez.

— Você recebeu um telefonema alguns minutos antes de Nanna chegar.

Os olhos escuros dele foram de um para outro.

— Era engano. Foi quando eu estava no posto de gasolina.

— O quê? — disse Jan. — Você falou por 90 segundos com uma pessoa que ligou para o número errado?

— Sim... — Os dois o viram tentar encontrar uma resposta. — O sujeito queria falar com o antigo dono do número.

— A ligação foi feita de uma lavanderia logo depois da esquina. Coincidência e tanto, não?

— Não sei.

— Você jogou lixo fora — disse Sarah.

— No sábado — confirmou ele.

— No sábado, à 1h30 da manhã. O que havia no saco?

— Um tapete velho.

— Um tapete?

— Deixei na lixeira quando voltei para o chalé.

Silêncio.

— Se for só isso...

Silêncio.

— Minha mulher deve estar chegando. Eu não queria que ela encontrasse vocês aqui.

— Não suma — disse Jan.

De volta à sede da polícia, Buchard os escutava.

— Então vocês não conseguiram droga nenhuma?

— Kemal está mentindo — disse Sarah.

— Não encontraram nada no apartamento.

— Ele limpou tudo. E a levou para algum outro lugar.

O chefe andava de um lado para o outro como um cachorro bravo.

— Onde? Vocês checaram tudo. O apartamento, o carro, o porão, o chalé, o clube da juventude...

— Chefe, se você se sente pressionado pela campanha de Troels Hartmann, nos avise — cortou Sarah. — Só para sabermos.

Buchard parecia prestes a explodir.

— Eu estou me lixando para a política. Não temos nada que sugira que o homem é um estuprador e assassino.

— Kemal está mentindo — repetiu Sarah. — Ele tem que ter um lugar...

— Então encontrem esse lugar — ordenou Buchard.

A mulher de Kemal andava pelo apartamento do casal, olhando para as paredes cheias do pó vermelho para coleta de impressões digitais. Havia marcações por todo lado.

Ele esperou no corredor enquanto a mulher acendia as luzes de cada cômodo, segurando a barriga enorme, o rosto tenso e confuso.

— O que eles estavam procurando?

Nenhuma resposta.

— O que eles acham que você fez com ela?

— Eles logo vão ver que se enganaram. Não se preocupe.

— Não entendo por que você não contou a eles antes.

Ele recostou na parede, evitou os olhos da mulher.

— Eu não queria deixar você preocupada.

Ele a abraçou, e persistiu mesmo quando ela tentou afastá-lo.

— Já pedi desculpas. Não posso desfazer o que está feito. Nós...

Ela se afastou, ainda furiosa. O telefone dele tocou.

— Rama.

Vai até a sala, até a área com o piso recém-lixado, com as tábuas nuas e as paredes cheias de sinais deixados pelos peritos.

A mulher odiava quando ele falava árabe. Uma língua da qual não entendia uma palavra sequer.

Também odiava quando ele ficava irritado. O que era raro. Ele era um homem sereno e decente. Mas, ao ouvir sua voz se erguer em fúria naquela língua estrangeira, perguntou a si mesma o quanto o conhecia de verdade. O quanto ainda haveria de secreto na vida dele.

O grampo no telefone de Kemal registrou a conversa ruidosa e exaltada. Quarenta minutos depois, uma mulher de xador bege estava sentada em frente a um computador escutando a gravação.

Uma tradutora. Ela anotava o que ouvia, e então olhou para o papel.

— O que ele disse? — perguntou Jan.

— "Fique de boca fechada. Não procure a polícia ou se arrependerá pelo resto da vida."

— Rastreamos a ligação? — perguntou Sarah.

— Telefone fixo. Em algum lugar no noroeste da cidade.

Eles escutaram a gravação mais uma vez. Havia um som ao fundo. Um lamento demorado. Jan voltou a gravação, tocou-a de novo, dessa vez mais devagar, mas com a mesma fidelidade. A todo volume.

— É a *isha* — explicou a mulher. — A oração do anoitecer.

Jan buscava algo no computador.

— O telefone pertence a Mustafa Akkad. Não tem ficha criminal. Possui um pequeno negócio de aluguel de garagens perto da estação Nørreport.

— Diga a Svendsen para trazer Akkad — disse Sarah, levantando-se para pegar o casaco.

* * *

As garagens ficavam embaixo de uma passarela. Era um lugar sujo e deserto. Portas de metal cobertas de grafites. Lixo na rua. Bueiros entupidos.

Jansen estava do lado de fora, calçando grandes protetores de sapato de plástico azul, os cabelos ruivos molhados da chuva. Três técnicos trabalhavam na porta.

— Só uma das garagens não está alugada — disse Jansen. — Pensamos em começar por ela.

Eles calçaram luvas e colocaram a proteção azul nos sapatos. Então os técnicos tiraram os cadeados da porta de correr e a abriram.

Jan foi o primeiro a entrar, seguido por Sarah, ambos empunhando bem alto as lanternas.

Ao varrerem o espaço com os fachos de luz, tiveram a impressão de estarem em uma mera loja de quinquilharias. Mesas, motores desmontados, estantes de aço, varas de pescar, móveis...

Sarah seguiu em direção aos fundos. Havia vários quadros nas duas paredes laterais, junto com miniaturas de barcos e estátuas de gesso.

Na parede dos fundos, paralela à rua, havia algumas telas grandes. Pinturas ordinárias, tipo decoração de restaurante. Estavam guardadas de um jeito estranho. Duas encostadas na parede em um ângulo de cerca de 30 graus, lado a lado, e mais uma em cima das primeiras.

Sarah olhou e pensou.

Então se aproximou, retirou as quatro telas do lugar. Ocultavam uma porta.

Levou a mão enluvada à maçaneta. Destrancada, abriu com facilidade. Sarah parou por um momento, vasculhou o interior com a lanterna em busca de uma forma tentando se esconder no escuro.

Aquele cômodo era menor. Mais organizado também. Havia duas cadeiras de metal próximas uma da outra, nada sobre os assentos, como se houvessem sido usadas pouco antes. Ao lado, uma luminária, cujo fio corria até uma tomada no canto.

Sarah vasculhou as paredes com a lanterna mais uma vez e então entrou, apontando o facho para o chão.

Viu um colchão de casal velho e gasto, sobre o qual havia um saco de dormir azul e laranja, todo amarrotado, e um cinzeiro.

Mais perto. Um ursinho de pelúcia próximo a uma cama improvisada. Ela se agachou, começou a olhar com mais atenção.

— Lund?

Jan entrara sem que ela notasse.

— Lund?

Ela olhou. Jan encontrara uma blusa feminina amarela com zíper. Uma mancha de sangue na frente.

Antiga, escura e grande.

Amarela, pensou ela. O tipo de coisa que uma estudante usaria. Um pouco infantil, até.

Treze horas. Hartmann observava os membros do comitê de campanha se acomodarem na sala de reunião.

— Os abutres estão circulando, Troels — disse Morten. — Fique atento.

— Alguma novidade da polícia? — perguntou Hartmann.

— Nada.

— Vamos acabar com isso de uma vez.

Quando entrou, eles estavam espalhados pela sala, conversando em grupos.

Dramas e panelinhas. Todo partido tem.

Duas mulheres; os demais, homens. A maioria de meia-idade, em ternos sérios. Membros antigos do partido.

— Esta reunião foi convocada de última hora — disse Hartmann, instalando-se na cabeceira da mesa. — Portanto, sejamos breves.

Knud Padde correu nervosamente os dedos pelos cabelos cacheados, olhou para os presentes.

— Sim, de última hora, Troels — disse ele. — Mas a situação com a imprensa, a publicidade...

— Está bem, Knud. Podemos ir direto ao assunto, por favor?

— Você é o assunto.

A previsão de Morten estava certa, como sempre. Foi Henrik Bigum quem falou. Um professor de economia magro, calvo, com o rosto severo e asceta de um padre implacável, Bigum tentara concorrer ao conselho municipal e ao Parlamento diversas vezes. Nunca passara da lista preliminar. Um homem inteligente e comprometido, mas de personalidade cáustica e viciado em intrigas.

— Henrik. Que bom vê-lo.

Um silêncio tenso recaiu sobre a sala.

Hartmann pousou a caneta na mesa, recostou-se na cadeira.

— Muito bem. Sou todo ouvidos.

— Nós todos gostamos muito de você — prosseguiu Bigum, como se proferisse uma sentença de morte. — Reconhecemos o trabalho que fez.

— Pressinto um "mas", Henrik.

— Mas nos últimos tempos o seu bom-senso e a sua honestidade foram colocados em dúvida.

— Conversa. Por quem? Você?

— Pelos acontecimentos. As evidências sugerem que o professor é culpado. Ao não suspendê-lo, você transmite a impressão de proteger um inocente quando na verdade está protegendo a si mesmo.

— Isso estava na pauta? — comentou Morten.

— Estamos além de pautas. Em segundo lugar, a ficha de Kemal não foi entregue à polícia, para começo de conversa. — Bigum olhou ao redor da mesa, dirigindo-se a todos agora, não apenas a Troels Hartmann: — Por que não? Troels Hartmann tem algo a esconder? Em terceiro lugar, informações confidenciais vazaram deste gabinete. Informações cruciais. Entregues a pessoas que podem nos prejudicar. Estamos perdendo votos. Estamos perdendo credibilidade. Nosso apoio no Parlamento está fragmentado e encolhendo. Está parecendo que você tem a situação sob controle, Troels? Para mim não. Nem para ninguém.

Hartmann o encarou do outro lado da mesa reluzente, deu um sorriso, e perguntou:

— É isso?

— O que você quer dizer?

— Não imagino que você tenha o instinto assassino de Poul Bremer, Henrik. Mas convenhamos... Você abandonou os seus alunos por causa disso?

— Não é verdade? Tudo: a ficha, a polícia, os vazamentos deste gabinete?

— Não. Tudo que você diz foi tirado do contexto. Esses problemas foram resolvidos. Você não precisa se preocupar com...

— Se Troels não renunciar à candidatura por iniciativa própria — interrompeu Bigum —, eu proponho que seja convocada uma reunião para um voto de censura.

— Está falando sério? — perguntou Hartmann.

— Estou.

— E quem concorreria no meu lugar? — Hartmann o fitou, esperando pela resposta. — Tem alguma sugestão, Henrik? Imagino...

— Trataremos disso quando chegar o momento. Você está destruindo tudo pelo que trabalhamos...

— Essa decisão não é sua, Henrik! — Uma voz de mulher. — Não cabe a você.

Elisabet Hedegaard, professora primária em Østerbro.

Bigum levou um momento para responder. Era uma facada nas costas oportunista. Baseada em esperança, no calor do momento.

— Está no regimento interno — disse ele. — Knud?

— Com base nos regulamentos — disse Padde, tirando uma cópia do bolso —, isso pode ser feito caso haja maioria de votos.

— E quanto aos delegados? — perguntou Hedegaard. — Eles escolheram Troels. Têm direito a opinar.

Um senhor que Hartmann mal reconhecia contra-atacou:

— Estamos procurando uma solução para o problema. Alguns de nós trabalham para o partido há décadas. Não entraram ontem...

Hartmann se recostou na cadeira, mantendo-se em silêncio.

— Os delegados do partido têm direito a opinar — rebateu a mulher. — O que vocês estão sugerindo só vai piorar a situação.

— Será que tem como piorar? — perguntou Bigum. — Temos um candidato a prefeito envolvido numa investigação de assassinato. Com vazamentos de informação em seu gabinete. Tomando decisões altamente questionáveis...

— Os delegados... — repetiu Hedegaard.

— Os delegados do partido decidem se Troels é apto a manter o cargo de vereador — cortou Padde. — Cabe a nós decidir quem concorre na campanha.

— Eu proponho... — começou Henrik Bigum.

Theis e Pernille Birk Larsen chegaram à sede da polícia pouco depois das 14h. Sarah pegou fotografias de alguns dos itens encontrados na garagem. Jan estava de pé às suas costas, observando atentamente.

— Preciso que me digam se reconhecem algum desses objetos — disse ela.

Uma mochila cáqui.

Nada.

Um caderno vermelho com uma singular capa de estampa de folhas e uma caneta hidrográfica.

— Não — disse a mãe.

O colchão com o urso de pelúcia e o saco de dormir azul.

Theis Birk Larsen avaliou os itens.

Sarah olhou para ele, depois para a fotografia. Ao lado do colchão havia um copo com suco de laranja pela metade. Um biscoito intocado num prato. Uma tigela com restos do que parecia ser curry. Um cinzeiro com várias pontas de cigarro.

— Nanna não fumava — disse ele. — Ela sempre ralhava comigo.

Sarah passou para o casal um close do ursinho de pelúcia e de um chaveiro. De plástico, com trevos vermelhos e flores. Duas chaves.

— As chaves dela já estão com vocês, não estão? — perguntou Pernille.

— Achamos que ela poderia ter outras.

— Nunca vi nada disso.

Então a blusa amarela com a mancha de sangue e uma logomarca.

Pernille Birk Larsen arregalou os olhos, que manteve fixos na fotografia.

— Acho que ela tem uma blusa parecida — disse ela, ainda olhando para o tecido amarelo e a mancha de sangue no lado esquerdo, perto do zíper, pouco acima da cintura.

— Tem certeza? — perguntou Sarah rapidamente. — Certeza absoluta?

— Parecida — confirmou Pernille, assentindo.

— Obrigada.

Sarah pegou as fotografias.

— Onde ele está agora? — perguntou Theis. — O professor?

— Sob custódia — disse Sarah. — E continuará até terminarmos a investigação.

Ele se levantou. Casaco preto, macacão vermelho.

— O que vocês sabem? — insistiu Pernille.

— Não podemos dar detalhes... — começou Jan.

— Eu sou a mãe dela — gritou a mulher. — Tenho o direito...

— Não podemos...

Sarah o interrompeu:

— Ao que parece, ela foi ao apartamento de Kemal depois da festa. Talvez eles tivessem um relacionamento. Não temos certeza. Ela foi levada para algum lugar. Talvez esse lugar. E depois para a floresta.

Jan balbuciava algo ininteligível às costas dela.

— Obrigado — disse Theis.

— Obrigada — repetiu a mulher.

Não havia nada mais. O casal se foi. Jan se sentou em um canto do escritório, fumando.

— Lund? — disse ele algum tempo depois.

Ela olhava as fotografias. Tinham a identificação em potencial de uma peça de roupa. Era a pista mais conclusiva até então.

— Lund?

Ela o encarou. Barba de dois dias, orelhas grandes, vítreos olhos redondos.

— Aquilo — disse Jan, discordando — foi errado.

Buchard escutou o relato de Sarah e balançou a cabeça.

— A mãe identificou a blusa — disse ela.

— É uma blusa comum de adolescentes — disse Buchard. — Há milhões iguais a essa. O laboratório não encontrou nada que sugerisse que era de Nanna.

— O sangue...

— Ainda não recebemos os resultados.

— Temos evidências suficientes.

Jan observava em silêncio.

— Por exemplo? — disse Buchard.

— A testemunha que viu Kemal carregar algo para o carro.

— Não — disse Buchard. — A única evidência que vocês têm é um telefonema inconclusivo.

— E o fato de que ele mentiu!

— Se indiciássemos todo mundo que mente para nós, metade da Dinamarca estaria na prisão. Qualquer juiz com o mínimo de bom-senso vai rir dessa merda. Encontrem Mustafa Akkad. Resolvam isso de um jeito ou de outro. Ou encontrarei quem o faça.

Theis Birk Larsen saiu para orçar um trabalho para a semana seguinte. Pernille esperou sob os arcos em frente à sede da polícia, e então, quando ele saiu com a van, voltou a entrar.

Ela confrontou Sarah em sua sala:

— Por que não o prenderam?

— Não temos provas suficientes.

— Do que mais vocês precisam? — gritou ela. — Vocês disseram que Nanna esteve na casa dele. Na festa. Na garagem.

— Ainda estamos trabalhando.

— E se não encontrarem mais nada? Depois de tudo...

— Eu já disse — interrompeu-a Sarah. — Ainda estamos trabalhando no caso. Estamos fazendo progressos. Eu entendo...

— Não venha me dizer que entende. — Ela estava rígida, determinada, a mão direita erguida, brandindo o dedo como uma professora, como uma mãe. — Não faça isso. Não me diga que entende.

Novamente em casa. De volta à pia, lavando freneticamente pratos que não precisavam ser lavados, esfregando superfícies que já estavam limpas.

Ele voltara, sentara à mesa, calado. No seu pequeno quarteirão em Vesterbro, era um tipo de rei. O homem a quem os vizinhos pediam ajuda quando tinham problemas com encrenqueiros. Até mesmo os imigrantes batiam na porta deles algumas vezes e imploravam por conselhos de Theis Birk Larsen. Quando Nanna era pequena, uns 5, 6 ou 7 anos, ela agarrara um menino indiano e fizera do moleque desamparado de olhos brilhantes seu primeiro namorado.

Amir.

Pernille se lembrava dos dois juntos, de mãos dadas e dando risadinhas, enquanto ela os levava para passear na caçamba do triciclo Christiania. Lembrava-se também de como Theis lidara com uma dupla de valentões que importunava Amir. Sem delicadeza. Não era o estilo dele. Mas funcionava.

Amir ele defendeu. O menino ainda estava numa fotografia da mesa, na caçamba vermelha do triciclo Christiania.

Nanna...

— Eles vão pegá-lo — disse Theis, finalmente. — Vão acabar pegando.

— Você entende dessas coisas?

Ela o encarou com frieza enquanto guardava os pratos.

— Nunca encontraram provas do que você fez, não é mesmo? Não de tudo...

O rosto dele se endureceu, ficou carregado de fúria.

Ele se levantou, confrontou a mulher:

— Eu falhei com você? Sou um marido ruim? — Seus olhos voltaram a se abrandar, mas cheios de dor. — Um pai ruim?

— Eu não disse isso. Disse que você, mais do que ninguém, sabe que a polícia nem sempre encontra o que deveria. Não me peça para acreditar neles.

Ele colocou as mãos na cintura de Pernille. Ela o repeliu.

Theis praguejou, pegou o casaco de couro, vestiu.

— Vou até a casa.

— Faça isso.

Ela começou a lavar os pratos dos meninos.

— Volte para a sua droga de casa e se esconda.

— O quê?

— É o que você faz quando as coisas ficam difíceis. Não é? Foge.

Pernille colocou os pratos de lado, tirou as luvas, encarou-o, descobriu uma emoção feroz na própria coragem, encontrou palavras que nunca ousara dizer.

— Era o que você fazia com a Nanna.

— O que diabos significa isso?

— Quando ela queria conversar. Você nunca tinha tempo. Aí saía. Ia para a garagem. Conversar com o Vagn. Não era assim?

— Não. — Theis deu um passo na direção dela. — Não era.

Pernille pegou os pratos da mesa, colocou-os no lugar. Os meninos ainda estavam fora, com Lotte. Felizmente.

— Por que ela tinha tantos segredos? Por que não sabíamos da vida dela?

— Porque ela tinha 19 anos! Você queria que os seus pais soubessem o que você fazia nessa idade? Além disso... Vocês duas só andavam grudadas...

— Porque você nunca estava por perto.

Um urro, como o de um leão furioso, ferido.

— Eu estava trabalhando. Para pagar a escola dela. Para pagar por tudo isso. Era você quem a deixava fazer o que quisesse. Sair à noite, voltar sabe Deus quando, sem nunca dizer com quem ou por quê.

— Eu não, eu não.

— Você sim. Você não estava nem aí.

Lágrimas nos olhos. Raiva no rosto.

— Como você pode dizer isso? Como você *ousa* dizer isso? Eu só conseguia dormir quando ela chegava em casa.

— E isso ajudou muito.

— Pelo menos eu não descontava a raiva nela.

— E olhe onde estamos agora.

Ele fez um gesto com a mão, indicando a cozinha vazia.

— Olhe para isto — disse Theis. — Isto...

Mas ela já tinha ido embora. Entrou no quarto e bateu a porta.

Ele comeu os sanduíches sentado à escrivaninha. Não queria sair da garagem. Não queria trabalhar.

Vagn entrou. Gorro preto, macacão vermelho, o caminhar malandro de sempre, a correntinha de prata no pescoço.

— Eu e Rudi vamos até a casa. Você vem?

Theis se debruçou sobre a mesa e a comida restante, um cigarro na mão. Fez um gesto negativo com a cabeça.

— Posso ajudar em alguma coisa, Theis?

Ele espetou o cigarro no pão. Vagn puxou uma cadeira, apoiou os cotovelos na mesa.

— Você sabe o quanto ela significava para mim, não sabe? Você e Pernille. Os meninos. Nanna. Vocês são a minha família. Odeio ver tudo isso.

Theis o observava.

— Não é justo, Theis.

— Não quero falar nisso

— Ok — disse Vagn.

Ele não foi embora. Continuou ali sentado. Esperando.

— O que eu devo fazer? — perguntou Theis, por fim.

— Não sei.

Theis se levantou. Um palmo mais alto do que Vagn. Um ano mais velho. Muito mais forte. O rei do quarteirão. Ao menos antigamente.

— Nunca fica para trás — disse Theis.

— O quê?

— O que a gente faz. O que a gente é.

Theis fez um gesto de cabeça para as chaves das vans na parede.

— Não vá até a casa, Vagn — disse ele. — Mande o Rudi sozinho.

— Tudo bem.

— Tenho uma ideia melhor.

Os homens de Svendsen encontraram Mustafa Akkad quando ele caminhava de volta para as garagens em Nørreport, direto para os braços da equipe que trabalhava no lugar. Às 17h daquele domingo ele estava na sala de interrogatório com a intérprete. Sarah o observava pela porta de vidro enquanto falava com Mark ao telefone, dizendo ao filho para comer alguma coisa. Jan saiu da sala e ela encerrou a ligação.

— Ele se recusa a abrir a boca.

— É o que veremos — murmurou Sarah, encaminhando-se para a porta.

Jan não foi atrás.

Ela parou. Perguntou:

— O que foi?

— Temos certeza de que ele está envolvido?

— Sim. Por quê?

— O cara tem ficha limpa. Trabalha. Tem quatro filhos. Reza cinco vezes por dia.

— E daí?

— E daí que alguma coisa não bate.

— Ah, pelo amor de Deus. De onde você veio? Os caras deveriam usar crachás de bandido ou o quê?

— Tem alguma coisa errada! Ele podia ter tirado todas aquelas coisas da garagem se quisesse.

— Mas não tirou.

— E ele voltou. Para a cena do crime. Ah, por favor...

— Preste atenção — disse ela, e entrou na sala.

Akkad era um homem moreno de 35 anos. Casaco de couro preto. Cabelos pretos encaracolados. Rosto assustado que aparentava ser jovem demais para sua idade.

Sarah se sentou e largou os papéis na mesa.

— É o seguinte. Se você não falar, vou jogá-lo numa cela. Com uma dupla de motoqueiros que pegamos traficando drogas em Christiania. Eles não são muito simpáticos à integração, Mustafa. Ou você não sabia disso?

Ele pareceu ficar subitamente preocupado.

— Já não tem mais problema com o idioma, hein? — Ela apontou para a porta. — Então, como vai ser? A cela? Ou você fala? Você decide.

A intérprete ainda traduzia.

— Ele não precisa disso — cortou Sarah. — Não traduza nem mais uma palavra. Ele vai falar comigo em dinamarquês. Ou vai conhecer os novos amigos motoqueiros. Escute.

Os olhos de Akkad estavam fixos na mesa.

— Escute! — berrou ela no rosto do homem. — O juiz não dá a mínima para o que você prometeu ao Kemal. O mesmo vale para mim. Posso conseguir a sua deportação em três dias. Você não vai ver a luz do dia. Vamos atirá-lo num avião, e você vai voltar direto para o lugar de onde veio.

O dedo no rosto dele. Aquilo lhe rendeu alguma atenção.

— Direto de volta, Mustafa. Vamos cuidar para que a polícia o receba no aeroporto. — Ela esperou um instante. — Como é a polícia lá na sua terra, Mustafa? Eles sorriem como nós? São simpáticos?

A intérprete traduzia mesmo assim. Sarah deixou que a mulher trabalhasse. Ajudava a aumentar a tensão.

— Depois — continuou Sarah, falando para a mulher, que tinha a cabeça coberta por uma burca —, eu vou visitar a sua mulher e os seus filhos. Vou conferir os documentos deles. Ver se posso mandá-los para fazer companhia a você.

Akkad enterrou o rosto nas mãos.

— Você vai conseguir sustentar seus filhos da prisão? Vão poder frequentar a escola? Ir a um hospital sem precisar pagar? Receber os benefícios sempre que quiserem, enquanto todo mundo trabalha? Ou talvez eles passem a pedir esmola na rua, como todos os outros...

— Eu trabalho! — urrou ele.

O policial fardado deu um passo na direção da mesa.

— Eu trabalho todas as horas que consigo.

— E fala um bom dinamarquês — disse Sarah, cruzando os braços e se recostando na cadeira para ouvir. — Então por que o silêncio?

— Não é o que vocês estão pensando.

Jan puxou uma cadeira.

— O que é, então? — perguntou ele.

Mustafa Akkad balançou a cabeça em negativa.

— Rama é um bom homem. Vocês precisam acreditar em mim. — Olhou para Sarah. — Ele nunca faria mal a ninguém.

Akkad se recostou na cadeira, fechou os olhos.

— Ele fez uma besteira, só isso.

— O quê? — perguntou Sarah.

— Eu fui à casa dele naquela sexta-feira, à noite. Ele sabia que a garota iria até lá. Eu disse que não queria me envolver. — Akkad deu de ombros. — Mas ele precisava de um lugar Quando cheguei, a garota estava ferida. Tinha sido espancada. Mal conseguia andar. Nós a levamos para o carro e fomos para a minha garagem. Para ela poder se esconder da família. E depois eu saí...

— Da família? — perguntou Sarah. — Do que você está falando?

— Da garota. Vocês ficam perguntando sobre a garota. Estou falando... a garota que o Rama ajudou.

— Que garota?

Mustafa Akkad olhou para Sarah como se ela fosse burra.

— A garota da congregação do pai dele — disse ele, muito lentamente. — Vocês insistem em me fazer perguntas sobre ela. A filha de Abu Jamal. Leyla. Eles queriam que ela se casasse com um sujeito da nossa terra, para que ele pudesse vir para cá. Ela tentou fugir.

— Merda — murmurou Jan.

— Se a encontrassem, não sei o que fariam. — Ele olhou para os policiais. — Não que vocês fossem ajudar. Então Rama a escondeu. Na minha garagem. E em algum outro lugar no domingo. Não sei onde.

Jan xingou outra vez e saiu da sala. Acendeu um cigarro no corredor escuro. Olhou para a outra ponta.

A mulher de Kemal estava lá. Grávida, enorme num casaco cáqui velho. Segurando um telefone.

— Rama não voltou para casa — disse ela. — Onde ele está?

— Não sei. Não sou babá dele.

— Ele foi ao mercado. Não está atendendo o telefone.

Sarah foi até a porta. Escutou.

— Deixei diversas mensagens. Ele não retornou nenhuma. — A mulher mostrou o telefone a Jan. — Ele sempre liga de volta.

Sarah foi até a sala de Svendsen. Ele parecia relaxado, tomando uma caneca de café.

— Onde está Theis Birk Larsen? — perguntou ela.

— Da última vez que eu soube, ele estava em casa.

— Eu disse para ficarem de olho nele.

— Eu precisaria de um milhão de homens para conseguir fazer um quarto do que você pede.

— Descubra onde ele está — ordenou ela.

Svendsen pegou a caneca, fez um brinde.

Às 18h15, a van vermelha parou em frente à porta do galpão abandonado. Vagn desceu primeiro. Olhou em volta.

Pouca gente pensaria em ir àquela parte da cidade numa noite de domingo.

Olhou para a direita, para a esquerda. Lembrou-se dos velhos tempos, em que ele e Theis mandavam ver nas ruas. Uma boa dupla. Bons parceiros a maior parte do tempo.

— Está limpo — disse ele, e bateu na porta do motorista.

Então ele pegou o cartão de segurança, abriu as trancas, levantou a porta de aço, fez um sinal. Afastou-se e observou Theis entrar com o carro no espaço semideserto.

Um trem passou. Uma buzina estridente. Pombos se agitaram no interior do prédio, revoaram ansiosos em busca da porta.

Vagn acendeu as luzes e puxou a porta de metal, que se fechou com estardalhaço.

Os velhos tempos.

Theis levara uma marreta. Vagn, um porrete de madeira. Ambos pararam atrás da van, armas em punho, lembrando.

— Theis...

— Fique quieto.

Vagn se calou. Observou. Pensou.

Foi Theis quem se adiantou, destrancou as portas e as abriu.

O professor estava agachado no fundo do compartimento de carga, ainda fingindo ser branco.

Casaco preto descolado. Cachecol colorido. Sapatos reluzentes.

Vagn tinha uma lanterna. Apontou o facho para os olhos do homem.

Kemal se levantou, desceu, abriu os braços, olhou para ambos.

Em parte revoltado, em parte assustado.

— Escutem — tentou argumentar o professor. — Eu não fiz nada. Já disse tudo que sei. Contei à polícia...

Theis ergueu a marreta, segurou-a pela cabeça de ferro, lançou a ponta do cabo contra a barriga do homem.

Kemal caiu, com um grito. Theis o chutou na cabeça, observou-o rolar no chão, arrastou-o pelo casaco de couro e o atirou contra a van.

Ficou parado ao lado de Vagn, esperando.

— A sua filha ficou só um minuto no meu apartamento — disse Kemal, limpando o sangue da boca. — Ela me devolveu alguns livros. E foi embora.

Theis girou a marreta de modo que a cabeça ficasse voltada para o chão, oscilando como um pêndulo.

— Havia outra garota lá aquela noite. Eu a estava ajudando. Não podia contar isso para vocês. Não podia contar para a polícia.

Vagn esfregou a manga do casaco no nariz, bateu o porrete na parede.

— Eu sei que devia ter contado para vocês, mas não podia — gritou Kemal. — É a verdade.

Theis assentiu. Olhou para Vagn.

— Pegue o telefone dele — disse.

— Theis... — começou Vagn.

— Ligue para ela — ordenou Theis, estendendo o celular.

O professor estava acuado contra a traseira da van, agachado, tenso, sentindo dor e medo.

— Vamos lá — ordenou Theis. — Ligue para a garota.

Dedos trêmulos apertaram as teclas. Rahman Al Kemal ligou.

Assim que soube, Sarah saiu no próprio carro. Agora estava na rua, ouvindo o rádio.

— Temos um possível sequestro — dizia a central. — Estamos à procura de uma van vermelha placa PM 92 010. De propriedade da Birk Larsen Transportes. Deixou a garagem por volta das 18 horas.

Jan reunia uma equipe. Ela preferia ficar sozinha, tentando pensar.

— Theis Birk Larsen tem 1,90 metro de altura. Cerca de 45 anos. Cautela na abordagem. Ele pode ser violento. Detenham-no imediatamente e...

Ela colocou o fone de ouvido no celular, telefonou para Jan.

— O que você conseguiu?

— Onde você está, cacete? Você não pode simplesmente desaparecer assim.

— Já era.

— Temos negociadores de prontidão.

— Não é um sequestro, Meyer. Ele vai matar o Kemal. O que você conseguiu?

— Encontramos o carro de Kemal perto da casa dele. Havia sinais de luta. Birk Larsen pegou uma van.

Ela seguia para Vesterbro. Território de Theis. Sem dúvida que...

— Lugares — exigiu ela. — Preciso de lugares.

— Onde você está?

— Lugares!

Ele suspirou.

— Cnecamos a garagem e o galpão vizinho. O problema é que o Birk Larsen tem pequenos depósitos espalhados por toda a cidade.

— Ele não tem um galpão em Teglholmen?

Um bairro industrial ao sul de Vesterbro. A região deserta mais próxima da casa de Theis.

Ela ouviu o ruído de papéis sendo folheados.

— Sim, mas não é usado há seis meses.

— O que Pernille disse?

— Mandei um carro ir pegá-la. Ela se recusa a falar comigo.

— Pergunte ao melhor amigo, Vagn. Se o Theis fosse levar alguém para ajudá-lo, seria ele.

— É — disse Jan. — Eu não sou idiota. Vagn não está em casa. Os dois estão com o celular desligado.

— Merda.

— Ele usou o cartão de crédito num posto de gasolina em Enghavevej faz cerca de 1 hora e meia. Isso fica em Vesterbro, a três ruas da casa dele.

Sarah parou no acostamento. Estava perto do retorno para Vesterbro, nas proximidades do shopping Fisketorvet. Diversas ruas convergiam àquele ponto. Ela poderia seguir para qualquer região da cidade.

— Espere — ordenou ele. — Certo. Rastreamos um telefonema feito do celular de Kemal em P. Knudsens Gade. Vou pegar um mapa.

Ela sabia onde ficava.

— Ele está indo para o sudoeste, para Valby.

— Não — retorquiu Sarah. — Eu verifiquei o endereço em Valby.

— Pelo amor de Deus, Lund. Talvez ele tenha pegado a rodovia. Que tal Avedore? Eles têm um depósito lá.

Ela voltou ao tráfego.

— Por que ele usaria o próprio depósito?

— Meus poderes psíquicos não estão funcionando. Você tem alguma ideia melhor?

— Birk Larsen não é idiota. Ele sabe que temos uma lista dos depósitos.

— Sabe! — gritou Jan. — Mas é o que temos. Pense em alguma coisa que tal? Eu não consigo mais.

— De onde você disse que foi feito o telefonema?

— P. Knudsens Gade.

— Vou dar uma olhada. Diga à mulher que é melhor ela se dispor a falar com você se quiser voltar a ver o marido.

— Certo.

O lugar ficava a cinco minutos dali, uma avenida de mão dupla ladeada por árvores secas e que corria paralela à rodovia.

Casas e escritórios. Bem iluminada.

Não era o tipo de lugar que se escolhe para um assassinato.

Theis Birk Larsen olhou o relógio.

Kemal ligara para o número repetidamente. Ninguém atendia. Agora estava sentado no assoalho do compartimento de carga da van, discando em vão.

— Eu não podia entregá-la — disse o professor, cada vez mais desesperado. — Era um casamento arranjado. Você entende? Entende o que eu quero dizer?

Vagn se encostou à parede, de olhos fechados, ar entediado.

— Eu não podia contar a ninguém. Se os pais a encontrassem, iriam espancá-la outra vez. — Kemal hesitou. — Talvez matá-la.

— E...? — perguntou Theis balançando a marreta como o pêndulo de um relógio inexorável

— Tive medo de que a perseguissem. Ela tinha fugido de casa

Vagn abriu os olhos, encarou o professor.

— Você fala como um homem que está cavando a própria sepultura.

— Por que ela não ligou de volta? — perguntou Theis.

— Eu não sei! Como posso saber? Nanna foi à minha casa para devolver os livros. Foi a última vez que a vi...

— Eu mandei calar a boca — gritou Vagn, dando um tapa no rosto dele.

— Não existe garota nenhuma — disse Theis. — Você está mentindo.

— Não! Eu deixei uma mensagem. Ela vai ligar a qualquer minuto.

Então o telefone tocou. Kemal olhou ansioso para a tela. Um nome: *Leyla*. Um número.

Ele atendeu, levantou-se, mostrou a tela para os dois.

Theis se aproximou, tirou o telefone da mão do professor. Atendeu. Uma voz.

Deu o telefone a Kemal, que acionou o viva-voz. Os três escutaram.

— Leyla? É o Rama

— Rama? — disse ela, com voz sonolenta. — É você?

— Não fique com medo — disse ele. — Está tudo bem. — Ele limpou a garganta. — Preciso muito da sua ajuda, Leyla. Preciso que diga o que aconteceu na sexta-feira em que foi à minha casa.

Silêncio.

— Alô? — chamou ele.

— De onde você está ligando?

— Não importa. Você se lembra da garota que foi à minha casa? Da minha escola? O pai dela está aqui comigo. É importante que você diga a ele o que aconteceu. Diga que ela foi me devolver alguns livros...

— Não diga a ela o que dizer, seu idiota! — gritou Vagn.

A jovem passou a falar em árabe. Kemal respondeu na mesma língua.

— Ei! Ei! Bin Laden! — berrou Vagn. — Estamos na Dinamarca. Fale dinamarquês. Está entendendo?

Theis pegou o telefone com violência, levou-o à orelha.

— Alô? Alô?

Olhou para o aparelho mudo. Olhou para Kemal, para seus olhos brilhando no escuro.

Um momento.

Uma decisão.

O professor correu para trás da porta. Vagn gritou e se lançou contra ele. Kemal girou a porta vermelha no rosto de Vagn, pegou o porrete, golpeou o peito de Theis com força quando o homenzarrão avançou.

Correu pela própria vida.

Arfando.

Pombos revoaram, assustados.

Sentiu algo lhe puxar as pernas.

Caído no chão, o peito arquejando. Acima dele, contra a pálida luz fluorescente, Theis levantou a marreta, lançando-a num perfeito arco lento.

Sentada em frente a Jan na penumbra do escritório.

— Pernille, você precisa nos ajudar. Kemal não matou a sua filha. Não teve qualquer envolvimento. Theis o raptou. Você está entendendo...?

— Não! — berrou ela. — Não estou! Primeiro era o garoto, Scharndorff. Depois o professor. Não estou entendendo!

— Se Theis machucar Kemal, ele será preso. Você entende isso?

Ela ficou calada por um momento.

— Theis não faria mal a ele.

— Jura? — perguntou Jan.

Ele pegou as fotografias de arquivo que estavam sobre a mesa. O corpo ensanguentado em Christiania.

— Vinte anos atrás, um traficante foi assassinado.

A mulher olhou as fotografias sinistras sem se assustar.

— Acreditavam que tivesse sido Theis. — Jan a encarou. — Acho que foi na época em que vocês se conheceram. Você não desconfiou de que...?

— Todos somos diferentes quando jovens. Mas deixamos tudo para trás.

Agora ela o encarou.

— Você não?

— Talvez. Mas isto é agora, e ele está cometendo um grande erro.

Pernille pegou as fotografias, olhou-as, virou-as para baixo.

— Eu já disse. Ele nunca faria isso.

— Sempre achei que fosse o Vagn quem desse os álibis.

— Vai se ferrar.

— Vagn está com ele. Eles não vão sair impunes disso. — Jan se debruçou sobre a mesa, à luz fraca. — Me ajude. Ajude Theis.

— Ele não faria isso — disse Pernille lentamente.

Sirenes lá fora. Carros ganhando a noite.

— Eu sei que vocês perderam uma filha. Mas Kemal é inocente. A mulher dele está esperando um filho. Ele é um bom homem. Não piore a situação. Você precisa me ajudar. Eu preciso saber onde Theis está.

Jan a observava.

Silêncio.

— Podemos ficar aqui a noite toda — disse ele. — Eu tenho todo o tempo do mundo. E você?

A mulher o encarou, olhos hostis. Eles nos odeiam mesmo quando tentamos ajudar, pensou Jan.

— Pern...

— Tem um lugar que ele usa às vezes. Não sei por quê. Um galpão abandonado.

— Qual é o endereço?

— Não lembro. Fica em algum lugar de Teglholmen.

Sarah subia e descia a rua em seu carro. Observando, observando.

Por fim, quase no fim da rua, na escuridão, viu uma placa vermelha semioculta no mato, atrás de uma cerca de metal.

Birk Larsen Transportes.

O telefone tocou.

— Estamos a caminho de Teglholmen — disse Jan. — Ele está lá, em algum lugar. Uma equipe armada está a caminho.

— Já estou aqui — disse Sarah.

— O quê?

— Birk Larsen tem um galpão no parque industrial. As luzes estão acesas.

Ela informou a Jan o número e em que altura da rua ficava o galpão.

— Pernille está comigo — disse Jan. — Vamos chegar em dois minutos. Espere por nós. Lund? Lund?

Ela colocou o telefone no bolso, desceu do carro, apontou a lanterna para o portão.

Aberto.

Entrou.

Noite fria e escura. Nuvens esparsas. Lua minguante. Nenhum vento. Nenhum som ou sinal de vida.

A não ser pelas luzes acesas por todo o entorno do prédio.

Havia uma porta lateral coberta de grafites. Aberta. Ela entrou, iluminando o caminho com a lanterna.

Um corredor curto. Luzes no final.

Um homem berrou, o grito alto e claro, carregado de agonia e medo.

Ela começou a correr.

Ele não queria matá-lo. Ainda não. Queria ouvir. A marreta ficara de lado. Agora usava o porrete de Vagn, que lançava repetidamente contra a barriga, o peito, os braços e as pernas de Kemal.

Havia sangue no chão. Um dos braços do homem pendia para o lado num ângulo impossível, e o cotovelo quebrado. Theis o golpeou outra vez, acertando aquele belo rosto moreno.

Mais um urro e nenhuma palavra.

— Theis — disse Vagn.

Ele estava de lado, inquieto, não fizera nada além de assistir e praguejar.

Theis rodeou a forma encolhida e ensanguentada no chão, pensando num novo lugar para acertar. Chutou a cabeça de Kemal.

— Chega, Theis — disse Vagn.

Outro golpe impiedoso com o porrete de madeira, outro urro.

— Theis, pelo amor de Deus! Já chega. Talvez...

Theis o encarou; uma expressão animal, feroz e ameaçadora no rosto.

— Talvez o quê?

— Talvez ele esteja dizendo a verdade.

Theis praguejou, cortou o ar com o porrete outra vez, acertou Kemal nas costelas.

Foi pegar a marreta.

— Theis! — implorou Vagn.

Uma voz vinda da escuridão:

— Theis Birk Larsen, sou eu, Sarah Lund.

Vagn ganhou coragem, intrometeu-se entre Theis e o homem.

— Vamos. Vamos sair daqui.

— Corra você, Vagn — rugiu o homenzarrão, e com um safanão o atirou contra a van como um boneco de trapo.

Então Vagn desapareceu.

A mão de Theis foi para o pescoço ensanguentado de Kemal, arrastando-o pelo chão.

— Sente — ordenou Theis. — Sente! De joelhos.

Como na TV. Nas execuções filmadas. Homens vendados em lugares remotos. À espera da morte.

— Theis! — A voz estava mais alta e próxima, mais aguda. — Pare. Pare já com isso.

Mas ele estava dominado pela fúria, pelo ódio: ambos são difíceis de arrefecer.

Ele a ouviu vir correndo pelo piso de concreto. Olhou. À dura luz fluorescente, viu a calça jeans azul e aquele suéter preto e branco.

— Kemal é inocente! — gritou ela. — Me escute. Ele não teve nada a ver com o assassinato.

O professor estava de quatro, baba escorrendo da boca ensanguentada. Theis o chutou com força nas costelas, agarrou-o pelos cabelos.

— Eu mandei ficar de joelhos — rugiu ele, e olhou para o rosto todo marcado e coberto de sangue.

Encostou a cabeça da marreta no pescoço de Kemal. Um único golpe. Em um homem ajoelhado. Justiça.

— De joelhos! — gritou ele.

Banhadas pela luz dos faróis da van, sombras se projetavam na parede. Ali: o lugar certo, a posição certa. Aquele era o ponto em que a dor chegaria ao fim.

Outra forma correndo pela porta.

— Theis! Abaixe a arma. Não foi ele.

O policial orelhudo e de olhos esbugalhados, o falastrão.

A marreta. Um golpe amplo e forte.

Escutou uma arma ser engatilhada, viu com o canto do olho que o policial chamado Jan Meyer a apontava para ele, pronto para atirar.

Um tiro. O som ecoou pelo galpão vazio como um balão ao estourar. Theis pestanejou, hesitou. Sentia-se perdido.

Então uma terceira forma. Um casaco cáqui. Cabelos compridos. Um rosto, o rosto precioso.

Pernille estava ao lado deles, fitando-o boquiaberta.

Esse sou eu, pensou Theis. O eu que você sabia que existia embora nunca tenha ousado perguntar.

Esse sou eu.

A marreta foi erguida outra vez.

— Theis! — gritou Jan, arma em punho, o cano na direção dele. — Me escute. Abaixe a arma. Vou atirar antes que você toque nele. Juro por Deus.

Pernille passou pelos policiais, foi na direção de Theis e do homem ensanguentado no chão imundo.

— Abaixe a arma! — gritou o policial. — Não faça nenhuma besteira.

Ele hesitou, e foi o bastante. Quando deu por si, havia mais três policiais com as pistolas pretas apontadas para seu rosto.

Como se bastasse...

Mas Pernille também estava lá, a passos de distância, seu rosto pálido e aflito revelado pela luz dura das lâmpadas fluorescentes. Pernille o fitando como que dizendo: eu sabia, mas não queria saber.

— Theis — disse ela. — Abaixe isso.

E ele obedeceu.

Rie e Morten terminaram os telefonemas. Hartmann também ligou para algumas pessoas. Falou com a polícia e, pontualmente às 20 horas, entrou na reunião.

Knud Padde começou:

— E indesejável, mas necessário, que façamos uma votação de não confiança a Troels Hartmann. Posso...?

— Estamos perdendo tempo — disse Henrik Bigum, com gravidade. Ele agia como se o resultado já houvesse sido anunciado. — Todos sabemos o rumo que isso tomará.

— Não se preocupe, Henrik — disse Hartmann. — Não será necessária uma votação.

— Sinto muito, Troels. Será sim. Decidimos fazê-lo.

— Se vocês quiserem, eu renuncio. Não precisarão votar. Exceto... — Ele sorriu para Bigum. — Em quem vai ficar no meu lugar.

— Não, Troels! — protestou Elisabet Hedegaard. — Por quê? Por que fazer isso? Henrik fala apenas por si mesmo, sempre...

— A renúncia também é uma opção — concordou Bigum. — Se essa for a sua escolha.

Ele tirou uma caneta do bolso do paletó, ofereceu-a a Hartmann.

— Você não olhou o seu telefone, Henrik? Nenhuma mensagem secreta? Nenhum recado do escritório de Bremer? Nem mesmo o noticiário?

Bigum riu, fez que não.

— Achei que você fosse agir com certa dignidade. Renuncie e acabe com isso de uma vez.

— Acabo de falar com o investigador-chefe responsável pelo caso Birk Larsen — disse Hartmann. — Novas evidências provam sem sombra de dúvida que o professor é inocente. Ele fará o anúncio na TV daqui a alguns minutos. Se você quer se livrar de mim por defender um inocente, é uma prerrogativa sua. Já o que isso implicará para as chances do meu sucessor...

— Cabe a você decidir, Knud — trovejou Bigum.

Padde estava boquiaberto, incapaz de se decidir quanto a que rumo tomar.

— Talvez seja melhor pensarmos um pouco mais — disse ele por fim. — Não votar agora, afinal. Se o que Troels diz é verdade, precisamos conhecer os fatos.

— Os fatos! — Bigum estava furioso. — Os fatos são que Hartmann meteu os pés pelas mãos desde o princípio. Se vocês vão cair num truque desses...

Hartmann segurava uma caneca com as duas mãos. Olhou para o café. Deixou que esperassem.

— Acredito — disse — que devemos refletir esta noite e conversar pela manhã. O que são algumas horas? Concordam?

Um longo silêncio. Rompido apenas quando Bigum praguejou, levantou e saiu da sala pisando forte. Então Elisabet segurou a mão de Hartmann, sorriu para ele e sussurrou:

— Muito bem.

Dez minutos depois, sozinho no seu gabinete, em frente à TV.

— *Foi provado agora que o cidadão-modelo de Hartmann está livre de qualquer suspeita* — dizia o âncora.

Um repórter perseguia Poul Bremer por um corredor da prefeitura, sacudindo um microfone no rosto do prefeito.

— Fico feliz que o incidente tenha acabado de forma favorável para Hartmann — disse Bremer sem qualquer convicção. — Mas vocês viram a forma como se comportou. Ficou paralisado pela indecisão. Troels Hartmann não está apto para ser prefeito. Não está à altura do cargo.

Morten entrou, todo sorrisos ao menos uma vez na vida.

— Tem muita gente ligando, Troels. A imprensa quer muito falar com você. Todos estão felizes com o fim dessa história.

Rie vinha logo atrás dele.

— Até mesmo no Parlamento — acrescentou ela. — As pessoas gostam de vencedores.

Kirsten Eller apareceu na tela, presunçosa em frente ao seu gabinete.

— Este é um momento feliz — disse ela. — Prova que Troels Hartmann é uma alternativa confiável a Bremer. Por isso depositamos a nossa fé nele desde o começo.

Hartmann inclinou a cabeça para trás e riu para o teto.

Então desligou a TV.

— A imprensa — disse Rie.

— Só quero falar com eles amanhã. Divulgue uma declaração dizendo que estou feliz porque a justiça foi feita. Morten?

Morten pegou a caderneta.

— Retome a produção dos pôsteres. Vamos nos concentrar na política de integração. Não deixe de mencionar os cidadãos-modelo. O sucesso da iniciativa. Ah...

Ele pegou o paletó, vestiu-o.

— Quero outra reunião com o grupo amanhã. Só ligue para eles pela manhã. Diga que quem esteve aqui hoje precisa estar presente.

— Muito em cima da hora.

— Como fizeram comigo.

Morten saiu.

Troels pegou o casaco de Rie, estendeu-o para ela. Rie parecia feliz como Hartmann não via fazia dias. E bonita, apesar de exausta. Ele exigia demais de todos ali.

— Estou com fome. E precisamos conversar.

Theis Birk Larsen estava em uma sala com dois policiais, que cuidavam da papelada. Sarah observava de fora, acompanhada de Pernille.

— O que vai acontecer agora?

— Ele será indiciado — disse Sarah.

— Para onde vão levar meu marido?

— Para uma cela provisória.

Os policiais assentiram para o homenzarrão de casaco preto. Ele se levantou, acompanhou-os para fora da sala.

— Quando ele vai poder ir para casa?

Sarah não respondeu.

— Temos dois filhos pequenos. Quando ele vai poder ir para casa?

— Depende da acusação.

— Ele vai ser preso?

Sarah deu de ombros.

— A culpa é toda sua, Lund. Se não fosse por você...

— Sinto muito.

— Sente?

— Um carro vai levá-la para casa. Alguém entrará em contato depois da audiência.

— É só isso?

— Pernille... — Ela se perguntou se deveria dizer aquilo. Se faria alguma diferença. — Não somos especiais. Somos iguais a vocês. Se alguém mente para nós, isso desperta a nossa desconfiança. Não sabemos se a pessoa tem um motivo bom ou ruim para mentir. Só sabemos que... está mentindo.

Pernille ficou parada no escritório do Politigården, rígida de fúria.

— Você acha que eu estou mentindo agora?

— Acho que ainda não sabemos de muita coisa.

Ela aguardou.

— Ótimo — disse Pernille, e foi embora dali.

* * *

Jan estava a sua mesa, lendo os últimos relatórios.

— A garota muçulmana depôs. — Ele vestia um suéter com zíper e uma camiseta listrada; parecia um adolescente cansado. — Ela confirmou o álibi de Kemal. Disse que a blusa que encontramos era dela. Falei com Kemal.

Sarah apenas ouvia. Estava mais concentrada em olhar para as fotografias na parede. O carro. O canal. A Floresta de Pentecostes.

— Os médicos dizem que ele vai se recuperar — acrescentou Jan. — Kemal não quer prestar queixa.

— Não cabe a ele decidir isso.

— Você pode não fazer aquilo outra vez, Lund?

— O quê?

— Desaparecer sozinha sem me dizer nada.

— Birk Larsen será acusado de cárcere privado e lesão corporal grave. Para começar.

Jan acendeu um cigarro, soprou fumaça para o teto.

— Fizemos o que era certo — insistiu Sarah.

— Fizemos coisa nenhuma. O pai será preso. Kemal está no hospital. Meu Deus...

Uma batida na porta. Svendsen. Parecia satisfeito consigo mesmo.

— Buchard quer uma reunião com vocês dois amanhã de manhã.

— Obrigada por ficar de olho em Birk Larsen — retorquiu Sarah. — Como eu pedi.

Svendsen a encarou com hostilidade.

— Se você pede demais, Lund, recebe em ordem alfabética. Já conversei com o chefe a respeito. Ele está ciente.

— Uma reunião para falar do quê? — perguntou Jan.

Svendsen riu.

— O comissário vai tirar o couro do chefe hoje à noite. Acho que ele quer descontar um pouco em vocês. Boa noite. Durmam com os anjos.

Ele fechou a porta ao sair.

Jan ficou ali sentado com ar abatido e preocupado, as enormes orelhas se movendo para a frente e para trás enquanto mascava chiclete. Em qualquer outra circunstância, teria sido cômico.

Sarah continuava a olhar para as fotografias na parede.

— Não vou me dar mal por isso — disse Jan. Ele se levantou, pegou o casaco. — Eu me recuso.

Ela ficou feliz quando o parceiro se foi. Era mais fácil ficar sozinha.

De volta às fotografias. Nanna Birk Larsen, 19 anos, apesar de passar com facilidade por 22 ou 23. Cabelos loiros, cacheados. Bem maquiada. Sorrindo para a câmera com naturalidade, confiança. Não como uma adolescente; nem de longe.

Eles ainda não a conheciam. Faltava algo.

Sarah pegou suas coisas, murmurou boa-noite, saiu para o corredor.

Passos às suas costas. Jan correndo ofegante, os olhos arregalados.

— Lund — chamou ele —, eu sinto muito.

— O que foi?

— Aconteceu um acidente.

Seis

Segunda-feira, 10 de novembro

Ela dormira em uma cadeira ao lado da cama dele, no hospital. Bengt tinha a cabeça enfaixada, uma mangueira de soro no braço direito, o esquerdo engessado.

Ele não acordou. Nem mesmo quando Sarah chegou bem perto de seu rosto e sussurrou seu nome, baixinho.

Quando a luz da manhã começou a entrar, filtrada pelas janelas empoeiradas, Sarah olhou em volta. Haviam deixado no quarto algumas das coisas que Bengt levava consigo quando batera o carro a caminho da ponte para Malmö.

Um casaco. Um cachecol e um suéter.

Uma pasta de couro preta, da qual despontavam alguns papéis. Tinham o timbre da polícia.

Sarah viu que ele ainda dormia. Então começou a ler os documentos.

A pasta era grossa, cheia de relatório oficiais. Necropsias e detalhes do crime. Fotografias e detalhes da perícia.

Ela se sentou, espalhou os papéis no chão à sua frente, pôs-se a analisá-los um a um.

Uma voz quebrou sua concentração:

— Você tem razão — disse Bengt, com um tom dolorido, rouco. — Ele já fez isso antes.

Sarah colocou os papéis de lado, levantou-se e foi até ele.

— Como você está se sentindo?

Ele não respondeu.

— Disseram que você sofreu uma concussão e quebrou o braço. O carro teve perda total. Você teve sorte.

— Sorte?

— Sim. Sorte. Você tinha passado a noite em claro...

— Estava furioso com você.

Ela não respondeu.

— Decidi voltar para casa. Estava farto. Meu Deus...

Sarah se perguntou se estava à beira das lágrimas. Sentia pontadas nos olhos. Sua mente vagueava.

— Não sei por que eu sou assim — disse ela em voz baixa. — Desculpe. Não consigo evitar. Às vezes...

A mão de Bengt buscou a dela. Dedos entrelaçados. Calor. Proximidade.

— Eu li a pasta. Não foi um crime passional. Não foi algo comum.

— Podemos falar disso depois — disse ela, mas se perguntou se realmente queria isso.

— Talvez ele tenha algum tipo de método — prosseguiu Bengt, de olhos fechados, pensando.

— Já investigamos. Não encontramos nenhuma relação com nenhum outro crime.

— Isso não quer dizer que não tenham acontecido. Ele desovou Nanna na água. Você viu onde. Num lugar deserto. Remoto. Deve ter mais coisas que você não sabe.

— Depois, Bengt.

— Não. — A voz dele estava irritada, os olhos abertos e brilhantes. — Depois não. Você não conhece o significado dessa palavra. Estou dizendo. Ele fica excitado com o fato de só ele e a garota saberem como e onde vai terminar. Para ele, isso é intimidade. Como um caso de amor.

— Depois — insistiu ela, e ligou a televisão.

Eles assistiram ao jornal juntos. Buchard dera uma declaração inocentando Kemal. O professor fora considerado suspeito devido a uma coincidência trágica, disse o chefe. Nenhuma palavra sobre como a polícia havia sido induzida ao erro.

É assim que as coisas são. Ou você está certo e é um herói, ou está errado e é um vilão. Não há meio-termo, uma área cinza. Não aos olhos da mídia. Preto e branco. E só.

E o mesmo acontecia na política, pensou ela, assistindo a cenas de Hartmann e Bremer batendo boca na reprise de um debate na TV.

Não havia diferença nas palavras dos dois políticos, nos seus gestos, suas expressões. Mas antes era Bremer quem parecia levar vantagem, com evidente senso de superioridade, uma sugestão de vitória nos olhos. Agora as mesmas cenas tinham tons diferentes. A postura de Bremer parecia presunçosa e superficial. A defesa precipitada e aparentemente imprudente do professor, feita por Hartmann, parecia agora corajosa e perspicaz.

Era o contexto que fazia a diferença. Mas para entender o contexto eram necessários fatos, referências, posições fixas a partir das quais julgar perspectivas.

Coisas que faltavam ao caso Birk Larsen.

— Eles disseram que vão me dar alta hoje mesmo, mais tarde — disse ele, mudando de canal.

— Vou falar com a minha mãe. Podemos ficar na casa dela.

— Não precisa se dar ao trabalho. Vou voltar para casa, na Suécia.

Um lampejo de algo que poderia ser pânico.

— Por quê? — perguntou Sarah.

— Você está ocupada. Estamos fazendo obras na casa. A sua mãe não se sentiria confortável. Tudo isso.

Bengt fechou os olhos por um instante. Ela olhou para os hematomas em seu rosto. Perguntou-se quanto tempo levaria para que sumissem.

— Não é vergonha nenhuma a gente se enganar — disse ele.

— Quer água?

Sarah se levantou. A mão dele a deteve.

Bengt olhou para ela.

— Não se preocupe. Vocês o encontrarão. Tenha paciência.

Sarah se sentou na beirada da cama.

— E se não o encontrarmos?

— Vocês vão encontrar.

— Estamos num beco sem saída. Não tenho mais ideias.

— Elas estão lá. Continue seguindo em frente. O que você sabe com certeza?

— Nada.

— Pare com isso, Sarah. Você sabe que não é verdade.

— Ok. Na sexta-feira 31 de outubro, Nanna Birk Larsen foi a uma festa na escola. Mais cedo, no mesmo dia, um motorista deixou no prédio material de campanha de Troels Hartmann.

Sarah se levantou, caminhou pelo quarto, tentando colocar os pensamentos em ordem.

— O motorista se sentiu mal. Perdeu as chaves do carro e foi ao hospital. Por volta das 9h30 da noite, Nanna saiu da festa de bicicleta. Alguém encontrou as chaves do carro e a seguiu.

— Espere aí — interrompeu-a Bengt. — Pare um pouco. Isso não pode ser espontâneo. Ele não simplesmente achou as chaves e cometeu um crime.

Sarah balançou a cabeça.

— Deve ter sido isso.

— Ele não é impulsivo. Ele planeja suas ações e depois apaga os rastros.

— Bengt! O carro estava em frente à escola. Foi isso o que aconteceu. Ninguém poderia saber que o motorista ia passar mal.

— Isso não bate com o perfil que eu vi nesses relatórios.

— E se o seu perfil estiver errado? Sei que você está tentando ajudar, mas... e se tudo estiver errado? A forma como estamos interpretando tudo isso. A ideia de que há um padrão. Algum tipo de lógica.

Ela pegou um pouco d'água.

— Uma garota de 19 anos é sequestrada, mantida em cativeiro e estuprada repetidamente. Com crueldade. Costuma haver algum tipo de lógica. Mas esse...

— Esqueça o que você sabe. Esqueça tudo que eu lhe disse. Volte ao começo. E depois volte mais ainda. Existe um método aí, Sarah. Uma forma de agir que ele criou na própria mente.

Ela esperou.

— As tesouras, o sabonete, o ritual... — Bengt balançou a cabeça. — Eu me recuso a acreditar que Nanna tenha sido a primeira. Volte ainda mais no tempo. Até encontrar alguma coisa.

— Voltar mais — murmurou Sarah.

Ao Kalvebod Fælled, à Floresta de Pentecostes. Uma forma preta emergindo da água. Uma enguia deslizando pelo corpo sem vida de uma jovem.

Eventos haviam dado forma a tudo que acontecera depois. Eventos haviam lhe moldado o pensamento.

Ela o beijou com delicadeza no rosto, evitando tocar nas partes machucadas, e, com um breve agradecimento, saiu.

* * *

O Ford preto estava guardado na garagem do departamento de perícia técnica. Ficava no porão da sede da polícia, ao qual se tinha acesso pela rampa que dava no pátio em frente às celas onde Theis era mantido sob custódia.

O veículo parecia mais sujo agora que estava seco. Marcas de lama e coberto de folhas sobre um elevador hidráulico, todas as portas abertas.

O técnico entregou a Sarah o laudo da perícia, e ela ligou os enormes refletores de luz fluorescente que rodeavam o carro. Havia marcações numeradas por todo lado, nas janelas, nas portas, no assoalho.

Ela olhou o documento. Nada de novo.

Sarah tirou o casaco, rodeou a perua acompanhada pelo perito de plantão.

Havia um triste contorno riscado a giz no porta-malas, onde Nanna fora encontrada. Ela teve a sensação de já ter olhado aquilo um milhão de vezes. Colocou luvas de borracha, sentou no banco do motorista, no do passageiro. Conferiu os espelhos, o porta-luvas, os compartimentos das portas. Sentou-se depois no banco de trás, fez o mesmo.

O perito estava sentado num banco do lado de fora, observando-a entediado.

Ela lhe pediu que levantasse o carro, verificou embaixo. Lama e gravetos do canal. Nada mais.

— Como eu disse — observou o perito —, não tem nada aí. Ele tirou tudo. A água fez o resto.

Ele terminou o café, jogou o copo plástico no lixo.

— Passei a noite trabalhando nesse carro. Você está perdendo o seu tempo. Não tem nada de novo.

Ela voltou ao laudo.

— Prometi à minha mulher que ia dar as caras em casa, para variar — disse o homem, pegando o casaco. — Tudo bem?

Sarah segurava o documento.

— Diz aqui que havia 52 litros de gasolina no tanque quando o carro foi encontrado. Tem certeza disso?

O perito suspirou.

— Sim. Mais 5 ou 6 e o tanque estaria cheio.

— Tem certeza?

— Tenho certeza. Apague as luzes quando sair.

— Você tem certeza? — gritou ela para as costas do homem.

— Quantas vezes...?

— É importante. Será que você pode ter se enganado? O carro estava debaixo d'água...

— Não, não houve engano algum. Periciamos esse carro mais de mil vezes. Estava com o tanque quase cheio. Qual é o problema? O que fizemos de errado?

— Eu não disse que vocês fizeram nada de errado. — Ela agitou um documento da prefeitura na frente dele. — De acordo com os registros, o tanque fora completado pela última vez uma semana antes. Portanto, deveria estar quase vazio.

O perito se aproximou, leu o documento.

— Ah. Desculpe. Deveríamos ter...

— Então quem encheu o tanque? — perguntou-se Sarah.

Fazia sol, mas nuvens cinzentas começavam a cobrir o céu da cidade. Jan esperava por ela no pátio em frente ao departamento de perícia técnica. Ele usava um casaco de couro que Sarah nunca vira e belos óculos escuros.

Bacana, pensou. Jan pertencia aos esquadrões de narcóticos, de repressão a roubos ou ao crime organizado. Não homicídios. Levava as coisas para o nível pessoal. O que sempre era um erro.

— Como vai Bengt? — perguntou ele, oferecendo-lhe um copo de café.

— O quê?

— Como...

— Sim.

— E você?

— Precisamos investigar jovens desaparecidas nos últimos dez anos.

— Por quê?

— Na cidade. Em todo o país. Ver se algo aponta para o Kalvebod Fælled. Ou Vestamager.

Jan tirou os óculos escuros e olhou para ela.

— Como vai Bengt? Como vai você?

— Eu já disse.

— Não, não disse.

— Ele está bem. Podemos trabalhar agora?

* * *

Havia uma sala para os acusados encontrarem seus advogados no prédio principal do Politigården, perto do tribunal. A mulher se chamava Lis Gamborg. Theis Birk Larsen olhou o elegante terninho dela, o colar de pérolas, os cabelos imaculados, e se perguntou como iria pagar por aquilo.

Ele vestia um macacão azul de detento, a barba por fazer, sujo, com fome.

— Sente-se — disse a advogada.

Um guarda os observava. Carregava uma arma na cintura.

Parecia estar claro do outro lado da janela com barras.

— Sou a defensora pública indicada pelo tribunal para o seu caso. O dia está cheio hoje. Só vamos conseguir uma audiência daqui a algumas horas.

Ele brincava com os polegares, mal a escutava. Duas décadas antes, quando se casara com Pernille, Theis prometera a si mesmo que nunca mais se veria naquela situação. Não que tivesse mencionado essa promessa a Pernille. Era parte de um pacto tácito dos dois. Ele seria um homem diferente. Sem problemas com a Justiça. Nada mais de faltar a encontros por motivos que nunca revelava. Ele era jovem naquela época. Colérico e determinado a demarcar o seu espaço no mundo, com sua força, com os punhos se necessário.

Então viera a família e ele tentara esquecer o que fora um dia. Enterrara o jovem Theis. O Theis durão. O Theis marginal, que nunca mais seria necessário.

— Entretanto — prosseguiu a advogada —, isso nos dá tempo para falar sobre o caso.

— O que há para falar?

— A promotoria vai acusá-lo de tentativa de assassinato, cárcere privado e lesão corporal grave.

Ele fechou os olhos.

Precisava dizer algo. Precisava perguntar.

— Como está o professor?

Todas as vezes que ela o olhava, era como se ele fosse um espécime. Um animal de zoológico preso numa jaula.

— Vai se recuperar. Diz que não prestará queixa.

Theis encarou a advogada.

— Isso não é suficiente. Não implica a sua absolvição. Não com acusações como essas.

— A polícia disse que tinha sido ele. Os jornais diziam que tinha sido ele. Ninguém fazia droga nenhuma.

Ela respirou fundo.

— O juiz pode considerar que há circunstâncias atenuantes.

— Vou me declarar culpado. Só me diga o que eu tenho que falar.

Ele não queria dizer as palavras, temendo a resposta que receberia.

— Só quero ir para casa, para a minha família.

A mulher não disse nada.

— Preciso ir para casa.

— Entendo. Nessas circunstâncias, devemos torcer pela clemência.

Ela juntou as mãos magras, curvou-se sobre a mesa, olhou-o nos olhos.

— Tentarei convencer o juiz de que você não precisa ficar sob custódia. Você confessou. Entregou-se de forma voluntária. Não vai fugir. Você tem família. Um negócio para administrar...

— Eu queria falar com a minha mulher.

A advogada balançou a cabeça em negativa.

— Você vai ter que esperar até depois da audiência.

Theis abaixou a cabeça.

— Sinto muito — acrescentou ela. — E o seu amigo? Vagn?

— Vagn não teve nada a ver com isso. Ele tentou me impedir. Não o envolva.

— Ele já está envolvido. Será acusado de cumplicidade.

— Não é justo!

— É uma acusação sem gravidade. Ele está livre. Não acredito que...

Ele esperou.

— Não acredita que o quê?

— Ele não será preso. Gostaria de poder lhe prometer o mesmo.

Silêncio.

— Alguma pergunta?

Como ele não respondeu, a advogada olhou para o guarda.

Parte do processo. Parte de um sistema que já quase o engolira no passado. Theis Birk Larsen estava de volta às entranhas de uma fera que ele odiava e que o odiava. Sem ninguém para culpar a não ser a si mesmo.

Pernille atendia aos telefones. Lotte chegara para ajudar. A sorte de costume. A cada minuto um cliente ligava exigindo algo para ontem.

— Não podemos atender ao seu pedido agora — dizia ela ao último. — Eu ligo para você daqui a pouco. Vou ligar sim. Prometo.

Lotte esperou que ela desligasse.

— Ele vai ser acusado de quê?

Outro telefonema.

— Birk Larsen Transportes. Só um minuto, por favor.

Mão cobrindo o fone.

— Não sei. Você pode cuidar dos meninos um instante?

— Claro. O que o Theis fez?

Pernille voltou ao telefone e pediu desculpas.

Lotte ainda esperava, começando a se irritar.

— Ele fez alguma coisa com aquele professor, não foi?

— Foi tudo minha culpa. Eu o pressionei.

Pernille correu a mão pelos cabelos despenteados. Estava totalmente descomposta, mas não se importava.

Ela olhou a lista das entregas e coletas do dia, perguntando a si mesma como aquilo era feito.

Um dos homens entrou pedindo instruções. Pernille fez o melhor que podia. O telefone tocou. Lotte atendeu.

— Faça primeiro a entrega em Østerbro — disse ela. — Faça como o Theis faria. Pergunte ao Vagn.

O homem olhou para ela.

— Cadê Vagn? — perguntou Pernille

— Sei lá.

— Faça... — Ela abanou a mão para o funcionário. — Faça o que você achar melhor. Sinto muito...

— Pernille?

Lotte esperou até que o homem saísse do escritório.

— O quê?

— O gerente do banco ligou quando você estava fora. Ele disse que precisa falar com você.

Buchard vestia sua melhor camisa, recém-passada. Seu melhor terno. O uniforme para ouvir um sermão do comissário.

Acabara de passar por isso e estava abatido.

Curvado sobre os jornais matutinos, lendo sob a luz cinza que irradiava da janela da sala de Sarah. Os cantos da boca voltados para baixo, balançando a cabeça como se lamentasse algo.

Dizendo muito sem pronunciar uma palavra.

Sarah e Jan estavam sentados lado a lado, inquietos como crianças travessas perante o professor.

Jan rompeu o silêncio:

— Sabemos que as coisas não aconteceram como deveriam.

Buchard nada disse, apenas mostrou outra manchete: Cidadão-modelo de Hartmann é inocentado.

— Se Kemal tivesse nos contado a verdade... — começou Sarah.

Buchard a calou com um olhar cáustico.

— Eu bem que falei que o nosso relacionamento profissional não é dos melhores — acrescentou Jan. — Não que eu esteja culpando ninguém.

— Kemal mentiu! — reforçou Sarah. — Ele teve todas as oportunidades para se livrar das acusações e não o fez. Se ele...

Buchard agitou o jornal na frente dela novamente.

— O que as pessoas veem é isto — rosnou ele. — Não as suas desculpas. — Uma pausa. — O comissário quer vocês fora do caso. Não precisamos desse tipo de publicidade. Interferirmos em uma campanha eleitoral... é constrangedor. E agora o pai está sendo acusado de tentativa de assassinato.

— Kemal não prestou queixa! — berrou Jan. — Isso não significa nada?

— Isso cabe aos advogados, não a ele. Vocês fizeram besteira.

Ambos olhavam para o carpete.

— Só me deem um bom motivo para eu não chutar vocês daqui para fora agora mesmo.

— Só um? — retrucou Sarah, de pronto. — Eu poderia dar...

— Então comece.

— Nós dois conhecemos este caso mais do que ninguém. Arrume uma nova equipe e eles vão levar uma semana só para ler a papelada.

— Prefiro esperar uma semana e ter as coisas feitas do jeito certo a ter vocês dois fazendo o comissário dar na minha cabeça outra vez.

— Sabemos mais do que ontem.

— Eu tenho um compromisso na escola — acrescentou Jan. — Posso dar um jeito nas coisas por lá. Vamos deixar tudo sob controle. Lund está certa. Arrume outra equipe e eles vão ter que começar do zero.

Buchard pensou por um bom tempo.

— Se o caso continuar dando em nada até amanhã, vocês estão fora.

Ele se levantou, seguiu para a porta.

— Fiquem bem longe do Rådhus. E de Troels Hartmann. Não quero mais encrenca vinda de lá. Fui claro?

— Com certeza — disse Jan.

Buchard saiu. Sarah ficou em silêncio, pensando, os braços cruzados sobre o suéter preto e branco.

Jan foi até o corredor, falou com os policiais de plantão.

— Precisamos dar um jeito nisso — ordenou ele. — Voltem à escola. Falem com todo mundo. Funcionários, faxineiros. Todo mundo.

Sarah se levantou e começou a remexer nos sacos plásticos de provas, até encontrar o que procurava.

— Distribuam fotografias da Nanna para todos os taxistas — continuou Jan.

— Já fizemos isso — queixou-se Svendsen.

Jan se voltou para ele.

— Todos? Todos os taxistas de Copenhague? Não. Duvido muito. Descubram quem estava trabalhando perto do apartamento do Kemal. Investiguem se ela pegou um táxi nas proximidades. Qualquer coisa!

Ele voltou ao escritório, resmungando.

— Meu Deus. Será que é assim tão difícil?

Sarah lia o livro de registros de veículos da prefeitura.

— Distribuam uma foto do carro em todos os postos de gasolina da cidade — ordenou ela. — Perguntem se alguém o viu na noite de 31 de outubro.

— Por quê?

— Deixamos passar uma coisa.

Ela lhe entregou o livro de registros.

— De acordo com isso, deveria haver pouca gasolina no tanque do carro. O tanque está quase cheio. Se ele foi a um posto de gasolina...

— Estará em uma fita de circuito interno. Sim. Eu sei. Não sou idiota.

— Ótimo! Vamos começar pelos postos próximos à escola da Nanna.

— Lund. Se estivesse dirigindo um carro roubado com uma jovem sequestrada no porta-malas, você pararia para abastecer? O registro pode estar errado.

Ela concordou.

— Você pode estar certo. Confira com a segurança do Rådhus.

Jan riu.

— Ah! Boa piada! Você ouviu o que Buchard disse. Ele vai tirar o meu couro se eu chegar perto daquele lugar.

Ela o encarou. Mãos na cintura. Olhos bem abertos e brilhantes. Em expectativa. Insistente.

— Não me olhe assim — disse Jan. — Eu não gosto.

Ela nem se mexeu.

— Eu não vou à prefeitura, Lund. E ponto final. Faça você o que quiser. Eu *não* vou.

Jan seguiu para a porta.

— Você disse ao pai dela que encontraria quem fez isso, Meyer.

Ele parou, virou-se, encarou-a com raiva.

— Foi só por dizer?

— Eu também disse à minha mulher que ficaria em um trabalho por mais de três semanas. O que você acha que é mais importante?

Ela fez menção de dizer alguma coisa.

— Não — cortou Jan. — Nem uma só palavra. Eu sei a resposta. Sério. Não precisa.

Mesmas pessoas, mesma sala. Mas tudo estava diferente agora. A reunião estava começando e a tensão da noite anterior evaporara. Sorrindo, fazendo piadas, agindo como se nada houvesse acontecido, eles esperavam em seus lugares, Knud Padde mostrando mais os dentes do que a maioria ao dar risadas.

Ele já falara ao telefone com Rie. Especulando sobre uma vaga em uma das secretarias. À caça de uma promoção.

Troels Hartmann estava à cabeceira da mesa, ao lado de Elisabet Hedegaard. Os demais beliscavam croissants e biscoitos. Ele se limitou a uma xícara de café.

— Bom dia — disse Hartmann, e em seguida passou às amabilidades de praxe. Agradecimentos pela presença de todos. Pedidos de desculpas pela convocação tão súbita.

Bigum estava no extremo oposto da mesa, enterrado na cadeira, tentando sorrir.

— Não tem por que nos demorarmos nesta reunião — começou Hartmann.

— Troels.

Era Bigum. O sorriso parecia ainda mais forçado.

— Por favor. Eu gostaria de falar por um momento.

Hartmann se fez de surpreso.

— É claro, Henrik. Se é o que deseja.

Bigum respirou fundo.

— Eu lhe devo desculpas. Pelo infeliz rumo dos acontecimentos.

Ninguém falou.

— Foi difícil para todos nós.

Padde se sentara ao lado de Elisabet Hedegaard, que olhava Bigum com o queixo apoiado na mão.

— Espero que todos percebam que os nossos desentendimentos aconteceram apenas em função de uma preocupação mútua com o bem do partido. — Henrik Bigum olhou de relance para Hartmann. — E nada mais, Troels. Nada pessoal. Então...

Uma tentativa de riso. Um gesto deferente com a mão direita.

— Sugiro que todos façamos as pazes e sigamos em frente.

— Obrigado, Henrik — disse Hartmann, de boa vontade.

— É um praz...

— Mas você estava certo. Isso não pode continuar.

Bigum se contorceu na cadeira.

— Troels. Não há motivo para que você renuncie agora. Os delegados e o grupo o apoiam. Você defendeu o professor e...

— Sim, sim, sim. — Hartmann o calou com um gesto. — Não se preocupe. Eu não vou renunciar. — Ele olhou para todos os presentes, um de cada vez, com um sorriso discreto e estudado. — Não entrem em pânico. O nosso objetivo em comum é mudar o sistema aqui na prefeitura. Certo?

Eles assentiram, Bigum mais vigorosamente do que qualquer um.

Hartmann tamborilou um dedo na mesa.

— Mas não iremos conseguir se houver brigas internas.

Um murmúrio de aprovação.

Hartmann brincou com a plateia:

— Não consigo ouvir vocês! — Ele riu. — Estou certo?

Mais alto dessa vez. Henrik Bigum também riu.

— Você está certo, Troels. Sempre esteve.

Hartmann olhou para ele, no outro extremo da mesa reluzente.

— Eu sei, Henrik. Então darei a você a mesma escolha que me deu ontem.

O rosto de Bigum ficou frio como gelo.

— Como?

A expressão de Hartmann mudara outra vez. Sério. O olhar que usava quando enfrentava Bremer.

— Ou você renuncia... — Ele fez uma pausa. — Ou votaremos pela sua saída.

Bigum fez que não.

— O quê?

A sala ficou em silêncio. Hartmann deixara Morten fora daquilo. Ele nunca gostara de conflito. Rie, de pé próxima à mesa, sorrindo, ansiosa, ficara ao telefone desde as 6h daquela manhã. Eles sabiam muito bem o que estavam fazendo.

Bigum estava ficando irritado.

— Isso é absurdo. Eu trabalho para o partido há 20 anos. Tanto tempo quanto você, Troels. Só agi pelos nossos interesses.

— Você procurou Bremer, Henrik. Propôs um pacto a ele.

O rosto magro e ascético do professor enrubesceu.

— Eu quis avaliar a situação. Só isso. Não venceremos sozinhos. É preciso que concessões sejam feitas...

— Como vai ser, Henrik? A sua renúncia ou uma votação?

Bigum olhou para todos os presentes. Todos evitaram o seu olhar. Até mesmo Padde.

— Entendo.

Ele se levantou, curvou-se sobre a mesa, encarou Hartmann com ódio.

— Vai se foder, Troels. Você nunca será prefeito. Não tem... não tem...

— Estômago? — perguntou Hartmann.

Rie abriu a porta com um sorriso estampado no rosto.

— Fodam-se todos vocês — murmurou Bigum, e saiu.

Hartmann cruzou os braços, recostou-se na cadeira.

Por fim, Knud Padde rompeu o silêncio:

— Bem... Assim seja. Como presidente, agora dou a palavra a Troels.

Hartmann pegou a garrafa térmica e serviu mais café para si.

— Isso vale para você também, Knud. Fora.

Padde riu como uma criança nervosa.

— O que é isso, Troels? Eu sei que pisei na bola. Mas trabalhei muito pelo partido. Sou leal e...

Hartmann tomou um gole de café.

— Você está fora — disse ele, e nada mais.

Ninguém olhou para Padde. Ninguém disse uma palavra.

Rie voltou a abrir a porta, ainda sorrindo.

— Foi para isso que me arrastaram para cá? Para me humilhar?

— Knud — chamou Rie, batendo na porta com os nós dos dedos. — Temos que começar a reunião. Por favor...

Ele murmurou o único palavrão que Hartmann jamais ouvira de sua boca e saiu pesadamente.

— Bom — declarou Hartmann, animado. — Vamos começar.

Ele sorriu para os rostos ao redor da mesa. Eram seus agora. E de ninguém mais.

— Elisabet. Você assumirá o posto de Knud. Tudo bem?

Ela assentiu e sorriu.

— Agora eu gostaria que vocês conhecessem duas pessoas.

Rie chamou pelo corredor:

— Sanjay? Deepika? Por aqui.

Um homem e uma mulher, ambos jovens. Asiáticos. Bem-vestidos, profissionais. Saídos do programa de cidadão-modelo.

— Talvez vocês conheçam Sanjay e Deepika da nossa organização de jovens — anunciou Hartmann. — Sentem-se. Bem-vindos. Eles são os dois novos membros do comitê.

Ele esperou. Então indagou:

— Alguma pergunta?

Não havia nenhuma.

Hartmann saiu no meio da reunião para pedir algumas fotocópias. Morten e Rie discutiam ao lado da máquina copiadora.

— Você não me disse que algumas cabeças iam rolar — queixava-se Morten.

— Você não teria gostado.

— Esse não é um bom momento para chutar gente daqui.

— Eles pediram, Morten — disse Rie. — Como podemos ter uma cobra como Bigum entre nós?

— E quanto ao Knud? — perguntou Morten. — O que ele fez além de se comportar como sempre se comportou? Dançando conforme a música?

— Knud foi um exemplo — respondeu Hartmann.

Morten abriu a boca num arremedo de perplexidade.

— Um exemplo? Estou mesmo ouvindo isso de São Troels? Desde quando você aprendeu a lançar facas no escuro?

— Desde que eu pensei em acabar com Poul Bremer. Eles estão fora. Pronto.

Ele bateu alguns papéis na máquina.

— Quero cópias destes documentos e mais café.

— Faça você o seu maldito café! Bigum não vai aceitar isso calado. Ele vai criar um inferno para você no partido.

— Escute, Morten — disse Hartmann —, fomos os bons moços por tempo demais. Na defensiva. Eu precisava agir. Precisava mostrar que posso ser forte.

— E conseguiu. Espero que tenha discutido isso com Kirsten Eller. Bigum é próximo dela, caso você não saiba.

Nada.

— Ah — disparou Morten. — Você não sabia. Se tivesse perguntado...

Hartmann fez um grande esforço para se controlar.

— Eu me viro com Eller. Não precisa se preocupar com isso.

— O problema — disse o gerente do banco — é que vocês estão pagando duas casas.

O homem fora à garagem encontrar-se com ela. Estava no escritório, com um misto de vergonha e irritação no rosto. Pernille queria perguntar: por que agora? Ele não lia os jornais? Será que não sabia que aquele não era o momento?

Mas ele era gerente de banco. Um homem que envergava um bom terno. Sem dúvida com uma casa enorme num bairro elegante. O trabalho dele era perseguir pequenos donos de empresas de Vesterbro que lutavam para conseguir sobreviver. As circunstâncias não importavam. Apenas as coroas na conta.

— Não será por muito tempo.

— E nem pode. Vocês não têm capital de giro para bancar isso. Então...

— Então o quê?

— Quando vão conseguir vender a casa?

Um dos funcionários apareceu à porta.

— O elevador do caminhão maior quebrou.

O que Theis faria? O que Vagn diria?

— Faça duas viagens com o pequeno. Não podemos cancelar.

— Se fizermos isso, vamos atrasar a próxima entrega.

Pernille olhou para o funcionário, não disse nada. Ele saiu.

— Posso ajudar com o empréstimo — disse o gerente do banco. — Vocês poderão adiar o pagamento da prestação deste mês. Mas...

Ela estava pensando em caminhões e serviços e prazos. Trabalhe bastante que o dinheiro entra. Era o que Theis sempre dizia.

— Pernille? A conta de vocês está estourada. E há ainda os custos do funeral. Precisamos de algum tipo de...

— Dinheiro? — perguntou ela. — Garantia? — Ela olhou para o escritório à sua volta, para o depósito, os homens do lado de fora. — Tudo isso é de vocês mesmo! O que mais posso oferecer?

— Vocês precisam de um plano. Caso contrário...

— Theis vai voltar para casa em breve — disse ela, com firmeza. – Ele vai encontrar uma solução. Ele sempre encontra.

— Pernille...

— O senhor pode esperar até Theis voltar, não pode? Ou quer entregar uma carta de cobrança no cemitério enquanto eu enterro a urna com as cinzas da Nanna?

O gerente não gostou daquilo. Foi um comentário cruel, pensou Pernille.

— Estou tentando ajudar.

O telefone estava tocando.

— O senhor vai receber o seu dinheiro. Com licença. Preciso atender.

Era Theis, telefonando da prisão.

Ela foi para um canto tranquilo da garagem para falar.

— Oi.

— Você está bem, Theis?

— Aham.

Ela tentou imaginá-lo na prisão. Será que o tinham obrigado a vestir um uniforme? Será que ele estava comendo bem? Será que estava se metendo em discussões? O temperamento dele...

— Como estão os meninos?

Ele soava velho e derrotado.

— Estão bem. Esperando você voltar para casa.

Houve um longo suspiro asmático na linha, e então ele disse:

— Não vou voltar hoje.

— Quando vão deixar você sair?

— Querem me manter sob custódia.

Dois funcionários analisavam uma das vans. Havia um problema com aquela também.

— Quanto tempo?

— Vou ter uma segunda audiência daqui a uma semana. Talvez depois disso.

Ela não conseguia pensar em nada para dizer.

— Eu lamento pelo...

Ela nunca o vira chorar. Nem quando a mãe dele morrera. Tudo em Theis acontecia por dentro, escondido, aprisionado no silêncio. As emoções estavam lá. Ela aprendera a percebê-las, senti-las. A nunca esperar vê-las expressas.

— Preciso ir, amor — disse ele.

Ela engolia as lágrimas, por ele, por si mesma, por Nanna e pelos meninos. Por todo o mundo triste e cinza.

Pernille também estava sem palavras, e isso parecia ser o pior, o maior pecado de todos.

— Tchau — disse ele e desligou.

Sarah foi à fortaleza de tijolos marrons que era o Rådhus e se dirigiu ao lugar no subsolo que lidava com carros. De casaco preto, calça jeans e o suéter de lã, ela tentava lidar com um mal-humorado senhor uniformizado que acreditava ter coisa melhor a fazer.

A garagem era supervisionada a partir de uma guarita de segurança que ficava perto da saída. Havia uma janela de vidro entre ela e o homem, por razões que ela não fazia ideia. As telas do circuito de segurança exibiam imagens do prédio, dos extensos corredores da Câmara que lembravam uma prisão, das salas dos servidores públicos, do subsolo e da garagem.

— Estamos ocupados — disse o segurança.

— É coisa rápida. Preciso entender como o seu sistema funciona.

Parecia que ele trabalhava ali desde que o prédio fora construído, mais ou menos um século antes. Um homem sisudo de cerca de 65 anos, óculos de leitura pequenos nos quais ele gostava de mexer, calvo mas com um restinho de cabelos grisalhos. Presunçoso em seu uniforme azul, como se o brasão da cidade, três torres de ouro erguendo-se da água, fosse um distintivo. Mais interessado em suas chaves e câmeras e arquivos do que em olhar para as pessoas à sua volta.

— É uma garagem — disse ele. — O que você imagina? Eles entregam as chaves depois que estacionam. Depois pegam quando vão sair.

Havia um quadro de chaves atrás dele. Lotado. Um motorista apareceu e pediu um carro. O senhor se levantou, ajeitou os óculos no rosto com a mão esquerda para conseguir ler os números. Um longo caminho. Até a ponta do seu nariz fino.

— O senhor precisa ir ao oculista — disse ela, tentando ser simpática.

Ele entregou um chaveiro ao motorista, lançou um olhar severo para Sarah, sentou-se, não disse uma palavra.

— Então a chave do carro roubado deveria estar aí.

— Se não tivesse sido roubado.

— Quem é responsável por abastecer os carros?

— Quem estiver dirigindo, imagino. Eu não cuido dessa parte.

— E isso sempre é registrado?

Ele não gostou da pergunta.

— Não posso falar pelos candidatos. Pergunte a eles.

Sarah hesitou, olhou para o homem. Ficou onde estava.

— Estou perguntando a você.

Então ela entrou na guarita, colocou o livro com os registros na frente dele.

— Este é o livro de registros que pegamos aqui. Explique como funciona. Isso significa que ninguém abasteceu o carro?

— Você tem que ficar do outro lado do vidro.

— E você é um servidor público municipal. Tem que ajudar a polícia. Fale a respeito do livro de registros.

— Não significa nada — disse o homem. — Ninguém preenche isso logo no início. Todo mundo espera até ter um tempo sobrando. Às vezes os registros nem são preenchidos.

Ele olhou as anotações.

— Esse motorista não voltou aqui. Então não fez os registros. Qual é a novidade nisso? Posso voltar ao meu trabalho agora?

Ele ajeitou os óculos outra vez. Olhou para Sarah.

— A não ser que você tenha mais perguntas...

Ela saiu da guarita e foi até a porta. Olhou para o dia de inverno monocromático.

Ninguém gostava de ajudar a polícia. Eles eram uma espécie de inimigo. Mesmo nas entranhas da prefeitura.

Sarah voltou e parou em frente ao vidro, como deveria. O homem ainda mexia nos óculos — nervoso, ao que lhe pareceu.

— Como os motoristas pagam pela gasolina?

Ele apertou o botão do microfone.

— O quê?

— Como os motoristas pagam pela gasolina?

Ele pensou a respeito.

— Tem um cartão de combustível nos carros. Mas olhe... Isso não tem nada a ver com a seg...

— Não encontramos nenhum tipo de cartão de combustível. Como ele é?

— Não sei. Somos da segurança. Não mexemos com dinheiro. Agora se me der licença...

— Entendo. Mas você pode fazer uma consulta. Descobrir que postos eles costumam usar.

— Você quer que eu faça uma consulta?

— Sim. — Ela sorriu. — Depois eu deixo você voltar ao trabalho.

Ele ficou sentado no seu banquinho, o rosto pálido e infeliz, os dedos inquietos nos óculos.

— Prometo.

Os detalhes estavam num livro em frente ao segurança. Ele rabiscou alguma coisa num bloco de papel e passou a folha por baixo do vidro.

— Mais alguma coisa?

— Por enquanto não, obrigada.

Jan e seus homens estavam na escola com capacetes de segurança, olhando o terreno em obras onde seria erguida a nova ala.

— Falem com todos os operários — ordenou ele. — Descubram a que horas chegaram. Quando saíram. Qualquer coisa que tenham visto. Quando terminarem, conversem com os faxineiros. Aí depois...

O telefone dele tocou.

Sarah.

— Você vem para a escola ou não? Temos muito a fazer aqui.

— Havia um cartão de combustível específico para o carro. Não estou com o cartão, mas consegui o número.

Uma pausa. Barulhos de trânsito. Ele podia vê-la fazendo malabarismo com o telefone e alguns papéis e tentando dirigir, tudo ao mesmo tempo.

— Foi usado às 7h21 da noite, aquela sexta-feira. Num posto de gasolina em Nyropsgade.

— Onde?

— A dois minutos da prefeitura.

Jan não disse nada.

— Vamos pegar as fitas do circuito de segurança — disse Sarah.

— Temos que fazer o que Buchard mandou.

Ela não respondeu.

— Você não pode fazer isso sozinha? — perguntou ele, e se sentiu mal assim que pronunciou as palavras.

— Claro — respondeu Sarah naquele tom debochado que ela podia ligar e desligar com enorme naturalidade. — Como quiser.

Então desligou.

Os homens o observavam.

Jan jogou o capacete para o mais próximo.

— Vocês sabem o que fazer — disse.

— Vai a algum lugar?

— Estarei na sede se precisarem de mim.

Os dias ficavam mais curtos. Escurecia pouco depois das 16 horas.

Pernille Birk Larsen se viu sozinha no escritório, sob uma chuva de telefonemas de clientes irados, jornalistas, desconhecidos oferecendo tipos estranhos de ajuda.

O gerente do banco telefonara pedindo informações financeiras. Ela fora forçada a encontrar a chave da gaveta pessoal de Theis para procurar alguns extratos. Encontrou uma fotografia: Theis e Nanna. Provavelmente tirada apenas algumas semanas antes, supôs ela. Ele usava o gorro de lã preto e tinha no rosto o sorriso sincero que Pernille amava. Nanna estava linda, tinha o braço ao redor dos ombros do pai, como que o protegendo. E não o contrário. Não como deveria ser.

Ela virou a foto. Escrito com a letra de Nanna: *Te amo!*

Pernille nunca vira aquela fotografia. Outro segredo de Nanna. E do pai. Nanna sempre se metia em lugares onde não deveria. Às vezes pegava roupas de Pernille sem pedir. Fuçava as gavetas dos outros à procura de coisas que poderia querer. O que provocava discussões eventuais.

Nunca sérias. Não havia discussões sérias naquela casa. De certa forma, ela se perguntava se algum dia haviam tido uma conexão de verdade com Nanna. Talvez aquela fosse a distância inevitável trazida pela morte. Talvez...

Nanna era uma jovem curiosa, sempre em busca de coisas novas. Talvez também tivesse bisbilhotado ali nas coisas de Theis.

Ele não iria gostar disso, pensou Pernille. Havia um lado seu que Theis gostava de manter para si mesmo. Ela o vira na noite anterior. Uma forma selvagem, gigante, segurando uma marreta acima de uma forma ensanguentada prostrada no chão daquele galpão distante. O homem que ela amava, um homem que ela mal reconhecera naquele instante.

Um barulho na escuridão da garagem a fez dar um pulo. Vagn saiu das sombras. Com ar furtivo, culpado. Tinha um corte e alguns hematomas no rosto.

— Oi — disse Vagn.

Pernille guardou a fotografia, olhou para ele. Não conseguia pensar em nada para dizer.

Ele ficou ali, curvado dentro do macacão vermelho, o gorro de lã preto na cabeça. O irmão caçula. Ela o conheceria antes mesmo de conhecer Theis. Antes que assumisse o risco, que sentisse a emoção de estar com um homem como ele. A correntinha de prata reluziu no pescoço de Vagn.

— A ideia foi minha. A culpa é minha. Não dele.

Pernille fechou os olhos brevemente, voltou aos papéis.

— Ele ainda está preso?

Havia uma pilha de contas. Algumas com anotações em vermelho. Ela abriu a gaveta e as guardou.

— Posso cuidar disso, Pernille. Eu ajudo com a empresa. Com os meninos. Faço o que for possível. Eu só...

Mais papéis. Mais contas. Pareciam se reproduzir diante dos olhos dela.

— Eu só quero ajudar.

Pernille se aproximou e lhe deu uma bofetada no rosto cortado e ferido. Com toda a força que conseguiu reunir.

Ele não recuou.

Apenas levou a mão ao rosto. A ferida se abriu novamente com o golpe. Ele limpou o sangue.

— Como você pôde fazer isso? — perguntou ela. — Como?

Vagn limpou mais sangue, olhou para ela de um jeito estranho.

— Theis achou que estava fazendo aquilo por você.

— Por mim?

— Se tivesse sido ele, Pernille, se tivesse sido o professor. O que ele seria agora? O seu herói? Ou um idiota?

Ela ergueu a mão outra vez. Vagn não se encolheu.

— Eu não devia ter contado a ele. Fiz o possível para controlá-lo. Quando percebi. Kemal estaria morto se não fosse por mim.

— Não. Chega.

Ele assentiu. Foi até a mesa. Olhou para os serviços do dia seguinte.

Pernille precisava perguntar.

— Vagn. No passado. Vinte anos atrás. Antes de eu conhecê-lo.

— Sim.

— Como ele era?

Vagn refletiu.

— Inacabado. Esperando. Um moleque. Como todos nós.

— A polícia me mostrou algumas fotografias.

— Que fotografias?

— De um assassinato. Um homem. Um traficante.

— Ah.

— O que aconteceu? Diga a verdade.

— Todo mundo faz besteira de vez em quando. Os seus pais pensaram isso quando você começou a namorar com Theis. Não pensaram?

— A polícia...

— A polícia está tentando confundir você.

Ele se aproximou e a fitou. Aqueles dois eram próximos antes que ela o conhecesse. Unha e carne.

— Ele não fez nada, Pernille. Nada Entendeu?

Kirsten Eller estendeu a mão roliça e suada.

— Estou muito feliz que tudo tenha terminado bem para você. Todo esse aborrecimento foi bastante desagradável.

— Sim. Sente-se.

Ela acomodou o corpanzil no sofá do escritório dele

— E você remanejou o seu grupo. Isso é bom.

Hartmann ocupou a cadeira em frente a Eller.

— Eu não tive escolha, Kirsten. Precisava fazer alguma coisa.

Ela tinha presença. Casaco longo sobre o corpo pesado. Sorriso permanente. Óculos de tartaruga presos nos cabelos tingidos de castanho como se ela tivesse acabado de sair de uma reunião muito importante. Eller frequentava os corredores da prefeitura fazia tanto tempo quanto ele. De certa forma, as conquistas dela eram mais numerosas. Por meios que ele estava começando a valorizar.

— Mas agora tudo isso passou, pelo menos — disse ela. — As pesquisas estão favoráveis. A imprensa está começando a se decidir em que cavalo apostar. E agora é o momento de colhermos os benefícios.

— Exatamente o que eu penso.

Ela pegou uma pasta classificadora de dentro da maleta e a abriu.

— Temos algumas sugestões para conquistar os eleitores indecisos que ainda existam. São eles que vão definir essa eleição, Troels. Não podemos nos esquecer disso.

Ele sorriu, balançou a cabeça. Genuinamente admirado.

— O que foi? — perguntou ela.

— Você é uma excelente atriz. Que talento.

O sorriso não cedeu. Nenhuma reação.

— Bigum não teria tentado um ardil daqueles sem antes falar com você. Ele procurou Bremer. Procurou você. E você deu o sinal verde.

O sorriso murchou.

— Troels...

— Não. Por favor. Não insulte a minha inteligência tentando negar.

— Isso é...

— A verdade — cortou ele. — Eu conheço o meu pessoal, Kirsten. Conheço Bigum. Ele não tem porte nem coragem suficientes para fazer aquilo sozinho. Talvez você o tenha apoiado. Não me importa.

Aquilo estava claro para Hartmann agora. Ele se perguntava por que levara tanto tempo para enxergar.

— Eles agiram por medo. Não força. Não coragem. Medo. Acho que você conseguiu farejar isso.

Ela ergueu as mãos.

— Troels. Antes que você diga mais uma palavra... entenda isso.

— Vou lhe dar duas opções.

Kirsten Eller ficou em silêncio.

— Ou eu informo a imprensa e eles a pintam como a megera pouco confiável, desleal e convincente que você é.

Hartmann esperou, a cabeça inclinada para o lado, escutando.

— E a alternativa?

— Você renuncia. Deixa o seu vice assumir.

Kirsten Eller se voltou para Rie, que fazia anotações alegremente.

— Você precisa de mim, Troels. Todos vocês precisam de mim. Pense em...

— Não, Kirsten. Eu não preciso de você para nada.

Ela esperou. Nem mais uma palavra. Então pegou suas coisas, com raiva, e precipitou-se para a porta, onde parou para se virar e encarar Hartmann.

— Foi pela vitória. Não por você. Não seja pretensioso.

— Pode deixar — prometeu ele.

Ao sair, Eller esbarrou em Morten, que a observou partir.

— O que aconteceu? — perguntou ele. — Achei que fôssemos ter uma reunião.

Hartmann ficou de pé.

— Rie! — chamou ele. — Agende algumas entrevistas com jornalistas. Escolha amigos nossos.

— O que diabos está acontecendo? — berrou Morten.

— Eu ia lhe contar. Não tive tempo. Kirsten vai renunciar.

— Meu Deus, Troels! Nós lutamos por essa aliança...

— Ela incitou Bigum. Desde o princípio me queria fora da jogada.

— Você não pode continuar agindo assim.

— Morten. — Hartmann o segurou pelos frágeis ombros. — Bremer tem estado um passo na nossa frente desde o início desta campanha. É hora de darmos as cartas. É hora de agirmos com mais ousadia do que ele.

— Cortando todas as cabeças à vista?

Hartmann se exaltou:

— Ela me apunhalou pelas costas. Tentou fazer acordo com Bremer. E depois com Bigum. Você precisa mudar a sua forma de pensar. Podemos derrubar Bremer do pedestal sem aqueles filhos da puta boca-mole do Partido de Centro.

— Não, Troels! Não podemos. Sozinhos não temos os votos.

Hartmann balançou a cabeça. Rie ficou calada, sorrindo.

— Há quanto tempo estamos nesse jogo, Morten? Vinte anos? Sempre as mesmas regras. As deles. De agora em diante vamos usar as minhas. Ligue para os líderes da minoria e os convide para uma reunião hoje à noite. Diga que eu tenho uma proposta importante a fazer.

— Metade deles odeia você — disse Morten.

— Não mais do que eles odeiam uns aos outros.

— Eles estão do lado de Bremer!

— Se viram as pesquisas, não estão mais. Estão com quem for vencer.

Ele olhou para o comitê de campanha à sua volta. Havia pôsteres por todo lado, seu próprio rosto. Sorriso modesto. Olhos azuis bem abertos. A vassoura nova disposta a varrer a velha para o lixo.

Hartmann apontou para seu retrato.

— Aquele sou eu.

— Ele encheu o tanque na noite em que Nanna morreu, dez dias atrás — disse Jan.

Eles estavam na sala de Sarah, assistindo às fitas do circuito interno de TV. Imagens em preto e branco divididas em quatro janelas. Data e horário no rodapé de cada quadro granulado.

— As câmeras funcionam 24 horas por dia. As chances de encontrá-lo depois de tanto tempo são muito pequenas, Lund.

Ela estava quase grudada na tela, olhando. Para os números. Para as formas sombreadas que se moviam por entre as bombas.

Tudo.

— Além disso — continuou Jan —, todo mundo reutiliza as fitas. E se é algo tão antigo...

— Não é essa — interrompeu-o Sarah, ejetando a fita.

— Só falta uma.

— É sempre a última.

Ele respirou fundo.

— Raramente é a última, Lund.

— Olhe para a tela. Enxergue alguma coisa que eu não consigo enxergar. Por favor.

Jan pegou uma banana com uma das mãos, um cigarro com a outra. Acendeu-o.

O vídeo começou. A data no rodapé das janelas dizia 7 de novembro.

— Merda — murmurou Jan. — É de sexta-feira passada. Eu disse. Eles reutilizam as fitas. Por isso que a imagem é tão ruim.

Ela tomou um gole de café tépido. Todos já haviam ido para casa. Um faxineiro varria o corredor fora da sala.

— Isso não significa que o resto também seja do dia 7, não é? — especulou ela. — Quando a gente tinha uma filmadora...

Mark quando bebê, no tempo em que ela ainda era casada. Tudo misturado, todo tipo de imagem. Meses diferentes, anos diferentes. Era difícil ter um controle quando se usava a mesma fita vezes seguidas.

— Adiante um pouco — pediu ela.

Jan acionou o controle remoto.

Carros pretos e brancos, formas borradas correndo ao redor.

— Aí — disse Jan.

Ele bateu palmas e soltou um grito de satisfação. Sarah olhou para ele. Orelhas grandes, olhos grandes. Um menino grande.

A expressão festiva dele murchou.

— Eu estava tentando animar você.

— É o dia 31 — disse Sarah.

— Eu sei. Foi o que eu disse.

Por volta das 20 horas. Jan rebobinou a fita, voltou demais, passou a avançar mais devagar.

Chegaram às 19h17. Quatro quadros na tela. Apenas um carro.

Era um Fusca branco.

— Merda — murmurou Jan outra vez.

— O relógio está errado. Por que eles iriam se preocupar em deixar os minutos exatos? Continue avançando.

O Fusca saiu. Nenhum carro. Apenas o piso de concreto vazio e as luzes acima das bombas de gasolina.

Então, 20 minutos e 37 segundos depois das 19 horas, um carro preto parou no posto, em frente à bomba que aparecia no quadro superior direito da tela, sua chegada sendo reproduzida em imagens fragmentadas como em um filme de animação em *stop motion*.

Jan apertou os olhos para ler a placa.

— É o nosso carro — disse ele.

Chovia. Ela ainda não havia percebido isso. Sabia o que significava. Tinha que significar aquilo. Era esse tipo de caso.

A porta abriu. O motorista desceu. Vestia um casaco de inverno comprido e escuro. Tinha a cabeça coberta com o capuz. Ele foi até a lateral do carro, abriu a tampa do tanque.

O rosto oculto o tempo todo.

— Mer... — começou Jan.

Sarah colocou a mão sobre a dele.

— Paciência.

Contornando o carro e indo até a bomba. Sempre de cabeça baixa.

— Vamos, pelo amor de Deus — sussurrou Jan, e deu uma tragada ansiosa no cigarro.

Era uma bomba com um leitor de cartões ao lado do encaixe da mangueira. Eles viram a mão inserir algo, tirar.

Nenhum rosto.

Ele terminou, contornou novamente o carro até a tampa do tanque, depois até a porta.

— Vamos lá. Sorria para a câmera. Olhe para alguma coisa!

Sentado ao volante. O rosto oculto pelo ângulo da câmera. O Ford partiu.

— Merda, merda, merda — gemeu Jan.

— Espere um minuto.

Ela apertou o botão para voltar a fita. Olhou para o homem parado em frente à bomba.

Olhou para sua mão esquerda. A forma como a esticava, depois a levava ao rosto e segurava alguma coisa ao ler os números do cartão.

— Eu sei quem é — disse Sarah.

Jan pareceu ficar nervoso.

— Não diga.

— Vou à prefeitura. Quer vir comigo?

Cinco minutos sob chuva, com o trânsito livre da noite. O plantão do segurança estava para terminar. Ele começou a guinchar no momento em que Jan lhe mostrou as algemas.

— Eu não fiz nada. Eu não fiz nada.

— Meu Deus — disse Jan. — Nunca ouvi essa antes. Você vem com a gente, meu chapa.

— Eu só enchi o tanque do carro, só isso.

Sarah seguia Jan enquanto ele conduzia o homem até a porta, pensando, escutando.

— Antes ou depois de sequestrar Nanna Birk Larsen? — perguntou Jan.

O homem, vestindo um suéter azul do uniforme da prefeitura, olhou-o perplexo.

— Eu tenho 64 anos. Do que é que você está falando? Não sequestrei ninguém.

— Coloque-o sentado naquele banco — ordenou Sarah.

— Precisamos levá-lo.

Sarah observou o velho de cima a baixo. Curvado. Míope. Parecia não respirar muito bem.

— Conte a verdade — disse Sarah. — Conte o que realmente aconteceu. E talvez assim você não perca o seu emprego.

— Meu emprego? Meu *emprego*? Foi por fazer o meu trabalho que vocês acabaram aqui, vindo bisbilhotar a minha vida.

Jan o acomodou com pouca delicadeza no banco de pedra ao lado do bicicletário.

— Nunca vão colocar você na recepção, não é mesmo, companheiro? Conte o que aconteceu ou não vai ver a luz do sol pelos próximos 16 anos.

O segurança o encarou com um misto de medo e ultraje.

— Vou ter que ligar o seu aparelho de surdez, vovô? — gritou Jan.

— Cadê o cartão de combustível? — perguntou Sarah, com mais tato.

O homem não respondeu.

— Estou tentando te ajudar — disse ela. — Se você não falar agora, vamos levá-lo à delegacia.

— Eu levei o cartão. Ia colocar de volta quando chegasse aqui para trabalhar na segunda-feira. Mas...

— Mas o quê? — perguntou Jan.

— Vocês estavam aqui, por todo lado.

— Por que você foi à escola?

— Por que não? Eu moro ali do lado. Quando estava voltando a pé para casa, eu vi o carro. Um dos nossos. Ali parado. Não entendi. Eu conheço os horários. Todos eles já deveriam ter voltado.

— E as chaves estavam com você? — perguntou Jan.

— Não. Estavam na ignição. Acho que o motorista esqueceu ali, sei lá. — O segurança balançou a cabeça. — Eu não podia deixar o carro ali, podia? As chaves na ignição. Seria roubado antes da meia-noite.

Sarah estava ficando impaciente.

— Não. Isso não me engana. Você poderia ter ligado para o comitê de campanha. O carro era deles.

— Eu tentei — disse ele, muito calculadamente. — Eles disseram que a secretária estava em Oslo. O carro é da cidade, como vocês bem sabem. Não deles. É nosso. Os nossos impostos...

— Você está me deixando louco — disparou Jan. — A garota...

— Eu não conhecia aquela garota. Eu não fiz nada. A não ser um favor.

— O que você fez com o carro? — perguntou Sarah.

— Aquele carro é usado na campanha de Hartmann. Ele é um sujeito metido, mas isso não é da minha conta. Talvez fossem precisar do carro. Então eu fui até o posto, enchi o tanque e voltei. Coloquei as chaves de volta.

— De volta? De volta onde?

O segurança olhou para os dois como se eles fossem idiotas.

— Aqui. Onde mais? Tem um estacionamento aqui em frente. É onde a gente deixa os carros da campanha. Então foi lá que eu deixei.

Sarah esperou.

— E não pensei mais nisso — continuou o segurança. — Só quando eu soube da jovem que foi morta. Então...

Ela se sentou ao lado do homem.

— Então você ficou de bico fechado.

O homem ajeitava os óculos outra vez. Lambia os lábios, nervoso.

Jan se sentou do outro lado e lhe dirigiu um sorriso hostil. Perguntou:

— Por quê?

— Um servidor público precisa se manter distante da política. É muito importante. Não tomamos partido. Não nos envolvemos.

— Você está envolvido agora — disse Sarah. — E muito.

— Achei melhor conferir as fitas para ver quem tinha pegado as chaves. Era a coisa certa a se fazer.

— E...?

— Não estava lá. — O homem pareceu ficar desconcertado. — A única explicação que eu encontrei foi que quem pegou as chaves deve ter pegado também a fita. De que outra forma...?

— Ah, pelo amor de Deus — rosnou Jan.

— É a verdade. Estou dizendo a verdade. Tenho 64 anos. Por que eu mentiria? Se descobrissem que a fita tinha desaparecido, estaríamos todos encrencados. Aqueles filhos da mãe lá de cima não pensam duas vezes antes de dar um pé na nossa bunda. Eu me aposento daqui a um ano. Por que iria pagar a conta pelo erro de outra pessoa? Eu trouxe o carro de volta quando nem estava mais de serviço. E agora vocês me ameaçam como se eu fosse um criminoso...

— Você é um criminoso — retrucou Jan. — Perdemos uma semana indo atrás de fantasmas. Um homem decente foi parar no hospital e o pai da garota está preso. Se soubéssemos disso desde o princípio... Lund? Lund?

Ela estava de pé, contemplando o Rådhus. Os elegantes corredores azulejados. As escadarias de madeira brilhante. Ornamentos e candelabros. Placas e memoriais. Todas as armadilhas do poder.

Alguém tinha descido até ali e pegado as chaves do carro no qual Nanna Birk Larsen morreria. Alguém levara a fita que teria revelado o responsável.

Eles tinham procurado no lugar errado aquele tempo todo.

— Mostre. Quero ver onde o carro estava.

Jan hesitou.

— O chefe disse para ligarmos se...

— Buchard pode esperar — disse ela.

A prefeitura usava um edifício-garagem do outro lado da rua, com vários andares. Piso de concreto cinza. O velho segurança começava a ficar assustado.

— Eu estacionei o carro aqui às 7h30 naquela sexta-feira.

Terceiro andar. Não havia mais nenhum veículo ali.

— Tem certeza do horário? — quis saber Jan.

— Sim! Depois eu pendurei as chaves no quadro que fica atrás da nossa mesa. E fui para casa.

Sarah estudava o teto, as paredes, a estrutura do lugar.

— Quem tem acesso à sua sala? — perguntou Jan.

— Não muita gente. Somos a segurança, certo? Mas estava tendo uma festa aquela noite.

— Na prefeitura?

— Isso. — Ele torceu o nariz. — Um dos partidos. Não o tipo de festa que você gostaria.

Ele tentou sorrir para Jan.

— Eu também não. Só conversa fiada e champanhe barato. Eles sempre lançam a campanha dando uma festa. Chamam de festa do pôster. Quando os pôsteres ficam prontos, eles vêm e sentam em volta como crianças e fazem de conta que venceram.

— E que importância tem a festa? — perguntou Sarah.

— Gente entrando e saindo. Não dá para ficar de olho em tudo. Eles deixam chaves, pegam chaves. Precisamos mostrar às pessoas onde fica a sala, o banheiro.

Ela esperou.

— Eu não estava aqui — disse ele. — Se estivesse, tentaria manter as coisas sob controle. Mas não é fácil. Não tomamos conta do lugar o tempo todo. É impossível.

— Então qualquer um pode ter entrado e pegado as chaves?

— E a fita — acrescentou ele.

Jan deu um tapa na testa e murmurou:

— Maravilha.

— Vamos ficar com as que ainda estão lá — disse Sarah. Ela se voltou para o segurança. — De quem foi a festa?

A expressão do homem sugeria que ela já deveria saber.

— Hartmann. O que anda por aí achando que é capaz de jogar o velho Bremer na rua. As mulheres adoram o cara, eu sei. Ele é bonitão. Mas honestamente... — Um riso breve e amargo. — Um menino contra um homem.

Oito e meia. De volta à sede da polícia. Sarah e Jan em frente ao computador, assistindo às fitas da segurança. Buchard ao lado deles, mãos nos bolsos.

— Não temos como saber quem pegou as chaves — disse Sarah. — Alguém pegou a fita, mas...

Ela estava feliz e confortável em frente à tela, adiantando e rebobinando a fita, procurando o ponto certo.

— Às 7h55 aconteceu isso.

Dois carros no terceiro andar do edifício-garagem. O Ford preto ao fundo da imagem, um Volvo prata em primeiro plano.

À direita da tela, a duas vagas do carro onde Nanna morreu, uma porta é aberta. O acesso de quem vem das escadas.

Pessoas entram na garagem. Uma família. Vindo da festa.

— Balões — disse Buchard. — Você me chamou aqui para ver balões?

— Esqueça os balões — disse Sarah. — Veja o que acontece ao fundo.

Um homem. Duas crianças pequenas segurando balões. O Volvo é deles. Quando estão caminhando na direção do carro, é possível discernir outra forma seguindo para o outro carro nas sombras. Pouco mais do que uma sombra. Um borrão na tela.

— Como diabos você vê essas coisas? — perguntou Jan.

— Eu observo. É um homem, de quase 1,90 metro de altura, eu diria. A essa hora, Nanna ainda estava na festa da escola.

O Ford preto sai de ré da vaga no momento em que o homem e as crianças entram no outro carro. Bloqueando a visão.

— Depois ela deu uma passada na casa do professor. E então...

O Ford segue para a saída, à esquerda da tela, atrás do Volvo.

— E então eu acho que ela se encontrou com esse homem. — Sarah observava a tela, imersa nas imagens, alheia ao fato de que sorria. — Em algum lugar.

Ela trocou de câmera. O Ford preto em movimento na garagem. Então outra, em uma esquina. Antes da rampa de saída. A placa estava legível na imagem monocromática.

— É ele — diz Sarah. — XU 24 919. Esse é o carro onde Nanna foi encontrada.

Cigarro na boca, olhos brilhantes e cansados, Jan lhe fez uma pequena saudação.

— Obrigada — disse Sarah, com um toque de sarcasmo.

— Não, Lund. É sério. Caramba...

— Perdemos o nosso tempo na escola. Não aconteceu nada lá. O carro estava na garagem do Rådhus o tempo todo.

— O sujeito deve estar morrendo de rir... — resmungou Jan.

— Podemos excluir Hartmann e equipe — prosseguiu ela. — Investigamos todos eles. A questão é que...

Os dois esperaram.

— Nanna estava indo para algum lugar. A forma como ela agiu na festa. Kemal disse que ela pegou uma fotografia da turma na casa dele, por algum motivo. É como se...

— Ela estivesse se despedindo? — completou Jan.

— Talvez. — Sarah deu de ombros, puxou as mangas do suéter. — Acho que ela estava tendo um caso com alguém. Os pais também suspeitam disso. Eles não querem dizer. Talvez não queiram aceitar.

— Birk Larsen tem antecedentes, chefe. Aquele professor teria sido morto.

— Esqueçam os pais — ordenou Buchard. — Eles estão lá em Vesterbro. O que poderia levar gente como eles até a prefeitura?

Sarah não conseguia tirar os olhos da tela.

— Foi alguém que cultivou uma relação com ela. Nanna era bonita. Madura para a idade dela. Alguém lhe disse que ela era especial. Deu presentes caros a ela. Instruiu-lhe que ficasse calada. Que esperasse.

Sarah pensou no quarto apertado acima da transportadora em Vesterbro, cheio de livros e fotos e lembranças. As roupas no armário. O aroma sutil de um perfume que não combinava com uma adolescente.

— Nanna tinha outra vida que ninguém conhecia.

— Não funciona assim, Lund — disse Jan. — Alguém devia desconfiar.

— Mas não Pernille. Talvez nem mesmo Theis.

— Alguém desconfiava — insistiu Jan.

— Quem sabe disso? — perguntou Buchard. — Que o carro estava na garagem da prefeitura?

A pergunta a surpreendeu.

— Ninguém a não ser você. Vou começar a trabalhar nessa linha agora mesmo. Talvez haja câmeras na rua.

Buchard saiu rapidamente da sala.

— Talvez... — prosseguiu Sarah, vendo-o ir embora.

O chefe estava no corredor, visível através do vidro. Falando ao celular.

— Falando com a mulher, talvez? — perguntou Jan. — Pedindo uma pizza para podermos comemorar?

Sarah estava de volta à tela.

— O quê?

— Só estava me perguntando. Você mostra uma coisa dessas para ele. Ele não diz nada. Sai da sala. Liga para alguém.

Ela abanou a fumaça do cigarro.

— Você podia parar com isso.

— Eu trabalhei numa cidadezinha do sul antes desta merda toda. Ninguém nunca reclamou do meu cigarro por lá.

— Talvez você deva voltar.

Jan ficou cabisbaixo.

— Não posso — disse, e mais nada.

Buchard voltou à sala.

— Confiram os horários de trabalho e as fichas dos seguranças. Tragam esse senhor que estava com as chaves...

— Não foi ele — retrucou Jan.

— Tragam até mim tudo que descobrirem a respeito dos funcionários.

— Não foi nenhum dos funcionários — disse Sarah. — Eles não são do tipo que seduz uma jovem bonita como Nanna. Que dá a ela coisas com as quais a garota não consegue nem sonhar. Que dá sumiço em fitas, chaves, que arruma lugares sabe Deus onde...

— Investiguem os funcionários. Tragam até mim o que descobrirem — repetiu Buchard.

Ela pensava enquanto falava. Não conseguiria parar nem se quisesse.

— Deve ser alguém mais acima. Alguém que acredite ser capaz de sair impune de tudo isso. Porque estamos abaixo dele. Estamos...

— Isso já foi investigado — cortou-a Buchard.

— O quê? — perguntou Jan.

Sarah segurou o riso.

— Investigado? Por quem? Nós é que estamos trabalhando no caso. Se nós dois não investigamos...

Buchard explodiu:

— Se eu disse que foi feito, foi feito. Agora investiguem os seguranças.

Sarah avançou contra o chefe quando ele seguiu para a porta. Jan não estava muito atrás.

— Não. Isso não basta, Buchard. Para quem você ligou?

Ele fugia para sua sala, com os dois às suas costas.

— Não importa para quem eu liguei — respondeu Buchard, sem se dar ao trabalho de se virar.

— Espere, espere. — Jan também estava furioso. — Isso não faz sentido.

Buchard parou, olhou por sobre os ombros largos.

— Então eu imagino que você esteja se sentindo em casa.

— Eu quero saber o que está acontecendo — exigiu Sarah.

Ele se virou, estufando o peito que mais parecia um barril de tão largo. O rosto tomado de angústia.

— Venha comigo — disse Buchard.

Os dois o acompanharam.

— Lund! — berrou ele para Jan. — Você não.

Ela olhou para o parceiro. Tentou sorrir.

Então acompanhou Buchard, ignorando os resmungos de Jan no corredor.

O chefe fechou a porta. Desta vez ela sorriu. Conhecia aquele homem desde o início da carreira. Aprendera com ele. Lutara ao seu lado algumas vezes. Jantara na sua casa. Chegaram a sair juntos, os quatro, quando Sarah ainda era casada.

— Pode me contar — disse ela. — Vai morrer aqui. Você sabe disso.

Buchard olhou para ela.

— Pode contar para aquele cretino se quiser. Eu não me importo.

— Meyer é bom — disse Sarah. — Melhor do que ele mesmo pensa.

O chefe ergueu as mãos. Assumiu a postura arrogante e professoral que usava quando ia dar um sermão.

— Se eu disse que eles não estão envolvidos — começou ele —, é porque não estão envolvidos.

Ela inclinou a cabeça, olhou espantada para Buchard.

— Ouça, Sarah. Eu quero isso resolvido tanto quanto você.

— Então por que está amarrando as minhas mãos?

Ele não gostou daquilo.

— Eu sou o seu chefe. Decido o que você faz. E fui bastante claro.

Então saiu.

Jan se aproximou exaltado, querendo saber o que o chefe dissera.

— Nada — disse ela. — Quando checamos o celular da Nanna, até que data analisamos os registros?

— Não sei. Uma semana antes, mais ou menos. Não apareceu ninguém da prefeitura. Só amigos e os pais.

— Você pode conferir mais uma vez? Até antes disso?

O telefone da sala deles estava tocando. Ela foi correndo atender. Jan foi atrás, resmungando o tempo todo.

— O que Buchard disse? Lund? Lund!

Era o repórter de uma rádio pedindo um comentário sobre o caso e a campanha de Hartmann.

— Fomos informados de que o foco está novamente na prefeitura agora — disse o repórter. — Por quê? Hartmann é suspeito?

— Quem lhe disse isso? — perguntou Sarah.

— Fontes.

— Bem, pergunte às suas fontes o que está acontecendo.

Ela passou o telefone para Jan.

— O que Buchard disse, Lund?

O telefone dela apitou. Uma mensagem de texto. Leu. Pegou o casaco e a bolsa. Não sabia o que pensar.

— Preciso ir.

— Aonde?

— Mantenha-me informada — disse ela, e o ouviu vociferando com o repórter enquanto saía.

Ela parou o carro em frente a estação, deixou os faróis ligados, as portas destrancadas. O casaco no banco do motorista. Desceu correndo as escadas, de calça jeans e suéter preto e branco.

Chovendo outra vez. Sem lua no céu. Algumas pessoas se escondendo da chuva e dois bêbados se provocando.

O trem para Estocolmo partiria em breve. A longa viagem sobre o mar pela ponte de Øresund. Uma viagem que ela poderia ter feito. Quando quisesse. Se ao menos...

Cinco horas depois, Estocolmo. A nova vida. Bengt e Mark. Um trabalho mais tranquilo. Um mundo diferente.

Ele estava na plataforma, copo de café na mão, o braço esquerdo numa tipoia, o rosto ainda ferido e inchado.

Sarah parou por um momento. Pensava no que dizer. O que fazer.

Bengt não a vira. Estava voltado para o trem. Ela poderia ir agora, e se perguntava se isso não seria o melhor.

Em vez disso, aproximou-se, dizendo para as costas dele:

— Bengt.

Viu a dor, física e interior, no seu familiar rosto anguloso quando ele se virou.

A primeira coisa que se faz é inventar desculpas. Sempre.

— Aconteceu mais uma coisa. Sinto muito. Houve uma...

As lágrimas acumulavam nos olhos dela. As palavras não saíam direito.

— Coisas acontecem.

Ela apontou para trás com o polegar.

— Podemos conversar no carro?

Algo diferente nos olhos dele. Uma expressão que Sarah nunca vira antes. Uma distância. Um olhar quase de pena.

— Sério — disse ela. — Eu entendo por que você não quer ficar na casa da minha mãe. Não achei que ficaríamos muito tempo por lá.

Uma esperança. Um plano.

— Vamos ficar em um hotel — sugeriu ela. — Podemos arrumar um desses quartos de família. Não vai demorar.

Bengt balançava a cabeça, e Sarah queria encontrar as palavras que o fariam parar.

— Foi muito apressado, Sarah — disse ele, numa voz que soou distante e imparcial. — Talvez seja melhor assim. Ir para a Suécia...

Aquelas pontadas dolorosas nos olhos estavam de volta.

— Não! Não foi nada apressado. O que você quer dizer? — Uma única lágrima escapou e correu pela bochecha direta. — Eu quero ir.

A manga do casaco buscou o rosto, como se ela fosse mais uma adolescente confusa da escola de Nanna Birk Larsen.

— Eu quero ficar com você, Bengt. Fique, por favor.

— Não posso mais assistir a isso — disse ele, e, ainda segurando o copo de café, abraçou-a uma vez.

Um abraço breve. Do tipo que se dá em um amigo. Não transmitiu nem mesmo a sensação de despedida.

— Cuide-se — disse ele casualmente.

E embarcou no trem.

As luzes da estação foram tornando-se borradas enquanto Sarah via o trem partir, parada na plataforma. Chorando como não fazia havia anos.

As palavras nunca eram fáceis.

Não de se dizer, ao menos. O que significavam, o que o mundo significava nas suas faces estranhas e impenetráveis... essas eram as questões que a fascinavam de forma obsessiva, constante.

Ela dissera a Bengt que o amava. Não muitas vezes. Não repetidamente. Parecia desnecessário. Inoportuno.

E não fazia diferença, afinal. Ela era o que era, e estava em paz com isso. O preço a pagar...

A manga de lã lhe roçou o rosto outra vez, áspera contra os olhos e a pele.

Por um momento as luzes em volta ficaram turvas. Ela estava de volta à Floresta de Pentecostes, em meio a árvores mortas cujas cascas prateadas se soltavam. Perseguindo o homem que perseguira Nanna Birk Larsen. Novamente perdida, como Nanna devia ter se sentido naqueles bárbaros momentos finais.

A mata escura...

Nanna lutando por sua vida em meio aos troncos de bétulas. Sua própria luta em meio às sombras da morte violenta da jovem, com Jan se esforçando para acompanhar seu passo. Todos eles também haviam desaparecido na mata. Defrontados com bifurcações na trilha. Esquerda ou direita. Para a frente ou para trás. O caminho certo oculto na escuridão.

Sozinha.

Como ela esteve desde o princípio.

Talvez tivesse sido isso o que Bengt percebera. Que quando estava longe, estava também longe dos pensamentos dela. Que nada lhe importava a não ser o que ela via à sua frente com aqueles olhos brilhantes, perscrutadores.

E até mesmo isso parecia agora uma mentira, uma piada, a passagem de um vulto rindo nas sombras.

Para ela não havia caminho. Não havia uma direção certa, um curso correto a seguir. Apenas a busca. A procura, e não a conclusão.

O trem se afastava pelos trilhos retos e certeiros que levariam à ponte de Øresund.

Um possível retorno ignorado. Um caminho que logo seria apagado, coberto de mato.

Estavam todos na escuridão, caçando a presa dentro e fora de si mesmos. Jan lutando para manter o emprego. Os Birk Larsen, para descobrir como enterrar sua dor. Até mesmo Troels Hartmann, o bom moço da política. Um homem bonito e inteligente perseguido por um demônio que vivia abaixo da superfície. Disso ela tinha certeza.

Então talvez, pensou Sarah, ela não estivesse sozinha no final das contas.

Jan telefonou quando ela estava de volta ao carro.

— Alô? O gato comeu a sua língua?

— O que foi?

— Fui ao departamento de perícia técnica e pedi que consultassem outra vez os registros do telefone. Tem 53 números na agenda dela. — Ele fez uma pausa. — Só recebemos 52.

Ela não conseguia conversar com ele agora.

— Isso pode esperar até amanhã de manhã?

— Encontrei uma lista com as ligações feitas por ela nos dois últimos meses. Comparei com os dados armazenados no telefone. Tem alguém enrolando a gente, Lund. A lista não estava completa. Algumas das ligações que ela fez nunca chegaram ao nosso conhecimento.

— De onde você está falando?

— De fora. Você acha que eu sou idiota, não acha?

— Não. Não acho. Vou ter que repetir isso o tempo todo?

— E aqui vai o pior. A primeira pessoa a consultar a lista e os dados do telefone foi Buchard.

Sarah continuava dirigindo.

— Isso não pode estar certo.

— Está certo, Lund. Não estou gostando disso. Se Buchard está protegendo alguém, só pode ser Hartmann. Tudo aponta para lá.

— Agora não — sussurrou ela.

— Se não podemos falar com Buchard, com quem vamos falar? Hein? Quem está acima dele? Meu Deus...

Ela afastou o telefone do ouvido.

— Lund? Lund!

À frente, o prédio da sede da polícia emergia da escuridão, um palácio cinza claro, com tantos corredores curvos, salas e cantos escondidos que ela ainda conseguiria se perder ali dentro se tentasse.

Sarah Lund seguiu em frente. Passou direto. A caminho do que era, ao menos por enquanto, sua casa.

Havia quatro partidos minoritários na Câmara Municipal de Copenhague, esquerda e direita, e algum ponto no meio do caminho, todos batendo boca constantemente e depois recorrendo a Bremer para conquistar cargos em secretarias e comitês.

Às 21h45, Hartmann estava com os líderes de todos no seu gabinete.

Ele pegara uma camisa nova no armário, fizera a barba, permitira que Rie conferisse o resultado. Penteou os cabelos.

Aquelas pessoas prescindiam de sorrisos. Faziam parte do jogo. Não precisavam disso.

— Representamos cinco partidos e cinco tipos muito diferentes de política — começou ele, em tom calmo e estudado. — Se pegássemos a última eleição e acrescentássemos os seus votos aos nossos, teríamos uma maioria segura.

Ele fez uma pausa.

— Uma maioria segura. Pelo que vemos nas pesquisas, o mesmo acontece agora. E a situação talvez seja ainda melhor.

Jens Holck, o líder do Grupo Moderado, a casca mais grossa de se quebrar, suspirou, pegou um lenço e começou a limpar os óculos.

— Não se faça de entediado, Jens — disse Hartmann. — Estamos falando da diferença entre a vitória e a derrota. Bremer sabe disso. Por que você acha que ele fica fazendo esses joguinhos comigo na TV?

— Porque você insiste em se deixar provocar, Troels.

— Não — afirmou Hartmann. — Eu não me deixei provocar. O que aconteceu comigo pode acontecer com qualquer um de nós caso ele se sinta ameaçado. É nessa situação que se encontra o Rådhus. É por isso que precisamos de uma ampla aliança que tire Bremer do cargo de uma vez por todas.

Mai Juhl era uma mulher pequena porém enérgica, que criara do nada o Partido Verde. Era alvo de muito respeito e fonte de pouca boa vontade. A política era tudo para ela, o que parecia estranho para Hartmann, já que Juhl conquistara muito pouco desde que fora eleita.

— Isso tudo é muito bonito, mas o que temos em comum? — perguntou ela. — Como podemos...?

— Muito, Mai. Políticas de educação, moradia, integração. E também ambientais. Você não é a única que se preocupa com isso. Temos mais em comum do que você pensa.

— E quanto aos cidadãos-modelo? — Em temas mais convencionais, Juhl se alinhava com a direita. — Você faria qualquer coisa para mantê-los.

— Sim — concordou ele. — Faria.

— Estamos totalmente distantes nesse particular.

Mais alguém concordou.

Hartmann olhava para cada um deles, abordando cada assunto cautelosamente, com base na pesquisa feita por Morten Weber:

— Leif. Na última eleição, Bremer não lhe prometeu reduzir os níveis de CO_2? Não aconteceu. O que ele fez pela terceira idade? Esse não é mais um tema central para vocês? Bistrup? Ele criou os empregos que prometeu? Jens? Você dizia que a cidade precisava atrair famílias com filhos. O que aconteceu em relação a tudo isso?

Ninguém respondeu.

— Bremer se alinhou aos seus compromissos bem-intencionados quando precisou do apoio de vocês e depois jogou tudo no lixo.

Hartmann espalhou a propaganda eleitoral deles próprios sobre a mesa.

— Se estivéssemos agora num debate de TV, eu os destroçaria por isso. Vocês pedem votos, mas nunca cumprem as promessas. Porque

Bremer nunca cumpre o que prometeu a vocês. Não precisa funcionar assim. Podemos trabalhar juntos. Podemos assumir um compromisso.

Ele ergueu os ombros num gesto de indiferença.

— Todos temos questões que teremos que sacrificar. Eu também. — Hartmann ergueu o próprio panfleto. — Isto é um pedaço de papel, não a Bíblia. O que importa é conquistarmos algo. Com Bremer, vocês vão sair de mãos abanando, e sabem disso.

Hartmann se levantou, distribuiu o documento de Morten Weber ao redor da mesa.

— Eu esbocei uma proposta de colaboração entre nós cinco. Obviamente é apenas um começo. Tudo está aberto a discussão. Vocês vão querer mudanças. Serão muito bem-vindas.

Ele voltou à sua cadeira, observou-os pegar o papel.

— Eu sei que é um grande passo. Mas, juntos, temos o talento, a energia e as ideias para fazer desta cidade um lugar melhor. Se não agirmos agora, ele vai continuar no cargo. Uma administração estagnada. Sem criatividade. Sem sangue novo...

— Acho que Bremer fez um bom trabalho — interrompeu Jens Holck.

— Eu também! — disse Hartmann. — Há 12 anos ele era o homem certo. Agora...

— Isto é Copenhague, não o paraíso. Não ouvi nada sugerindo que você vai ser um bom prefeito. Ainda mais ultimamente.

— Muito bem. Vamos falar com franqueza. Veremos o que os eleitores pensam.

— Além do mais — acrescentou Holck —, você não é visto com bons olhos pelo Parlamento. O prefeito está lá para conseguir verbas para a cidade. Se você não tiver boas relações com o Parlamento, eles vão nos esquecer num canto. Eu realmente não vejo como isso...

— Para lidar com o Parlamento é preciso ser forte. Se tivermos uma grande aliança... — ele fez um gesto amplo — ... podemos nos sair melhor do que Bremer. Se resolverem nos sacanear, vão estar sacaneando todos nós. Vocês não veem isso?

Jens Holck se levantou.

— Não. Não vejo. Sinto muito, Troels. Não acredito em você.

— Não vai nem ao menos ler a minha proposta?

— Já li. Boa noite.

Mai Juhl também estava de saída.

— Não podemos fazer isso sem Jens — disse ela.

Os outros três fizeram o mesmo.

Sozinho no gabinete, sob a luz azul do letreiro de neon do hotel Palace, Hartmann perguntou a si mesmo se fora precipitado.

Nunca houvera uma coalizão ampla como aquela. Talvez fosse loucura. Mas a loucura muitas vezes tinha espaço na política. Quando a velha ordem abria caminho, era de esperar que houvesse um pouco de caos. Era então que os ousados agiam.

E ele não era o único político ousado na cidade.

Morten Weber antecipara que Holck rejeitaria a oferta de imediato e que os outros o seguiriam. Ele dificilmente interpretava mal uma situação. Morten também dissera que eles refletiriam sobre a proposta depois que saíssem dali. Que não demoraria para que alguém telefonasse.

Hartmann se serviu uma dose de conhaque.

Levou exatos sete minutos.

Ele olhou para o nome piscando na tela do telefone e riu.

Jens Holck estava no pátio interno que se ocultava no coração da prefeitura, fumando em meio às trepadeiras e aos arbustos ao lado da fonte.

— Você voltou a fumar — disse Hartmann, olhando para o cigarro. — Que vergonha.

— É. Uma vergonha.

Holck tinha poucos anos a menos do que Hartmann e mais ou menos a mesma altura e compleição; ex-líder estudantil, parecia jovem à primeira vista, apesar de exibir os sinais deixados pelas poucas conquistas. Usava óculos modernos e tinha cabelos castanho-escuros, além de um rosto frio e professoral. Não sorria com muita frequência nos últimos tempos. Tampouco fazia a barba. Parecia um farrapo humano.

— Eu não fui claro? — perguntou Holck.

— Sim, muito. Então por que me ligou?

A cabeça de Holck foi de um lado a outro, numa negativa lenta.

— Para o caso de eu poder me fazer ainda mais claro.

— Jens. Precisamos fazer alguma coisa. A cidade está à deriva. A administração de Bremer é desorganizada. As finanças estão uma bagunça. Ele só dá ouvidos a si mesmo.

Holck deu uma tragada no cigarro, soprou fumaça sobre a fonte.

— Ele é como um rei moribundo — acrescentou Hartmann. — Todos sabemos que ele não vai continuar por muito tempo neste mundo. Mas ninguém menciona isso. Ninguém diz uma palavra, já que o velho pode ouvir.

— Então talvez seja melhor esperarmos o funeral. E então começar a catar os cacos.

Hartmann olhou o pátio à sua volta. Estavam sozinhos.

— Você ficou sabendo da última viagem dele para a Letônia? — perguntou.

Holck ergueu a cabeça de súbito. Ele fazia parte do comitê de auditoria. Rie andara vasculhando as coisas por lá também.

— O que tem a viagem?

— Oficialmente, ele visitou uma empresa que planeja investir por aqui. Mas a conta das despesas...

— Andou bisbilhotando, hein, Troels? Achei que você fosse o bom-moço.

— Eu não brinco com dinheiro público.

— Sempre auditamos as despesas. Não havia nada de errado.

— O que você viu foi a versão maquiada. Milhares...

— Ah, pelo amor de Deus. É essa a sua nova política? Eu não dou a mínima se Bremer desfruta de uma regalia aqui, outra ali. Ele é um velho e trabalhou como um cão pela cidade. Sempre. Apesar do salário de fome e da jornada de trabalho torturante.

— Então vamos simplesmente continuar como estamos?

— Alguém precisa ser o prefeito. Você acha mesmo que é diferente?

— É só me dar uma chance.

— E você realmente não tem um bom relacionamento com o Parlamento. Isso é o principal, Troels. Eles não gostam de você. Não gostam da forma como você se pavoneia para as câmeras. Dos suspiros das mulheres. Da sua presunção santarrona. Da sua mania de acreditar que é melhor do que todo mundo.

Holck riu, um som curto e áspero.

— Eu não. Não tenho esse problema. Conheço você há tempo o bastante para enxergar além da encenação. Diga: você está concorrendo pelo bem de Copenhague? Ou pelo bem de Troels Hartmann? O que é mais importante?

— Você me telefonou para dizer isso?

— Basicamente sim — confirmou Holck, para então jogar a ponta do cigarro na fonte e ir embora dali.

Dez minutos depois.

— Você está perdendo o seu tempo com Jens Holck — disse Morten. — Ele é o cachorrinho de Bremer.

— Então vamos atirar o osso certo. Eles ficaram interessados, Morten. Hesitaram. Se eu tivesse conseguido o apoio de Holck, eles todos teriam ido atrás. Num estalar de dedos. Tem alguma coisa de comer por aqui?

Morten fez uma reverência teatral.

— Ao seu serviço.

E saiu para encontrar algo.

— Então, se não conseguirmos o apoio de Holck vamos afundar? — perguntou Rie.

Ela estava sentada à mesa, os pés na cadeira, o queixo apoiado nas mãos. Não parecia infeliz com a ideia.

— Não — insistiu Hartmann. — Nós sabemos quem somos. Somos fortes.

Rie estendeu o braço, flexionou o bíceps.

— Eu sou forte também. Sinta.

Hartmann riu, foi até ela, apertou-lhe o braço com os dedos.

— Nada mal. Mais uma coisa.

Ele se curvou. Rie passou os braços pelo seu pescoço. Beijaram-se. Dedos nos cabelos. Terno cinza contra tailleur preto.

Ela se aninhou nos braços dele e disse, em voz sonhadora:

— Parece que já faz muito tempo desde que aquilo aconteceu.

— Quando tudo isso acabar, vou levar você ao lugar que tenha a cama mais espaçosa, mais macia, mais quente...

— Quando acabar?

— Ou antes.

— Isso é uma promessa de político?

Hartmann se afastou, sorrindo.

— Não. Minha. Ligue para o seu pai e peça a ele para ligar para o ministro do Interior. Diga-me o que eu devo fazer. Apenas uma palavra do Parlamento. Holck vai ouvir.

Morten voltou trazendo um prato carregado de sanduíches.

— O estacionamento está transbordando de policiais — disse ele.

— Por quê? — perguntou Rie.

Morten fez uma careta.

— Como eu vou saber?

Lotte Holst era 11 anos mais nova do que a irmã, Pernille, e bonita o bastante para manter um emprego atrás do bar do Heartbreak Club por cinco longos e agitados anos. O público da casa era composto por empresários, jovens executivos, qualquer pessoa suficientemente rica para pagar 200 coroas por um drinque. Ficava próximo a Nyhavn, perto das hordas de turistas em busca de passeios de barco no canal e de restaurantes.

Ela usava cabelos presos, batom brilhante, vestido decotado revelador e um permanente sorriso de tédio enquanto servia doses de Krug e vodca ao som da música ensurdecedora.

O dinheiro era bom. As gorjetas, melhores ainda. E, às vezes, havia surpresas.

Por volta das 23 horas, um dos barmen disse que ela tinha visita.

Lotte foi até a recepção, viu Pernille vestida em seu casaco cáqui, os cabelos desalinhados. Levou a mão à cabeça; sentiu-se envergonhada, como sempre acontecia quando criança.

Pernille era bonita. Mas ela era a irmã mais bonita. Todos diziam. Ninguém sabia por que tinha sido Pernille quem se casara — ainda que com um grosseirão tacanho como Theis —, e não ela.

A irmã balançava no mesmo lugar. Tinha uma aparência péssima. Havia um pequeno depósito ao lado da chapelaria. Elas entraram ali, sentaram-se em caixas de cerveja. Lotte ouviu.

— Eu não queria incomodar — disse Pernille.

— Então por que... Quer dizer, não tem importância. Os meninos estão com a mamãe. Estão bem.

— Eu sei. Eu perguntei.

— Preciso trabalhar, Pernille.

— Sei disso também.

— Teve notícias de Theis? Quando ele vai voltar para casa?

— Não. A advogada está fazendo o possível.

Ela abraçou a si mesma, apesar de a pequena sala estar sufocante.

— Nanna falou com você alguma coisa sobre...?

As palavras morreram.

— Sobre o quê?

— Não sei. Vocês eram tão próximas... Como irmãs. — Havia algo de acusador nos olhos dela. — Mais próximas do que eu consegui ser.

— Você era a mãe dela.

Pernille começou a chorar.

— Ela contava tudo para você! Não me contava nada.

A porta estava aberta. Um dos seguranças as observava.

— Ela não...

— Nanna tinha uma vida que eu não conhecia! Tenho certeza.

— Não sei do que você está falando, Pernille.

— O que ela dizia? Ela tinha problemas em casa? Comigo? Com Theis?

— Não...

— Às vezes a gente discutia. Ela nunca parava. Sempre indo e vindo. Pegando coisas. Usando as minhas roupas.

— Ela também usava as minhas — disse Lotte. — Nunca pedia.

— Ela... — Lágrimas outra vez, de olhos fechados. Uma agonia que Lotte Holst não queria ver. — Ela odiava a gente?

Lotte colocou a mão no braço da irmã.

— É claro que não. Ela amava vocês. E os meninos. Ela nunca disse nada.

— Não?

— Não.

— Então é coisa da minha cabeça?

O segurança estava gesticulando. Ela não podia fazer intervalos. Não mais do que cinco minutos por hora.

— Aconteceu alguma coisa no último verão — disse Pernille. — Entre ela e Theis.

Ela assentiu, como se tentasse se lembrar de um incidente em especial.

— Eu vejo isso agora, quando penso na época. Ela sempre foi a princesinha do papai. Conseguia dobrar Theis com a mão nas costas. Mas então eles deixaram de fazer coisas juntos de uma hora para outra. Ela se recusava a me dizer por quê.

— Theis achava que era cedo demais para ela sair de casa. Ela ficou um pouco chateada. — Lotte deu de ombros. — Foi só isso. Ela tinha 19 anos. Não era mais uma criança. Não foi nada.

— Tem certeza?

— Você precisa parar de pensar tanto nisso. Theis foi um bom pai. Ainda é. Mesmo que tenha feito uma besteira.

O barman estava na porta, chamando-a com um aceno.

— Preciso ir. Não quero ser demitida. Escute.

Lotte apertou as mãos da irmã.

— Amanhã eu passo lá e faço o que puder. Vamos. Você consegue superar isso.

Ela levantou Pernille, abraçou-a, levou-a até a porta.

Voltou, preparou bebidas para homens ricos, sorriu quando lhe lançavam olhares cobiçosos.

Então esperou uma hora até o intervalo seguinte, foi ao banheiro, pegou o pó e cheirou uma carreira comprida e cara, tentando não chorar.

Terça-feira, 11 de novembro

Oito horas da manhã. Sarah assistia às fitas das câmeras de segurança da garagem. Outra vez. A família, as crianças com os balões entrando no Volvo prata. O Ford preto manobrando para sair.

Jan chegou com a notícia. Não havia nenhum sinal de que Nanna Birk Larsen tivesse qualquer ligação com a prefeitura. Nunca trabalhara lá, nem como voluntária. Não parecia ter visitado o prédio nem mesmo durante um passeio escolar.

— Analisei os pertences dela de novo — acrescentou ele. — Aquele chaveiro que encontramos.

Ele mostrou o saco plástico de provas.

— O que tem o chaveiro?

— As chaves não são dela. Não de casa.

Sarah enterrara aquilo no fundo da memória.

Ela pegou o saco de provas. Eram chaves Ruko. Usadas por todo lado.

— Não se parecem em nada com o que é usado na prefeitura — disse Jan. — Eles têm aquelas fechaduras antigas elegantes. Não sei...

— Depois — disse ela. — Podemos aumentar essa imagem? Dar um zoom no motorista e ver como ele é?

— Em teoria, sim.

— Então vamos fazer isso.

Jan hesitou.

— Buchard disse que tudo isso já foi investigado.

Ela apontou para os relatórios.

— Não vi nada aqui.

— Você ouviu o que ele disse. Não quero nenhum envolvimento com isso.

Jan se sentou ao lado dela. Agia quase com humildade.

— Eu quero fazer isso direito, quero mesmo. Mas é que esta... — Ele olhou a sala à sua volta. — Esta é a minha última chance. As coisas não deram muito certo nos meus últimos dois ou três trabalhos.

— Dois ou três?

— Forma de dizer. Eu preciso manter este emprego. Preciso.

— Foi por isso que ele não tirou a gente do caso? — perguntou ela. — Porque estamos onde ele quer?

Jan a fitou com seus olhos grandes, tristes.

— Se eu fosse Buchard, já teria feito isso há muito tempo — acrescentou Sarah.

— Da próxima vez que for dizer algo assim, por favor me avise. Para que eu possa tapar as orelhas.

— São orelhas grandes. Não vai adiantar.

— Obrigado. Se Buchard disse que já foi investigado...

— Ninguém investigou isso. Você também não acredita.

Ele estava com as mãos nas orelhas.

Tirou-as rapidamente.

— Ele está vindo.

O chefe marchou sala adentro.

— Você queria falar comigo?

Sarah sorriu.

— Queria pedir desculpas por ontem. Estávamos cansados.

Jan concordou com a cabeça.

— Cansados — concordou ele.

— Não tem problema — disse Buchard. — Contanto que façamos algum progresso.

— Progresso. — Ela assentiu. — Estamos fazendo.

— Ótimo.

Ele já estava para sair.

— Quem conferiu os contatos e a lista de chamadas do telefone de Nanna? — perguntou Sarah.

Buchard congelou à porta.

— Não sei — disse ele.

— Alguma coisa pode apontar para um dos guardas. Talvez. Não sei.

— Investiguem.

Outro sorriso.

— Vou fazer isso — disse Sarah.

Eles acompanharam a saída do chefe com os olhos.

— O que você teria sido? — perguntou Sarah. — Se não fosse policial?

— DJ — disse Jan. — Eu tocava quando estava na escola. Era muito bom. A não ser pela minha cara.

Ele passou a mão pela barba rala e pelo queixo.

— Não sei se tenho o visual certo.

Ela riu.

— E você?

— Nada — disse Sarah. — Não teria sido nada.

— Cheguei a pensar em ter um carrinho de cachorro-quente uma vez — acrescentou Jan. — Você é o seu próprio chefe. Talvez em breve. Pelo andar da carruagem. Lund?

Ela estava em outro lugar.

— Nada mesmo — disse ela.

Não havia nada de novo nos registros telefônicos. Mas 20 minutos depois um investigador enfiou a cabeça pela porta para contar que um taxista havia aparecido depois que a equipe da noite distribuíra fotos de Nanna mais uma vez. Disse que acreditava ter feito uma corrida com ela na noite da sua morte.

— Não acredito — disse Jan.

— Não acredita no quê?

— Esta é a primeira vez que alguém aparece voluntariamente com alguma droga de informação sobre aquela pobre garota. Você não notou, Lund? Todo mundo acha que a gente tem a obrigação de ler pensamentos.

Ele cofiou o queixo coberto por um prenúncio de barba.

— Eles querem mesmo que a gente encontre esse filho da mãe, não querem?

O taxista se chamava Leon Frevert, um homem alto e magricela de 40 e tantos anos. Tinha um rosto comprido e cinza que combinava com o paletó ordinário, e cheirava a cigarro e suor. Viera direto de uma noite de trabalho nas ruas da cidade.

— Não tenho certeza se era ela — disse Frevert, olhando as fotografias que lhe passaram.

— Não importa — ordenou Jan. — Conte o que aconteceu.

Ele trabalhava como taxista nos fins de semana para uma cooperativa.

— Peguei a moça na sexta-feira. Se é que era ela. Conversamos um pouquinho. Ela queria ir para o centro. Deixei-a na Grønningen, perto do cruzamento com a Store Kongensgade.

Uma rua extensa e sempre reta, nos limites do centro. Perto da Fortaleza de Kastellet. Longe de qualquer um dos endereços que eles já haviam investigado.

— O senhor tem o recibo?

— Claro. É encrenca na certa se a gente não fizer isso.

Frevert tirou um punhado de papéis do bolso do paletó surrado.

— Acho que é este. Ela entrou perto de Ryparken. Vejam. — Ele apontou para o recibo. — A corrida começou às 10h27 e terminou às 10h45.

— O que aconteceu quando vocês chegaram à Grønningen? — perguntou Sarah.

— Ela desceu. Arrumei outro passageiro na mesma hora. Nem precisei rodar. As noites de sexta são boas.

O taxista coçou os cabelos loiros, já começando a rarear.

— O que acontece é que não fomos direto. Paramos. Essas coisas não costumam acontecer com os jovens. Eles não têm dinheiro.

— Pararam onde?

— Na Vester Voldgade. Atrás da prefeitura.

Jan fechou os olhos e gemeu.

— O que aconteceu lá? — perguntou Sarah.

— Ela desceu e me pediu para esperar. Não costumo fazer isso. Eles simplesmente somem. Mas ela me pareceu uma boa moça. Não estava bêbada nem nada.

— O que ela queria na prefeitura?

— Ela não disse. Ficou alguns minutos lá dentro.

— O senhor viu alguém com ela?

— Não. Ela voltou. Então fomos para a Grønningen. Não quero desperdiçar o tempo de vocês. Não posso garantir que fosse ela. — Ele olhou novamente as fotografias. — Talvez, mas...

— Obrigada.

Ela sacudiu a mão do taxista, gesticulou para Svendsen, que estava passando pelo corredor, e pediu que lhe tomasse o depoimento.

Então os dois ficaram sentados sozinhos na sala.

— Tem muitos hotéis ali por perto — disse Sarah.

— Já fomos aos hotéis.

— Então voltem em todos. Perguntem se viram algum político. Se alguém da prefeitura mora por perto. Você está investigando os seguranças?

Jan estava ficando tenso e irritado. Não a olhava.

— Sim. É claro que estou.

— O taxista a levou da casa de Kemal para a prefeitura — prosseguiu Sarah.

— O cara disse que não tinha certeza se era ela.

Sarah não queria discutir. Jan temia pelo seu emprego. Estava dividido, imaginava ela. Entre o que acreditava ser certo e o que acreditava ser prudente. Para si mesmo.

— Tenho um compromisso — disse ela, levantando-se, e pegou o casaco. — Ligue quando descobrir alguma coisa.

Rie passara a noite sondando a situação no Parlamento. As relações de Hartmann com o ministro do Interior continuavam boas.

— O problema é o primeiro-ministro. Ele o acha ambicioso. Diz que você rouba os holofotes. Acha que vai ser ele próprio o alvo seguinte se você destronar Bremer.

Hartmann ouvia, balançando a cabeça em negativa.

— Ele não é o meu alvo seguinte. Não nos próximos quatro anos, pelo menos.

Morten lia os jornais.

— Mas as pesquisas estão do nosso lado. Ninguém acreditou naquele disparate sobre a garota.

— O apoio do ministro do Interior já seria o bastante.

— Só se o primeiro-ministro permitir — disse Rie. — Ele ainda pode acabar com você.

— Isso é ridículo. Somos do mesmo partido. E eles apoiam Bremer?

Ela sorria para ele.

— Fale logo — disse Hartmann.

— Há uma possibilidade. A popularidade do primeiro-ministro não tem andado boa. Ele pode tirar uma vantagem dos seus holofotes.

Hartmann se sentiu em território estranho por um momento. Já Rie e Morten nadavam com naturalidade naquelas águas barrentas...

— Aonde você quer chegar?

— Ele nunca se destacou por investir em integração. Se disséssemos que a equipe dele nos ajudou a idealizar o programa... Ajudou com os cidadãos-modelo... Alguns projetos educacionais...

Hartmann riu.

— Sem chance. Fomos nós que criamos tudo isso. E eles odiaram.

— Esqueça o passado, Troels. Se dermos crédito a eles...

— Pelo quê?

— Por qualquer coisa. Contanto que tenhamos o apoio deles.

— Isso é uma mentira!

Morten discordou lentamente.

— Mentira é uma palavra muito forte. Isso é política. O que é verdade... o que não é... depois de algum tempo, isso não importa tanto.

— O que importa, então?

— O que funciona — respondeu Morten, olhando para Hartmann como se ele fosse um simplório.

— Não. Fora de questão.

— Tudo bem — disse Rie, e fitou os papéis à sua frente.

— Tudo bem — concordou Morten, e voltou ao jornal.

Um longo minuto de silêncio.

— Fico feliz que vocês estejam trabalhando bem juntos — observou Hartmann.

— A gente costuma conseguir — respondeu Rie.

— A resposta ainda é não.

Mais um longo minuto.

Troels Hartmann respirou fundo, olhou à sua volta, para as paredes forradas de madeira, as janelas decoradas, os enfeites e brilhos dourados, para o elegante lustre.

Todos os ornamentos de uma administração pública. Não de poder.

— O que receberíamos em troca?

— Poderíamos convidá-lo para eventos da campanha — disse Rie.

— O mais importante é fazer Holck aceitar o acordo — acrescentou Morten. — Odeio essas merdas tanto quanto você.

Ele deu de ombros.

— Mas se isso resultar na aliança...

— Descubra exatamente o que podemos esperar como retorno. Quero garantias, não promessas.

— Se fizermos essa pergunta, já teremos dito sim — observou Morten. — Não teremos como voltar atrás.

— Não teremos como voltar atrás — repetiu Rie.

— Faça o acordo e depois agende uma reunião. Com o primeiro-ministro. Se com isso conseguirmos a prefeitura, não dou a mínima para quem leva o crédito.

Ele levantou e saiu.

Os dois ficaram ali sentados no gabinete. Aliados desconfortáveis um com o outro.

— Descobriu por que a polícia estava no estacionamento? — perguntou Rie.

— O quê?

— Você ouviu, Morten. Você ouve tudo, embora finja que não.

— Nada que eu saiba. Vou ligar para o Parlamento.

— Posso fazer isso. É diplomacia. Deixe essa parte comigo.

Outro funcionário do banco apareceu. Mais jovem. Mais simpático. Pernille ligara para a cadeia, tentara falar com Theis, sem sucesso. Ele ficaria preso por pelo menos mais um dia. Não podia receber telefonemas, mas ao menos ela poderia vê-lo mais tarde.

— Desculpe — disse ela ao homem do banco. — Não consegui falar com o meu marido.

— Não tem problema. — Ele espalhou alguns papéis sobre a mesa. — Então vamos supor que a casa seja colocada à venda enquanto vocês continuam com as reformas.

— Ok.

— Ampliaremos o seu crédito para que vocês não precisem pagar as prestações. Vamos torcer para que seja vendida logo, para que vocês quitem a dívida.

— Por mim, tudo bem.

— E tem também a conta aberta pela sua filha.

Pernille olhou para ele.

— Nos nomes de Anton e Emil. O que devemos fazer com o dinheiro?

Pernille jogou para trás os cabelos.

— Que conta?

Ele mostrou um extrato bancário.

— Tem um saldo de 11 mil coroas. Ela depositava regularmente. É bastante dinheiro...

— Que tipo de conta? — perguntou ela.

— Uma poupança para os garotos.

— Posso ver?

Ela pegou o extrato antes que o homem pudesse responder. Olhou os números. Depósitos regulares. Centenas de coroas de cada vez. Nenhum saque.

— Onde ela conseguiu esse dinheiro?

— Um emprego? — sugeriu o homem. Ele enrubesceu, constrangido.

— Ela não tinha emprego. Trabalhava com a gente de tempos em tempos. Mas eram só alguns trocados. Não isso...

Ele deu de ombros, ficou em silêncio.

A conta havia sido aberta em janeiro. Depósitos regulares a cada duas semanas. O último fora no verão.

— Não é urgente — disse ele. — A senhora não precisa decidir agora. Bem...

Um sorriso breve. Ele se levantou.

— A não ser que haja algo mais para resolvermos.

Pernille não conseguia tirar os olhos do extrato. Estava sobre a mesa, em cima dos retratos de família colados na superfície. Zombando dela. Rindo.

Quando o gerente se foi, ela voltou a ligar para a cadeia. Um funcionário mais simpático a atendeu.

— Estou indo aí — disse ela.

O guarda acompanhou Pernille até a minúscula sala de visitas e ficou parado à porta. Theis estava sentado em frente a uma mesa de madeira toda riscada. Vestia o uniforme azul de detento e estava prostrado, olhos fixos no chão.

Um momento de indecisão. Então Pernille se aproximou, abraçou-o, sentiu ele a apertar, os próprios olhos se enchendo de lágrimas.

Os dois ficaram abraçados, balançando levemente, as mãos enormes dele correndo pelos cabelos dela, como se ele procurasse algo que perdera.

Então se sentaram frente a frente. Os olhos de Pernille cheios de lá grimas.

— Como estão os meninos? — perguntou ele por fim.

— Os meninos estão bem.

Theis não olhava para a mulher ao falar.

— Falei com a advogada. Ela está fazendo tudo que pode. Quando eu sair, vou dar um jeito no banco e na casa.

Ela virou a cabeça para o outro lado, enxugou as lágrimas. Sentiu uma centelha quente de raiva, não conseguiu entender por quê.

— Vou dar um jeito em tudo — disse ele. — Vai ficar tudo bem.

Olhando pela janela o dia monocromático lá fora, ela perguntou:

— O que aconteceu entre você e Nanna no verão passado?

Ele ergueu a cabeça. Seus olhos — a parte dele de que Pernille menos gostava — fixaram-se nela. Indecifráveis. Por vezes agressivos.

— O quê?

— Vocês costumavam...

As lágrimas brotavam outra vez e ela não conseguia detê-las, por mais que tentasse.

— Vocês discutiram? Você disse alguma coisa ruim para ela?

A voz de Pernille fraquejava e estava carregada de uma culpa involuntária.

— O que você quer dizer?

Há duas décadas ela estava com aquele homem. Sempre havia segredos entre as pessoas. Talvez devesse ser assim.

— Nanna abriu uma conta no nome dos meninos — disse Pernille. — Fazia depósitos regulares. Ela tinha um emprego. Na conta... — ela continuou muito lentamente — ... tem 11 mil coroas.

— Você sabe que ela tinha um emprego! Com a gente.

— Ela não ganhava esse dinheiro todo com a gente.

— Talvez eu tenha pagado um extra a ela. Ou ela tenha guardado.

— Então por que manter isso em segredo?

— Não sei.

Pernille não fazia ideia se acreditava nele ou não.

— Nanna nunca falou nada sobre isso para você?

— Não. — Ele cofiou o queixo barbado, fechou os olhos. — Ela estava brava comigo. Eu sei. Achei que era cedo demais para ela sair de casa.

Ele buscou as mãos de Pernille sobre a mesa.

— Eu dava dinheiro à Nanna para alegrá-la às vezes. O que ela fazia...

— Sim — disse Pernille.

— Só consigo pensar nisso.

Ela o observou tentando sorrir. Tentando dizer o que sempre dizia.

Vou dar um jeito nisso. As coisas vão melhorar.

Então Pernille também sorriu, também apertou as mãos dele, curvou-se sobre a velha mesa de madeira e o beijou.

— Vai ficar tudo bem — repetiu Theis.

Sarah foi até a emissora de TV conversar com uma jornalista que produzia um documentário sobre a campanha eleitoral. A mulher vinha acompanhando Hartmann e Bremer desde o princípio.

— Estou interessada apenas no que aconteceu na noite da festa do pôster — disse Sarah.

Elas estavam sentadas em frente a uma tela, a mulher passando cenas de vídeo não editadas.

— O que eu ganho com isso?

— Nada.

A mulher pestanejou.

— É no mínimo justo...

— Não, não é. Posso conseguir um mandado em cinco minutos. Se eu fizer isso, você não vai mais poder trabalhar hoje. Levaremos tudo. — Sarah sorriu. — Se eu acreditar que há evidências, posso impedi-la de exibir isso.

— Então por que eu mostraria a você?

— Porque não tem escolha.

— Ainda assim, quero alguma coisa.

— Se houver história para uma matéria, você vai ser a primeira a saber. Se houver...

Sarah estava sentada na ponta da mesa, imóvel.

— Só preciso das imagens das 7 às 8 da noite.

— A festa do pôster foi em 31 de outubro?

— Isso.

— Ok. Estou lembrada. Eles estavam no gabinete de Hartmann.

Os dedos da jornalista dispararam pelo teclado. Então ela começou a adiantar um vídeo. Poul Bremer apareceu na tela, rindo e contando casos, um copo na mão.

— Adoro como eles fingem que se respeitam. Você precisa ouvir o que dizem em particular.

— Por exemplo...

— Eles sorriem e sorriem, e se odeiam até a morte. E se vendem para qualquer um se isso render um punhado de votos.

Sarah observava a tela, mal ouvia.

— Hartmann convidou todo mundo para ir ao seu escritório tomar uns drinques.

Rie, os líderes dos partidos minoritários, Morten Weber, Bremer, todos juntos, rindo e contando piadas embaladas a vinho.

— Acontece algo interessante? — perguntou Sarah.

— Hartmann faz um discurso breve. Nada de especial. Não tem por que desperdiçar energia com essa turma, não é mesmo? Ou vão votar nele ou não.

Sarah se debruçou para a frente, olhou mais atentamente. Havia um homem de preto longe do resto. Conversando com ninguém. Parecendo desconfortável.

— Quem é esse?

— Jens Holck. Líder dos moderados. Ele apoia Bremer.

— Ele ficou lá a noite toda?

— Sim.

Hartmann bateu sua taça numa garrafa. Poul Bremer avançou e se pôs ao seu lado, sorridente, magnânimo.

Sarah não os observava. Seus olhos estavam concentrados no homem ao fundo.

— Por que Holck está colocando o casaco?

A jornalista não respondeu.

— Você tem mais imagens dele?

— Por que pergunta?

— Curiosidade.

Sarah fez um gesto de cabeça para o teclado. A mulher apertou algumas teclas, o vídeo passou a avançar mais rápido.

A câmera percorria a sala. A mulher adiantou e voltou o vídeo, procurando em meio ao mar de rostos.

— Não consigo vê-lo. Pensei que estivesse aqui. Desculpe.

— Como ele é? — perguntou Sarah.

— Holck? Está na política há anos. Sério. Meio que um fracassado. Não é nada sem Poul Bremer.

Ela se recostou na cadeira, colocou as mãos atrás da cabeça.

— Não é exatamente um cara que transpira charme, para ser sincera. Houve algumas fofocas de que ele teria tido um caso, de que tinham descoberto. A história não chegou aos jornais. Mas a esposa se divorciou dele.

— Ele teve um caso? É verdade?

A jornalista riu.

— Você não entende nada de política, não é?

— Explique, por favor.

— Eles se alimentam de fofocas. Uns dos outros. Vivem no mundinho deles e nada mais importa. Vou lhe dizer uma coisa...

Sarah esperou.

— Qualquer mulher que tenha tido um caso com Jens Holck devia estar bem desesperada. Ou tinha alta tolerância ao tédio.

Sarah telefonou para Jan quando saiu da emissora.

— O carro deixou a garagem às 7h55. Jens Holck saiu de fininho da festa 15 minutos antes e não foi mais visto.

— Buchard andou perguntando por você — disse Jan.

— Holck mora perto da Grønningen? Pode ser até mesmo um quarto de hotel.

— Não dou a mínima, Lund.

— Correu na prefeitura o boato de que ele estava tendo um caso.

— Não vamos investigar ninguém na prefeitura. Não os políticos. Esqueça isso. Eu já disse que Buchard andou perguntando por você?

— Disse.

— E você por acaso estava ouvindo?

Ela olhou o telefone. Tentou imaginar o rosto de Jan Meyer naquele momento.

— Lund? — chamou do telefone uma voz metálica desconfiada. — Lund?

Ela encontrou Troels Hartmann quando ele saía do gabinete.

— Preciso de dois minutos do seu tempo — disse Sarah.

— O seu chefe sabe que você está aqui?

— É rápido. Só queria me desculpar.

— Preciso pedir que você vá embora — disse Rie. — Já nos causou problemas demais.

— Eu sei, eu sei. Sinto muito. Este é um caso difícil. Dois minutos...

Hartmann a acompanhou até sua sala e fechou a porta.

— Preciso da sua ajuda — disse ela.

— Oferecemos atendimento ao público às segundas-feiras. Você pode marcar um horário, como todo mundo.

— E se eu dissesse que o carro da sua campanha não estava na escola?

— Eu diria que você fez besteira outra vez.

— E se eu dissesse que ele foi trazido de volta para cá? Para o estacionamento da prefeitura?

Ele ficou em silêncio.

— Na noite daquela sexta-feira. No dia em que você deu a sua festa do pôster. Para todos os líderes de partidos. Os funcionários da campanha.

— Do que diabos se trata isso, Lund?

— Preciso saber se alguém saiu da festa mais cedo.

— Espere, espere. Não estou entendendo. Você está dizendo que o carro foi trazido de volta para cá?

— Alguém saiu mais cedo?

Rie entrou na sala. Estava ao telefone.

— Posso falar com Buchard? — dizia ela.

— Jens Holck saiu mais cedo? — perguntou Sarah.

— Holck?

A ligação havia sido transferida. Rie começou a se queixar com Buchard.

— Você se lembra de tê-lo visto mais tarde naquela noite?

Hartmann fez que não.

— O seu chefe quer falar com você — interrompeu Rie, estendendo o telefone para Sarah.

Ela olhou para aquela mulher. Atraente de uma forma dura e impessoal. Em nenhum momento aquelas pessoas pareciam ficar sensibilizadas com o fato de uma jovem ter morrido. Ninguém se importava a não ser Hartmann, e isso ainda a interessava.

— Sim? — disse Sarah, pegando o telefone, e não deu muita atenção ao que ouviu.

Quando terminou, ela devolveu o telefone à sorridente chefe de campanha de Hartmann.

— Fora daqui — disse Rie.

Sarah olhou em volta. Para as paredes forradas de madeira, a decoração, as belas luminárias, os móveis caros.

— Esse lugar deve dar a sensação de ser um castelo — disse ela.

— Fora — repetiu Rie.

Sarah a fitou rapidamente e então, mais demoradamente, olhou para Hartmann.

— Não é um castelo.

* * *

De volta a sua sala vazia, Sarah pegou um cigarro do maço de Jan, rolou-o entre os dedos. Virou-o ao contrário, brincou com ele, cheirou. Levou-o aos lábios, sentiu a secura ao colocá-lo na boca, acendeu aquela coisa e aspirou a fumaça asfixiante.

O gosto não era bom. Não melhorou em nada as coisas. Apenas estava ali.

Na sala em frente, Buchard falava com a equipe, numa voz alta o bastante para que ela ouvisse:

— Lund começa o novo emprego na Suécia amanhã — dizia o chefe. — Meyer vai assumir o lugar dela. Svendsen, você é o assistente dele.

Ele já tinha tirado o nome dela da porta. Agora se lia apenas *Vicekriminalkommissær* Jan Meyer.

Buchard foi vê-la em seguida. Olhou para o cigarro.

— Já informei à polícia sueca que você está pronta para começar. Não comentei sobre as suas ações.

— Minha gratidão não tem limites.

Sarah deu uma tragada no cigarro e o encarou. Buchard não ficava bem no papel de ardiloso.

— Sinto muito por ter que terminar assim — acrescentou ele.

— Você é a única pessoa neste lugar que confia no Svendsen.

Uma centelha de raiva nos olhos de pug do chefe.

— Essa é a última coisa que você tem a me dizer?

— Não. Tem mais. — O cigarro começava a ficar bom agora. — Mas você deve ter mais alguns telefonemas a fazer.

Quando ele se foi, Jan entrou, parou em frente à placa com seu nome. Não parecia feliz.

— Não encontramos nada na Grønningen. Nada ligado a Holck.

Svendsen enfiou a cabeça pela porta. Ele sorria.

— Chegou uma entrega da Suécia para você, Lund — disse ele. — Você precisa assinar. Antes de ir embora.

Ênfase naquela última palavra, e então um sorriso enorme.

— Pode deixar — disse Sarah. Ela apontou para o cigarro. — Assim que eu terminar.

Sarah ficou vendo-o se afastar, voltou-se para Jan, apontou para o sujeito.

— Svendsen é deles, Meyer. Não seu. Não se esqueça disso.

Então foi até a janela. A van amarela de uma transportadora estava estacionada em frente ao prédio. O motorista esperava na porta.

— Tem um cara me esperando na perícia técnica — disse Jan. — Então...

Ela soprou fumaça pela janela, lembrou quantas vezes o repreendera por fazer o mesmo.

— Pode ficar com o maço.

Mais uma tragada, mais uma baforada no ar úmido de novembro.

— Lund?

— Obrigada — disse ela, sem se voltar.

Quando Jan saiu, ela foi até a mesa, remexeu os sacos plásticos de provas, encontrou o chaveiro de Nanna, com as chaves Ruko, e o guardou no bolso.

Começava a chover. Bengt mandara de volta tudo que ela tinha na Suécia. Ela abriu a primeira caixa. Roupas e lençóis, nada que pudesse usar.

Então ela assinou a guia de recebimento, telefonou para a transportadora a fim de pedir que deixassem suas coisas num depósito alugado e assistiu à van amarela se afastar, ainda carregando parte da sua vida. Uma parte perdida até que ela chegasse a algum ponto no futuro que ainda não conseguia nem imaginar.

A advogada, Lis Gamborg, foi visitar Theis na cela.

— Vagn prestou depoimento. Confirmou que encorajou você a se vingar do professor.

— Não foi isso. Ele tentou me impedir.

— Foi o que ele disse. Será bom para você. Vamos deixar assim. Vagn será acusado de cumplicidade. Ele não corre risco de ser preso. — Uma pausa. — Você sim.

Theis respirou fundo, olhou para o chão de concreto, não disse nada.

— Eu argumentei que você não vai tentar fugir. Que já sofreu o bastante. Que não vai incomodar as testemunhas, pois já se declarou culpado.

— E...?

Ela deu de ombros.

— E você está liberado.

No macacão azul da prisão, Theis se sentiu uma criança sendo enganada por um mágico no palco. Ele não gostava de truques, e talvez a advogada tenha se dado conta disso.

— Desde que — acrescentou ela rapidamente — não deixe Copenhague. E que não volte a interferir na investigação sob circunstância alguma. Estou falando sério, Theis. Se você fizer mais alguma coisa...

— Eu não vou fazer nada. Quero ir para casa, só isso.

— Ótimo. Pelo seu bem e pelo bem da sua família, é importante que aja com discrição. Não fale com a imprensa. Não se envolva. Volte a ser como antes.

Ele a encarou.

— O máximo possível. Sinto muito. Foi um comentário descuidado. Pode pegar as suas coisas agora. Theis...

Ela hesitava.

— O quê?

— As pessoas têm muita compaixão por você. Pela Pernille. Mas a compaixão é como uma torneira pingando. Basta girar um pouquinho que...

A advogada virou a mão no ar.

— Acaba. O que a substitui pode não ser tão bom. Seja invisível. Seja paciente. A gente se vê de novo antes da sua próxima audiência. Se ninguém ouvir uma palavra a seu respeito até lá, pode ser que eu consiga mantê-lo fora da prisão.

Ele assentiu.

A advogada sorriu e então o deixou sozinho, com seu uniforme azul e suas botas pretas. A barba por fazer, banho por tomar. Pensando no estranho mundo que havia além da porta.

Pernille atendeu o telefone, gritou com um arroubo de felicidade. Ligou para Lotte pedindo que cuidasse dos meninos, vestiu o casaco às pressas.

A irmã chegou logo, trazendo uma sacola de compras, pronta para passar a noite. Doces, um livro.

As famílias adotam esses rituais diários, todos aceitos como naturais, todos tão dolorosos quando a razão de sua existência se vai.

Lotte abriu a água da banheira, chamou os meninos. Pernille foi pegar as chaves.

Só um pacotinho de bala, pensou ela, e olhou dentro da sacola de compras.

Vários biscoitos salgados e lanches. Xampu. O tipo de coisa que uma mulher solteira compra em quantidades tão pequenas que chega a ser ridículo.

Uma pilha de cartas. Lotte devia tê-las pegado ao sair de casa, pensando em lê-las enquanto cuidasse dos meninos.

A primeira era quadrada e formal, um cartão dentro de um envelope. Trazia o nome de Nanna e o endereço de Lotte.

Gritinhos no banheiro, sons de Lotte ralhando com os meninos.

— Eu quero o patinho — gritou Emil.

— Só se você parar de espalhar água — disse Lotte.

Sem pestanejar, Pernille levou a mão à sacola, tirou o envelope quadrado, abriu.

O cartão era prateado, com uma árvore de Natal enfeitada. O convite para a festa de Natal de uma casa noturna no centro. Dali a quatro semanas.

Ela olhou para o cartão e sentiu frio, sentiu-se tola e traída.

— Cadê o pato de borracha? — perguntou Lotte da porta do banheiro. — Ah, achei.

Ela encontrara o brinquedo. Então olhou. Viu.

— Nanna trabalhava com você esse tempo todo — disse Pernille, segurando o cartão. — Deu o seu endereço. Por isso nunca soubemos.

Lotte se aproximou, olhou para o cartão, recuou, culpada.

— Quando ela começou?

Irmãzinha, irmãzinha, pensou Pernille, nunca confiei em você de verdade.

— Em janeiro.

Lotte tinha o olhar evasivo, inquieto, da criança levada que foi um dia.

— Foi um trabalho temporário. Ela saiu no verão.

Pernille segurava o cartão e esperava.

Lotte passou a língua nos lábios, tentou recuperar o controle. Soar convincente.

— Ela não planejou isso. Foi me visitar e achou que parecia ser... — Lotte deu de ombros. — Divertido.

Pernille olhou o pequeno apartamento à sua volta. Os quartos apertados. As fotografias nas paredes. A mesa que tinham feito. Os livros. A TV. As crianças. Aquela coisa próxima e íntima chamada família.

— Divertido?

— Simplesmente aconteceu. Não vi mal algum.

Ela não sabia se chorava ou gritava. Se avançava contra Lotte ou saía correndo dali.

Em vez disso, perguntou:
— O que aconteceu no verão?
Lotte cruzou os braços. Confiante agora. Arranjara uma rota de fuga.
— Talvez seja melhor você conversar com Theis.
— Charlotte. Você é minha irmã. Conte o que aconteceu.
Sons vindo do banheiro. Os meninos rindo, brincando com a água.
— Ela gostava do trabalho. E começou a sair com alguém. Um homem.
— Quem?
— Alguém que ela conheceu lá. Não sei quem. Ela nunca me disse.
— Ele dava dinheiro a ela?
Lotte voltou a parecer dissimulada.
— Por que a pergunta?
— Responda. Ele dava dinheiro à Nanna?
— Acho que não. Não era assim. Ela começou a chegar atrasada. Até que um dia não apareceu. Fiquei preocupada.
Pernille sabia o que estava por vir, precisava ouvir.
— Eu liguei para Theis — continuou Lotte. — Sinto muito. Encontramos Nanna num quarto de hotel. Completamente bêbada. Foi quando você estava fora com os meninos, naquele passeio da escola. Ela prometeu que não o veria mais. Prometeu a Theis.
Pernille riu daquele pensamento, riu e inclinou a cabeça para trás, deixou que as lágrimas enchessem seus olhos brilhantes.
— Sinto muito — repetiu Lotte.
Pernille foi até a irmã, tirou de suas mãos as toalhas e o patinho de borracha.
— Quero que você vá embora agora — disse ela.
— Pernille...
— Quero que você vá embora.

O debate acontecia no Diamante Negro, o edifício angular de vidro à beira-mar que abrigava a Biblioteca Real Dinamarquesa.
Mas o caso Nanna Birk Larsen atormentava Troels Hartmann. Rie e Morten haviam discutido no carro, praticamente só falaram sobre isso.
— Lund acredita que o carro foi levado de volta para a prefeitura — disse Hartmann enquanto eles entravam na biblioteca. — Por quê? Por que alguém o levaria de volta?
— Se isso tivesse alguma importância, já teríamos ouvido falar — cortou Rie. — Lund está fora do caso. Eu já falei.

— Então era por isso que a polícia estava no estacionamento? — perguntou Morten.

— Fazendo o quê? — disse Hartmann.

Morten deu de ombros.

— Não sei. As coisas que a polícia faz.

Eles saíram, passaram pelas portas.

— Este é um evento público, Troels — disse Rie. — Hora de sorrir.

Ele não estava no clima.

— Por que ela me perguntou sobre Holck?

Na escada rolante, subindo em direção ao agitado aglomerado de gente.

— A única coisa que importa em relação a Holck é se ele está ou não do nosso lado.

— Não — insistiu Hartmann. — Precisamos saber o que está acontecendo. Não quero aquela merda toda de novo.

— Aquela merda veio de Lund! — retrucou Rie, irritada. — E agora ela já era. Concentre-se no debate. É importante.

— Eu preciso saber!

— Meu Deus, Troels... — murmurou Rie, afastando-se.

Morten olhou para ela e depois para Hartmann.

— Uma vez na vida, eu concordo com ela. Pense no debate. Podemos cuidar do resto depois.

Então eles se misturaram à plateia, enquanto Hartmann subia ao palco com sua pasta.

Bremer já estava lá. Vestido impecavelmente. Sorrindo como sempre. Um pouco corado sob as luzes.

— Bem-vindo, Troels — disse ele, apertando a mão de Hartmann. — Você tem tentado pescar em águas turbulentas, pelo que eu ouvi dizer. Conseguiu alguma coisa?

Uma risada. Um tapa forte no ombro de Hartmann. Então um aceno para a plateia, alguns gestos especificamente dirigidos a pessoas que talvez ele conhecesse, talvez não.

Todas as artimanhas e práticas de um político. Troels Hartmann as aprendera; com Bremer, principalmente. Também conseguia lançar mão daquilo. Mas então...

Um homem num paletó preto amarfanhado entrou pela direita. Bremer se levantou de um salto, apertou a mão de Jens Holck.

— Boa noite, velho amigo. Sente-se ao meu lado, Jens... Sente-se.

Bremer puxou uma cadeira. Holck olhou.

— Não, obrigado.

Deu mais alguns passos, olhou a cadeira vazia ao lado de Hartmann.

— Tem alguém aqui? Eu andei pensando...

— Se quiser, pode sentar, Jens.

— Acho que eu quero — disse Holck, e se sentou.

A Grønningen era uma rua que se estendia por cerca de 500 metros ao largo da área do Kastellet. Havia edifícios comerciais e residenciais, de um lado apenas. As chaves Ruko de Nanna não abriram nenhuma das portas da frente de nenhum prédio.

Depois de passar meia hora testando todas as fechaduras, Sarah tentou uma pequena rua ao sul, a Esplanaden. Nada.

Telefonou para Jan

— Preciso da sua ajuda.

— Você estava errada a respeito de Holck. Ele foi embora no próprio carro aquela noite.

— Você conferiu se algum dos membros do partido tem um apartamento na Grønningen?

— Conferi. Ninguém. E nenhum político mora nas proximidades. Os liberais têm um apartamento na Store Kongensgade.

— A que altura?

— O que você está aprontando?

— Onde?

— Número 130.

Sarah seguiu para a rua, a uma breve caminhada dali, conferiu os números. Ficava mais ao norte, mais perto da Grønningen. A Store Kongensgade era uma rua longa e movimentada que seguia das proximidades da estação Østerport até o centro. O taxista, Leon Frevert, tinha dito que deixara Nanna perto da junção das duas ruas. Ela devia ter pensado naquilo antes.

Do lado esquerdo havia uma sucessão de antigas casas geminadas, todas em tons terrosos. Os sobrados navais de Nyboder, dispostos em fileiras no escuro como soldados congelados em posição de sentido.

— Fica no quarto andar — disse Jan. — Onde você está?

Um prédio sólido. Tijolos vermelhos, janelas brancas reluzindo à luz dos postes de rua. Porta de entrada elegante. Muitos botões no interfone. Uma fechadura Ruko.

— É irrelevante — acrescentou ele. — Já investigamos Hartmann. Lund?

— O quê?

— Onde você está? O que está acontecendo?

— Nada — respondeu ela, e colocou o celular no bolso.

Duas chaves. Uma para o portão do prédio. Outra para o apartamento.

Sarah foi até a porta dupla, colocou a primeira na fechadura, girou.

Nada.

Tentou a segunda.

A porta abriu.

O elevador era reluzente e antigo, portas duplas sanfonadas, espaço interno para no máximo quatro pessoas.

Ela entrou, apertou o botão do quarto andar. Ouviu o motor zumbir e chiar.

O prédio parecia vazio. Ela passou por escritórios e consultórios de dentistas, apartamentos e portas sem identificação.

Então o elevador parou. Sarah desceu e começou a olhar em volta.

Jan estava de volta ao departamento de perícia técnica, analisando mais uma vez a fita com as imagens do estacionamento. O carro preto saindo. O motorista indistinto.

— Pare aí — pediu ele ao técnico. — O que foi isso? Parecia uma luz piscando.

— É a lâmpada fluorescente. Na saída. Piscando.

— Volte, volte. Avance quadro a quadro.

Sete quadros. Apenas discernível na janela do motorista, iluminado por um único e breve lampejo de luz, estava o rosto de um homem.

— Quem é esse? — perguntou Jan, tentando conter a impaciência. — Dá para aumentar a imagem?

— Posso tentar.

O telefone dele tocou.

— É Lund.

— Na hora certa. Estamos para descobrir quem estava no carro.

— Era Troels Hartmann — disse ela.

— Do que você está falando?

Silêncio.

— Lund? Lund? Onde você está? O que está acontecendo? Fale comigo. Por favor.

— Estou no apartamento do Partido Liberal, na Store Kongensgade. As chaves de Nanna abriram as portas do prédio e do apartamento. Ligue para a perícia. Venha me encontrar aqui.

— Hartmann?

— Foi o que eu disse.

A tela exibia uma imagem magnificada. Um rosto emergia das trevas. Angular e atraente. Sério e familiar.

Jan pensou: Bom-moço, você é meu.

— Estamos a caminho — disse ele.

Uma equipe chegou ao apartamento em menos de uma hora. Dez homens envergando o uniforme azul da perícia técnica, macacões plásticos brancos, luvas brancas. A postos. Refletores. Câmeras. Produtos químicos.

Sarah estava do lado de fora com uma segunda equipe, no pátio atrás do prédio. Caminhava entre os homens, conferia o trabalho, dava dicas e opiniões, algumas bem-recebidas, outras simplesmente ignoradas.

Jan lhe levou café. Buchard permaneceu calado.

Levou os dois até a porta de entrada, subiu com eles no elevador barulhento.

— O taxista a deixou na Grønningen às 10h45. Acho que ela não queria que ninguém soubesse que vinha para cá. Ela pode ter chegado ao apartamento 4 ou 5 minutos depois. Pertence ao Partido Liberal. Doação de um partidário. Eles usam o local para almoços de trabalho, reuniões, para hospedar convidados.

— Quem mora no prédio? — perguntou Jan.

— A maioria dos apartamentos foi convertida em escritórios, aluguel temporário. Ficou praticamente vazio durante todo o fim de semana.

Eles chegaram ao quarto andar. Sarah seguiu até o apartamento, mostrou aos dois que a chave de Nanna abria a porta.

— Ela também tinha a chave do portão da rua? — perguntou Buchard.

— Sim.

Seis técnicos de macacão e touca plástica azul trabalhavam lá dentro. O lugar era decorado como uma suíte de hotel de luxo. Papel de parede de veludo vermelho, móveis antigos e elegantes.

— Já encontramos impressões digitais dela — disse Sarah, oferecendo-lhes luvas e capas para sapatos.

Quando estavam prontos, ela os conduziu apartamento adentro.

Pôsteres de Troels Hartmann estavam espalhados pela sala. Havia uma mesa com o tampo de vidro quebrado e, no chão, cacos do que parecia ser um copo.

Sarah foi até a mesa, mostrou aos dois as marcações no tapete.

— O sangue é do tipo de Nanna. Já mandei uma amostra para confirmação. Houve uma espécie de luta.

Havia uma pesada escrivaninha de nogueira à janela.

— Encontramos impressões digitais neste peso de papel. Nanna o atirou no espelho por algum motivo.

Sarah girou 360 graus nos calcanhares, olhando a sala ao redor. O vidro quebrado. A desordem.

— Ela não só se defendeu. Ficou furiosa. Perdeu a cabeça, eu acho. Isso não foi aleatório. Inesperado. Ela o conhecia. Foi uma discussão. Uma briga entre amantes que deu errado.

— Temos muita coisa para periciar — interrompeu Jan. — Com alguma sorte, teremos o resultado das análises de DNA amanhã à tarde.

Sarah foi até o quarto. A porta estava aberta, coberta de marcações e adesivos da perícia.

— Nanna correu para cá e tentou bloquear a porta. Ele abriu com um pontapé.

A coberta estava amarrotada como se alguém houvesse sentado na cama, nada mais.

— Não acredito que ela tenha sido estuprada aqui. Ou espancada. Isso viria depois. Em outro lugar.

Sarah tentou imaginar o que acontecera. Uma discussão. Uma briga. Mas Nanna só morreria dois dias depois. Ainda faltava uma grande peça do quebra-cabeça.

Ela foi até a varanda.

Jan e Buchard a seguiram.

Buchard ficou parado, sob o olhar atento de Sarah.

— Se você foi ao departamento de perícia técnica e analisou o vídeo, sabe perfeitamente que Hartmann foi flagrado pela câmera — acrescentou Jan. — Eu descobri isso em dois minutos, Buchard. Você não é bobo.

— Quero conversar a sós com Lund — disse o chefe.

— Cansei dessa merda! — gritou Jan. — Estou de saco cheio.

Ele bateu com as duas mãos no parapeito de metal, apoiando-se ali.

— Buchard! Buchard! Olhe para mim! Quero saber o que está acontecendo. Você nos deve isso. A nós dois.

O velho olhou para o chão, absorto, derrotado de certa forma.

— Não é o que vocês estão pensando.

— O que é, então? — perguntou Sarah. — Você apagou um nome do celular dela. Apagou uma chamada da lista.

— Não, eu não fiz isso. — Uma defesa fraca, patética. — Não fui eu.

— Quem foi, então?

Ele não respondeu.

— Vamos convocar Hartmann para depor — anunciou Sarah.

— E queremos aquela informação — acrescentou Jan.

O chefe estava imóvel no terraço frio, arfando. O serviçal de alguém. E não do tipo feliz.

— E então? — perguntou Sarah.

— Vou conseguir para vocês.

— Ótimo — disse ela, e os dois o deixaram lá, de olhos arregalados e sem ar no escuro.

Os três estavam de volta ao gabinete de Hartmann, satisfeitos. O debate fora um sucesso. Morten disse que os líderes da minoria se reuniriam pela manhã para discutir a aliança.

— Se conseguimos Holck — disse Rie, correndo para o computador —, os outros também virão. O que será que o fez mudar de ideia?

Hartmann era o único com semblante infeliz.

— Não sei. Ele não disse. Por que Lund veio perguntar sobre ele? O que é essa história toda do carro?

Rie fez um gesto de impaciência, descartando o assunto.

— Se Holck está envolvido, eu preciso saber.

— Deixei um recado para Meyer.

— Isso não é o bastante.

Weber estava pegando uma garrafa de vinho no armário, colocando na mesa alguns sanduíches.

— Nada de surpresas, Morten — disse ele. — Você quer a mesma coisa.

— Nada de surpresas. — Ele abriu o vinho, serviu nas três taças, ergueu a sua num brinde. — Jens Holck está só nadando a favor da corrente, Troels. Ele sabe que você vai vencer. Não complique as coisas sem necessidade.

O telefone de Rie tocou.

— Bremer estava com uma cara bem preocupada — acrescentou Morten. — Deve estar sentindo o chão se abrindo debaixo dos pés.

Rie falava baixo ao telefone, desligou. Olhou para Hartmann.

— Era a polícia — disse ela.

— E...?

— Eles querem falar com você.

— Ah, pelo amor de Deus...

— Troels. Eles querem que você vá até lá. Agora.

— Para falar sobre Holck e o carro?

— Não me pareceu que fosse.

— O que pode ser, então?

— Não sei. Eles disseram imediatamente. Ou isso, ou vêm pegar você. Eu realmente não quero isso.

A taça de Hartmann parou a caminho da boca. Ele deu um soco na mesa. Respingos do borgonha escuro caíram sobre o verniz do tampo de nogueira.

Então ele pegou o casaco. O mesmo fez Rie. E, depois de receber um olhar reprovador dela enquanto engolia a comida, também Morten Weber.

Dez minutos depois eles atravessavam o pátio a céu aberto, seguindo para a escada em espiral que levava ao departamento de homicídios.

Sarah esperava junto a Jan e Svendsen do lado de fora da sala de entrevistas.

— Chamei apenas você, Hartmann — disse ela, olhando para Rie e Morten.

— Não tenho tempo para isso.

— Queremos falar com você sozinho.

— O que isso significa?

Sarah lhe indicou a porta.

— Sente-se.

Rie estava ficando irritada.

— Se isso for um interrogatório, diga. Já engolimos muita porcaria de você, Lund.

Jan sorriu para ela.

— São apenas algumas perguntas. Um político deve ajudar a polícia, não?

— Se ele quiser um advogado, você pode chamar um — acrescentou Sarah.

Hartmann olhou furioso para ela.

— Por que diabos eu ia querer um advogado?

Eles não responderam.

Hartmann praguejou, entrou na sala, fez um gesto para que Rie e Morten esperassem do lado de fora.

Sarah e Jan se sentaram do outro lado da mesa, mostraram-lhe o vídeo com o carro saindo da garagem.

— Parece ser um dos nossos — disse Hartmann. — Mas tem muitos carros pretos por aí.

— Alguma ideia de quem está dirigindo? — perguntou Sarah.

Ele deu de ombros.

— Não. Por que eu deveria saber? Se for importante, posso pedir a alguém da minha equipe para verificar.

— Não será necessário — disse Jan. — Somos da polícia, lembra?

Ele apertou algumas teclas do computador. Ampliou a imagem. Um rosto na tela. Para reforçar o impacto, deslizou uma impressão da imagem para o outro lado da mesa.

Hartmann olhou para Sarah.

— Certo — disse ele. — Foi depois da festa do pôster. Dei folga ao meu motorista aquela noite; por isso peguei um carro da campanha.

Sarah sorriu. Svendsen entrou com café. Hartmann relaxou um pouco.

— Você saiu cedo da festa? — perguntou ela.

— Estava com dor de cabeça. E precisava escrever um discurso.

Sarah serviu uma xícara para ele.

— Para onde você foi?

— Temos um apartamento na Store Kongensgade. Pensei em ir até lá para escrever o discurso. Por quê?

— Quem tem a chave desse apartamento? — perguntou Jan.

— Eu. Tem uma cópia no escritório. Alguns outros membros do partido também têm, eu acho. Não sei direito.

— Mas você usa o apartamento?

— Já disse que sim. O que é isso?

Sarah espalhou algumas fotos sobre a mesa para que Hartmann as visse.

— O carro que você dirigiu é o mesmo em que Nanna Birk Larsen foi encontrada. Ele foi levado de volta à prefeitura naquela noite. Você o pegou para ir embora.

Ele balançou a cabeça em silêncio.

— O que aconteceu no apartamento? — perguntou Jan.

— Não pode ser o mesmo carro — disse Hartmann.

— O que aconteceu no apartamento? — repetiu Jan.

— Nada. Fiquei lá umas duas horas.

— Assim como Nanna Birk Larsen — disse Sarah, pegando mais fotografias. — Ela tinha as chaves. Foi atacada lá. E depois levada embora dali no carro que você dirigiu.

Sarah empurrou por sobre a mesa as fotografias do apartamento na Store Kongensgade. A mesa quebrada, o espelho estilhaçado. Vidro no chão. Impressões digitais reveladas pelos produtos da perícia.

— No nosso apartamento? — perguntou Hartmann finalmente.

— Fazia quanto tempo que você a conhecia? — perguntou Jan.

Hartmann não conseguia tirar os olhos das ampliações. Folheou-as lentamente, boquiaberto, o rosto congelado.

— Eu não a conhecia. Nunca vi aquela garota.

Jan deu uma fungada de descrédito.

— O carro. O apartamento. O fato de você em momento algum ter mencionado nada disso.

— Não havia o que mencionar! Eu peguei o carro. Fui ao apartamento. Bebi algumas cervejas. Então decidi voltar para casa a pé.

Eles não disseram nada.

— Na segunda-feira eu voltei para pegar o carro, mas não estava mais lá. Deduzi que alguém do comitê de campanha tinha ido ao apartamento e encontrado as chaves, que eu deixei em cima da mesa. Alguém deve ter pegado.

Jan suspirou.

— Por que você pegou a fita do circuito de segurança? Para que não víssemos que era você no carro?

— O quê? Eu não peguei fita nenhuma.

— O seu número foi apagado do celular da Nanna — acrescentou Sarah.

— Isso não é possível. Eu nem conhecia aquela garota.

— O que você fez no resto do fim de semana? — perguntou Jan.

Hartmann praguejou e se levantou.

Sarah foi até a porta, colocou-se no caminho, olhou para ele. Hartmann estava agitado e nervoso.

— Vai nos contar ou não, Hartmann?

— Por que diabos eu deveria? Minha vida pessoal é só da minha conta. Não interessa a vocês.

— Mas não se trata da sua vida pessoal... — começou Jan.

A porta foi aberta. Lennart Brix entrou.

Brix.

O novo superior de Buchard. Recém-chegado de um dos esquadrões regionais. Um homem alto de porte altivo, com um rosto angular desprovido de sorrisos. Ele chegara havia duas semanas e pouco fora visto. Agora agia como se fosse o dono do departamento.

— Sou o investigador-chefe adjunto — disse Brix. — Boa noite.

Ele atravessou a sala, apertou a mão de Hartmann. Ficou ao seu lado, voltou-se para Sarah, Jan e Svendsen.

— Vejo que temos um problema — disse Brix.

Cinco minutos depois. Sarah acendeu o seu segundo cigarro do mês enquanto via Hartmann sair acompanhado de Rie e Morten. Jan, ao lado dela, mascava chiclete.

Brix acompanhou os três até a saída e voltou ao escritório. Terno preto. Camisa preta. Sapatos italianos reluzentes. Parecia ele próprio ser um político também.

— Hartmann me disse que pegou o carro com boas intenções. Ele claramente deixou o apartamento antes da chegada da jovem. Está disposto a falar sobre o local. Vocês podem falar com os funcionários dele o quanto precisarem. Você nem ao menos tem provas de que a jovem foi estuprada naquele lugar, Lund. Ela pode ter apenas discutido com alguém.

— Não queremos falar com os funcionários dele — disse Sarah.

Brix se recostou na porta e a encarou. Um homem seguro, determinado.

— Se tivessem perguntado com gentileza, teriam descoberto que ele tem um álibi. Estão procurando por alguém que manteve Nanna Birk Larsen em seu poder por todo o fim de semana. Hartmann saiu do apartamento às dez e meia e foi ao apartamento de Rie Skovgaard.

— Ele disse que foi para casa.

— O relacionamento dele com Rie é um assunto particular. E ele deseja que continue assim.

— Se essas malditas pessoas dissessem a verdade... — começou Jan.

— Na manhã seguinte eles foram a um centro de conferências, onde passaram o dia todo em reuniões.

— Podemos conferir isso? — perguntou Jan.

— Não é necessário. — Brix apontou para os dois. — Da próxima vez que trouxerem alguém como Hartmann para cá, sugiro que façam o dever de casa antes.

Eles o observaram se afastar. Sarah passou o cigarro pela metade para Jan.

— Vamos checar o álibi. Descobrir se alguém da prefeitura usa o apartamento. Todo mundo do comitê de Hartmann será intimado a depor.

Ela olhou para Jan.

— Tudo bem por você?

— Ah, sim — disse ele.

Svendsen entrou novamente, trazendo um recado. Pernille Birk Larsen estava a caminho. Queria falar com Sarah urgentemente.

— Não temos tempo. Se for a respeito do marido...

— Não pode ser isso. Ele foi solto. — Svendsen balançou a cabeça, riu. — Ela nem veio buscá-lo, Lund. Veja que honra para você.

Theis Birk Larsen voltou para casa a pé. Vinte minutos debaixo de chuva, por ruas desertas.

Pernille não estava. Tampouco os meninos. Na cozinha, em meio a vasos de plantas e fotografias, ele telefonou para a mulher, apenas para ouvir a mensagem da caixa postal. Esperou 5 minutos, voltou a ligar.

Pouco depois das 23 horas, uma porta bateu no andar de baixo. Ele correu para a garagem. Luzes acesas. Vagn, de macacão vermelho e gorro preto de lã, consultava a agenda no escritório.

Ficou surpreso ao ver Theis.

— Você viu Pernille, Vagn?

— Quando você foi solto?

— Acabei de sair.

— Que bom. O que aconteceu com o professor...

— Você a viu?

Vagn pareceu confuso ante a pergunta.

— Lotte veio cuidar dos meninos. Ficou pouco tempo, e depois as duas saíram.

Theis ficou parado junto à porta do escritório, as mãos nos bolsos, tentando entender aquilo.

— Por quê?

— Não sei.

— Aonde elas foram?

— Caramba, Theis! Eu não sei!

Theis o encarou com raiva.

— Você falou com ela?

— Achei que ela tivesse ido buscar você. — Vagn hesitou. — Ela não apareceu por lá?

Theis voltou para o apartamento. Telefonou outra vez. Nada.

Pernille Birk Larsen levou Lotte à sede da polícia. Na verdade arrastou-a até lá, pelo que parecia.

Sarah ouviu, e então passou às perguntas.

— Fale sobre essa casa noturna, Lotte. A Heartbreak.

— É para sócios e convidados. Exclusivo.

Jan estava sentado fazendo anotações em silêncio.

— O que Nanna fazia lá?

— Era garçonete. Eu sempre ficava de olho nela.

— Ela gostava do trabalho?

— Claro. Era interessante. Diferente.

— Diferente? — perguntou Jan.

— Diferente de atender o telefone em uma transportadora.

Pernille estava sentada no corredor, do outro lado do vidro. Recusara-se a sair.

— Como você sabe que ela estava se encontrando com alguém?

— Ela começou a faltar muito, e pedia folgas o tempo todo. Parecia...

Lotte era uma mulher bonita, mas tinha um rosto triste e pálido que sugeria noites mal dormidas e talvez algo mais.

— Parecia ser uma atitude inocente.

— Então algo aconteceu?

— Uma noite ela não apareceu. Eu liguei para Theis e contei a ele. Rodamos a cidade à procura dela. Até que me ligaram de um hotel perto da estação. Nanna tinha dado o meu número para eles.

Sarah a observava, matutando.

— Por que ela alugou um quarto?

— Acho que ela tinha bebido demais. Estava angustiada. Acho que o cara tinha terminado com ela. Ele não estava lá. Só Nanna.

— Ela usava drogas? — perguntou Jan.

— Acho que não.

— Ela falava sobre o homem?

— Acho que ele era casado ou coisa assim. Ela fazia muito mistério. Não me dizia o nome. Nanna...

Uma longa pausa.

— Acho que ela estava naquela fase em que as adolescentes se apaixonam cada semana por alguém diferente.

— Mas não era o caso. Isso durou meses — disse Sarah.

— Daquela vez. Ela sempre o chamava de Fausto.

— Fausto? — confirmou Sarah, anotando o nome.

— Não era o verdadeiro nome dele.

— Imagino. Por que ela o chamava assim?

— Não sei.

Jan deixou as anotações de lado:

— Isso aconteceu durante a primavera e o verão. Ela não falou nada a respeito dele depois?

— Não. — Os olhos de Lotte se voltaram para a figura sentada no corredor. — Pernille achou que podia ser importante.

— E ela estava certa — disse Jan, sem dar maiores explicações.

— Nanna contou a você onde ela e Fausto costumavam se encontrar? — perguntou Sarah.

— Em hotéis, eu acho.

— Você sabe quais?

Lotte tentava lembrar algo.

— Em hotéis, no começo. Mas, depois, acho que eles iam a um apartamento.

— Um apartamento?

— É. Lembro que ela disse que era um lugar de bacana. Móveis antigos. Muito caros.

Sarah esperou. Como Lotte continuou calada, ela perguntou:

— O endereço?

— Não sei. — Mais uma lembrança. — Tudo que ela disse foi que ficava perto das antigas casas da Marinha. Aquelas casas amarelas que levam a gente para visitar quando estamos na escola.

— Em Nyboder? — perguntou Sarah, olhando para Jan.

— Acho que sim.

— Que tal na Store Kongensgade?

Lotte pestanejou.

— Sim. Era isso. — Ela olhou para os dois. — Como vocês sabiam?

Sarah voltou para o apartamento da mãe pouco depois das 22 horas. Jan telefonou quando ela subia as escadas.

— Não tem nenhum Fausto na lista de associados do Heartbreak Club. O gabinete de Hartmann informou que de agora em diante só poderemos falar com ele por intermédio de um advogado.

— Alguém do gabinete dele é associado?

— Não encontrei ninguém.

O apartamento estava escuro e silencioso. E vazio.

— É um pseudônimo, Meyer. Lembra-se de Fausto? O homem bom que foi tentado pelo diabo? Vá até a casa noturna e faça perguntas por lá.

— Não está ouvindo a música? Onde é que você acha que eu estou?

Havia algo ao fundo. Uma música dance metálica e milhões de vozes.

Sarah tirou as botas com os pés. Acendeu a luz da cozinha, abriu a geladeira.

Nada.

Havia uma panela com ensopado no fogão.

— Não consigo imaginar um político nesse lugar — disse Jan. — Iam reparar. Mas talvez ele não venha aqui.

Ela colocou o telefone no viva-voz, deixou-o sobre a bancada e acendeu o fogo.

— Como assim?

— O site da casa tem uma sala de bate-papo para encontros. As pessoas se conhecem pela internet. Talvez seja isso.

O ensopado não parecia que ficaria melhor depois de aquecido. Sarah esperou ficar morno, então pegou uma colher e provou.

— Vou pedir que um especialista confira o site — disse Jan.

Havia uma Carlsberg na geladeira. Ela abriu a garrafa e tomou um gole no gargalo.

— Ok — disse Sarah, pegando uma segunda colherada do ensopado. — Me avise se tiver novidades.

— Ah, sua sortuda — gemeu Jan. — Arranjou o que comer. Eu não ponho nada na boca desde o almoço.

Sarah olhou para a panela.

— Ah, sim. Muito sortuda.

Ela foi para o sofá levando o ensopado e percebeu que ainda estava de casaco. Tirou-o e jogou no chão.

Então ligou o laptop, ficou ali sentada, alternando-se entre a panela, a cerveja e o computador.

Jan tinha razão. Havia uma sala de bate-papo para encontros no site do Heartbreak. Aberta para qualquer um, não apenas aos sócios da casa.

Ela clicou para criar um novo perfil. Escolheu o nome Janne Meyer. Sexo feminino. Heterossexual. Senha: bananas.

A mãe chegou quando Sarah esperava pelo e-mail de confirmação.

— Cadê Mark? — perguntou Sarah.

— Fomos ver um filme com Magnus. Comemos uma pizza depois. Ele quis dormir na casa de Magnus. Eu disse que tudo bem.

Vibeke deu um sorriso azedo.

— Não tive como perguntar, você não estava por perto.

A mensagem de confirmação chegou. Sarah clicou no link de aceitação e se viu no fórum de encontros do Heartbreak.

— Não tem problema ele dormir na casa do amigo — disse ela.

A mãe dela circulou pela sala, fazendo nada.

— Como você está? — perguntou.

— Acabei de jantar. Tem sido corrido.

— Estão fazendo progressos?

— Sim. Ainda estou ocupada. Desculpe.

Havia uma caixa de pesquisa no rodapé da página. Ela digitou "Fausto".

— Mark falou com o pai hoje.

O site demorava para carregar. Sarah tomou mais um gole de cerveja.

— Sobre o quê?

— Ele vem a Copenhague. Quer ver Mark. O seu filho não sabia se vocês estariam na Suécia ou não.

— Isso está se arrastando. Ele pode ver Mark.

— Ah, sim. Percebemos isso.

Vibeke parou na porta da sala, olhando para ela com aquele misto de raiva, compreensão e perplexidade que lhe era característico.

— A empresa de armazenagem ligou para falar das coisas que Bengt mandou de volta da Suécia. Não podiam receber as caixas se você não tivesse uma conta. Então eu disse que podiam deixá-las aqui. Estão no porão.

E foi para o banheiro, sem dizer mais nada.

Para alívio de Sarah. Ela não sabia o que dizer.

Bengt.

Aquela despedida estranha na estação parecia ter sido séculos atrás.

Ela olhou para o laptop. Havia um resultado com o nome "Fausto"

Clicou no link.

Nenhuma foto. Apenas uma silhueta. E uma citação.

"Governar o coração é o mais difícil."

Sete

Quarta-feira, 12 de novembro

Morten reuniu todos os funcionários associados ao gabinete às 8 horas. Hartmann se levantou para se dirigir a eles:

— Isso é incomum, mas a polícia precisa da ajuda de vocês. Eles virão aqui hoje para entrevistar todos. Vocês serão chamados ao Politigården um a um. Quero que falem abertamente. Que respondam às perguntas. Não temos nada a esconder.

Olav Christensen estava no grupo.

— Do que se trata? — perguntou ele.

— Cabe à polícia dizer. Não posso entrar em detalhes. Devo salientar que tudo que vocês ouvem é confidencial. Estou contando com a discrição total de vocês.

Hartmann olhou em volta.

— Principalmente fora destas paredes. Já tivemos muitos problemas por causa de fofocas. Não precisamos de mais.

Morten agradeceu e pediu que todos voltassem ao trabalho.

— Por que aquele esquisito do Christensen estava aqui? — perguntou Hartmann quando a porta foi fechada.

— Você disse todos com acesso ao escritório. Ele está aqui o tempo todo.

— Ele fica grudado no ar como um cheiro ruim. Você entregou à Lund o material que ela queria?

— Todos os registros de uso do apartamento. Quando foi usado. Por quem.

— Troels?

A voz de Rie tinha aquele tom coquete aveludado que ele achava irritante em algumas ocasiões.

— O quê?

— Os líderes dos partidos minoritários estão a caminho. Você não precisa fazer isso.

— Mande-os entrar.

— Troels!

Ele foi até sua sala e esperou.

Holck foi o primeiro.

Eles convocaram a melhor especialista em computadores do departamento de perícia técnica, uma jovem que parecia não ter mais que 19 anos.

— Você consegue hackear o site? — perguntou Jan.

— Hackear é ilegal. Somos da polícia. Não acredito que você tenha dito isso.

— Então como entramos?

— Eu peço com educação. Se isso não funcionar, digo que vou fazer uma visita para checar todas as fotos no PC do cara.

A perita era uma loira, com um rosto e um sorriso amáveis.

Ela tinha consigo uma folha de papel, com letras e números anotados.

— *Voilá* — disse ela. — Vejam só. A educação não funcionou, mas que coisa.

Então ela entrou em uma parte do site que Lund não vira no laptop em casa.

— Esses lugares têm níveis diferentes. Há um nível para usuários casuais como vocês. E algo mais para alguns poucos privilegiados. Algo exclusivo, se você estiver disposto a pagar.

Ela digitava mais rápida e fluentemente do que qualquer um que Sarah já houvesse visto. A tela refletia seu rosto franco e confiante.

Uma lista de nomes surgiu. Sarah se pôs a analisá-los.

— Está vendo alguma ligação com Hartmann? — perguntou Jan.

— Se você deixar, talvez eu veja.

A perita franziu o cenho.

— São todos nomes falsos. Este é um lugar sórdido, pessoal. Se o que as pessoas buscam aqui fosse apenas... hã... — ela agitou as mãos no ar — ... serviços matrimoniais, não precisariam se esconder assim.

Outro floreio no teclado.

— "Fausto" é um dos nomes mais simples que aparecem aqui. Alguns são um pouco mais descritivos, por assim dizer.

Uma lista de entradas semelhante a uma tabela apareceu na tela.

— Mas bem que o nosso amigo faustiano andou ocupado.

As entradas continuavam a surgir na tela.

— Ele criou o perfil há um ano. Tem conversado com um monte de mulheres.

Ela abriu algumas das mensagens.

— Ah, que sedutor. Ele conhece hotéis chiques. — A perita piscou para Jan. — Que tal uma suíte no Hilton?

— Agora não. Onde estão as informações pessoais?

— Onde você acha? Na carteira dele.

A tela continuava a rolar com mais e mais entradas.

— Ah, isso é bom. Em abril, Fausto entrou em contato com alguém chamado NBL. Ah, crianças... Por que não usar o nome verdadeiro logo de uma vez, Nanna?

Alguns comandos, e as mensagens se limitaram àquele usuário.

— Eles se encontraram. Mantiveram contato regular durante a primavera. Pararam no verão. — A perita desceu até o fim da tela. — Ele tentou encontrá-la diversas vezes, mas ela não respondia.

Ela coçou o rosto.

— Normalmente é o contrário comigo.

— Podemos ver quem é esse Fausto? — perguntou Sarah.

— Não diretamente. Páginas como esta são espertas demais para armazenar os detalhes dos cartões de crédito. Posso tentar com o administrador do site.

— Faça isso — ordenou Jan.

— Se quiserem a minha honesta opinião, não vai adiantar. Esses caras não são idiotas. Não contratam uma empresa que rastreie seus usuários. Isso causa problemas. Eles sinceramente não sabem quem são.

— Então não fazemos ideia de quem ele possa ser? — perguntou Sarah.

— Eu não disse isso, disse?

Outra tela. Datas, horários, longas sequências numéricas.

— Esses são os dados do log-in de acesso. Mostram os endereços de IP das redes que ele usou quando acessou o site.

Sarah notou que os dedos da perita estancaram no teclado.

— Qual é o problema?

— Todos esses acessos e ele só usou duas redes. Engraçado. A maioria das pessoas circula por aí hoje em dia. Apenas dois lugares é estranho...

Ela digitou alguns números num formulário.

— Na maioria das vezes, ele usou a rede wi-fi interna do Rådhus. Nas outras... esperem um pouco..

Mais telas, mais metralhar de teclas. Uma página da companhia telefônica. Uma linha gigantesca com texto e números.

— Das outras vezes, o acesso foi feito pelo roteador do apartamento na Store Kongensgade.

Jan a observava.

— Mas você não sabe quem?

Ela levou um dedo à boca, lambeu-o, ergueu-o no ar, esperou um momento.

— Desculpe. Não.

A mente de Sarah dava voltas.

— E quanto às outras mulheres com quem ele se encontrou? Você pode rastreá-las?

A perita tomou um gole de uma lata de Coca-Cola, pensativa.

— Posso tentar.

Svendsen entrou na sala.

— O álibi de Hartmann é sólido. Muito sólido. Ele passou o fim de semana no centro de conferências. Ah, e Lennart Brix está na sala de vocês.

— Buchard pode lidar com ele.

Svendsen fez que não e olhou para os dois de soslaio.

— Buchard não trabalha mais aqui.

Brix brincava com o carrinho de polícia sobre a mesa de Jan. Girava as rodas, sorria quando acendia a luz vermelha no teto.

— Sentem-se — disse ele. — O pessoal lá de cima me pediu para ter uma conversa com vocês.

— Sobre o quê? — perguntou Sarah.

Ela continuava de pé. Jan se acomodou ao lado da janela.

— Sobre negligência em serviço no caso Birk Larsen.

— Ouvir mentiras e ser manobrado não é negligência em serviço! — retorquiu Jan.

— Alguns registros telefônicos sumiram do sistema — disse Brix. — Vocês não precisam perder tempo especulando a respeito.

Ele tirou um envelope do bolso do paletó preto.

— Aqui está uma ordem judicial para solicitar novos registros.

Sarah não pegou o envelope.

— Buchard disse que faria isso.

Brix colocou as mãos nos bolsos da calça.

— Buchard está fora. Por ora, digamos que saiu de férias. — Ele apertou os olhos ao ver a chuva do outro lado do vidro da janela. — Péssimo momento.

Ele olhou para os dois.

— Não esperem que ele volte. — Brix levantou a mão, sorriu. Não com simpatia. — Vocês têm a mim agora. Não se preocupem. Vamos conseguir.

Então seguiu para a porta.

— Não creio que Buchard estivesse agindo sozinho — disse Sarah.

Brix parou, olhou para ela.

— Venha comigo um minuto, sim?

Os dois foram até o corredor.

— Você tem um emprego garantido na polícia sueca, Lund — disse Brix. — Quero que termine o seu trabalho aqui sem mais alardes. E então... — Ele fez um gesto de decolagem. — Vá embora. Até lá você se reporta a mim. E a mais ninguém.

Quando ela voltou ao escritório, Jan olhava com ar abatido os papéis sobre a mesa.

— Nunca pensei que eu fosse dizer isso, Lund — resmungou ele. — Mas acho que preferia o outro.

Theis Birk Larsen estava sentado de frente para ela à mesa sob o lustre. Pernille e os meninos haviam passado a noite na casa dos pais dela. Agora, Anton e Emil estavam na escola. Apenas os dois no apartamento vazio, Vagn berrando ordens no andar de baixo.

Ele olhava para as mãos. Lutava para encontrar as palavras certas.

— Conversei com a Lotte — disse ele. Pernille virou o rosto, levantou-se e pôs-se a andar de lá para cá pela sala. — Eu devia ter dito alguma coisa. Sei disso.

Pernille parou e olhou para ele da porta do quarto.

— Alguma coisa estava acontecendo e você não me contou. Você sabia que ela estava trabalhando. Sabia que ela estava com problemas. E não me disse nada.

Ele continuava mexendo nas mãos, como se a resposta estivesse alı.

— Por quê?

— Porque ela me implorou que não contasse. Não queria decepcionar você.

Pernille balançou a cabeça, os olhos faiscantes.

— Não queria me decepcionar?

— Isso.

— Ela podia falar qualquer coisa comigo. — Pernille abriu os braços. Sua voz falhou, ficou esganiçada. — Qualquer coisa!

Theis apertou os olhos.

— Ela prometeu que não voltaria a acontecer. Que trabalharia para nós. Prometeu que ia se concentrar nos estudos. Apesar de estar cansada daquilo.

Pernille foi até a porta do banheiro, de costas para ele, de costas para tudo.

— Nanna disse que ia colocar a cabeça no lugar. Eu precisava confiar nela. O que mais eu podia fazer?

Ela voltou para a mesa, tomada por uma fúria calma, fria.

— O que mais você não me contou?

— Só isso.

Ele pegou o gorro e as chaves.

— Só isso! — gritou ela. — E agora você vai trabalhar? Deve haver mais mentiras. Mais coisas que eu não sei.

Ela o encarou, furiosa.

— Vamos, Theis. Conte de uma vez.

— Não tem mais nada — disse ele em voz baixa. O olhar frio da mulher o feria mais do que todas as horas solitárias que ele passara numa cela. — A Nanna sabia que tinha feito besteira. Eu não achava que ela precisasse ouvir isso de você também.

Havia lágrimas nos olhos de Pernille, e ele desejou poder enxugá-las.

— Eu queria que ela fosse bem na escola!

— Eu sei disso. Mas não era só a escola. Se ela conversou comigo, foi por um motivo. Você não sabe?

— Não sei o quê?

— Você não queria que ela cometesse os mesmos erros que você cometeu. Que nós dois cometemos. Você queria que ela fosse perfeita, porque nós não fomos.

— Não venha me falar em erros, Theis. Não vou tolerar isso de você.

Pernille deu as costas para ele outra vez. Seguiu para o banheiro, passando pela máquina de lavar e pela secadora de roupas. O cesto de roupas. O sabão.

Então algo aconteceu. Ela gritou e berrou, começou a agarrar tudo que via pela frente. Roupas voaram, vidro se quebrou, a caixa de sabão em pó rasgou e espalhou uma nuvem branca à sua volta.

Theis foi até ela, tentou abraçá-la. Pernille se desvencilhou, chorando, xingando, chutando, gritando.

Então se apoiou na porta, sem ar, em prantos.

O momento se foi, a fúria cedeu. Mas o motivo permaneceu ali, vivo e doloroso entre os dois.

Pernille foi até o quarto, fechou a porta. Lentamente, com os dedos grandes e desajeitados, ele começou a recolher as coisas do chão. Os lençóis. As camisas e as cuecas dos meninos. As coisas pequenas que um dia haviam criado o laço chamado família, um pacto agora espalhado em volta deles como cacos de vidro no chão.

Olav Christensen estava sentado diante de Sarah, nervoso no seu terno cinza de servidor público.

— Você nunca esteve no apartamento? — perguntou ela.

— Não. Por que deveria? É do partido. Eu trabalho para a prefeitura.

Ela ficou em silêncio.

— O que está acontecendo? — perguntou Christensen.

— Você só precisava dizer não.

Sarah fez algumas anotações.

— Outras pessoas usaram o apartamento depois da festa do pôster?

— Por que você está me perguntando isso? Eu não tenho como saber.

— Por que não?

— Trabalho para a Secretaria de Educação.

— Disseram que vive no gabinete de Hartmann.

— Ele é o secretário. Preciso ir lá.

— Você gosta dele?

Christensen hesitou.

— Não é fácil cair nas boas graças dele. — Então mais uma vez, agora um pouco mais tenso: — O que está acontecendo?

— O nome Fausto significa alguma coisa para você?

— Sim.

Sarah ergueu os olhos do bloco de notas.

— Ele vendeu a alma ao diabo.

Christensen pareceu ficar satisfeito consigo mesmo por um breve momento.

— Você conhece alguém que use esse apelido?

— Não. Mas tenho certeza de que caberia a muita gente.

Jan bateu na porta de vidro. Ela saiu da sala. A perita havia descoberto a mensagem de uma mulher que escrevera para Fausto no site da Heartbreak. Eles tinham um nome.

Sarah pegou o papel, voltou à sala.

— Posso ir? — perguntou Christensen.

— Não. O meu colega dará prosseguimento à entrevista. Preciso ir agora.

Ela saiu. Christensen estava sentado à mesa, suando no terno cinza.

Então Jan entrou, mediu-o de cima a baixo. Tirou o maço de cigarros e uma banana dos bolsos. Uma mordida na banana e depois um cigarro.

— Eu tenho trabalho a fazer — disse Christensen.

— Jura?

Jan deu outra mordida na banana e arregaçou as mangas da camisa.

— O meu dia está sendo uma grande merda até agora — disse ele, folheando os papéis deixados por Sarah. — Vejamos se você consegue dar uma melhorada... Olav.

Theis estava sozinho na van vermelha, parada no acostamento da estrada ao sul de Valby. Uma embalagem com seis latas de Tuborg no banco do passageiro. Duas latas vazias, a terceira indo rápido pelo mesmo caminho.

Olhava os carros e caminhões. Fumava. Bebia. E tentava pensar.

No gramado do parque ao lado da estrada, um homem passeava com os filhos. Os três e um cachorro.

Os meninos nunca tiveram um cachorro. Queriam muito um. Era complicado no apartamento. Já numa casa...

Ele pensou em Humleby, no fiasco que fora aquilo. Tanto dinheiro enterrado em madeira podre e tijolos estragados.

Sonhos não combinavam com ele. Eram para os fracos. Theis se via como um homem prático, que vivia no presente, sem jamais pensar no passado, sem jamais temer o futuro.

Um homem que trabalhava e cuidava da família. Um homem que dava o seu melhor, tão bom quanto se pode ser.

E ainda assim tudo ruía. Num dia a felicidade e a esperança. No outro, o chão tremia e surgiam rachaduras em paredes que antes pareciam sólidas.

Theis não falava com Pernille desde a discussão daquela manhã. Até onde sabia, ela ainda estava no quarto, as lágrimas escorrendo dos olhos furiosos. Vagn assumira os trabalhos, cuidando da agenda, distribuindo os serviços.

Vagn os mantinha na linha. Também a ele, Theis, às vezes; não que Pernille soubesse.

O pequeno Vagn, com sua correntinha de prata ridícula. O patético Vagn, que passava tanto tempo com eles por não ter aonde ir.

Três anos antes, quando Vagn estava sem dinheiro, Theis o deixara dormir na garagem por bons seis meses. Vagn se sentia grato e envergonhado. Aparecia com pizzas que eles não queriam. Passou a mimar os meninos, a comprar para Nanna presentes de que ela não precisava.

Tio Vagn. Não o mesmo sangue. Mas e amor?

Quando todos se afastassem, Vagn estaria lá até o fim. Era um tipo recluso, não tinha ninguém em quem pensar a não ser os Birk Larsen e o tio doente. Basicamente um fracassado. Não tinha nenhum outro lugar para ir.

Theis apertou a lata, terminou a cerveja e atirou aquela coisa pela janela.

Odiou esse último pensamento. Era parte do seu antigo eu, o marginal intimidador e egoísta que ainda espreitava lá dentro, resmungando para ser libertado.

Naquela noite do galpão, com o professor, esse antigo eu tivera o seu momento. Não fosse por Vagn, teria assumido o controle. Kemal estaria morto. E ele seria trancado numa cela, num uniforme azul, diante de si muitos anos ali dentro.

O velho Theis ainda dormia, falando durante o sono.

Ele não conhecia a generosidade, o perdão, a dor. Apenas o ódio e a violência e uma necessidade urgente e feroz de saciar ambos.

O velho Theis continuaria enterrado. Era preciso. Por Pernille. Pelos meninos.

Por ele também. Mesmo nos dias ruins, quando aconteciam coisas que ele não tinha o menor desejo de lembrar, Theis Birk Larsen reconhecia a presença daquele fantasma irritante na sua cabeça chamado consciência. Sabia que o recriminava, que o provocava, que o importunava durante a noite.

Ainda.

Ele olhou as três cervejas que restavam, praguejou, atirou-as no fundo da van. Deu a volta e seguiu na direção do centro, do hospital.

A nova ala do Rigshospitalet parecia feita de vidro. Suas paredes transparentes amplificavam a luz anêmica de novembro de uma forma que aquele parecia ser um dia de verão. Luminoso, inexorável, implacável.

Theis falou com a recepcionista, esperou que ela fizesse uma ligação. Olhou o rosto dela. Viu que ela sabia.

— Ele vai receber o senhor — disse a mulher por fim.

Então o encarou com hostilidade. Era estrangeira. Do Oriente Médio. Libanesa. Turca. Ele não tinha ideia.

— Só Deus sabe por quê — acrescentou ela.

Kemal estava numa cadeira de rodas numa sala de estar do andar de baixo. Seu rosto estava coberto de hematomas, feridas e curativos. A perna direita estava engessada, na horizontal. O braço esquerdo também envolto em gesso.

— Como vai? — perguntou Theis Birk Larsen, pois não conseguiu pensar em mais nada para dizer.

O professor o fitou, o rosto sem expressão. Não parecia sentir dor.

— Vou ter alta amanhã.

Um longo silêncio.

— Posso buscar alguma coisa para você? Café? Um sanduíche?

Kemal olhou pela janela, depois de volta para Theis, e disse que não.

— Alguma novidade no caso? — perguntou o professor.

Theis balançou a cabeça.

— Acredito que não. Mas não me diriam nada de qualquer forma. Ainda mais agora.

Professores nunca o impressionavam. Eram muito cheios de si. Como se soubessem algo que era mantido em segredo de todo mundo. Mas não sabiam. Não faziam ideia do que era crescer no Vesterbro de antigamente, ir andando até a escola em meio a prostitutas, traficantes e bêbados. Tentando permanecer vivo. Lutando para chegar ao topo.

Lutar fora a primeira habilidade de Theis, e ele levava jeito. Depois acreditava ter aprendido a lutar de formas diferentes, mais sutis. Por Pernille. Por Nanna e pelos meninos.

Mas nisso ele se enganava. Era um idiota.

Kemal o observava, sem se acovardar.

— Disseram que você não vai dar queixa.

O professor ficou calado.

— Por quê?

— Porque eu menti para você. Nanna me visitou sim naquela noite. Uma visita rápida. Mas esteve lá. Eu deveria ter dito.

Ele olhou o celular.

— Estou esperando o telefonema. Minha mulher vai ter o bebê a qualquer hora.

Theis olhou para a parede branca nua e então para o homem na cadeira de rodas.

— Desculpe-me.

A cabeça do professor se mexeu. Um gesto de assentimento. Doloroso, talvez.

— Kemal, se houver algo que eu possa fazer, por favor me diga.

O homem na cadeira de rodas continuou sem dizer nada.

— Um filho muda quem somos — murmurou Theis. — Talvez você não precise mudar. Comigo...

Kemal se curvou para a frente.

— Não há nada que você precise fazer — disse.

Eles encontraram a mulher na pista de patinação da praça Kongens Nytorv. Um monte de casas de classe média, tijolos marrons, prédios de quatro andares. Muitas crianças de classe média em caras roupas coloridas.

Ela estava nos braços de um homem que só podia ser o marido, rindo enquanto olhava para um menino deslizando no gelo. Devia ter mais ou menos a mesma idade de Mark.

Ela era atraente. Por volta de 35 anos. Cabelos compridos e cacheados, rosto feliz e animado. Marido grisalho. Mais velho. Não tão feliz.

O menino saiu da pista e o marido o levou a uma banca para comprar café e biscoitos.

Filho único, pensou Sarah. Como Mark. Era óbvio.

A mulher estava sozinha. Jan se aproximou.

— Nethe Stjernfeldt?

Mostraram seus distintivos.

— Nos informaram em seu escritório que poderíamos encontrá-la aqui.

— Do que se trata?

— Gostaríamos de fazer algumas perguntas sobre um conhecido seu. — Ele olhou em volta. O marido já comprara o café. — De um site de encontros.

Ela não disse nada. O homem se aproximou.

— Sou o marido de Nethe. O que está acontecendo?

Sarah respondeu, da forma mais simpática possível:

— Somos policiais. Precisamos falar com a sua mulher.

O homem se empertigou. O tipo possessivo. Superior.

— Qual é o problema?

— Problema algum — disse Sarah. — Não é nada sério. Ela pode ter visto algo, só isso.

— Se o senhor puder ficar aqui... — completou Jan. — Precisamos conversar em particular.

Eles a conduziram até uma ponta do rinque. Nethe Stjernfeldt já não parecia mais tão feliz.

— Não sei do que vocês estão falando — respondeu ela quando Sarah mencionou o site do Heartbreak Club.

— A senhora nunca usou um serviço de encontros?

Ela corou.

— Não. Por que usaria?

— Nunca manteve contato com um homem chamado Fausto? — perguntou Jan.

O menino estava de volta ao gelo. A mulher olhou para ele, sorriu, acenou.

— Uma mulher chamada Fanny Hill se encontrava com esse Fausto — disse Sarah. — Ela usava o seu e-mail.

Nethe olhava o marido pelo canto do olho enquanto observava o menino patinar.

— Não é um crime — disse Jan. — Só precisamos saber se é a senhora.

— Não sou eu. Não tenho ideia do que vocês estão falando.

O humor de Jan começava a mudar.

— No dia 14 de dezembro, Fanny escreveu para Fausto dizendo que queria sair com ele. Na mesma hora, mesmo lugar de antes. O que a senhora sabe a respeito?

— Absolutamente nada. É aniversário do meu filho!

Ela se virou e saiu. Sarah a acompanhou.

— Vocês iam ao apartamento na Store Kongensgade?

Os cabelos cacheados balançaram para um lado e para o outro quando ela fez que não.

— Não sei nada sobre apartamento nenhum.

Jan se colocou na frente da mulher, estendeu a mão para detê-la.

— Precisamos saber quem é esse Fausto — disse Sarah.

— É isso que a polícia faz? Bisbilhota as mensagens das pessoas?

— Se as mensagens não eram suas, Nethe... — começou Jan.

— Me deixem em paz.

Ela se afastou, irritada. O marido se aproximou, encarando-os.

— Se quiserem falar com ela, liguem para o meu escritório. Vocês não podem simplesmente aparecer aqui e estragar a festa de aniversário de uma criança. Que tipo de gente vocês são?

— Gente ocupada — disse Jan. — Ocupada de tanto ouvir mentiras. — Ele piscou para o homem. — O senhor deve saber como é.

Uma enxurrada de palavrões e ele se foi.

— Quero que a sigam — disse Sarah. — Precisamos conversar com ela quando estiver sozinha.

Passava um pouco das 18 horas quando Theis Birk Larsen chegou em casa. A garagem estava vazia. No segundo andar, encontrou Pernille ajudando os meninos a arrumar as malas.

— Oi, pai — disse Anton. — Você não pode ir com a gente.

— A mamãe disse que você precisa trabalhar — acrescentou Emil.

Pernille vestia o casaco de inverno. Estava parada ao lado da mala, observando os meninos.

— Não esqueçam nada da escola — disse ela.

Os meninos ignoraram e correram para o pai. Ele os pegou no colo. Corpos quentes e pequenos em braços fortes e velhos.

Eles cheiravam a sabonete e xampu. Recém-saídos do banho. Logo seria a hora de ler uma história para dormirem.

— Por que você precisa trabalhar? — perguntou Anton.

— Porque sim.

Theis os colocou no chão, afagou seus cabelos.

— Podemos conversar, Pernille?

— Temos que estar na casa dos meus pais para o jantar.

— Não vai demorar.

Anton segurava uma espada de plástico; Emil, uma arma de brinquedo.

Pernille pegou os brinquedos, colocou-os na bolsa.

— Vão brincar — disse ela, e os meninos saíram correndo.

Na cozinha, sob o lustre apagado, em meio a fotografias e vasos de plantas, em pé ao lado da mesa que ela e Nanna haviam feito.

— Desde que eu vi você pela primeira vez — começou Theis lentamente, as mãos nos bolsos, escolhendo cada palavra mentalmente antes de dizê-las. — Eu...

Mas não vinham. Não da forma que ele esperava.

— Ninguém me conhece como você.

— Isso é verdade, Theis? Eu conheço você?

Ele se sentou, apertando as mãos uma contra a outra, sem olhar para ela.

— Eu sei que fiz besteira. Eu sei...

Ela não se mexeu, não falou.

— Precisamos tentar. Precisamos mesmo. Já perdemos Nanna. — Seus olhos estreitos se fecharam de dor. — Eu não quero perder mais do que isso. Sem você... Sem os meninos.

Algo ficou claro.

— Você faz de mim... o que eu devo ser. O que eu quero ser. Eu faço qualquer coisa se você ficar.

Os olhos dele buscaram nervosamente os de Pernille.

— Não me deixe.

Sua mão buscou a dela, grande e calejada, áspera e marcada por anos de trabalho.

— Não me deixe, Pernille — repetiu ele.

Jan estava mais uma vez enchendo a sala de fumaça.

— Precisamos localizar outras mulheres que conheceram Fausto — disse Sarah. — Alguém deve saber quem ele é.

Uma silhueta baixa passou apressada pelo corredor. Sarah pensou por um segundo e então a seguiu.

Quando o alcançou, ele estava sob a colunata do pátio circular, uma caixa nas mãos, dirigindo-se às pressas para a saída.

— Buchard! — chamou ela.

Ele continuou a caminhar em direção à sala da segurança. Sarah atravessou correndo o círculo central de placas de mármore, com o mato se infiltrando pelas junções. Colocou-se na frente dele e o fez parar.

— Os registros telefônicos estão na sua mesa, Lund.

Buchard olhou para ela.

— Você está no meu caminho. Outra vez.

Ela deu um passo para o lado, acompanhou-o até a saída.

— É um cartão telefônico pré-pago, mas o número não está mais sendo usado.

— E o nome que foi apagado?

— Eu nunca vi.

O ex-chefe a olhou rapidamente. A perseverança, o mau humor, a arrogância o haviam abandonado.

— Acredite ou não, é a verdade.

— Por que você aceitou isso?

— Está falando sério?

— Sim.

Eles passavam pelo Pátio Memorial sob os lustres amarelos e as estrelas de ferro na parede.

— Ou eu batia o pé e ia contar clipes de papel numa delegacia no meio do nada, ou saía. Aposentadoria compulsória. Depois de 36 anos, eles me vêm com essa merda.

Buchard se voltou para ela.

— Boa sorte, Lund.

Ela o observou sair.

— Quem pediu para esconder as informações, Buchard?

O velho não olhou para trás.

De volta a sua sala, Sarah foi ver o que ele deixara. Páginas de telefonemas. Nada que indicasse o número que havia sido apagado.

— E quanto ao apartamento?

— As digitais de Hartmann estão por todo lado — disse Jan.

— Bate com a história dele. E Hartmann tem um álibi. O que mais?

— Temos saliva, cabelos e digitais.

— DNA?

— Nada que conste de nenhuma das nossas bases de dados.

Jan balançou a cabeça.

— Havia bem pouco sangue. Pode ter sido um acidente.

Ele deu de ombros. Sarah o observou. Essa forma de pensar não lhe era típica quando eles se conheceram. Sem conclusões precipitadas. Agora ele tentava ver. Imaginar.

— O que foi? — perguntou ela.

— Sabe aquele prepotente do Olav Christensen? O espertinho da prefeitura?

— Sim?

— Tivemos um testemunho incriminador.

Ele jogou a pasta de Christensen sobre a mesa. Sarah olhou a fotografia: jovem, rosto fino, olhos fixos na lente. Arrogante.

— Algum tempo atrás, Hartmann se recusou a promovê-lo. Um dos funcionários da equipe de campanha me disse que ele pegou a pasta do professor que pedimos. Ele odeia Hartmann. Haverá um inquérito. Christensen pode perder o emprego.

Jan havia levado um pedaço de pão, manteiga e presunto. Ela pegou uma faca plástica e juntou as três coisas de qualquer jeito, fazendo algo que se aproximava de um sanduíche; deu uma mordida.

— Intrigas da prefeitura — disse Sarah, de boca cheia. — Não é ele.

Jan pegou o pão, a faca, preparou também um sanduíche. Sarah olhou. O dele parecia muito melhor.

— Por que não?

— Por que alguém apagaria ligações feitas por um funcionário público insignificante? Christensen não tem classe alguma. Nanna conheceu alguém importante no site do Heartbreak Club. Não um burocrata de quinta categoria.

Ele suspirou.

— Talvez. Não sei. Quando conversei com Christensen, ele suava como um porco com hemorroidas. Tive certeza de que estava mentindo. Se eu tivesse algum trunfo para poder provocá-lo...

— Mas não tinha.

Uma batida de leve na porta. Um dos investigadores do plantão noturno.

— Que foi? — perguntou ela.

— Demos uma olhada em casos antigos não resolvidos, como você pediu.

— E...?

— Consegui alguns nomes...

Uma mulher vinha pelo corredor. Cabelos cacheados compridos e volumosos. Rosto bonito. Já não sorria mais.

— A gente faz isso depois — disse Sarah, e saiu da sala para ir ao encontro dela.

— Eu amo o meu marido.

Sarah e Jan estavam sentados lado a lado. Ele não fumava.

— Ano passado ele ficou duzentos dias fora, a trabalho. Éramos só eu e o meu filho. Semana após semana.

Sarah empurrou por sobre a mesa a impressão de uma página do Heartbreak.

— Você tem um perfil, não tem?

Nethe Stjernfeldt olhou o logo. Um coração atingido por uma flecha.

— Era diversão. Só isso. Nada sério.

Um olhar de soslaio para a caderneta de Jan.

— Você precisa anotar isso?

Ele colocou a caneta de lado.

— Era ridículo. Eu coloquei uma foto. — Ela ajeitou os cabelos. — Meio perfil. Não dava para ver que era eu. Podia ser qualquer mulher. E tipo... um milhão de homens solitários apareceram. Todos ricos e bonitos. Todos solteiros. Supostamente.

— Você conferiu? — perguntou ele.

— Não.

Havia uma nota de petulância na voz da mulher. Sarah chutou a perna do parceiro debaixo da mesa.

— Só um deles me pareceu interessante. Era diferente.

— De que forma? — perguntou Sarah.

— Ele me dava atenção. Estava interessado em mim. Quando eu escrevia alguma coisa, ele lia. Estávamos na mesma vibração. Dava para sentir. É impossível fingir isso.

— Então vocês se encontraram pessoalmente?

— Eu não estava querendo um caso. Só me sentia sozinha.

— Vocês se encontraram várias vezes?

Ela os encarou com irritação.

— Querem os detalhes? Onde e quando?

— Não necessariamente.

— Eu achei que podia controlar aquilo. Mas...

Ela sorriu, lembrando-se de alguma coisa.

— Por um tempo eu achei que estivesse... louca. Pensei em abrir mão de tudo. Do meu marido. Do meu filho. Do meu trabalho. Para fugir com ele. Estar com ele. Ele fazia com que eu me sentisse assim. Então...

Uma pontada de amargura.

— Eu me aproximei demais. Ele não queria um relacionamento. Só nomes em um site. Uma noite num hotel. E aí ele parou de responder as minhas mensagens. Acho que eu acordei.

— Você o viu desde então? — perguntou Sarah.

Nethe estava perdida em pensamentos.

— Isso pode parecer idiota, mas acho que ele salvou o meu casamento. Percebi o que é importante de verdade.

— Sei, sei — cortou-a Jan. — Não estamos interessados em saber se ele salva ou arruína casamentos. Só queremos saber quem ele é.

— Reparei. — Ela os observou. — Por quê? Por que precisam saber?

Jan soltou um gemido.

— Isso não é um brechó, meu anjo. Apenas responda.

— Não quero causar problemas para ele. Ele me dispensou. Mas é um bom homem. Ele se importava.

— Pelo amor de Deus, apenas diga o maldito nome dele. Antes que o papa canonize esse sujeito ou coisa parecida.

Sarah a observou.

— Precisamos saber, Nethe. Vamos acabar descobrindo. De uma forma ou de outra.

Ela olhou para a porta.

— Não quero esperar até que o seu marido apareça com um advogado. Mas se precisar... Quem é Fausto?

Uma hora e 10 minutos depois, Hartmann estava numa sala de entrevistas ouvindo a advogada contratada por Rie. Uma mulher de meia idade austera, de um dos grandes escritórios da cidade. Uma partidária. Fizera doações. Ele deveria lembrar o nome dela.

— Temos algum tempo antes que venham falar com você — disse a advogada, tirando o casaco e o convidando a se sentar. — Vamos aproveitá-lo ao máximo.

— Preciso sair daqui. Isso é ridículo.

— Você não vai a lugar algum antes de falar com eles.

— Mas...

— Eles têm e-mails que podem levar até você.

— O que eles têm a ver com os meus e-mails?

A advogada olhou suas anotações.

— Uma mulher chamada Nethe Stjernfeldt prestou depoimento. Ela alega ter tido relações sexuais com você. Identificou você como o homem por trás do perfil Fausto. O homem que também se encontrava com Nanna Birk Larsen.

Hartmann se levantou, começou a andar de um lado para o outro da sala como um gato faminto.

— Vai dizer alguma coisa, Troels?

— Eu já disse a eles. Nunca conheci a garota Birk Larsen. Não tenho nada a acrescentar. Nenhuma declaração a fazer.

A advogada esperou. Havia decepção no seu rosto enrugado e sério.

— Que tal tratarmos de controle de danos?

— Que danos? Eu sou inocente.

— Não vamos nos desviar para a questão da inocência, está bem? Cabe à polícia o ônus da prova, mas...

Ele balançou a cabeça, perplexo.

— Ônus da prova?

— Eles estão montando um caso. É importante que conheçam o seu lado da história.

— O meu lado? — Hartmann riu. — Você não vê o que está acontecendo? Cada vez que falha uma das tramas da polícia, eles inventam outra. Isso é coisa de Bremer.

— Poul Bremer não inventou Nethe Stjernfeldt.

Ele ficou em silêncio.

— E ao que parece também não inventou as suas mensagens.

— Eu nunca conversei, me encontrei ou me comuniquei de qualquer forma com Nanna Birk Larsen. Eles sabem disso.

A advogada anotou algo numa caderneta.

— Vou falar com Rie para ver se conseguimos tomar alguma ação civil contra eles. Eu concordo. A forma como têm agido é ultrajante.

— Muito.

— Mais um motivo para você falar com eles. Você precisa...

— Não.

A advogada cruzou os braços.

— É preciso, Troels. Senão, o que eles vão pensar? O que qualquer um pensaria?

Jan estava parado no corredor, bocejando. Sarah, encostada na parede.

— Qual é a grande ideia, Lund? Vamos ter que esperar a noite toda?

Ela olhou para o relógio de pulso.

— Eles já tiveram tempo suficiente.

Uma silhueta alta e esguia apareceu. Lennart Brix vindo pelo corredor, ao telefone. Falando com a imprensa, ao que parecia.

Sarah esperou. Brix se aproximou e parou na frente dela

— Foi a coisa certa a se fazer — disse ela. — Tivemos motivos sólidos.

— Trazer o líder de um partido? Sem me consultar?

— Costumamos marcar hora para suspeitos de assassinato? — perguntou Jan.

— Podia ter esperado.

— Hartmann é o Fausto — disse Jan. — Ele dirigiu o carro. Ele esteve no apartamento. Só pode ser ele.

— Exceto — disse Brix — pelo álibi.

— Vamos dar um jeito nisso — retrucou Sarah.

A porta foi aberta. A advogada saiu.

— Ele vai falar com vocês agora — anunciou ela.

Eram seis pessoas na sala. A advogada de Hartmann e um escrivão para registrar o depoimento. Sarah, Jan e Brix.

E Troels Hartmann. Pálido, preocupado, furioso e determinado.

— Minha mulher morreu há dois anos. Foi muito súbito. — Ele tomou um gole de café. — Por algum tempo eu fiquei sozinho. Trabalhei. Fiz de conta que não havia mais nada.

Ele parou aí.

— Continue, Troels — disse a advogada.

— Um dia, colocaram alguns folhetos debaixo da minha porta. Uma casa noturna. Não frequento casas noturnas, mas o texto anunciava uma sala de bate-papo de namoro. Você podia falar com as pessoas. Era só isso. Falar.

Jan tossiu contra a mão fechada.

— Eu criei um perfil. Sob o nome Fausto.

— Com quantas mulheres você se encontrou?

— Isso não tem relevância para o caso.

Jan inclinou a cabeça para o lado.

— Mais de dez, menos de vinte — disparou Hartmann. — Algo assim.

Ninguém falou nada.

— Não tenho orgulho disso.

— Você é uma pessoa pública — disse Sarah. — Aonde poderiam ir?

— Só saíamos em público uma vez. A primeira. Depois disso... se continuasse... eu chamava um táxi para buscá-las.

— E iam para onde?

— Geralmente para o apartamento do partido na Store Kongensgade.

— Então o que acontecia? — perguntou Jan.

Hartmann o encarou com raiva.

— Isso não é da sua conta.

— Mas é claro que é — insistiu Jan. — Nanna Birk Larsen esteve lá. Dois dias depois foi encontrada estuprada e assassinada. Não sei se na política vocês acreditam em coincidência, Hartmann, mas por aqui...

— Eu não a conhecia! Nunca nem soube da existência dela.

Jan continua com a cabeça inclinada.

— Permita-me refrescar a sua memória.

Ele folheou alguns papéis que estavam sobre a mesa.

— Temos os seus e-mails impressos. E os de Nanna. Fique à vontade.

Jan lhe passou uma pilha de papéis. Hartmann começou a ler.

— Em abril — disse Sarah — você travou contato com ela pela primeira vez. Ela respondeu pelo site de encontros. A troca de mensagens continuou até algumas semanas antes do assassinato.

— Não — disse Hartmann. — Eu não escrevi nada disso. Analisem os e-mails que eu de fato escrevi. Esse não é o meu estilo.

— Seu estilo? — disse Jan, rindo.

Hartmann apontou para as datas das mensagens.

— Isso aconteceu depois que eu parei de acessar o site. Conheci uma pessoa. Rie. Não queria mais continuar com aquilo.

Ele arrumou os papéis e os devolveu.

— Deixei aquilo para trás. Eu não escrevi essas mensagens.

— Alguém hackeou a conta de e-mail dele — disse a advogada.

— Na prefeitura? — perguntou Sarah.

— Eu já disse a vocês que estava desconfiado — retrucou Hartmann.

— Qualquer pessoa pode ter tido acesso ao apartamento — acrescentou a advogada. — As chaves são deixadas sobre uma mesa. Um visitante ou alguém da prefeitura pode ter feito uma cópia.

— Ah, por favor... — começou Jan.

— Escutem! Eu admito que criei aquele perfil. Não sei quem escreveu aquelas mensagens ou como essa pessoa entrou no apartamento. Devem ter conseguido a minha senha. Fingido ser eu.

— O meu cliente tem um álibi — acrescentou a advogada. — Ele estava com Rie Skovgaard mais tarde naquela noite. Os dois passaram o fim de semana numa conferência.

Brix encarava Sarah, e deixava isso claro para Hartmann e sua advogada.

— E então? — insistiu a mulher. — Nessas circunstâncias, como é possível que Troels Hartmann seja suspeito?

— Se eu ler uma palavra dessa droga na imprensa — disparou Hartmann —, vou processar todo mundo que aparecer na minha frente. Este departamento. Todos vocês individualmente. Não vou ser caluniado pelos joguetes de Poul Bremer...

— Já chega — disse Brix. — Precisamos discutir isso.

— Qual é a probabilidade de ele estar dizendo a verdade? — perguntou Brix quando eles saíram da sala. — Que alguém estava usando o perfil dele no site?

— Conversa fiada — disse Jan. — É preciso ter a senha. E o computador que foi usado estava no apartamento do partido.

Sarah estava à janela da sala, observando Hartmann pelas frestas da persiana.

— O que você acha? — perguntou Brix.

— Não vamos conseguir mais nada dele agora. Precisamos de uma ordem judicial para obter os registros telefônicos. Por que ele acha que Poul Bremer está envolvido nisso?

— Porque ele é paranoico — disse Brix. — Deixem-no ir. Não quero ver isso na imprensa...

— Nós não fazemos isso — cortou Sarah. — Quantas vezes...?

— Não quero que isso vaze. Mantenham-me informado. Não façam nada sem me consultar antes. Vou dizer a Hartmann que ele está liberado.

Quando Brix foi embora, Sarah falou:

— Precisamos conversar com Rie Skovgaard. E com os funcionários do centro de conferências. Quem confirmou que os dois estavam lá?

Jan foi até a mesa e pegou os relatórios.

— Svendsen. De acordo com a recepção, eles chegaram às 9 da manhã de sábado. Alugaram um quarto e uma grande sala de conferências. Foram embora no domingo à tarde.

— Svendsen é um maldito preguiçoso. Como eles pagaram?

Ele virou a página do documento.

— Com o cartão de crédito de Rie.

Jan observou Hartmann seguir pelo corredor a caminho da escadaria em espiral. O mesmo fez Sarah.

— Então o Bom Moço é um conquistador em série. E eu que achava que ele fosse um perfeito cavalheiro.

— Além de Rie, quem viu Hartmann? Vamos descobrir.

— Vou pedir a alguém para verificar isso. Vai vazar, você sabe. Alguém está falando com a imprensa. Não é você. Não sou eu. — Ele apontou para a sala de Brix com o polegar. — Mas alguém está falando.

O telefone dela tocou. Vibeke.

— Oi, mãe. Ligo para você depois. E vou chegar tarde. Não fale com Mark sobre Bengt e a Suécia. Deixe que eu faço isso.

— O pai de Mark está aqui — disse Vibeke.

Sarah tentou separar os pensamentos.

Hartmann.

Mark.

Theis Birk Larsen.

Carsten.

— Se quiser vê-lo — disse Vibeke —, é melhor correr.

Theis e Pernille estavam sentados à mesa um ao lado do outro sob o lustre de Murano. A assistente social que haviam mandado à casa deles tinha por volta de 40 anos, estava bem-vestida, profissional. Diriam que era advogada se não soubessem sua profissão.

— Vocês nunca fizeram isso? — perguntou ela.

— Não — respondeu Theis.

Pernille olhava pela janela, pouco ouvia.

— Nenhum dos dois já fez terapia ou passou por aconselhamento antes?

Ele fez que não.

— Ter um filho cria uma conexão muito forte entre os pais. Perder esse filho tem consequências para o relacionamento.

Ela falava como se lesse um manual.

Pernille se levantou, recostou-se na parede de azulejos da cozinha, cruzou os braços.

— Não é com o nosso relacionamento que eu estou preocupada agora — disse ela.

— O que a preocupa, então?

A mulher tinha olhos azuis penetrantes e um corte de cabelo jovem demais para ela.

— A senhora tem filhos? — perguntou Pernille.

— Isso é irrelevante. Não há nada que vocês possam fazer para solucionar o caso. Vocês têm um ao outro. Têm a família de vocês.

— Eu não preciso dos seus conselhos sobre os meus meninos! — disparou Pernille.

A assistente social abriu a bolsa e pegou alguns folhetos.

— Esses folhetos darão uma ideia do que o aconselhamento pode oferecer.

Ela os deixou sobre a mesa. Levantou, vestiu o casaco.

— Recomendo os nossos grupos de aconselhamento sobre o luto. Falar com outras pessoas pode ajudar.

— Temos mais o que fazer — respondeu Pernille.

Os olhos azuis a fitaram.

— Não é uma sugestão. É uma condição para a liberdade condicional do seu marido. Se não comparecerem, ele voltará para a cadeia. Depois do incidente com o professor, ele tem sorte de poder andar ao ar livre.

Theis acompanhou a mulher até a porta, agradeceu.

De volta ao apartamento. Pernille com as mãos apoiadas na pia, olhando pela janela.

— Ela disse que tem uma reunião do grupo de luto amanhã.

Haviam telefonado do jornal pouco antes da chegada da assistente social. Ele atendera, não comentara nada com ela. Sabia que não poderia omitir por muito tempo.

— Os jornais vão escrever sobre aquele político outra vez.

— O que vão dizer?

— Não sei

Ela levou a mão ao telefone.

— A polícia não vai lhe dizer nada, Pernille. Você não entende? Não é da nossa conta. Não na visão deles.

O telefone de Sarah caía na caixa postal.

Ela ligou a TV, procurou um noticiário. Estava lá. Hartmann havia sido intimado a depor. Liberado em seguida.

Pernille aumentou o volume, escutou absorta, os olhos brilhando.

Uma voz alta, sonolenta, a chamou.

— Mãe? Não consigo dormir.

Uma forma pequena de pijama na porta.

Theis se levantou de pronto, pegou Emil nos braços. Beijou o filho, sussurrou bobagens no seu ouvido quentinho.

— Nanna foi encontrada morta num dos carros de campanha de Hartmann — dizia o âncora. — Ela foi estuprada repetidamente, e os laudos dizem que...

Ele levou o menino de volta para o quarto às pressas, abraçou-o com força, segurou o corpo trêmulo da criança contra o seu.

Morten assistia ao noticiário quando eles voltaram ao Rådhus.

— Será que eu ouso perguntar como foi?

Hartmann se sentou.

— Isso é sério. Precisamos saber quem usou o apartamento.

Morten tinha aparência relaxada. Sem gravata. Xícara de café. Pronto para dormir no escritório outra vez.

— Eu conferi os registros. Foram basicamente pessoas que conhecemos. Pessoas em quem confiamos. A polícia tem todas essas informações.

— Não, não, não. Aquele funcionário público. Olav. Ele sempre dá um jeito de aparecer por aqui. Só pode ter sido ele.

— Lund o chamou junto com o restante de nós.

Rie escutava com aparência abatida. O cabelo preso agora. Austera. Profissional. Distante.

— O que devo dizer à imprensa? — perguntou.

— Como diabos eles ficaram sabendo? No minuto em que eu saí daquela sala? Aquela Lund...

— É o que a imprensa faz, Troels — retrucou ela. — Alguém da portaria pode ter dado a informação. Aqui ou no Politigården. Não tem como abafar uma história dessas...

— Alguém conseguiu a minha senha. Alguém usou o meu perfil para mandar um e-mail para aquela garota. E Nethe falou à polícia a meu respeito. Meu Deus...

Num arroubo de raiva, ele empurrou para o chão os papéis que estavam na mesa, ficou parado em frente à janela, sob a luz do letreiro de neon azul.

— Que perfil? — perguntou ela, em voz fria e curiosa. — E quem é Nethe?

Morten se levantou, murmurou algo sobre ter que analisar os registros uma segunda vez e saiu da sala, fechando a porta às suas costas.

— Está bem — disse ela após Hartmann continuar calado. — Não responda. Vamos entrar com uma ação civil. Conseguir uma ordem judicial para proibir a imprensa de tocar no assunto. Não queremos mais manchetes. Vai ser primeira página amanhã.

— Não vamos entrar com ação nenhuma. Esqueça. Como eu posso querer ser eleito prefeito de Copenhague se estiver envolvido numa batalha legal com a polícia?

— Esse é o único motivo?

Já haviam se passado quase seis meses. Seis meses felizes, na maior parte do tempo. Ela era competente, inteligente, firme e criativa. Mas o trabalho os aproximava demais. Ele precisava de distância. Ela também.

— A polícia está procurando um homem que entrou em contato com a garota Birk Larsen por um site de encontros — disse ele, tentando usar palavras simples, e dizê-las da forma mais clara e tediosa possível. — O que acontece é que ele usou um perfil que eu criei. Há muito tempo. Antes de nós dois...

Não havia expressão no rosto dela, nem calor nem choque em seus olhos escuros.

— Não sei como isso aconteceu. Depois que eu parei de usar, alguém roubou o meu perfil. Escreveu para a garota. Mandou mensagens para ela. Encontrou com ela no apartamento da Store Kongensgade.

Hartmann se aproximou e parou na frente dela.

— Não me olhe assim, Rie. Você sabia como eu era quando me conheceu.

Ele fechou os olhos. A luz azul que vinha de fora era tão forte que ainda conseguia vê-la mesmo assim.

— Quando você parou?

— Quando conheci você.

Hartmann se aproximou, estendeu os braços. Ela foi até a mesa, sem motivo.

— Então agora são duas coisas — disse Rie. — O apartamento e o perfil. Faça uma lista de pessoas que possam saber a sua senha. Pense no que vai dizer à aliança amanhã.

Ela pegou a agenda.

— Vou pedir ao Morten que atualize os seus compromissos. Eu cuido da imprensa. Vá para casa, Troels. Fique fora de vista. Não quero que as pessoas o vejam agora, assim.

— Assim?

— Patético e com pena de si mesmo.

Ele assentiu, assumindo a culpa. Abaixou os braços. Enterrou as mãos nos bolsos.

— Isso é tudo que você tem a dizer?

— Isso é tudo que você tem para me contar? Tem mais? Mais que eu não saiba?

— Não — prometeu ele.

— Espero que não.

Quando Sarah entrou no apartamento da mãe, ouviu Carsten, o pai de Mark, falando sobre hóquei. Tirou o casaco, foi até o quarto, pegou um outro suéter, não preto e branco, mas branco e preto, e o vestiu.

Então foi para a sala.

Carsten.

Um homem atlético, encantador. Racional demais, ambicioso demais, afetado demais pelo cotidiano para continuar na polícia. Ele falava com Mark sobre as novas regras do hóquei, agitando um taco novo que comprara.

O filho o observava. Maravilhado. Assim como Vibeke. Carsten ainda tinha esse talento.

— Então ficou mais fácil fazer gols? — perguntou Mark.

— Exato. Você vai arrebentar. Vamos sair e treinar uma hora dessas.

Sarah assistia à conversa das sombras. Sentindo inveja. Medo.

Carsten se virou. Seus cabelos estavam mais loiros do que Sarah lembrava. Mais comprido também. Ele usava óculos modernos com armação de plástico e um terno marrom com bom caimento. Nenhum policial ousaria ir trabalhar vestido daquela forma.

— Oi! — disse ela, animada, saindo do escuro com um sorriso no rosto.

— Sarah! — disse Carsten, alto demais.

Nenhum abraço.

Mark também sorria. Por um momento Sarah sentiu o breve e frágil laço familiar que havia entre eles.

Ela se aproximou, afagou os cabelos de Mark, sem se importar quando o filho se encolheu e se afastou.

— Então, Carsten. Quando você chegou?

Ele segurava o taco de hóquei com naturalidade, como um profissional. Para Mark ver.

— Hoje à tarde. Foi tudo muito rápido.

— Eles alugaram uma casa em Klampenborg — intrometeu-se Vibeke. — Você quer jantar?

Sarah concordou. Vibeke se dirigiu feliz à cozinha.

— Recebi a oferta na semana passada — prosseguiu Carsten. — A chance de voltar para casa... Era bom demais para dizer não. Bruxelas e duas meninas pequenas... só fazíamos trabalhar.

Mark se levantou, pegou o taco da mão do pai, ensaiou algumas tacadas.

— E eu sentia muita saudade desse cara — acrescentou Carsten, envolvendo Mark pelos ombros.

Os dois ficaram lado a lado, como se posando para uma fotografia.

Sarah se forçou a sorrir novamente.

— E quanto a você e a Suécia? — perguntou ele.

— Foi adiado por algum tempo — respondeu ela de pronto.

— Fiquei sabendo que Bengt sofreu um acidente.

Sarah olhou para a mãe.

— Não foi nada grave.

— Ele quebrou o braço! — gritou Vibeke.

Ela entregou a Sarah um prato de ensopado.

— A open house foi cancelada — prosseguiu a mãe dela. — Assim como a minha viagem para o Løgumkloster.

— Estou trabalhando num caso — disse Sarah. — Não é como em Bruxelas. Nove às 5.

Carsten ainda estava com o braço nos ombros de Mark. O ato parecia possessivo agora, não carinhoso.

— Essas coisas acontecem — disse ele. — Mas não tem pressa, imagino.

— Ha! — Vibeke outra vez. — Que pressa o quê! Bengt mandou de volta as caixas com a mudança dela. Estão no porão. Intocadas.

Mark se animou outra vez:

— Isso quer dizer que a gente não vai se mudar?

Carsten tirou o braço dos ombros do filho.

— Preciso ir para casa e ajudar nas coisas. Obrigado pela bebida.

Ele abraçou Vibeke, beijou-a. Recebeu o sorriso mais caloroso do mundo em retribuição.

— É sempre bom ver você, Carsten. Venha sempre que quiser.

Ele abraçou Mark. Bateu os nós dos dedos no taco de hóquei.

— Vou levá-lo até a porta — disse Sarah.

O apartamento ficava no terceiro andar. Ela apertou o botão do elevador.

— Não quero me intrometer. Mas espero que esteja tudo bem entre você e Bengt.

— Vamos dar um jeito.

— Karen mandou perguntar se você não quer jantar com a gente amanhã. Seria bom. Assim as meninas dão um alô para o Mark.

— Não posso.

O sorriso se apagou. Ele nunca gostara de ouvir a palavra não.

— Tudo bem se Mark for?

O elevador não vinha. Ela apertou o botão outra vez.

— Quer que eu diga sim só para você cancelar outra vez? Como sempre faz?

Ele cruzou os braços. Sobretudo caro. Óculos caros. Corte de cabelos formal. Carsten reinventara a si mesmo para ser o homem que queria ser.

— Você emagreceu — disse ele. — Não vejo nenhuma outra mudança.

— Eu estou bem.

O celular dela tocou. O nome Meyer piscava na tela.

— Deixei meu telefone e endereço com Vibeke.

— Ótimo.

Ela atendeu o telefone e voltou para a porta de casa. Carsten desistira do elevador e tomara as escadas.

— Falei com o centro de conferências — disse Jan.

— E...?

— Ninguém viu Hartmann antes do domingo à tarde. Ele estava gripado. Foi Rie Skovgaard quem conduziu as reuniões com os patrocinadores.

Sarah ouviu a porta do térreo bater. Carsten saindo.

— A gente fala sobre isso amanhã, Meyer. Boa noite.

Quinta-feira, 13 de novembro

Logo após as 8 horas, Sarah e Jan assistiam ao noticiário da manhã na sede da polícia. Rie Skovgaard falava para uma multidão de microfones.

— O secretário da Educação falou com a polícia ontem à noite — dizia ela. — Ele cooperou totalmente e forneceu informações que ainda não tinham conseguido recolher. Não posso entrar em detalhes, mas quero enfatizar que Troels Hartmann não tem qualquer, repito, qualquer envolvimento no assassinato de Nanna Birk Larsen. Ele ajudará...

— A baboseira de sempre — disse Jan.

Ele agitou uma folha de papel com texto impresso.

— Levantei a ficha dele. Quarenta e dois anos. Nascido em Copenhague. Filho de um político, Regner Hartmann. O pai era inimigo feroz de Poul Bremer. Perdeu todas as batalhas. Ficou em frangalhos. Morreu faz pouco tempo.

Rie respondia a perguntas.

— É deplorável que adversários políticos façam especulações de mau gosto — disse ela.

Sarah apontou para a tela com a caneca de café.

— Então agora o filho está assumindo a briga do pai?

— Ele sempre fez isso — concordou Jan. — Filiou-se à organização jovem do Partido Liberal aos 19 anos. Foi eleito vereador aos 24. Atuou em comitês. Foi eleito líder do partido há quatro anos. Recebeu a secretaria de Educação como resultado.

Sarah fazia outro sanduíche de manteiga e presunto. Fez primeiro um para Jan. Ele deu uma mordida.

— Veja você, o sujeito nunca teve um emprego de verdade. Passou a vida inteira participando dos joguinhos daquele mundo de mentira lá dentro do Rådhus. Não é de estranhar que faça pirraça toda vez que nota uma rachadura no seu palácio de vidro.

— A aliança terá sucesso — garantiu Rie para as câmeras.

— Alô?

Ele agitou o sanduíche no ar, espalhando migalhas sobre a mesa.

— Estamos ouvindo?

— Estou ouvindo.

— Hartmann casou com a namoradinha de infância no ano em que foi eleito líder. Ela morreu faz dois anos. Câncer. Estava com seis meses de gravidez.

— Deve ter sido um tremendo golpe de realidade — comentou Sarah. — Ficha criminal?

— Nada. Branca como a neve. Você leu os e-mails?

— Sim. Não comprei a ideia de que foram escritos por duas pessoas diferentes. Parecem iguais. Ele sempre assina só como F.

Jan olhou as folhas impressas.

— Você notou alguma diferença? — perguntou ela.

— Não. Mas e daí? De quantas formas diferentes se pode escrever... me encontre no Hilton às 8h30, benzinho? Minha vez de levar as camisinhas. Alguma preferência, amor?

Svendsen entrou e largou algumas pastas sobre a mesa.

— O que é isso?

— Mulheres desaparecidas nos últimos dez anos. Você pediu.

— Você encontrou alguma coisa?

— Não. Brix acha que é perda de tempo.

— Você estudou os casos?

— Brix disse que você está farejando no lugar errado. Se quiser mais, vai ter que usar o seu próprio tempo, não o nosso.

— Quantas mulheres assassinadas?

Svendsen bateu com o dedo na pasta azul.

— Estou ocupado — disse ele. — Aí vai.

Com café e sanduíches sobre a mesa, e sob a luz tênue dos lustres cor-de-rosa, teve início a reunião. Os quatro líderes da minoria e Hartmann.

Jens Holck estava com aparência um pouco melhor. Fizera a barba. Vestia um paletó.

— O que está acontecendo, Troels? — perguntou ele. — A garota esteve no seu apartamento? Sim ou não?

— Sim. Ao menos é o que diz a polícia.

Holck soltou um suspiro.

— Isso é maravilhoso. E você também esteve lá?

Rie se sentou ao lado de Hartmann, começou a fazer anotações.

— Estive no apartamento um pouco antes dela.

Hartmann olhou para cada um deles.

— Isso provocou um mal-entendido com a polícia. Mas já está resolvido.

— E você dirigiu o carro? — perguntou Holck. — Que raios é isso? Como podemos ao menos cogitar...

— Ah, pelo amor de Deus, Jens! — berrou Hartmann. — Desça do salto. Eu não tive contato algum com aquela garota. Não a conhecia. Nunca falei com ela. Estou tão chocado... e perplexo quanto vocês.

— Isso não ajuda.

— Eles estão investigando a prefeitura. Isso não é óbvio? Não mais a mim. Mas estão procurando aqui. Alguém teve acesso ao meu computador. Às minhas senhas. — Ele apontou para a porta. — Alguém daqui. Eu vou ajudar a polícia. O que mais posso fazer?

— Você poderia ter nos contado tudo isso antes de lermos a respeito nos jornais — disse Mai Juhl.

— Eu não sabia! Passei o fim de semana numa conferência com doadores. Se eles achassem que eu sou culpado, vocês acham que eu estaria aqui falando com vocês agora?

Holck ficou em silêncio. Assim como Mai Juhl.

Morten abriu a porta, bateu o dedo no seu relógio de pulso.

— Vamos manter a calma — disse Hartmann. — Tudo bem? Estamos nisso juntos ou não?

Foi Mai Juhl quem falou primeiro:

— Essa história está encerrada?

— Está encerrada.

Ela olhou rapidamente para Holck.

— Então eu estou dentro.

— Que escolha temos? — perguntou Holck. — Se a aliança não se mantiver, estamos todos acabados.

Ele se levantou, encarou Hartmann com frieza.

— Você nos colocou nessa sinuca, Troels. Pode nos tirar dela. Manifeste-se, fale com a imprensa. Não é uma boa se esconder atrás de Rie. O problema é seu. Acabe com ele ou ele acabará com todos nós.

Morten os observou saírem.

— O que aconteceu? Eles ainda estão dentro?

— Sim. Descobriu alguma coisa?

— Nós três somos os únicos usuários cadastrados no computador do apartamento. Você, eu e Rie. Quem pode ter a sua senha?

— Não sei.

— Talvez você tenha esquecido de encerrar a sessão.

— Não foi isso. Alguém andou bisbilhotando por aqui. Continue fazendo perguntas. Continue procurando.

— Não é fácil. São pessoas em quem confiamos. Ou em quem deveríamos confiar.

Hartmann olhou para Morten. Um homem que conheci por toda a sua vida adulta. Um solteirão solitário que aceitava ter que conviver com a insulina e as seringas sem se queixar. Que fazia trabalho repetitivo, penoso. O trabalho sujo, quando necessário.

— Sinto muito, Morten.

— Pelo quê?

— Por não ter dado ouvidos a você.

Morten riu.

— Isso foi ontem! Estamos na política. Só existem o hoje e o amanhã. Mais nada.

— Você vai dar um jeito nisso?

— Se eu puder.

Rie se aproximou. Segurava o casaco.

— Lund quer falar com você de novo.

— Ah não...

— A advogada disse que você não tem escolha. Saia pela porta dos fundos. Já providenciei um carro particular.

Ela o fitou nos olhos.

— Eles vão levá-lo ao apartamento da Store Kongensgade. — Ela lhe entregou suas luvas. — Lund quer lhe fazer algumas perguntas lá.

Anton e Emil vestiam seus casacos de inverno. Pernille conferia se tinham pegado todo o material escolar. Sentado à mesa do escritório, num macacão vermelho e com um gorro preto, Theis acabava de conversar ao telefone com o gerente do banco. Falava calmamente, tentava refletir sobre como sair daquela situação.

A tempestade que se abatera sobre eles na noite anterior ainda não passara. Dormiram na mesma cama, sem se tocar. Sem realmente dormir. Emil entrou chorando no quarto no meio da noite. Anton molhara a cama pela primeira vez em meses.

A tempestade não passara. Apenas esperava.

— Talvez eles liberem um novo empréstimo de 100 mil — disse Theis quando ela entrou. — Com isso podemos pagar os funcionários este mês e vender a casa.

Apenas um mês. Ele acendeu um cigarro e olhou a fumaça subir para o teto encardido.

— Você viu o gorro de Emil? — perguntou Pernille.

Ele fechou os olhos.

— Não está na prateleira? Onde costuma ficar?

— Se estivesse lá, eu não estaria perguntando, estaria?

Ele apagou o cigarro.

— Ok, vou procurar.

Quando ele saiu, Pernille andou pelo escritório, olhou para o extrato da conta bancária. Perguntou-se o que mais não sabia. Theis comprara um jornal. O rosto do político estava na primeira página. Ele não havia sido preso. Apenas prestara depoimento e fora liberado.

— Mãe? — chamou um dos meninos.

Anton entrou correndo.

— Tem um moço querendo falar com você.

A silhueta de um homem alto de cerca de 30 anos se desenhava contra a porta da garagem. Casaco de esqui de marca. Amplo sorriso.

— Estou aqui para falar com Theis Birk Larsen — disse ele.

— Se for a respeito de um serviço, meu marido já vem.

— Pernille? — O homem não esperou pela resposta: — Meu nome é Kim Hogsted. — Ele pegou um cartão de visita. — Sou jornalista da TV. Liguei algumas vezes.

Ele estendeu o cartão. Pernille o pegou.

— Sei que vocês não querem falar com gente como eu.

— Não queremos.

— É a polícia. — Ele parecia ser sério. — Eu trabalho na editoria de polícia. Nunca vi uma sucessão de erros desse tipo. Deve ser difícil para vocês. Não posso nem imaginar.

— Não — confirmou ela. — Não pode.

— E agora tem um político envolvido...

Ele deu de ombros.

— O quê? — perguntou ela.

— Eles vão fazer o possível para esconder isso. Inclusive de vocês.

— O que você quer?

— Queremos ajudar. Dar a vocês a oportunidade de contar a sua história. Nas suas palavras. Não nas deles. Não nas nossas.

Ela tentou imaginar aquilo.

— Você quer que eu fale sobre Nanna?

O jornalista não respondeu.

— Que tipo de gente vocês são? É melhor você ir embora. Se o meu marido descer...

— Três anos atrás, um menino de 5 anos desapareceu em Helsingborg. A polícia não tinha nenhuma pista. Fizemos uma entrevista. Oferecemos uma recompensa. Ele foi encontrado. Vivo. Lembra?

— É melhor você ir embora.

— Não podemos devolver Nanna a vocês. Mas podemos oferecer uma recompensa por informações. Sei que a senhora quer descobrir o que aconteceu. Pense nisso, por favor.

— Saia! — gritou ela.

O jornalista saiu para a luz do dia. Ela atirou o cartão dele no lixo.

Theis voltou com o gorro.

— Quer que eu leve os meninos à escola?

— Não! Já conversamos sobre isso. Por que você insiste em perguntar?

Ele ficou parado à porta, rígido e desconfortável.

— A gente se vê no aconselhamento.

— Emil! — A voz dela estava esganiçada. — Eu falei para você não trazer isso. Por que você nunca me ouve?

Theis tirou o brinquedo dos dedos pequeninos do filho.

— Tenham um bom dia, meninos — disse ele, e afagou a cabeça dos dois.

O apartamento do Partido Liberal estava coberto de marcas da perícia. Adesivos e setas. Números e contornos.

Troels Hartmann estava na sala, ao lado do piano de cauda. A advogada do partido estava com ele.

— Eu estacionei na rua e entrei.

— Viu alguém ao subir? — perguntou Sarah.

— Não que eu lembre. Não estava prestando atenção. Era apenas...

— Apenas o quê?

— Uma noite como outra qualquer.

Sarah esperou. Perguntava a si mesma se ele diria mais alguma coisa.

Hartmann olhou a mesa estilhaçada. O espelho quebrado. Os lençóis amarfanhados na cama de casal do quarto.

— O que aconteceu aqui? — perguntou ele.

— Conte o que você fez quando entrou — disse Sarah.

— Pendurei o paletó. Lembro que eu estava com dor de cabeça. Foi uma semana puxada.

Ele foi até a escrivaninha em frente à janela. Jan o seguiu.

— Sentei aqui. Escrevi parte do discurso que faria.

— Que discurso? — perguntou Jan.

— Um discurso para doadores e empresários. Estávamos em busca de apoio.

Sarah perguntou o que ele fez com as chaves do carro.

Hartmann olhou novamente a mesa de centro em pedaços.

— Deixei aqui. Não iria mais precisar do carro.

— Não entendo — disse Jan. — Por que vir aqui para escrever um discurso? Por que não simplesmente ir para casa?

Hartmann hesitou antes de responder.

— Eu penso de forma diferente em lugares diferentes. Em casa me distraio. Aqui... — Ele passou os olhos pela sala ao redor. O piano branco. O candelabro. O papel de parede aveludado e os móveis caros. Os estilhaços de vidro. — Era como uma pequena ilha. Onde eu podia pensar.

— Por que você deu folga para o seu motorista no fim de semana? — perguntou Jan.

— Eu não ia precisar dele. Rie ia dirigir. Não havia sentido em deixá-lo me esperando à toa.

— Então você o dispensou e pegou um carro da campanha na prefeitura? Deixou o veículo aqui depois?

— Isso é um crime? Eu escrevi o meu discurso. Então, por volta das 10h30, fui a pé para a casa de Rie. E só. O que mais posso dizer?

— Já é o bastante — disse a advogada. — O meu cliente os auxiliou o máximo possível. Se já terminamos...

Sarah foi até a janela, olhou para fora. Jan estava ficando desesperado.

— Como foi o seu discurso, Troels? — perguntou ele.

— Muito bem. Obrigado por perguntar.

— De nada. Então você passou o fim de semana inteiro com doadores e empresários?

— Isso mesmo.

Ele pareceu ficar confuso por um instante, como se Jan o houvesse feito cometer um erro.

— A verdade é que foi mais a Rie quem liderou os encontros. Eu peguei uma gripe. Fiquei de cama até o domingo.

Sarah voltou.

— Quanto você bebeu aqui?

— Isso é irrelevante — retorquiu a advogada.

— A perícia encontrou uma garrafa de conhaque vazia e um copo com as suas digitais.

— Sim. Eu bebi um pouco. Para aliviar a gripe.

— Uma garrafa inteira de conhaque?

— Já estava quase vazia.

Sarah folheou suas anotações.

— A faxineira fez as compras naquele dia. Disse que abasteceu o apartamento.

Hartmann olhou de soslaio para a advogada.

— Ela não jogaria fora uma garrafa que ainda não estava vazia, certo? Eu bebi um pouco. Qual o problema?

Sarah esperou.

— Era o nosso aniversário de casamento. Eu e a minha mulher...

— Então era um dia especial? — perguntou Jan.

— Não é da sua conta.

— Você tomou sedativos — disse Sarah. — Ela pegou um saco de provas na mesa. — Encontramos os comprimidos.

— Vocês pretendem descer ainda mais? Bremer vai promovê-los depois disso?

— Álcool e drogas — cortou-o Jan. — Estou chocado. Você é um político. Com o rosto estampado em um monte de cartazes espalhados pela cidade. É um coquetel perigoso, não? Pelo menos é o que dizem.

— Eu bebi um pouco. E não tomava nenhum medicamento fazia meses.

— Então você só teve um dia péssimo? — Os olhos de Jan estavam esbugalhados. — É isso que está dizendo?

Hartmann andava de um lado para o outro, olhando as marcas nas paredes.

— Você bebeu uma garrafa inteira — prosseguiu Jan. — Tomou uma bolinha. Talvez duas.

— Isso está ficando chato.

— Chato é você dizer que veio aqui, encheu a cara, ficou doidão, e ainda se lembra de ter saído por volta das 10h30.

— Sim! Pois eu lembro, ora. Também lembro em quais interruptores toquei. Quantas vezes fui ao banheiro. Está interessado? Me dê a mão e vamos juntos conferir o botão do elevador. O que me diz?

— Você usou o elevador? — perguntou Sarah.

— Sim. Incrível, não? Eu usei o elevador.

Sarah balançou a cabeça.

— De acordo com o administrador do prédio, o elevador estava fora de serviço naquela sexta-feira.

Ele abriu as mãos, exaltado.

— Então eu subi de escada. Faz alguma diferença?

— Hartmann já disse a vocês o que fez no apartamento — insistiu a advogada. — Rie Skovgaard confirmou que ele foi visitá-la depois.

A advogada foi até a porta da frente, fez um gesto para que Hartmann a acompanhasse.

— Meu cliente foi mais do que prestativo. Não temos mais nada a fazer aqui.

Eles o observaram sair.

— Por que esse filho da mãe mentiroso está mentindo para nós? — perguntou Jan.

Sarah olhava dentro do quarto para os lençóis amarrotados. Ninguém deitara na cama. Ao que parecia, tinham simplesmente se sentado ali. Talvez apenas para conversar.

— Para onde foi Nanna? — murmurou ela.

Hartmann passava pelas longas linhas ocres dos sobrados de Nyboder quando Morten Weber telefonou.

— Como foi?

Era uma pergunta estranha. Só podia haver uma resposta.

— Foi tudo bem, Morten. O que está acontecendo?

— Você se lembra da Dorte? Aquela temporária?

— Não muito.

— Aquela moça simpática com problema nas costas? Que foi ao meu acupunturista?

— Sim, sim. Lembro. O que ela tem?

Descia a longa Store Kongensgade. Cafés e lojas. À esquerda, o domo grandioso da Igreja de Mármore.

— Ela me contou uma coisa interessante.

Hartmann esperou. Como Morten ficou calado, perguntou:

— O quê?

— Prefiro não falar ao telefone.

— Meu Deus, Morten! Você acha que agora estão grampeando os meus telefones?

Um momento de silêncio.

— Talvez estejam. Não sei. Precisamos conversar com Olav. Você tinha razão.

O grupo de luto se reunia num salão cinza e frio próximo da igreja. Dez pessoas ao redor de uma mesa de plástico numa sala vazia e austera.

Os Birk Larsen estavam sentados lado a lado. O líder escutava as histórias dos participantes.

Câncer e acidentes de trânsito. Ataques cardíacos e suicídios.

Lágrimas dos vivos. Silêncio dos mortos.

Pernille não ouvia. Ele assentia, em silêncio.

Lá fora, nos galhos nus de uma árvore, um cachecol branco esfiapado se agitava e se retorcia ao vento como uma prece perdida.

Quando chegou a vez deles, pouco falaram. Ninguém os pressionou. Apenas um homem magro com a cabeça sempre erguida e altiva, mesmo quando falara sobre o filho que havia perdido, lhes deu atenção.

Talvez fosse constrangimento, pensou Theis. Ele não se importava. A assistente social dissera vá ou volte para a cadeia. Então ele foi e torceu para que fosse de alguma ajuda. Mas, ao olhar para o rosto congelado e sem emoção de Pernille, teve dúvidas.

Nada ajudava a não ser o desabafo. As informações. Um marco deixado para trás. E isso parecia mais distante do que nunca.

Já na rua, Theis se ofereceu para colocar a bicicleta dela na van e deixá-la em casa.

— Preciso de ar fresco — disse Pernille.

— Tem certeza?

— A gente se vê mais tarde.

Ela saiu empurrando a bicicleta pelo estacionamento, na direção da rua, rumo a Vesterbro.

O homem magro a parou no estacionamento. O nome dele era Peter Lassen.

— Não tive a chance de me apresentar lá dentro.

Eles trocaram um aperto de mão.

— Espero que tenha ajudado.

— Foi bom — disse ela.

Lassen a olhou.

— Acho que você não pensa realmente assim.

Ela queria empurrar a bicicleta para longe, mas não o fez.

— Lembro como foi estranho na minha primeira vez — disse Lassen. — É difícil se identificar com as histórias das pessoas. Achamos que a dor delas não é igual à nossa. E não é.

— Se eu quisesse a sua opinião, teria pedido — disse Pernille, com uma brutalidade súbita.

Então voltou a empurrar a bicicleta, os olhos começando a se encher de lágrimas.

Perto da rua ela parou, envergonhada. O homem havia sido educado e simpático. Ela fora rude e cáustica.

Voltou e se desculpou.

Lassen deu um sorriso lento, terno.

— Não precisa. Deixe que eu lhe pague um café.

Um momento de hesitação, e então ela aceitou.

O café era bem pequeno e estava vazio. Tinha cappuccinos e *biscotti* na mesa deles.

— Vai completar cinco anos em janeiro. Eu tinha feito lasanha. Estávamos na mesa esperando que ele chegasse em casa.

Havia crianças do outro lado da janela, uma longa fila indiana, indo visitar algum lugar. Lassen sorriu quando passaram.

— Tínhamos colocado pilhas novas no farol da bicicleta dele. Ele conhecia bem o caminho. Às vezes pedalávamos juntos por ali.

Ele mexeu o café, que não chegara a tocar.

— Mas ele nunca chegou.

Mais uma mexida no café. Pernille viu a espuma derramar.

— Eles disseram que foi um carro vermelho. A polícia encontrou tinta num dos pedais.

Ele balançou a cabeça e, para surpresa de Pernille, riu.

— Eu ficava sentado ali, perto da curva daquela rua, esperando passar um carro vermelho arranhado. Toda noite, mais ou menos na mesma hora em que tinha acontecido.

Sua mão pálida e delicada fez um gesto displicente.

— O carro nunca apareceu. Então passei a ir até lá de dia. O carro não apareceu.

O breve sorriso desaparecera do rosto de Lassen.

— No fim, a única coisa que eu conseguia fazer era sentar e esperar. Dia e noite. Observando os carros. Acreditando que aquele iria aparecer. E que, quando aparecesse, eu arrancaria aquele maldito e...

Os olhos de Lassen se fecharam por um breve instante, e Pernille viu no seu rosto a máscara de dor que ele ainda tentava esconder.

— Minha mulher tentou me dissuadir. Mas como eu poderia? Como? Perdi o emprego. Os amigos.

Ele empurrou o café e o *biscotti*.

— Então um dia cheguei em casa da minha vigilância na rua e ela também tinha ido embora.

Lá fora, uma mãe segurava a mão de uma criança, esperando para atravessar. O cotidiano era especial. Para pessoas como Pernille, como Lassen, não havia nada mais, era desnecessário. O cotidiano era sagrado, precioso como nada neste mundo.

— Não se passa um momento em que eu não me arrependa de ter deixado as pessoas amadas se afastarem. O carro vermelho não levou apenas o meu filho. Levou tudo que eu tinha. E ainda assim eu nunca o encontrei. Pernille?

Ela tirou os olhos da janela e o fitou.

— Você entende o que eu estou dizendo?

— Mas você continua procurando, não é? Você consegue esquecer? E se não tivesse desistido?

Lassen balançou a cabeça. Parecia desapontado.

— Você não pode pensar assim.

— Mas você pensa. Você pensa... onde ele está? Onde está o carro? Você não para de pensar. Você pode se enganar se quiser. Tentar fingir.

— Você precisa se desapegar.

Ele estava começando a irritá-la.

— Diga que esqueceu, então. Diga que está bem mesmo sabendo que o filho da mãe que matou o seu menino continua livre aí fora.

Um olhar de soslaio para a janela.

— Talvez prestes a fazer a mesma coisa com o filho de outra pessoa.

— E se não o encontrarem? — perguntou Lassen. — E se você ficar presa nesse inferno para sempre?

— Vão encontrar. Se não, eu mesma o encontro.

Ele pestanejou. Aquele lampejo de decepção outra vez.

— E depois? — perguntou Lassen.

— Você vai me desculpar, mas preciso pegar os meus filhos na escola. — Ela se levantou. — Obrigada pelo café.

No gabinete de Hartmann. Morten providenciara mais sanduíches e café. Uma mulher estava parada à porta, e ele fez força para lembrar o nome dela.

Nethe Stjernfeldt.

Hartmann se levantou rapidamente, foi até a porta, viu Rie erguer o olhar.

Ela era tão bonita quanto ele se lembrava, magra e elegante. Com a mesma expressão ansiosa e carente nos olhos brilhantes.

— Sinto muito — disse ela. — Não quero incomodar.

— Não é uma boa hora.

— Sinto muito se eu disse algo errado.

— Não foi culpa sua. Eu sei como é a polícia.

— Eles vieram e começaram a me encher de perguntas. Tinham e-mails e... pareciam saber de tudo.

— Já falei com eles. Não se preocupe. Não é nada. Está tudo bem.

Ela se aproximou. Sua mão lhe tocou a lapela.

— Obrigado por vir. Mas eu realmente estou muito ocupado.

Os dedos roçaram seu paletó.

— Eu sei. Se eu puder ajudar de alguma forma, me ligue. — Ela sorriu. — Qualquer forma.

Ela tocou a camisa branca e engomada dele, abriu a mão sobre o tecido, pressionou. Hartmann recuou um passo. Ela o encarou.

— Vou embora, então.

— É melhor.

Hartmann voltou para dentro da sala, parou ao lado de Rie, que lia alguns papéis. Morten escapulira.

— Ela... ela queria se desculpar.

Rie nem tirou os olhos dos documentos.

— Você não confia em mim? — perguntou Hartmann.

Nada.

Ele se sentou à mesa, buscou seus olhos.

— Não se afaste de mim, Rie. Isso tudo ficou no passado. Eu já disse.

Ela cruzou os braços, olhou para o teto, os olhos úmidos e distantes.

— Rie!

Uma batida na porta.

Olav Christensen entrou sem esperar o convite.

— Fiquei sabendo que o senhor quer falar comigo.

— Morten! — chamou Hartmann.

Fizeram-no se sentar de frente para eles. Morten lia o material que reunira.

— Você demonstrou bastante interesse pelo apartamento, Olav — disse ele.

— Não. De modo algum. Reservei o local para hóspedes algumas vezes. — Ele apontou para Hartmann. — Com a permissão do secretário.

— Hartmann apenas assinou o requerimento. Os seus convidados nunca apareceram.

A frágil máscara de arrogância dele começava a rachar.

— O que acham que eu sou? Um recepcionista de hotel? Faço o que me mandam fazer. Preciso de um advogado ou coisa parecida?

— Você usou o apartamento? — perguntou Hartmann.

— Não estou entendendo.

Morten colocou um papel na frente de Christensen.

— Há seis meses você perguntou a Dorte se o apartamento estaria vago no fim de semana.

Christensen pegou o documento. Leu.

— Se me lembro bem, foi para os poloneses que estavam fazendo uma reportagem sobre os benefícios da previdência social.

— Os poloneses ficaram em um hotel! — disparou Morten. — Eu jantei com eles. Não me venha com essa conversa.

— Sério? Então eu não lembro.

Mais papéis.

— Você reservou o apartamento várias vezes por semana para hóspedes que não apareceram. O que não consta dos registros. Se não fosse por Dorte...

— Dorte não está aqui. As pessoas mudaram de ideia. Às vezes...

— Nós temos cara de idiota? — Hartmann apontou para Morten e para Rie, que gravava a conversa. — Acha que nascemos ontem?

— Não venha descontar em mim se você está com problemas. Não é minha culpa.

— Vou repetir. Você reservou o apartamento para você mesmo?

— Cuidado com as suas acusações...

— Não. Não, Olav! É você quem precisa tomar cuidado.

Hartmann esperou por um momento.

— Você levou a jovem para lá?

— É claro que não.

— Você fez uma cópia da chave? Usou o meu computador?

Ele riu.

— Então é a hora do bode expiatório no Partido Liberal?

Rie lhe passou um documento por sobre a mesa.

— Fizemos uma varredura de segurança no sistema esta manhã. Eles encontraram *keyloggers* em todos os nossos computadores. Alguém estava monitorando tudo. Senhas. O que digitávamos. Podia acessar as máquinas fazendo se passar pelos usuários.

— O que isso tem a ver comigo?

— Você é formado em engenharia da computação. Você fez isso.

— Eu? Um servidor público? Não. — Ele sorriu para o homem do outro lado da mesa. — É ele quem precisa dar explicações. Eu leio os jornais.

— Vou levá-lo para a sede da polícia eu mesmo — prometeu Troels Hartmann.

— Ele não matou a garota, Troels! — berrou Rie. — Ele estava na festa do pôster com a gente. Não pode ter sido ele no apartamento.

Olav Christensen deu um sorriso prepotente para eles.

— Querem saber? — disse ele, levantando-se. — Vou deixar isso nas suas mãos. Vocês... — Ele balançou a cabeça e riu. — É como disse Poul Bremer. Vocês estão desmoronando, hein?

— Se não foi você, quem foi? — rugiu Hartmann.

Havia decoração de Natal numa caixa ao lado da porta. Christensen pegou um festão, agitou a tira colorida para eles.

— O Papai Noel?

* * *

Jan repassava o que tinham até então.

— Hartmann levou diversas mulheres ao apartamento. Ele parou por alguns meses. Então recomeçou.

Luzes azuis vindas do pátio da sede da polícia brilhavam na janela.

— Tentou controlar Nanna Birk Larsen. Estava com ciúmes. Queria vê-la. Deu tudo errado.

— Alguém deve ter visto alguma coisa — disse Sarah. — Um jornaleiro. O funcionário de um estacionamento.

— Ninguém viu nada. Vamos intimar Rie Skovgaard de novo.

— Ela não vai dizer nada.

— Como é que você sabe? Foi você que falou com ela da última vez.

Jan correu os dedos pela lapela do casaco de lã.

— Eu tenho jeito com as mulheres.

Sarah olhou para ele, suspirou, balançou a cabeça.

— Ele não ligou para Nanna. O telefone dele foi desligado às 10h29 naquela noite.

— Jeito com as mulheres — repetiu ele, muito lentamente.

Sarah massageava a cabeça. Uma enxaqueca se insinuava.

— Ok — disse ela, e jogou os papéis na mesa.

— Fechado, então — anunciou Jan.

Ele saiu com seu gingado de malandro. Sarah teve certeza de que já prendera alguém muito parecido com Jan Meyer.

Sarah pegou os registros telefônicos. Alguém ligara para Hartmann às 22h27, pouco antes de ele desligar o telefone. Havia uma lista com os nomes dos donos dos números em algum lugar. Ela a encontrou. Olhou. Pensou em contar a Jan. Em vez disso, pegou o casaco.

De volta à Store Kongensgade, ela esperava no pátio, olhando para a escada de incêndio circular de ferro nos fundos do prédio.

Nethe Stjernfeldt chegou dez minutos após o telefonema de Sarah.

— O que é isso? — perguntou ela. — Eu já disse tudo a vocês...

— Você disse que não falava com Hartmann havia um bom tempo.

— Sim. Preciso pegar o meu filho no clube.

— Você ligou para ele na noite daquela sexta-feira. Trinta e um de outubro. Às 10h27 da noite. Posso provar. Posso provar que você mentiu.

A mulher ficou sem saber o que fazer com as mãos enluvadas.

— Tem mais coisa aí, não tem? — disse Sarah.

Ela olhou em volta, viu que estavam sozinhas.

— Prometi ao meu marido que nunca mais o veria.

Sarah esperou.

— Senti saudades dele. Queria vê-lo.

— O que ele disse quando você ligou?

— Que estava acabado. Pediu que eu parasse de ligar.

— E o que você fez?

Ela não respondeu. Apenas se virou para ir embora.

— Você foi multada naquela noite. Aqui, por estacionar na Store Kongensgade. Parou perto demais da esquina.

Sarah a alcançou.

— Azar — disse ela. — Acontece comigo às vezes.

— O meu marido precisa saber?

— Apenas me diga o que aconteceu.

Nethe olhou para um lado e para o outro da rua longa e deserta.

— Ele estava me evitando, eu não gostei. Eu estava em casa. Sozinha. Enlouquecendo.

— Então você veio vê-lo. A que horas, Nethe? Isso é importante.

— Na multa não diz?

— Quero ouvir de você.

— Era quase meia-noite. As luzes estavam acesas. Então toquei o interfone.

Sarah olhou para o aparelho, a brilhante moldura de bronze.

— Ele a deixou entrar?

— Não — respondeu ela com amargura. — Nem ao menos atendeu. Enfiei o dedo no botão até que alguém atendesse.

— Então você falou com Hartmann?

— Não falei com ninguém. Seja quem fosse... — Ela deu de ombros. — A pessoa não disse uma palavra.

— Você não ouviu nada?

— Tentei convencer a pessoa a abrir. Mas desligaram.

Sarah olhou para o grande prédio de tijolos vermelhos.

— Você voltou para casa?

— Não. Eu estava furiosa com Hartmann. Fui até o pátio e gritei o nome dele.

Elas voltaram, passaram debaixo do arco, pararam no espaço interior aberto.

— Eu vi uma silhueta na janela.

Nethe olhou para as janelas do quarto andar.

— Não era ele.

— Como assim?

— Não era ele! Não se parecia com ele.

— Como você poderia saber? Estava escuro. — Sarah gesticulou para o prédio. — É alto. Como você pode ter certeza?

— Você quer mesmo prender Troels, não é verdade?

— Eu quero a verdade. Como você sabe?

— Ele parecia mais baixo. Troels é alto. Tem porte. O homem que eu vi...

Ela deu de ombros e olhou para a rua.

— Não era Troels Hartmann.

Sarah não disse nada.

— Ele me viu — disse Nethe. — Olhou diretamente para mim. Foi incômodo. Eu não quis ficar aqui. Troels não estava mais no apartamento. Qual era o sentido em ficar?

Pernille levava os meninos para casa ouvindo-os discutir no banco de trás. Aquilo não costumava incomodá-la.

Agora...

— É meu — disse Anton. — Me dá. Você devia ter trazido o seu.

— Mãe, manda ele parar!

O trânsito estava intenso. A noite, úmida. O barulho das vozes dos meninos lhe enchia a cabeça, mas não a ponto de afogar os pensamentos negros.

— Você é mau.

— Manda ele parar, mãe! Eu não joguei o dia todo!

— Vocês não podem revezar?

As coisas idiotas que os pais dizem. Divida o que você tem. Fique calado. Seja bonzinho e obediente. Dizem-nos o que pensar, aonde ir, o que fazer.

E com quem.

— Mãe! Manda ele parar!

— Cala a boca! — choramingou Anton.

Ou Emil.

Quando gritavam, suas vozes soavam iguais.

— O brinquedo é meu! Meu! Meu!

Como duas pequenas chaleiras levantando fervura.

Havia um espaço entre dois carros estacionados na rua. Ela parou com uma guinada violenta, sabendo que os sacudiria nas cadeirinhas. Pisou fundo no freio. Ouviu os pneus cantarem.

Subiu com o carro na calçada. Passantes se afastaram e gritaram.

Então os meninos se calaram. Deixaram-na ficar imóvel no banco do motorista, olhando para as formas que se juntavam ao redor do carro.

Nada de mais. Apenas uma breve e insana guinada para fora do fluxo constante de tráfego que era a vida.

— Mãe? — perguntou, do banco de trás, uma voz baixa e assustada.

Ela olhou para os dois pelo retrovisor. Sentia-se chocada por ter feito aquilo. Imprimido tanto medo a suas frágeis vidas, em formação.

— Emil pode ficar com o brinquedo — disse Anton. — Tudo bem. A gente divide.

Ela estava chorando outra vez. Lágrimas rolavam pelas duas faces, borrando o aspecto da noite. O volante estava pesado demais para guiar. O carro cheirava a crianças e gasolina e aos cigarros de Theis.

— Mãe? Mãe?

Theis preparava o jantar quando os meninos entraram.

— Vocês chegaram tarde — disse ele. — O que aconteceu?

— Fui buscar os meninos. Eu avisei a você.

— Eu sei, mas pela hora... Já estava preocupado. Liguei para Lotte.

— Eu avisei.

Ele não insistiu.

— Fiz espaguete à bolonhesa.

Pernille não parecia estar bem.

— Liguei para o jornalista que veio aqui hoje de manhã — disse ela.

Theis parou de mexer o molho.

— Marquei de ele vir aqui. Deve estar chegando.

— Por que raios você fez isso? Sem falar comigo? A polícia disse que eu não posso interferir nem de longe na investigação.

Ela riu.

— A polícia? Agora você faz o que eles mandam?

— Pernille...

— Nós precisamos de ajuda. Precisamos fazer as coisas andarem. Alguém deve ter visto alguma coisa. Eles vão oferecer uma recompensa.

Ele estava de olhos fechados, a cabeça voltada para o teto.

— Se não foi Troels Hartmann, foi outra pessoa.

Ele voltou ao fogão, mexeu o molho.

— Não gosto disso.

— Mas é assim que vai ser.

— Pernille...

— Eu concordei e pronto! — gritou ela. — Fique aqui cozinhando se quiser. Eu falo com ele.

Jan repassava os mesmos pontos com Rie Skovgaard, vezes a fio.

— Então nenhum dos doadores viu Hartmann antes do domingo?

— Como eu já disse um milhão de vezes, ele estava doente.

Jan deu de ombros.

— Mas ele me disse que o discurso tinha sido bom. Não entendo. Por que você o está protegendo? O seu pai é membro do Parlamento. O que ele vai pensar quando você for a julgamento por associação criminosa e cumplicidade?

Ela parecia ter se trocado para o depoimento. Camisa listrada elegante. Cabelos brilhantes, bem penteados. Uma bela mulher. Bonita mesmo com um sorriso forçado.

— Um homem como Hartmann é mais importante do que a sua carreira?

— Você não conhece Troels Hartmann. E eu não o estou protegendo.

— Você o conhece, Rie? Ele não lhe contou que se autodenominava Fausto. Não contou que usava um site de encontros para seduzir a cidade inteira.

Ela sorriu.

— Águas passadas. Todo mundo já fez coisas das quais se arrepende. Você não?

— Sempre conto para a minha mulher. É menos arriscado. A coisa certa a se fazer.

— Nada aconteceu desde que estamos juntos.

Ele se levantou, sentou-se ao lado dela. Leu um dos e-mails:

— *Eu quero você. Não consigo me segurar. Preciso tocar você. Sentir você.*

Outra página.

— *Estou indo para o apartamento agora. Espere por mim. Não se vista.*

Jan colocou as páginas na frente dela.

— Todos assinados por F., de Fausto. Como você sabe que ele não escreveu para Nanna Birk Larsen também?

Ela suspirou, continuou sorrindo.

— Como, Rie? — insistiu Jan. — Por favor, me diga.

Nenhuma resposta. Ele voltou à questão da conferência:

— O que Hartmann tinha? Por que ele precisou ficar no quarto?

Ele acendeu um cigarro.

— Gripe. A mesma gripe das minhas respostas anteriores.

— Gripe de homem? Não era uma gripe de verdade, ou era? Gripe de verdade é quando a gente fica de cama, suando como um porco, tossindo, espirrando. Foi assim?

— Foi.

— Muito catarro, imagino.

— Nesse nível.

— Uma sujeirada, não?

— Uma sujeirada.

— Não, não foi. — Ele olhou para sua caderneta de anotações. — Falei com a arrumadeira que limpou o quarto. Ela disse que teve a impressão de que só havia um hóspede, não dois. Nenhum sinal de lenços de papel sujos. Nada.

— Ela deve ter se lembrado do quarto errado.

— Não. Você está protegendo um suspeito de assassinato. Isso faz de você uma cúmplice.

Ele deu uma longa tragada.

— Será que o papai vai visitá-la na prisão? Você acha que ele pode conseguir alguns privilégios?

Nada.

— É assim que funciona? Um peso para você e outro para as massas que pagam o seu salário?

— Você é um homem muito obcecado.

Jan agitou a mão em meio à fumaça.

— Por que será, eu me pergunto.

— Se isso for tudo, eu gostaria de ir agora.

Um dos investigadores do plantão noturno apareceu na porta com um bilhete.

— Só um minuto — pediu ele.

Um recado da mulher. Lista de compras. Pepino, leite, pão, açúcar, azeitonas, queijo feta. E bananas.

Ela segurava a bolsa, o casaco.

— Então você passou o fim de semana todo com Hartmann?

— Um milhão de vezes...

Jan a fitou.

— Então por que ligou para o celular dele no sábado? Quando estava desligado?

Ela ficou parada no lugar.

— Você não estava com ele, Rie? Não saberia? As pessoas fazem sexo por telefone quando dormem na mesma cama?

— Não lembro...

— Não, não. Não pense que pode escapulir assim.

Jan agitou a lista de compras na frente dela, mantendo as anotações voltadas para si.

— Recebi um relatório da companhia telefônica. Você tentou ligar para ele. Diversas vezes. Sempre caía na caixa postal.

Pela primeira vez ela pareceu ficar vulnerável.

— É como se você estivesse preocupada com ele. O que seria improvável se vocês estivessem hospedados no mesmo quarto. — Ele balançou a cabeça. — Não bate. Por mais que eu pense.

Ele foi até ela.

— Vou perguntar pela última vez. Você mentiu descaradamente, e eu estou disposto a relevar. Mas não para sempre. Mais uma vez e você será cúmplice. Não testemunha. — Ele apontou a cadeira. — A escolha é sua.

Ela não se mexeu.

— Hartmann foi à sua casa na noite daquela sexta-feira? Pense bem.

Ela fez menção de sair.

— Última chance, Rie...

Sarah estava em frente à casa de Hartmann. Havia luzes acesas nas altas janelas do segundo andar. Um jardim bem-cuidado na frente. O que parecia ser um quintal amplo nos fundos. A casa ficava numa rua larga e iluminada em Svanemøllevej, norte de Østerbro, perto das embaixadas. Uma casa grande e afastada. Dez milhões de coroas, no mínimo.

O dinheiro fluía na política.

Ela caminhou pelo jardim em busca de sinais de atividade. Algo enterrado. Terra recém-revirada. Caminhou pela grama alta e densa, conferiu os fundos. Havia um porão, uma porta velha com tinta branca descascando. Uma pilha de folhas em frente à porta, com mais de 1 metro de altura. Não era usado fazia séculos. Ela olhou para a única luz acesa no primeiro andar. Aquela era uma casa para uma família inteira. Até mesmo uma dinastia. E tudo que abrigava era a figura bela e triste de Troels Hartmann.

Ela deu a volta na casa, não encontrou nada. Passou por um portão lateral, viu-se de volta no patamar da escada de pedra que levava à rua.

Nenhum som vinha de dentro. Nem TV nem música.

Sarah tocou a campainha.

Tocou outra e vez e bateu na porta cinco vezes, com força.

Uma mulher atendeu. Estrangeira. Talvez filipina.

— Olá. Sarah Lund. Polícia. Troels Hartmann está?

Sem perguntas, foi convidada a entrar.

A cozinha era moderna, imaculada. Forno caro. Mesa sofisticada. Impecável.

Faxineiras, pensou Sarah.

Pela porta de vidro do forno, ela viu uma pizza assando.

Em seu casaco de chuva e seu suéter branco e preto, ela ficou parada ali, balançando-se de leve.

Hartmann podia estar em qualquer lugar da casa. Então Sarah esperou, tentando ser paciente.

Ele desceu as escadas, camisa azul e a calça do terno, secando os cabelos.

Olhou para ela, boquiaberto.

Atirou a toalha sobre a mesa.

— Já respondi às suas perguntas, Lund. Não vou falar com você sem a presença da minha advogada.

— Você disse que não tinha recebido ligações no apartamento.

Ele fechou os olhos, balançou a cabeça.

— Você alguma vez escuta o que as pessoas dizem?

— O tempo todo. Você me disse que não havia recebido nenhum telefonema.

Ele olhou para a pizza. Deu um tapa na testa.

— Ok. Nethe Stjernfeldt.

— Ela me contou.

— Falamos por trinta segundos. Não mais que isso. Deixei totalmente claro que não estava interessado.

Ele pegou a luva de cozinha, tirou a pizza do forno, colocou-a num prato.

Sarah observou. Um homem acostumado a viver sozinho.

— Ela insistia em me ligar. Mandava mensagens. Ficou irritante.

— Tem certeza?

— Pela última vez. Tenho certeza. Escrevi o maldito discurso. Bebi demais. Então fui para a casa da Rie por volta das 10h30. Já disse isso a você. Não vou mais repetir.

Ele abriu a porta dos fundos.

— Preciso comer agora. Por favor.

— Digamos que outra pessoa tenha usado o seu computador. O seu carro. O seu apartamento. Quem poderia saber a sua senha?

— Já lhe disse isso. Alguém invadiu a nossa rede.

A arrumadeira voltou, pegou o lixo, disse a Hartmann que o veria na semana seguinte e se foi, fechando a porta ao sair.

— Eu quero ajudar — disse Sarah. Ele ergueu as sobrancelhas claras. — Sinceramente. Quero ajudar.

— Fale com Rie. Ela encontrou um problema no sistema. Qualquer pessoa pode ter tido acesso às senhas. Aliás, eu sempre uso a mesma para tudo. Rie fez uma lista para você. Pessoas que achamos que deve investigar. Tem um funcionário da prefeitura...

— Eu gostaria de ver essa lista.

— Tenho uma cópia lá em cima. Vou pegar.

Hartmann parou na escada.

— Pegue um pedaço de pizza se quiser. É muito para mim.

— Apenas a lista. Mas obrigada.

Ela o observou subir.

Era uma casa antiga. Ela ouvia as tábuas rangerem enquanto Hartmann andava pelo segundo andar, procurando algo.

Sarah entrou no cômodo vizinho. Um escritório com vista para o jardim. Foi até a estante de livros. Basicamente sobre política. A autobiografia de Bill Clinton. Alguns títulos sobre JFK. Havia uma fotografia do malfadado presidente e Jackie. Ela ficou impressionada com a semelhança. Rie Skovgaard tinha a mesma beleza fria. Hartmann não se parecia em nada com Jack. Mas era bonito, olhava para a câmera com uma segurança um tanto presunçosa.

Kennedy também era, nas palavras de Jan, um conquistador em série. Uma fraqueza que não conseguia abandonar. E Clinton...

Ela correu os olhos pelos livros. Tirou da prateleira a única obra de ficção que encontrou. Uma tradução para o dinamarquês de *Fausto*, de Goethe.

Tudo ali era organizado, silencioso, pessoal. Tão diferente do escritório no Rådhus, onde ele parecia estar sob bombardeio constante, da própria equipe, das maquinações de Bremer. E dela.

Havia um diário sobre a mesa à janela que dava para o jardim. Ela foi até lá, começou a folhear as páginas. Havia muitas entradas breves, de apenas uma frase. Nada interessante. Ela estava para virar a página para aquela sexta-feira quando seu celular tocou.

Ela fechou o diário rapidamente.

— Lund.

— É Meyer.

Ela podia ouvir Hartmann descendo as escadas.

— Não posso falar agora. Ligo de volta depois.

— Ele não tem um álibi.

Sarah foi até a cozinha. Ele estava lá, olhando para a pizza e abrindo uma garrafa de vinho.

Troels Hartmann sorriu para ela.

Políticos e mulheres. Andavam juntos. Ele era um homem bonito, interessante, inteligente. Ela entendia. Quase conseguia imaginar...

— Consegui fazer Rie Skovgaard falar — disse Jan orgulhoso. — Ela não faz ideia de onde Hartmann passou o fim de semana. A menor ideia. Ela mentiu para os doadores da campanha. Inventou a história da gripe.

Hartmann enrolou um guardanapo no gargalo da garrafa. Serviu uma taça.

— O que está acontecendo, Lund? Onde diabos você está?

— Tudo bem — respondeu ela, em tom feliz, e encerrou a ligação.

— Algum problema? — perguntou Hartmann.

— Não. Você trouxe a lista?

— Aqui. Christensen. O primeiro. Eu começaria por ele.

— Obrigada.

Hartmann se sentou, olhou para o relógio, pôs-se a comer.

— Talvez eu aceite uma fatia, afinal — disse Sarah.

* * *

Não demorou para que Hartmann estivesse a toda, falando de política, falando de táticas, falando de tudo menos de si mesmo.

Sarah tomou um gole do vinho tinto caro, perguntou a si mesma se era uma boa ideia. Ela ficara para incitá-lo, emboscá-lo. Mas Hartmann fazia o mesmo com ela. Fizera aquilo com muitas mulheres, pensou ela. Sua personalidade, sua figura, sua energia e aparente sinceridade... Ele tinha um magnetismo com o qual Sarah nunca se deparara na polícia.

Bengt Rosling era um bom homem, carinhoso e inteligente. Mas Troels Hartmann, agora que o via sozinho, à sua mesa de jantar, livre da polícia e dos paramentos da prefeitura, era diferente. Carismático e dominado por uma paixão visível, algo que a maioria dos homens que conhecia em Copenhague relutaria em demonstrar a um estranho.

— Bremer... É ultrajante ter um homem como aquele no poder. Por doze anos! Ele acha que é nosso dono.

— A política se resume a permanecer no poder, não é? E não apenas chegar lá.

Hartmann serviu mais vinho para ela.

— É preciso chegar lá primeiro. Claro. Mas o motivo de termos poder é dá-lo de volta.

Ele olhou para Sarah.

— Para vocês. Fazemos com que todos se esfalfem de trabalhar e recebam uma fatia do que criamos juntos. Copenhague não pertence a Poul Bremer. Ou às classes políticas. Pertence a todos. É isso que significa política.

Ele balançou a cabeça e sorriu. Ciente, talvez, de que fizera um discurso, aparentemente sem pretender.

— Para mim também. Desculpe. Parece até que estou pedindo o seu voto.

— E não está?

— É claro. — Ele levantou a taça. — Preciso de todos que conseguir. Por que está me olhando assim?

— Assim como?

— Como se eu fosse... estranho.

Ela deu de ombros.

— A maioria das pessoas acha a política maçante. Tenho a impressão de que você não pensa muito em outra coisa.

— Nada. Precisamos mudar. Quero liderar isso. Sempre tive esse desejo. E serei eu, acho.

— E a sua vida pessoal?

— Vem em segundo lugar — respondeu ele, num tom baixo, incerto.

Um momento desconfortável. Sarah sorria, constrangida por não ter o que dizer.

— Você acha isso engraçado? — perguntou Hartmann. — Por quê? Saí com meia Copenhague, certo? Ou pelo menos parece que é isso o que você pensa.

— Só meia?

Ele poderia ter recebido mal aquele comentário. Em vez disso, Troels Hartmann abriu um largo sorriso e balançou a cabeça.

— Você é uma policial muito incomum.

— Não, não sou. Como conheceu a sua mulher?

Ele pensou na resposta.

— No colégio. Éramos da mesma turma. A princípio não suportávamos um ao outro. Depois decidimos que não moraríamos juntos. E que de jeito nenhum... — ele ergueu a mão esquerda, como que desejando afastar alguma coisa — ... nos casaríamos.

Uma risada breve e intensa.

— Mas não se pode controlar certas coisas. Por mais que tentemos.

Mais vinho. Ele parecia ser capaz de beber a garrafa toda.

— Deve ter sido difícil.

— Foi. Se eu não tivesse esse trabalho... não sei...

Hartmann ficou em silêncio.

— Não sabe o quê?

— Às vezes a vida desmorona. Você faz uma besteira. Algo que não é você. Nunca foi. Ainda assim... — O vinho estava de volta à mão dele. — Está lá.

— Como se apresentar como Fausto num site de encontros?

— Exatamente. — O telefone dele tocou. — Se estivesse no meu juízo perfeito, teria escolhido o apelido de Pato Donald. Com licença.

— Troels? Onde você está?

Era Morten Weber.

— Em casa.

— Eles sabem que o seu álibi é fajuto.

Hartmann sorriu para Sarah Lund. Levantou da mesa, foi até a sala.

— O que você quer dizer?

Uma longa pausa.

— Rie está voltando da sede da polícia. Eles deram uma pressionada nela.

— Conte melhor, Morten.

— Eles descobriram que Rie tentou ligar para você quando vocês estavam supostamente juntos.

— E sabem há quanto tempo?

— Algum tempo. Eles a intimaram faz umas duas horas. Troels? É importante que você não fale com eles. Venha para cá. Vamos chamar a advogada. Precisamos pensar nisso.

Sarah estava sozinha à mesa. O mesmo suéter preto e branco. Ao menos uma vez na vida ela se maquiara, fizera alguma coisa nos cabelos. Estava bonita. Tinha se preparado para aquilo.

Ele se sentiu um idiota.

— Troels?

Hartmann voltou para a cozinha.

— O que vamos fazer, Troels?

Ele desligou e colocou o celular no bolso do paletó.

— Onde estávamos?

— Você estava falando de si mesmo.

— Certo.

— Você precisa ir?

— Ainda não. Podemos conversar mais um pouco.

Ele tomou um gole de vinho. Derramou um pouco na camisa azul. Sarah estendeu um guardanapo.

— Tenho uma coletiva de imprensa daqui a pouco. Será que alguém vai notar?

Ela riu.

— Acho que sim.

— É melhor eu... me desculpe.

Então ele subiu, deixando-a sozinha.

Sozinha.

Pelo som, Hartmann subira dois andares.

Sarah se levantou. Voltou ao gabinete. Encontrou o diário que folheara antes. Foi até o fim do mês anterior.

Uma anotação.

Saudades. Solidão. Não consigo dormir.

Mais páginas. Em branco.

Então duas preenchidas com garranchos ansiosos. Nada tangível, apenas pensamentos desconexos e exclamações. Uma pessoa torturada gritando consigo mesma.

— Devo acender a luz? — perguntou Hartmann, a centímetros do pescoço dela.

Sarah deu um pulo de susto, murmurou qualquer coisa, virou-se.

Viu-o ainda com a camisa suja de vinho.

Hartmann não era desajeitado, ela deveria ter percebido isso.

Ela ficou calada.

— O que foi isso? — perguntou Hartmann, num tom calmo e frio. — O plano era bebermos a noite toda até nos tornarmos grandes amigos? Então o quê? Eu confessaria? É isso?

Seus duros olhos azuis não deixavam de fitar os dela.

— Não tem mesmo nada que você não faria?

Ele apontou para as escadas.

— Vamos subir para o quarto e depois eu conto tudo?

— Você não tem um álibi. Mentiu para nós. Rie Skovgaard...

— E daí? Isso lhe dá o direito de me enrolar para entrar aqui e ler o meu diário?

Ela o observava, perguntando-se o que ele faria.

— Deixe-me ver se eu entendi — continuou ele. — Eu pego o carro da minha própria campanha e vou até o apartamento do partido. Onde estupro uma jovem de 19 anos e depois a mato. Então eu levo o corpo para a mata e atiro o carro e a jovem na água. Correto?

— Você mentiu para nós. Toda aquela conversa. Sobre Poul Bremer. Sobre política...

— O que eu faço em público e o que faço em particular são duas coisas diferentes.

— Não para mim. Vamos falar disso na sede da polícia.

— Não. Falamos aqui. Então eu faço tudo isso e em momento algum penso em cobrir os meus rastros. Por quê?

— Você cobriu. Pegou as fitas do circuito de segurança na recepção.

— Não sei droga nenhuma sobre isso.

— Ela foi ao seu apartamento. Os e-mails. Talvez...

Ele se aproximou, estava ficando irritado.

— Talvez, talvez, talvez. Não fui eu. Você pode ao menos considerar essa possibilidade?

— Eu adoraria. Se você me dissesse onde passou aquele fim de semana.

Ele estava tão próximo que Sarah sentia o cheiro do seu perfume e do vinho no seu hálito. Com os olhos flamejando, Hartmann a encarava com fúria. Sarah não se mexeu.

Houve uma batida na porta. Uma voz familiar gritou:

— Polícia!

— Basta você fazer isso — disse Sarah.

— Troels Hartmann! — gritou alguém.

A voz de Jan.

— É a polícia. Abra a porta.

Do lado de fora, Jan e Svendsen estavam ficando impacientes. Eles viam as luzes. Souberam por Rie que ele estaria ali, tiveram a prisão autorizada por Brix depois de uma discussão.

— Droga — disse Jan. — Vou olhar nos fundos. Chame ajuda. Vamos arrombar a porta se ele não sair em um minuto.

Sons de passos. Uma luz foi acesa acima deles.

A porta abriu. Sarah saiu, pendurando a bolsa no ombro. Ela passou por Jan e desceu os degraus, seguida por Hartmann, com expressão grave e calado.

— Vamos — disse ela.

Jan ficou debaixo da lâmpada boquiaberto, olhando para os dois, assim como Svendsen.

Sarah bateu palmas.

— Vamos.

O repórter estava acompanhado de um operador de câmera. Eles montaram o equipamento em meio à poeira e ao caos da garagem. Theis ficou no apartamento.

Pernille escrevera o que queria falar numa única folha de papel.

— Está bom — disse ele, depois de ler.

— Vai ajudar?

— É claro que vai. Quando terminarmos aqui, vamos subir ao apartamento...

— Não vamos ao apartamento.

O repórter estava disposto a argumentar. Era o trabalho dele. Conseguir a história que queria. Ela deveria ter imaginado isso.

— Queremos fazer o melhor possível, Pernille.

— Não vamos ao apartamento.

Um refletor foi aceso. Fez o lugar parecer ainda mais sujo.

— Está bem. — Ele pareceu contrariado. — E quanto ao seu marido?

— O que tem ele?

— Vai ficar melhor se vocês falarem como um casal.

— Eu decido como vamos fazer isso. Não você. Não Theis.

Nenhuma resposta.

— É pegar ou largar — acrescentou ela.

Pernille esperou.

— Ok — disse ele. — Só você.

No andar de cima, Theis terminava de servir o jantar aos meninos. Sorvete do supermercado nas tigelas especiais dos dois, sob o lustre de Murano.

O rosto de Nanna ainda olhava para eles da mesa.

— A mamãe não vai tomar? — perguntou Anton.

— Ela precisa conversar com uma pessoa.

— A gente vai passear na floresta amanhã — disse Emil.

— Não vamos nada — cortou Anton.

— Vamos sim.

— Cala a boca.

Os meninos se entreolharam.

— Por que vocês não vão? — perguntou Theis.

Anton remexeu o sorvete.

— A mamãe não está se sentindo bem.

— É claro que vocês vão à floresta. A mamãe também quer isso.

Pernille subiu as escadas.

— Eles vão oferecer uma recompensa — disse. — O pessoal da TV. Também reuniram doações no bairro.

Theis colocou mais sorvete para os meninos.

— Anton e Emil querem ir à floresta amanhã.

— Eu sei. Eu disse que iria com eles.

Ele não conseguia tirar os olhos das fotos coladas no tampo da mesa tantos anos antes. Nanna com... o quê, 16 anos? Os meninos ainda bebês. Uma parte da vida deles. Aprisionada no tempo.

Era uma mesa. Se dependesse de Pernille, ficaria com eles para sempre.

— Quando fomos ao grupo de aconselhamento — disse Birk Larsen —, eles falaram para pensarmos no que temos.

Pernille o encarou com raiva.

— Eu sei o que estou fazendo, obrigada.

O rosto dele estava duro; o estado de espírito, sombrio.

— Então por que não está aqui conosco? Em vez de conversando com aquele cara lá embaixo?

Um longo silêncio. Pernille sorriu para Anton e Emil.

— Vamos, meninos. Hora de dormir.

Eles não haviam terminado o sorvete, mas não discutiram.

Theis jogou a colher na tigela ao vê-la tirá-los da cozinha.

Louça e talheres sujos. Contas e compromissos. Fardos e preocupações.

Todas essas coisas giravam à sua volta constantemente, como uma maré incessante de problemas.

Ele foi até a geladeira, pegou uma garrafa de cerveja, sentou numa cadeira e começou a beber.

Na sala de entrevistas do comando da polícia, a advogada agia como se nada houvesse mudado.

— Meu cliente admite que seu álibi foi fabricado — disse ela com segurança. — Ele não estava com Rie Skovgaard.

Hartmann estava ao lado dela. Sarah e Jan, em frente a eles. Lennart Brix escutava da cabeceira da mesa.

— Algum motivo em particular para ele ter mentido? — quis saber Jan.

— Todos têm direito a privacidade. Principalmente um político durante uma campanha eleitoral.

— Irrelevante — disse Jan. — O que você fez naquela sexta-feira, Hartmann?

Ele ficou em silêncio. A advogada respondeu:

— Como enfatizamos desde o início, meu cliente mantém a sua inocência. Ele não conhecia e não manteve contato algum com Nanna Birk Larsen. Ele foi a outro lugar porque precisava de paz. E pediu a Rie Skovgaard que afirmasse ter estado com ele.

— Não é o bastante.

— Ele assume total responsabilidade pelo álibi fabricado. Isso foi necessário porque ele é uma pessoa pública.

Jan estava ficando nervoso.

— Veja se eu entendi direito. Você alega que passou o fim de semana enchendo a cara por causa da sua mulher morta?

— O meu cliente...

— Eu ainda não terminei. Onde você estava, Hartmann?

— Meu cliente não deseja responder. Sua vida pessoal diz respeito apenas a ele.

— Você vai à TV e diz como esta cidade deve ser administrada. Mas se recusa a esclarecer uma coisa tão pequena para ajudar na investigação de um assassinato?

— Hartmann — interrompeu Lennart Brix —, há 48 horas você me disse que tinha um álibi. Agora não tem. Se não vai prestar depoimento, não me resta outra alternativa.

Ele esperou. Hartmann não disse uma palavra.

— Indiciá-lo e prendê-lo.

— Não há base para isso — protestou a advogada. — Vocês não têm qualquer evidência que sugira que Hartmann estava envolvido com a jovem. Ele tentou cooperar o máximo que pôde.

A voz da mulher ficou mais alta. Ela olhou para Sarah.

— E a cada vez foi assediado por seus investigadores enquanto eles falhavam com suas obrigações. Foi assediado em casa, teve sua residência revistada sem um mandado. Em segredo. Sob o pretexto de uma conversa pessoal.

Ela se voltou para Brix.

— Não nos ameace. Entrada ilegal. Busca ilegal. Posso atirá-los aos lobos agora mesmo se assim desejar. Encontrem quem usou o e-mail de Hartmann. O carro, o apartamento...

Jan correu o dedo pelas suas anotações.

— Olav Christensen tem um álibi. Um álibi verdadeiro. Nós conferimos. Se Hartmann se desse ao trabalho de nos colocar a par do seu paradeiro, também confirmaríamos essa informação.

— Christensen está envolvido nisso — disse Hartmann, rompendo seu silêncio. — Se o investigarem...

— Por que você não diz onde estava? — perguntou Sarah, olhando para ele do outro lado da mesa. Da mesma forma que fizera na casa quando estavam juntos sozinhos, bebendo vinho, comendo pizza.

Hartmann evitou seu olhar.

— Christensen está limpo — voltou a insistir Jan. — A administração confirmou o álibi dele.

— É claro que confirmou! — berrou Hartmann. — Todos eles pertencem a Bremer. Deve ter sido para eles que Olav...

Ele parou, pareceu pensar em algo.

— Não tenho mais nada a dizer. Se isso for tudo, gostaria de ir agora.

— Não — disse Brix. — Você teve a sua chance. Deveria tê-la aproveitado.

Os três foram à sala de Sarah. Brix queria indiciar Hartmann e levá-lo perante um promotor imediatamente.

Sarah estava sentada na beirada da mesa, tentando pensar.

— O promotor vai querer sangue, saliva e sêmen como provas. Não temos isso. Acho que devemos esperar. Ver se conseguimos encontrar mais evidências. Não temos nada a ganhar prendendo-o. Não é como se ele fosse fugir.

— Podemos jogá-lo na penitenciária de Vestre — disse Brix. — Isso vai fazê-lo falar.

— Não. Isso é errado — insistiu Sarah. — Quando conversei com o Hartmann, ele parecia acreditar que a garota foi morta no apartamento.

— E daí?

— Não foi assim. Ela foi perseguida na mata, dois dias depois. E se afogou no carro. Quem fez isso deve tê-la ouvido gritar. Ele a imobilizou. Colocou-a no porta-malas.

— Pura esperteza do Hartmann — disse Jan.

— Precisamos pensar na imprensa — acrescentou Sarah.

Jan pegou o telefone e pediu para falar com um promotor.

— Não podemos cometer outro erro, Brix. Pense no professor. Você ouviu o que a advogada disse. Se estivermos enganados, ela vai acabar com a gente. — Sarah fez uma pausa, dando ao chefe tempo para absorver o que escutara. — E não vai ser só Buchard a fazer as malas.

De volta à sala de entrevistas.

— Vamos pedir um mandado para revistar a sua casa — disse Jan. — Se houver algo lá, vamos encontrar. Queremos acesso ao seu gabinete e ao seu carro. Seus registros telefônicos. Suas contas bancárias. Seu e-mail.

Ele sorriu.

— Você não poderá voltar para casa. Talvez devesse tentar dormir na rua. Para se aproximar dos seus eleitores, hã?

— Muito engraçado — murmurou Hartmann.

— Há um porão e uma estufa no jardim — prosseguiu Jan. — Queremos as chaves ou derrubaremos as portas. E eu quero o seu passaporte.

— Deduzo, por tudo isso, que Troels está liberado — disse a advogada.

— Ele sabe andar, não sabe?

Hartmann levou a mão ao bolso do paletó, jogou um chaveiro sobre a mesa.

— Vocês receberão o meu passaporte em meia hora.

Sarah olhou para as chaves.

— Deve ser muito importante.

— O quê?

— O que quer que justifique... — Ela pegou as chaves e as agitou. — Tudo isso.

— É a minha vida. Não a sua. Nem a de ninguém. Minha.

Então ele saiu com a advogada e Brix.

Sarah pegou a pasta do apartamento do partido.

— Vou voltar à Store Kongensgade. Você tem o telefone do zelador?

Ela estava sozinha com Jan pela primeira vez naquela noite.

— O que diabos aconteceu na casa de Hartmann? — perguntou ele. — Caramba, Lund. O que você achou que estava fazendo?

Ela se pôs a folhear os documentos, procurando o número ela mesma.

— Você só fala em Hartmann. Em como ele é um canalha. E aí, depois de cinco minutos com ele, livra a cara do sujeito.

Sarah encontrou o número.

— O que é que você está aprontando? O que está escondendo de mim?

Ela colocou a pasta na bolsa e saiu.

— A imprensa sabe que você prestou depoimento outra vez — disse Morten.

— E quanto a Holck e à aliança? — perguntou Hartmann.

— Estão discutindo o assunto — disse Rie.

Hartmann tirou o paletó.

— Bremer quer saber se devemos cancelar o debate de amanhã. O que você quer que eu diga?

— Não vamos cancelar nada.

Ele ainda vestia a camisa manchada de vinho.

— Rie?

Ela evitou o olhar dele.

— Tem alguma camisa limpa minha por aí? Alguém pode me conseguir uma camisa limpa?

Ela não se mexeu.

— Lamento não ter conseguido ficar calada, Troels. Eles conseguiram os meus registros telefônicos de alguma forma. Eu não consegui...

Ele tentou ler o rosto dela. Angústia? Vergonha? Raiva por ele tê-la pedido para mentir?

— Você não precisa se desculpar. Foi culpa minha. Deixarei isso claro para eles. Esse problema é meu, não seu.

Morten pegou uma camisa em algum lugar. Hartmann foi a sua sala para se trocar. Rie foi atrás dele.

— Mas não tem mais importância — disse ela. — Agora que eles sabem onde você estava, vão deixá-lo em paz. Talvez nós devêssemos ter...

— Eles não vão me deixar em paz. Eu não contei. Vão revistar a minha casa.

Morten se aproximou para ouvir.

— Eles vão ficar em cima de mim — acrescentou Hartmann. — E desse lugar também. Precisamos investigar Olav de novo. Eles não querem fazer isso.

— Fui até onde eu consegui — disse Morten.

— E se Olav não usou o apartamento ele mesmo? Talvez tenha emprestado para alguém.

— Quem?

— Quem você acha? Quem se beneficiaria? Quem ganha com tudo isso?

Morten olhou para ele, perplexo.

— Bremer? Poul Bremer é um velho. Ele e uma garota de 19 anos? Eu não...

— Bremer, Olav. Olav, Bremer. — Rie parecia furiosa. — Você é suspeito de assassinato, Troels. E só fala nesses dois.

— Vejam quem se beneficiaria...

— Você precisa contar à polícia! — gritou ela.

— Não devo nada àqueles malditos.

— Que importância tem se você caiu na bebedeira? Isso é uma eleição. Precisamos deixar essa confusão para trás.

Ele vestiu a camisa limpa. Houve uma batida na porta.

Dois homens, ternos escuros.

— Polícia — disse o primeiro. — Precisamos que saiam do gabinete.

Outros quatro entraram carregando pastas de metal, dois deles vestindo macacão azul.

— É tudo de vocês — disse Hartmann.

Ele foi para a sala vizinha, o escritório principal. Rie o seguiu.

— Você me disse que saiu para beber sozinho. A data. A sua mulher...

— Sim! Isso mesmo.

— Então por que não diz a eles onde estava?

Hartmann fechou os olhos, exasperado.

— Porque não é da maldita conta deles.

Rie colocou a mão no peito dele para impedi-lo de sair.

— É da minha conta, Troels. Onde você estava?

— Não se preocupe — disse ele. — Tenho tudo sob controle.

Na cantina do Rådhus, no elegante subsolo abobadado do prédio, Jens Holck comia sozinho. Lendo o jornal. Assistindo ao noticiário.

Hartmann o encontrou.

— Como está a comida, Jens?

— O de sempre.

Hartmann puxou uma cadeira, sentou-se à frente dele, sorriu; atento aos olhos de Holck, a seu rosto, a seus movimentos.

— Então o que devemos pensar? — perguntou ele. — Troels Hartmann é culpado ou não? Estão dizendo que ele nem ao menos tem um álibi. O que virá depois disso?

Holck cortou a carne.

— Boa pergunta. O que virá depois?

— O que vem depois é descobrir quem foi o canalha responsável.

Holck continuava a comer.

— Jens. Não vire as costas para mim agora. Quando me inocentarem, você vai lamentar.

Holck não pareceu ficar impressionado.

— Vou, Troels? E fará diferença? Você prometeu que tinha acabado. Agora... parece que nunca vai ter fim.

— É um mal-entendido.

Holck fez que não.

— Jens. Confie em mim. Eu já o deixei na mão alguma vez?

O noticiário voltou dos comerciais. Hartmann ouviu o nome da jovem. Todos na cantina pararam o que estavam fazendo, voltaram-se para a TV, assistiram à entrevista de Pernille. Camisa quadriculada azul, segurando uma folha de papel, rosto firme e pálido olhando para a câmera. Não assustada: determinada.

Ela começou a ler.

— *Espero que alguém tenha visto alguma coisa. Alguém deve saber alguma coisa. Precisamos saber. É como se a polícia... eu não sei o que eles estão fazendo. Talvez não estejam levando o caso a sério.*

— Como a senhora se sente quanto a Troels Hartmann ser um suspeito? — perguntou o repórter.

Olhos bem abertos, cravados na câmera.

— Não sei nada a esse respeito. Mas se alguém viu alguma coisa, espero que se manifeste. Qualquer coisa pode ser relevante. Por favor...

— Não afastarei o partido de você ainda — disse Holck.

Hartmann assentiu, agradecido.

— Mas, não posso mais ser visto com você. Sinto muito, Troels.

Holck pegou sua bandeja e seguiu para as escadas.

De volta à Store Kongensgade, Sarah esperou na sala do apartamento do Partido Liberal. Olhou mais uma vez para os cacos de vidro. A mesa estilhaçada.

Uma discussão? Um acidente? A menor das brigas?

Novamente, pensou no quarto.

Por fim o zelador chegou. Ele trabalhava em diversos prédios nas redondezas e morava ali perto.

— O senhor já viu Hartmann aqui antes? — perguntou Sarah.

— Sim.

— Com mulheres?

Ele deu um sorriso de canto de boca.

— Sou zelador. Vejo muita coisa.

— Lembra-se de ter visto essa mulher?

Sarah mostrou ao homem a fotografia de Nanna.

— Sim. Já disse ao seu colega.

Ele olhava para os estragos. Fazia as contas.

— Vi algumas donas tocarem a campainha. Vi Hartmann entrar com elas.

— Mas não essa? — perguntou ela, mostrando a fotografia outra vez.

— Não. Acho que ela devia ter uma chave. Ela costumava entrar e esperar pelo Hartmann no apartamento.

Sarah queria que aquilo ficasse claro:

— Ela estava com Hartmann?

— Foi o que eu disse. Alguns meses atrás. Eu estava arrumando uma máquina de lavar no apartamento vizinho. Vi essa moça do lado de fora. Escutei a voz dele.

— Mas não o viu?

— Quem mais poderia ser?

Sarah colocou a fotografia de volta na bolsa.

— Quando vou ter notícias? — perguntou o zelador.

— Notícias do quê?

— Eu vi na TV. Estão oferecendo uma recompensa. Cinquenta mil coroas. Quando vou ter notícias?

Ela respirou fundo e soltou um suspiro.

— Era ele — insistiu o homem. — Eu juro.

Vinte e cinco minutos depois, Sarah estava na porta do apartamento, conversando com Pernille.

— Preciso que vocês cancelem a recompensa.

A mulher não a convidou a entrar.

— Não fomos nós que oferecemos.

— Se você conversar com o povo da TV, eles cancelarão, Pernille. Eu sei como é difícil...

— Não, você não sabe. Não tem a menor ideia.

O marido estava mais ao fundo, escutando.

— Você não está rodeada pelas coisas dela. Não continua a receber a correspondência dela. As pessoas não olham para você na rua como se de alguma forma fosse culpa sua...

— O que vai acontecer é que muitas pessoas que querem aquele dinheiro vão nos procurar com informações inúteis. E vamos ter que levar cada uma delas a sério.

— Ótimo.

— Não temos pessoal suficiente para isso. Coisas importantes vão acabar sendo prejudicadas.

— Que coisas?

— Não posso dizer. Sei que você acredita que deveríamos ser mais francos. Mas não podemos. — Ela olhou de relance para o homem ao fundo. — Já dissemos demais. Achei que iriam reconhecer isso.

Pernille foi para a sala. Theis ficou onde estava, lançando um olhar sinistro para Sarah.

— Você precisa fazer Pernille entender que isso é errado, Theis. Por favor.

Ele foi até a porta e a fechou na cara dela.

Sexta-feira, 14 de novembro

Jan telefonou pouco depois de ela sair do banho. Foi logo reclamando da enxurrada de telefonemas que passaram a receber depois da oferta de recompensa.

— Falei com os pais — disse Sarah. — Eles não vão ajudar. Sinto muito. Vamos ter que lidar com isso.

— Maravilha. Mais alguma coisa?

— Quero mais informações sobre Olav Christensen.

— Arrume outra pessoa para cuidar disso, Lund. Não eu.

Mark entrou na cozinha procurando pelo café da manhã.

— Acordou cedo — disse ela.

Ele largou o corpo numa cadeira em silêncio.

— Vou intimar Morten Weber outra vez — disse Jan. — Até mais.

Mark colocou cereal numa tigela.

— Como foi o jantar na casa do seu pai?

Um longo silêncio. Até que:

— Normal.

— E as meninas? Elas são legais?

Sarah tirava um novo suéter da embalagem das compras que fizera por reembolso postal. Lã grossa, marrom escura, com losangos brancos e pretos.

Mark olhava para o suéter.

— Eles têm muitos modelos diferentes.

O leite acabou quando ele começava a se servir. Ele levantou a embalagem.

Sarah suspirou, puxou uma cadeira, tentou segurar a mão do filho, que a retirou.

— Ouça. Eu sei que as coisas estão confusas. Bengt vai voltar para Copenhague em breve. Ele precisa dar aulas. Nós vamos conversar. Vai ficar tudo bem.

Ele remexeu o cereal seco.

— Pelo menos você vai poder ir à apresentação de Natal na escola.

Mark levou a mão ao brinco por um instante, desistiu do cereal.

— Tem mais leite?

Ela foi até a geladeira.

— Não. A sua avó foi ao supermercado. Deve voltar logo.

Mark olhava para o prato descansando o queixo na mão fechada, infeliz.

Sarah prendeu o cabelo, preparou-se para sair.

— Mãe?

— Sim?

Ele estava com um olhar estranho.

— Deixa pra lá.

— Não. Diga.

— Não precisa esperar que a vovó volte. Se precisar ir...

Ela sorriu para o filho, tocou seu braço.

— Você é um amor.

Mark a olhava de uma forma que Sarah não soube identificar.

— O que foi?

— Nada. Vá trabalhar.

Jan estava com Morten Weber em sua sala.

— Então você também não sabe o que Hartmann fez naquele fim de semana? E você é o que dele mesmo?

— Chefe de campanha. Não babá.

Jan não gostava daquele homem. Ele era escorregadio.

— Mas pelo visto ele precisa de uma.

Morten gemeu.

— Quantas vezes preciso dizer isso? Vocês revistaram o nosso gabinete. Confiscaram nossos computadores. Eu já disse. Estamos verificando as máquinas.

— Esqueça os computadores. Quem visitou Hartmann em casa na manhã de domingo?

Nenhuma resposta.

— Não sabe? Alguém muito parecido com você, Morten. Você foi à casa dele.

— Sim. Fui.

— Por quê?

— Estava preocupado. Não tinha tido notícias dele. Então fui até lá.

A mulher de Jan o mandara para o trabalho com duas maçãs e ordens rigorosas para que comesse ambas. Ele começou a descascar a primeira, com uma faca, e a mastigar os pedaços.

— O que você fez lá?

Morten cruzou os braços e respondeu, como se a pergunta fosse idiota:

— Procurei por Troels. Tenho uma cópia da chave. Por que não?

— E depois você foi à lavanderia.

— E daí?

— A lavanderia confirmou que você levou as roupas dele na segunda-feira. As que ele usou na sexta. Por que lavá-las?

— Estavam na casa. Ele usa bastante aquelas roupas em público...

— Por que precisavam ser lavadas?

— Porque estavam sujas?

Jan terminou uma metade da maçã.

— Então você não é a babá dele. É a empregada.

— Fui à casa dele porque estava preocupado. Isso é tudo que há para saber. — Morten se levantou. — Estou indo. Temos uma eleição para disputar.

— Por que não ligou para ele, Morten? Se estava tão preocupado?

— Hartmann não teve nada a ver com a garota. Vocês estão desperdiçando o tempo de vocês. E o nosso.

— Rie Skovgaard ligou para Hartmann naquele fim de semana. Vezes a fio. Estou com os registros telefônicos. Você não ligou uma vez sequer.

Morten deu de ombros.

— Talvez eu tivesse coisa melhor a fazer.

— Não, não tinha. Você é solteiro. Vive para o partido. Sempre viveu. Sempre viverá.

Jan sorriu.

— Eu tenho o seu número. Você sabia onde Troels Hartmann estava o tempo todo. Sabia o que ele estava fazendo. Só os dois. É o seu segredinho. E quando eu descobrir...

Morten Weber riu na cara dele.

— Boa sorte — disse ele. — Estou indo.

No gabinete, Rie e Hartmann debatiam a agenda do dia.

— Tem que haver uma ligação entre Bremer e Olav — disse ele. — Uma reunião? Alguma coisa...

— Não encontramos nenhuma. Cancele o debate.

— De jeito nenhum. As pessoas vão pensar que eu fui preso.

— Se você contasse a verdade, não estaríamos nessa situação.

Ele não respondeu.

— Você precisa cancelar o debate. Um grupo de vereadores está pensando em alegar que você não está apto ao cargo. Podem bloquear a sua nomeação.

— Eles não se atreveriam.

— A decisão é de Bremer. Ele pode fazer isso, Troels. Se quiser se ver livre de você...

Os olhos de Hartmann se iluminaram.

— Se? O que você quer dizer com se?

Morten entrou, reclamando da polícia.

— E Olav? — perguntou Hartmann.

— Dizem que Bremer não o conhece.

— O que você esperava que dissessem?

— Vou continuar sondando. Mas, sinceramente, isso não bate.

— Que maravilha — gemeu Hartmann. — Estou morrendo de fome.

Ele foi ao escritório principal pegar um sanduíche.

Morten olhou para Rie.

— A polícia ainda suspeita dele.

— É claro que suspeita. Ele se nega a dizer onde estava. Aqui... — Ela lhe passou uma folha de papel. — Os técnicos que descobriram aquela coisa na rede. É um *sniffer*. Registra tudo que é digitado por todos os usuários. Falei para não tirar. A ferramenta não registrou apenas as nossas senhas. Registrou a do Olav também. Ele a alterou ontem à noite. Essa é a nova.

— O que diabos eu devo fazer com...?

Hartmann voltou, espalhando migalhas de pão por todo lado.

— Tenho uma reunião com os secretários do comitê — anunciou ele. — Se souberem de alguma novidade, me liguem.

No térreo, em um canto do saguão ecoante, Olav Christensen suava. Ele já telefonara seis vezes aquela manhã. Não conseguia que o transferissem para a pessoa.

— Não, não. Preciso falar com ele pessoalmente. Quando ele vai estar livre?

Ele escutou. Do recesso escuro, viu a policial, Lund, entrar no prédio. Christensen mergulhou mais ainda nas sombras.

— É importante — disse ele. — Peça para ele me ligar o quanto antes. É urgente. Ok?

A policial vinha na sua direção. Christensen seguiu para as escadas que levavam ao subsolo. À cantina. À sala da segurança. À saída dos fundos que dava para o estacionamento, a qualquer lugar.

— Olav? — chamou ela.

Tarde demais.

Ele parou. Tentou sorrir.

— Tem um minuto?

Sarah pediu a ele que encontrasse uma mesa livre na biblioteca. Ele se sentou em frente ao jornal do dia, o telefone sobre a mesa, massageando as têmporas.

Um homem preocupado.

Ela ocupou a cadeira em frente, sorrindo.

— Do que se trata? — perguntou ele. — Já falei com você.

— Só mais algumas perguntas.

— Eu realmente adoraria ajudar. Mas hoje é a minha folga.

— Então por que está aqui?

— Tenho uma reunião. Que começa daqui a alguns minutos.

— Que tipo de reunião?

— Só uma reunião.

— Foi cancelada — disse Sarah, pegando a caderneta de anotações, olhando para o que escrevera, olhando depois para Christensen.

— Você nos disse que não sabia nada a respeito da chave do apartamento do partido.

Ele levara a mão ao rosto, tentava parecer confiante.

— Isso mesmo.

— Mas você o reservou para outras pessoas. Muitas vezes. Conseguimos os detalhes em um livro de registros encontrado na gaveta de Morten Weber. — Outro leve sorriso. — A mesma gaveta onde é guardada a chave. Você sabia, sim, a respeito do apartamento. E da chave.

— Nunca toquei naquela chave.

Ela olhou em volta, para a biblioteca. Estantes e mais estantes com livros antigos. Mesas e cadeiras vazias.

— Deve ser difícil conseguir um cargo num lugar como este. Tanta espera para ocupar os assentos de homens mortos. E Hartmann não lhe dá o cargo que você quer.

— Ambição é crime?

— Você ganha um bom dinheiro?

Ele sorriu.

— E você, ganha?

— Você é um fantoche esperto — disse Sarah.

Um sorriso irônico.

— Obrigado.

— Não. Quero dizer que eu deveria me sentir culpada quando chutá-lo. Não vou. Mas deveria.

Sarah levou a mão à bolsa, pegou algo. Ele olhou.

Sobre a mesa de nogueira envernizada, ela colocou o último contracheque de Olav Christensen.

— Você ganha 5 mil coroas adicionais por mês por serviços de consultoria. — Ela o observou. — Que serviços?

Ele fungou, ficou em silêncio por um instante.

— Presto alguns serviços para a Secretaria de Meio Ambiente. No meu tempo livre.

— Mas que fantoche ocupado. E você trabalha para a Secretaria de Educação, não é verdade?

Christensen riu, com um gesto negativo.

— Não acredito nisso — murmurou.

Sarah empurrou o contracheque para mais perto de Christensen.

— Não acredita em quê? Está tudo aqui. Só não diz quem lhe dá esse dinheiro.

Ele pegou o papel, não disse nada.

— Deve haver alguma documentação especificando os valores e por que você recebe isso.

— Pergunte ao RH.

— Já fiz isso. Eles não têm ideia.

Sarah puxou o papel da mão de Christensen e o colocou de volta na bolsa.

— Mas eles devem me ligar hoje. Garantiram que vão descobrir. Também ficaram confusos, pelo visto.

Ela deixou que o comentário pairasse no ar.

— Dinheiro público, Olav. Uma coisa podemos dizer de um lugar como este... — Ela olhou outra vez para as fileiras e fileiras de livros. — Deve haver um registro em algum lugar.

Ele assentiu.

— Então por que não me conta agora?

— Não há nada para contar. Prestei alguns serviços. Fui pago.

— Você pode fazer melhor que isso.

— Estou ocupado.

Ele se levantou, foi até o fundo da sala, saiu para o corredor.

Sarah guardou a caderneta, observou-o da porta. Christensen estava nas sombras de uma abóbada mais à frente. Já ao telefone. E tremendo.

Vagn Skærbæk estava atendendo as ligações outra vez. Theis Birk Larsen se recusava a fazer isso.

— Pelo amor de Deus — murmurou Vagn quando desligou. — Como tem doido neste mundo.

— Tire o fio da tomada — disse Theis.

— E se for um cliente?

O homenzarrão se aproximou, arrancou o fio.

— Duas vans para Valby, e você vai dirigir uma.

Pernille desceu. Eles mal haviam se falado aquela manhã.

— Não posso ir ao passeio dos escoteiros — disse ela.

— Por que não? — perguntou Theis.

— O homem da funerária ligou. Preciso ver a lápide. Confirmar se está pronta.

Theis fechou os olhos, não disse nada.

— Não sei se vai demorar... — começou ela.

— Os meninos querem muito ir...

— Eu não posso!

Ele olhou de soslaio para Vagn.

— Eu posso dar um jeito, Theis. Sem problema.

— É. Eu levo os meninos. É claro — disse Theis.

Ele lhe entregou as chaves da van.

— Encontre alguém, Vagn. Pague dobrado se precisar. Pernille?

Theis olhou ao seu redor. Ela já saía pela porta.

Estava gelado no parque infantil onde os lobinhos se reuniam para os passeios. Os balanços de pneu vazios. Nenhuma criança no escorregador.

Havia apenas uma mulher que ele mal conhecia, sorrindo para os meninos que corriam de uniforme azul, ansiosos pelo passeio.

Eles pularam nos pneus e começaram a brincar.

Theis foi até a mulher, olhou em volta.

— Estamos atrasados. Desculpe.

— Tudo bem. Eu liguei algumas vezes. Ninguém atendeu.

Theis correu os olhos pelo parquinho deserto.

— O encontro era para ser aqui, certo?

— Sim, mas...

Ele já vira aquele olhar antes. Começava a reconhecê-lo. Na escola. Nas lojas. Uma comiseração distante e constrangida.

— Você não recebeu a minha mensagem?

Ela precisava dizer algo que não queria. Ela queria sair correndo, estar em qualquer lugar menos ali, com ele e os meninos.

— Não. Não recebi.

— O passeio foi cancelado hoje de manhã.

— Cancelado?

— Tentei mantê-lo.

Ele ficou ali no seu casaco preto, o gorro preto na cabeça, sentindo-se estúpido e lento. Os meninos gritavam, começavam a brigar.

— Por que foi cancelado?

Ela tentou encontrar uma resposta.

— Muitas mães cancelaram.

Ele esperou.

— Muitas viram na TV ontem à noite. Não acharam que fosse a melhor coisa a se fazer.

Theis observou os meninos nos balanços de pneu, ralhou com Anton para o filho tomar mais cuidado.

— Por quê? O que fizemos?

— Sinto muito mesmo — disse a mulher. — Todos os pais estão sentidos. Eles só...

— Os meninos estavam ansiosos pelo passeio.

Ela tinha um ar culpado. Theis se sentiu péssimo por fazê-la se sentir daquela forma. Ao menos ela tivera a coragem de ir até lá e dizer pessoalmente.

— Eu sei. E vamos fazer o passeio outro dia. Prometo.

— Quando?

— Daqui a algumas semanas. Não sei. Quando as coisas...

— Meninos! — gritou ele. — Anton! Emil!

Eles pararam o que estavam fazendo e, ainda em cima dos pneus, olharam para o pai.

— Estamos indo. Vamos.

— Sinto muito mesmo — disse a mulher.

— Aham.

Anton chegou correndo, sempre o primeiro a falar.

— Quando é que os outros vão chegar, pai?

— O passeio foi cancelado — disse Theis. — A vovó e o vovô querem ver vocês: Vamos.

Ele os deixou com os pais de Pernille e voltou para casa. Vagn conseguira ajuda. O negócio era assim. Havia sempre alguém para fazer um bico quando as coisas ficavam corridas. Theis não gostava de usar estranhos. Preferia homens que conhecesse. Mas às vezes não tinha escolha.

Vagn ainda estava no depósito carregando caixas.

Pernille ainda não voltara.

— O que aconteceu com o passeio na floresta?

— Foi cancelado — disse Theis. — Os meninos estão com os avós.

Ele pensava. Perguntava-se quanto tempo Pernille ficaria fora.

— Você pode me dar uma mão, Vagn?

— Claro. Com quê?

Theis pegou algumas caixas de papelão desmontadas, do tipo que usavam para embalar encomendas menores.

— Vamos subir.

O quarto de Nanna. As marcas da polícia que ele ignorava. Tudo que via era a bagunça. Os livros. As canetas. Os vasos de plantas, as velas perfumadas. Os cosméticos e cremes.

E a cama coberta com uma pele de rena, os lençóis coloridos, as almofadas bordadas.

Aquelas coisas pareciam estar ali desde sempre. Uma parte dele — uma parte estúpida, ele sabia — costumava acreditar que nunca desapareceriam.

Ele foi até o quadro de cortiça, passeou os olhos pelas fotografias. Uma década ou mais de uma vida interrompida. Com os meninos, com os pais dela. Com amigos e professores.

Nanna sorrindo, sempre. Nanna menina. Nanna mais recentemente, a adolescente tentando se livrar da infância e marchar para um mundo adulto pelo qual ansiava, sem saber o que a esperava. Qual seria o custo.

— Tire tudo. Tudo.

— Theis...

— Tudo. Coloque as roupas em sacos plásticos. Como sempre.

— Você falou com Pernille?

— Cuidado para não quebrar nada, viu?

Vagn entrou no quarto, parou ao lado dele.

— Se é o que você quer...

Ele abriu e montou uma das caixas.

Theis não saiu do lugar. Ficou parado no quarto da filha, olhando para o que restava.

— Não. — Ele pegou a caixa. — Eu mesmo faço isso.

Morten Weber encontrou uma sala vazia na Secretaria de Educação. Um homem estava ao computador, digitando distraidamente.

— Preciso de algumas estatísticas para Hartmann — disse ele. — Posso fazer isso eu mesmo...

— Sente-se. Todos já foram almoçar, e eu estou indo também.

Então ele ficou sozinho.

Morten escolheu a mesa mais afastada da porta. Digitou o nome de usuário e a senha que Rie lhe dera. Em um segundo estava na rede.

O mesmo sistema de e-mail usado pelo comitê de campanha, uma rede diferente. A conta de Olav Christensen olhava para ele. Ele correu os olhos pelas mensagens.

Estava na metade quando Christensen entrou com algumas pastas debaixo do braço.

Morten tentou pensar.

— Posso ajudar? — perguntou Christensen. — Não costumamos ver políticos por aqui. Só nós.

— Não, não precisa. — Ele hesitava. — Alguém me disse que estamos com um vírus.

Morten se levantou apressado, e de imediato percebeu que se esquecera de sair da conta de Christensen.

O jovem servidor público foi logo reclamar com ele:

— Você agora é técnico, Morten?

Ele olhou para a tela, xingou, encerrou a sessão.

Fechou a mão, socou o peito de Morten com força, empurrou-o contra as mesas.

— Eles mandaram você vir me transformar no bode expiatório, não foi?

O telefone de Christensen tocou. Ele o tirou o bolso, olhou para a tela.

— Foi Hartmann que o obrigou a fazer isso?

— É um vírus — disse Morten, e tentou afastá-lo.

Levou outro soco nas costelas, um chute na canela. Christensen o agarrou pela lapela, empurrou-o para as sombras perto da parede.

Morten olhou para a porta.

Ninguém.

— Não me venha com essa merda! — vociferou Christensen.

Passos no corredor.

Morten se desvencilhou, seguiu aos tropeções até a porta, saiu para a luz. Meio andando, meio correndo.

Às suas costas ele escutou o telefone outra vez e a voz baixa e assustada de Olav Christensen ao atender.

Morten parou. Ele levara uma pasta, como pretexto. Era importante. Confidencial. E a deixara lá.

Christensen era apenas um rapaz arrogante e agressivo.

Não inspirava medo. Um valentão de parquinho. O fantoche de alguém.

Lenta e silenciosamente, Morten voltou à sala e se esgueirou até a porta, escutando.

Christensen se refugiara em um canto, de costas para a porta. Sua voz soava assustada.

— Precisamos conversar. Pelo amor de Deus! O que você quer que eu diga?

Morten avançou um pouquinho, ouvindo cada palavra.

— Eles estão investigando os meus contracheques. Querem saber de onde vem o dinheiro. Você precisa fazer alguma coisa.

A pasta ainda estava sobre a mesa. Morten se deu conta de que conseguiria pegá-la sem ser visto.

— Foda-se! — berrou Christensen. — Eu preciso de ajuda. Não, não. Ou eu falo com ele pessoalmente ou jogo a merda no ventilador. Não vou me ferrar por causa disso. Não vou me ferrar por causa dele.

Morten Weber pegou a pasta e ficou onde estava. Olav Christensen se virou, viu-o, calou-se.

Guardou o celular no bolso.

Morten se perguntou se já vira alguém tão assustado no ambiente grandioso da prefeitura.

— Com quem você estava falando?

Christensen parecia chocado.

— Olav. Se você fez algo de errado...

Christensen pegou sua valise. Estava atordoado.

— Nós podemos ajudar você — prosseguiu Morten. — Vamos...

O rapaz circulava pela sala destrancando arquivos, pegando documentos.

Ao seguir para a porta, Morten se colocou na sua frente.

— Fale comigo. Eu posso fazer alguma coisa.

— Não — disse Olav Christensen. — Não pode.

Sarah estava mais uma vez na casa de Hartmann, observando Jan, Svendsen e três outros policiais revistarem o local cômodo a cômodo.

Ela recebera um telefonema do comando. Sobre os contracheques.

— Alguém na prefeitura tem que saber quem ordenou que o dinheiro fosse pago — disse ela ao policial responsável pelo levantamento. — Confira os registros de Christensen. Os relatórios da auditoria. É importante. Quem, quando e como.

Quando ela desligou, Svendsen enfiou a cabeça pela porta da cozinha e disse, com um sorriso dissimulado:

— Aquele sueco... o seu ex... estava tentando falar com você.

Ela o ignorou.

— O diário é interessante — disse Jan.

Era o mesmo que Sarah lera, ainda que brevemente.

Jan folheava as páginas.

— Ele começou a escrever na época em que a mulher morreu. E parou naquela sexta-feira. Por quê?

— O que você acha?

Jan lambeu o dedo, virou mais páginas.

— Aconteceu alguma coisa, algo de que ele não se orgulha. Ou ele fez alguma coisa e preferiu não escrever a respeito. Ouça.

Ele passou a ler uma das páginas:

— *Estou fora de mim. Preciso afastar isso dos meus pensamentos antes que me mate.*

— Isso é perda de tempo — disse ela.

— Lund!

Era Svendsen outra vez, segurando um telefone.

— Não — cortou Jan. — Ela não quer falar com o ex.

— Você precisa ligar para Morten Weber. Ele surpreendeu Olav Christensen falando com alguém a respeito dos contracheques. E aí o cara fugiu da prefeitura.

— Quero Olav Christensen sob custódia. Quero uma explicação para aqueles contracheques.

— Agora estamos perdendo o nosso tempo — resmungou Jan.

— Olav Christensen sabe quem estava usando o apartamento às escondidas. Ele andou fazendo favores para alguém.

Jan cruzou os braços e suspirou.

— Quem disse?

— Morten Weber, ao que parece. Rastreie o celular de Christensen.

Ela pegou a bolsa e seguiu para a porta.

— Não faz sentido procurarmos aqui.

— Ainda não terminamos, Lund!

Estava frio lá fora. E seco. Sarah colocou um Nicotinell na boca e pegou o carro para voltar para o centro.

Theis Birk Larsen estava sentado à mesa da cozinha, batendo a chave da van no tampo da mesa, à espera dos passos dela soarem na escada.

Ele não havia tirado a roupa de trabalho. Não se sentia bem. Em paz. O apartamento, o lar deles estava mudando, e eles mudavam junto.

— Desculpe por chegar tarde — disse Pernille quando surgiu à porta. — Alguém me ligou?

— Não.

Ela estava com aquela expressão animada de quando pensava em Nanna. As únicas vezes em que parecia viva. Algo que Theis começava a odiar.

— Que bom que eu fui. Eles tinham usado as fontes erradas. Não estava bom. — Ela prestou atenção, não ouviu os barulhos de sempre. — Cadê os meninos?

— Na casa dos seus pais.

— Por quê?

Theis olhou para os rostos congelados na mesa.

— Temos que conversar sobre isto, Pernille. Temos...

Ela não ouvia. Seus olhos não pareciam vê-lo, estavam cravados na porta do quarto de Nanna. Ela foi até lá, entrou.

Paredes nuas, armários vazios. Nenhum sinal da mesa, do tapete. Das fotos. Das roupas. Apenas uma cama de solteiro onde restava apenas o colchão. Nada na janela. Nem mesmo uma planta.

Ele continuou à mesa, de costas para a mulher.

— Onde estão as coisas dela? — perguntou Pernille com uma voz fria, desolada.

— Anton fez xixi na cama três noites seguidas. Emil anda dizendo coisas estranhas. Se você escutasse os meninos, entenderia.

Ela marchou de volta para a mesa.

— Onde estão as coisas dela?

— Na van. Vou guardar tudo no depósito de Valby hoje à noite. Não vamos jogar nada fora. Só não precisamos das coisas dela aqui.

Com um súbito gesto violento, ela avançou para pegar as chaves da van que estavam sobre a mesa.

A mão de Theis se fechou sobre as chaves.

— Me dê isso.

— Não. Não podemos continuar assim. Presos desse jeito. Eu não vou permitir.

Houve um olhar no rosto dela que Theis não reconheceu por um instante. Então ele encontrou a palavra: ódio.

— Você não vai permitir?

Ela correu para a porta, para a garagem. Estava em frente ao quadro de chaves reservas no escritório quando ele a alcançou.

— Me escute, Pernille.

Ela continuava procurando freneticamente.

— Me escute! Os lobinhos cancelaram o passeio por causa daquela merda na TV. Você entende o que está acontecendo?

Pernille o empurrou sem uma palavra, foi até a van, tentou abrir as portas.

— Desconte em mim. Não nos meninos. Eles não merecem...

— Abra a van.

Theis hesitou.

— Não fale assim comigo. Eu não mereço.

— Abra!

Ele pegou as chaves, apertou o botão do alarme. Foi até a traseira da van, abriu as portas.

Todas as fotos, os móveis. Tudo que restava de Nanna a fitava do compartimento de carga ensebado de uma van de mudança vermelha.

— Vou levar tudo para o depósito. Nada vai quebrar. Nada vai se perder.

Ela levou o pé ao degrau e entrou.

Theis esfregou os olhos com as costas da mão.

— Pernille...

Ela pegou primeiro as fotografias. Então, com a mão livre, o abajur. Desceu da van e olhou para o marido.

— Vou levar isso para cima. E depois vou buscar os meninos.

— Pernille...

— Eu sou só um rosto aqui? Alguém com quem dormir? Uma empregada que lava a sua roupa e cuida dos seus filhos? Você não precisa falar comigo? Não precisa me consultar sobre... sobre...

As palavras não vinham. Para os dois, desta vez. A assistente social dissera para deixarem a morte de Nanna para trás. Esvaziar o quarto fizera sentido para ele. Era uma forma de obedecer, o que, desde que ele se casara, pensou Theis, era o que as pessoas queriam. O novo e obediente Theis. Não o de antes.

— Quando eu voltar... — disse ela, uma expressão dura de fúria no rosto.

Um longo momento. No qual ele sentiu o coração parar de bater. Eles nunca haviam discutido daquela forma. Era comum que não falassem muito. Não havia necessidade. Agora, presos naquele limbo de desassossego, tudo mudara. Pensamentos que antes preferiam calar agora irrompiam para o ar carregados de eletricidade e com estardalhaço, exigindo ser ouvidos.

— Quando eu voltar, não quero ver você aqui — disse ela. E só.

Ele ficou ali imóvel, duro como uma pilastra, lutando com os pensamentos desconexos. Perguntando-se se poderia ter havido outra forma. Uma sucessão diferente de ações. Outra bifurcação na estrada.

Pensou em apenas uma coisa para dizer.

— Ok — murmurou Theis, e a viu se afastar.

Sarah estava ao volante, Lennart Brix no seu ouvido.

— Aonde, em nome de Deus, você está indo?

— Tentei a casa de Olav. Ele não está lá. Estou com o endereço da irmã.

— Por que você está atrás dele?

— Porque ele está envolvido. Já rastreamos o celular dele?

— Não, Lund. Eu cancelei o pedido.

Ela tirou o pé do acelerador. Deixou o carro rolar por um momento.

— Por que fez isso?

— Temos uma testemunha que viu Hartmann com roupas sujas de sangue na manhã de sábado.

— Desde aquela recompensa imbecil, apareceram 50 pessoas jurando ter visto de tudo.

— Quero que você se concentre nelas.

— Se viram alguma coisa, por que não se pronunciaram antes de haver dinheiro na jogada? Christensen sabe quem estava com Nanna.

Um longo suspiro na linha.

— Não tenho tempo para isso. Você já sabe o que precisa fazer.

— Olav estava recebendo propina para dar a alguém acesso ao apartamento. Ele recebia mensalmente uma soma fixa da prefeitura. Brix? Brix?

Ela pensou que o chefe havia desligado. Então ele perguntou:

— Quem ordenou o pagamento?

— É o que eu estou tentando descobrir. Preciso que o celular dele seja rastreado. Ele está em pânico. Está ligando para alguém. Descubra quem é.

Outro silêncio.

— Ele fez uma ligação na Vester Voldgade há cerca de meia hora.

A longa rua que corria ao largo da prefeitura. Não ficava longe.

— Obrigada — disse ele. — Para quem?

— Uma companhia aérea.

Rie desligou o telefone.

— Bremer vai dar prosseguimento ao processo. Ele convocou os líderes dos partidos na Câmara. Vai haver uma reunião hoje à noite.

— Vão pegar Olav antes disso. Ligue para Lund e descubra.

Ela foi ao gabinete anexo; Morten a acompanhou com o olhar.

— Troels. Se não encontrarem Olav, você vai ter que dizer a verdade. Você sabe disso, não sabe?

— Já conversamos sobre isso.

— Bremer vai declará-lo inelegível. É um caminho sem volta. Nada de acordos. Nada de alianças. Você estará acabado. Para sempre. Vai ter que sair do partido. Dar adeus à política. Tudo acabado.

— Eles vão encontrá-lo!

— E se não encontrarem? — Morten Weber olhou em volta para o pequeno gabinete. Tantos pôsteres com Hartmann sorrindo. — Tudo isso vai pelo ralo só porque você não tem coragem de...

Hartmann se levantou, furioso.

— Eles vão encontrá-lo! — vociferou.

Poul Bremer caminhava pelo estacionamento da prefeitura, pasta na mão, assessora ao seu lado.

Olav Christensen espreitava das sombras, em silêncio, pensando.

— A imprensa deve ser informada de alguma coisa — disse Bremer. — Não tive notícia nem de Hartmann nem da polícia. Convoquei uma reunião de emergência com os presidentes dos comitês eleitorais. Precisamos discutir a elegibilidade de Hartmann. Esse escândalo prejudica a todos nós. É um acinte à classe política.

A mulher assentia.

— Acredito que vamos decidir pela inelegibilidade de Hartmann — acrescentou Bremer. — Mas é importante que todos concordemos com isso. Uma decisão unânime. Se houver divergências, a situação só vai se deteriorar.

Christensen emergiu das sombras, indo em direção a Bremer.

— Precisamos conversar — disse ele.

— E quem diabos é você? Jornalista? Agora não.

Os olhos de Christensen flamejavam de fúria.

— Você sabe quem eu sou! Olav! Venho tentando entrar em contato.

Bremer continuava a andar.

— Olav?

— Sim. Christensen. Da secretaria de Hartmann.

Bremer balançou a cabeça branca em negativa.

— Sinto muito. Não sei do que isso se trata e estou muito ocupado. Não conheço você.

— Conhece sim!

O grito esganiçado de Christensen ecoou pela garagem.

— Fui eu quem ajudei você. Lembra? Sem mim, você está encrencado, cara.

Bremer parou e olhou para ele. Disse à assessora para ir na frente.

— Você me ajudou em quê?

— Você sabe muito bem.

— Não. Eu não tenho ideia.

— Você precisava do apartamento.

— Apartamento? Que apartamento?

— Fiz uma cópia das chaves. Para quando você quisesse usar...

— Não, não, não. Alto lá. Eu não pedi chave nenhuma.

Christensen ficou imóvel na garagem fria, boquiaberto.

— Quem lhe pediu para fazer isso? — perguntou Bremer. — Hartmann?

— Você está dizendo que ele nunca nem mencionou o meu nome?

Bremer fechou os olhos brevemente.

— Pela última vez. Eu não tenho ideia do que você está falando. Se você sabe de alguma coisa, devemos entrar em contato com a polícia.

Ele pegou o telefone.

— Como é mesmo o seu nome?

Bremer começou a apertar as teclas do aparelho.

Quando ergueu os olhos, estava sozinho.

A dois minutos da prefeitura, Sarah recebeu um telefonema de Jan.

— Tem uma pessoa aqui querendo falar com você.

— Não tenho tempo.

— Diga isso a ele você mesma.

Uma voz que Sarah demorou a reconhecer:

— É Carsten.

— Eu ligo de volta para você.

— É sobre Mark.

— Ele disse que vocês se divertiram.

— Mark faltou à escola a semana toda. Eu falei com a professora dele. A direção achava que ele já estava na Suécia.

— Vou falar com ele — disse Sarah.

— Já passamos desse estágio, Sarah. Quando tiver tempo para falar sobre a sua família, me telefone. Mas não demore. Não vou permitir que você estrague a cabeça do meu filho.

Silêncio.

E Jan voltou à linha:

— Ainda está aí, Lund?

— Sim.

— Encontramos Olav.

Mark e Carsten desapareceram dos pensamentos dela.

— Onde?

— Se já estiver perto da prefeitura, você vai conseguir vê-lo. Procure pelas luzes azuis.

Três ambulâncias, duas viaturas. Uma maca no chão. Sangue no reluzente calçamento preto.

O policial uniformizado com quem Sarah falou disse que Christensen atravessava a rua quando foi atropelado por um carro em alta velocidade, que fugiu. Ninguém viu quem estava ao volante. Ninguém anotou o número da placa.

Sarah foi na direção das ambulâncias. Olav Christensen vestia o mesmo terno de sempre. Sua cabeça estava num terrível estado. O pescoço quebrado, ela supôs. Sangue lhe escorria da boca e do nariz.

Os olhos ainda abertos. Toda a arrogância se fora. Apenas medo agora, agudo e real.

Christensen a olhava quando Sarah se curvou sobre ele.

— Respire com calma, devagar — disse o paramédico.

— O que aconteceu, Olav? — perguntou Sarah.

O peito dele arquejava em espasmos rítmicos e torturados. Jorros de sangue saíam a cada respiração. Nenhuma palavra.

— Olav. Conte o que aconteceu.

Alguém pediu oxigênio.

— Olav...

Em um momento os olhos dele ficaram vidrados e então se fecharam. Colocaram a máscara de oxigênio na boca do rapaz, viraram sua cabeça de lado.

— Olav?

Os paramédicos a afastaram. Ela assistiu à familiar dança ao redor de um moribundo. Foi até a calçada. Implorou por um cigarro a um dos policiais fardados. Fumou à sombra do Rådhus, sob a estátua dourada de Absalão.

Havia luzes acesas no prédio. Parecia haver sempre. Mas ninguém saiu para ver Olav Christensen morrer nos paralelepípedos pretos e molhados da Vester Voldgade. Estavam ocupados demais consigo mesmos.

O carro que matou Olav Christensen era uma perua branca. Eles não sabiam mais nada. Sarah solicitou uma busca imediatamente. Os ferimentos de Christensen indicavam que o veículo estava em alta velocidade quando o acertou. O impacto provocaria estragos na lataria, sem dúvida.

A melhor testemunha que tinham, um funcionário do estacionamento da prefeitura que estava fora de serviço à ocasião, era incisivo ao afirmar que a colisão fora deliberada. Christensen atravessava a rua vazia quando o carro, que estava estacionado, acelerou diretamente em sua direção.

Jan estava acompanhado de Svendsen e alguns policiais do turno da noite.

— Quero que o computador de Christensen seja levado para a perícia — disse ele. — Quero que o escritório dele seja revistado e todos os colegas, entrevistados. Vejam se alguém próximo a ele tem um carro branco.

Svendsen foi para a prefeitura.

— Tem certeza de que isso foi deliberado? — perguntou Jan.

— Cadê as marcas de frenagem? O carro acelerou bem na direção de Christensen. Queria matá-lo.

Sarah olhou para o Rådhus.

— O funcionário do estacionamento acabava de sair do trabalho. O sujeito disse que viu Christensen antes. Na garagem. Falou com Poul Bremer.

Jan parou na rua.

— Bremer?

— Bremer — confirmou Sarah. — Vamos. Vamos falar com o prefeito.

A prefeitura estava alvoroçada, cheia de rumores. Rie havia confirmado o que pudera à polícia. A caminho da entrevista, colocou Hartmann a par dos acontecimentos.

— Ele morreu na rua.

— Eles têm certeza de que era Olav?

— Absoluta. Lund estava lá. Tentou falar com ele.

Ela colocou a mão em seu braço.

— Você tem que dizer onde estava.

Eles estavam no alto da escadaria principal. Sarah e Jan subiam.

Hartmann se adiantou na direção dos policiais.

— Agora não — disse Sarah. — Não tenho tempo.

— Ele morreu?

Sarah continuou andando.

— Sim.

— Morten escutou uma conversa. Olav estava falando com alguém sobre o dinheiro.

— Eu sei, eu sei.

Estavam no longo corredor, abaixo de ladrilhos e mosaicos.

— Pare com isso! — esbravejou Hartmann. — Você sabe que eu não estou envolvido. Por que não diz logo?

Sarah e Jan passaram a andar um pouco mais rápido.

— Não temos tempo — disse Jan.

Rie tentava ao máximo manter o controle.

— Troels pode perder o cargo por causa dessa droga!

Jan parou e olhou para os dois.

— Você mentiu para nós, Hartmann. E você... — Ele apontou o dedo para o rosto de Rie. — Você deu a ele um álibi falso. Não venham agir como se estivéssemos em dívida com vocês.

— Eu ainda sou considerado suspeito? — insistiu Hartmann. — Vocês estão investigando Olav. Não a mim. Isso é tudo que eu preciso saber.

Sarah voltou a andar. Jan ficou ali por um instante.

— Quer saber? Já saquei as pessoas desse lugar. Vocês falam, falam, falam. Mas nunca escutam.

E saiu.

Os dois policiais sumiam no longo corredor, na direção do gabinete de Bremer.

— Não vou esquecer isso — gritou Hartmann às costas deles.

Poul Bremer estava relaxado, confiante. Intrigado.

— O senhor falou com Olav Christensen antes do acidente? — perguntou Sarah.

— Eu não conhecia aquele homem; não que eu me lembre. Ele estava rondando no estacionamento. Avançou do nada e começou a me importunar.

Jan estava com um pé na reluzente mesa de centro, tomando nota.

— O senhor está dizendo que não foi planejado?

Bremer cravou os olhos cinzentos nos de Sarah.

— Eu sou o prefeito de Copenhague. Não marco reuniões com ninguém em estacionamentos. Já disse. Nunca falei com ele antes.

— O que ele disse? — perguntou Jan.

— Coisas sem sentido. Disse que vinha me ajudando.

— Com o quê?

— Eu não entendi. Ele mencionou a chave de um apartamento.

— Que apartamento?

— Não faço ideia. Acredito que ele tenha me confundido com outra pessoa.

— O senhor é o prefeito de Copenhague — disse Sarah.

— Eu não conhecia aquele homem. Não entendi do que diabos ele estava falando. Phillip...

Um sujeito alto e barbado entrara na sala. Terno e gravata padrão da prefeitura.

— Esse é o meu secretário particular, Phillip Bressau — disse Bremer. — Já que parecem acreditar que é um assunto importante, gostaria que ele ouvisse. — Bremer balançou a cabeça. — Não entendo. Por que todas essas perguntas sobre um acidente de trânsito?

— Não foi um acidente — disse Bressau. — Vocês dois estão trabalhando no caso Nanna, não é verdade?

— Isso é verdade? Ele foi assassinado?

— Estamos investigando — disse Sarah.

— Droga. Eu não admito essas malditas evasivas da minha equipe. Não vou admitir de vocês. O que está acontecendo?

— Quando Christensen falou com o senhor, ele mencionou algum nome?

— Não! Ele se deu conta de que tinha cometido um engano. E foi embora.

Sarah esperou. Nada mais.

— Todos os meses — disse ela —, ele recebia 5 mil coroas extras. Além do salário.

Bremer se voltou para Bressau, perplexo.

— E ninguém é capaz de me explicar o porquê desse dinheiro — acrescentou ela.

— O prefeito não tem nada a ver com esse servidor — adiantou-se Bressau. — Ele era funcionário da Secretaria de Educação...

— Alguém deu a ele a impressão de que ele fazia favores ao senhor. Em relação ao apartamento na Store Kongensgade e à garota.

— O quê?

O velho ficou rígido e estupefato em sua confortável poltrona de couro.

— Isso é uma acusação? — perguntou Bressau.

Jan levou as mãos à cabeça e praguejou.

— É uma pergunta — disse Sarah. — Estou tentando encontrar uma conexão. Precisamos da sua ajuda...

Poul Bremer refletia.

— Ele mencionou um nome? — perguntou Sarah outra vez.

— O foco aqui somos nós ou Troels Hartmann?

Jan se recostou na poltrona e soltou um longo gemido.

Aquilo os calou.

— O foco é o assassinato — esbravejou Jan. — Uma jovem de 19 anos que foi estuprada, depois enfiada num carro e jogada na água para morrer afogada.

Bremer e seu assessor ficaram em silêncio.

— Nosso foco é descobrir o que aconteceu enquanto vocês, pessoas distintas e importantes... — Jan fez um gesto amplo para o escritório majestoso — ... não fazem nada a não ser pensar em livrar a própria pele.

— Por favor, nos ajudem — pediu Sarah.

Jan pegou um cigarro e o acendeu, apesar das censuras furiosas de Bremer.

Então soprou fumaça para cima na direção dos mosaicos e dos dourados do teto.

— Façam o que Lund pede — acrescentou ele. — Ou eu vou ficar aqui a noite toda.

Poul Bremer não se parecia com as fotos da propaganda eleitoral. Parecia mais velho. A pele mais corada. Os olhos mais cansados.

— Digam a Bressau o que querem — disse Bremer. — Ele vai providenciar. Mantenham-me regularmente informado. Eu exijo isso.

Eles não se mexeram.

— Isso basta? — perguntou.

Jan tirou os pés da mesa, enfiou o cigarro entre os lábios, levantou-se.

— Veremos.

Sozinha na cozinha, Pernille Birk Larsen escutava ao noticiário do rádio, mantendo o volume baixo para que os meninos não escutassem do quarto.

— Depois do apelo da mãe, diversas testemunhas se pronunciaram no caso Nanna. A polícia revistou o apartamento do Partido Liberal e a casa de Troels Hartmann. O próprio Hartmann prestou depoimento.

Lotte entrou trazendo comida de um restaurante próximo.

Pernille a observou começar a abrir as caixas. Ela não queria a irmã na sua casa. Não depois da traição quanto ao trabalho de Nanna na casa noturna. Mas Theis fora embora. Ela não suportaria pedir outro favor aos pais, que nunca gostaram dele e por isso ficariam para sempre com aquele olhar de "eu bem que avisei".

— Amanhã vamos encontrar o gerente do cemitério na sepultura — disse ela, num sussurro.

— Ok.

Lotte pegou pratos, garfos e colheres.

— E quanto à mamãe e ao papai?

— Vamos só nós.

— Nós?

— Eu e você. E os meninos.

— E Theis?

Ela não respondeu.

— Eu sei que você está brava com ele, Pernille. Mas vocês precisam conversar. Você não pode deixá-lo de fora.

Nada.

— Talvez ele não devesse ter encaixotado as coisas dela sem perguntar. Mas pelo amor de Deus...

— Isso não é da sua conta.

— Ele não fez aquilo para irritar você! Fez porque queria ajudar.

— Ajudar?

— Você precisa superar isso. Não está vendo? Se deixar isso destruir mais do que já destruiu...

— Isso...

— Afinal...

— Alguém matou Nanna! — disse Pernille, o mais alto que ousou. — Isso não aconteceu ontem. Nem semana passada. Nem no ano passado.

Ela bateu a ponta do dedo na cabeça.

— Acontece agora. Todo dia. Você não...

Ela não sentia fome, não queria comer nada.

— Eu sei que a polícia precisa encontrá-lo — disse Lotte. — Mas isso não é mais importante do que você, Theis e os meninos.

Pernille sentia a fúria aflorando dentro de si e percebeu que passava a gostar da sensação.

Ela encarou a irmã com ódio. Lotte ainda era bonita. Lotte nunca tivera filhos, nunca tivera esse tipo de preocupação. Nunca tivera marido nem ninguém por muito tempo.

— Quem é você para me dar lição de moral? — perguntou Pernille. — Quem é você para me dizer o que fazer?

Lotte estava começando a chorar, e não tinha importância.

— Eu sou sua irmã...

— Nada é mais importante. Nem eu. Nem Theis. Os meninos. Você...

— Pernille...

— Se você tivesse me dito o que Nanna estava fazendo, eu poderia ter evitado isso!

Lotte se sentou à mesa. Encolhida, calada, com os olhos marejados, a cabeça baixa.

— Não confio em você mais do que nele. Como posso confiar?

Risadas no quarto. Ela se perguntou se Anton finalmente passaria uma noite sem molhar a cama.

— Anton! Emil! — chamou Pernille. — Vamos jantar!

Os meninos gritaram de felicidade.

— Não quero que eles vejam você chorar, Lotte. Ou você para ou vai embora.

* * *

Lotte foi ao banheiro, enxugou os olhos. Pensou na cocaína que tinha na bolsa. Odiou-se por chegar a pensar naquilo.

Então voltou e remexeu a comida, escutou os meninos rindo, observou Pernille com os olhos grudados na TV.

Às 20h30 desceu à garagem. Vagn estava lá, nervoso, telefonando para vários lugares.

Ele não encontrara Theis. Não fazia ideia de onde poderia estar.

— Para quem você telefonou?

— Todo mundo em quem eu confio. Não quero que espalhem fofocas. Não é para virar o assunto do momento em Vesterbro.

Ele e Theis eram como irmãos. Theis sempre o dominador, mas os dois eram próximos. Se alguém poderia encontrá-lo...

— Vou rodar por aí — disse Vagn. — Tem alguns lugares que...

— O que ele disse quando apareceu na sua casa?

Vagn vestiu o casaco. Preto, como o de Theis, só que mais barato.

— Nada.

— Ele deve ter dito alguma coisa...

— Ele não disse nada! Eu estava vendo TV e ele tocou a campainha. Falou alguma coisa confusa de que era tudo culpa dele.

— E você o deixou ir?

— O que você queria que eu fizesse? Desse um tapa na cara dele? Você faria isso?

— Vagn...

— Eu não sabia que ela tinha chutado ele para fora. Fui pegar uma cerveja e, quando voltei, ele não estava mais lá.

Estava frio na garagem. Lotte vestia a blusa fina que usava no Heartbreak. Ela apertou os braços contra o corpo e estremeceu.

— Ele sabe que a urna será enterrada amanhã?

— Sabe. Acho que sabe. Se é que Pernille contou.

Lotte estava sem ideias.

Vagn pegou as chaves de seu carro.

— Vou rodar por aí. Vou encontrá-lo.

Então um aparte sarcástico, mais para si mesmo do que para ela:

— Quer dizer... não vai ser a primeira vez.

Poul Bremer estava reunido com os líderes dos partidos na Câmara, os detentores das chaves da prefeitura, discutindo um possível pedido de investigação formal contra Hartmann no final do dia seguinte.

— Sempre considerei Troels um político trabalhador e inteligente. Mas todas as evidências estão contra ele, e ele parece incapaz de oferecer uma explicação convincente. Este é um momento lamentável...

Bremer olhou para cada um deles, mais demoradamente para Jens Holck.

— Não temos escolha. Precisamos votar pelo comparecimento dele diante da Comissão Eleitoral. Ele precisa se explicar.

— Hartmann não foi indiciado — cortou Holck. — Por que não deixar isso com a polícia?

— Todos nós conhecemos Troels. Todos gostamos dele...

— A Câmara poderia ter sido processada se ele houvesse crucificado o professor como você queria — acrescentou Holck. — Devemos correr o risco de fazer o mesmo com ele?

— Conheço Troels há mais tempo do que qualquer um de vocês. Entendo como se sentem.

O sorriso do estadista.

— Principalmente agora, que estavam prestes a formar uma aliança com ele.

Ele se aproximou e deu um tapinha nas costas de Holck.

— Não é verdade, Jens? Mas, partidos à parte, é nosso dever manter a confiança do público no sistema político. Devemos nos perguntar o quanto da nossa própria credibilidade é capaz de suportar o fato de um membro proeminente da nossa assembleia estar sendo interrogado diariamente na condição de suspeito de um assassinato. Se formos...

As portas foram abertas de supetão. Hartmann irrompeu sala adentro.

— Perdão. Estou interrompendo?

— Você não foi convidado, Troels.

— Não — disse Hartmann, torcendo o nariz. — Claro que não. Você disse a todos que a polícia agora está investigando o caso aqui? No Rådhus? Disse a eles que estão investigando os servidores públicos? Que falaram com você?

Bremer não se intimidou.

— Esta é uma reunião particular. Você é o assunto. Por isso não foi convidado.

Hartmann olhou para o grupo reunido em torno da mesa.

— Se vocês têm perguntas, façam! Não deem ouvidos a esse velho maquinador. Perguntem a mim!

Bremer riu.

— Se for o que desejam... Fale, então. Enquanto pode...

Hartmann foi até a mesa.

— Eu sei que vocês estão preocupados com os danos. Mas me submeter à Comissão Eleitoral não resolve nada. Não tenho nada a ver com esse caso...

— Você vai saber disso em breve... — disse Bremer.

O telefone do prefeito tocou. Ele se afastou para atender, então foi até o fax no canto da sala.

— Alguém comprou os serviços e o silêncio de Olav Christensen — prosseguia Hartmann. — Com a ajuda de recursos pagos pela prefeitura. Não me perguntem como. A polícia está investigando.

Bremer voltava com uma folha de papel que tirara da máquina. Ele a lia com atenção.

Hartmann continuava sua investida:

— O prefeito se absteve de mencionar qualquer uma dessas informações, apesar de ter conhecimento de tudo. Ele quer se livrar de mim em benefício da própria campanha.

— Ah, Troels — disse Bremer. — Tão eloquente para acusar os outros, tão reticente quando se trata de explicar a si mesmo.

— Eu não vou...

— Rastreamos o dinheiro que Olav Christensen estava recebendo. — Bremer brandiu o papel. — Phillip Bressau descobriu os lançamentos escondidos nos registros contábeis. Ele já os entregou à polícia, que está a caminho. Aqui. Estão satisfeitos com a minha versão dos fatos?

Bremer fez o papel circular entre os líderes dos partidos.

— É verdade que o dinheiro foi pago pelo financeiro — acrescentou ele. — Tinha relação com relatórios ambientais, supostamente. Relatórios produzidos para a Secretaria de Educação. Dinheiro para pretensa consultoria, oriundo do orçamento do secretário da Educação.

Hartmann arrancou a folha das mãos de Jens Holck.

— Não seja ridículo. Eu não conheço cada maldita pessoa que é paga pela Secretaria! Assim como você não conhece. Isso é mais baboseira. — Hartmann titubeava. — Um engano. A polícia pode esclarecê-lo.

As pessoas sentadas à mesa estavam em silêncio, evitavam olhá-lo.

— Se eu estava usando esse homem — berrou Hartmann —, por que o colocaria na minha própria folha de pagamentos? Isso é uma fraude...

Bremer ocupou sua cadeira na cabeceira da mesa, ficou vendo Hartmann esbravejar.

— Uma fraude — repetiu Hartmann, mais baixo. — Como todo o resto. Desde o começo. Jens...

Ele segurou o braço de Holck.

— Você sabe que eu não faria isso.

Holck não o puxou.

— Alguém falsificou os malditos registros. Alguém neste lugar...

A porta foi aberta. Jan estava lá, com suas orelhas grandes e o rosto grave com barba por fazer.

Todos se viraram, olhando e esperando.

— Pelo amor de Deus... — começou Hartmann.

Jan bateu na madeira reluzente.

— Hora de darmos um passeio, Troels — disse ele.

A multidão já estava lá. Flashes, repórteres berrando. Jan mandou um operador de câmera sair da frente. Svendsen colocou a mão na cabeça de Hartmann ao empurrá-lo para o banco traseiro de uma viatura estacionada no pátio de paralelepípedos, abaixo da estátua dourada de Absalão.

Rie e Morten assistiam dos portões. O bando correu atrás da viatura azul com "Politi" pintado em branco na lateral. Hartmann estava sentado curvado no fundo, seguindo mais uma vez para o comando da polícia.

— Desta vez, Hartmann — disse Jan, do banco da frente —, você vai nos dizer a verdade ou vai passar a noite numa cela.

De volta à sala de reunião, Bremer foi até Holck, que estava sozinho, fumando na janela, assistindo à comoção lá fora.

— Se quiser continuar tendo uma carreira política, Jens — sussurrou ele —, você vai ficar do meu lado.

Holck estava pálido e preocupado. Ele deu uma tragada no cigarro, não disse nada.

— E, se for esperto, vai convencer os bichinhos de estimação de Hartmann a fazer o mesmo. Neste momento, se eu quisesse, poderia virar as costas para vocês e governar este lugar sozinho.

— Poul...

— Não, Jens. Não fale.

O velho estava com o semblante cruel e vingativo. Havia ali uma oportunidade, e ele estava determinado a agarrá-la.

— Ele saiu de lá antes — disse Holck, mesmo assim.

— Não desta vez. Mas a escolha é sua.

Bremer erguera a voz. Os outros o olharam como estavam acostumados a fazer. Dóceis e obedientes.

— Todos vocês — disse Bremer — devem escolher. Façam a escolha certa agora.

Do corredor, Sarah observava Svendsen lidando com Hartmann na sala de detenção.

Procedimento padrão. Acontecia todo dia. Mas não com um homem envergando um terno caro, um político da estatura de Hartmann.

Svendsen relacionou os pertences. Setecentas coroas e algumas moedas. Vinte euros. Dois cartões de crédito e um telefone celular.

— Agora tire o paletó e coloque-o na cadeira.

Um policial uniformizado registrava os itens.

— A gravata — continuou Svendsen.

Eles observavam.

— Sapatos na mesa.

Hartmann obedeceu.

— Agora erga os braços. Preciso revistá-lo.

O policial uniformizado se levantou e fechou as persianas. Sarah não viu mais nada.

De volta à sala, Brix sentado em uma cadeira, conferindo a papelada.

— Então podemos provar que Hartmann estava por trás dos pagamentos daquele servidor público? — perguntou ele.

— É um pouco complicado — disse Jan. — Mas pelos documentos que o tal de Bressau nos entregou, é o que parece.

— Ele não disse nada?

— Nem uma só palavra.

Brix olhou para Sarah.

— Devemos nos concentrar no homem que atropelou Christensen e fugiu — disse ela. — Sabemos que não pode ter sido Hartmann.

— Quero que se concentre no caso Nanna. Ou seja, Hartmann. Não Christensen.

Sarah pegou o papel que receberam do assessor de Bremer.

— Falei com outros funcionários da secretaria de Hartmann. Ninguém nem ao menos ouviu falar dessa suposta consultoria. Mas Bressau a encontrou nos registros em cinco minutos.

— Então ele manteve segredo — disse Jan.

— Hartmann tentou demitir Olav! Ele nos deu o nome do sujeito!

Brix não cedeu.

— Se ele é inocente, por que se nega a falar?

— Não sei! Mas isso não faz sentido.

— Então vamos trazer o promotor — disse Brix. — Talvez isso solte a língua dele. De uma forma ou de outra, esse traste arrogante vai falar.

Ela brincou com o carrinho de brinquedo de Jan, ouviu a sirene.

— Estamos aqui para encontrar o assassino de Nanna Birk Larsen? Ou para fazer uma espécie de pressão política para o homem que governa a cidade?

Brix sorriu. Ela não vira isso muitas vezes.

— Só desta vez, vou esquecer que você disse isso, Lund. Talvez, quando se trata de Hartmann, você careça da sua objetividade de costume.

— O que diabos isso quer dizer?

Brix se voltou para Jan em busca de apoio. Jan olhou para a mesa.

— Obrigada — Sarah rosnou para ele. — Grande trabalho em equipe.

Então pegou a bolsa e saiu da sala, batendo a porta às suas costas.

Brix ficou vendo-a sair.

— Você pode fazer isso sozinho, Meyer. Dê prosseguimento à investigação. — O sorriso outra vez. — Bom trabalho.

— Talvez devamos ouvi-la, chefe.

— Por quê?

— Quando Lund tem uma ideia...

Brix esperou.

— Geralmente tem alguma coisa. Não percebeu?

Lennart Brix o fitou com olhos pesarosos.

— Ah, você estava indo tão bem.

— O quê?

— Dois passos para a frente. Um para trás. Não tropece outra vez. Você não pode ser dar a esse luxo.

* * *

Na saída, Sarah parou para falar com a equipe do turno da noite.

— Liguem para oficinas mecânicas. Diga para ficarem de olho numa perua branca. Com avarias na frente e na lateral esquerda. E me mantenham informada.

Morten aguardava no corredor.

— Você precisa me ouvir, Lund. Isso está fora de controle.

— Fale com Jan Meyer. Ele está de serviço. Eu não.

— Hartmann não matou aquela jovem. Isso é absurdo.

— Então ele deveria dizer onde estava. Não é difícil.

Morten hesitava com alguma coisa. Isso a interessou.

— É difícil.

— Por quê?

— Ele é um homem orgulhoso. Precisa da sua dignidade. É patético, eu sei, mas é assim que as coisas são. Isso não faz dele um assassino.

Ela esperou.

— Troels não é forte e confiante como parece ser. Você sabe disso. Você consegue ler as pessoas.

— Não se trata de ler as pessoas.

— Ele é um idiota às vezes. Não sei por que me sujeito.

— Você deveria dizer isso ao juiz. Não acho que vá funcionar. Para mim não funciona.

Ela seguiu para a saída. Morten a acompanhou.

— Deixe que eu fale como ele.

— Você só pode estar brincando.

— Caramba, Lund. Ele está para ser excluído da eleição! É a única coisa que importa para ele.

Ela parou.

— Isso é uma piada para vocês? Uma jovem morta. Estuprada. Assassinada. E toda vez que perguntamos o que está acontecendo vocês mentem, evitam as perguntas e se esquivam?

É preciso reconhecer que Morten pareceu ficar constrangido.

— E então? — continuou ela. — É uma piada? Uma adolescente espancada e depois enfiada num carro para morrer afogada? Quer ver as fotos, Morten?

Ela o pegou pelo braço.

— Venha. Vamos olhar as imagens e rir.

Sarah estava ficando furiosa. Não acontecia com frequência. Mas ela gostou da forma como aliviava a tensão.

— Temos também as da necropsia, se você preferir...

— Pare, Lund. Você está acima disso.

Olhos brilhantes o encarando, mão no paletó de Morten.

— Acima? Não estou acima de nada. Não se eu puder descobrir quem matou Nanna Birk Larsen. Se você souber onde Hartmann estava, me diga. Caso contrário, dê o fora daqui. Pare de desperdiçar o meu tempo.

Morten não fez nada por um instante, então balançou a cabeça.

— Não posso. Sinto muito.

— Durma bem — disse ela, e gesticulou para o corredor.

Sarah pegou Mark numa festa e voltou para a casa de Vibeke escutando rádio. Hartmann havia sido preso como suspeito pelo assassinato de Nanna. Ele seria julgado pela Comissão Eleitoral e destituído do direito de concorrer à eleição.

— Precisa ser tão alto? — perguntou Mark.

Ela desligou o rádio.

— A festa foi legal?

O caso Birk Larsen parecia implantado na cabeça dela.

Uma pausa bem demorada, então Mark respondeu, numa voz arrastada e abatida:

— Foi normal.

— Eu sei que você não foi à escola a semana toda.

Sarah olhou para o filho à espera de uma resposta, não teve nenhuma.

— Sei que é difícil voltar depois de se despedir. Eu sinto muito. Mas você não pode faltar à escola. Mark?

Ele olhava pela janela, imerso na noite chuvosa.

— Eu não vou admitir. Está entendendo?

Ele pensou por algum tempo.

— Tudo bem se eu ficar alguns dias na casa do meu pai?

Ela olhou adiante para a rua preta molhada.

— Quando você falou com Carsten sobre isso?

— Tudo bem?

— Não. Não está tudo bem. Quando você falou com ele?

— Que diferença faz? Eu passo o tempo com a minha avó mesmo. Não com você.

— Você sabe como o seu pai é. Ele promete uma coisa e depois... esquece.

Mark suspirou e olhou para o painel do carro.

— Você sabe como fica chateado quando isso acontece. Eu não quero isso. Eles acabaram de se mudar para cá. Têm muita coisa a fazer.

— Ele disse que tudo bem.

— Quando você falou sobre isso com ele? Quando?

— Eu não sou um dos seus suspeitos, mãe.

— Onde você passou a semana toda, afinal? O que você fez?

O rosto dele estava de volta à janela.

— Está tudo bem na casa do meu pai. Eles têm um quarto para mim.

— Mesmo assim, não vai dar.

Mark forçou os pés contra o assoalho do carro, cruzou os braços com força. Dividido entre a infância e a adolescência.

— Eu sei que tem sido difícil, Mark. Mas não se preocupe. Eu vou dar um jeito. Nada mudou. Continua tudo igual.

— Mudou sim. Você sabe muito bem, droga.

— Mark...

— Eu não quero falar nisso.

— Mark...

— A vida é minha! — gritou ele. — Você não é a minha dona.

Oito

Sábado, 15 de novembro

Nove da manhã, em frente ao prédio de Vibeke. Mark com suas coisas. Esquis e equipamento de hóquei. Mochilas e uma pequena mala.

Mãos nos bolsos, parecendo mais velho. Sarah não conseguiu evitar: chegou mais perto do filho, subiu o zíper do casaco dele com cuidado, ajeitou a gola.

— Está bem assim, mãe.

— Não está nada. Está frio.

O inverno apertava. O vento machucava. Outro ano que passava. Mark ficando mais velho, mais distante.

Ele não se encolheu ao toque dela. Sarah se sentiu grata por isso.

Os olhos cravados na distância, impaciente para ir.

— Meu pai está chegando.

Saab vermelho reluzente. Rodas esportivas. Janelas escurecidas com filme. Brinquedos de homem.

Mark olhou para o carro e sorriu.

— Tchau — disse ele, e então pegou suas coisas, jogou-as no banco de trás, sentou na frente.

Carsten abaixou o vidro. Ele estava bem. Sobretudo preto, óculos diferentes. Cabelos compridos demais para ser policial, mas havia muito tempo que ele deixara a polícia para trás. Junto com ela. Carsten era ambicioso de uma forma que Sarah nunca entendera direito. Seu foco era dinheiro e posição. Não realização, que era como ela media o sucesso.

O homem com quem um dia fora casada, com quem dormira e que amara, sorriu para ela brevemente, com um toque de remorso, até mesmo de vergonha, no rosto plácido e corporativo.

E um dia você me bateu, lembrou Sarah. Apenas uma vez. E não, eu não pedi.

O Saab vermelho reluzente saiu rolando os pneus sobre os paralelepípedos.

Sarah acenou e sorriu para os dois. Parou no instante em que dobraram a esquina.

— Oi?

Jan estava às suas costas, o carro a alguns metros de distância. Ela nem tinha reparado

— Ele está de mudança?

— É só por alguns dias — disse ela, um tanto incisiva.

— Primeiro o sueco. Agora o filhinho. Espero que a sua mãe aguente firme.

Ela o encarou. Crueldade não fazia parte da estranha personalidade de Jan. Ele era ao mesmo tempo simples e complexo. De certa forma, ela gostava daquilo.

— Alguma novidade sobre o carro?

— Nenhuma.

— Precisamos voltar à garagem do Rådhus.

— Talvez. Brix descobriu uma coisa. Não sei onde.

Ela não disse nada.

— Ele é o chefe, Lund. Você precisa parar de bater de frente com ele. Ele não está sendo manobrado.

— Brix não precisa ser manobrado. Ele sabe o que eles querem.

Aquele casaco de couro de motociclista outra vez. Estava ficando gasto.

— E o que isso quer dizer?

— É assim que funciona. Você não acha que Poul Bremer precisa ligar para Brix e dizer a ele o que fazer, acha? Ele não precisa. Brix sabe.

Ela também sabia.

— Incrimine Hartmann. De qualquer forma que conseguir.

Sarah pensara bastante naquilo, confrontara aquela ideia com todos os pequenos acontecimentos no comando que a surpreenderam.

— O nome disso é poder. E todos nós... — Incluindo Theis e Pernille Birk Larsen. — Nós não contamos de verdade.

— Brix levantou informações sobre uma propriedade de Hartmann. Ele tem um chalé que não mencionou.

Uma folha de papel saiu do bolso do casaco dele. Sarah olhou. Percebeu o timbre do cartório de registros de imóveis no topo, pertencente à prefeitura.

— Nem imagino como isso foi parar nas mãos dele.

— Precisamos investigar. Brix já está lá. Você quer vir?

O chalé ficava a 10 quilômetros do centro, próximo a Dragør, não muito distante do condomínio de Kemal, embora o do professor fosse mais modesto. Seis carros, dois sem identificação, estavam estacionados no local. Fita vermelha isolava os limites do jardim. Uma casa de madeira de apenas um andar, modesta e descuidada, quase engolfada por um bosque de coníferas indomado.

Svendsen liderava a equipe. Sarah e Jan entraram, escutando o colega:

— Hartmann herdou a casa da mulher. Parece que começaram a gastar dinheiro por aqui, mas que ele desistiu depois da morte dela.

A cozinha estava uma bagunça. Pratos sujos cobriam o fogão moderno. A única luz vinha da porta aberta e de alguns refletores montados pela perícia.

Sarah olhou para as janelas. Todas cobertas. Com lençóis. Com colchas. Com toalhas de mesa.

— No fim de semana em que Nanna desapareceu, dois vizinhos viram um carro preto estacionado em frente à casa. Era aqui que ele estava.

Na sala, dois peritos de macacão branco marcavam itens de interesse, tiravam fotografias.

— A descrição bate com o carro da campanha em que Nanna foi encontrada.

Ali, algumas janelas estavam cobertas por colchões.

— Alguém o viu? — perguntou Jan.

— Não. Mas temos digitais recentes. São dele. E temos isso.

Ele pegou um saco de provas na mesa. O jornal de sexta-feira, 31 de outubro.

— Estava colado na janela quebrada.

Sarah olhou para o vidro quebrado em uma das longas janelas do lado ensolarado da casa. Havia sangue em alguns cacos que repousavam no assoalho de madeira envernizada.

Brix entrou.

— Hartmann precisava de um lugar isolado — disse. — E o tinha. Não estava com a chave, quebrou o vidro da janela para entrar.

Sarah pegou uma almofada do sofá, cheirou. O lugar tinha um cheiro persistente, residual. Estava mais forte no algodão macio da almofada.

— Então ele cobriu as janelas para que ninguém visse o que fazia — acrescentou Brix.

Svendsen apontou a cozinha.

— A área de serviço tem piso de cimento. Foi onde ele a manteve amarrada. Encontramos sangue por lá.

Ela foi até o cômodo anexo. Uma cama de casal. Lençóis amarfanhados. Sujos de sangue, mas não muito.

— O que vocês encontraram aqui? — perguntou ela.

Svendsen olhou rapidamente para Brix.

— Ainda estamos periciando a casa, Lund.

Brix olhou para o relógio.

— Vou voltar. Liguem quando encontrarem provas contundentes. Vou levá-las ao juiz.

Ele foi até Sarah, entreolharam-se enquanto ela vasculhava a sala com os olhos.

— Posso contar com você?

— Sempre.

Então ele saiu com Svendsen, os dois conversando em voz baixa, inaudível.

Jan ficou, analisou a sala tanto quanto Sarah fizera, seguindo o rastro dela.

Uma toalha roxa enrolada isolava a fresta da porta do banheiro.

Sarah fez um gesto de cabeça para um exaustor na parede. Uma folha de jornal embolada havia sido enfiada pela grade.

— A perícia não mencionou gás — disse ele. — Esse lugar fede a gás. Se Nanna tivesse estado aqui, teríamos encontrado indícios de gás.

Sarah balançou a cabeça.

— Você deixaria um carro em frente à casa para que todos vissem?

— Isso não está certo — disse Jan. — Estou me lixando para o que Brix pensa. Vamos nos concentrar no atropelamento.

Ela saiu da casa, respirou fundo. A mata lhe lembrava a Floresta de Pentecostes, não muito distante.

— O que vamos dizer a Brix? — perguntou ele.

— Ele está ocupado conversando com o juiz. Não vamos incomodá-lo.

Pernille Birk Larsen estava sentada na cozinha, vestindo o casaco cáqui, mente absorta, alheia aos toques do telefone.

Foi Lotte quem finalmente atendeu.

— O homem da funerária precisa falar com você, Pernille.

Ela não conseguia tirar os olhos das coisas à sua volta. A mesa, as fotografias, as coisas na parede. E da entrada do quarto de Nanna, agora de volta a como era. Sem ninguém, mas preservado; como um santuário.

— Diga que já estou indo — respondeu ela, e foi até a porta.

Na garagem, os homens trabalhavam como sempre. Vagn supervisionava carrinhos e cordas, paletes e caixas.

Ele a acompanhou até o carro.

— Teve notícia de Theis?

— Não.

— Então você não sabe o que é que...?

A voz de Vagn morreu sob a força do olhar dela.

— Temos que fazer a mudança de um escritório de Brøndby para Enigheden. Quem está cuidando disso?

— Mandei Franz e Rudi.

Vagn segurou a porta para Pernille entrar no carro.

— Talvez você deva ligar para ele, Pernille.

Ela levou as mãos ao volante, não olhou para ele.

— Agradeço por você estar cuidando dos serviços, Vagn. Fique fora disso.

Aquele rosto pálido, melancólico na janela. A correntinha de prata. O olhar preocupado, jovem e ansioso demais.

— Tá. Bem... Vou tentar falar com ele. Se vocês dois...

Um carro estacionou atrás. A cabeça de Pernille foi jogada contra o volante.

Era Sarah.

— Fui informada de que a sua irmã está aqui.

— Por que você quer saber?

— Quero fazer algumas perguntas a ela.

Ela se dirigiu para a garagem e, então, ao apartamento.

— Vocês têm certeza de que foi Hartmann?

Sarah não respondeu.

— A recompensa ajudou, não foi?

Havia uma nota de desespero, de culpa na voz de Pernille.

Sarah olhou para ela.

— Não posso dar detalhes da investigação. Sinto muito.

E entrou.

Lotte Holst lavava roupa. Estava tão radiante e disposta a ajudar quanto a irmã.

— Eu já contei tudo. O que mais posso dizer?

— Você é a única pessoa que tinha conhecimento do caso amoroso de Nanna. Eu ainda não entendo...

— Foi Hartmann, não foi? — perguntou Lotte ao separar as roupas dos meninos, colocando-as na máquina.

— O que aconteceu durante o verão?

Lotte continuou a separar roupas em silêncio.

— Eu li os e-mails do site de encontros do Heartbreak Club — disse Sarah, tirando as páginas impressas da bolsa.

— Eu não trabalho mais lá.

— Os e-mails são estranhos. Ele ainda quer vê-la, mas as respostas de Nanna são cada vez menos frequentes. Ela disse a você que tinha terminado?

Lotte hesitou.

— Não. Mas ela estava ficando mais fria com ele. Eu percebi. Talvez houvesse outra pessoa. Não sei.

Ela colocou o sabão em pó, fechou a porta da máquina, ligou o aparelho.

— Nanna era muito romântica. Como todo adolescente. Não que ela se visse como uma adolescente. Acho que ela passava de um grande amor para outro. Provavelmente no espaço de uma semana.

— Hartmann a conheceu na casa noturna?

— Eu nunca o vi lá.

— E quanto à primeira semana de agosto? Lotte. Isso é importante.

Ela foi para a sala, não disse nada.

— Na sexta-feira — prosseguiu Sarah —, ele escreve que vai viajar no dia seguinte. Está desesperado para vê-la. Diz que ligou para ela. Mas...

— Mas o quê?

— Não identificamos nenhum telefonema de Troels Hartmann. Ele não foi a lugar algum naquele fim de semana.

Lotte pegou sua bolsa, tirou a agenda, folheou as páginas até aquela semana.

— Tivemos um evento VIP nesse dia. As gorjetas são ótimas.

— O que aconteceu?

— Eu me lembro de uma coisa. Pedi a Nanna que colocasse o telefone no silencioso. Apitava o tempo todo com as mensagens.

— De quem?

— Não sei. Ela não atendia.

Lotte ficou em silêncio.

— O que foi? — perguntou Sarah.

— Lembro que ela me pediu para cuidar das mesas dela. Precisava falar com alguém lá fora. Fiquei furiosa. Nanna sempre me pedia esse tipo de favor. Se intrometia em tudo. Pegava as minhas roupas.

Um lampejo súbito de irritação.

— Nanna não era um anjo. Eu sei que não deveria dizer isso...

— Você viu o homem com quem ela falou?

— Havia um carro. Fui até a porta e olhei. Queria saber o que era tão importante para que eu precisasse fazer o trabalho de Nanna por ela.

— Que tipo de carro?

— Um carro. Não sei.

— Sedã? Perua? Qual era a cor?

— Não sei.

— Você viu o motorista?

— Não.

— A marca? Algum detalhe? Qualquer...

A voz de Sarah fugia ao seu controle, e ela não conseguia evitar.

Lotte balançava a cabeça em negativa.

— Absolutamente nada? — disse Sarah. — Tem certeza?

Um lampejo.

— Era branco, eu acho.

Rie leu a carta.

— Não demorou — disse ela.

— O que é isso?

Ela mostrou a Morten. Uma notificação formal da secretaria do Rådhus informando que deveriam desocupar a sala do comitê de campanha até a manhã seguinte.

— Eles não podem fazer isso — reclamou Morten, agitando a carta. — Não podem! A Comissão Eleitoral só vai se reunir hoje à noite.

— Ah, por favor. Ele está preso, sob acusação de assassinato. O que você esperava?

— A advogada vai falar com ele. Vamos encontrar uma saída.

Ela estava descomposta, no limite das suas forças. Os cabelos desalinhados. Sem maquiagem. Olhos cansados, inflamados.

— Enquanto Troels não falar, não há saída.

Dois peritos de macacão branco bateram na porta aberta, entraram, começaram a vasculhar a sala. Rie foi para o gabinete de Hartmann. Morten fez o mesmo.

— Você não pode falar com o seu pai, Rie? Ele tem contatos.

— Contatos?

— Sim.

— Então me conte o que aconteceu. O que Troels fez naquele fim de semana?

— Eu não sei...

— Não minta para mim! Eu liguei para você e falei que Troels tinha sumido. Que eu não fazia ideia de onde ele estava. Você disse que ele tinha saído para beber.

— Rie...

— Você não estava preocupado porque sabia onde ele estava.

— Não é...

— Ele contou para você. Para mim, não. Você imagina como eu me sinto?

Morten não tinha uma resposta.

— O que ele estava fazendo? — perguntou ela outra vez.

Morten suspirou, sentou-se. Estava com aparência velha e cansada.

— Troels é o meu amigo mais antigo.

— E o que eu sou exatamente?

— Eu prometi que nunca diria uma palavra! — Ele olhou para Rie. — Para ninguém.

— Qual é o grande segredo, então? Outra mulher? Estamos enfrentando isso tudo porque ele não tem coragem de me dizer que voltou a dar suas voltinhas?

— Não. — Morten balançou a cabeça. — É claro que não.

— Foi a mulher dele, então? Algo a ver com ela?

Morten evitou seus olhos furiosos.

— Responda. Eu sei que era o aniversário de casamento deles. O que ele fez?

Morten tremia, suava. Precisava de um gole. Precisava de uma bebida.

— O que — perguntou Rie mais uma vez — ele fez?

Sarah esperava por Hartmann na mesma sala de visitas que Theis Birk Larsen usara recentemente. Ele chegou vestindo o uniforme azul de detento. Foi instruído a tirar os sapatos, o que fez sob o olhar atento do guarda.

Ela se sentou, com as mãos no colo, sentindo calor no suéter de lã. Preto e branco, com uma estampa de flocos de neve.

Hartmann não fizera a barba. Estava com o semblante derrotado, uma sombra do político destemido e elegante do Rådhus.

Demorou algum tempo, mas por fim Troels Hartmann puxou uma cadeira.

Com os olhos brilhando, desesperados, Sarah olhou para ele e disse:

— Preciso muito da sua ajuda. Aquela noite no apartamento... você notou uma perua branca?

Hartmann a encarou em silêncio.

— Estava no pátio quando você saiu? Na rua?

Ele olhava pela janela para o sol pálido de inverno. Ela não sabia se Hartmann a escutava ou não.

— Alguém na prefeitura tem uma perua branca?

— Até onde eu sei, Lund, eu fui preso por dirigir um carro preto. Por que você está me importunando com esse disparate?

— É importante.

— Se vocês estão procurando um carro branco, por que diabos eu estou preso?

— Porque você se colocou aqui. Encontramos o chalé da sua mulher. Eu sei o que você fez aquela noite.

Hartmann cruzou os braços.

— Toalhas enroladas debaixo da porta. Colchões na frente das janelas. Jornais em todas as frestas, e um forno a gás aberto.

Ele a olhava mudo e abatido.

— Talvez você tenha sido interrompido. Talvez tenha desistido. Não sei.

O rosto dele voltara a fitar a janela.

— É tão degradante para um homem dizer que se embriagou e tentou se matar? Você perderia votos? Ou perderia Rie? Ou apenas a sua autoestima?

O homem de uniforme azul estava em outro lugar.

— Valeu a pena?

Nenhuma resposta.

— Na verdade eu não me importo, Hartmann. Quero a sua ajuda. Então você pode sair daqui e voltar aos seus jogos no Rådhus. Enquanto nós tentamos descobrir quem entre vocês matou Nanna Birk Larsen.

— Você não sabe nada — murmurou ele.

— Não? Estava no seu diário. Quando a sua mulher adoeceu, os médicos disseram que ela precisava de tratamento. Ela se recusou. Estava grávida. Sabia que poderia fazer mal à criança. Então...

Ele a olhava agora, e, pela primeira vez, Sarah teve a impressão de ver Troels Hartmann assustado.

— Acho que você se sente culpado. Acho que isso o perturba todo santo dia. E se tivéssemos dito sim? Ela estaria viva. Talvez a criança também. Se não, sempre haveria a chance de termos outra.

Seus olhos azuis brilhavam de raiva.

— Acho que você se sente culpado — repetiu ela. — E naquela noite se deu conta de que, por mais que trabalhasse naquele seu precioso mundo vazio dentro do Rådhus, a sua vida, a vida que amava, nunca voltaria. Então você desistiu.

Ela assentiu.

— O forte, destemido e decente Troels Hartmann permitiu que seus demônios vencessem. E a lembrança disso o assusta tanto que você prefere apodrecer numa cela a admitir. Então...

Ela se recostou na cadeira, sorriu para Hartmann. Aliviada por finalmente ter encontrado, naquele longo emaranhado de fios perdidos, uma ponta solta que desse ao menos a impressão de levar a algum lugar.

— Você vai me ajudar?

Ela esperou. Nada.

— É muita vaidade sua acreditar que tem muito a perder. Você não tem, Troels. Sinceramente.

Jan tinha uma lista dos carros brancos que usavam a garagem da prefeitura.

Sarah tomou alguns analgésicos e nem olhou para a lista. Ela tentara de tudo com Hartmann. Ligara os pontos, e deixara isso claro. E ainda assim nada havia mudado. A trilha para o assassino de Nanna continuava escondida nas sombras.

Se ele não ia falar, que ficasse à vontade para apodrecer numa cela.

— Conferi a cancela — prosseguiu Jan. — Um carro deixou o estacionamento logo depois que Olav falou com Bremer.

Ela pegou o papel.

— Qual?

— O segundo de baixo para cima.

— Phillip Bressau. O secretário particular de Bremer. O que sabemos a respeito dele?

— Mulher e dois filhos. É o braço direito do prefeito.

— E o carro?

— Não voltou ao estacionamento desde então. Ontem ele veio trabalhar com o carro da mulher.

— Bressau.

Ela se levantou, pegou a bolsa.

Cinco formas ao redor de um buraco no chão, terra marrom jogada sobre grama verde. Um dia de inverno frio e ensolarado. Pombos nas árvores sem flores nem folhas. Anton e Emil em suas roupas pretas e quentes. Pernille pálida e severa no seu casaco cáqui. Lotte em roupas coloridas demais.

O funcionário do cemitério vestia um paletó verde barato e calçava galochas. Ele estendeu a urna turquesa.

Tão pequena; dentro, nada além de pó.

— A senhora quer colocá-la? — perguntou ele.

Pernille pegou o vaso, ajoelhou-se, colocou-o na terra com os dedos trêmulos.

Levantou-se. Olhou. Sentia como se estivesse num sonho.

— É Nanna? — perguntou Anton.

— É — respondeu Lotte. — Ela agora são cinzas.

— Por quê?

Lotte hesitou.

— Assim é mais fácil ir para o céu.

Os meninos se entreolharam e franziram as sobrancelhas. Eles nunca gostaram das histórias de Lotte.

— Não é verdade, Pernille?

— O quê?

Lotte tentou sorrir para a irmã.

— É — disse Pernille. — É verdade.

— Quando o papai vem? — perguntou Emil.

O homem do cemitério carregava uma grande coroa de flores com um anel de rosas.

— Ele vem mais tarde — disse Lotte.

— Por que ele não está aqui agora?

Pernille olhava para a coroa de flores.

— O que é isso? Eu não pedi.

Ele deu de ombros. Colocou-a perto do buraco reservado para a urna.

— Chegou hoje de manhã.

— Quem mandou?

— Não tinha cartão.

— É linda — intercedeu Lotte.

Pernille balançava a cabeça.

— O senhor tem que saber de onde veio isso.

Lotte levara algumas rosas brancas. Deu uma para cada um dos meninos e falou para as colocarem ao lado da urna. Eles obedeceram. Pequenas formas pretas ao sol. Podiam estar brincando em uma praia gelada às margens do Øresund.

— Muito bem — disse ela quando terminaram.

Pernille olhava ao redor. O pequeno lago quadrado cheio de madeira apodrecida e algas. As lápides cobertas de limo e fungos. O lugar fedia a podridão. Ela começou a sentir enjoo.

Então se abaixou, pegou a coroa de flores gigante e a deu ao homem do cemitério.

— Leve. Não quero isso aqui.

Lotte olhava para a grama. Os meninos pareciam assustados.

— Eu não quero esse lote — disse Pernille. — Não gostei. Deve haver outro.

Com a coroa de flores nos braços, o homem de terno verde pareceu ficar constrangido.

— A senhora escolheu esse.

— Eu não quero enterrá-la aqui. Encontre outro lugar.

— Pernille — disse Lotte. — É bonito. Todos concordamos. É perfeito.

Erguendo a voz, Pernille Birk Larsen encarou todos com ódio.

— Eu não quero essa coroa de flores. Não quero esse lote.

— Não há nada que eu possa fazer — disse o homem. — Se a senhora quiser outro lugar, vai ter que ir à administração.

— Converse o senhor com a administração! Eu paguei, não paguei?

Ela se afastou e olhou para o pequeno lago.

A madeira apodrecendo. As algas.

Um homem de vermelho vindo pela alameda.

Vagn olhou de relance para Pernille e foi direto para Lotte.

— Teve notícias dele? — perguntou.

— Não. Onde ele está?

Ele olhou de soslaio para a mulher à margem do lago.

— Uma coroa de flores foi entregue sem nome — sussurrou Lotte. — Ela está muito desconfiada. Não sei...

Vagn pegou a coroa, foi até a margem do lago.

— Pernille. Fomos nós que compramos. Eu e Rudi fizemos uma vaquinha no trabalho. Desculpe. Não sabíamos o que escrever, então pedimos para a floricultura só entregar.

Ela o fitou com um olhar vazio.

Vagn estendeu a coroa com o anel de rosas.

— A gente que mandou.

Ela balançou a cabeça e voltou a olhar para a água estagnada.

— Quando o papai vai chegar? — resmungou Emil.

Do outro lado de Vesterbro, em uma das áreas mais pobres, perigosas e sujas que costumava frequentar no seu tempo de jovem e ambicioso marginal, Theis Birk Larsen bebia. Copos grandes de cerveja forte da Vesterbro Bryghus. Uma dose de *akvavit*.

Como costumava ser. Como os longos dias passavam antes de Pernille. Correndo atrás de dinheiro nas ruas. Trabalhando com os traficantes e as gangues. Agarrando o que quer que aparecesse.

Antigamente, ele poderia entrar naquele bar e silenciar todos com um olhar. Mas isso ficara havia muito para trás. Ninguém o conhecia agora. O marginal dos velhos tempos se transformara no pai decente e trabalhador com um pequeno negócio a sete quarteirões dali, um negócio que o mantinha longe daqueles antigos antros e daqueles antigos hábitos.

Sua grande mão agarrou o copo gelado. A cerveja descia de forma ritmada. Bloqueando a dor, não a destruindo. Mas bastava.

Às suas costas ele ouvia as batidas das bolas de bilhar, a conversa desbocada de rapazes que agora faziam o que ele um dia fizera.

Talvez até pior.

Aquela tinha sido uma época ruim, apesar de ele tentar fingir o contrário. Viver caçando dinheiro e oportunidades. Desesperado para se manter vivo. A vida nunca fora mais difícil, e nenhuma concha que algum homem construísse poderia mantê-lo alheio a esse fato. Ou impedi-lo de proteger sua família.

Theis Birk Larsen fumava e bebia e tentava calar os pensamentos, ouvindo a música pop que vinha do rádio, alta demais e até infantil, e as bolas de bilhar que se chocavam nas mesas.

Em algum lugar, uma urna com o que restava de Nanna desaparecia dentro da terra.

Nada que pudesse dizer ou fazer mudaria isso. Ele falhara com a filha. Falhara com todos.

Ele terminou a cerveja, a cabeça começando a girar. Olhou em volta. Um dia ele havia sido o rei daqueles lugares. Sua voz, seus punhos governavam. Outro Theis. Um homem diferente, mais duro.

Esse outro Theis poderia tê-la salvado? Era essa a lição que ele deveria aprender? Que um homem era o que era, por mais que tentasse mudar, adequar-se, obedecer, transformar-se naquela coisa sem forma e intocável chamada "bom"?

O professor, Kemal, também esquecera suas raízes. E pagara o preço.

Se ao menos...

Ele ficou de pé com esforço, cambaleou para a porta, trombou com um rapaz encostado numa mesa de bilhar.

Empurrou o rapaz com brutalidade, da forma como sempre fazia nos velhos tempos. Com um alerta e um palavrão.

Seguiu cambaleando em frente. Não viu o pé estendido do rapaz seguinte. Caiu pesadamente no chão, com um gemido.

Lembranças.

Tantas brigas, e ele não perdera nenhuma. Algumas que chegaram a ponto de...

Ele rolou sobre a sujeira e as pontas de cigarro no chão, ouvindo as risadas. Gemeu ao se levantar.

Agarrou o taco do rapaz que o derrubara, empunhou-o como uma espada, uma arma. Como a marreta que brandira acima do estrangeiro ensanguentado e aos gritos, com Vagn choramingando o tempo todo.

O rapaz vestia uma jaqueta preta e um gorro de lã preto. Tinha um olhar tanto assustado quanto desafiador.

Theis Birk Larsen conhecia aquele rosto. Vivera com ele a vida toda.

Então xingou e jogou o taco sobre a mesa, e cambaleou para fora, pensando aonde ir.

As ruas, outrora sua casa, eram-lhe estranhas agora. Ele chegou a um arco deserto, parou para urinar. Mal terminara quando o atacaram. Cinco, todos de capuz, os punhos cortando o ar. Um taco de bilhar o acertou no lado da cabeça.

— Segure ele — gritou alguém, e dois braços fracos tentaram segurar Theis contra a parede na qual ele acabara de mijar. Uma bota o acertou na virilha.

Adolescentes.

Ele empurrou dois com safanões, agarrou o terceiro pela gola, arremeteu pela rua estreita, jogou o rapaz magricela contra a parede com reboco descascado.

O punho grande foi para trás, pronto para avançar. Um soco forte bem dado e aquele seria um dia que o rapaz jamais esqueceria, deixaria estragos pelo resto da sua vida miserável.

Theis segurou o soco e olhou. O rosto que o encarava, tão cheio de ódio, era de uma garota. Não mais de 16 anos. Brinco no nariz, tatuagens acima dos olhos.

Uma menina.

Naquele momento caíram todos sobre ele com tamanha fúria que ele soube que estava acabado.

Botas e mãos e joelhos. O taco e os dedos açoitavam. Puxaram-lhe a carteira, as chaves. Xingaram, cuspiram, mijaram nele. Theis fez o que nunca fizera antes, encolheu-se como uma vítima, acuado no chão. Uma pose que tanto vira, mas nunca em si mesmo.

Um golpe forte na cabeça e o dia ficou escuro.

Então uma voz, mais velha, mais inflamada, gritando:

— O que vocês estão fazendo? O que...?

Ele estava deitado na sarjeta, bêbado e machucado.

E eles se foram.

A mão ensanguentada buscou a parede. Ele ficou de pé com esforço.

Uma mulher. De meia-idade. Segurando uma bicicleta.

— Você está bem?

Com a cabeça encostada nos tijolos antigos, Theis Birk Larsen começou a vomitar. Sangue e cerveja. Parte das trevas que carregava dentro de si.

— Vou chamar a polícia — disse a mulher.

Ele vomitou mais. Colocou a mão no ombro da mulher. Ela recuou, esquivou-se do seu toque.

— Polícia não — balbuciou ele, tossindo, e foi cambaleando para a luz.

A mulher o deixou. Outra vez sozinho, ele se deu conta de que não conseguia ficar de pé. Como uma árvore derrubada, Theis Birk Larsen desmoronou lentamente sobre os paralelepípedos de Vesterbro, ficou de joelhos, então emborcou de lado, deixando que a escuridão rolasse sobre ele como as águas pretas pantanosas do Kalvebod Fælled.

Na sala de entrevistas, Hartmann encarava a advogada.

— As provas são circunstanciais, Troels. Portanto, eu não esperaria que o juiz prorrogasse a sua prisão preventiva. Mas se encontrarem alguma coisa no seu chalé...

Ele vestia o uniforme azul. Estava calado e abatido.

— Quanto mais você me disser, mais poderei ajudar.

Nada.

— Você está entendendo?

Nada.

A mulher juntou os papéis, soltou um pequeno suspiro dispéptico de reprovação.

— Muito bem. Eu volto amanhã. Talvez você esteja mais disposto a falar comigo.

Ele a observou arrumar os papéis numa pilha, colocá-los na pasta.

— O que está acontecendo na prefeitura?

A advogada parou e olhou para Hartmann.

— O que você acha? A Comissão Eleitoral acatou o desejo de Bremer. Eles tomaram uma decisão definitiva.

— Definitiva? Tem certeza?

O rosto dela estava hostil. Mais do que o normal naquele momento.

— Sou advogada criminal. Não constitucional. Pelo que eu entendi, a decisão foi tomada. Só precisa ser aprovada pela Câmara, hoje à noite.

A advogada o encarou.

— E aí você estará fora, Troels. Uma pena. Eu coloquei dinheiro na sua campanha. Onde eu estava com a cabeça?

Ele mal ouvia.

— Que horas será a reunião?

A mulher cruzou os braços.

— Fico feliz que tenha decidido falar comigo. Que tal discutirmos a sua defesa?

— Você pode me conseguir uma cópia do regimento da Câmara?

Uma pausa.

— Por quê?

— Preciso saber algo relativo à Comissão Eleitoral. Preciso de um detalhe...

— Troels! Você pode ser indiciado por assassinato! Está ficando louco?

Um sorriso amargo. Durou um segundo, não mais.

— Não. Não estou. Chame Brix. Diga que estou disposto a falar. Vou contar o que eu fiz naquele fim de semana.

Ela levou a mão à bolsa e pegou uma caderneta.

— Finalmente. Vamos ouvir, então.

Novamente o sorriso. Mais longo e confiante desta vez.

— Sinto muito. Não tenho tempo.

Ele puxou a caderneta dela e começou a escrever.

— Quero que você entre em contato com o promotor. Combine de ele vir me ver o mais cedo possível. É importante que a polícia retire as acusações antes do fim da tarde.

— Você só vai sair daqui amanhã, no mínimo.

Ele terminou a anotação.

— Dê isso a Morten.

— Não posso.

— Tudo que está escrito é que ele deve dizer a verdade. É o que eles querem, não é? É o que você quer.

Ela hesitou.

— Preciso estar fora daqui até hoje à noite. Por favor, me ajude. — Ele estendeu o papel sobre a mesa. — E obrigado pela contribuição.

* * *

Phillip Bressau estava ao telefone quando Jan e Sarah entraram na sua sala.

Ele cobriu o fone.

— O prefeito não está.

— Não tem problema — disse Jan. — Viemos falar com você.

— Não podem esperar até amanhã?

— Só precisamos de 5 minutos.

Eles se sentaram ao redor de uma mesa de centro, Sarah tomando nota dócil e disciplinadamente, como uma secretária.

— Antes da festa do pôster naquela sexta-feira — começou Jan — houve uma reunião no gabinete de Hartmann. Você estava presente?

Bressau estava bem-vestido para um sábado. Terno bem-passado, camisa azul, gravata.

— Sim. Fiquei algum tempo.

— Você viu Hartmann lá?

— Não. Eu não fiquei. Tinha trabalho a fazer. Do que se trata?

— Apenas rotina — disse Sarah. — Quando você se encontrou com Hartmann no dia 3 de agosto...

— O quê?

— Ele disse que vocês se encontraram naquele fim de semana.

— Eu não me encontrei com Hartmann.

Jan olhou para Sarah.

— Tem certeza? — perguntou ela.

— Absoluta. Ele disse isso?

— Sim.

— É impossível.

Bressau tirou uma agenda do bolso do paletó.

— Não. No dia 3 de agosto eu estava na Letônia em uma visita oficial com o prefeito. Voltamos na manhã de sábado. Hartmann não fazia parte da delegação.

— Ah, sim — disse Sarah, rabiscando alguma coisa.

— É só isso?

Bressau se levantou.

— Não exatamente — disse Jan. — Você pode me entregar as chaves do seu carro?

— O quê?

— Vamos combinar um empréstimo.

— O meu carro não está aqui.

— E onde está?

— Por que vocês precisam do meu carro?

— Porque eu sou abelhudo — disse Jan.

Passos à porta. Poul Bremer entrou, encarou os dois com frieza.

— O que diabos está acontecendo aqui?

Bressau deu de ombros.

— Eles estão me interrogando.

Jan riu.

— Vocês! Tão sensíveis. Temos alguns problemas com os movimentos de Hartmann. Só isso. Sério...

— Foi por isso que conversaram com os seguranças sobre o carro de Bressau?

Poul Bremer parecia furioso. Os dois policiais ficaram em silêncio.

— Nada acontece aqui sem que eu saiba — disse o velho político. — Parece que eu vou ter que falar com o seu chefe outra vez. — Bremer fez um gesto de cabeça para a porta. — Por favor, fechem ao sair.

A caminho da sede da polícia, Sarah solicitou uma busca pelo carro de Bressau. Uma perua branca, placa YJ 23 585.

— Quero que o carro seja apreendido e periciado.

Jan dirigia. Mais devagar agora. Nada de cigarro. Nada de banana.

— Se ele ligou para a Nanna 21 vezes da Letônia, alguém deve ter percebido — disse Sarah.

Jan assentiu.

— Havia dez pessoas naquela festinha — disse ele. — Sete eram empresários.

— Alguém que não faça parte da equipe de Bremer?

— Só um. Jens Holck, dos moderados.

Sarah se lembrou das imagens da repórter de TV. O homem de preto saindo sorrateiramente da festa de Hartmann.

— Vamos pegar o endereço dele — disse ela.

Quando Theis voltou a si, estava numa cama de beliche em uma sala branca e pequena que fedia a bebida azeda, homens e suor. Sacos de dormir e mochilas estavam espalhados pelo chão. Havia outros à sua volta. Homens seminus cobertos com lençóis finos, roncando e ressonando.

O corpo doía. Ele estava coberto de hematomas e cortes.

A porta abriu. Um homem entrou.

— Vejo que acordou.

Uma luz foi acesa. O homem se agachou ao lado do beliche. Vestia um cardigã marrom velho e tinha cabelos brancos compridos. O rosto marcado e barbado de um santo que se desviou do caminho.

— Como está se sentindo?

— Cadê as minhas coisas?

— Você levou uma surra. Eles levaram quase tudo.

Theis tentou se sentar. A cama acima era tão baixa que ele mal conseguia levantar a cabeça.

— Onde eu estou?

— No Abrigo Santa Cruz. Eu sou o responsável. Você estava caído em frente a uma porta na Skydebanegade. Não queria ir ao hospital. Não queria ligar para casa. Então o trouxemos para cá. Nenhum osso quebrado. Nós conferimos.

Ele tentou sair da cama, mas não conseguiu.

— Você falou sobre a sua filha.

Novamente deitado no colchão duro, olhando para o estrado de metal, pensando, sentindo dor.

— Você é Theis Birk Larsen — disse o homem. — Algumas pessoas o reconheceram em Vesterbro. Tinha certa reputação, ao que parece.

Theis passou a mão no rosto, olhou para o sangue.

— Está tudo bem. Fique aí. Vou lhe trazer sopa.

Um último esforço. Ele segurou a armação de metal.

— Não. Não posso ficar.

Sentado na lateral da cama. Nenhum sinal das botas. Nem do casaco. Não conseguia ver nada seu. Apenas um homem de meia-idade atormentado, outrora rei do bairro, agora um idiota velho e ferido.

— Seria melhor passar a noite aqui — disse o homem.

Theis tentou se mover e não conseguiu. Com um longo e dolorido gemido, largou o corpo na cama.

— Talvez possamos ajudar, Theis.

— Não, não podem — respondeu ele de imediato.

— Talvez...

— Eu disse que não podem.

Sua mão poderosa, com os cortes nos nós dos dedos, a ferida no pulso, apontou para um crucifixo no canto.

— Você não pode ajudar, e ele também não.

Uma expressão fugaz no rosto cinza e anêmico do homem. Não era de satisfação.

— Vou pegar a sopa — disse ele.

As discussões no cemitério prosseguiram indefinidamente e não chegaram a lugar algum. Estava escuro quando saíram. Lotte dirigia. Os meninos estavam calados e assustados no banco de trás.

Pernille olhava para as luzes da cidade enquanto seguiam pelo trânsito de sábado. Ela não falava desde o bate-boca acalorado no escritório da administração do cemitério. Vagn havia voltado à garagem para resolver algumas coisas. Lotte sentia que havia sido deixada no comando da situação.

— O que dois meninos famintos querem para jantar? — perguntou ela, do jeito mais animado que conseguiu.

Eles passariam pelo Tivoli no caminho. O parque estaria iluminado. Se tivesse dinheiro, ela levaria os meninos lá por puro desespero.

— Não sei — respondeu Emil, em voz dengosa, baixa e enfastiada.

— As panqueconas do papai, com geleia! — gritou Anton.

Emil lhe deu um tapa por causa disso. Lotte ouviu.

Pernille estava no banco do carona, ainda atormentada com a discussão.

— Tudo bem — disse Lotte. — Panquecas, então.

Semáforos. Grupos de homens e mulheres indo para os bares. Noite de sábado no centro.

— Nesse caso — acrescentou Lotte, sorrindo para eles no retrovisor —, vamos precisar de leite e ovos. — Ela se voltou para a irmã. — Pernille?

Aquele olhar arregalado que Lotte odiava.

— Tudo bem — acrescentou ela rapidamente. — Eu faço.

— Lotte.

A mão de Pernille estava na maçaneta. Ela parecia prestes a descer em meio aos carros em movimento.

— Você pode cuidar dos meninos hoje à noite?

— Claro. Se você quiser. Por quê?

Pernille não respondeu. Ela se virou para o banco de trás.

— Vocês vão para a casa da tia Lotte hoje e comer panquecas. Certo?

Nem mais uma palavra. Então Anton perguntou:

— Você não vai?

Ela voltara a olhar para o tráfego, para as luzes e as pessoas na rua.

— Não.

Um cruzamento. Bares. Neon. Gente. Anonimato na noite.

— Vou descer aqui.

Lotte continuou a dirigir.

— Vamos para casa. Tenho certeza de que Vagn já encontrou Theis.

Pernille pegou a bolsa.

— Vou descer aqui — repetiu ela.

O carro seguia em frente.

Ela gritava agora:

— Eu disse que vou descer aqui! Vou descer aqui, aqui, aqui...

Com os olhos turvos, o coração batendo forte, Lotte parou o carro.

Sua irmã se foi num piscar de olhos, sem mais uma palavra.

Hartmann estava de volta à sala de interrogatório, com a advogada e um guarda, olhando para Brix, que se instalara do outro lado da mesa.

Calmo agora. Mais parecido com seu velho eu. Falando daquela sexta-feira, da festa, das reuniões, dos encontros sociais nos longos corredores labirínticos do Rådhus.

— Você acredita em Deus? — perguntou ele a Brix.

— Eu vim até aqui para isso? — resmungou o altivo policial.

— Não. Você veio aqui para se entreter. Para me ver acuado.

— Troels... — A advogada parecia preocupada. — Brix está lhe fazendo um favor.

— Um favor — murmurou Hartmann.

Brix suspirou e olhou para o relógio.

— Eu não acredito em Deus — disse Hartmann. — Nunca acreditei. Mas às vezes me pergunto se isso não é só uma espécie de... covardia. Porque a pior coisa possível seria acreditar, colocar tudo que se tem nessa fé tão simples. E então acordar uma manhã e descobrir que é tudo uma grande e cruel piada.

— Troels... — A mulher outra vez.

— Você não entende? — A pergunta era dirigida a Brix, não a ela. — Aquela noite no Rådhus. Era o nosso aniversário de casamento. Eu estava cercado por todas aquelas pessoas sorridentes, radiantes. Meu rosto estava nos cartazes. Todos amavam Troels Hartmann.

Um olhar frio e incisivo para o outro lado da mesa.

— O homem que poderia dar um fim aos anos de Bremer.

Hartmann riu. De si mesmo, da própria estupidez.

— E aquilo não significava porcaria nenhuma. Eu soube naquele exato momento. Todo o champanhe, toda a comida e os parabéns. Eu só pensava nela. No quanto sentia falta dela. No que eu tinha perdido. Para sempre...

Olhos fechados, lembrando.

— Eles não viam nada. Só Troels Hartmann, no controle da situação. Rindo, gracejando, sorrindo. E o tempo todo eu me perguntava... por quê?

Ele bateu no peito com a ponta do dedo.

— O que eu fiz para merecer tudo isso? Toda essa... merda... sem sentido.

Ele deu de ombros.

— Eu era o padre que recebe uma carta de Deus e que lê... "Seu cretino". Então fiz o que qualquer homem corajoso faria. Saí discretamente da festa e enchi a cara. Pronto... — Ele fez um gesto de cabeça para Brix. — Uma confissão.

— E então?

— Eu não conseguiria encarar Rie. Então peguei um táxi e fui para o chalé.

Os olhos dele se voltaram para a janela, para a noite escura do lado de fora.

— Minha mulher sempre amou aquele lugar. Era dela.

— E a janela? — perguntou Brix.

— Quando cheguei, percebi que estava sem a chave. Então quebrei o vidro. E me cortei um pouco. Como um bom bêbado.

— E você estava sozinho?

— Com muitas lembranças.

— Hartmann...

— Não me pergunte como aconteceu. Nem me peça para explicar. Não consigo. Já tentei. Acredite. Talvez porque eu estivesse bêbado e idiota e cheio de autopiedade. E fraco.

Ele bateu com a ponta do dedo na mesa. Repetiu, desta vez mais alto:

— Fraco. O homem fraco disse que, se fosse para dar um fim a essa merda, o melhor seria que acontecesse no nosso chalé.

Um riso seco, oco.

— Dá para imaginar como isso é ridículo? Ela amava aquele lugar. — Seus olhos se fecharam de dor. — O que ela iria pensar...

Brix e a advogada esperaram.

— Então eu cobri as janelas com colchões, coloquei toalhas nas frestas das portas. Liguei o gás, deitei na cama e esperei.

Houve uma batida na porta. Jan entrou, olhou para Brix.

— Tem um minuto?

— Agora não.

— É importante.

— Agora não!

Jan resmungou e saiu.

Quando ele fechou a porta, Hartmann continuou:

— Quando acordei, na manhã seguinte, o vento tinha escancarado a porta. Não fechei direito, eu acho. Talvez eu seja um bêbado desajeitado. Ou então... talvez ela tenha vindo e dito. Chega, Troels. Chega. Não consigo entender, e por isso não pergunte. Então Morten apareceu, e me encontrou ali e me levou para casa.

— Morten Weber confirmará a história — acrescentou a mulher rapidamente.

Brix estava em silêncio.

— E foi isso — concluiu Hartmann.

— E você não contou isso por causa da eleição? Estava preocupado com a sua reputação?

Troels Hartmann sustentou seu olhar.

— Nenhuma palavra que eu disse para vocês em caráter confidencial deixou de estampar os jornais no dia seguinte. Isso me preocupou, eu admito. Também fiquei apreensivo por Rie. Queria mantê-la fora disso.

Um longo suspiro, um olhar demorado.

— Mas o principal é que eu estava envergonhado. Com medo. Pensava que, ao admitir o que aconteceu, eu permitiria que aquela coisa sombria voltasse a tomar conta da minha vida. O que faz de mim um idiota ainda maior do que eu acreditava ser. Porque na verdade...

Hartmann riu.

— Eu apenas a libertei. — Ele fitou os olhos de Brix. — Você consegue entender isso?

— Sim — disse o policial. — Consigo.

— Bem, é isso.

Ele hesitou.

— Vai mandar isso para todos os jornais agora?

— Creio que não — disse Brix.

Ele chamou o guarda com um movimento de cabeça.

— Leve-o de volta para a cela.

O homem de uniforme se aproximou. Hartmann evitou suas mãos.

— Eu disse a verdade! O que é isso?

A advogada estava agitada.

— É a verdade — disse ela. — Morten Weber pode confirmar.

— Imagino — disse Brix. — Talvez eu o indicie como cúmplice.

Ele gesticulou para o guarda.

Hartmann estava de pé, os braços erguidos, ainda resistindo.

— Eu preciso estar no Rådhus. Agora!

O guarda o agarrou. Hartmann levantou as mãos.

— Telefone para Morten! Isso é coisa de Bremer outra vez?

— Fora! — ordenou Brix, e o viu ser arrastado para fora da sala.

Na sala ao lado, Jan analisava mais laudos da perícia. Brix entrou, viu o timbre na pasta.

— Espero que eles tenham encontrado provas contundentes de que Nanna Birk Larsen esteve naquele chalé.

Jan balançou a cabeça.

— Nada. Nem um fio de cabelo. Nenhuma evidência de atividade sexual. Nenhum sinal de violência. Lund disse...

Brix arrancou o laudo das mãos dele, folheou as páginas com movimentos bruscos.

— Esqueça Lund. Havia traços de sangue na área de serviço.

— Sim. Sangue de peixe. Muito antigo. — Jan se recostou na cadeira. — Peixecídio é crime? Não me lembro de...

O telefone de Brix tocou. Ele escutou. Respondeu com um rosnado:

— Não, não mandei, droga. Deixe que eu cuido disso.

Ele encarou Jan.

— Lund pediu uma busca pelo carro de Phillip Bressau?

— Você quer dizer o carro branco que ele não explicou onde está? O carro branco que ele está escondendo de nós? Sim. Ela pediu. Bressau provavelmente foi quem atropelou o Christensen.

— A mulher e os filhos de Bressau estão na delegacia de Soro. Foram parados por uma viatura. O carro não tem um arranhão.

— É um carro branco da prefeitura. Eu não acredito nisso, Brix. O carro que matou Olav Christensen saiu de lá. — Jan estava prestes a explodir. — Toda vez que pisamos no Rådhus, aqueles malditos dão um jeito de mentir para nós. Por que isso não o incomoda? Com quem você acaba de falar?

— Você às vezes é uma grande decepção. Cadê Lund?

Jan correu o dedo pela lista de carros brancos. A vida estivera complicada demais para avançar naquela lista. Ele ainda não havia verificado nem dois terços dos nomes. Até agora.

— Ah, merda — murmurou ele, e agarrou o telefone.

Sarah não atendeu a ligação de Jan. Ela havia rastreado Jens Holck até um edifício residencial inacabado em Valby e agora ouvia o político falar da viagem à Letônia.

— Você viu Phillip Bressau?

— Só no avião, na ida e na volta. Ele não fala muito. Bremer e Bressau foram a algumas reuniões em Riga. O resto da comitiva, inclusive eu, ficou em Saldus.

Holck parecia cansado, tinha a barba por fazer. Talvez tivesse bebido.

— Bressau fez muitos telefonemas?

— Não lembro. Preciso ir agora.

— Você ainda tem o itinerário da viagem? Hotéis. Esse tipo de coisa. Seria de muita ajuda.

Ele olhou para o relógio.

— Vou procurar — falou. — Espere aqui.

Ela o viu voltar ao prédio. Uma luz foi acesa num andar superior. Sarah foi até a garagem. Desceu lentamente a rampa.

O lugar era um galpão convertido. O subsolo era grande, devia ter servido a algum uso industrial no passado.

Ela pegou uma lanterna. Apontou-a para as entranhas negras adiante.

Nada.

Mais alguns metros.

Perto da parede dos fundos, ela viu uma forma coberta por uma lona preta.

Olhou para o telefone. Sem sinal.

Foi até a lona, levantou-a na frente.

Deu um passo para trás e olhou.

Uma perua branca. O para-brisa rachado e sujo de sangue. A frente, acabada. Também com sangue. O espelho do motorista pendurado, chegava a encostar na porta.

Bastava.

Ela desligou a lanterna, marchou de volta para a noite gelada e sombria, foi até a viatura sem sirene nem pintura da polícia.

Nada das chaves.

Ela olhou o painel, o assoalho. Continuou procurando.

Abriu o porta-luvas. Pegou a Glock debaixo das caixas de Nicotinell e dos lenços de papel.

Empunhou a arma apontada para baixo. Olhou em volta.

— Holck? — chamou ela. — Holck?

Jan dirigia como um lunático, a luz azul acesa e piscando, sozinho. Atendendo a uma ligação ridícula de Brix, celular ao ouvido.

— Lund ligou? — perguntou Jan.

— Nunca mais me deixe falando sozinho — vociferou Brix. — Volte para cá.

— Estou indo à casa de Holck. Ele tinha um caso com Nanna. Conseguiu a chave do apartamento com Olav.

— Os registros contábeis mostram que Hartmann aprovou os pagamentos.

— Ah, acorda, cara! Ele falsificou os registros. Esteve armando para Hartmann o tempo todo. Holck tem uma perua branca. Ninguém viu o carro desde o assassinato de Olav.

— Isso não prova nada.

— Eu dei o endereço de Holck a Lund! Ela foi lá sozinha. Mande alguns carros de apoio agora.

— E quanto a Hartmann?

— Hartmann não teve nada a ver com isso! Precisamos alcançar Lund agora! Você sabe como ela é. Vai entrar sozinha, e desarmada.

Uma longa pausa. Jan deu uma guinada para ultrapassar uma lenta van de entregas, enterrou a mão na buzina, forçou alguns carros que vinham na direção contrária a saírem da pista.

— Vou mandar um carro — disse Brix. — Mas me mantenha informado.

Lennart Brix chamou Hartmann de volta à sala de interrogatório e ordenou que se sentasse.

— Teve notícias da minha advogada?

— Quero lhe fazer algumas perguntas sobre Jens Holck.

— Ah, pelo amor de Deus. Eu já disse tudo que sei. Vai haver uma votação importante na...

— Holck poderia ter adulterado os seus livros?

— Do que você está falando? Que livros?

— Os livros contábeis que mostram que você autorizou o pagamento a Olav.

— Então agora vocês acham que foi Jens?

— Apenas responda à pergunta.

— Talvez. Eu sou o secretário da Educação. Não faço a contabilidade.

Brix olhou de relance para suas anotações.

— Holck tem agido de forma estranha?

— Que tipo de pergunta é essa?

O telefone de Brix tocou.

— Ela não está no endereço que eu dei a você — disse Jan. — A casa está à venda.

— Ela está na prefeitura?

— Não. Eu liguei. Você precisa solicitar uma busca pela Lund.

— Não é a primeira vez que ela sai sozinha.

— Escute o que eu estou dizendo, Brix! Tem alguma coisa muito errada acontecendo. Ela está sozinha, e eu tenho certeza de que Holck é o homem que estamos procurando.

— Você já teve certeza disso antes.

— Você vai me ajudar ou não?

Brix tirou o telefone do ouvido, olhou para Hartmann.

— Onde Jens Holck está morando atualmente?

— O que está acontecendo?

— Holck não está em casa. Você tem algum outro endereço?

— Não sei. Ele se divorciou faz alguns meses. Acho que ele está morando com parentes.

— Que parentes?

— Não sei. O que está acontecendo?

Brix pegou o telefone.

— Hartmann disse que ele está morando com parentes. Não sabe onde.

Ele desligou. Hartmann olhava para o relógio na parede. Oito e vinte.

— Se você acha que foi Holck, por que eu estou aqui?

Brix acenou para um dos guardas.

— Leve-o de volta para a cela.

— Ah, tenha santa paciência — queixou-se Hartmann. — A reunião vai começar daqui a pouco.

Ele tentou se desvencilhar quando o guarda lhe segurou o braço, resistiu um pouco, não muito.

— Você sabe que não fui eu. Acha que vai poder abafar isso quando eu for solto? Acha que isso vai acontecer, Brix?

O policial alto ficou parado à porta.

— Vamos combinar o seguinte — disse Hartmann, curvando-se sobre a mesa. — Eu vou embora daqui. Não entro com processo algum. Seja pela prisão ilegal, pela invasão de domicílio, pela busca ilegal na minha casa... A dor de cabeça que eu posso lhe causar... eu esqueço tudo.

Brix escutava.

— Em contrapartida, você mantém confidencial o que eu lhe contei. Confidencial de verdade. Sem vazamentos para a imprensa. Nenhuma insinuação de tentativa de suicídio. Nada. Você diz que Hartmann foi interrogado em virtude de um mal-entendido. Foi considerado inocente, liberado. E fim de papo.

Brix respirou fundo, levou um dedo longo ao rosto.

— Posso ser prefeito daqui a uma semana. É melhor termos boas relações. E é bom começarmos agora. — Ele estendeu a mão. — Não acha?

— Fique aqui — ordenou Brix.

Então ele foi até o corredor e telefonou para a central.

— Solicitem uma busca pela Lund.

Nenhum sinal de Holck, em parte alguma. Sarah desceu ao porão para olhar uma segunda vez.

Lanterna na mão esquerda, arma na direita, ela seguiu adiante, procurando, apontando o facho de luz.

O lugar cheirava a umidade, poeira e óleo derramado. Havia ferramentas em prateleiras na parede. Uma pilha de paletes de madeira. Um motor aberto. Um móvel em algum estágio de montagem, um armário, talvez. Madeira crua, e ao lado um martelos, chaves de fenda, pregos e um serrote.

Nenhum sinal de Holck.

Ela seguiu adiante, passando por sacos de cimento, azulejos e tijolos.

A Glock tremia na sua mão. Sarah nunca a usara, não fora do estande de tiro. O facho branco da lanterna oscilava com o movimento. Encontrando nada.

Imbecil, pensou ela. Entrar sozinha. Não telefonar para Jan. Não pedir reforços, ajuda.

Por que ela tinha feito aquilo?

Não sabia. Era como ela era. Quem ela era.

A mulher que galgara os degraus até o cargo de *Vicekriminalkommissær* no departamento de homicídios. Que se mantivera no emprego graças à eficiência, não à política ou a alguma tentativa de se compensar a desigualdade, coisa que, pessoalmente, ela desprezava.

Ela era uma boa policial. Uma boa mãe. Alguém que se importava.

Mas, ainda assim, estava sozinha. Talvez sempre estará. Uma forasteira. Inadequada, com suas roupas modestas, o rabo de cavalo simples, os olhos brilhantes que nunca cessavam de procurar.

Sarah entrava sozinha porque gostava. Queria ser a primeira. Ver a cara deles quando vinham depois, atrás dela.

Geralmente funcionava.

Um último brilho da lanterna num canto. Uma série de formas de cerâmica, pias e banheiras, vasos e bidês.

Ela praguejou, virou-se. Estava caminhando para a saída, determinada a ligar para Jan, furiosa consigo mesma por ser tão estúpida, tão impetuosa.

Um vulto cortou a escuridão, da esquerda para a direita.

A arma ficou onde estava. Apontada para baixo. Uma arma não era sua primeira resposta natural e nunca seria.

Ela sempre pensava primeiro em falar. Queria saber.

— Holck...

O vulto outra vez. Algo na mão. Uma chave de roda, de quatro pontas, como uma arma medieval.

Mais perto.

Perto demais.

Ela o ouviu. Seu braço cortando o ar.

A arma se mexeu, mas não muito e não rapidamente.

O vulto se esquivou para o lado, foi substituído por um brilho no facho da lanterna, vindo na sua direção.

A chave de roda acertou a cabeça de Sarah Lund, atirando-a no chão duro.

Era um hotel de negócios em Bredgade, próximo à rua comercial de Strøget. Cem coroas por um uísque. Não muito menos por uma cerveja.

Pernille estava sentada no balcão do bar, a bolsa ao seu lado. A terceira parada da noite. Destilados em todas.

Como costumava ser quando era jovem e nada importava muito. Quando conseguia sair escondida dos pais, ir até as regiões barra-pesada, os lugares proibidos, ver aonde a noite a levava.

Ao lado dela estava um homem de quem teria rido então. Distinto, pedante, bronzeado, vestindo um terno um número menor. Mas ele estava pagando.

— Tenho a minha própria empresa — disse ele, pedindo mais bebidas. — Comecei do nada.

Era um bar de hotel. Eles eram os únicos clientes. Não era frequentado por moradores locais. Apenas por visitantes abandonados na cidade, sozinhos à noite.

— Levei cinco anos. — Ele era norueguês. — Tenho trinta funcionários, uma filial na Dinamarca, e produção no Vietnã.

A televisão estava ligada. Falava de uma reviravolta nas eleições municipais.

O homem chegou a cadeira para mais perto, viu que ela prestava atenção à TV.

— Um caso terrível. Saiu nos jornais de Oslo.

— A Câmara votará pela exclusão de Hartmann — dizia o âncora. — Espera-se que ele seja condenado, mas algumas fontes sugerem que isso talvez não...

Ele tocou seu braço.

— Você viaja muito? — O homem riu. — Dizem que a vida não é nada sem viajar. Isso porque não viajam a negócios. Vinte noites por mês...

Ele ergueu a taça, num brinde.

— Mas às vezes você conversa com uma bela mulher, em um bom bar. Não é tão ruim.

Ele sorria com um quê de malícia.

Ela tomou um longo gole. Não gostou muito.

Não gostava muito de mais nada. Os meninos. Lotte. Theis. Presa naquela busca interminável, na caça por uma explicação, por um motivo, sua vida entrara em um estranho limbo. Não conseguia dormir, não conseguia sentir, nem rir ou pensar com clareza.

Pernille pensou no seu antigo eu, a jovem bonita que pulava de bar em bar no bairro escuro e sujo de Vesterbro, seduzindo os jovens durões até encontrar o certo.

Nada importava.

Tanto na época quanto agora.

Ela olhou para o homem ao seu lado. Perguntou-se como ele seria com aquela idade. Convencido. Bonitão. Fraco e obediente.

— Vamos para o seu quarto — disse ela.

O norueguês a fitou, perplexo.

Pernille se levantou, pegou a bolsa no chão.

Com dedos ansiosos, ele pegou a chave.

— Coloque na conta — ordenou ele ao barman, e a seguiu até a porta.

O quarto não era grande. Cama de casal. Mesa reluzente. Laptop numa escrivaninha. O tipo de móvel de mau gosto que só os hotéis compram.

Ele estava aturdido, nervoso. Atrapalhou-se com a chave, tateou a parede em busca do interruptor.

Havia roupas sobre a cama. Uma camisa. Cuecas.

Ele pegou tudo, enfiou no armário.

— Eu não sabia que teria companhia. Quer beber alguma coisa?

Era do tamanho do quarto de Nanna. Nada pessoal ali. Nada do qual ela se lembraria.

— Quando eu era estudante, trabalhei no bar do Grand Hotel, em Oslo.

O homem falou como se aquele fosse um de seus grandes feitos na vida. Como montar a própria empresa e ter uma fábrica no Vietnã.

Ele pegou do frigobar duas garrafas de gim. Uma de água tônica. Bateu as garrafas no tampo reluzente da minúscula mesa, virou a bebida nos copos.

— Ha! Viu só? Não esqueci.

Não, menor que o de Nanna, pensou ela. Uma caixa para um homem sem rosto. Um lugar fora da vida que ela conhecia.

— Gim-tônica. Sem gelo. Sem limão.

Ele deu de ombros. Estava mais bêbado do que Pernille notara. Então talvez ela também estivesse, apesar de perceber em si um senso de clareza. Um senso de propósito, até.

A bebida estava na sua mão. Ela não tocou, não queria.

Ela pensou em Theis. No duro e bruto Theis. Um homem sem boas maneiras, sem belas palavras.

Sem toques delicados e pensados, apenas um enlace direto e físico.

E, no entanto, havia nele algo sensível, doce até. Tinha que haver. Que outro motivo ela teria tido para amá-lo, casar-se com ele, dar a ele três filhos?

O norueguês era diferente.

Bebida na mão, bebida no hálito, ele estava ao lado de Pernille. Afastou seus cabelos castanhos, úmidos da chuva. Acariciou-lhe o rosto com os dedos pálidos.

Tentou beijá-la.

O copo escorregou dos dedos dela. Derramou bebida no carpete macio do hotel.

— Desculpe. — Ele soava mais preocupado do que decepcionado. — Não sou muito bom nisso.

Era uma mentira, pensou ela.

— Eu pensei... — Ele deu de ombros. — Esqueça.

Ele pegou o copo, colocou-o sobre o frigobar. Quando se voltou, ela estava na cama.

Confusão e esperança no rosto dele. Um homem atraente. Sem nome.

Nada parecido com Theis, que podia apenas sonhar em ir a um lugar como o Vietnã. Que mal conseguia pagar dez funcionários, quanto mais cinquenta.

— Outra bebida? — perguntou ele.

Pernille disse palavras que não proferia havia anos, e que dissera apenas para um homem em toda a sua vida:

— Tire a minha roupa.

Ele riu, com uma expressão tola

— Tem certeza? Quer dizer... você me parece um pouco...

Ela fechou os olhos. Inclinou a cabeça para trás, a boca semiaberta.

Sorriu.

Um beijo então. O homem estava em cima dela. Apalpando, sentindo. Os lábios cheirando a álcool explorando seu pescoço. Arfando rápido demais, como que tentando convencer a si mesmo.

Pernille largou o corpo na cama de casal, deixou que os braços do homem a envolvessem, que suas mãos tateassem desesperadamente o vestido azul-escuro.

As roupas que usara ao colocar a urna de Nanna na terra marrom. Pernille não as queria mais, não queria nada com elas.

Theis Birk Larsen tomou a sopa, ficou sabendo dos pertences que ainda lhe restavam, conferiu os cortes, pediu curativos. Vestiu o macacão vermelho, o casaco de couro preto.

O homem de cabelos brancos do abrigo o observava.

— Tem certeza de que não quer ficar? Eu sei que não é o Radisson...

— Obrigado pela ajuda. Preciso ir.

Aperto de mão. Firme, determinado.

— De nada. Você sempre será bem-vindo.

Ele se pôs a arrumar os lençóis.

— Também já perdi algo importante — disse o homem. — Não importa como e por quê. Mas foi o que aconteceu.

Eram quase 21 horas. Theis colocou o gorro preto de lã.

— A vida não valia mais a pena. E a culpa me fez fazer coisas terríveis. Eu me odiava. Odiava aquilo que eu me tornara.

Ele estendeu um maço de cigarros e um isqueiro para Theis.

— Pode ficar com isso. Eu odiava a vida. Mas hoje vejo que há um plano por trás de tudo.

Ele disse isso como se fosse a coisa mais natural do mundo.

Theis acendeu um cigarro.

— O que parecia ser o fim acabou sendo um começo.

Fumaça no quarto apertado que cheirava a bebida, suor e homens.

— Deus nos dá sofrimento por um motivo. Mas não entendemos isso quando estamos com merda até o pescoço.

— Um plano? — disse Theis, sem conseguir conter uma fungada de desdém.

— Ah, sim. Há um plano, Theis. Para você. Para mim. Para todo mundo. Estamos caminhando pela estrada que nos foi dada, saibamos disso ou não. O que nos aguarda no fim...

Theis deu uma longa tragada no cigarro. Não queria voltar a ver aquele homem. Não gostava da forma como o olhava, exigindo respostas.

— Diga alguma coisa, Theis.

— Dizer o quê? — retrucou ele, e se sentiu envergonhado pela ferocidade súbita na própria voz. — Antes de conhecer a minha mulher, antes das crianças, eu fiz muita coisa ruim.

Ele encarou o homem com frieza.

— Não do mesmo tipo que você. De outra categoria. Eu feria as pessoas porque achava que elas mereciam. Eu fiz...

Seus olhos estreitos se fecharam de dor.

— Já chega dessa bobagem.

Havia um crucifixo na parede, uma forma esguia alquebrada olhando de cima para cada corpo trêmulo que passava pela porta.

— Foi há muito tempo. — Ele apontou a figura de Cristo em sua agonia. — Mas eu não acho que aquele cara tenha realmente esquecido. E tudo que recebi foi uma condicional. Passando um tempo com a minha família. E agora isso acabou.

Palavras demais. Ele voltou ao cigarro, os olhos matreiros cortando a fumaça, observando o homem do abrigo.

— Tenho certeza de que há alguma coisa, Theis. Alguma ajuda, algum conforto que dê esperança a você e à sua família.

— É — disse Theis. — Pode ser.

Ele olhou para o homem.

— Só não acho que você consideraria essa ajuda muito cristã.

O homem de cabelos brancos finalmente pareceu ficar sem palavras.

— Boa noite — murmurou Theis, e saiu para a rua úmida e fria.

Um sobressalto, uma dor aguda e pungente na cabeça. Sarah voltou a si no chão da garagem subterrânea, tentou levantar, mal conseguiu se mexer. Suas mãos estavam atadas, assim como os tornozelos. O lugar estava iluminado agora. Ela estava perto da perua branca. Não muito distante do armário ainda inacabado e das ferramentas.

Arrastou-se no chão, respirando poeira, vapores de óleo, o cheiro de pó de serra.

E de fumaça de cigarro.

Conseguiu virar o corpo até ver a pequena brasa vermelha em um canto.

Os olhos se ajustando.

Holck estava sentado no que parecia ser um tonel de óleo, fumando um cigarro. Um homem decidindo o que fazer.

Fale, pensou Sarah. A arma se fora. Não restava outra coisa a fazer.

— Me solte, Holck. Você sabe que não tem como isso dar certo.

Ele não respondeu.

— Vamos.

Silêncio.

— Podemos dar um jeito nisso.

Ela soava patética. Assim não.

— O que me diz?

Ele continuava a fumar, olhando para ela. Olhando para a garagem ao seu redor.

— A central pode me rastrear.

Holck atirou algo das sombras. Caiu na frente dela. Um telefone, em pedaços.

— Imagino que você queira saber — disse ele.

— Me solte.

Ele riu.

— O que você pretende? Se eu disser...

Sarah ficou em silêncio.

— É sério. — Ele deu um sorriso frio, mas de quem está se divertindo um pouco. — Estou interessado. Se eu contar, mato você. Se não...

Holck atirou o cigarro na direção dela. A ponta apagou com um chiado numa poça de óleo.

— Ah. Eu mato você também. Nesse caso...

— Me solte, Holck.

Ele inclinou a cabeça, como se ouvisse algo.

— Tão quieto aqui. Não é ótimo?

— Holck...

Ele se levantou, foi até Sarah.

— Eu informei à central para onde estava vindo — disse ela apressadamente. — Estão a caminho.

Ele segurava a carteira, olhava para algo.

— Você tem filhos?

Sarah tremia. De frio. De medo.

Holck se aproximou, agachou-se, mostrou-lhe a carteira.

— Você tem filhos? Esses são os meus.

Um menino e uma menina, rindo junto com uma mulher que sorria para a câmera.

Os dedos de Holck passearam sobre cada um dos rostos.

— Minha mulher. — Ele balançou a cabeça. — Ex-mulher. Ela não me deixa ver os dois com muita frequência.

— Holck...

— Você queria saber. Não parava de perguntar. Agora veja onde está.

Ele cutucou o próprio peito.

— E agora vem me culpar? Eu? Eu nunca quis matar ninguém. Quem quer? Nunca. Nem aquela putinha ordinária.

— Jens...

— Christensen. Aquele calhorda não desistia nunca. Queria dinheiro. Um emprego. Queria...

Uma raiva feroz, insana, contorceu o rosto cinza de Holck.

— Essa merda já me custou muito caro.

— Eu sei — disse ela, tentando amenizar o clima. — Por isso precisamos conversar. Você precisa me soltar. Podemos dar um jeito nisso.

— Sim.

Esperança.

— Eu gostaria muito.

— Então vamos, me solte.

— Mas não é assim tão simples, é?

— Holck...

Ele se levantou, olhou em volta.

— Eu sabia que você entenderia.

Foi até o carro branco, abriu a tampa da mala.

Sarah lutou inutilmente, tentava pensar.

Então ele estava de volta, a mão no casaco dela, arrastando-a pelo chão imundo.

O celular espatifado no chão.

— Aquele é o meu telefone, Holck! — gritou ela.

Eles estavam atrás do carro. Holck procurava algo. Uma arma. Para espancá-la até a inconsciência. Colocá-la na mala. No rio. Exatamente como Nanna.

— É o meu telefone, não o da polícia.

Ele parou.

— Eu já disse. Eles estão vindo. O telefone da polícia está no carro.

— Onde?

Ela não falou.

Holck pegou a chave de roda, segurou-a acima de Sarah, repetiu mais alto:

— Onde?

— Na minha bolsa.

Ainda com a chave de roda erguida:

— Não saia daí — disse Holck, e riu.

Um minuto, talvez dois. Sarah se arrastou pelo chão, na direção do armário inacabado e das ferramentas.

Não havia um segundo celular. Nenhum farol mágico que levasse a polícia àquela parte industrial da cidade, remota e deserta, onde Holck habitava sozinho um galpão inacabado pertencente a parentes seus que haviam fugido para passar o inverno na Cidade do Cabo.

Apenas uma bolsa cheia de goma de mascar, lenços de papel, balas de menta e lixo.

Ele começou a revirar a bolsa. Ficava mais irritado a cada segundo desperdiçado. Abriu o porta-luvas. Não encontrou nada além de caixas de Nicotinell e recibos de estacionamento.

Holck não sabia por que mostrara a ela a fotografia da mulher e dos filhos. Não sabia por que não a matara logo de uma vez, enfiara o corpo ensanguentado na mala do carro branco, dirigira até a mata distante, encontrara um rio, um canal. Por que não empurrara Sarah e a perua branca para as águas barrentas, onde ficariam para sempre.

Perdidas. Invisíveis. Esquecidas.

Holck procurou uma última vez.

Ele não queria atropelar Olav Christensen. Mas aquele sujeito esquisito não lhe dera outra escolha. Assim era a vida. Não havia escolhas em lugar algum. Apenas uma longa estrada que só ficava mais lúgubre e estreita a cada dia.

— Vadia — disse Holck entre os dentes ao bater a porta do carro, e então desceu para o buraco negro que levava de volta à garagem e a Sarah.

Rastejando no chão, rumo ao pó de serra e às ferramentas, à forma imprecisa do armário desmontado.

Um martelo. Um cinzel. Pregos, parafusos, cavilhas.

E um serrote.

Com as mãos atadas, os dedos trêmulos, ela pegou o serrote, colocou-o sobre as pernas, prendeu a lâmina entre os joelhos. Começou a serrar o lacre de plástico que a prendia.

Ruídos. Ele estava de volta. Remexia em algum ponto do poço de escuridão da entrada.

Imagens na mente de Sarah.

Um homem prevenido. Que precisa de coisas. Planeja coisas.

Um som, um farfalhar de plástico.

Um saco plástico preto para esconder um corpo no porta-malas.

Ruídos metálicos, lâmina contra lâmina.

Facas ou foices ou outra coisa cortante, uma arma para complementar a chave de roda, ferramentas para o serviço.

Passos.

Quando voltou à luz, Holck trazia o saco de lixo preto debaixo do braço direito e tinha as mãos ocupadas com um rolo de fita adesiva industrial.

Nanna fora atirada viva no rio, mas ao menos estava com a boca livre. Podia gritar.

Holck se aproximava rapidamente, alcançou a traseira do carro.

Olhou em volta.

— Vadia! — gritou.

Olhou ao redor de novo, sem acreditar em como podia ter sido tão idiota.

Pegou uma lanterna no porta-malas do carro, acendeu-a.

Um facho monocular brilhante procurando por ela. Como um caçador atrás de um veado ferido. O facho esquadrinhando o espaço, um único raio de luz ofuscante.

Cinco minutos, dez.

Na garagem subterrânea não havia o que chamamos tempo. Apenas um homem, uma arma e uma mulher por ele procurada nas sombras.

Atrás de uma coluna de concreto, Sarah espreitava, tentando controlar a respiração, não emitir som algum.

Tentando convencer a si mesma de que as ameaças que fizera não eram tão inócuas quanto pareciam. Que alguém estava vindo. Apesar de ela ter ido até ali sozinha. Sem informar ninguém. Nem mesmo Jan.

Eles a encontrariam de alguma forma.

Talvez.

Talvez.

Holck estava próximo dos sacos de cimento empilhados, o facho de luz percorrendo o chão. Então Sarah viu. A Glock estava no lugar onde havia caído quando ele a acertara com a chave de roda. Uma forma cinza reluzindo palidamente, não muito longe da perua branca.

Espere e torça.

Ou aja e vença.

Sarah se perguntou por que fizera a pergunta. Não era uma escolha.

Ele estava do outro lado da garagem. A arma, a quatro passos de distância, não mais. Talvez não a tivesse visto. Talvez se sentisse tão poderoso, tão no controle, que não sentia necessidade de outra arma que não a própria força.

Sarah correu.

Não quatro passos, cinco. Ela saltava para pegar a arma quando o viu. Oculto na escuridão, esperando o tempo todo.

A Glock havia sido uma armadilha, pensou ela quando Holck pegou a arma no chão com a mão esquerda e a acertou na cabeça com a direita, atirando-a arfante no chão de pedra.

Poeira na boca. Amargor e medo. Ela se arrastou, rastejou, ficou de joelhos na frente do homem.

Ergueu os olhos, viu a Glock apontada para seu rosto.

Outro som, vindo de outra direção.

Outro facho de luz.

— Pare, Holck!

Outra voz; essa, conhecida.

Sarah tentou se mover. A bota de Holck se ergueu no ar e a acertou no abdome.

Ela se curvou de dor.

Ao se virar, o viu. Fazendo o que ela um dia aprendera a fazer.

Posição Weaver. Duas mãos, o cotovelo principal reto, o de apoio ligeiramente dobrado. A arma firme, a mira determinada.

— Solta a arma — ordenou Jan.

Holck hesitava acima dela, a arma apontada para a cabeça de Sarah.

— Solta, Holck. Pelo amor de Deus.

Sarah se agachou, não olhou para o homem. Pensou em Mark. E em Bengt. E em Nanna Birk Larsen.

— Solta a porra da arma! — vociferou Jan.

Holck não se mexia. Nem pretendia. Morte por policial. E às vezes eles ainda levavam um junto.

— Vamos, Holck! Solta a arma. E deita. No chão. Agora.

O homem a olhava, e Sarah soube de alguma forma. Então olhou para ele.

A arma desceu até ficar ao lado da sua perna. Ele tremia. Tinha os olhos arregalados e aterrorizados. Imerso em pensamentos.

— Diga aos meus filhos... — disse ele, e lentamente, com intenção ambígua, levou a arma à cabeça dela.

Três explosões rápidas ecoaram na garagem vazia e empoeirada.

Ela o viu sacudir a cada uma, viu a dor e a surpresa em seus olhos.

A força o atirou para trás, lançou-o sobre um amontoado no chão, o corpo se dobrando.

Ela abraçou a si mesma e esperou.

Jan se aproximava. Normas. Facho da lanterna no homem, arma em punho.

Sarah olhava a forma imóvel à sua frente.

Atenta a sinais de movimento. Não viu nenhum.

Dez minutos depois, paramédicos davam pontos na nuca de Sarah. Um cadáver dentro de um saco preto, sangue vazando pelas costuras.

Em meio ao dilúvio de luzes azuis intermitentes, à cacofonia de sirenes, Jan Meyer estava encostado em seu carro, fumando furiosamente com a mão trêmula.

Observando-a. Pensando. Perguntando a si mesmo quantos resultados diferentes poderiam ter ocorrido. Haveria outras palavras? Outros estratagemas? Ou a estrada levava a apenas um lugar, direto ao fim inevitável?

Lennart Brix se aproximou. Capa de chuva azul. Cachecol Burberry cuidadosamente enrolado no pescoço. Parecia que tinha saído da ópera.

O investigador-chefe olhou em volta.

— Como você sabia aonde ir? — perguntou.

Jan a observava sentada na ambulância, impassível, deixando que os paramédicos fizessem seu trabalho.

— Da mesma forma que Lund. Liguei para a ex-mulher dele.

Brix estendeu a mão direita, aberta, a palma voltada para cima. As luvas de couro também não fariam feio na ópera.

Jan terminou o cigarro, jogou-o para a escuridão, ergueu-se e tirou a pistola do coldre. Checou o pente, tirou-o. Segurou a arma pela coronha, com o cano para baixo, e a colocou na mão de Brix. Depois, o pente.

— Haverá uma investigação. É obrigatório.

— É.

— Você será informado. Os pais da jovem precisam saber.

Ele deu um tapinha nas costas de Jan.

— Bom trabalho — disse. — Agora vá dormir.

Liberaram Hartmann às 22 horas. Sarah estava no fim do corredor, sendo examinada por um médico novamente, enquanto ele recebia suas coisas.

— Você não me deve uma explicação? — perguntou Hartmann a Brix.

— Não vejo por quê. Você vai assinar pelo recebimento das suas coisas ou não?

Hartmann pegou a gravata e o relógio. Assinou o formulário.

— Temos um acordo? — perguntou ele, hesitante.

— Sobre o quê?

— Sobre... o que eu lhe contei.

Nenhum lampejo de emoção no rosto cinza e impassível de Brix.

— Só damos declarações públicas quando um caso vai a julgamento — disse ele. — Como esse não vai...

— Obrigado.

— Não me agradeça.

Hartmann olhava para o relógio. As horas.

— Não é necessário — acrescentou Brix, com um sorriso.

Outra lanterna. Desta vez a do médico da polícia, direcionada aos olhos dela.

— Você teve uma concussão leve. Vá para casa e descanse.

— Eu estou bem — disse Sarah, passando o suéter preto e branco cuidadosamente pela cabeça, notando o remendo que se recusava a ficar fechado, percebendo que precisava comprar um novo.

A porta se abriu. Bengt entrou. O braço numa tipoia. Parecia mais chocado agora do que ficara após o acidente de carro.

— Ainda não terminei — disse o médico.

Bengt ignorou o homem.

— Se os pontos abrirem, você vai precisar receber outros, novamente.

Ele a abraçou.

Mas Sarah ainda olhava para o corredor, viu Hartmann vestir o casaco cinza, encaminhar-se para a porta.

O médico tossiu.

— Eu disse que não terminei.

Sarah se afastou de Bengt com delicadeza. Olhou para o corredor outra vez.

— Eu disse que estou bem.

Mas Hartmann já se fora.

Morten Weber esperava no carro.

— Foi Holck. Ele aprisionou Sarah Lund. Ela tem sorte de estar viva.

Hartmann observava as luzes da cidade, antecipando os acontecimentos.

— Quem lhe disse isso?

— A sua advogada. Todas as acusações contra você foram retiradas. Ela declarou que você pode processá-los.

— Não vou processar ninguém. Cadê Rie?

Uma pausa.

— Era tarde demais para fazer alguma diferença, Troels. Eles votaram. Você foi excluído da eleição. Sinto muito.

— É o que veremos. Onde ela está?

— Bremer convocou uma coletiva de imprensa.

Hartmann olhou pela janela. Noite de inverno. Alguém que ele conhecia — não gostava, mas conhecia — fora morto. Outro membro da Câmara Municipal com uma vida que fora arrancada daqueles à sua volta.

Troels Hartmann se deu conta de que não estava sozinho. Que deixara de sentir medo. Não era mais presa dos demônios que o haviam atormentado.

— Ninguém jamais vai saber sobre o chalé — disse ele.

— Você confessou para a polícia.

— Ninguém jamais vai saber daquilo. Estamos de volta ao páreo, Morten.

— Troels!

— Eu sou um homem injustiçado! — rugiu Hartmann. — Você não entende?

Morten ficou calado.

— Sou a vítima nessa história. Tanto quanto a garota Birk Larsen...

— Não tanto — ressaltou Morten. — Se vamos jogar a carta da empatia, é melhor que a usemos com cautela.

— Bem colocado. — Hartmann pegou o telefone, perguntou-se para quem deveria ligar primeiro. — Vamos dar um jeito nisso.

O quarto de hotel estava em desordem. Espelhos quebrados. Pinturas ordinárias no chão. Vagn olhava para Pernille, em silêncio na cama, seminua.

O norueguês embriagado estava assustado.

— Eu não sabia que ela ia surtar! Peguei um número no telefone dela. Fui eu que liguei para você.

Vagn ainda vestia as roupas de trabalho. Mãos nos bolsos. Gorro preto. Ele se agachou, encarou-a.

— Pernille.

Ela olhou para Vagn, continuou calada.

— Tudo bem, não é? — suplicou o norueguês. — Eu não fiz nada. Não aconteceu nada. Pensei que ela quisesse, mas aí...

Ele olhou para Vagn. Aquilo era para ser uma conversa de homem para homem.

— Ela ficou descontrolada. Quer dizer... eu não sabia que ela era casada. Achei que quisesse um pouco de companhia...

— Some daqui — gritou Vagn, empurrando-o porta afora.

Voltou-se para ela. Ajoelhou-se ao lado da cama.

— Pernille. É melhor você se vestir.

Ele ergueu uma cadeira tombada. Pegou a meia-calça de sobre a cama.

Pernille se recusava a pegar.

— Ah, pelo amor de Deus.

Ele tentou vestir-lhe a meia-calça. Desistiu.

— Cadê os seus sapatos?

Nenhuma resposta. Ele olhou em volta. Viu as botas pretas.

— Eu estava tentando falar com você. A polícia ligou.

Não foi mais fácil com as botas.

— Pernille! Eu não consigo vestir você.

Ela olhou para Vagn. Não disse nada.

— Eles encontraram o assassino.

Não se mexia. Não o ajudava. As botas outra vez.

— Você entendeu o que eu disse? A polícia pegou o cara. Ele está morto.

Nada no rosto impassível. Nenhuma palavra.

— Ele está morto — repetiu Vagn.

Pernille pegou as botas das mãos deles, calçou-as lentamente. Vagn olhou para o quarto à sua volta. Fez o que precisava fazer algumas vezes. Arrumar as coisas. Mexeu nas flores, no abajur quebrado.

Tirou-a do hotel.

Ele fora até lá numa van pequena. O veículo cheirava a tapete molhado.

— Lotte está com os meninos na casa dos seus pais. Você teve notícias de Theis?

Nada além de luzes e tráfego. Nenhuma palavra.

— Pelo amor de Deus, Pernille! Diga alguma coisa.

Passaram pelo Rådhus, pela sede da polícia, desceram a longa e reta Vesterbrogade. Adentraram Vesterbro, cruzando cafés e bares, as ruelas com suas casas de viciados, as putas e os festeiros, a gente da noite.

— Um dia — disse ela — a gente foi à praia e eu quis ensinar a Nanna a nadar.

Passaram pela escola dos meninos e pela igreja onde o caixão branco de Nanna fora velado.

— Estávamos em frente ao mar. Eu disse... primeiro você precisa aprender a flutuar.

A caminho de casa.

— Nanna estava com medo. Mas eu disse que a seguraria. Sempre. Não importava o que acontecesse. Eu a seguraria.

Pernille levou a mão à boca. Lágrimas. Uma convulsão súbita de dor.

— Que nunca a soltaria. — Ela chorava. — Nunca.

* * *

De volta ao apartamento de Vibeke, Sarah assistia ao noticiário da noite A cabeça não doía muito. A cerveja ajudava.

Brix estava em frente ao prédio de Holck, olhando para a câmera. Sério. Ele gostava de aparecer na TV.

— Jens Holck foi alvejado em legítima defesa depois de ameaçar uma policial com uma arma. Ele foi morto por outro policial que estava no local. As evidências indicam que Holck era o homem que estávamos procurando no caso Birk Larsen.

O repórter o pressionou com perguntas sobre Hartmann. Brix permaneceu indiferente.

Bengt surgiu na sala e se sentou ao lado dela.

— Tínhamos fortes motivos para acreditar que havia uma ligação com o Rådhus. Infelizmente, Holck parece ter adulterado alguns registros de modo a fazer parecer que Troels Hartmann era o responsável. Fico feliz em dizer que Hartmann foi apenas uma vítima inocente de tudo isso, e que fez o possível para ajudar a polícia o tempo todo.

— Sarah...

— Um minuto — disse ela.

Bengt se aproximou, pegou o controle remoto, desligou a TV.

— Você precisa falar — disse ele.

— Sobre o quê?

— Sobre como você se sente.

— Como eu me sinto?

— Culpada?

— Não — respondeu ela de pronto.

— Assustada?

Ela olhou para a tela apagada e balançou negativamente a cabeça. Então tomou um gole de cerveja.

— Você vai ter uma reação — insistiu ele.

Ainda olhando para a tela apagada.

— Isso é um diagnóstico profissional?

— Se você preferir...

— O problema não é esse.

Mais cerveja.

— Qual é, então?

Ela o olhou e não disse nada.

Bengt suspirou.

— Ok. Eu sei o que disse a respeito do perfil. Que poderia haver outras vítimas.

— Improvável, se foi o Holck. Ele não podia levar aquela vida e fazer esse tipo de coisa.

— Então aí está. Eu me enganei. Acontece.

Ela olhou para Bengt outra vez, em silêncio.

— Eu não sou tão inteligente quanto você, Sarah.

Ele apertou sua mão. Ela não retribuiu.

— Eu não vejo coisas. Não imagino coisas. Não consigo.

Nenhuma palavra.

— Às vezes eu penso que seria melhor se você também não conseguisse. Você não acha?

Sarah terminou a cerveja, pensou em pegar outra.

— Não podemos escolher quem somos, podemos? — disse ela.

— Em alguns aspectos, sim. Fique feliz que tenha acabado.

Bengt se aproximou e gentilmente afastou os cabelos da testa dela.

— Fique feliz por não precisar mais ter tudo isso aí dentro.

Ela olhava para a TV desligada. Fez menção de levar a mão ao controle.

— Venha para a cama, Sarah. Pelo amor de Deus, deixe isso para trás.

Nove

Domingo, 16 de novembro

A Comissão Eleitoral se reuniu numa sessão de emergência às 9 horas e revogou a decisão tomada na noite anterior. Troels Hartmann estava de volta à disputa, inocentado, uma vítima das circunstâncias. Ninguém sabia da tentativa de suicídio. Nem mesmo — Hartmann assim torcia — Poul Bremer.

Duas horas depois, no comitê do Partido Liberal, Morten tentava instilar alguma esperança nas tropas.

— Temos um trabalho a fazer. Precisamos explicar aos eleitores que Troels é inocente. Nós sabemos disso. Assim como a polícia. Mas os eleitores precisam entender.

Oito funcionários da campanha, além de Hartmann, estavam na sala.

— Muitos dos nossos financiadores nos abandonaram — prosseguiu Morten. — Sem dinheiro não há campanha. Então precisamos trazê-los de volta.

— E quanto à aliança? — perguntou Elisabet Hedegaard.

— Esqueça a aliança — disse Hartmann. — Se conseguirmos os votos, eles virão. Para onde mais podem ir?

Hedegaard não parecia convencida.

— A votação é na próxima terça-feira. Nós todos sabemos o que isso significa. As pessoas vão decidir até sábado. Não temos tempo.

Morten fez uma careta e olhou para a mesa.

Hartmann se levantou, determinado. Olhou a todos nos olhos, fazendo com que cada um dos presentes se sentisse especial.

— O que Elisabet disse é verdade. O tempo está contra nós. A imprensa também. Talvez Bremer tenha mais cartas na manga. — Ele deu de ombros. — Tudo que eu sei é o seguinte: se não tentarmos, vamos perder. Então por que não darmos tudo que temos? Por que não lutar? Por que não sonhar?

Ele riu. Desfrutou daquele pequeno palco, daquela pequena plateia.

— Eu não recomendaria uma cela para meditar sobre a política. Mas funciona, de certa forma. Quando eu estava lá...

Seus olhos se perderam na distância. Todos, até mesmo Morten, estavam imersos no momento.

— Naquele uniforme azul de detento, pensei em quem somos. — Ele assentiu para todos. — Em vocês. Pelo que lutamos. Nada disso mudou. Nossas ideias, nossas ambições continuam as mesmas. Por acaso nós as desejamos, hoje, menos do que desejávamos antes?

Ele socou a mesa.

— Não. Eu quero ainda mais, com paixão. Quero uma prefeitura que não manobre a polícia só porque alguém aqui quis.

Um murmúrio de aprovação. Estados de espírito menos carregados. Mais voltados para ele.

— Vamos dar o nosso melhor? Ou vamos dar a Poul Bremer o que ele e seus lacaios tramaram para conseguir esse tempo todo? Mais quatro anos perdidos?

Morten bateu palmas. O mesmo fez Elisabet Hedegaard. Seguidos por todos.

Hartmann sorriu, olhou para cada um, lembrou-se de cada nome. Quase todos estiveram prestes a descartá-lo. A todos ele agora agradeceria pessoalmente mais tarde pelo apoio que demonstraram de forma tão efusiva, por meio de um telefonema; ele próprio ligaria.

— Vamos trabalhar. Vejo vocês aí fora.

Ele os observou sair.

— Você falou com Rie? — perguntou Morten. — Temos muito a fazer.

— Eu sei, eu sei. Deixei mil mensagens. Ela não me liga.

Alguém batendo na porta. Poul Bremer, de casaco de inverno, cachecol vermelho e sorriso radiante, mais parecendo pronto para se candidatar a uma vaga de Papai Noel.

— Troels! — Uma voz alta e jovial. — Desculpe-me por interromper. Eu tinha que vir até aqui para...

Ele entrou, tirou o cachecol. O sorriso se desarmou.

Sinceridade.

— Para dar boas-vindas.

— Muito gentil da sua parte.

Morten murmurou algo sarcástico e foi discretamente para sua mesa. Bremer foi até a sala de Hartmann, serviu-se de café e então se acomodou no sofá, balançando a cabeça.

— Holck, Holck. Sempre foi uma alma solitária. Mas isso... Não entendo. Por quê? Fomos juntos à Letônia. Ele estava um pouco deprimido, mas...

Bremer pegou um biscoito e deu uma mordida.

— Um homem capaz, apesar de pouco criativo. No final das contas, os moderados vão ficar melhor sem ele. Mas não por enquanto. No que diz respeito às eleições, estão perdidos. Assim como o pessoal da Kirsten e todas as outras pulgas que pulam nas costas de quem estiver disposto a alimentá-las.

O sorriso radiante outra vez.

— De uma forma ou de outra, você deixou todos eles em frangalhos. Somos eu e você agora. Eu daria meus parabéns se acreditasse que foi intencional.

— Você tem algo a dizer?

Outro gole de café e seus olhos cinzentos se voltaram para Hartmann.

— Tenho. Sinto muito pelo que aconteceu. Mesmo. Ontem à noite eu acreditava que estávamos fazendo a coisa certa, dadas as circunstâncias. Circunstâncias enganosas, mas eram as únicas que conhecíamos.

Ele esperou. Um momento político, do tipo que Hartmann reconhecia.

— E eu sinto muito, Poul, se o acusei injustamente no calor do momento.

Bremer deu de ombros.

— Não é necessário. Esqueça isso. Eu já esqueci. Agora precisamos olhar para a frente. Todos fomos afetados por isso. Não só você.

Hartmann se sentou na poltrona em frente.

— E...?

— Temos um consenso. Um consenso raro. Eu conversei com os outros depois que revertemos a decisão de excluir você. Uma decisão fácil, devo acrescentar. Todos acreditamos que este é o momento de deixarmos nossas diferenças de lado e mudarmos a opinião pública. O ceticismo. O choque. A percepção de que há um caos. É compreensível, mas errado, como você bem sabe. Nossa tarefa mais crucial é reconquistar a confiança dos eleitores. Esse é o legado que Jens Holck nos deixou. Temos que renovar o nosso contrato com o povo. Convencer as pessoas do nosso valor. Você está nessa comigo?

— Sempre fazendo belos discursos.

— A questão nisso tudo não sou eu. Nem você. A questão aqui é a... — ele fez um gesto amplo para a sala elegante em que se encontravam, os mosaicos, as esculturas, as pinturas — ... este lugar. O nosso castelo. Nosso lar natural. O Rådhus. Hoje à noite daremos uma coletiva de imprensa. Vou falar sobre um novo desejo da parte de todos os partidos de trabalharmos juntos visando ao bem comum e para limpar a bagunça deixada por Holck. Você está nessa comigo?

— O que você está dizendo?

— Concordamos com um *borg fred*. Uma trégua. Cessar esses ataques pessoais. O debate intenso. O clima hostil. Um acordo de cavalheiros. Vamos nos comportar.

— Um *borg fred*...

— Paz no castelo. Já aconteceu antes, em circunstâncias extraordinárias. A eleição continua. Vamos simplesmente amenizar nosso comportamento. Abaixar a temperatura.

Os olhos cinzentos estavam cravados nele.

— Falar de políticas, não de indivíduos. Tenho certeza de que você vai concordar com isso.

Bremer se levantou do sofá.

— É nesse pé que está a situação. Sugiro que abaixe as armas. Estou sendo generoso, Troels. Você não está em condições de lutar. Não agora.

O sorriso, a mão estendida.

— Posso contar com você?

Hartmann hesitou.

— Preciso pensar.

— O que há para pensar? Temos um consenso. Ligue para eles se quiser. Estou lhe dando a chance de voltar. Vai parecer burrice sua se você ficar de fora. Mas se é isso o que quer...

— O que for o melhor — respondeu Hartmann.

Poul Bremer o encarou friamente.

— Vou tomar isso como um sim. A coletiva de imprensa conjunta será às 8. Espero ver você lá.

* * *

Ao fim da manhã, a equipe de Svendsen tinha os registros das contas bancárias e dos cartões de crédito de Holck. Mostravam uma série de compras em butiques e joalherias caras.

— Podemos rastrear a compra das botas — disse Jan.

Lennart Brix estava sentado na sala, olhando para as fotos, impassível, sem qualquer emoção no rosto.

— E quanto ao colar? — perguntou Sarah. — A corrente com o coração preto?

Jan jogou em frente a Brix a fotografia tirada no laboratório.

— Ela segurava isso quando foi encontrada — disse ele. — Acreditamos que ele a fez usá-lo. Nanna arrancou o cordão do pescoço quando estava se afogando.

Sarah insistiu:

— Foi Holck quem comprou o colar para ela?

— Isso provavelmente não vai aparecer nos registros. Se ele comprou, deve ter pagado em dinheiro, em alguma das bancas de quinquilharias de Christiania ou de algum outro lugar qualquer.

— Por que você diz isso? — perguntou ela.

Jan se mexeu na cadeira, desconfortável. Estava pálido, com aparência exausta. Era raro que alguém morresse nas mãos de um policial dinamarquês. A imprensa estava fascinada. Uma investigação interna era inevitável.

— Pelo que conseguimos levantar, aquele colar é antigo. Vinte anos ou mais. Feito à mão. Corrente folheada a ouro, mas barata. Vidro...

Ele a fitava. Àquela altura, Sarah já conhecia aquele olhar. Dizia: por que você continua insistindo? Por que não consegue simplesmente aceitar que algumas coisas nós nunca saberemos?

— O que um coração preto quer dizer, Meyer?

— Os hippies de Christiania... Era um símbolo comum entre eles, nos velhos tempos. Uma espécie de distintivo para as gangues de traficantes. Hoje só são encontrados em bancas de quinquilharias.

Brix falou pela primeira vez:

— Não podemos perder tempo voltando duas décadas no tempo.

Sarah se aproximou e remexeu a pilha de provas. O colar estava ali, em um saco plástico. Ela o pegou. Olhou para a corrente folheada a ouro. Sem marcas. Sem manchas.

— Isso não foi usado por vinte anos. Se Holck o comprou...

Jan prosseguiu:

— Jens Holck transferiu dinheiro ele próprio para a conta de Olav. Não apenas os 5 mil que lhe pagava por intermédio da prefeitura. Chantagem. Também encontramos as digitais dele no apartamento da Store Kongensgade. E encontramos isso na casa dele.

Jan espalhou algumas fotografias sobre a mesa. Sarah arrastou a cadeira para mais perto. Holck e Nanna em algum lugar do interior. Felizes, apaixonados. Holck sorria. Quase irreconhecível.

— É óbvio que estavam tendo um caso. A mulher confirmou. Ela não sabia com quem ele estava saindo. Apenas que estava obcecado pela mulher. E que ela era jovem.

Jan coçou a cabeça.

— Eles sempre mencionam isso, não é? Acho que ele estava orgulhoso.

— E feliz — acrescentou Sarah.

Brix parecia entediado.

— O que sabemos sobre os movimentos dele naquela sexta-feira?

— Ele esteve na festa do pôster. Nanna foi ao Rådhus mais tarde. Provavelmente para pegar as chaves e entrar no apartamento.

Sarah voltou às fotografias de Holck. Algumas de uma outra ocasião. Uma época mais fria. Ambos com casacos pesados. Rindo. Nanna aparentando bem mais idade. Holck um homem diferente, abraçando-a. Apaixonado. Estava evidente.

Uma lembrança da noite anterior.

Aquela putinha ordinária.

— Alguém viu Holck naquele fim de semana? — perguntou Brix.

— Não. A ex-mulher ficou com a guarda dos filhos e o impedia de ver as crianças. Ficava infernizando-o com tudo. Não conseguimos encontrar ninguém que o tenha visto.

Brix assentiu.

— E o carro que encontramos na casa dele?

— Nenhuma dúvida — disse Jan. — É o carro que matou Olav.

Sarah continuava a folhear as fotografias. Holck e Nanna, um casal. Vinte anos de diferença. Transbordando felicidade.

— O que acha, Lund?

A pergunta de Brix a pegou de surpresa. Ela largou as fotografias na mesa.

— Parece um caso sólido — disse ela, sem muita convicção.

— O seu entusiasmo me contagia.

Ela não disse nada.

— Bom trabalho — declarou Brix.

Ele então se levantou, deu um tapinha no ombro de Jan e saiu da sala.

Pouco depois, Sarah arrumava suas coisas outra vez. Era a sala de Jan agora.

Ele a observava. Parecia preocupado.

— O que você vai fazer?

Ela guardava numa caixa de papelão o que tirava da mesa.

— Não sei. Eu e Bengt precisamos conversar. Mark também. Vamos dar um jeito nas coisas.

Jan começou a brincar com seu carrinho de polícia. Desistiu e pôs-se a andar de um lado para o outro, cigarro na mão.

— E você? — perguntou ela.

— Eu? Vão fazer uma investigação sobre a morte de Holck. Deve durar semanas.

— Você não precisa se preocupar. Fez a coisa certa...

— Por que é que aquele idiota simplesmente não largou a arma? Deus sabe que eu tentei...

— Meyer...

— O que eu podia fazer, droga?

Ele parecia chocado, assustado e desamparado. E jovem, com as orelhas enormes e o rosto sincero.

Sarah parou de colocar as coisas na caixa e se aproximou, colocou-se na frente dele.

— Você não podia ter feito outra coisa. Não tinha escolha.

De perto, os olhos dele brilhavam. Sarah se perguntou se ele andara chorando.

Jan deu uma tragada no cigarro, olhou nervosamente em volta.

Ela se lembrou de tê-lo encontrado no Pátio Memorial, olhando para o nome do colega morto. Jan ficara marcado por aquilo. Não conseguia esquecer.

— Fico feliz por você ter feito o que fez. Como não ficar? Você salvou a minha vida.

Ele pegou o carrinho outra vez, girou as rodas na mesa. Não riu quando a luz azul começou a piscar.

— E agora? — perguntou ele. — O caso está encerrado, certo?

Um cinzeiro e uma placa condecorativa foram para a caixa de papelão.

— O que você quer dizer?

— Ah, por favor. Eu sei o que você está pensando. Agora já sei interpretar esse seu jeito.

— O que eu estou pensando?

— Quero ouvir de você.

— Só estou cansada. Assim como você. Só isso.

Brix voltou. O departamento legal decidira. Havia provas suficientes para provar que Holck era o assassino de Nanna Birk Larsen. Jan concordou em dar a notícia aos pais.

— E quanto à Suécia, Lund? — perguntou ele. — Alguma novidade?

Ela pegou a caixa.

— Ainda não.

Brix coçou a orelha, parecia desconfortável.

— Tenho uma garrafa de um bom uísque de malte na minha sala. Se quiserem. Precisamos comemorar, vocês e toda a equipe. Foi uma estrada longa e difícil. Para vocês dois, principalmente. Talvez...

Ele tossiu. Olhou para os dois. Sorriu sem a menor sugestão de sarcasmo.

— Talvez eu não tenha facilitado as coisas. A vida nunca é fácil quando a política entra em cena...

— Eu aceito uma bebida — disse Jan, e saiu da sala.

— Vou em um minuto — acrescentou Sarah.

Brix se afastou pelo corredor. Ela ouvia risadas lá fora. Nenhuma voz que reconhecesse.

Sozinha, Sarah foi até o arquivo. Pegou a pasta com os casos de mulheres desaparecidas. Dez anos. Várias. Nada promissor. O homem que ela encarregara daquilo era um veterano, não ia bem de saúde. Outrora um policial em forma, bom nas ruas. Agora confinado a caçar ouro perdido em meio a papéis velhos.

Dez anos não fora o bastante. Então ele tinha voltado ainda mais no tempo. Chegara a 23 anos antes, quando Brix o tirou da investigação.

Treze mulheres desaparecidas. Jovens. Nenhuma relação com a prefeitura ou com política. Nada que ligasse nenhuma delas a um homem chamado Holck. Tampouco algo que as ligasse a um único assassino em série. Mas não significava que não existisse um.

Ela se concentrou na última, a mais velha. Vinte e um anos antes.

As cores da fotografia estavam desbotadas. Mette Hauge. Estudante. Vinte e dois anos. Cabelos castanhos compridos. Sorriso vago e simpático. Grandes brincos brancos.

Sarah olhou para os arquivos dos casos não solucionados e se sentou.

O telefone não dava trégua, e havia apenas Vagn para atender. Lotte estava por perto com uma blusa com um decote insinuante. Ele sabia por quê.

— Estou me lixando para o seu prazo — gritou ele, e bateu o telefone. — Malditos repórteres.

Ele a encarou irritado.

— Vai pegar um resfriado usando isso aí.

Então voltou a trabalhar no motor de uma das vans.

— Teve notícias de Theis? — perguntou ela.

— Está vindo. Sabe Deus por onde andou.

Lotte sorriu, bateu os cílios. Como se ele fosse cair naquela depois de tanto tempo.

— Vagn. Não precisamos contar a Theis sobre ontem. Não ajudaria em nada. Vamos deixar só entre nós.

— Agora você quer que eu minta? Meu Deus. Estou trabalhando num domingo. Tentando manter as vans na ativa. Tem alguma coisa que eu não precise fazer por aqui?

Passos na porta da garagem. Theis Birk Larsen entrou. Casaco preto, gorro preto. Cortes no rosto. Barba por fazer.

Lotte conseguiu forçar um sorriso nervoso.

— Oi, Theis. Soube que pegaram o cara? A polícia deve chegar daqui a uma hora.

Ele não olhou para nenhum dos dois. Apenas foi até o escritório, pôs-se a olhar para a escala de trabalho da semana.

— Soube. Onde está Pernille?

— Onde você acha? — disse Vagn, com voz esganiçada.

Lotte olhou para os pés. Theis voltou os estreitos olhos frios para o homenzinho de uniforme vermelho que se agitava nervosamente a poucos passos de distância.

— O quê?

Vagn explodiu:

— Não me venha com essa. — Ele apontou para a escada. — Pernille está onde deveria estar. Aqui. Qual é o seu problema, cacete?

Theis se voltou para ele, a cabeça grande inclinada para o lado, os olhos cravados no amigo, em silêncio.

— Você nem se deu ao trabalho de ir ao cemitério, hein? Estava ocupado demais, não é mesmo, seu cachaceiro? Rodamos a cidade toda atrás de você. Estávamos lá com Pernille e os meninos. Onde foi que você se meteu, porra?

Lotte deu um passo para trás, preparando-se para a explosão.

Vagn deu um passo à frente, encarou o homenzarrão de casaco preto.

— Você não foi, seu imprestável de merda. As coisas estão uma loucura por aqui, e eu não vou mais segurar as pontas para você. Não vou mais.

Ele tirou as luvas de trabalho, jogou-as no motor da van.

— Conserte você essa merda.

Derrubou ferramentas e latas da bancada de trabalho. Saiu pisando forte, chutou uma lata de óleo no caminho.

Theis assistiu à cena, olhou para Lotte.

— O que aconteceu?

Ela estava calada. Assustada.

A enorme mão dele repousou no seu ombro.

— Quero que você me diga o que aconteceu, Lotte. Quero saber agora.

Na cozinha, o sol de inverno entrando pelas janelas. Vasos de plantas. Fotografias. Horários da escola na parede. A porta do quarto de Nanna estava aberta. Tudo de volta aos seus lugares.

Pernille estava sentada à mesa, cabeça baixa. As costas voltadas para Theis quando ele entrou.

Ele foi até o fogão e pegou café.

Não olhou para a esposa quando falou:

— Estive na casa de Humleby ontem de noite. Não está tão ruim. Fiz mais do que eu pensava.

À mesa. O jornal do dia. Nada na primeira página além de uma fotografia enorme de Jens Holck e uma outra, menor, de Nanna.

Pernille estava pálida. De ressaca. Envergonhada, talvez. Ele não queria pensar a respeito. Não pensaria.

Ele pegou o jornal, seu rosto comprido e barbado concentrado na página.

A fotografia de Holck era um retrato de político. Tinha aparência decente, simpática, confiável. Um pilar da sociedade de Copenhague. Um carinhoso pai de família.

— Disseram que ele morreu — murmurou Theis.

Os olhos de Pernille estavam arregalados como ele nunca vira. Brilhavam com as lágrimas que começavam a se formar.

— Theis. Tem uma coisa que eu preciso...

— Não tem importância.

Uma única lágrima rolou pela bochecha direita.

Com sua mão grande e áspera, Theis a enxugou.

— Não tem importância nenhuma.

Mais lágrimas. Ele se perguntava por que não chorava também. Por que tinha os sentimentos, mas não as palavras.

— Meu Deus, como eu senti sua falta — disse ele. — Um dia só, e parecia a eternidade.

Pernille riu, e então dois rios cintilantes apareceram, tão livres e plenos que ele não conseguiria detê-los mesmo que quisesse.

Ela estendeu a mão, tocou-lhe o queixo, a barba castanha ficando grisalha. Acariciou-lhe o rosto, as feridas, os hematomas. Então se curvou e o beijou.

Os lábios dela estavam mornos e úmidos, assim como sua pele. Sobre a mesa com o mosaico de rostos congelados, ele a abraçou e ela o abraçou.

Como deveria ser.

Hartmann só deu a notícia à tarde. O que não impediu que Morten ficasse furioso.

— Um *borgfred*? Não acredito que você tenha concordado com isso, Troels. Uma trégua beneficia apenas Bremer. É uma forma de calar você. Ele está nos ameaçando como se fôssemos alunos bagunceiros. Se você for a essa reunião, estamos acabados.

Hartmann mexeu o café, olhou pela janela do escritório, pensou em alguns dias fora do pequeno mundo enclausurado da prefeitura. Com Rie, em algum lugar. Sozinhos.

— Não temos escolha.

— Ah! Então agora tudo bem se o Bremer continuar no cargo.

— Não. Não está tudo bem. Mas ele nos encurralou.

Hartmann praguejou baixinho.

— Meu Deus, aquele homem sabe aproveitar uma oportunidade. Se eu fizer o que ele quer, não posso criticá-lo. Se não fizer, serei o encrenqueiro com passado questionável. Estamos ferrados. Não estamos?

Nenhuma resposta.

— Não estamos, Morten? A não ser que você tenha alguma ideia.

Morten respirou fundo. Ainda estava sem palavras quando a porta se abriu e Rie entrou, com o rosto tão pálido e furioso que ele agilmente bateu em retirada para a sala ao lado.

— Tentei falar com você — disse Hartmann. — Você não estava em casa.

— Não. — Ela jogou a bolsa sobre a mesa, sentou-se. — Estava na casa de uma amiga.

— Sinto muito por não ter lhe contado.

— Por que não contou?

— Eu estava... eu disse que sinto muito.

Ela se levantou e ficou frente a frente com Hartmann.

— Três dias depois do seu fim de semana perdido, você me pediu para ir morar com você.

— E foi sincero.

— Então por que não me contou?

— Porque... eu estava bêbado. Foi uma estupidez.

— Você contou para Morten. Mas não para mim. Isso vai ganhar as manchetes?

— Não — insistiu Hartmann. — Brix me deu a palavra dele.

— Grande coisa.

— Desta vez, acho que podemos confiar. Eles tambem não vão ficar bem na história se a verdade vazar. Esqueça a polícia, Rie. Eu não quero piorar ainda mais as coisas com você. Às vezes... eu não sei o que você quer. Sou eu quem diz que deveríamos arrumar uma casa em algum lugar. Ter filhos.

— Agora a culpa é minha?

— Eu não quis dizer isso.

— Então por que fazer esse comentário? Ah, que se dane. Eu não estou nem aí mesmo.

Ela tirou alguns papéis da pasta, começou a folheá-los.

— Ao menos me deixe tentar explicar.

— Não quero ouvir.

Rie o fitou. Impassível. Poderia ser um olhar dirigido a ele do outro lado de uma mesa, durante uma reunião.

— Troels, acabou. Mas ainda estamos em campanha. Dei o sangue por isso. Não vou desistir agora. Diga a verdade. Você concordou mesmo com a trégua proposta pelo Bremer? Sabe o que isso significa?

— Eu disse a ele que faria o que fosse melhor. Ele não me deu alternativa.

— Pois bem, agora você tem uma. Não haverá trégua.

— Essa decisão cabe a mim. Não a você.

Rie foi até a mesa e pegou a agenda dele.

— Enquanto você tirava do sério todo mundo que encontrava pela frente e bancava o mártir com a polícia, eu estava trabalhando. Você tem mais um compromisso hoje. Depois disso me diga se ainda quer ser o brinquedinho do Bremer.

O pai de Mette Hauge morava numa fazenda nos arredores da cidade, perto de Køge. Sarah foi até lá sozinha. O lugar estava praticamente abandonado, pelo que ela pôde ver. A estufa vazia, com janelas quebradas e vidros faltando. Não havia carro algum, apenas uma motocicleta barata estacionada perto da porta dos fundos.

Jorgen Hauge demorou a atender a porta. Era um homem grisalho e em forma. Vestia uma roupa de trabalho azul, não muito diferente do uniforme que Theis usara recentemente. Uns 70 anos.

Hauge pareceu ficar confuso quando Sarah mostrou o distintivo e perguntou sobre sua filha Mette.

— Por que você quer saber? Depois de todo esse tempo?

— São só algumas perguntas. Não vai demorar.

Hauge vivia sozinho com algumas galinhas e um cão bem velho. A casa era arrumada e limpa. Ele parecia ser um homem meticuloso, cauteloso.

Enquanto ele fazia café, Sarah andou pela casa, observando. A foto de uma menina brincando na praia. Então alguns anos depois posando no sofá. Prêmios de porcos e vacas em feiras agropecuárias.

— Foi há 21 anos — disse Hauge quando voltou. — Ela desapareceu no dia 7 de novembro. Era uma quarta-feira. — Hauge a olhou. — Chovia.

Eu estava preocupado com os ralos. — Ele trouxe mais fotografias para a mesa. — Mette tinha acabado de se mudar para Christianshavn. O primeiro lugar onde ela foi morar depois de sair de casa. Disseram que ela tinha saído do treino de handebol, estava voltando para casa. Ligamos para a polícia.

Recortes de jornal da época. A mesma fotografia de Mette em todos. Bonita.

— Duas, três semanas depois, só dois policiais ainda trabalhavam no caso. Eles nunca encontraram a minha filha.

Outro recorte. Coroas de flores. Uma lápide.

— Então enterramos um caixão sem corpo.

— É possível que ela tenha cometido suicídio?

Ele aparentemente não se incomodou com a pergunta.

— Mette às vezes ficava deprimida. Era estudante. Um pouco ingênua. Acho que andou com alguns hippies por um tempo. Christiania e tal. Não que ela tenha nos contado.

— Ela deixou algum tipo de bilhete?

— Não. Ela não se matou. Eu sei... — Ele correu o dedo pelos recortes. — O seu pessoal falou que um pai sempre diz isso. Mas ela não se matou.

— Ela tinha namorado?

— Não que a gente soubesse. Como eu disse, ela tinha acabado de se mudar para a cidade. — Hauge olhou para a sala em volta. — Este lugar é um tanto chato para os jovens, acho. Faz muito tempo. Não lembro. Ela tinha uma vida...

— Alguma coisa deixou o senhor intrigado na época?

Hauge se empertigou ante essa pergunta.

— Ah, sim. Um dia você tem uma filha que ama mais do que tudo no mundo. No outro ela se foi para sempre. Isso me intrigou.

Sarah se levantou.

— Sinto muito por tê-lo incomodado.

— Tem mais uma coisa. Como é que depois de todo esse tempo eu recebo duas visitas da polícia na mesma semana?

Sarah parou.

— Como assim?

— Um outro policial veio aqui e me fez essas mesmas perguntas.

— Qual era o nome dele?

— Eu anotei em algum lugar. Ele falava de um jeito engraçado. Não prestei muita atenção no que ele disse.

Hauge folheou alguns papéis numa escrivaninha antiga em frente à janela.

— Talvez eu tenha deixado na sala. Vou pegar.

Ela o seguiu, olhando para as paredes.

Fotografias e quadros por todo lado. Família e paisagens.

Então uma de Mette. Em preto e branco. Parecia ser dos tempos de escola. Cabelos desalinhados. Camiseta barata.

Colar com pingente de coração preto.

Sarah ficou imóvel em frente à foto, sem conseguir respirar por um momento.

Olhou outra vez.

Feita à mão pelos hippies de Christiania, dissera Jan. Não havia muitos circulando por aí.

Era o mesmo colar. Ela o soube com a mesma certeza com que sabia o próprio nome.

Hauge voltou.

— Onde ela conseguiu esse colar? — perguntou Sarah.

— Não sei. Ela já estava na cidade nessa época. Um presente, talvez.

— Quem deu a ela?

— Você acha que ela contaria ao pai? Por quê?

— O senhor viu esse cordão outra vez? Nos pertences dela, depois que a Mette morreu?

— Acho que não.

Ele disse o nome do homem com quem conversara. Sarah se perguntou por que estava surpresa.

— O senhor se importa se eu levar esta fotografia? Vou devolver. Prometo.

Jan foi conversar com a família. Estavam sentados à estranha mesa da cozinha. Disse aos pais o que sabia. Holck conhecera Nanna pelo site de encontros. Usara a identidade de Hartmann para manter em segredo o que faziam. O caso terminou.

— Por que ele fez aquilo? — perguntou Pernille.

Os dois estavam de mãos dadas, como adolescentes.

— Parece que ele estava apaixonado. Perdidamente. Ela terminou o relacionamento. Holck persuadiu Nanna a se encontrar com ele uma última vez no apartamento do Partido Liberal. Depois disso... na verdade não sabemos.

Theis estava com os olhos fixos em Jan.

— Como exatamente ele morreu?

— Ele...

Quase gaguejando, Jan se esforçava para falar.

— Ele ameaçava matar uma colega minha. Então não tivemos alternativa. Ele foi alvejado.

— Ele disse alguma coisa? — perguntou Pernille.

— Não. Não disse.

— Vocês têm certeza de que foi ele?

— Temos certeza.

Os dedos do casal mexiam-se juntos, entrelaçados. Eles se entreolharam. Assentiram. Esboçaram sorrisos.

— Então gostaríamos de ter de volta as coisas de Nanna — disse Pernille.

— É claro. Minha colega, Sarah Lund, não está mais no caso. Se precisarem de alguma coisa, liguem para mim de agora em diante.

Ele deixou seu cartão sobre a mesa.

— A qualquer hora. Qualquer coisa.

Ele ficou de pé. O mesmo fez Theis.

O homenzarrão estendeu a mão. Jan a apertou.

— Obrigado — disse Theis. Um olhar de esguelha para a mulher. — Em nome de nós dois. Obrigado.

Bengt Rosling estava na cozinha, cozinhando com o braço bom; observado por Vibeke, que sorria.

— Quando formos embora, vai ficar tudo bem — disse ele.

Uma garrafa de Amarone. Massa com molho.

Vibeke ergueu a taça num brinde.

— Preciso da minha casa de volta. Sarah...

A porta abriu. Ela abaixou a voz.

— Ela precisa de alguém que a mantenha na linha.

Sarah entrou. O casaco úmido devido ao chuvisco que caía lá fora. Os cabelos desgrenhados.

— Oi! — disse Bengt, pegando mais uma taça e servindo vinho.

— Podemos conversar? — disse ela.

— Agora? Estamos preparando o almoço. A sua mãe está me ajudando.

Sarah esperou, calada.

— Lá vamos nós outra vez — murmurou Vibeke, e foi para a sala, fechando a porta ao passar.

Sarah pegou as pastas da bolsa. Atirou-as na mesa, tentando se controlar, mas não muito.

— E então? — começou ele.

— Você falou com o pai de uma das mulheres desaparecidas.

Bengt se sentou, tomou um gole de vinho.

— Você se fez passar por policial. Eu podia prendê-lo por isso.

— Não, não podia.

— Por que não?

— Porque o seu chefe, Brix, me telefonou faz três dias. Ele ficou sabendo da minha teoria. De que talvez o homem já tivesse matado antes.

Ele pegou a pasta de Mette Hauge, abriu-a na primeira página.

Uma jovem bonita. Cabelos desalinhados. Era uma fotografia de fichamento na polícia. Sarah tinha conferido nos arquivos: Mette havia sido pega com drogas leves.

— Eu disse a Brix o que pensava. Ele me ignorou. Parecia determinado a incriminar Hartmann.

— Sério?

— Ele foi muito arrogante comigo. Fiquei irritado.

— Nunca percebi que o seu ego era tão frágil.

— Aquilo foi humilhante. Eu quis provar que estava certo. O caso de Hauge era antigo, mas parecia o mais promissor. Eles encontraram a bicicleta dela num lugar não muito distante de onde Nanna foi desovada. Então eu fiz uma visita ao pai.

Mais vinho.

— E só — concluiu ele.

— E o que você descobriu?

Ele não disse nada.

— O que você descobriu, Bengt?

Ele estendeu a taça a Sarah. Ela não a pegou.

— Ontem à noite você me disse que tinha se enganado. Que não havia qualquer ligação com nenhum dos casos antigos. Mas você foi lá. Sabia que não era verdade.

— Um caso. Foi uma tentativa.

— Uma tentativa?

Ela pegou da bolsa a fotografia em preto e branco.

— Olhe bem na minha cara e diga que não viu esta foto. Eu quero saber como você é quando está mentindo. Nunca prestei atenção antes.

Bengt olhou rapidamente para a fotografia, fez uma careta.

— Pura coincidência, provavelmente. Deve ter milhares desses colares por aí.

— Agora sim — disse ela. — Agora eu sei como é.

Sarah foi até a pia e ficou ali parada, tentando pensar, tentando se acalmar.

— Sarah...

Bengt estava atrás dela. Tocou-a de leve no ombro. Mudou de ideia.

— Eu te amo. Estou preocupado com você. Não queria que isso ficasse pairando entre nós dois para sempre...

Ela se virou e o encarou.

— O que você fez depois?

— Fiz algumas anotações e entreguei a Brix.

Sarah fechou os olhos brevemente.

— Você entregou a Brix? E não a mim?

— A gente não estava se falando. Eu estava com raiva. Como eu poderia dar a você?

Sarah assentiu.

— Como pôde?

Ela pegou a pasta e a fotografia, enfiou-as de volta na bolsa.

— Sarah...

Ela o deixou falando sozinho na cozinha, com seu vinho, sua massa e a mãe dela.

O novo compromisso de Hartmann seria com Gert Stokke, chefe de gabinete da secretaria de Holck. Rie ficou para escutar.

Stokke era um homem alto de quase 60 anos. Terno de servidor público. Rosto perspicaz, inteligente. Completamente calvo, e de personalidade escorregadia.

Ele se sentou, olhou primeiro para Rie e então para Hartmann antes de falar:

— É melhor que isso seja confidencial. Não gosto de vir à prefeitura aos domingos. As pessoas comentam.

— Obrigada por vir, Gert — disse ela, e o convidou a sentar-se no sofá.

— Vocês se dão conta do risco que estou correndo?

— Sim. — Ela olhou de relance para Hartmann. — Sabemos. E agradecemos.

— Bem...

Stokke trabalhava na prefeitura havia mais de 20 anos. Três anos antes, havia sido nomeado chefe de gabinete da secretaria liderada por Holck.

— É claro — disse ele —, eu tinha acesso a todas as contas e ao orçamento. Isso é dinheiro público. É um trabalho muito importante, e pouco reconhecido, devo acrescentar.

Hartmann olhou para o relógio e encarou Rie como se reclamando.

— Vocês estão com pressa? — perguntou Stokke.

— Fale sobre Holck — pediu ela.

— Um homem frio. Ele mudou no verão. Era sempre tão meticuloso. Nada simpático. Mas competente. — Stokke deu de ombros. — Então as coisas começaram a sair dos trilhos.

— Como? — perguntou Hartmann.

— Ele não veio trabalhar um dia, me disse que o filho estava doente. Então a mulher ligou e me perguntou onde ele estava. Os homens têm seus casos. Não é da minha conta.

— Por que eu estou ouvindo essas coisas, Rie? — perguntou Hartmann. — Nada disso é novo. Holck está morto. Eu tenho uma coletiva de imprensa.

Ele se levantou.

— Gert — disse ela —, você sabia que Holck tinha um caso e que ele usava o nosso apartamento?

Hartmann parou à porta.

— Eu sabia do caso — confirmou Stokke. — Não tinha certeza quanto ao apartamento. Não inteiramente. Ouvi boatos. Uma vez eu queria enviar alguns papéis ao Holck e ele me disse para mandar de táxi para o apartamento na Store Kongensgade.

— Meu Deus — murmurou Hartmann.

— Podia ser que ele estivesse indo encontrar você lá.

— Você sabia que ele usava o nosso apartamento? — Hartmann balançou a cabeça. — Você percebe como poderia ter me poupado de tanta coisa? Por que raios não falou nada? Eles me atiraram na prisão...

— Eu contei a Bremer — disse Stokke de imediato. — Ele sabia de tudo. Ele é o prefeito. Se havia uma pessoa com quem falar, sem dúvida...

— O quê?

— Meses atrás. Logo que fiquei sabendo. Solicitei uma reunião. Bremer disse que cuidaria do assunto. Que falaria com Holck.

— Quando foi isso?

— Maio, junho. É o Bremer! O prefeito. Se ele diz que tem um assunto sob controle, quem sou eu para discutir? Não me olhe assim, Hartmann. Eu estou aqui, não estou?

Um ruído na porta. Morten Weber entrou na sala.

— Troels. Você está atrasado para sofrer a amputação. A coletiva de imprensa já vai começar. Bremer quer conversar com todos antes.

Morten sentiu algo na atmosfera.

— Gert? O que você está fazendo aqui?

Jan Meyer estava na sala com a mulher. As filhas. Três meninas. Com 7, 5 e 2 anos. Elas lhe haviam levado dois carrinhos de polícia novos. Brincavam fazendo *vrum vrum* na mesa.

— Vamos sair para um jantar de domingo — disse a mulher.

Ele estava com a mais velha sentada em seu joelho, os braços na cintura da menina.

— Eu prefiro ir para casa, se você não se importa.

— Tudo bem — disse a mulher. — Vamos para casa.

— Tem comida em casa, não tem? — Ele imitou um gigante de desenho animado: — Eu quero bifes enormes e muito sorvete. E chocolate e Coca-Cola. E depois... mais bifes enormes!

— Podemos comprar uma pizza no caminho...

Uma silhueta do outro lado do vidro da porta. Sarah, séria e ansiosa. Ela estava parada à entrada da sala.

— Esperem um pouco — disse Jan. — Preciso falar com uma pessoa. Não vai demorar nada.

No corredor:

— O que foi, Lund?

— Não sei.

Ela tocou a própria cabeça. Jan olhou para os seus dedos.

— Você está sangrando. O médico disse que você ia ter que receber mais pontos se esses abrissem.

— Precisamos voltar ao canal. Eu acho que tem mais coisa por lá.

— Lund...

As meninas acenavam para o pai de dentro da sala. Faziam mímica, fingindo que estavam comendo. A esposa não parecia feliz.

— Eu conto no caminho.

— Não. Conte agora.

— Eu não estou louca, Meyer.

Ele ficou calado.

— Tem mais — disse Sarah. — Vamos ou não?

Sarah dirigia, Jan lia as pastas. Eles ouviam as notícias pelo rádio. A morte de Holck. Uma policial mantida refém. Brix dizendo que o caso Nanna Birk Larsen estava encerrado. Rumores de uma trégua na prefeitura, com os políticos abaixando as armas e tentando apagar o incêndio que subitamente irrompera entre eles.

Ele olhava para a fotografia do colar. Na mão de Nanna. No pescoço de Mette Hauge, 21 anos antes.

— É o mesmo — disse Sarah. — Não acha?

— Parece. O que o caso dessa garota tem de especial?

— A bicicleta dela foi encontrada. Leia o final do relatório.

Jan encontrou a página.

— Frieslandsvej?

— Fica no Kalvebod Fælled. Paralela ao canal principal. Perto da Floresta de Pentecostes. Basta atravessar o canal para chegar à mata. A bicicleta estava a 700 metros de onde encontramos o carro.

Havia um mapa da área fornecido por uma organização ambiental. Jan pôs-se a analisá-lo.

— Pequenos canais cortam toda a região, até a costa. Dava para desovar meia Copenhague ali e ninguém nunca encontraria os corpos.

— Holck estudava nos Estados Unidos quando Mette desapareceu.

Ela passou para Jan uma fotocópia do diploma da Universidade da Califórnia em Santa Cruz.

— Ele não veio para cá aquele ano. Não pode ter sido Holck.

— Você está se baseando só no colar.

— E na bicicleta. Eu sei que é o mesmo assassino. Só pode ser.

— Nós já fizemos buscas naquele canal.

— Ele não voltaria ao mesmo lugar.

Jan agitou o mapa.

— Isso levaria anos.

Eles passaram pela estação Vestamager, a última da linha do metrô. A partir dali a estrada seguia em linha reta, em sentido sul, até o Øresund.

Uma área plana e baixa. Nada além das silhuetas de árvores mortas à direita.

— Só precisamos de um pouco de ajuda — disse Sarah. — Não se preocupe.

Havia uma estação de bombeamento. Dois policiais do turno da noite enviados pela central. Eles seguiram Sarah e Jan porta adentro, pelas escadas que desciam até um interior escuro com máquinas e bombas que retiniam. A companhia de fornecimento de água mandara um engenheiro. O sujeito estava acostumado a visitantes. Gostava de contar a história. Quando os alemães invadiram a Dinamarca, usavam qualquer pretexto para despachar os homens para campos de trabalho forçado nazistas.

Então o governo de Copenhague inventou esquemas para mantê-los na cidade. Um deles eram aterros. O projeto não tinha propósito prático. Mas mantinha centenas de dinamarqueses longe das mãos dos alemães por algum tempo.

— E agora — disse ele, acima do ruído do maquinário — nós continuamos bombeando. Oitenta por cento da terra nesta área está abaixo do nível do mar. Se não fizéssemos isso, o Øresund a tomaria de volta.

O sujeito tinha um mapa melhor. Jan o consultou e suspirou. A rede de drenagem era ainda mais complexa do que parecera a princípio, espalhando-se pela área como um sistema nervoso aquático em uma jornada desconexa para o mar.

— Essa é a ponte onde encontramos Nanna — disse Sarah, apontando para o ponto correspondente no mapa. — Onde esse canal vai dar?

— Todos os canais levam água drenada para o reservatório de água marinha. Por isso estão aqui.

Com o dedo, ela traçou uma rota do ponto da morte de Nanna até a vala onde a bicicleta de Mette Hauge fora abandonada.

— Isso é impossível, Lund — resmungou Jan. — Por onde vamos começar essa busca infernal?

Ela o fitou, intrigada. Parecia uma pergunta atipicamente evasiva.

— Começamos pensando como ele. — Ela voltou a mostrar o mapa para o sujeito da companhia de águas. — O que é isso?

— Uma linha de drenagem que corria até a estrada antiga.

— Que estrada?

— A estrada antiga. — Como se ela devesse saber. — Foi fechada há mais ou menos vinte anos. Não precisávamos dela. Ninguém ia lá. E por que iria?

— É aqui que vamos procurar — disse ela, batendo com o dedo no mapa. — Leve mergulhadores até todos os canais e valas que saem daquele ponto. Vamos ter que dragar o lago.

— Ah, não — disse o engenheiro, rindo nervosamente. — Vocês não podem fazer isso. Precisaríamos desligar tudo se as pessoas soubessem que vocês estão procurando um corpo.

— Desligar as máquinas é a melhor coisa a se fazer — disse Sarah. — Por 48 horas, digamos.

Ela olhou para os policiais do turno da noite.

— Tragam mais gente.

— Vocês não podem! O sistema atende a 150 domicílios. Hospitais. Casas de repouso.

— Vamos trabalhar o mais rápido possível.

Havia uma silhueta comprida no alto das escadas. Casaco comprido, rosto comprido.

Brix desceu as escadas de metal, produzindo estalidos agudos.

Sarah foi direto até ele.

— O corpo de Mette Hauge nunca foi encontrado — disse ela apressadamente. — A bicicleta dela estava perto de onde Nanna foi desovada. O colar preto era de Mette. Precisamos procurar nos canais. É o mesmo homem.

— Ok — disse Brix. — Chame os mergulhadores.

Ela não conseguia acreditar que tivesse sido tão fácil.

— Vou contatar a Força Aérea para solicitar alguns F-16 — acrescentou ele. — Alertar a Otan. Mais alguma coisa? É possível trazer um submarino?

— Escute. Holck não estava no país na época.

— Então ele não matou Mette Hauge. Isso é uma surpresa. Mas ele matou Nanna. É o que importa. Eu li o relatório do seu namorado. É só uma teoria. O caso foi solucionado. Holck tinha um caso com Nanna. Há digitais dele espalhadas pelo apartamento todo.

— Podem ser antigas. Para onde Holck a levou? Ainda não sabemos. Não foi para o galpão onde ele estava morando. Não há nada lá...

— Vá para casa, está bem? E se acerte com o seu namorado. Depois pegue um avião para a Suécia. Por favor.

Ele começou a se afastar.

Ela estava ficando irritada, mas não desejava isso.

— É isso que você quer, não é? Para que eu me cale. Bremer também pediu isso? Faz parte do acordo?

Brix se voltou e a encarou.

— Eu sou um homem paciente, sabe? Mas tem uma hora em que tudo acaba. Ainda não percebeu isso?

— Estou dizendo, Brix.

Ele estendeu a mão.

— Quero a sua carteira da polícia, o seu distintivo.

Sarah tentou argumentar, Brix a ignorou. Ela lhe entregou.

— E as chaves do carro.

Jan vira alguma coisa e se aproximava.

— Você precisa de toda ajuda que puder conseguir, Lund — disse Brix. — Graças a Deus você está fora do meu orçamento, assim não sou eu quem vai ter que pagar.

Ele jogou as chaves do carro. Jan as pegou.

— Cancele tudo que ela pediu. Ela não é mais problema nosso.

Jan a levava para casa, tentando, da sua forma, oferecer algum consolo.

— Podíamos fuçar naquele lugar até o resto das nossas vidas que não encontraríamos nada. Ah, vamos.

A cabeça dela voltara a sangrar. Ela pressionava um lenço de papel no local. No fim, acabou deixando-o grudado na cabeça.

— Além do mais, o cara da companhia de águas disse que eles verificam os níveis de bactérias todo dia. Aquele ponto que você mencionou fica perto do reservatório de água potável. Eles já teriam detectado algo de errado.

— Foi há 21 anos, Meyer. Esqueça o canal por enquanto. Por que Nanna foi ao apartamento? Ela estava ansiosa por alguma coisa, lembra? As fotografias dela na escola. Ela estava feliz.

— Ela gostava de Holck. Por isso estava feliz.

Sarah olhou para ele e pestanejou.

— Tudo bem. Talvez não fosse isso — admitiu Jan. — Mas não é possível descobrirmos tudo.

— Por que eles não foram juntos para o apartamento?

— Porque ele era um político. Não podia ser visto em público com uma garota de 19 anos. E talvez...

— Ah, qual é. Você também acha que eu estou louca?

— É claro que não. Estou levando você para casa, não estou?

— Você sempre faz piada quando as coisas ficam estranhas.

— Eu não acho que você está louca, Lund. Ok?

— Você precisa conferir os arquivos do caso de Mette Hauge. Foi um caso importante na época. Eles fizeram 1.700 entrevistas. Deve haver alguém ligado a Nanna.

Ele gemeu.

— Eu preciso mesmo fazer isso?

— Sim. Brix pegou meu distintivo. Não vou conseguir entrar nos arquivos. Faça isso hoje à noite. Procure nomes recorrentes. Locais.

— Não.

— Veja se há algum...

— Não! — berrou Jan.

Silêncio.

— Isso precisa parar — disse ele por fim. — Virou obsessão.

Sarah voltou os olhos para a janela.

— Eu entendo que você vá se sentir mal se descobrir que não foi Holck.

Jan tirou as mãos do volante, bateu uma contra a outra e depois voltou a dirigir.

— Caso você não tenha notado, eu atirei em Holck por você. Não por Nanna. Ela já estava morta.

Silêncio.

— Por que você dá tanta atenção a tudo que acontece à sua volta? Mas não para si mesma?

Ele hesitou.

— Nem mesmo à sua família.

— Você fez a coisa certa, Meyer.

— Eu sei que eu fiz a coisa certa. Não estamos falando disso. O caso está encerrado. Ponto.

Ela evitava os olhos de Jan.

— Você é a única que não consegue entender isso. Precisa falar com um psicólogo ou coisa parecida.

— Então eu estou louca?

— Eu não disse exatamente isso.

— E há alguma forma inexata de dizer?

— Ah, pelo amor de Deus...

Sarah tirou o cinto de segurança, pegou o casaco.

— Pare o carro. Vou descer aqui.

— Não se comporte como uma criança.

As pastas foram para dentro da bolsa dela. Sarah levou a mão à porta, começou a abri-la com o carro ainda em movimento.

— Calma! — gritou Jan.

— Pare essa coisa e me deixe descer.

— Você ao menos sabe onde estamos?

Sarah olhou para as luzes da rua. Algum lugar próximo a Vesterbro. A parte errada da cidade se a ideia fosse ir para a casa da mãe.

— Sim — respondeu ela. — Eu sei.

Hartmann entrou na coletiva de imprensa, Rie ao seu lado.

— Não sei nem por que viemos — sussurrou ela, em tom frio e duro. — Você ouviu o que Stokke disse. Bremer podia ter inocentado você desde o princípio...

Outra sala com paredes forradas de madeira. Quadros antigos e novos nas paredes. Repórteres se reuniam, operadores de câmera montavam o equipamento. Os líderes das bancadas se aglomeravam atrás de uma tribuna.

Morten concordava com Rie, ao menos daquela vez.

— Você não pode ignorar os fatos. Isso é um golpe.

Mai Juhl se aproximou e apertou a mão de Hartmann.

— Que bom que você veio, Troels. Depois de tudo por que passou.

— Tudo pelo que o fizeram passar — murmurou Morten.

— Sem problemas, Mai — disse Hartmann. — Você me dá licença um minuto?

Poul Bremer acabara de entrar e agora lia alguns documentos. Ele viu Hartmann se aproximar.

— Fico feliz que tenha vindo. Vamos começar.

— Precisamos conversar.

Os repórteres tomavam seu lugares.

— Não, Troels. Agora não.

— Você sabia que Holck transferiu aquele dinheiro para Olav Christensen.

Bremer levou as mãos aos bolsos, encarou-o, a boca entreaberta, os olhos semicerrados.

— Sabia? Quem disse?

Hartmann não respondeu.

— Ah. Deixe-me adivinhar. Um dos servidores públicos? — Bremer sorriu. — Faz sentido. Eles só pensam em salvar a própria pele.

— Você sabia — disse Hartmann. — Não tente escapar com evasivas.

— Mas é claro que eu não sabia! — Ele deu um tapinha no ombro de Hartmann. — Troels... você passou por muita coisa. Dá para ver. Mas precisa aprender a controlar esse seu temperamento.

Hartmann não mordeu a isca.

— Escute — prosseguiu Bremer. — Os servidores de Holck estão brigando entre si. Eles sabem que eu vou conduzir um inquérito a portas fechadas para apurar essa história. Vão inventar qualquer coisa para evitar assumir a culpa.

O sorriso magnânimo, os olhos cintilantes.

— Você passou por uma situação infernal. Entendo por que está desconfiado. Holck, e talvez pessoal dele, enganou a todos nós. Precisamos limpar essa bagunça juntos. E é o que vamos fazer. Combinado?

Nenhuma resposta.

— Ou você prefere acreditar neles? — perguntou Poul Bremer. Outro tapinha. Outro sorriso. — Ótimo. Vamos começar.

Mais repórteres surgiam à porta. Bremer radiante na tribuna. Um discurso bem-preparado sobre como o incidente com Holck havia sido um choque para todos. Como um dos que ali estavam, mais que todos os outros, suportara injustamente o grosso do bombardeio.

— Todos testemunhamos as acusações injustas às quais Troels Hartmann foi sujeitado — disse Bremer, colocando a mão no ombro de Hartmann. — Em momento algum eu acreditei nelas. Mas os políticos devem reagir aos eventos, e foi o que fizemos, de boa fé mas erroneamente. Agora, declaramos um *borg fred*, uma trégua na prefeitura. Enterramos as nossas diferenças em benefício de Copenhague...

Hartmann se voltou para Bremer e disse, sua voz sendo captada pelos microfones:

— Você é o presidente do comitê de finanças.

O velho parou, encarou-o friamente.

— O quê?

— Você é o presidente do comitê de finanças.

Nada de sorriso. Nada de simpatia agora.

— Falamos sobre isso depois — disse Bremer em voz baixa, com dureza.

Mas Hartmann não seria silenciado:

— Como o comitê podia não saber que foi Holck quem autorizara os pagamentos, não eu? Como isso é possível? Você mentiu para mim...

Bremer começou a gaguejar, numa sinuca entre a plateia e Hartmann.

— Como... como já concordamos...

Hartmann puxou o microfone.

— O Partido Liberal não fará parte dessa farsa — disse ele, vendo os repórteres começarem a escrever furiosamente. — Se fizermos o que Poul Bremer deseja, nunca saberemos toda a verdade sobre as ações de Holck, nem sobre quem participou de tudo isso.

— O que quer dizer com isso, Hartmann? — gritou um dos analistas políticos da TV. — Diga.

— Quero dizer que o prefeito sabe mais sobre esse caso do que disse a qualquer um de nós. E à polícia.

Bremer olhou para Hartmann, para os outros líderes, furioso.

— Não tenho mais comentários a fazer no momento — acrescentou Hartmann. — No que diz respeito aos liberais, esta é uma eleição como outra qualquer. Lutamos por cada assento na Câmara, e lutamos para vencer.

Ele deixou a tribuna. A imprensa ficou dividida, metade sobre ele, metade sobre Bremer, exigindo respostas.

De volta ao seu gabinete, Hartmann orientou seus assessores a falar com todos os financiadores que haviam abandonado a campanha. Colocá-los a par da situação. Encontrar novos.

Rie estava ao telefone. Morten passava a mão nos cabelos revoltos.

— A imprensa vai voar no nosso pescoço exigindo uma explicação, Troels. O que eu devo dizer?

— Quando eu esclarecer tudo com Stokke, divulgaremos uma declaração. Agende uma reunião com ele.

— Stokke é um servidor público. Ele não vai se pronunciar. Não vai colocar a carreira em risco por nós.

— É dever dele dizer a verdade — insistiu Hartmann. — Vou falar com ele. Daremos um jeito nisso. Ah, pelo amor de Deus, Morten. Não fique com essa cara preocupada. Você não queria a trégua, queria?

— Não. Mas você ainda não aprendeu, hein? Atire uma pedra no Bremer e receberá um rochedo de volta. Vou tentar...

Ele foi para a sala principal.

Hartmann ficou sozinho com Rie. Mãos nos bolsos. Mudo.

Ela desligou o telefone.

— Eu me lembrei de agradecer? — começou ele. — Por todo o trabalho?

— É para isso que eu sou paga.

Os cabelos presos. O belo rosto parecendo sério e cansado. Mas ela florescia sob pressão. Gostava da tensão. Da adrenalina.

— Lamento muito por todas as besteiras que eu fiz, Rie.

— Também lamento.

Ela não saiu, como poderia ter feito.

O mais breve dos sorrisos.

— Mas foi uma performance e tanto. Roubar os holofotes de Bremer na frente de todo mundo. Eu havia esquecido que você tinha essa capacidade.

— O que mais eu podia fazer? Bremer sabia. Estava escrito na testa dele. Ele sabia, e acho que nem se importou com o fato de eu ter descoberto. — Um olhar de relance para a janela. A noite de Copenhague. O letreiro azul do hotel. — Ele realmente acha que isso tudo lhe pertence.

— Numa coisa o Morten tem razão: ele vai se vingar de alguma forma.

Hartmann deu um passo na direção dela.

— Você acha que tem alguma chance... de talvez a gente sair para jantar hoje? Ainda estou tentando tirar da boca o gosto daquela comida de prisão.

Ele sorria de forma autodepreciativa. Não se importava de implorar.

— Hoje não. Vou começar a redigir um release.

— Quem sabe amanhã...

— Você realmente precisa pensar no que vai dizer a Stokke. Se ele não colaborar, estamos acabados.

* * *

Theis deu alguns telefonemas. Ligou para gente com quem não falava havia muito tempo. Gente com quem ele tivera a esperança de nunca mais precisar lidar.

Mas a vida muda.

Ele disse o que era preciso e então colocou o telefone de lado.

Pernille estava à mesa da cozinha lendo o jornal, longe o bastante para não ouvir, torcia ele.

Ele puxou a cadeira diante dela. Pernille olhava para a fotografia na primeira página. Jens Holck.

— Aqui diz que ele era pai de família. Da nossa idade.

Theis afastou o jornal.

— Fico feliz por ele estar morto. Acho que é errado pensar assim, Theis, mas fico. Deveríamos perdoar.

Ela olhou para o marido, como se buscasse uma resposta.

— Mas como é possível perdoar? Como? — Uma pausa. — Por quê?

Ele fez uma careta, olhou pela janela por um momento.

— Fiz algumas ligações para resolver o negócio da casa. A corretora disse que a documentação está quase pronta. Vou falar com ela amanhã.

Theis acendeu um cigarro e esperou. Pernille ainda olhava para o jornal. Por fim, colocou as mãos no braço dele, sorriu.

— Desculpe. O que você disse?

— Quanto antes a gente vender a casa, melhor.

— Até o Natal, talvez?

— Preciso conseguir um bom preço. Aqueles malditos do banco estão voando no nosso pescoço...

Ela correu a mão pelo seu braço forte. Tocou-lhe o queixo barbado com as pontas dos dedos.

— Vai ficar tudo bem — disse ele. — Você nunca achou que estava se casando com um milionário, achou?

Pernille riu, a primeira vez que ele a via rir desde que a escuridão caíra sobre eles no Kalvebod Fælled, naquela noite úmida, uma vida toda atrás.

— Eu era jovem, nunca soube com o que eu estava me casando. — Dedos roçando a pele dele outra vez. — Só sabia que queria você.

As plantas baixas da casa estavam sobre a mesa. Ela pegou os papéis. Três andares. Um jardim.

— Humleby — disse.

Theis a observou, sentiu uma onda morna de esperança e amor invadir-lhe.

Um barulho no andar de baixo. O portão sendo aberto.

— Vou ver quem é — disse ele.

A garagem parecia vazia. Apenas os bens que eles retiravam e transportavam. Bens caros.

Theis chamou, não obteve resposta.

Pensou em ladrões e no quanto ele confiava no homenzinho chamado Vagn. Um velho amigo que Theis às vezes tratava tão mal.

Pegou uma chave inglesa e foi até o escritório, acendeu as luzes.

Uma silhueta emergiu do escuro. Delgada e jovem.

Um indiano, com óculos formais e rosto redondo e simpático que parecia à beira das lágrimas.

— Olá — disse ele, e se aproximou para apertar a mão de Theis. — A porta estava aberta. O senhor não está me reconhecendo, não é?

Theis deu de ombros.

— Não. Está tarde. Já fechamos. Posso...

— Eu sou o Amir. Amir El' Namen.

Ele apontou para a porta.

— O senhor se lembra do meu pai? O dono do restaurante?

Um lampejo de memória, uma pontada súbita de dor.

Duas crianças, não mais de 6 anos, indo para a escola de mãos dadas, apertadas na caçamba vermelha do triciclo Christiania. A pequena Nanna e o menino indiano, Pernille pedalando, feliz e linda. Vagn nunca aprovou. Theis também tinha suas desconfianças. Pernille o achava meigo, tão meigo que o convidava para as festinhas em casa, costurava roupas ocidentais para o menino. Levava-o junto com Nanna para passear, rindo dos sacolejos da caçamba pelas ruas de paralelepípedos.

Aquela era uma das fotos coladas na mesa.

Eles acompanharam a transformação de Amir de estrangeiro que mal falava uma palavra de dinamarquês em mais um menino local. Pele diferente, mas não diferente.

E além disso, lembrava Theis, Nanna o amava. Amir foi seu primeiro namorado. Por dois anos, talvez três. E então...

— Você é o caçula de Karim — disse ele, e se deu conta de que as lembranças traziam mais sorrisos do que dor, e um sorriso brotou no seu rosto.

— Eu estava em Londres. Estudando.

— Eu lembro. Karim me disse. Você vai se casar, certo?

Amir trazia uma bolsa a tiracolo, vestia uma boa jaqueta cáqui. Um estudante com dinheiro. Ele parecia ter dificuldade para falar. Parecia — e isso era ridículo, sem dúvida — assustado.

— Amir. O que posso fazer por você?

— O senhor pode me ajudar com um frete? Amanhã?

— Um frete do quê?

Uma pausa.

— Coisas para o casamento. Mesas e cadeiras.

— Amanhã? Não. Estamos em plena noite de domingo. Você não pode chegar aqui a essa hora e esperar que a gente dê conta de tudo. Quer dizer...

Amir ficou cabisbaixo. Parecia envergonhado.

— Desculpe. Não quis ser grosseiro. Eu só... tudo bem. Vou dar um jeito.

Theis suspirou fundo, foi até a mesa, pegou o cronograma de trabalho.

— Olhe, vou tentar conseguir alguém para você.

— Sr. Birk Larsen...

— O quê?

Ele se aproximou, parecia esperançoso.

— Eu preciso que seja o senhor. Mesmo.

— Eu? Que diferença faz?

— Preciso que seja o senhor. Por favor.

Duas crianças pequenas na caçamba do triciclo Christiania. O primeiro namorado de Nanna. Tão meigo, tão obediente, tão educado. Não muito diferente de agora.

— Eu pego você na hora do almoço — disse Theis. — Uma da tarde no restaurante. Você vai ter que me ajudar.

— É claro.

Ele estendeu a mão.

— Obrigado, Sr. Birk Larsen — disse Amir.

* * *

A mãe de Sarah estava furiosa com a partida de Bengt.

— Mas, em nome de Deus, o que você disse a ele, para fazê-lo sair correndo daquela forma?

Sarah se apropriara da mesa de trabalho de Vibeke. Cobrira a superfície toda de relatórios pegos na central. Removera do manequim o vestido de noiva branco inacabado e prendera fotografias de Nanna e de Mette Hauge no boneco sem cabeça.

— Eu disse que ele ia ter que ficar num hotel.

A TV estava ligada no noticiário. Ela ouviu o nome de Hartmann. Voltou-se para assistir à reportagem sobre o conflito com Bremer e a promessa de revelações sobre Holck.

Vibeke estava em seu robe azul, os braços finos cruzados, e olhava para a filha como se interpretasse um juiz em uma tragédia clássica.

— Hartmann acusou Bremer de omitir o que sabia a respeito das ações de Holck — dizia o repórter.

— Você me disse que o caso estava encerrado.

Sarah olhava fixamente para a TV, atenta às palavras de Hartmann.

— Mark foi morar com o pai, Sarah. Você expulsou Bengt. E me trata como se eu estivesse aqui apenas para a sua conveniência.

Sarah aumentou o volume da TV.

— Eu quero uma explicação! — berrou Vibeke. — Por quê?

— Porque é importante, pelo amor de Deus! Importante. Você sabe o que significa essa palavra?

Aquele olhar implacável de basilisco.

— Eu falei com a sua tia Birgit. Vou passar alguns dias com ela.

O noticiário ficou menos interessante.

— Você vai de trem? Porque eu vou precisar do seu carro.

Vibeke fechou os olhos e voltou o rosto para o teto.

A campainha tocou. A mãe não se moveu, então Sarah deixou de lado a TV e saiu irritada para atender.

Ninguém na porta. Ela foi até o corredor, olhou para cima e para baixo no vão das escadas. Ouviu uma porta bater no térreo.

A pessoa se fora. E — esse foi seu primeiro pensamento — não havia câmeras de segurança no maldito prédio de Vibeke.

Ao voltar para o apartamento, Sarah tropeçou em alguma coisa, olhou para baixo.

Havia um envelope acolchoado sobre o capacho. Sem nome. Ela o pegou. Reconheceu a forma no mesmo instante.

Uma fita de videocassete.

A mãe havia ido se deitar. Sarah cortou o envelope cuidadosamente. Não tinha luvas, então usou um retalho de cetim de Vibeke para manusear a fita.

Uma fita velha, com a etiqueta arrancada. Como eram algumas do sistema de segurança da prefeitura.

Ela colocou a fita no videocassete e assistiu.

Pegou o celular.

— Meyer?

Meia hora depois ele chegou, com o rosto afogueado e praguejando.

— Você nunca vai me deixar em paz?

— Você veio, não veio? Sente-se.

— Isso parece um caso amoroso ruim. Todo o perigo e nada de sexo.

Sarah pegou o controle remoto.

— Não que eu esteja sugerindo nada — ele fez questão de acrescentar.

— Você nunca teve um caso, Meyer. Não saberia nem como fazer.

Depois disso, ele se sentou como um menino obediente.

A gravação apareceu na tela.

— Então por que eu estou aqui?

— É a fita desaparecida. Da segurança da prefeitura.

A sala da segurança surgiu na tela. Pessoas saindo para a noite.

Jan puxou o lóbulo da orelha direita.

— Como foi que você conseguiu isso?

— Alguém deixou na minha porta.

Sarah lhe passou o envelope. Estava agora dentro de um saco plástico hermeticamente fechado.

Então Nanna apareceu na tela, ainda bonita em preto e branco. Os cabelos um pouco despenteados. Não uma adolescente. Isso parecia ser impossível. Ela sorria; nervosa, mas também com ternura.

Olhava para cima. Olhava em volta. Tinha no rosto uma expressão que parecia dizer: adeus.

Um homem apareceu pela esquerda. Jens Holck. Tirou algo do bolso. Um chaveiro, ao que parecia. Nanna foi até ele, abraçou-o.

Sarah pegou outro Nicotinell e se pôs a mastigar.

— Holck foi visto deixando o Rådhus? — perguntou Jan.

— Meia hora depois.

— Não há nada aí que a gente ainda não saiba.

— Você precisa aprender a olhar, Meyer. Quantas vezes preciso lhe dizer isso?

Ela voltou a fita.

— Eu olhei! Vimos Holck entregando as chaves a ela. Os dois marcam um encontro. E então ela vai para o apartamento.

— Eu sei que você não pode evitar o fato de ser homem. Mas sério. Eles não marcam um encontro. Olhe!

Os olhos saltados de Jan se fixaram na tela.

— Você não está vendo? O rosto de Holck. Ele não está feliz. Se Nanna tivesse voltado com ele, por que Holck estaria tão abatido?

Um último abraço, um beijo de amigos, não amantes. Holck parecia um homem que perdeu tudo. E Nanna, feliz como a adolescente que sonhava não ser mais.

Jan assentiu.

— Ok. Mas isso não quer dizer que ele não a encontrou no apartamento.

Ele se levantou e começou a olhar em volta. Os relatórios sobre a mesa de trabalho. As fotografias no manequim.

— Cadê a sua mãe?

Sarah pausou o vídeo.

— Meyer. Você precisa me ajudar.

Nada.

— Se você tiver a menor dúvida... — começou ela.

Ele agitou o envelope dentro do saco plástico.

— Eu não gosto disso. Alguém entrega uma fita e estamos de volta àquela merda toda da prefeitura.

— Não importa onde seja.

— Só se recebe uma coisa dessas se alguém sair lucrando de alguma forma.

— Você é muito cético às vezes. Talvez a pessoa só quisesse ajudar.

Jan olhou melancolicamente para a imagem congelada. Um Holck arrasado beijando uma Nanna radiante.

— Ah, droga — disse ele.

Segunda-feira, 17 de novembro

O primeiro compromisso de Hartmann naquela manhã foi falar com Gert Stokke. O funcionário público estava evasivo.

— Tudo que eu estou lhe pedindo é que você diga a verdade. Que diga que contou a Bremer que Holck vinha usando o nosso apartamento.

— Pouca coisa, hein?

Stokke tinha um rosto comprido e sério de perdigueiro e olhos rosados e úmidos.

— Não posso me envolver nessa história entre você e Bremer.

— Você já se envolveu — disse Rie.

Morten entrou na conversa:

— Acha que ele vai recompensar você por ficar de bico fechado, Gert? Você conhece Bremer. Você é um servidor público. Ele não pode mais jogar isso nas costas de Holck. Então vai se voltar para o seu departamento. Você vai ser o primeiro a cair.

Stokke fez cara feia para os três. Um homem inteligente, encurralado.

— E vocês estão do meu lado? São meus amigos agora, hein? Vocês que guerreiem entre si; me deixem fora disso.

— Se Bremer sobreviver a isso, você vai dançar — disse Morten.

O servidor público fez que não.

— Bremer nunca vai admitir que tivemos aquela conversa.

— Deve haver uma ata — disse Rie.

Uma breve hesitação.

— Ele não queria que o assunto fosse incluído na ata. Disse que conversaria com Holck em particular. Que daria um basta naquilo.

Morten praguejou e bateu os papéis na mesa.

— Sinto muito. Se eu falar, estou acabado. Sempre achei que você daria um bom prefeito, Hartmann. Talvez na próxima.

— Não haverá uma próxima — resmungou Hartmann. — Precisamos de você, Gert.

— Onde eu vou trabalhar se falar? Tenho 58 anos. E a minha aposentadoria?

Rie estava lívida.

— Então Troels paga o preço? Apesar de não ter feito nada?

— Deixa, deixa — cortou Hartmann. — Vamos parar de pressionar o Gert. Se ele não quer falar, que não fale. A decisão é dele.

Ele estendeu a mão. Stokke a apertou.

— Obrigado por vir, de qualquer forma — disse Hartmann, e então o servidor abotoou o paletó e saiu.

Morten tinha uma cópia da ata da reunião, redigida por Stokke.

— Está aí? — perguntou Hartmann.
— Não. Olhe você mesmo.
E lhe passou os papéis.
— Devíamos tê-lo pressionado mais — disse Rie.
Morten balançou a cabeça.
— Inútil. Ele morre de medo de Bremer. Não ia funcionar.
Hartmann parou na segunda página.
— Aqui diz que há um apêndice. Onde está?
— Deve ser documentação técnica — sugeriu Morten.
Hartmann não ficou convencido.
— Stokke é competente. Não acredito que ele não tenha registrado nada. É uma improbidade administrativa, pelo amor de Deus. Ele ia querer se resguardar.
— Ele morre de medo de Bremer. Já falei.
— Talvez. Temos proximidade com alguém do departamento de Holck? Aquela senhora gorda...
— Você está falando da Rita? — perguntou Rie.
— Se for esse o nome dela...
— É sim. Eu conheço ela.
— Bem — disse Hartmann, estendendo a ata para ela —, você sabe o que fazer.
Então ela começou a matraquear sobre uma estratégia com a imprensa. Hartmann não escutava. Morten estava novamente ao telefone. Ficando irritado.
— O que foi? — perguntou Hartmann quando ele desligou.
— Você vai precisar falar outra vez com a sua advogada, Troels.
— Ah, pelo amor de Deus, a Lund não.
— Não. Bremer quer entrar com um processo por calúnia e difamação.

O carro de Vibeke era um Fusca verde com dez anos de uso. Sarah não se dava ao trabalho de dirigi-lo com muito cuidado.
A lavanderia ficava em Islands Brygge. Ela já usara o lugar antes quando a polícia não conseguia encontrar a pessoa certa.
Uma organização beneficente. Patrocinada pela prefeitura. A maioria dos funcionários tinha algum tipo de deficiência. Alguns eram surdos de nascimento.
O gerente se lembrou dela.

— Por que todo mundo pensa que os surdos conseguem ler lábios simplesmente por serem surdos? — disse o homem quando Sarah chegou. — Não é verdade. Mesmo que consigam, eles entendem talvez um terço do que foi dito.

O lugar atendia à maioria dos grandes hotéis da cidade. Sarah passou por máquinas de lavar industriais, pilhas de lençóis e travesseiros. O ar era quente e úmido, carregado do cheiro de roupa sendo passada e sabão.

— Um terço já basta para mim — disse ela.

— É preciso que se conheça o assunto, o contexto.

— Disso eu dou conta.

Ele parou.

— Imagino. Se alguém pode ajudar, é Ditte. Muito viva, ela. Surda e muda. Perspicaz como poucos.

Ela parecia ter por volta de 20 anos, cabelos loiros compridos, rosto pétreo. Usava uma máquina de passar industrial com naturalidade e destreza.

Sarah falava, o gerente traduzia para os sinais.

Perspicaz como poucos.

Os dedos de Ditte voaram ao dizer algo.

— Ela quer ver o seu distintivo.

Sarah tateou os bolsos. Os olhos da moça não a abandonaram um segundo.

— Esqueci. Hoje é a minha folga. Devo ter deixado em casa. — Ela sorriu para o gerente. — Já estive aqui antes. Ele me conhece.

Nada.

— Posso lhe dar o meu cartão.

Isso, pelo menos, Brix não tomara dela.

Ditte leu o cartão com atenção, e então eles foram para o almoxarifado, onde se sentaram.

O vídeo estava no laptop. Sarah o exibia sem pressa, voltando um pouco quando necessário. O que não foi muito necessário.

A jovem fazia sinais, o gerente falava.

— Ela foi até lá porque o homem prometeu lhe dar as chaves.

Sarah pausou o vídeo. Nanna olhando para Jens Holck. Implorando.

— Ela quer ir lá pegar algo que esqueceu.

Os dedos de Ditte se mexiam freneticamente.

— Ela não quer que o homem vá junto.

A jovem parou, os olhos cravados na tela.

— O que foi? — perguntou Sarah.

O gerente perguntou por sinais. Ditte respondeu; lentamente.

— Ela falou que é uma cena muito triste. A garota diz ao homem que já disse a ele que acabou.

— Ela diz o que esqueceu no apartamento?

— Ela foi lá pegar o...

As mãos pararam.

— Pegar o quê?

Nada.

— Quer que eu volte o filme?

Ditte emitiu um som baixo, ininteligível; não uma vogal, não uma consoante.

— Não. Ela disse que pode deixar tocar.

— Eles viajaram para algum lugar no fim de semana.

Ditte assentiu. Feliz com alguma coisa. A jovem se voltou e olhou para Sarah. Fez sinais com muita segurança.

— A garota diz que depois da viagem esqueceu o passaporte no apartamento, numa gaveta.

Sarah respirou fundo.

— O passaporte? Tem certeza?

Ditte estava novamente imersa nas imagens.

— Ela vai pegar o avião hoje à noite — disse o gerente.

— O avião? Para onde?

A jovem pareceu confusa. Sarah pausou o vídeo. Esperou que ela retomasse o fôlego.

— Vamos devagar. Não tem pressa.

— Ela quer que você coloque o vídeo para tocar — disse o gerente.

E assim Sarah fez.

— O homem pergunta para onde ela vai. Mas ela só pede as chaves. Ela diz que conheceu outra pessoa. Uma pessoa que ela ama muito. Com quem ela vai embora.

Dois rostos na tela, amor e ódio no mesmo momento. Ambos mortos agora.

— O homem pergunta outra vez para onde ela vai.

Sarah fechou os olhos.

— E ela diz Paris. Mas Paris...

Ditte parou. Pareceu ficar contrariada.

— O que tem Paris?

As mãos outra vez.

— Ela não vai para Paris. Está mentindo.

— Como você sabe?

Ditte apontou para o vídeo.

— Quando fala, ela evita os olhos dele.

Sarah assentiu. As mãos voltaram a voar.

— Como você, quando disse que tinha esquecido o distintivo. E que hoje era a sua folga.

A jovem sorria para Sarah. Orgulhosa de si mesma.

— Não vou ter problemas por isso, vou? — perguntou o gerente.

— Não. Prometo.

Lá fora, no assento duro do Fusca verde de Vibeke, voltando para o centro, ela ligou para Jan.

— Nanna ia pegar um voo aquela noite. Ela mentiu sobre o destino.

Ela ouviu o som de papéis sendo batidos contra a mesa. Jan ligara o viva-voz. Devia estar fazendo gestos obscenos para o aparelho enquanto ouvia.

— Até hoje não topamos com nada que sugira que ela ia viajar.

— Ela se despediu dos pais. Dos colegas da escola. De Kemal. De Holck. Você também viu isso.

— Vi? Com quem ela ia embora?

— Consiga todas as listas de passageiros. Fale com as companhias aéreas.

— Sem problema. Não tenho nada mais para fazer mesmo.

— Você deu uma olhada nos casos antigos?

— Estou fazendo isso agora. Não vejo qualquer ligação. A não ser pela bicicleta de Mette Hauge, e, convenhamos...

— Confira todas as partidas de avião e descubra com quem ela ia viajar. No caso de Mette Hauge... — Ela ouviu um clique na linha. — Meyer? Meyer?

O quarto de Nanna estava diferente outra vez. Pernille cedera. Pegara algumas caixas da Birk Larsen. Cuidadosamente, começara a guardar as coisas da filha.

A trocar coisas. Mudar outras do lugar.

Havia um globo na escrivaninha de Nanna. Com estrelas desenhadas a caneta em todas as cidades que ela queria visitar um dia. Londres e Roma. Nova York e Pequim.

Pernille olhou para o globo. Um simples enfeite de plástico. Colocou-o na caixa de papelão e voltou para a sala. Olhou ao redor.

Toda a vida deles acontecera ali, desde Nanna até os meninos. Todo o amor, todas as brigas. Toda a dor e a felicidade.

No batente da porta estavam as marcas de altura riscadas a lápis de cor. Vermelhas para Nanna, verdes para Anton, azuis para Emil. As deixadas pela polícia haviam sumido. Ela conseguia olhar para a casa outra vez sem se lembrar do mundo exterior e do que ele continha.

Vidas nunca são estáticas. Sempre mudam. Ou não são vidas. Ela se esquecera disso enquanto estava no limbo terrível que os consumira. Esquecera antes, talvez, ainda no conforto do apartamento apertado localizado acima do depósito-garagem sujo e agitado. Ali criando os filhos. Fazendo comida para Theis. Desfrutando de seus braços fortes quando estavam eles dois sozinhos.

Nunca é estática. Ou nos movemos com o tempo, ou ele nos atropela. Deixando-nos presos na areia fria e desolada.

Ela desceu as escadas. A corretora havia telefonado. Theis conversava com ela. Os punhos ainda em carne viva devido ao que quer que tivesse acontecido duas noites antes. O rosto severo e imperscrutável.

Pernille bateu na porta, entrou, sentou-se.

— Vocês realmente deveriam aceitar a oferta — disse a mulher. — Eu sei que não é nada maravilhoso. Mas o mercado está em baixa. E, com as suas finanças como estão, o banco já deve estar impaciente.

— O banco — murmurou ele.

Ela sorriu, disse a Pernille:

— Agora que tudo acabou, um recomeço talvez seja uma boa ideia.

Pernille congelou.

— Eu não quis dizer terminado, é claro — apressou-se em acrescentar a corretora. — Mas...

— Quando eles pretendem se mudar? — perguntou Theis.

— Em breve. O dinheiro...

— Nós dois precisamos conversar — disse Pernille. — Você pode esperar lá fora?

A corretora pareceu ficar chocada, mas saiu.

— Malditos bancos — murmurou ele.

As plantas estavam sobre a mesa. Alguns desenhos. As fotografias da corretora.

— Eu não tive tempo para ver a casa.

— Não...

— Como ela é? É bonita? Tem jardim?

— É em Humleby. Três andares...

— Os meninos iriam gostar, Theis?

— De ter cada um o próprio quarto? Eles poderiam ter um trem elétrico. É claro que iam gostar.

— E a escola não fica longe...

— Pernille. — Ele olhou para a mulher do outro lado do vidro. — O dragão aí acaba de me dizer que conseguiu um comprador. A oferta é péssima, mas...

Ela não falou.

— O banco adoraria.

Pernille corria os dedos pelas fotografias. Tijolos cinza de Humleby. Um jardim.

— Mas se você mudou de ideia...

— Não, não. Aceite a oferta.

Ela olhou para o marido.

— A gente precisa do dinheiro, não é?

— Dinheiro — disse Theis.

Sarah encontrou o taxista, Leon Frevert, passando flanela em seu Mercedes em um ponto próximo à parada dos barcos turísticos em Nyhavn.

Ele não queria falar.

Depois de três respostas monossilábicas, ele disse:

— Eu já contei tudo que sei. Fiz uma corrida. Levei a moça para um lugar. O que mais posso dizer?

— Ela carregava uma bolsa?

Frevert começou a limpar o para-brisa. Sarah pensou em Ditte. O sujeito evitava os olhos dela.

— Já faz quase três semanas. Isso é ridículo.

— Ela carregava uma bolsa?

Ele abaixou a flanela, olhou na direção de Sarah.

— Talvez ela tenha guardado a carteira numa bolsa. Não sei.

— Eu quis dizer uma bolsa de viagem. Uma mala. Uma mochila.

— Não.

— Tem certeza?

— Se tivesse, eu teria colocado no porta-malas.

O primeiro carro da fila partiu. Frevert agora era o segundo da fila. Ela tinha certeza de que o sujeito sumiria dali ao menor pretexto.

— Ela disse para onde ia depois?

O taxista era mais magro do que Sarah se lembrava. Mais ansioso.

— O que eu disse antes. Prefeitura e Grønningen. Isso é tudo que eu sei.

O carro da frente saiu. Frevert era o seguinte.

— Ela mencionou o aeroporto?

— Definitivamente não. Eu a teria levado até lá. Uma boa corrida. — Ele coçou os cabelos ralos. — Mas agora que você falou...

— O quê?

— Ela me pediu para esperar.

— Esperar?

— É. Lembrei agora. Ela disse que ia a um lugar logo virando a esquina e que voltaria logo. E me pediu para esperar. — Frevert riu. — Numa noite de sexta-feira? Fui legal com a moça quando ela foi para a prefeitura. Mas tinha muitos clientes procurando táxi. Não podia ficar parado ali. — Por um momento ele pareceu ficar abatido e envergonhado. — Caramba. E se eu tivesse ficado?

— Para onde ela queria ir depois?

Frevert pensava.

— Acho que ela mencionou a Estação Central de Trens.

A estação ficava em frente ao Tivoli. Sarah só conseguia pensar em um motivo para Nanna ir até lá.

Ela foi direto ao setor de armazenagem de bagagens. Um rapaz de aparência impertinente envergando um uniforme azul estava atrás do balcão. Ele disse que a cada três dias os armários eram esvaziados, e os itens não retirados, guardados.

— Se você tiver a chave, eu encontro o seu volume — acrescentou ele. — Será cobrada uma taxa.

— Eu não tenho a chave.

— Qual é o número?

— Eu não tenho o número.

— Nesse caso — respondeu ele, sarcasticamente feliz —, não posso fazer nada.

— É uma bolsa de viagem. Deixada aqui no dia 31 de outubro.

O rapaz parecia ter uns 18 anos. De onde estava, Sarah podia ver a área de armazenagem, atrás do balcão. Estantes e mais estantes de malas.

— Essa mala por acaso é sua?

— Se você me deixar entrar e disser onde procurar, eu mesma a encontro.

Ele cruzou os braços.

— Quer mais alguma coisa? Um bilhete de primeira classe grátis para Helsingør? Um cheeseburguer?

Ela pegou um cartão de visita da polícia e o entregou.

— Sarah Lund. Vocês telefonaram para nós a respeito de uma mala suspeita.

O rapaz leu o cartão, colocou-o no bolso.

— Que tal a identificação?

Ela abriu a porta lateral do balcão e entrou.

— Eu mesma procuro.

Sarah passou direto pelo rapaz, ignorando seus berros, foi até os fundos, puxou uma mala para fora da prateleira. A data era recente. A de Nanna devia estar em outro lugar.

— Pare já com isso! Eu sou um agente do sistema ferroviário.

— E eu estou tentando ajudar — disse Sarah, percorrendo apressada as filas de estantes.

— Agora eu estou ficando irritado.

O rapaz parou, cruzou os braços finos.

— Está ficando irritado? — gritou ela. — Eu vim no meu dia de folga para fazer um favor a alguém da Secretaria de Transportes. E um adolescente cheio de espinhas fica me enchendo o saco. Atravesse a rua e vá passear de carrossel, moleque. Os adultos têm mais o que fazer.

Com o rosto vermelho, ele começou a vacilar ao falar, agitando os braços.

— Ei... hã... Ei!

— O Mickey está esperando — disse ela, apontando na direção do Tivoli.

— Não saia daqui! — berrou ele, com a voz esganiçada. — Vou chamar o meu chefe.

Sarah se apressou ainda mais.

Muitas malas. A maioria preta. Do tipo que os homens preferem.

Nanna era bonita e gostava de coisas bonitas.

Vozes mais ao fundo do local. Alguém começava a se exaltar.

Sarah estava quase correndo quando a viu. Cor-de-rosa e descolada. Marca famosa. O tipo de coisa que Jens Holck teria comprado, à custa da prefeitura.

Ela olhou para a etiqueta com o nome. O endereço da escola Frederiksholm de um lado. Vesterbrogade, 95 — o endereço de Lotte — do outro.

É claro que Nanna a guardara ali. Não queria que os pais soubessem.

Sarah pegou a mala e saiu carregando-a às pressas, ignorando o adolescente que se sacudia e guinchava no balcão.

Jan não bateu o telefone na cara dela.

— Você conseguiu as listas de passageiros? — perguntou Sarah.

— Não.

Ele soava relutante; não queria falar.

— Você está dirigindo, Meyer.

— A SAS está em greve. Estou indo ao aeroporto. Satisfeita?

— Ótimo. Eu peguei a mala dela.

Ela estava no Fusca verde, remexendo as coisas de Nanna, a mala aberta no banco do carona.

— Alguma indicação de para onde ela ia? — perguntou ele.

Um caderno de desenho. Tênis. Biquíni. Roupas quentes. A maioria das coisas ainda com a etiqueta. Sarah as enumerou para Jan.

— Algo que sugira com quem ela ia viajar?

— Não.

Sarah encontrara em casa um par de luvas de látex da polícia. Rasgou a embalagem com os dentes, calçou-as.

— Vou perguntar aos Birk Larsen.

— Pelo amor de Deus, não faça isso. Ontem eu disse a eles que o caso estava encerrado. Aqueles dois precisam de um descanso de tudo isso.

— É. Bem... Vou pensar em alguma coisa.

— Lund!

Theis estacionou em frente ao restaurante às 13 horas em ponto. Pernille telefonou.

— O banco não quer ajudar, Theis.

— Do que você está falando?

— Eles não querem ajudar com a casa. Será que a gente podia pedir um empréstimo pela empresa?

— A empresa já fez muitos empréstimos. Vamos vender a casa, não vamos?

Pelo tom de voz, ela parecia calma. Quase feliz.

— Estou aqui agora. Em Humleby. Você não colocou nenhuma cortina.

— Cortinas! Por que as mulheres sempre pensam em cortinas? Tem o encanamento, a instalação elétrica e...

— Mas mesmo sem as cortinas ela é linda.

Theis parou na rua. Abriu um sorriso. Riu para o céu sombrio de inverno.

— Mulheres — disse ele.

Ouviu uma voz feliz na linha. Podia até ver o rosto dela.

— Princesa?

Ele não a chamava assim fazia séculos.

— Princesa? — ecoou Pernille. — Desde quando você me chama assim?

— Você gostava. Qual o problema? O que eu vou fazer, princesa, é ligar para a corretora. Dizer a eles que a venda está cancelada. E eles que enfiem a comissão naquele lugar.

Silêncio.

— Se estiver tudo bem por você.

Silêncio.

— Se — repetiu ele — estiver tudo bem por você.

— É uma casa, Theis. Nunca tivemos uma casa. E quanto ao dinheiro?

— Eu dou um jeito.

— Onde vamos arrumar o dinheiro?

— Você nunca perguntou isso antes. Por que começar agora?

— Posso trazer os meninos hoje à tarde? Você pode vir? Podemos mostrar a casa para eles; juntos.

Ele viu Amir na janela do restaurante. Abatido e ansioso, como na noite anterior. Estava com o pai, que não parecia muito melhor.

— Pode apostar que sim — disse Theis.

Telefone no bolso, ele bateu as enormes mãos uma contra a outra. Sorriu para estranhos. Sentia-se... pleno.

Havia lugares para conseguir aquele dinheiro. Não era a primeira vez que ele atravessava águas revoltas para manter o barco à tona. Os telefonemas que dera seriam ainda mais úteis agora.

Do outro lado da rua, Amir e o pai estavam em frente ao restaurante, discutindo. O velho apontava um dedo acusador, gritava tão alto que Theis conseguia ouvi-lo. Palavras ininteligíveis em outra língua.

O pai segurava o braço de Amir. O rapaz se desvencilhou com um uma explosão de impropérios em dinamarquês.

Duas crianças na caçamba de um triciclo Christiania vermelho. A caminho da escola. Aprisionados para sempre numa fotografia em uma mesa.

Todos crescem. Todos vão para outro lugar, alguns para uma noite sem fim.

Amir atravessou a rua, foi até Theis.

— Algum problema?

— Vamos embora daqui.

E seguiram para a van vermelha.

Rie estava ao telefone à caça do documento desaparecido da ata de Stokke. Morten passara uma hora com assessores de Bremer, tentando desanuviar o clima. Mai Juhl esperava no gabinete de Hartmann, sozinha, e estava ficando impaciente.

— O que o velho tem a dizer?

— Bremer está para começar a audiência no departamento de Holck. Estão esperando uma atitude sua. Ou divulga uma carta de retratação e retira o que disse, ou ele o processa.

Hartmann acenou para Juhl. Teve o mais débil dos sorrisos como resposta.

— Então eu devo me retratar e fazer papel de idiota?

Morten balançou a cabeça.

— Existem formas de contornar esse tipo de coisa, Troels. Podemos dizer que você estava sob muita pressão devido à prisão injusta que sofreu. Bremer divulgará uma mensagem de solidariedade se você der a ele o que ele quer.

— Pode esquecer.

Mai Juhl pensava de forma muito parecida. O que provavelmente era obra de Bremer.

— Não se coloque numa posição difícil, Troels.

— Bremer sabia que eu era inocente. Ele me deixou ir parar na prisão, enfrentar uma acusação de assassinato. E durante esse tempo todo poderia ter pegado o telefone e...

— É o que você diz. Mas pode provar?

— Ele acha que é o nosso dono, Mai. Talvez seja mesmo.

— Seja pragmático. Todos lamentamos muito o que aconteceu. Mas você precisa de amigos. Não se isole...

— O que exatamente você quer que eu faça?

Rie entrou no gabinete.

— Agora não — disse Hartmann, mal olhando para ela.

— Agora sim.

Ela sorria. Trazia alguns papéis na mão. Algo em seus olhos...

— Continue, Mai.

— Se você mudar de ideia, conseguiremos evitar o processo. Isso não virá a público.

Hartmann pegou os papéis e começou a ler.

— São seis secretários e Bremer — prosseguiu Juhl. — Ele não vai manter você na Secretaria de Educação. Quer que eu ocupe o cargo. Mas você vai ficar com uma. Talvez... a de Meio Ambiente.

— O último homem no cargo prosperou, não foi? — disse Hartmann, ainda lendo os documentos.

— Estou tentando ajudar. Tem gente por aqui que acredita que você nem merece esse esforço todo. Prove que eu tenho razão. Prove que eles estão errados. Vamos fazer isso do jeito certo. Escreva a carta. Ok?

Ele mal se moveu. Não foi um gesto de concordância, não exatamente. Mas bastou para Mai Juhl. Ela pegou o blazer.

— Obrigada — falou, animada. — Vejo você em breve.

E saiu.

Hartmann olhou para o mundo além da janela. Pensou em possibilidades e direções. Escolhas a serem feitas.

— Troels?

Morten havia entrado e ele não notara.

— A audiência já está para começar. Precisamos de um plano.

Nenhuma resposta.

— Alô? Tem alguém aí?

— Sim — disse Hartmann. — O plano é o seguinte. Diga a Bremer que divulgaremos a retratação depois da audiência.

Morten estreitou os olhos.

— Você vai retirar a acusação?

— Depois.

— Está bem... — disse Morten.

Ela entrou pela garagem, ignorou os olhares duros dos homens de vermelho, subiu a escada, tocou a campainha.

— Olá, Pernille.

Sarah sorriu, tentava ser simpática.

— Estou incomodando?

— Vamos nos mudar. Estou indo ver a casa.

— Precisamos catalogar as evidências do caso. É só uma formalidade.

— O quê?

Uma fresta. Uma oportunidade. Sarah entrou, ficou parada na cozinha, de pé. Tantas coisas... Vasinhos e plantas, silhuetas de animais na janela, pratos no escorredor. Ela jamais conseguiria criar uma casa como aquela.

— Preciso analisar os pertences de Nanna outra vez. É a última, prometo.

— Meyer disse que você estava fora do caso.

— Amanhã. Hoje é o meu último dia. Ele não mencionou isso?

Ela não conseguiu definir se Pernille acreditava ou não.

— É só um detalhe. Prefere que eu venha outra hora? Você não precisa esperar aqui. Se precisar sair...

— Preciso. A maioria das coisas dela está encaixotada. Você tranca a porta quando sair?

— Claro.

Sarah olhou em volta, para a cozinha adorável.

— O novo apartamento é maior?

— É uma casa.

— Vai ser linda.

Pernille olhou para ela.

— Não se esqueça de trancar a porta — repetiu ela, e saiu.

Sarah escutou seus passos descendo a escada.

Quando ela se foi, Sarah tirou a jaqueta e abriu a primeira caixa. Tirou porta-joias e livros e cadernos, colocando-os sobre o tapete esfarrapado.

Esvaziou todas as caixas. Seis, ao todo.

Uma hora e meia depois, estava sentada, desolada, os pertences de Nanna espalhados pelo quarto como se uma criança irascível tivesse acabado de ter um ataque de fúria.

Nada. Nenhum sinal de um encontro secreto. Nenhuma menção a uma viagem.

Sarah levou as mãos ao rosto, queria gritar.

Então levantou a cabeça, voltou a olhar ao seu redor com aqueles olhos grandes.

Pense.

Pense como Nanna.

Olhe.

Imagine.

Havia um globo de plástico em um canto. Ela o vira mais cedo. As cidades famosas marcadas com um X. Sem dúvida, lugares que Nanna queria conhecer.

Também era uma luminária. Havia um fio que saía da parte de trás. Sarah tirou o globo da caixa, colocou-o sobre a mesa, encontrou uma tomada, ligou-o.

A lâmpada realçou as cores vibrantes dos países e dos continentes. Lentamente, ela o girou sobre a base. Américas, Austrália, Ásia, África...

Entre os cabos do Atlântico Sul, na base do globo, algo escurecia o azul do mar.

Papéis. Cartas. Documentos.

Um lugar secreto para uma jovem que queria sair dali.

Sarah sacudiu o objeto.

Tirou-o da tomada. Procurou uma forma de abri-lo. Nanna devia saber como. Ela tinha a técnica de desmontar aquela coisa e montá-la novamente sem deixar sinais.

Mas Nanna tinha 19 anos, dedos ágeis. Irritada, Sarah desistiu: levantou o globo e bateu-o contra a mesa, soltando a base e o bocal da lâmpada, deu um soco naquela coisa.

O plástico cedeu. O mundo foi dividido pelo Equador. Duas metades iguais, o hemisfério Sul abrigando um fardo secreto de documentos.

O último par de luvas de látex foi colocado nas mãos. Ela virou o conteúdo no chão, sentou-se com as pernas abertas, pôs-se a analisar tudo detidamente.

Cartas e cartões. Um coração atravessado por uma flecha. Uma flor. Uma fotografia. Tão antiga.

Uma menina loira, com 4 ou 5 anos. Ao lado de um menino de cabelos pretos que segurava sua mão, acanhado. Um parquinho ao fundo. Areia e um escorregador. Os dois juntos na caçamba de um triciclo Christiania.

Sarah olhava fixamente a fotografia.

Não ouviu os passos às suas costas. Não viu Pernille olhando por sobre seu ombro; não a princípio.

Então notou.

— Quem é esse? — perguntou Sarah.

Levantou-se, mostrou a fotografia a Pernille.

— Essa é Nanna, não é?

A bagunça, as caixas reviradas. O caos estava de volta.

— Quem é o menino, Pernille?

— Vocês disseram que o caso estava encerrado.

— Quem é esse?

Pernille pegou a fotografia, observou.

— Amir. Um menino indiano que morava aqui perto. Ele e Nanna namoraram por algum tempo. Eles eram...

A palavra lhe escapava.

— Eles eram bem pequenos.

— Onde está Amir agora? — perguntou Sarah.

Jan telefonou quando ela já estava no carro.

— O voo não ia partir do Kastrup, Lund. Ela tinha uma reserva por uma das companhias aéreas de baixo custo que operam no Malmö. Um voo para Berlim com saída à 1h50 da manhã de sábado. Outro passageiro não embarcou.

— Amir — disse ela.

Uma longa pausa.

— Eu gostaria muito que você parasse de fazer isso comigo. Ele mora a duas ruas de Nanna. Mas acho que você já sabe disso.

— Amir El' Namen. Ele veio falar com Theis ontem à noite. Vai fazer uma mudança e queria usar os serviços da Birk Larsen. Pediu que Theis fizesse o trabalho ele próprio.

— Onde você está?

— Perto da estação. Venha me encontrar.

Jan olhou para o longo corredor, as paredes de mármore escuro, as luzes. Ele não conseguiria sair sem passar pela sala de Brix. Que parecia estar vazia...

— O que está acontecendo?

Brix surgiu às costas de Jan, fazendo-o dar um pulo.

— Se você estiver falando da Lund, eu não a vi. Juro.

— A mulher de Birk Larsen ligou. Onde ela está?

— Tenho um compromisso agora. Ligo mais tarde e explico.

Brix lhe bloqueou a passagem.

— Explique agora.

— Nanna ia viajar para Berlim com alguém...

— Estou me lixando para Berlim. A estação de trens deu queixa de uma mala roubada. Pela Lund. Pare com essa lealdade imbecil e me diga onde ela está.

Jan não gostou daquilo.

— Não tem nada a ver com lealdade. Tem a ver com os fatos. Holck não sabia que Nanna viajaria pelo Malmö. Então foi para o Kastrup. Aqui..

Ele abriu a pasta que levava para Sarah.

— São imagens do circuito de segurança do Kastrup, gravadas naquela noite. Holck aparece nelas. Qualidade perfeita. As fotos são inequívocas.

O político carrancudo aparecia encostado no balcão de informações da plataforma de embarque. Esfregando os olhos perto dos guichês das companhias aéreas. Com aparência velha e desamparada em um banco reluzente perto das escadas rolantes.

— Jens Holck ficou no aeroporto até as 2 da manhã. Não encontrou ninguém.

Brix olhou para as fotografias.

— Ele não matou Nanna — disse Jan. — Eu ligo mais tarde, está bem?

Nenhuma resposta. Então ele saiu.

* * *

Amir pediu a Theis que fosse a um endereço num parque industrial em Amager. Não queria saber de conversa. Apenas segurava a bolsa e olhava deprimido para as casas baixas e os prédios industriais que passavam pela janela.

Theis gostava de ter conversas quando dirigia. Estava determinado a engatar uma com o rapaz.

— Você estava em Londres, não estava? Nunca fui. Um dia...

— Estava na faculdade. Ideia do meu pai.

— E voltou agora há pouco?

Ele não entendia por que Amir deixara suas coisas ali. Era um lugar estranho para guardar mesas e cadeiras.

— Não. Voltei no verão.

— Eu não vi você.

— Não.

— Você devia ter ido visitar a gente, Amir. Nanna teria gostado. Lembro de vocês dois brincando juntos.

Ele riu.

— Meu Deus, ela enchia a sua paciência. Ela odiava bonecas, sabe? Eu sempre achei que era porque tinha você.

Parecia uma boa piada. Que ele conseguia fazer agora. Mas não funcionou com Amir.

— Você falou com ela depois que voltou?

Amir estava novamente virado para a janela, olhando a região desolada mais além. Theis conferiu o endereço que Amir lhe dera, olhou as placas, os números.

— Não. Bom... estamos quase chegando.

Um portão fechado. Instalações industriais abandonadas do outro lado.

Theis conferiu outra vez o endereço.

— Número 74. É aqui?

Amir estava imóvel no assento, agarrando a bolsa como se fosse a coisa mais importante do mundo.

— Amir? É aqui o lugar? É aqui que vamos pegar as coisas do seu casamento? O que...

O rapaz chorava. Da mesma forma como fazia quando era um menino e Nanna ultrapassava os limites. Lágrimas pesadas rolando por baixo dos óculos pretos de estudante.

— Não vai haver casamento. Foi cancelado.

Theis se perguntava o que fazer.

— Amir... Eu não sei por que estamos aqui.

Ele puxou do ombro a alça da bolsa, abriu-a.

— Eu queria... — murmurou ele.

Nada mais.

— Você queria o quê? O que foi?

— Eu sempre tive medo do senhor — disse Amir. — Quando a gente era pequeno e Nanna me levava para a casa dela. Tive medo do senhor quando voltei, este verão. Não tive coragem de aparecer, pensando no que o senhor diria, o que faria quando... soubesse.

Theis estreitou os olhos.

— Quando eu soubesse o quê?

— Eu. Nanna. Nós dois. Ela sempre dizia que eu não precisava ter medo. Que vocês acabariam aceitando. Que o senhor e a mãe dela também tinham sido como nós dois. Tolos. Apaixonados. Mas...

Ele esfregou os olhos com a manga do casaco, como uma criança.

— Eu ainda tinha medo, e pensei... Isso só vai piorar as coisas, não é? Quando o senhor souber...

— Souber o quê?

— Que era a mim que ela amava. O menino imigrante da rua de baixo. Íamos fugir juntos. Mas então...

Ele enfiou a bolsa nas mãos de Theis. Dentro havia um envelope acolchoado branco. E algo mais.

— Então aconteceu... Eu não sei...

Amir tirou o cinto de segurança. Desceu do carro. Foi até o portão trancado, com os olhos voltados para a fábrica abandonada que não significava nada, não era nada. De alguma forma, Theis compreendeu isso naquele momento.

O envelope estava endereçado a ele e Pernille. Dentro havia uma pequena fita. Theis olhou dentro da bolsa. Uma câmera. A fita encaixou.

Ele achou o botão play.

Apertou.

Sentiu o coração parar.

Um dia frio. Havia não muito tempo. Nanna em seu casaco pesado, os cabelos totalmente despenteados. Não aparentando ter seus 19 anos, nem de longe.

— Está gravando? — pergunta ela.

Uma voz vinda de algum lugar. De Amir. Um pouco rabugento ao tentar ajustar a câmera.

— Sim.

Ela diz "Ótimo". Respira fundo, sorri. Um sorriso de mulher.

Olha para a lente, e o sangue de Theis gela ao ouvir a voz que ele sabe que jamais voltará a ouvir.

Tão viva, tão doce, tão cheia de esperanças que ele sente uma pontada de dor, uma sensação desesperada de perda.

— Oi, mãe. Oi, pai — diz a voz, num tom divertido, travesso.

Uma piscadela.

— Oi, Anton e Emil, os melhores Teletubbies do mundo.

Uma pausa, e o rosto dela fica tão sério e maduro que Theis sente as lágrimas surgirem em seus olhos estreitos imediatamente.

— Quando vocês assistirem a isso, já vai ser segunda-feira. Vocês vão achar que eu estou na escola. Mas eu não estou.

Ela vira a cabeça para o lado, o gesto abusado que sempre fazia para acabar com uma discussão.

— Eu sei que vocês vão ficar bravos comigo. Mas não se preocupem. Amo muito todos vocês. E eu estou bem. Com o Amir. O pequeno Amir.

Ela dá de ombros.

— Não mais. Meu primeiro namorado. Ele voltou este verão. A gente se reencontrou...

Os olhos dela se voltam lentamente para o homem atrás da câmera. Parece envergonhada. Dá uma risada para disfarçar.

— Bem... A gente tinha passado três anos sem se ver. Mas parecia ter sido ontem. Você sempre me disse, mãe. Quando acontecer, você vai saber. Não importa o que as pessoas pensem. Não importa o que o mundo pense. Quando acontecer, quando você encontrar a pessoa certa, nada pode detê-la. E você não pode permitir que te impeçam.

Um gemido profundo aflora dos pulmões de Theis.

Os olhos azuis dela se fixam na câmera, neles.

— A gente sempre se amou, na verdade. Só levou um tempo para a gente admitir. Mãe, eu acho que você sempre soube. O Amir tem um amigo com quem a gente vai ficar. Não sei por quanto tempo. Até as coisas se acalmarem.

Theis traz a câmera para mais perto de si, como se uma parte irracional de sua mente acreditasse que é ela. Nanna respirando. Nanna viva. Nanna dizendo:

— Quero que vocês saibam que eu nunca estive mais feliz. Então, por favor... Espero que possam me perdoar. Acho que vocês podem fazer isso. Vocês também fugiram, não foi? Eu me lembro do brilho nos seus olhos quando você me contou, mãe. Tanto amor...

Ela estende a mão, toca o homem invisível atrás da lente.

— Se eu e o Amir conseguirmos ser tão felizes e tão bons quanto vocês...

Nanna está chorando agora, e ele sempre odiou ver isso.

— Tchau, mãe. Tchau, pai.

Ela sopra um beijo.

— Amo vocês, Teletubbies. Vou telefonar assim que der. Vou amar vocês para sempre.

Lágrimas e risos. A câmera se move. Um muro grafitado. Bicicletas encostadas numa parede. A duas ruas da casa deles em Vesterbro. Ele reconhece os tijolos.

Então Nanna e Amir. Ela, feliz e iluminada de esperança. Ele, calado e acanhado, não consegue olhar para outra coisa que não Nanna.

Com dedos trêmulos, Theis colocou a câmera no banco do passageiro, afundou o rosto nas mãos e chorou.

Poul Bremer conduzia a audiência. Sem paletó. Camisa azul. Sem gravata. Um homem em ação.

— Agora vamos ouvir o chefe de gabinete de Holck, Gert Stokke. Gert?

O homem cinza de terno cinza entrou na sala, sentou-se.

— Você sabe por que estamos aqui — disse Bremer. — Estamos investigando a administração de Holck. Precisamos que você esclareça alguns fatos.

Stokke assentiu, olhou para cada um dos líderes ao redor da mesa.

— Como vocês podem ver nos documentos, eu tive uma conversa com Holck. Tentei fazê-lo entender que havia algo errado. Mas ele não quis me ouvir. Não consegui convencê-lo.

— E então? — perguntou Bremer.

Stokke inflou as bochechas, como que saturado. Após certo tempo, falou:

— Voltei a abordar o assunto em outra oportunidade. Ele não foi mais cooperativo. Agora vejo que deveria ter informado alguém. Peço desculpas por isso. Temos sistemas agora que...

— E o próprio Holck — intercedeu Bremer — tinha uma natureza intimidadora que era desconhecida da maioria de nós, imagino.

— Ele era incisivo — concordou Stokke. — E convincente. Disse que cuidaria do assunto pessoalmente. Acreditei nele. O que mais eu podia fazer?

Bremer juntou as mãos, como um padre que ouve uma confissão.

— Acho que todos nós aprendemos com esse episódio. Pelo que vejo, você fez o que pôde. Não temos mais perguntas. Obrigado por...

Hartmann levantou a mão esquerda.

— Tenho uma pergunta, se você não se incomoda.

Bremer esperou por um momento, então concordou:

— Vá em frente, Troels.

— Apenas para que fique perfeitamente claro, você falou com alguém sobre as ações de Holck?

— Ninguém.

Hartmann pegou uma pasta que tinha à sua frente.

— Gostaria de distribuir alguns documentos.

Ele deu a volta na mesa, colocando papéis à frente de cada um, começando por Stokke.

— Esta é a ata de uma reunião entre Gert Stokke e Bremer. Eles discutiram o plantio de árvores. Há referências a um apêndice que não foi incluído no documento. Foi arquivado no lugar errado sem querer, imagino. Não é verdade, Gert?

— Eu teria que checar os arquivos...

— Não será necessário. — Hartmann pegou outra pilha de documentos. — Eu consegui recuperar o apêndice.

Stokke apenas piscou.

— Estava em um lugar seguro, escondido ali pelo chefe de gabinete da secretaria de Holck. — Um aceno para Stokke. — Você, Gert.

Os olhos do servidor público se cravaram no documento à sua frente.

— Permita-me refrescar a sua memória — prosseguiu Hartmann. — Este é o seu registro do alerta que deu ao prefeito do que chama de condições alarmantes da administração de Holck. Cita, por exemplo, o pagamento de 5 mil coroas mensais a um funcionário público chamado Olav Christensen, que trabalhava na minha secretaria, mas sem que ninguém da minha equipe de recursos humanos ou da minha administração tivesse ciência desse relacionamento. Tampouco havia qualquer indicação clara do motivo pelo qual Christensen era pago, aliás.

Bremer estava corado em sua cadeira, boquiaberto.

Hartmann se dirigiu aos vereadores:

— Este apêndice nunca foi incluído na ata oficial. Era a apólice de seguro secreta de Gert Stokke. Uma forma de garantir que, se o céu caísse, ele poderia ao menos dizer que fomos alertados.

Hartmann apontou para o documento.

— E aqui está. A prova de que o prefeito sabia, muito antes do resto de nós, das falhas de conduta, deliberadas e ilegais, de Holck no exercício do seu cargo. Prova de que o prefeito omitiu da polícia informações que poderiam ter revelado o verdadeiro assassino de Nanna Birk Larsen muito antes.

Ele olhou para Bremer.

— O prefeito gostaria de fazer algum comentário?

Nada.

— Não? Bem — disse Hartmann, levantando-se da mesa e deixando-os com os papéis. — Obrigado por me ouvirem.

Sarah e Jan procuravam Amir. Ele voltara ao centro depois de se encontrar com Theis. Pegara o carro. Não era visto desde então.

Eles tentaram o restaurante do pai. O cemitério.

Nada.

Quando passavam por Vesterbro, o telefone de Jan tocou.

— O celular dele teve sinais captados por uma antena próxima a Tårnby. Não muito longe do aeroporto. Talvez ele esteja tentando fugir...

Jan deu a volta. Pegou a avenida que levaria à saída para Kastrup.

Sarah pensava. Lembrou-se da fotografia. Duas crianças na caçamba de um triciclo Christiania.

— Ele não está indo para o aeroporto.

— O celular...

— Eu sei aonde ele foi.

O trânsito estava tranquilo. Eles chegaram em 25 minutos.

Jan ficou mais mal-humorado e rabugento ao ser dar conta do lugar para onde estavam indo.

Seguiram por vias estreitas, ao longo de valas e canais. Passando pela mata escura onde as árvores mortas não ofereciam abrigo.

Os faróis iluminaram a ponte baixa de metal. Uma forma bem no centro.

Jan levou a mão ao coldre, lembrou que Brix ainda estava com a sua pistola. Sarah fez uma careta, desceu, foi até a forma sentada no meio da ponte.

Havia um buquê de flores às costas dele. Amir estava sentado na borda, olhando para a água negra, os braços no parapeito, as pernas balançando no ar.

Como um menino.

Uma viatura parou na outra margem, luzes azuis piscando. Dois homens desceram agitados. Sarah, com um gesto, ordenou que recuassem.

Ela seguiu em frente.

— Amir El' Namen?

Ela fez um gesto para que Jan mostrasse o distintivo, depois se agachou para falar com o rapaz.

— Somos da polícia, Amir. Está tudo bem. Você não é um suspeito.

Ele continuava a olhar para a água.

— Testemunhas o viram no aeroporto de Malmö.

Ela se abaixou ao lado do parapeito, tentando ver os olhos por trás dos óculos de lentes grossas e armação preta.

— Preciso perguntar uma coisa — disse Sarah. — Quem sabia? Para quem a Nanna contou?

O rapaz finalmente olhou para ela.

— Quem sabia, Amir?

— Ninguém sabia. Não éramos idiotas.

— Alguém deve ter descoberto. Alguém que estava de olho em Nanna... Ou que viu vocês dois juntos. Um ex-namorado, talvez. Pense.

Ele pensou.

— Alguém viu a gente. Mas não tinha como ele saber. Era impossível.

Sarah chegou mais perto.

— Quem viu vocês?

— Foi quando eu peguei Nanna para levar a mala dela para a estação. Ele desceu de um carro. Eu não vi direito o sujeito. Não sei como ele era.

Jan suspirou.

— Então o que você viu? — perguntou ele, com voz cansada.

Amir o fitou friamente.

— Um uniforme vermelho. Mas ele não tinha como saber.

Jan balançou a cabeça, impaciente.

— Como assim um uniforme vermelho?

— Um uniforme vermelho, ora. Como os que eles usam.

— Quem? — perguntou Jan.

— O pessoal dele. Deles. Os macacões. Da Birk Larsen.

Meia hora depois, Brix chegou. Entregou a Sarah seu distintivo sem dizer uma palavra.

— A equipe de busca que vocês queriam está a caminho. Espero que encontrem alguma coisa.

— E quanto ao suprimento de água? — perguntou Jan.

— Será interrompido por 24 horas. Não mais que isso. O que o rapaz indiano disse?

— Estamos procurando um dos funcionários da transportadora. Alguém que trabalha para Birk Larsen. Essa é a ligação.

Brix olhava para os carros que encostavam.

— Ligação com quê?

— Com Mette Hauge. Ela saiu da casa do pai para morar na cidade pouco antes de desaparecer.

Sarah esperou, tentando fazer com que aquilo ficasse claro na própria mente.

— Quando você se muda — continuou ela —, abre a sua vida para estranhos. Mette fez isso. Nanna...

Vagn olhou para o cronograma, a escala de trabalho, as contas a pagar. Eles estavam fazendo alguns trabalhos extras à noite para tentar colocar as finanças em ordem.

Não era fácil.

Theis acabara de voltar de uma entrega nas docas, paga em dinheiro; cansado, mas com uma felicidade que não se via no seu rosto ultimamente.

— Você sabe que eu vou precisar chamar mais alguns carregadores — disse Vagn. — Os serviços, os telefonemas. Não temos gente suficiente.

— Contanto que as entregas cubram os custos.

Vagn assentiu.

— Vão cobrir. Não se preocupe. Deixa comigo.

— Ótimo.

Alguém tocou a campainha.

— Suba, Theis. Você parece estar destruído.

Vagn esperou que ele saísse.

O homem era magro, tinha por volta da idade deles. Rosto pálido, macilento.

— Você podia ter chegado mais cedo.

— Não consegui. Estava ocupado. O dono da frota está no meu pé. Ele quer que eu cumpra mais horas.

— É, bem... Theis precisa mais de você do que ele. E você lhe deve isso. Então não nos deixe na mão outra vez. Vá vestir o seu uniforme. Temos trabalho a fazer.

— Dinheiro vivo?

— É. Dinheiro vivo.

— Nada... você sabe...

— Nada o quê?

— Eu não quero problemas, Vagn.

Vagn o enxotou para a sala dos armários.

— Apenas faça o trabalho. Ainda temos um uniforme com o seu nome. Mesmo que você enrole a gente. Esta é uma empresa familiar, lembra?

— Familiar. Eu sei.

O uniforme vermelho estava onde o homem o deixara duas semanas antes, a última vez que trabalhara para a Birk Larsen. Ele o pegou, mas conferiu o nome na etiqueta de qualquer forma.

Dizia: Leon Frevert.

Sarah olhava os canais de um lado a outro, perguntando-se que segredos esconderiam. Os mergulhadores trabalhavam havia duas horas, saltando de botes infláveis para a água. Outros policiais vasculhavam as encostas cobertas de mato e os alagadiços nas margens. Havia holofotes por todo lado.

Até mesmo Jansen, o perito ruivo que parecia nunca questionar as ordens de Sarah, começava a ter suas dúvidas.

Por voltas das 20 horas, durante um intervalo para transportar a equipe de mergulhadores para outra área, ele se aproximou.

— Já fizemos buscas em dois dos canais menores. Sabe Deus quantos ainda faltam.

— Tente a antiga linha de drenagem. Há vinte anos a maior parte dessa área tinha acesso proibido. Ele sabia disso, deve ter usado o local.

— Toda a área era fechada vinte anos atrás. Era usada pelo Exército para prática de tiro. Ninguém vinha aqui. Para desovar um carro...

Sarah mal ouvia. Tentava imaginar o que poderia ter acontecido.

— Não vá achando que ela está dentro de um carro. — Ela se lembrou de Bengt, investigando Mette Hauge pelas suas costas, convencido de que estava certo em sua teoria. — Não vá achando nada.

Jan havia falado outra vez com o pai de Mette. A jovem havia contratado uma empresa de mudanças para levar suas coisas para o novo apartamento na cidade. O homem não fazia ideia de qual empresa. Mas o relatório da polícia dizia que os pertences da jovem haviam sido levados para um galpão registrado no nome de uma empresa chamada Merkur. Fechada havia muito tempo.

— A última dona foi uma mulher chamada Edel Lonstrup — acrescentou Jan. — Peguei o endereço dela. Talvez amanhã...

Eram quase 22 horas.

— Vamos agora — disse Sarah.

— Não está meio tarde? — perguntou Jan.

— Sim. Estamos vinte anos atrasados.

Lonstrup morava em Søborg, nos limites de uma área industrial. O lugar mais parecia um galpão abandonado do que uma casa. Os portões de metal estavam destrancados. Assim como as portas do barracão de metal nos fundos do terreno. Jan entrou. Caixas por todo lado e velharias empoeiradas. O nome Merkur estava gravado em algumas. Na parte de trás da casa havia uma janela comprida com uma luz acesa. Eles viam uma cozinha. Alguns vasos de plantas.

Alguém morava ali.

Um rosto desbotado apareceu no vidro, levou uma mão enrugada ao rosto, tentou identificar de onde vinha o barulho.

De roupão cinza e com cabelos lisos ensebados, ela não parecia receber muitas visitas.

Os dois se sentaram na cozinha, ficaram vendo-a comer. O lugar parecia ser feito das quinquilharias que ela juntava: louças de barro de conjuntos diferentes, um fogão caindo aos pedaços, um rádio velho. A Merkur havia sido fechada dez anos antes, após a morte do marido dela. Lonstrup disse que não tinha nenhuma lista de funcionários, nenhuma documentação.

— O que aconteceu com os documentos? — perguntou Jan.

— Joguei fora. Para que guardar? Se vieram aqui por causa de impostos ou coisa parecida, vão até o cemitério e falem com ele.

— Algum dos seus funcionários foi contratado depois pela Birk Larsens Transportes?

— Funcionários? No ramo de mudanças e transportes, são todos ciganos. Num minuto estavam trabalhando para a gente. No outro, para a concorrência. Sabe Deus o que faziam nas horas vagas.

O rosto dela se endureceu. Uma lembrança.

— Era por isso que aquele imprestável só ficava com eles, não com a família. Pela bebida, as mulheres e sei lá o que mais.

— Birk Larsen?

— Quem é Birk Larsen?

A mulher não tinha TV, pelo que Sarah podia ver. Não havia jornais sobre a mesa. Nada que ligasse aquela casa ao mundo exterior.

— O nome Mette Hauge significa alguma coisa para a senhora? — perguntou Sarah.

— Quem?

— Mette Hauge. Algumas coisas dela foram guardadas no depósito de vocês.

— Aage vendeu tudo que conseguiu antes de falir. As coisas dos clientes também. Se não tivesse morrido, estaria preso. Tudo para encher a cara e andar com aqueles vagabundos.

— Então a senhora não ficou com nada?

— Olhe em volta. Tudo aqui é nosso. E de mais ninguém.

Uma voz emergiu do escuro por trás deles, mais jovem e frágil:

— Ainda guardamos algumas coisas na garagem.

A mulher atrás deles parecia ter por volta de 40 anos, mas se vestia como uma adolescente de outra geração. Um cardigã de lã comprido, uma velha camiseta colorida por baixo. Calça jeans. Os cabelos em maria-chiquinha, de um castanho virando cinza. Tinha um rosto infantil, assustado e rebelde ao mesmo tempo.

— Vá para o seu quarto — ordenou Edel Lonstrup, a mãe rabugenta.

— Que coisas? — perguntou Sarah.

— Coisas do meu pai. Muitas.

— São só caixas velhas! — berrou a mãe. — Volte para o seu quarto!

— Precisamos olhar — disse Jan. — Mostre onde estão.

Havia diversas caixas cheias de papéis, dispersas, sem qualquer ordem ou lógica, na garagem empoeirada cheia de velharias e teias de aranha. Algumas tinham o nome da empresa estampado. A palavra Merkur em letras garrafais azuis, com o desenho de uma aeronave do lado esquerdo, uma asa voadora.

Sarah folheava algumas impressões de computador muito antigas. Jan virava caixas e mais caixas no chão.

— O que exatamente estamos procurando?

— Um homem.

Ele chutou uma caixa. Mais papéis voaram pela garagem, mais poeira.

— Não — disse Jan. — Ele não está aqui.

A filha ficou; observava-os das sombras.

— Qual era a sua idade há 21 anos? — perguntou Sarah.

— Dezessete.

— Como eles eram? Os homens que o seu pai empregava?

— Brutos. Assustadores. Grandes. Fortes.

Ela apertou o cardigã ensebado contra o corpo ao falar.

— Minha mãe me dizia para ficar longe deles. Falava que não eram como nós. Que eram...

Ela parou de falar.

— Que eram o quê? — perguntou Jan.

— Que eram homens sem porto. Todos.

— Todos?

Sarah deixou as caixas de lado e foi até ela.

— O homem que estamos procurando talvez fosse diferente. Não muito mais velho do que você era. Vinte, 25 anos. Talvez fizesse apenas bicos para o seu pai.

— Eles iam e vinham...

Sarah tentava imaginar. Se Bengt estivesse certo, aquele homem seria organizado, esperto, persistente. Não raptava mulheres no calor do momento. Ele as caçava e as atraía. Talvez até mesmo as seduzisse.

— Ele devia ser diferente dos outros. Melhor, talvez. Mais inteligente.

Ela não falou nada.

— Devia gostar de falar com garotas. Acho que as tratava com mais respeito do que os outros. Mais empatia.

Uma imagem começava a se formar na cabeça de Sarah.

— Devia ser simpático. Não bruto. Não desagradável. Perto dos outros, talvez parecesse encantador. Havia alguém assim?

Silêncio.

Sarah pegou a fotografia do colar com o pingente de coração preto.

— Você já viu isso antes?

A mulher saiu da escuridão para a luz pela primeira vez. Era, pensou Sarah, extremamente bonita, mas flagelada por alguma coisa. O isolamento. A solidão.

Nada.

— Vamos, Lund — disse Meyer. — Tem algum lugar onde eu possa lavar essa imundície das mãos?

A filha apontou para a porta. Esperou até que ele saísse. Olhou para Sarah.

Falou apenas quando julgou que ele não conseguiria mais ouvi-las:

— Talvez tivesse alguém assim. — Nervosa, olhou para o lado, para ter certeza de que Jan não estava escutando. — Não fui eu que contei, está bem? A minha mãe não vai...

— Ninguém precisa saber.

— Eles só querem uma coisa. Os homens.

— Ele era desse tipo?

Ela recordava.

— Não. Os outros não gostavam muito dele. Ficavam falando alto. Bebendo. Fumando. À toa. Ele trabalhava. Quando podia, exigia que voltassem ao trabalho. Eles não gostavam.

— Como ele era, fisicamente? — perguntou Sarah.

Ela deu de ombros.

— Normal. Tinha uma fotografia dele com o meu pai. Mas a minha mãe jogou fora. Ele seria promovido a gerente, mas não sei... aconteceu alguma coisa.

— O quê?

— Eu disse que não sei. Um dia ele estava aqui. Então nunca mais apareceu.

Sarah observou o rosto dela.

— Você sentiu saudade dele?

Quase 40 anos, vestida como uma adolescente, os cabelos compridos ficando grisalhos. Uma vida jogada fora.

Nada.

— Se fosse eu — insistiu Sarah —, não teria deixado ninguém jogar aquela foto fora. Teria pegado de volta. Escondido em algum lugar onde a minha mãe não pudesse achar. É para isso que servem as fotografias, afinal. Lembranças.

Sarah chegou mais perto dela. A filha tinha o mesmo cheiro embolorado da garagem e do interior da casa. Umidade, poeira e teias de aranha.

— Precisamos daquela fotografia...

Os braços longos e finos sob o cardigã puído avançaram e a agarraram com força.

— Você não pode contar...

A filha olhou de relance pelas janelas, para a cozinha. Não havia ninguém lá. Então ela foi até os fundos da garagem e, cuidadosamente, colocou de lado algumas prateleiras velhas.

Encontrou algo na parte inferior da estante. Começou a procurar entre os objetos.

Jan havia voltado. Ele vinha na direção da mulher. Sarah estendeu o braço para impedi-lo. Apontou para a porta com o polegar e moveu os lábios em silêncio: "Fora."

Ela encontrou a fotografia com tal rapidez que Sarah se perguntou se aquela mulher não a olhava todos os dias. Estava limpa, sem qualquer poeira. Uma boa fotografia. Nítida.

— Esse é o meu pai. Esse é o homem de quem eu falei.

Sarah examinou os rostos.

— Foi há vinte anos — disse a mulher. — Por que estão procurando por ele? O que ele fez?

Sarah não disse nada.

— Não pode ter sido nenhuma maldade — acrescentou a mulher com marias-chiquinhas semigrisalhas. — Ele não era desse tipo.

Pernille estava à mesa da cozinha assistindo ao vídeo na câmera de Amir, tentando segurar as lágrimas.

Theis estava ao seu lado, a mão sobre a dela.

— Amir estava envolvido? — perguntou ela após ver Nanna soprar para eles um beijo de despedida.

— Não. A polícia disse que ele ficou esperando pela Nanna no aeroporto de Malmö.

Ela esfregou os olhos e o rosto com as mangas da camisa.

— Por que ela não contou? Por que manteve segredo?

Theis não tirava os olhos da última imagem de Amir e Nanna, ambos sorrindo, uma imagem congelada no tempo. Não conseguia falar.

— A policial, Lund, veio até aqui e revirou as coisas dela outra vez.

Ela balançou a cabeça. Sentiu-se infeliz e derrotada outra vez, exatamente como antes.

— Tem alguma coisa errada, Theis.

Os dedos do marido soltaram a mão dela.

— Não comece outra vez. Eles disseram que o caso está encerrado.

— Então por que Lund veio até aqui?

Nenhuma resposta.

— Eles não o encontraram — sussurrou Pernille. — Você sabe disso. Eles não o encontraram.

Uma batida na porta. Leon Frevert estava parado no umbral, vestindo o uniforme vermelho e o gorro preto.

— O que é? — perguntou Theis.

— Desculpe, mas... Vagn mandou chamar você.

— Agora não.

O homem alto e magro parecia assustado, mas não saiu do lugar.

— Acho que você precisa vir, Theis. Por favor.

Theis soltou um resmungo mas acabou concordando:

— Ok.

Os homens estavam todos lá: os funcionários, os temporários, alguns que ele mal reconhecia. Todos de uniforme vermelho, amontoados no escritório. Falando entre si, sem sorrisos. Não olharam para Theis quando ele entrou.

Vagn estava na frente do grupo, de braços cruzados, falando e assentindo.

O líder, sempre.

Eles tinham discussões de vez em quando. Alguns sumiam. Nem sempre voltavam.

Isso, pensava Theis, fazia parte do negócio.

O negócio dele.

Então ele entrou sem delongas, perguntou:

— Que merda é essa? Ou vocês trabalham, ou vão para casa, ouviram bem?

Vagn se virou, ficou de frente para ele. Hesitante, olhando para o chão.

— Theis...

— Agora não.

— Agora, Theis. Estamos com um problema.

Vagn finalmente o encarou. A correntinha de prata reluzindo. O rosto sério, resignado.

— O que é isso?

— A sua casa em Humleby. Não me entenda mal. Ficamos felizes que esteja dando certo. Mesmo. Mas...

Theis estreitou os olhos.

— Está atrapalhando. A gente vem para cá para atender os clientes. Em vez disso, temos que parar o tempo todo para carregar tijolos, madeira e toda aquela tralha para Humleby. Isso não pode continuar...

Theis fechou os olhos, tentou encontrar as palavras.

— A verdade, Theis, é que, no ritmo que as coisas vão, você não vai conseguir terminar aquela reforma antes do Natal. Então nós decidimos. Desculpe. Mas é definitivo...

Aquele gesto de assentimento com a cabeça minúscula.

— Que vamos reformá-la para você.

Um estrondo de risadas, alguém deu um tapa nas costas dele. Theis olhou para os rostos sorridentes.

— Toda noite vamos uns dois ou três trabalhar lá, e mais alguns nos fins de semana.

— Seus filhos da mãe... — murmurou Theis, balançando a cabeça, esfregando os olhos.

— Primeiro o porão, depois a cozinha e o banheiro.

Vagn pegou uma lista de materiais.

— O primo de Rudi é encanador, então esse tipo de coisa a gente consegue quase a preço de custo. Ele vai precisar de um serviço de mudança logo, então fica esse o acordo. O resto vai custar só algumas cervejas.

Ele cutucou o cotovelo de Theis.

— É melhor começar a economizar, Theis. Esses caras bebem. E...

Vagn ficou em silêncio. Todos acompanharam a direção do seu olhar surpreso.

Sarah e Jan entraram na garagem, fazendo o que sempre faziam. Olhando em volta.

Theis praguejou e saiu para falar com os visitantes.

— Temos novas informações — disse Jan. — Que mudam as coisas.

Theis estava em frente aos seus homens, fora do escritório.

— Da última vez você disse que estava encerrado.

— Eu sei. Eu estava enganado. Precisamos reabrir o caso.

— Quero que vocês saiam.

— Não podemos fazer isso.

— Se quiserem falar comigo de novo, vai ser por intermédio de um advogado.

— Não é com você que queremos falar — cortou Sarah. — Mas com um dos seus homens. Vagn Skærbæk.

— Puta merda — vociferou Theis. — O quê?

Sarah passou por ele, foi até o escritório, notou um homem magro no fundo da sala cobrindo o rosto com um boné. Pensou no que a filha dissera: eles não têm porto. São ciganos.

Não era Vagn. Vagn tinha ficado onde estava, encarando Sarah com hostilidade.

— Vocês deviam deixar Theis em paz. Ele já passou por muita coisa.

— Podemos conversar, Vagn?

Olhos bem abertos, correntinha de prata reluzindo, ele saiu, postou-se ao lado de Theis.

— O que é isso, Theis?

— Eles querem falar com você.

— Sobre o quê?

— Você vem com a gente — disse Jan.

— Por quê?

— Entre no carro ou vamos prendê-lo. Como vai ser?

Vagn olhou para Theis, a cabeça inclinada para o lado, perplexo.

— Isso é uma brincadeira?

— Não — disse Jan, e olhou o relógio. — São 10h37 da noite. Você está preso.

Ele levou a mão ao bolso de trás, pegou as algemas, agitou-as para Vagn.

— É isso que você quer?

— Vá com calma, pelo amor de Deus.

Pernille estava lá agora.

— O que está acontecendo? — perguntou ela.

— Podem me revistar. — Vagn então viu as algemas serem agitadas no seu rosto outra vez e mudou de ideia. — Eu vou. Eu vou.

O homem alto no fundo do escritório ainda se escondia nas sombras, segurando a aba do boné sobre os olhos. Sarah queria ir até lá, mas Jan estava ficando impaciente.

— Se tivermos novidades — disse ela a Pernille —, nós telefonamos.

Hartmann estava em frente aos jornalistas, na coletiva de imprensa. Terno preto, camisa e gravata pretas, rosto com expressão grave.

— A acusação contra o prefeito não poderia ser mais séria. Ele tinha conhecimento das atividades criminosas de Jens Holck. Gert Stokke escreveu a ata da reunião.

Ele ergueu os papéis descobertos por Rie.

— Esta é a prova. Distribuiremos cópias. Como Bremer nunca se pronunciou a esse respeito, eu fui desacreditado. E, mais importante, a cidade de Copenhague foi traída pelo homem eleito para liderá-la. Bremer deliberadamente ludibriou a polícia e suas investigações. Ele desperdiçou o tempo e o dinheiro da polícia para dar cobertura a um assassino. Tudo em troca de nada mais do que ganho político.

Hartmann olhou para os jornalistas.

— Nós merecemos mais do que isso. Devemos ter mais. Eu denunciei Poul Bremer à polícia.

— O que a polícia disse? — berrou um dos repórteres.

— Que vão investigar. Sinto muito que o foco dessa eleição tenha mais uma vez sido desviado.

— Ele será indiciado?

— Isso cabe à polícia.

Erik Salin estava na primeira fila. Calvo. Sorriso radiante.

— Faltam cinco dias para a eleição, Hartmann. Você não está ficando um pouco desesperado demais?

Todos esperaram.

— Deixarei que o povo decida isso — respondeu Hartmann. — Obrigado.

Meia hora depois ele estava de volta ao seu gabinete, assistindo a uma entrevista ao vivo de Bremer.

Ele já deveria ter esperado aquela reação:

— Isso tudo é uma mentira — disse o prefeito. — Eu nunca tive essa conversa com Stokke. Essa suposta ata é uma fraude. Fabricada para a ocasião.

— Por Troels Hartmann? — perguntou o entrevistador.

— Duvido. Vejo isso como obra de um funcionário público tentando lavar as mãos em relação a um problema causado por ele próprio. Eu sou a vítima. Hartmann escolheu, deliberadamente ou não, ser o porta-voz dessa pessoa. Eu esperava mais...

Morten desligou a TV.

— Bremer está jogando a culpa no Stokke. O que mais você esperava que ele fizesse?

— Stokke já é bem grandinho — disse Rie. — Você também deveria ser.

— Ah, é?

— Sim. Isso vai acabar com Bremer.

Morten vestiu o casaco, irritado.

— Eu achei que estávamos aqui para derrotá-lo no âmbito das ideias. E não entrando no jogo sujo dele e indo ainda mais baixo. Ah, para o inferno com isso tudo. Cansei desse gosto podre na minha boca.

— Como é? — vociferou Hartmann.

— Você me ouviu, Troels! Passei anos fazendo de você quem você é.

— Ah, foi?

Morten o mediu de cima a baixo.

— Isso mesmo. O novo guardião. Limpo e honesto. Franco e destemido. E aí está você, agindo igualzinho ao pior deles. Minha nossa... Você acha que está à altura dessa imagem? — Ele apontou o dedo para Rie. — Acha que ela está? Esse showzinho à la Jack e Jackie não está mais colando, e vocês nem percebem isso.

— Já chega, Morten.

Morten fez uma careta.

— Eu ainda nem comecei. Você não deveria passar para o lado negro, Troels. Isso é função minha. Deixe para os profissionais.

Ele saiu antes que Hartmann pudesse responder. Rie estava irada em sua cadeira.

Hartmann se sentou à mesa.

— Sinto muito. Morten fica ferino sob pressão.

— Isso foi ferino?

— Acho que sim. Conheço ele há muito tempo. É a forma dele de demonstrar.

Rie juntou os papéis. Os cabelos presos, severa. Os olhos escuros inquietos. Olhando para tudo, menos para ele.

— Quer beber alguma coisa?

A cabeça inclinada para o lado, avaliando-o com os olhos. Não disse nada.

— Ok — disse Hartmann, dando de ombros. — Foi só uma ideia...

Morten irrompeu na sala. Segurava um buquê gigante de lírios.

— Aqui. — Ele o enfiou nos braços de Rie. — Chegaram para você. Talvez você devesse fazer uma coroa com isso.

E saiu pisando forte.

— Flores — disse Hartmann.

— Que perspicaz da sua parte, Troels.

— Alguém deve gostar muito de você.

Um sorriso, finalmente.

— Você pode ligar para a polícia agora? — perguntou ele.

Haveria uma reunião do partido depois. Morten suavizou os modos e foi no carro com Hartmann. Eles ouviam a declaração de Bremer no rádio. A certa altura, Morten pediu ao motorista que desligasse.

— O que você quis dizer, Morten? Com o showzinho à la Jack e Jackie?

— Ah, por favor. Você se vê assim. Assim como Rie. Não sabia que aquilo também era uma encenação?

— Eu não estou representando.

— Você é um político. Não seja tão ingênuo.

Hartmann balançou a cabeça.

— Por que eu aceito essas ofensas constantes de você?

— Porque formamos uma boa dupla. Melhor do que você com Rie. Mais honesta, pelo menos. — Morten deu um tapinha no joelho dele. — Não se ofenda. Eu quero o melhor para você. Para vocês dois. Ela será uma boa escudeira quando admitir suas limitações.

— O mesmo vale para mim, imagino.

— Você está chegando lá.

— Por que você acha que estou agindo errado com relação a Bremer? E isso importa? Se os fins são justos, quem se importa com os meios?

— Não é assim que funciona.

— Eu preciso saber se posso contar com você, Morten. Preciso saber se você não vai me deixar na mão de repente. Ter um ataque por causa de Rie...

Nenhuma resposta.

— Eu sei o que estou fazendo — disse Hartmann.

— Você acha que sabe.

Hartmann estendeu a mão.

— Ah, vamos, seu velho rabugento. Estamos nessa juntos.

Morten apertou a mão dele.

— Sempre estivemos, Troels. E, a propósito, eu não sou rabugento. O que acontece é que...

O telefone de Hartmann tocou. Rie. Ele atendeu e ligou o viva voz para que Morten escutasse.

— Falei com a polícia — disse ela. — Eles vão investigar as acusações contra Bremer.

— Quando?

— Quando chegar o momento. O caso Birk Larsen está sendo reaberto.

Hartmann empurrou as costas contra o assento. Queria gritar.

— O quê?

— Estão procurando por outra pessoa. Não acham que Jens Holck era o assassino, no final das contas. Lund e Meyer estão de volta à investigação. Estão em Vestamager. Desligaram o fornecimento de água e estão fazendo buscas em todos os canais.

— Descubra mais. Temos direito a saber.

— É uma investigação de assassinato, Troels. Não temos o direito de saber nada.

— Se Holck era inocente, é só uma questão de tempo até que voltem a bater na minha porta. Descubra o que puder.

Uma longa pausa.

— Eles retiraram as acusações contra você, não foi?

— E desde quando isso quer dizer alguma coisa?

Ele desligou, explicou a Morten o que estava acontecendo.

— Eles não podem vir atrás de você, Troels. Por que fariam isso?

Hartmann via a cidade passar pela janela.

— Cinco dias. Mais um soco. Mais um golpe baixo. É tudo o que Bremer queria. Quando conseguirmos nos inocentar, ele já vai estar de volta ao trono. Você é o estrategista. Se o estivesse aconselhando, o que você faria?

— Se eu fosse o estrategista dele?

— Sim.

Morten Weber riu.

— Você já estaria acabado.

Vagn estava sentado na sala dos policiais, mordendo nervosamente a borda de um copo de café vazio. Sarah começou o interrogatório:

— Você trabalhou para a Merkur, vinte anos atrás?

— Já trabalhei para muita gente nesses anos todos. A gente vai atrás do dinheiro. E daí?

Sarah mostrou a ele a fotografia resgatada pela filha de Aage Lonstrup.

— Meu Deus, como eu era bonito naquele tempo. — Vagn passou a mão no queixo. — Ainda sou, vocês não acham?

— Quanto tempo você trabalhou lá?

— Três ou quatro meses. Ele era um sujeito bacana, mas alguns dos caras eram idiotas. Rolava muita bebida. Não sou muito chegado.

— Você conheceu Mette Hauge? — perguntou Jan.

— Quem?

— Uma jovem chamada Mette Hauge. A Merkur fez a mudança dela para a cidade. Cabelos castanhos escuros. Vinte e poucos anos.

— Está brincando? Era uma mudança por dia. Duas, às vezes. Eu não lembro. Como vocês esperam...?

— Quão bem você conhecia Nanna? — cortou Sarah.

Ele a encarou.

— Eu a segurei pela primeira vez quando ela tinha uma semana de vida. Isso responde à sua pergunta?

— Na verdade não. Você sabia alguma coisa sobre os namorados dela?

— Não sobre o político. Tinha um moleque rico da escola que costumava dar as caras por lá, todo se babando. Nanna teve o bom-senso de se livrar dele.

Sarah o observava atentamente.

— Você sabia que ela estava planejando viajar aquele fim de semana?

— Viajar? Para onde?

— Fale sobre aquela sexta-feira, Vagn — disse Jan. — Você passou a noite no asilo com o seu tio. Certo?

— Eu já falei isso para vocês.

— Você é solteiro. Passa as noites de sexta-feira com o seu tio?

— Sim. Todas as sextas.

— E quanto ao resto do fim de semana? Cantou no coral? Alimentou os patos? Tricotou?

Vagn inclinou a cabeça para trás, olhou para o teto.

— Ha, ha.

— Você espancou o professor.

Ele os encarou com raiva.

— Vocês não deviam ter dito à Pernille que tinha sido ele. Aquilo não teria acontecido se não fossem por vocês. Idiotas.

— Onde você estava?

— Trabalhando! Eu já disse! Theis e Pernille levaram os meninos para a praia. Eu me ofereci para segurar as pontas. Conheço Theis desde que me entendo por gente. Eles são como a minha família. Eu faria qualquer coisa por eles.

— Você já viu isso antes?

Sarah lhe passou a fotografia do colar.

— Não. Posso ir agora? Foi um dia pesado.

— E quanto aos outros funcionários da Merkur? Você ainda tem contato com eles?

— De vinte anos atrás? Vocês só podem estar brincando. O velho Lonstrup morreu. Os outros eram uns palhaços, como eu já disse. Se vocês não conseguem descobrir quem matou Nanna, talvez seja a hora do chefe de vocês encontrar alguém que consiga.

Ele fechou os olhos por um instante, com uma expressão de dor.

— Vocês precisam parar de fazer isso com Theis e Pernille. Vocês não têm sentimentos? Jesus...

Sarah olhou para Jan.

— Fique aqui — disse ela a Vagn.

Eles colocaram Brix a par das novidades na sala ao lado, observando Vagn pelo vidro.

— Skærbæk conhecia Nanna — disse Jan. — É possível que tenha trabalhado na mudança de Mette Hauge. Ele concordou em nos fornecer suas digitais e uma amostra de DNA. Estamos conferindo agora.

Brix se levantou e observou mais de perto o homem do outro lado do vidro. Vagn mastigava o copo de café vazio, cuspia os pedaços. Parecia entediado e exausto.

— Alguma novidade nos canais?

— Não. Mas eles vão virar a noite trabalhando.

— Confiram o álibi desse Skærbæk mais uma vez. Levantem mais informações sobre a família, os amigos.

— Precisamos investigar se mais alguma mulher desaparecida teve contato com uma empresa de mudanças — sugeriu Sarah. — Pense bem. As pessoas convidam esses caras para entrar na vida delas. Eles vão à casa dos clientes. Conhecem a rotina deles. Ganham a confiança deles...

— Você poderia dizer a mesma coisa de um padre. Um médico. Um carteiro...

— Estou falando a respeito de Vagn Skærbæk. A Merkur...

— Espere — interrompeu ele. — Estamos trabalhando no assassinato de Nanna Birk Larsen. Talvez haja alguma ligação com uma jovem que desapareceu há vinte anos. Eu não sei. A sua única pista é um colar. Não vou deixar que você desenterre todos os casos não solucionados dos arquivos...

— Brix...

— Olhe só para ele!

Vagn já havia mastigado metade do copo, não fizera outra coisa desde que o deixaram sozinho.

— Esse sujeito não consegue nem trocar uma lâmpada. A ideia de que ele ilude a polícia há mais de vinte anos... Não acredito que ele consiga fazer isso nem por vinte dias.

Sarah olhou de relance para Jan, ficou calada.

— Vocês ainda têm 17 horas para procurar nos canais. Então o abastecimento será restabelecido. Se não tivermos nada além de um colar que ligue Nanna à outra garota, vocês vão descartar essa linha de investigação. Fui claro?

Jan bateu continência.

— Quero que o caso seja conduzido com total sigilo. Sem vazamentos. Nem mesmo para Hartmann.

— Quando vou receber a minha arma de volta? — perguntou Jan.

— Quando a perícia terminar o trabalho.

— Acho que existem outras armas no mundo, senhor...

— Você acaba de matar um homem, Meyer. Três balas. Nenhuma errou o alvo. Talvez seja melhor você ficar longe de armas de fogo por algum tempo. Nós estávamos errados a respeito de Holck. Não quero mais mancadas.

Nenhuma resposta. Brix saiu.

— Ao menos ele disse "nós" — destacou Jan.

Sarah observava Vagn pelo vidro.

— Ele não é um imbecil — disse.

Quando liberaram Vagn, ele voltou direto para a garagem em Vesterbro, conversou com os Birk Larsen à mesa da cozinha, bebendo café.

— Eles não fazem a menor ideia. Querem saber o que eu penso? Estão tão desesperados que vão fuçar a vida de todo mundo. Todos os caras que trabalham aqui, Theis. A mesma coisa. O que você fez durante todo o fim de semana? Podemos tirar as suas digitais? Lamba isso aqui. Sente ali. Minha nossa...

— O que eles perguntaram para você?

— Só isso. O que você fez durante todo o fim de semana? Por que você não tem namorada? Coisas idiotas.

— Que tipo de coisa? — perguntou Pernille.

— Tipo o que eu sabia dos namorados de Nanna. Se eu sabia que ela estava saindo com aquele político. Todo tipo de coisa. É uma piada.

Os olhos estreitos de Theis se voltaram para ele.

— Você sabia sobre Nanna e Amir?

Vagn pestanejou, fez que não.

— O garoto indiano? Aquele com quem ela andava quando era pequena?

— É.

— Saber o quê?

— Que eles estavam namorando outra vez.

Vagn pensou por um instante.

— Você quer dizer tipo... hoje em dia?

— Hoje em dia — retrucou Theis.

— Não sei droga nenhuma sobre nada. Eu não vejo aquele garoto indiano há anos. O que é isso? Eu passei o fim de semana cuidando da empresa.

Pernille falou, para ninguém em particular:

— Por que eles acham que foi um dos homens?

Theis balançou a cabeça.

— Eles não explicam porcaria nenhuma para ninguém — disse Vagn, exaltando-se. — Falei para eles pararem de importunar vocês. Eles não estão nem aí. Estão se lixando para os sentimentos das pessoas. Caramba... Nanna.

Os olhos de Vagn estavam ficando marejados.

— Eles perguntaram... há quanto tempo eu conhecia ela. Nanna. Desde que ela era bebê, só isso. É nojento...

Theis colocou a mão no seu ombro.

— Fique calmo, Vagn. É como você disse. Eles estão só tentando acertar mirando em qualquer um. Vou contratar um advogado. Precisamos de paz e tranquilidade. Não vou permitir que esses malditos entrem pela porta sempre que tiverem vontade. Incomodando...

— Eu agradeço — disse Vagn.

Sarah se pôs a ouvir as mensagens da caixa postal assim que entrou no apartamento vazio em Østerbro. Havia apenas uma. Bengt.

"Oi, sou eu. Eu sei que foi ridículo da minha parte, mas queria me explicar. Ainda estou em Copenhague. Não encontrei a sua mãe em casa. Espero que esteja tudo bem."

Ela subiu as escadas, pensou ter ouvido um ruído ao chegar ao andar de Vibeke. Olhou em volta. Não viu nada.

"Me ligue", encerrou Bengt.

Então uma voz saiu das sombras, uma silhueta alta.

Sarah recuou para a parede, os olhos inquietos, tentando entender o que estava acontecendo.

— O vizinho abriu a porta para mim — disse Troels Hartmann.

— Você me deu um susto.

— Desculpe.

— O que está fazendo aqui?

Ele saiu do escuro.

— Você sabe por que eu vim.

— Se for sobre o relatório que nos entregaram sobre Bremer, vão ter que esperar. Alguém entrará em contato com vocês.

Ele a observou girar a chave na fechadura.

— Ainda não tivemos notícia alguma.

— Estamos ocupados. Eu não posso ajudar. Não faço parte dessa investigação.

Ela abriu a porta. Hartmann se adiantou e estendeu o braço para escorá-la.

— O que vocês estão fazendo nos canais?

Sarah passou por baixo do braço dele, entrou no apartamento.

— Só um exercício. Não é nada. Boa noite.

E bateu a porta.

— Ótimo! — gritou Hartmann do outro lado. — Então você não vai se incomodar se eu disser à imprensa que o que está acontecendo nos canais não tem nada a ver comigo, certo? Nem com Nanna Birk Larsen.

Hartmann já descia as escadas quando ela abriu a porta.

— Entre.

Sarah trocou de suéter sob o olhar dele. Preto e branco por branco e preto.

— Estou de saída. Seja rápido.

— Só depende de você. Quero uma resposta direta.

Ela olhou dentro da geladeira. Ainda tinha tempo para uma cerveja.

— Só tenho uma, Hartmann. Quer um pouco?

Ele olhou para a Carlsberg.

— Aquele vinho tinto que eu lhe ofereci custa 500 coroas cada garrafa.

Ela deu de ombros, abriu a garrafa, tomou um gole direto do gargalo.

— Hoje eu disse que Bremer deu cobertura para um assassino.

— Eu não repetiria isso se fosse você.

Hartmann não gostou da resposta.

— Mas Christensen...

— Isso pode acabar sendo considerado um acidente de trânsito. É difícil provar a intenção de um morto. Não sei se Brix vai achar que vale a pena tentar.

— Você tem certeza de que Holck não matou Nanna?

A cerveja estava ótima.

— Absoluta. Bem, o máximo de certeza que se pode ter quanto a qualquer outra coisa.

Sarah comprara a última caixa de sushi que havia no supermercado. Ela nem gostava muito, mas não havia mais nada que fosse rápido e simples.

— Se não foi Holck, quem foi?

— Se eu soubesse, estaria aqui bebendo cerveja da garrafa e comendo arroz gelado com peixe?

Ele puxou uma cadeira do outro lado da mesa.

— Quanto tempo até vocês voltarem a me importunar? O que é que as pessoas vão pensar?

— Vão pensar que o caso está encerrado. Quer sushi?

— Você não gosta, não é?

Sarah empurrou a caixa para o lado.

— Estamos fazendo progresso, Hartmann. Pare de se preocupar.

— Que tipo de progresso? Quão próximos estão de prender o culpado? Horas? Dias? Semanas?

— Eu sou policial. Não vidente.

Mais cerveja. Ela olhou para Hartmann.

— Ainda tem um pouco — disse Sarah, agitando a garrafa de Carlsberg para ele. — Você ainda pode tomar se quiser.

Hartmann pareceu ficar ligeiramente enojado com a ideia.

— Eles vão levar a sério o seu relatório. Se Bremer tinha conhecimento da improbidade administrativa de Holck, alguma coisa vai acontecer. No devido tempo.

— Ótimo.

Ele se levantou.

— Eu estava pensando, Hartmann.

— Pensando no quê?

— Na fita que tinha desaparecido da segurança da prefeitura.

— O que tem a fita?

— Ficamos atrás daquela fita por um bom tempo. Achávamos que poderíamos comprometer você se a encontrássemos. Mas na verdade as imagens o inocentam. Holck aparece na gravação, com Nanna.

Hartmann pareceu ficar perplexo.

— Quem mandou essa fita? — perguntou ele.

— Eu achava que você poderia me responder.

— Não faço a menor ideia.

— Bem... — Ela pegou de volta a caixa de sushi, comeu mais um pouco, mesmo não gostando. — Acho que podemos concluir que alguém na prefeitura continua interessado em você e Nanna, apesar de tudo.

— O que isso quer dizer?

— Só nos entregaram a fita agora, quando você já estava inocentado. Por quê?

— Diga.

— Se alguém a pegou para protegê-lo, não deve ter assistido, certo? Caso contrário, poderia ter evitado que você fosse preso.

Ele refletiu sobre aquilo.

— Você precisa fazer conexões, Hartmann.

— Que tipo de conexão?

— Alguém rouba a fita para proteger você. Para que não coloquemos as mãos naquelas imagens. Mas não assiste à gravação. Então, depois que você é inocentado, nós a recebemos. Por quê?

Nada.

Sarah terminou a cerveja.

— Eu chutaria o seguinte: a pessoa nos entregou a fita agora porque acredita que tem mais merda vindo na sua direção.

— E por que a pessoa não assistiu?

Ela o encarou.

— Talvez porque não conseguiria suportar. Porque acreditava que veria você com Nanna. Veria que você era realmente culpado.

Seu belo rosto de político ficou tão imóvel que mais parecia ter sido esculpido em pedra.

— É só uma suposição. Só isso.

Dez

Terça-feira, 18 de novembro

Sarah estava presa no trânsito, em plena hora do rush matinal, a caminho de Vesterbro. Jan estava no banco do passageiro, colocando-a a par do que levantara sobre Vagn Skærbæk.

— Filho único. Os pais já eram. A mãe morreu no parto. O que pode indicar uma relação estranha com as mulheres.

— Não me venha com psicologia, Meyer. Já estou farta dessa baboseira.

— Certo. Quando tinha 15 anos, o pai desapareceu. Provavelmente foi atrás de drogas e putas em Amsterdã. Então o pequeno Vagn foi morar com o tio. Não estudou nada. Achei que ele poderia ter passado algum tempo preso, mas não. — Jan virou as páginas que tinha. — Até hoje só vimos a cara dele quando tentamos botar as mãos em Theis.

— O que você quer dizer com isso?

— Se Theis precisa de um álibi, lá está Vagn. Ele livrou a cara do amigo em três ocasiões. Falei com aquele aposentado que ligou para a gente. Ele acha que os dois formavam uma dupla de criminosos.

— E quanto a filhos? Mulher? Ex-mulher?

— Não. Mora sozinho num apartamento barato a meio quilômetro dos Birk Larsen. Revistamos o lugar. Nada que o coloque na Vestamager ou em qualquer outro lugar que interesse.

— Tem que haver alguma coisa.

— É padrinho dos filhos dos Birk Larsen. Parece ser muito próximo da família. Já morou com eles por um tempo em algumas ocasiões. Talvez estivesse abusando de Nanna sem que eles soubessem.

Sarah apenas olhou para ele.

— Ok. Retiro a hipótese. Theis ou Pernille teriam descoberto, sem dúvida, e ele é que teria virado comida de enguia. Além disso...

Ele não terminou a frase.

— Além disso o quê?

— Nanna parecia feliz. Não parecia? Já trabalhei em alguns casos de abuso. Aqueles jovens... você consegue ver nos olhos deles. Anos depois. Aquela filha da Lonstrup, a mulher das marias-chiquinhas grisalhas...

— Ninguém abusou de Nanna — disse Sarah quando eles saíam da via expressa e começavam a procurar o asilo. — Ela tinha Jens Holck na palma da mão e manteve isso em segredo. Nanna era Theis e Pernille em uma só.

Era um prédio moderno. Dois andares, tijolos vermelhos.

— Que ideia perturbadora — comentou Jan.

A diretora do lugar era uma mulher rechonchuda e expansiva, com cabelos tingidos de loiro e um sorriso grudado no rosto. Ela adorava Vagn.

— Quem dera existissem mais parentes como ele. Vagn visita o tio toda sexta-feira.

— A senhora tem certeza quanto ao dia 31? — perguntou Sarah enquanto percorriam um comprido corredor branco, passando por velhos e velhas ocupados jogando cartas.

— Sim. Tenho certeza. A enfermeira de plantão sempre registra as entradas e saídas no livro de visitantes.

A mulher trazia o livro consigo; mostrou a página a Jan.

— Vagn chegou às 8h15.

— Aqui não diz a hora em que ele saiu.

— Ele não saiu. Acabou dormindo na cadeira. O tio dele não estava se sentindo bem. Vagn veio se despedir de mim quando foi embora de manhã. Por volta das 8.

— Então ele disse à senhora que tinha passado a noite aqui? — perguntou Sarah. — Ninguém o viu?

A mulher não gostou da sugestão.

— Ele já passou a noite aqui outras vezes. Ele estava aqui.

— Mas ninguém o viu?

— Ele coloca o tio para dormir. Faz isso para nós. Por que estão fazendo essas perguntas? Vagn é uma joia rara. Quem dera...

— Existissem mais parentes como ele — completou Jan. — Já entendi. Onde está o tio?

Um quarto pequeno com um velho pequeno lá dentro. Ele usava bengala para caminhar e tinha uma aparência frágil.

Eles se sentaram e tomaram café, ouviram suas histórias. Olharam para os desenhos a lápis de moinhos de vento e campos que Vagn desenhara quando criança. O velho parecia carregar parte da infância de Vagn consigo. Um último laço com a vida antiga.

— Vagn já mencionou para o senhor alguma namorada? — perguntou Sarah.

— Não. — O velho riu. — Vagn é um rapaz acanhado. Ele guarda as coisas para si mesmo. Os garotos o provocavam quando ele era criança, em Vesterbro. Se não fosse por alguns bons amigos, não o teriam deixado em paz. Vejam...

Eles esperaram.

— É para vermos o quê? — perguntou Jan.

— Vagn é uma alma gentil. O mundo lá fora é cruel. Não acho que tenha sido fácil para ele.

O rosto gentil do tio ficou amargo por um momento.

— Eu fiz o que pude. Mas não podia estar por perto o tempo todo.

— O nome Mette Hauge significa alguma coisa para o senhor?

O rosto dele se iluminou.

— Tem uma moça aqui chamada Mette que é um amor. É ela?

— E quanto a Nanna Birk Larsen?

O sorriso se foi.

— A morte daquela pobre menina foi um golpe para Vagn.

Sarah olhou para as fotografias nas paredes. Um retrato em preto e branco de uma mulher que ela supôs ser a falecida esposa do velho. Vagn mais novo.

— Como assim? — perguntou ela.

— Eles são a família que Vagn nunca teve. Ele só tinha a mim. Minha mulher morreu jovem. Foi o egoísmo que me fez ficar com ele. Eu era sozinho, entendem? Nunca me arrependi. — Ele olhou em volta para o quarto apertado. — Tantos anos e ele ainda vem me visitar. Tem uns pobres-diabos aqui que não recebem nem um minuto de atenção por ano dos próprios filhos de sangue. Eu vejo Vagn toda semana. Toda semana.

— Ele estava aqui na noite em que o senhor se sentiu mal? — perguntou Jan. — Duas semanas atrás? Como ele estava?

— Ficamos vendo TV. É o que sempre fazemos.

O guia de programação da TV estava sobre a mesa. Jan o pegou. Sarah se levantou e começou a circular pelo quarto, a olhar as fotografias, os pertences do velho.

— Naquela noite — disse Jan — passou *Columbo*. E um programa de jardinagem. E depois *Em busca das estrelas*. Qual vocês viram?

— Eu me lembro do detetive com a capa de chuva. Mas não estava me sentindo bem. — Ele fez uma careta. — Estou ficando velho. Tentem evitar se puderem. Mas Vagn me trouxe os meus remédios e eu me senti melhor depois.

Sarah olhou de relance para Jan.

— Que tipo de remédio? — perguntou ele.

— Não sei. Perguntem às enfermeiras. Eu tomo o que elas me dão.

Ela voltou com uma fotografia de casamento. Um casal de muitos anos antes, rígidos e sérios num retrato em preto e branco.

— Quem são essas pessoas?

— Os pais de Vagn. Esse é o meu irmão. — Uma pausa. — O vagabundo.

— O que eles faziam?

— Acho que ela já estava grávida quando casou. Não que se falasse dessas coisas naqueles tempos.

Ele riu da própria piada.

— O que eles faziam?

— Trabalhavam num hospital. Não eram boas pessoas, devo admitir. — O velho respirou fundo. — Ele começou a vida de um jeito bem podre. Esses jovens... — O tio começava a levantar a voz. — Eles precisam de disciplina. Precisam de um exemplo. Precisam que mostrem a eles como devem se comportar. E, quando fazem o que não devem, aí...

Ele parou, como que surpreso com o próprio arroubo.

— Aí o quê? — perguntou Jan.

— Eles precisam saber que haverá consequências. Eu nunca precisei fazer isso. Não com Vagn. Mas alguns desses jovens de hoje...

Eles conferiram os registros da enfermaria na saída. Vagn dera fenobarbital ao tio, um forte sedativo.

Sarah dirigia outra vez.

— Quantos?

— Só um. É o bastante para derrubar um cavalo. Mas ele ainda precisaria passar pela recepção para sair. Você viu a segurança...

Sarah balançou a cabeça.

— Dei uma olhada no segundo andar enquanto você falava com as enfermeiras. Tem outras saídas. Ele poderia ter saído se quisesse.

— Então ele é mais esperto do que parece.

— Eu falei. Bem mais.

Jan ficou em silêncio.

— O que foi? — perguntou ela.

— Você ouviu o tio. Ouviu a gerente. Todos amam Vagn.

— Isso não quer dizer nada, Meyer.

— Como é?

— Não quer dizer nada!

— Ele vem ficar com o tio quase todas as noites de sexta-feira? Enquanto o trabalhador médio de Copenhague não vê a hora de encher a cara de cerveja? Isso...

— Isso... não... quer... dizer... nada.

— Se não fosse por Skærbæk, Theis Birk Larsen não teria um negócio, pelo que eu vi.

Sarah pensava.

— Um menino fraco, intimidado na escola. Sem pais. Criado pelo tio.

A chuva caiu de repente. A rua ficou quase indiscernível. Jan se esticou e ligou os limpadores de para-brisa.

— Seria bom se você me deixasse dirigir.

— Vamos chamar todos os funcionários para uma sessão de reconhecimento. Veremos se Amir consegue identificá-lo.

— Você está se agarrando a um único fio. Alguma novidade nos canais?

Sarah dobrou a velocidade dos limpadores. Ficou vendo as cortinas de chuva engolfarem o carro.

— Se não encontrarmos nada de incriminador contra Vagn, Brix vai encerrar o caso Hauge — disse Jan. — Precisamos de mais do que alguns remédios e uma fotografia velha.

— Sei disso, obrigada.

* * *

Theis e Pernille conversavam com a advogada, Lis Gamborg, na cozinha, ao redor da mesa decorada. Queixavam-se da polícia, das visitas constantes, das perguntas intermináveis. A mulher escutou calada antes de falar:

— Eu entendo, mas não há nada que possamos fazer. É uma investigação criminal. De assassinato.

— Mas eles não estão fazendo nada — disse Pernille. — Nada de útil. O tempo todo, dizem que está resolvido. Caso encerrado. Então voltam no dia seguinte e começa tudo de novo.

— A polícia geralmente tem bons motivos, Pernille. Mesmo sendo pais de Nanna, vocês não têm direito a saber.

— Não temos direito?

— Do ponto de vista legal, não. Posso falar com a central. Pedir que não apareçam sem avisar antes.

— Isso não é o bastante — cortou Theis. — Não queremos ter qualquer contato com eles. Estamos fartos. E não vamos entregar a fita.

— Eles podem conseguir um mandado.

— Eu não quero essa gente aqui. Não quero esse pessoal na minha casa...

— Vou falar com eles. Ver o que posso fazer.

— Mais uma coisa. Eles estão importunando um dos nossos motoristas. Um amigo próximo.

Pernille olhou para ele.

— Estamos falando de nós, Theis.

— Eu não vou deixar que intimidem Vagn. Ele sempre esteve do meu lado. Faço o mesmo por ele.

— Theis...

— Os malditos o levaram para interrogatório. Se acontecer de novo, vou querer a sua ajuda.

A advogada fez algumas anotações.

— Posso fazer isso, claro. Mas a polícia não o interrogaria sem motivo.

Theis bateu a ponta do dedo na mesa.

— Eu quero que você o ajude.

— É claro.

Lis Gamborg pegou um cartão de visita, estendeu-o.

— De o meu número a ele. Diga que pode me ligar a qualquer horário.

* * *

Vagn vinha se queixando com qualquer um que o escutasse. A maioria dos homens saíra para cuidar de entregas ou coletas. Só sobrara agora Leon Frevert. Os dois carregavam uma mudança em uma das vans vermelhas menores.

— Ser interrogado como um criminoso é uma droga. É como se você tivesse feito algo de errado. Como se alguém tivesse dedurado você.

Frevert trocara o gorro preto por um boné. A aba estava virada para trás agora. Ele estava ridículo.

— E você fica lá, com aqueles idiotas fazendo as mesmas perguntas por horas e horas.

Ele observou Frevert colocar um tapete na van.

Anton e Emil jogavam bola no pátio.

Frevert voltou e pegou uma caixa com louça.

Vagn se aproximou, encarou-o.

— Alguém falou alguma coisa para eles. Foi você?

Frevert era mais alto, só que magro e mais velho.

— O que você quer dizer, Vagn? O que eu poderia dizer a eles?

— Algum filho da mãe contou...

Frevert riu.

— Você está ficando paranoico. Eles estão atirando para todo lado, só isso.

Uma voz fina o chamando:

— Vagn, Vagn!

— Vocês estão jogando com a minha bola? — berrou Vagn. — Eu já disse que essa bola é minha. Como vocês ousam?

Ele então imitou um gorila, o rosto furioso, foi para fora com um andar cômico.

Os meninos deram gritinhos, começaram a correr. Vagn pegou os dois, colocou Anton debaixo do braço direito, Emil debaixo do esquerdo.

Carregava-os daquela forma, escutando os meninos gritarem de felicidade, quando Theis desceu com Pernille e uma mulher de terninho.

Vagn soltou os meninos.

— A bola é minha — disse ele. — Não esqueçam.

Os dois correram dali gargalhando, voltaram a chutar a bola no pátio.

A mulher foi para seu carro. Theis deu a Vagn um cartão de visita, disse que ligasse para aquele telefone se a polícia voltasse a aparecer.

Vagn agradeceu, guardou o cartão no bolso.

— Vamos instalar as calhas de chuva, Theis. Leon pode ajudar. Eu cuido disso.

— Ah é. E eu vou deixar um magricela igual a você instalar as calhas? Leon pode ficar aqui. Vou mostrar para você como se faz.

Os meninos estavam em volta de Vagn outra vez, puxavam seu macacão vermelho.

— Esses meninos estão precisando ir a uma loja de brinquedos, Pernille. Eu venho mais tarde para levá-los, ok?

Ela ficou parada, olhando para Vagn.

Demorou um bom tempo, mas por fim ela respondeu:

— Ok.

No escritório de mogno, sentado à sombra da janela, Hartmann contou a eles sobre o encontro com Sarah.

— Maravilha — disse Morten. — Se não foi Holck, quem foi?

— Como se eu soubesse.

— Isso quer dizer que estamos de volta ao centro das atenções? — perguntou Rie. — Eles vão voltar a revistar o apartamento? Nos revistar?

Hartmann deu de ombros.

Morten se recostou na cadeira, fechou os olhos.

— Você já devia ter conseguido que a polícia ficasse em cima de Bremer a essa altura — disse ele. — O que aconteceu com o relatório que você entregou a eles?

— Ele é culpado. A polícia vai chegar a essa conclusão no devido tempo.

— Quando, Troels? Um mês ou dois depois de perdermos a eleição? Eu alertei para que você não entrasse no jogo daquele velhaco.

— Vão interrogar Stokke. Ele não pode mentir. O tempo de Bremer está se esgotando.

— O nosso também — retrucou Rie. — Bremer confirmou presença no debate de hoje à noite.

— E por que ele não confirmaria?

Rie olhou para ele como se a pergunta fosse idiota.

— Se estivéssemos no lugar dele, eu não permitiria que você aparecesse em público. Qual o objetivo? Eu não entendo...

— Amadores — zombou Morten. — Por que eu trabalho com amadores?

Hartmann esperou.

— Gert Stokke está desaparecido — disse Morten. — Recebi um telefonema há alguns minutos. A polícia veio até aqui e ele não estava. Ninguém o vê desde a audiência de ontem à noite.

Ele deixou que absorvessem a informação.

— A sua testemunha acaba de sumir, Troels. O que fazemos agora?

— Encontre-o — disse Hartmann.

Rie saiu da sala, foi até sua mesa, passou a fazer alguns telefonemas.

— Não é fácil encontrar um homem que não deseja ser encontrado — disse Morten.

— A fita da segurança.

— O que tem a fita?

— Descubra quem a entregou à polícia.

Hartmann pegou o paletó, aproximou-se, deu um tapinha no peito de Morten.

— Quero que você faça isso. E mais ninguém.

Sarah e Jan foram até Humleby. Vagn não estava, fora a uma loja de materiais de construção. Eles olharam para a casa. Janelas novas, portas novas. Andaimes e tinta fresca. Madeira e vidros à espera de instalação.

— Birk Larsen está? — perguntou Sarah a um dos homens de uniforme vermelho na rua.

Ela deixou Jan cuidando dos detalhes da sessão de reconhecimento com os homens, entrou pela porta sem acabamento que estava aberta, passou sobre encerados, cuidadosamente abrindo caminho em meio a placas de gesso e baldes, ferramentas e caixas.

Encontrou-o no que um dia seria a sala. Janelas grandes. Ficaria cheia de luz depois que o plástico fosse substituído por vidro.

Theis estava trepado numa escada, trabalhando no teto.

— A campainha não funciona — disse Sarah, mascando Nicotinell. Ela olhou em volta. — Tenho algumas perguntas sobre Vagn.

Ele respirou fundo, pegou um balde, foi até o outro lado da sala.

Sarah o seguiu.

— O que exatamente ele fez naquele fim de semana, Theis? Quando ficou cuidando da empresa?

Theis levou uma placa de modulado até a parede, tirou um canivete do bolso, abriu a lâmina.

— Vocês viajaram na sexta-feira à noite, logo depois que Nanna foi para a festa da escola. Foi tudo planejado antecipadamente?

— Não. Por que você insiste em fazer as mesmas perguntas?

— Porque as pessoas insistem em dar as mesmas respostas. Quando vocês decidiram viajar?

— Na noite anterior. A mãe de Pernille telefonou oferecendo o chalé.

— Você falou com Vagn durante o fim de semana?

— Eu não quis saber de telefone no sábado. Era nossa folga. Mas tivemos um problema com o elevador hidráulico no domingo. E nos falamos.

— Quantas vezes?

Ele não respondeu, apenas pegou mais placas de modulado.

— O relacionamento dele com Nanna em algum momento lhe causou estranheza?

A gota d'água.

Theis foi até ela, parou na sua frente.

— Eu conheço Vagn há mais de vinte anos. O pai dele o abandonou. A mãe bebeu até morrer. Ele sempre foi nosso amigo. Não importam as histórias ridículas que vocês inventem. Eu não dou a mínima. Fui claro?

Ele foi até a porta, abriu-a.

Sarah o seguiu, parou no limiar da porta.

— Um dos seus homens viu Nanna e Amir juntos naquele dia. E esse homem é a única pessoa que sabia que os dois iam fugir. Preciso saber se foi o Vagn.

— Saia — ordenou ele, apontando para o dia nublado lá fora com o polegar. — Eu não tenho mais nada a dizer.

Sarah foi até os degraus da entrada.

Virou-se. Olhou para aquele rosto de pedra barbado de Theis.

— A mãe de Vagn não bebeu até morrer. Ela morreu no parto. No nascimento dele.

— Suma da minha frente...

— Theis!

Ele bateu a porta sem acabamento na cara dela.

Sarah se abaixou até a caixa de correio, gritou pela fresta:

— Ele mentiu para vocês. Pense nisso.

A sala de reconhecimento de suspeitos no corredor curvo da ala leste tinha uma parede de vidro que permitia através dela enxergar apenas quem estivesse de um lado. Uma plataforma no lado dos suspeitos. Cadeiras e mesas do outro. A advogada contratada por Theis estava com Sarah e Jan, acompanhando enquanto Amir observava os seis homens em fila, todos em uniformes cáqui idênticos, cada um com um número pendurado no pescoço.

— Você reconhece alguém? — perguntou Sarah.

— Não sei. Eu só o vi por um segundo.

— Não tenha pressa. Olhe bem. Pense no que viu. Tente se lembrar do rosto.

Amir ajeitou os óculos pesados, aproximou-se do vidro.

— Eles não podem ver você — disse Jan. — Não precisa se preocupar.

Amir balançou a cabeça, sem nenhuma pista.

— Você o viu de frente ou de perfil? Pense.

Ele olhou.

— Pode ser ele. O número 3.

— Número 3? — repetiu Sarah.

Vagn.

— Talvez.

— É ele ou não? — quis saber Jan.

— Ou talvez o número 5.

A advogada soltou um suspiro profundo e penoso.

— Não sei.

— Amir? — disse a advogada. — Qual a distância da sua casa para a garagem da Birk Larsen?

— Duas ruas.

— Você passou pelo lugar a maior parte da vida. Costumava ir até lá quando criança, para brincar com Nanna.

Ele não disse nada.

— Portanto — acrescentou a mulher —, pode estar apenas reconhecendo um rosto que já viu antes.

Sarah fez um gesto de cabeça para que um dos policiais uniformizados o levasse de volta para a sala.

A advogada olhou para os dois.

— Não acredito que vocês fizeram isso. O número 5 é um dos seus investigadores, não é? Mesmo que ele tenha apontado para Vagn... É claro que ele já o viu. Na garagem.

Ela olhou para o relógio.

— Podemos ir, não?

— Não — disse Sarah. — Não podem.

De volta à sala dos dois, Vagn, de uniforme vermelho e gorro, cara fechada, entediado.

— Ninguém o viu no lar para idosos entre as 10 da noite e as 8 da manhã — disse Jan.

— E por que veriam? Eu estava dormindo numa cadeira. No quarto do meu tio.

— Certo. E o resto do fim de semana você passou no depósito.

— Correto.

— Mas também lá ninguém o viu, Vagn.

— Eu estava sozinho. O elevador hidráulico não estava funcionando. Fiquei pela garagem. Gosto de consertar as coisas. Por que Theis pagaria um mecânico se eu posso consertar?

— O seu celular estava desligado.

— Eu estava consertando o elevador. As pessoas podiam deixar mensagens se quisessem.

— Mas ninguém pode confirmar que você estava lá.

— Theis e Pernille podem.

Sarah estava parada à porta, observando-o responder, pensando na forma como Vagn falava.

— Você está com 41 anos, Vagn. Por que não tem mulher e filhos?

— Nunca encontrei a mulher certa.

— Talvez as mulheres não gostem de você — disse Jan.

— E você passa bastante tempo com Anton e Emil — acrescentou Sarah.

— Claro. Eu sou o padrinho deles. Não há nada de errado em passar tempo com a sua família.

Sarah balançou a cabeça em negativa.

— Mas eles não são a sua família.

Ele encontrou o olhar dela.

— Você não entende. Lamento por você.

— Você e Pernille... — cortou Jan. — Vocês por acaso tiveram um casinho quando Theis esteve preso? Vocês têm uma história?

Vagn se voltou para a advogada.

— Eu preciso responder a essa bosta de pergunta?

— Vá em frente — disse a mulher.

— Não.

Jan acendeu um cigarro.

— Então o que é que você ganha? Eu não entendo. Todo o tempo que você gasta com eles. Todo o investimento. O que você ganha com isso?

— Respeito mútuo.

— Respeito mútuo? Respeito pelo quê? Você é um pobre coitado solitário que gravita ao redor de uma família. — Jan aponta para ele do outro lado da mesa. — E ainda com essa correntinha de prata ridícula? Sabe... Que tipo de sujeito esquisitão de 41 anos...

— Você sente inveja de Theis? — perguntou Sarah.

— Vocês nunca viram a Pernille nervosa.

Ela veio e se sentou ao lado de Vagn.

— Você e Theis eram amigos quando adolescentes. Ele cresceu e conseguiu tudo. Tem um negócio. Uma família. Uma boa vida.

— E você só vai trabalhar todo dia, sorrindo para eles e abanando o rabo — disse Jan. — Passa o dia fazendo um trabalho de merda para no final ver o Theis voltar para casa, para a mulher e os filhos.

— Está descrevendo a sua vida? — perguntou Vagn, com um sorriso estúpido, infantil.

— Você é um fracassado — rosnou Jan. — Sem futuro. Sem família. Com um emprego que nunca vai te levar a lugar algum. E então a linda filha do seu chefe passa a andar com um indianozinho de merda...

— Mas que boca suja para um policial.

A advogada colocou a caderneta sobre a mesa.

— O meu cliente ficará feliz em responder a perguntas relevantes. Se tiverem alguma. Se não...

— Você sabe o que é fenobarbital? — perguntou Sarah.

— Eu não fiz nada de errado.

— Por que você não sai do pé deles? — Jan não desistia daquilo. — Você está sempre lá. Quando Theis saiu para espancar o professor, lá foi você atrás. Por quê?

— Porque eu devo isso a ele!

Eles tocaram em algo, e Sarah não fazia ideia do quê.

— O que você deve a ele, Vagn?

— Vão investigar. Vocês são uns idiotas. Sabiam disso? Me arrastam até aqui... me ofendem. Acham que eu não sei como é isso?

Vagn ficou de pé.

— Idiotas. Eu quero ir embora.

— Fique aí — disse Sarah.

Svendsen esperava fora da sala.

— Eles encontraram alguma coisa em Vestamager.

— O quê?

— Não sabem direito ainda. Estão trabalhando nisso agora. Não é fácil.

— Vamos — disse Sarah.

Svendsen gesticulou com a cabeça para o homem de uniforme vermelho na sala de interrogatório.

— E quanto a ele?

— Pegue o passaporte de Skærbæk se ele tiver — ordenou Sarah. — Diga que ele não pode sair de Copenhague. — Então algo lhe ocorreu. — Voltem aos arquivos. Estamos deixando passar alguma coisa.

Svendsen odiava que lhe pedissem para fazer a mesma coisa duas vezes.

— O que devo procurar desta vez?

— Algo relacionado a Vagn e Theis Birk Larsen. Algo...

Vagn estava curvado sobre a mesa, cortando pedaços do copo plástico outra vez. Fazendo-se de bobo.

— Alguma ligação — completou ela.

Restavam três longos dias de campanha antes de chegar o fim de semana. A calmaria da segunda-feira. E então a eleição. As reuniões eram intermináveis, dessa vez no Diamante Negro, a Biblioteca Real à beira-mar. Um salão cheio de partidários, um punhado de jornalistas. A luz difusa do inverno entrando pelas janelas gigantescas.

Hartmann sorria e assentia para a plateia enquanto todos rumavam para a saída.

Ele então seguiu a passos rápidos para a porta, cumprimentando correligionários.

Sorrisos e apertos de mão. Tapinhas no ombro. Trocas de agradecimentos.

Lá fora, o vidro preto reluzia sob a chuva. Hartmann olhou para as lúgubres águas cinza. Esperou por Rie e o carro.

Por fim sozinho, teve uma estranha sensação de liberdade. Ele sabia, mesmo antes, que a longa batalha para derrotar Bremer seria exaustiva. Mas não tanto. Sentia-se esgotado. Cercado de todos os lados por inimigos hostis e invisíveis. Desprovido das armas para combatê-los.

Rie chegou antes do carro.

— Stokke... — começou Hartmann.

— Não conseguimos encontrá-lo. Você precisará começar a pensar em retirar as acusações.

— Se eu fizer isso, vai ser praticamente minha derrota na eleição. O que a polícia está fazendo?

Ela agora só vivia com os cabelos presos. Não solto cobrindo os ombros, como ele gostava.

— Não faço ideia. Vou providenciar algo para o almoço. Sabe Deus quando vamos ter a chance de comer outra vez.

Ele a viu se afastar. Ficou parado no alto das escadas, à mercê do vento e do frio. Indiferente.

Sozinho.

Um homem emergiu das sombras. Estava de casaco preto e óculos escuros, apesar do dia encoberto.

Chegou mais perto e parou ao lado de um dos cartazes da campanha colados no vidro. Troels Hartmann sorrindo para o mundo, confiante, modesto, jovial. Enérgico e vigoroso.

Dez passos depois, estava ao lado de Hartmann.

— A sua campanha é bem-administrada — disse Gert Stokke.

Hartmann se virou, olhou em volta, ninguém.

— O velho rei está morrendo. O novo rei aguarda ao lado da cama. Longa vida a Troels Hartmann.

Stokke fez uma reverência.

— Estão procurando por você, Gert.

Ele olhou para Hartmann, os cantos da boca para baixo, os cabelos úmidos de chuva.

— Por que diabos eu fui me meter nisso? Devia ter me limitado a arquivar atas. Deixado que Holck e Bremer fizessem o que bem entendessem.

— Mas não foi o que você fez.

— Eu faço o meu trabalho, e tento fazer com responsabilidade.

— Eu sei disso.

Ele riu.

— Sabe mesmo? Foi por isso que atirou o meu nome às feras? Sem nem ao menos me alertar?

Hartmann se recostou no vidro preto, olhou para o próprio reflexo.

— Os acontecimentos às vezes têm vida própria. Não há nada que possamos fazer para controlá-los. Eu sei disso mais do que qualquer um agora.

Aquele riso seco outra vez.

— Você é ótimo com discursos. Mas servidores públicos não vivem à base de retórica. É inútil. Sinto muito.

— Você mentiu para mim. Disse que não existia uma ata.

— O que eu podia fazer?

— Você precisa se apresentar à polícia.

— À polícia? Você sabe que isso é impossível.

Hartmann esperou antes de voltar a falar:

— E quanto à sua carreira?

— Que carreira? Com sorte eu consigo sair dessa com uma pensão. Sinto muito. Foi um erro. Não sei por que vim...

Ele se virou para sair.

Hartmann o acompanhou.

— Você vai ter uma carreira se eu vencer.

O carro o aguardava.

Stokke parou, tirou os óculos escuros, olhou para ele com receio.

— Os funcionários públicos aprendem, antes de mais nada, a nunca confiar nas promessas dos políticos.

— Você pode acreditar em mim. Depois das eleições, precisaremos de gente honesta e leal. Não duvido que você se enquadre nesses parâmetros. Afinal, foi por isso que você redigiu aquela ata.

— Ah, as palavras. Tão fáceis.

— Se vencermos, Gert, vou conseguir um bom cargo para você. Melhor do que o que tem agora. E com remuneração mais alta.

Ele estendeu a mão.

— Se eu vencer.

Stokke ria outra vez, de forma menos contida agora.

— O que é tão engraçado? — perguntou Hartmann.

— Recebi uma mensagem do pessoal de Bremer. Ele me prometeu a mesma coisa.

Hartmann foi até o carro, abriu a porta, olhou para ele.

Stokke cofiou o queixo. Pensando.

— Você tem que perguntar a si mesmo, Gert. Em quem confia mais?

— Não.

Hartmann tentava pensar em outra coisa, outra isca.

Então Stokke foi até o carro.

— O que eu preciso me perguntar — retrucou o servidor — é de quem desconfio menos.

Stokke se acomodou no banco de trás. Rie chegava com alguns sanduíches.

— Vamos dar uma carona para Gert — disse Hartmann. — Para que ele não se perca outra vez.

Pernille ficou na garagem para falar com Leon Frevert.

— No fim de semana em que...

Ele carregava caixas de papelão desmontadas para uma pilha. Parecia desconfortável com as perguntas.

— Você estava por aqui, Leon?

— Não. Vagn telefonou e disse que eu não precisava vir, no final das contas.

Ele voltou às caixas. Um homem trabalhador. Forte apesar da compleição frágil.

— Mas você tinha combinado de vir trabalhar?

— Sim. Sábado e domingo. Mas não tem problema. Eu tenho o táxi.

Frevert saiu para pegar mais caixas. Ela foi atrás.

— Vagn disse que não adiantava eu vir. Só tinha um serviço para fazer, e o cliente tinha cancelado. Então eu fiquei no táxi. Sem problemas. Tudo bem.

Pernille olhou em volta, pensando. Em Sarah. Nas perguntas estranhas da excêntrica e persistente policial. Na forma repetitiva como as fazia.

— Então um serviço foi cancelado? — perguntou Pernille.

Frevert tirou o boné e coçou a cabeça calva.

— Engraçado...

A respiração de Pernille ficou curta e rápida. Ela não conseguia tirar os olhos daquele homem magro e pálido que evitava seu olhar.

— O que é engraçado?

— O serviço era para transportar algumas mercadorias de uma loja de materiais de construção. Dois dias depois, eu topei com o dono. Ele ficou ralhando e resmungando porque tínhamos cancelado o carreto. Eu achei que Vagn tivesse dito que eles é que cancelaram. Mas o sujeito disse que Vagn tinha ligado dizendo que não poderia fazer o serviço.

Frevert pegou mais algumas caixas.

— Deve ter tido um bom motivo, sem dúvida.

Ele as carregou até a van, fechou as portas.

— Essa é a carga?

Ela não conseguia se mexer. Mal conseguia ficar de pé naquele instante.

— Vagn quer a van pela manhã, Pernille. Vou deixar as chaves na casa dele hoje à noite depois que eu terminar.

Ele olhou em volta.

— Vou tirar alguns dias de folga. Vocês não vão me ver por algum tempo. Tudo bem?

Pernille voltou ao apartamento, sentou-se à mesa e ficou ali um bom tempo sem fazer nada. Então escutou as mensagens da secretária eletrônica.

A dele tinha que ser a primeira.

Arrogante como sempre.

"Oi, sou eu. Estou voltando. Acho que a polícia finalmente se convenceu. Vão me deixar em paz de agora em diante..."

Pernille tinha os cabelos castanhos presos num rabo de cavalo. Assim como Sarah. Usava um suéter fino sobre uma camisa branca. Roupas de verão, por algum motivo.

"... Eu ainda queria levar os meninos à loja de brinquedos. Vi umas pistolas d'água que são o máximo. Eles vão adorar."

Como se nada houvesse acontecido, pensou Pernille.

"... Tem algumas novas. Três modelos diferentes. Até mais. Tchau."

Theis subiu as escadas. Ela olhou para o marido, viu seu rosto, soube de imediato.

Quase disse.

De volta ao pesadelo. Presos no limbo.

— Os meninos estão prontos para sair?

— Se é que vamos deixar...

As vozes finas de Anton e Emil vinham do quarto. Eles brincavam juntos. Sem confusão, para variar.

Theis olhou para os casacos dos filhos sobre a mesa. Pendurou-os no cabideiro.

— Talvez seja bom comermos juntos hoje à noite. Podemos ver TV com eles.

Ele olhava para a mulher, esperando sua aprovação.

— Boa ideia — disse Pernille, e foi quase um sussurro.

Não muito tempo depois eles ouviram a porta de correr de aço ser aberta na garagem. Então uma voz animada que parecia fazer parte do lugar:

— Oi? Oi?

Theis desceu primeiro. Pernille o seguiu.

Uniforme vermelho, correntinha de prata. Sorriso insolente.

— Oi, Theis. Recebeu a minha mensagem?

Theis ficou parado na base da escada, não disse nada.

— E os meninos? Estão prontos?

Pernille chegou, juntou-se ao marido. Os dois ficaram lado a lado.

— Eles não podem ir hoje — disse Theis. — Anton pegou um resfriado.

O rosto de Vagn ficou com ar desconfiado.

— Como assim pegou um resfriado? Ele estava bem hoje de manhã.

— É, bem...

Pernille estava em silêncio.

Vagn ficou imóvel.

— Fui sempre eu que menti por você, Theis. Você mesmo é péssimo nisso.

— Vagn — resmungou Theis —, agora não.

— Isso é ridículo. Eu amo os meninos. Estava ansioso para passear com eles.

Ele parecia à beira das lágrimas. Ou de uma explosão.

— Pois é — disse Theis.

— Você não vê o que eles estão tentando fazer? Estão tentando afastar a gente. Não conseguem encontrar o maldito culpado, então se voltam contra nós.

— Você mentiu para nós, Vagn?

Uma longa pausa.

— O que eles falaram? Diga.

Juntos, eles ficaram em silêncio.

— Meu Deus...

Ele se virou para sair.

— Vagn — chamou Theis.

Vagn se virou, apontou um dedo acusador.

— Eu sempre fiquei do seu lado, Theis. E do seu, Pernille. Vocês sa bem disso.

— Vagn!

A porta subiu.

— Sempre! — guinchou Vagn, e saiu para a chuva.

O estúdio de TV ficava em Islands Brygge, novo em folha, luzes azuis e baixas por todo lado. Bremer chegou bem em cima do horário marcado para entrarem no ar, desculpando-se, aturdido.

Eles se sentaram a uma mesa de entrevistas, Hartmann fazendo anotações, Bremer inquieto na cadeira. As câmeras estavam desligadas, em silêncio. O circo ainda estava para começar.

— Devo dizer, Troels — começou Bremer em voz baixa, rancorosa —, que estou perplexo com a sua conduta.

Hartmann olhou para ele por um momento e voltou às anotações.

— Em vez de tirar conclusões precipitadas, você poderia ter vindo a mim e esclarecido essas acusações ridículas.

— Quer começar o debate com isso?

Uma maquiadora apareceu e se pôs a aplicar base na testa suada de Bremer. Alguém anunciou que faltavam quatro minutos para entrarem no ar. As luzes diminuíram.

— Que tal com o fato de que você foi correndo procurar a polícia para entregar relatórios ridículos?

— Comece como quiser, eu respondo.

Bremer riu. Fitou Hartmann com olhos astutos.

— Você não pode mais me acusar de dar cobertura a um assassino. A polícia sabe que não foi Holck. Já contei à mulher dele.

— Falou com a mãe de Olav Christensen? Pediu a opinião dela?

— Você não sabe de nada. Só de pensar que um dia eu o considerei respeitável...

— Poupe suas palavras. Guarde-as para a polícia.

Bremer agarrou com força o copo d'água à sua frente, tomou um gole.

— Não haverá acusação. A não ser que queiram indiciar Gert Stokke. — O rosto de Bremer se iluminou. — Ah. Olhe. Aí vem Rie Skovgaard. Provavelmente para lhe trazer a mesma notícia.

Hartmann se levantou para falar com ela.

— Falei com a polícia — sussurrou Rie. — Bremer conta com algumas testemunhas dispostas a dizer que ele nunca falou sobre Holck durante o encontro com Stokke.

— Não há testemunhas. A ata deixa isso claro.

— Agora há. Será a palavra de Stokke contra a do prefeito. Troels?

Hartmann voltou e puxou a cadeira do entrevistador. Chegou para mais perto de Bremer.

— Stokke será demitido — disse o prefeito, olhando de relance para a câmera. — Será o fim dessa história. E o seu fim.

Hartmann se curvou sobre a mesa, sussurrou:

— Está sentindo o mundo ruindo aos seus pés? — Ele encarou os olhos cinza de Bremer. — Você é como um ator decrépito que não sabe a hora de sair de cena. O único que não percebe. É trágico, de certa forma.

Uma pausa.

— E quando estiver acabado, Poul, as pessoas tentarão esquecer você. O que você foi. O que representava. Você será apenas um pequeno detalhe incômodo na história desta cidade. Sem placas. Sem ruas com o seu nome. Sem monumentos. Sem flores em seu túmulo. Apenas uma sensação ruim de vergonha.

Bremer olhou para ele, boquiaberto, chocado, sem palavras.

— Acha que pode se salvar inventando testemunhas? — perguntou Hartmann, com um sorriso. — É patético.

Alguém avisou: um minuto. As luzes aumentaram.

— Você ergueu sua casa sobre mentiras, e tudo à sua volta está começando a pegar fogo. Quando você menos esperar, só vai ver chamas. E aí você terá virado apenas cinzas e carvão. Estará acabado.

Ele se levantou, voltou para sua cadeira.

Bremer o encarou com amargura e ódio.

— E quanto você? É melhor?

— Sim — disse Hartmann. — Eu sou melhor.

— Então me diga como acha que a fita da câmera de segurança desapareceu. Como o apartamento do seu partido podia estar ligado ao assassinato daquela pobre garota e ninguém ter percebido, nem mesmo você?

Hartmann olhou para o bloco de notas, fez alguns rabiscos.

— Quem roubou a fita, Troels, e a manteve em segredo apesar de as imagens aparentemente inocentarem você? Como é que a Rie do nada teve um palpite sobre Gert Stokke?

Nenhuma resposta.

— Você não é melhor do que eu — disse Bremer entre os dentes. — Só não sabe disso.

A entrevistadora passou por eles, sentou-se.

— Já vamos entrar no ar.

Mais luzes. As câmeras se aproximaram, as lentes a postos.

Poul Bremer sorriu.

O mesmo fez Troels Hartmann.

Dois mergulhadores nas águas barrentas do canal do Kalvebod Fælled, formas escuras reluzentes sob as luzes dos refletores. Sarah e Jan observavam a maca portátil ser baixada até eles com a ajuda de cordas.

Os homens acima puxaram algo para a superfície. Parecia uma crisálida do tamanho de um homem. Plástico azul. Brilhante e atado com fita.

Quatro peritos o levaram ao alto do barranco. O patologista esperava em seu macacão branco, uma maleta ao lado.

Com as mãos enluvadas, ele pegou um bisturi, cortou o plástico. Pegou uma ponta, pronto para puxá-la.

— Todas as almas sensíveis saiam agora — disse o homem.

Ninguém se mexeu.

Cheirava a carne podre e água podre.

Lanternas iluminaram o interior do plástico. Ossos amarelos. Costelas e um crânio.

Brix esperou mais acima. Sarah se aproximou o máximo que o patologista permitiu.

— Ali — disse ela, vendo alguma coisa. — O que é aquilo? Tente raspar.

— Não é o corpo.

— Eu estou vendo que não é o corpo.

Com o cabo do bisturi, ele tirou a sujeira e a lama da fita que a envolvia.

Uma palavra emergiu. Letras garrafais azuis. MERKUR, com uma asa voadora à esquerda.

Sarah foi em direção ao carro.

Enquanto cortavam a noite escura dentro do carro, Jan recebeu um telefonema da central.

— E então? — perguntou ela.

— Acho que descobriram qual é a dívida de Vagn. Vinte e um anos atrás houve um incidente em Christiania. Provavelmente relacionado à venda de drogas ou coisa parecida. Vagn foi brutalmente espancado. Poderia ter morrido.

— Theis os deteve — disse Sarah.

— Às vezes eu me pergunto por que você ainda faz perguntas.

Não havia acontecido longe de Vesterbro. Vagn morava em um conjunto habitacional do governo próximo à região das empacotadoras de carne.

— Tinha que haver algum laço para aproximar aqueles dois.

— Então por que Vagn mataria a filha de Birk Larsen?

— Vamos perguntar a ele — disse Sarah.

Era um prédio branco de três andares, feio, com um supermercado no térreo. No fim da rua, prostitutas caçavam clientes. Jovens entediadas tentando parecer bonitas, mostrando as pernas para os carros que passavam a caminho da ponte de Dybbølsbro.

Ali ficavam alguns dos prédios mais ordinários da região. Os apartamentos eram uma série de cubículos que davam para corredores externos com parapeito de metal. Vagn morava no primeiro andar. Svendsen já os aguardava em frente à porta. O apartamento estava vazio. Ninguém aparecera ali o dia todo. Vagn já havia saído da Birk Larsen. Não estava no asilo.

Svendsen seguiu para as escadas. Sarah e Jan esperavam no corredor.

— Vamos repassar o que sabemos — disse ela. — Vagn deu remédio ao tio às 10 da noite. Nanna chegou ao apartamento da Store Kongensgade uma hora depois.

— Para mim parece que bate cronologicamente.

— Mas como Vagn sabia onde ela estava?

Alguém vinha pelo corredor, passando pelas portas cinzentas.

Um homem alto, magro. Usava um boné. Puxou a aba sobre o rosto assim que os viu.

— Talvez ele a seguisse — sugeriu Jan. — Sabia aonde ir.

— Como? Ela foi ao apartamento por acaso, só para pegar o passaporte. Não era uma rotina.

O homem de boné voltara até o elevador. Apertou o botão.

Sarah e Jan chegaram ao elevador também, pararam atrás dele. O homem se virou, tirou um celular do bolso, como se fosse dar um telefonema.

— Interrogamos o sujeito duas vezes! — disse Jan. — Devíamos tê-lo prendido.

Ninguém atendia a ligação do homem de boné.

— Vamos de escada, Lund. Vai demorar a eternidade para esse elevador chegar.

Ela voltou pelo mesmo caminho.

Então parou, olhou para trás.

O homem de boné não falava com ninguém ao celular. Mas não conseguira conter o impulso de se virar. Então Sarah viu.

— Ei! — gritou ela. — Ei!

O homem começou a correr, disparou pelo corredor estreito na direção de uma escadaria distante.

— Meyer!

Sarah tentou persegui-lo, mas logo se viu na escuridão, desorientada.

Passos rápidos sobre metal. Parapeito de metal, degraus de metal embaixo. Ela estava na metade da escada quando viu.

Mercedes branca. A plaquinha de táxi no teto.

Leon Frevert. O último homem a ver Nanna com vida.

Jan corria ao lado do carro, tentando subir no capô.

Ele não estava armado, pensou Sarah. Graças a Brix.

— Meyer!

Mas não adiantava mais. A Mercedes saiu em alta velocidade do estacionamento, os pneus cantando, soltando fumaça.

Sarah alcançou o carro primeiro. Instalou-se no banco do passageiro. Tirou a luz azul do porta-luvas, colocou-a acesa no teto.

— Desta vez você dirige, Meyer.

— Quem era esse doido? — perguntou ele, entrando no carro.

Ela não respondeu. Apenas telefonou para a central:

— Quero uma busca por Leon Frevert. Mercedes branca. Um táxi. Placa HZ 98050. Abordem com cautela. Frevert é suspeito no caso Birk Larsen.

Jan arrancou com o carro, acelerando tanto que ela prendeu a respiração.

Talvez Frevert tivesse entrado à direita, rumo a Vesterbro. Ou seguido para a ponte de Dybbølsbro, voltando para o centro, ou seguindo rumo a Amager, à ponte de Malmö.

Ele pisou no freio, levando o aglomerado de prostitutas de minissaia a se atirar na calçada.

— Para onde? — perguntou Jan. — Para onde, Lund?

Para a mata, pensou ela. Para as árvores mortas da Floresta de Pentecostes. No fim, tudo levava até lá.

— Lund! Para onde?

Ruas molhadas seguiam em todas as direções.

— Não sei.

Leon Frevert tinha um irmão. Svendsen levou o homem ao apartamento lúgubre de Frevert, próximo à Vesterbrogade.

Ele se chamava Martin. Contador, com escritório próprio, localizado em Østerbro. Terno preto e gravata. Mais novo que o irmão, mas não tão magro nem tão cinzento. Mais dinheiro, pensou Sarah. Mais miolos.

Jan olhou em volta.

— O seu irmão não acredita em móveis?

Martin Frevert estava sentado na única cadeira. Havia também um sofá. Uma cama de solteiro. Nada mais.

— Da última vez que estive aqui, o apartamento estava todo mobiliado. Três semanas atrás — acrescentou, antes que perguntassem.

— O que está faltando? — perguntou Sarah.

Frevert olhou à sua volta.

— A mesa. Todos os CDs. As coisas dele.

— Então você não sabia que ele ia entregar o apartamento?

— Ele não me disse. Leon sempre falou que gostava daqui. Ele que escolheu.

Eles haviam encontrado uma passagem aérea para a cidade de Ho Chi Minh via Frankfurt. Com data de partida na segunda-feira que estava por vir. Comprada dois dias antes.

— Ele não disse que ia para o Vietnã?

— Não. Ele passou as férias lá faz um ano mais ou menos. — Martin Frevert adquiriu uma expressão contrariada, culpada. — Também costumava ir à Tailândia. Por causa das mulheres, eu acho...

— Ah, qual é — disse Jan. — Ele comprou a passagem. Levantou o dinheiro. Fez as malas. Vendeu tudo. E não contou ao irmãozinho?

Frevert se exaltou:

— Não, não me contou! O que vocês querem que eu diga? Por que eu mentiria?

— E quanto a namoradas? — perguntou Sarah.

— Não recentemente. Ele foi casado.

— Filhos? — perguntou Jan.

— Não. E não acabou bem.

— Amigos, então?

Martin Frevert olhou para o relógio.

— Leon não tem muitos amigos. Ele de vez em quando aparecia para jantar lá em casa. Mas... — Ele deu de ombros. — Que assunto poderíamos ter em comum? Ele dirige um táxi. Carrega caixas de papelão.

Sarah ordenou a Svendsen que levasse Frevert à central da polícia e tomasse seu depoimento. Então foi até a parede nos fundos da sala.

Estava coberta de primeiras páginas de jornais desde o início do caso Nanna. Fotografias de Hartmann. De Jens Holck e Kemal. Mas, principalmente, fotografias de Nanna, sorrindo.

— O irmão não sabia — disse Jan. — O canalha fez tudo na moita.

— Ele estava nas nossas mãos. — Sarah olhava para as páginas de jornal, em todas elas um círculo vermelho ao redor da fotografia de Nanna. — Estava nas nossas mãos e deixamos que ele escapasse.

Ela saiu, desceu as escadas que levavam ao estacionamento. Luzes azuis piscando. Carros da polícia por todo lado, tanto sem identificação quanto viaturas. Peritos se encaminhando para o prédio.

Svendsen fumava junto às escadas de metal.

— Frevert abandonou o táxi perto da casa dos Birk Larsen e pegou o próprio carro — disse ele. — Divulgamos um alerta. O celular dele está desligado. Será rastreado assim que for ligado.

— Por que não sabíamos que Frevert trabalhava para Birk Larsen? Você tomou o depoimento dele.

Svendsen olhou para ela.

— O quê?

— Você tomou o depoimento dele. Por que não sabíamos disso?

— Ele era uma testemunha. Não um suspeito. Você não pediu para levantar informações sobre ele.

— Lund... — começou Jan.

— Você por acaso é um estagiário, Svendsen? — ralhou ela, entre dentes. — Preciso lhe ensinar a fazer o seu trabalho?

— Ele era uma testemunha! — gritou o policial corpulento.

Jan recuou.

Ela apontou o dedo para o rosto de Svendsen.

— Se soubéssemos que ele trabalhava para Birk Larsen, não estaríamos aqui com cara de idiota. Teríamos colocado Leon Frevert numa cela.

— Não me culpe pelas suas cagadas.

— Você — continuou ela, brandindo o dedo no rosto bovino de Svendsen — é um preguiçoso. E não tem nada no mundo que eu odeie mais do que preguiça.

Ela foi até o carro, Jan emitindo sons conciliatórios às suas costas.

— Estamos trabalhando sem parar! — gritou Svendsen. — Não vou tolerar que essa vaca me chame de preguiçoso. Ouviu bem?

Sarah se sentou ao volante.

— Eles estão fazendo o melhor que podem — disse Jan pela janela. — Dê um desconto.

— Encontrem Leon Frevert, e eu posso até pagar uma cerveja para eles. Enviem a descrição dele para a imprensa. E vão buscar Vagn Skærbæk. Precisamos falar com ele outra vez.

— Lund...

Ela ligou o carro e começou a manobrar para pegar a rua.

— Lund? — chamou Jan, correndo junto à janela. — Precisamos do Vagn de novo? Para quê, meu Deus?

— Para nos fazer companhia — respondeu ela, e se foi.

Morten ouvia o noticiário no rádio, o rosto tenso, preocupado. Alguns repórteres e fotógrafos haviam encurralado Hartmann a caminho do Rådhus, seguiram-nos escadaria acima até serem enxotados por Rie.

Morten aumentou o volume; Hartmann tirava o sobretudo.

— Fontes da polícia informaram que o assassino de Nanna Birk Larsen ainda não foi encontrado. Há novas especulações sobre a corrida eleitoral. O caso continua a assombrar Troels Hartmann, uma vez que o apartamento do Partido Liberal tem ligações conhecidas com as investigações. As bases para a denúncia contra o prefeito entregue à polícia por Hartmann parecem estar ruindo. Novas testemunhas afirmaram que Bremer não tinha conhecimento da conversa...

— Desligue isso — ordenou Hartmann.

O gabinete estava atulhado de papéis. Atas da secretaria e documentos.

— Vamos à polícia para saber das novidades. Rie?

Ela assentiu, aparentemente aborrecida.

— Divulgue um release para a imprensa afirmando que mantemos a acusação contra Bremer. Enfatize que todas as acusações contra mim foram retiradas.

— Espero que o público acredite nisso — resmungou Morten.

— O que Bremer disse para você, Troels? — perguntou Rie.

— Ele me acusou de ocultar detalhes da investigação.

— Que detalhes?

— A fita da segurança. O apartamento. Pelo visto ele acredita que conseguimos a informação sobre Gert Stokke através de métodos questionáveis.

Rie não falou nada.

Morten olhava para seu celular.

— Odeio piorar ainda mais um dia ruim — disse ele —, mas aquele verme maldito do Erik Salin está aguardando aí fora. Disse que vocês precisam conversar. Que é importante.

— Para mim ou para ele?

— Para ele, imagino. Ignore esse cara...

Hartmann foi até a sala principal. Erik Salin estava no sofá, bebericando uma taça de vinho. Tinha começado havia pouco a trabalhar em reportagens especiais para um dos jornais, ou ao menos foi o que disse.

— O que isso quer dizer? — perguntou Hartmann.

— Neste momento, significa você.

Hartmann recostou-se no sofá de couro e esperou.

— O que acontece — disse Salin, tirando uma caderneta do bolso — é que eu não entendo uma parte dessa história. A fita da segurança, por exemplo.

— Andou falando com Bremer?

— Eu falo com muita gente. É o meu trabalho. Só quero entender. O desaparecimento da fita não foi conveniente para você? Você aparece pegando as chaves do carro.

— Aparece também Holck com a jovem. Então isso foi mais conveniente para ele do que para mim, não acha?

— Talvez. Mas Holck estava morto quando a fita apareceu. — Um sorriso de canto de boca, carregado de sarcasmo. — Não o ajudou muito, hein?

— Erik...

— E o apartamento do partido ficou intocado por mais de uma semana? Foi isso mesmo?

— Parece que sim. Eu estou à frente de uma campanha eleitoral. Não de uma agência de hospedagem.

Salin pareceu ficar surpreso.

— Você está à frente da bancada liberal, não está? Muitas reuniões aconteceram nesse período. E o apartamento não foi usado em nenhum momento. Não acha isso estranho?

— Na verdade, não. Muitas reuniões acontecem aqui. No comitê de campanha.

— Talvez. — Salin sorriu. — Sinto muito em incomodá-lo com isso. Editor novo. Pressão o tempo todo.

— Você tem consciência, Erik, de que a polícia me inocentou de todas as acusações?

— Sim, sei disso. Mas preciso perguntar. Com todos esses boatos circulando. As fofocas sobre Rie Skovgaard.

Hartmann não disse nada.

— Você deve ter ouvido, Troels. Está correndo na boca miúda. Ela teria conseguido a informação sobre Stokke abrindo as pernas para o assessor de Bremer, o Bressau.

Salin pegou um jornal, encontrou uma fotografia de Bressau com Bremer. Colocou-a na frente de Hartmann.

— Não posso condenar o cara. Rie é bem gostosa, de um jeito... — Ele coçou a cabeça careca. — De um jeito frio. — Ele sorria com malícia. — O que estão dizendo é que ela o levou a um hotel na noite em que soltaram você. Sabe como é, fez alguns favores e recebeu outro em troca. Se for verdade, Bressau está acabado, é claro. Acho que vamos ter que esperar. As pessoas sempre dizem que o meu trabalho é ordinário. Mas não é muito diferente do seu, é?

Hartmann esperou, pensando. Então, por fim, disse:

— Eu sei que vocês acham que são donos da minha vida pessoal. Mas, se vai ficar bancando o voyeur com a minha equipe, você passou dos limites.

Ele se levantou.

— Não quero voltar a vê-lo aqui.

Salin pegou o bloquinho e a caneta.

— Você é uma pessoa pública, Troels. Deve esperar algum escrutínio. — Aquele sorriso dissimulado outra vez. — As pessoas têm o direito de saber em quem estão votando. A pessoa real. Não o rostinho bonito dos cartazes. Não a baboseira que recebem da sua máquina publicitária.

— Boa noite.

— Mas ainda assim eu me pergunto... Se a sua assessora está disposta a ir tão longe pelo homem dela... — Erik Salin se aproximou, encarou Hartmann. — O que mais ela faria? E aí está você, acusando Bremer de obstruir as investigações. É um pouco forçado, não acha?

— Não tem nenhuma vaga para a coluna de fofocas por aí não, Erik? Parece ser mais a sua praia.

— Au! Essa doeu, hein. — Ele cutucou Hartmann de leve nas costelas. — Brincadeira. Vou ter que falar com você de novo, Troels. Fazer mais algumas perguntas. Não me dê um gelo.

— Erik...

— Você não vai conseguir abafar isso simplesmente não falando comigo. Isso eu prometo.

Vagn estava na sala de Sarah, exigindo a presença da advogada.

— Ninguém está acusando você — disse Jan. — Só queremos saber o que Leon Frevert estava fazendo no seu prédio.

Uniforme vermelho, gorro preto. Vagn devia dormir com aquela roupa.

— Então isso quer dizer que eu não sou mais suspeito?

— Aonde o Frevert costuma ir?

— Isso é um pedido de desculpas? Meu Deus. Vocês são inacreditáveis...

Sarah olhou para ele.

— Você quer nos ajudar a descobrir o que aconteceu, não quer, Vagn? Você é da família.

— Leon estava indo devolver as chaves de uma van. Ele fez um carreto. Não vai trabalhar amanhã. A minha casa fica mais perto da dele do que a garagem. Ele ia deixar a chave debaixo do tapete.

Sarah tomou nota daquilo.

Jan se levantou, pôs-se a olhar para a única foto de Frevert que tinham. Não era das melhores.

— Você o conhece bem?

Vagn franziu a testa.

— Leon trabalha com mudanças há anos, sempre como autônomo. — Ele tirou o gorro preto. — Se fosse um pouco mais confiável, teríamos contratado ele. Mas não sei. Ninguém nunca se aproximou do cara. Sempre tinha alguma coisa...

Ele não terminou a frase.

— Sempre tinha o quê? — perguntou Sarah.

— Ele foi casado por um tempo. Quando não deu certo, ele ficou meio estranho. Vocês acham que eu sou um eremita? Não sou. Leon... — Ele torceu a boca. — Ele sim, com certeza.

— Para onde você acha que ele pode ter ido?

— Só Deus sabe.

— Ele estava trabalhando para Birk Larsen quando Nanna desapareceu? — perguntou Sarah.

Vagn rodou o gorro nos dedos, ficou calado.

— E então? — insistiu Jan.

— Acho que até ontem fazia algumas semanas que ele não aparecia. Eu não decoro as escalas de trabalho. Ele trabalhou bastante no verão, indo e vindo.

— Como ele conseguiu esse trabalho lá?

— Através de mim. Tem uma agência que a gente costuma usar quando precisa de gente para trabalhos eventuais. Ele estava a fim de faturar mais alguns trocados.

— Quando você o conheceu?

Os olhinhos pretos de Vagn estavam cravados nela.

— Pelo Aage Lonstrup. Ele fazia uns bicos quando eu trabalhava por lá.

Sarah se recostou na cadeira, refletindo a respeito.

— Você está me dizendo que Leon Frevert trabalhava na Merkur há vinte anos?

O rosto de Vagn ainda estava indecifrável.

— Foi Leon?

Ela não respondeu.

— As pessoas do seu ramo veem muitos prédios e galpões abandonados.

Sarah lhe passou um bloco de papel e uma caneta, os colocou ao lado do carrinho de polícia de Jan.

— Quero uma lista de todos os lugares que Frevert pode ter conhecido fazendo esse tipo de serviço.

Ele riu.

— Todos? Você só pode estar brincando. Quer dizer... tem um milhão de lugares.

— Então comece — disse Jan. — Quando terminar, pode ir.

Vagn concordou.

— Então... — A voz dele estava trêmula. — Eu levei aquele maldito para a casa deles.

Ele fechou os olhos, soltou um gemido baixo.

— Vagn... — começou Jan.

Um dedo acusador, agitado para os dois.

— Graças a vocês, Theis e Pernille acham que eu matei Nanna. Agora vou ter que voltar lá e dizer a eles que... talvez... talvez... — O volume e a raiva murcharam, voltaram-se para si mesmo. — Talvez seja verdade, de certa forma.

Sarah o observou.

— Apenas escreva a lista.

Ela escutava Jan falar com a equipe da noite na sala de operações. Na parede, ao lado do mapa da cidade, havia algumas fotografias novas de Frevert, fotografias de Nanna e Mette Hauge, de algumas das outras mulheres desaparecidas cujos casos permaneciam não solucionados havia tempos.

Todos os procedimentos-padrão. Levantamento das atividades de Frevert nas duas últimas décadas. Localização de namoradas, da ex-mulher, colegas de trabalho, vizinhos. Funcionários da extinta Merkur. Algo que o ligasse a Mette Hauge.

— Quero saber para onde o táxi de Frevert foi depois que ele deixou Nanna — disse Jan. — Precisamos dos registros telefônicos. Todas as ligações que ele fez no fim de semana. Ok?

Sarah esperou que saíssem. Svendsen entrou na sala, não olhou para ela.

Ele trazia um saco plástico de provas e algumas pastas antigas.

— O que é isso? — perguntou Sarah, obrigando-o a se voltar para ela.

— Localizei um lugar que a Merkur alugava. A Receita lacrou o imóvel por falta de pagamento de impostos. Um monte de lixo, então não se deram ao trabalho de leiloar o que havia dentro. Na minha opinião, ainda pode haver coisas de Mette por lá. Um auditor me deu um cartão de acesso e algumas chaves. Se ainda resta alguma coisa...

— Ótimo — disse Sarah.

Svendsen a fitou.

— Ótimo — repetiu ela.

Jan ficou vendo-o sair.

— Você nunca fez o curso de trabalho em equipe, fez, Lund?

— Depende da equipe. O corpo que encontramos é de Mette Hauge. Quantos outros será que tem lá?

— Já temos muito com que nos ocupar. Não temos tempo para procurar mais corpos. Ele a amarrou também?

— Ela já estava morta quando foi amarrada. Traumatismo craniano. Fraturas na clavícula, no braço, no fêmur e nas costelas.

Ele olhou para as fotografias em frente a Sarah.

— Ele não estava para brincadeira.

— O que estamos deixando passar, Meyer? Nanna ficou em cativeiro durante o fim de semana. Foi repetidamente estuprada. Enfiada viva na mala de um carro. Lançada na água para se afogar. Já Mette foi espancada até a morte, enrolada numa lona, envolta com fita da Merkur, atirada na água.

Havia mais informações sobre Mette Hauge na mesa. Ela fora embrulhada na lona usando um vestido de algodão rasgado. Sem sutiã. Sem calcinha.

— Aqui diz que ela fazia aulas de defesa pessoal. Judô. Estava em boa forma, era forte.

— Ela se defenderia — disse Sarah. — Se alguém a atacasse. Lutaria pela própria vida, e bem, imagino. Como os dois casos podem ser iguais mas diferentes?

— Você quer dizer que não é o cara que estamos procurando?

— Não sei o que eu quero dizer. Talvez ele tivesse algum tipo de relacionamento com Mette. E acabou. O que o deixou furioso. Com Nanna foi diferente.

Ela pegou o saco plástico com o cartão de acesso e as chaves.

— Se havia um relacionamento entre os dois, podemos descobrir alguma coisa nos pertences dela.

— Amanhã — disse Jan.

— Não. Agora.

Jan pegou o casaco.

— Olhe, Lund. Talvez você não tenha uma vida, mas eu tenho. A minha caçula está com uma inflamação no ouvido. Eu prometi que iria para casa.

— Então vá. Amanhã eu conto o que descobrir.

— Ah, tenha paciência. Você não vai sozinha.

Ela abriu uma das pastas.

— Ok — disse ele. — Já chega. Hora de falar abertamente.

Ele afastou, com um safanão, os papéis que Sarah folheava.

— Estou de olho em você faz duas semanas. Você está em frangalhos.

Ela o fitou.

Jan cruzou os braços.

— Estou falando como um amigo. Você precisa dormir. Precisa tirar esse caso da cabeça por um tempo. Vou levá-la para casa agora. Sem discussão. Sem...

Ela sorriu, deu um tapinha no peito dele, pegou o cassaco, saiu para o corredor.

Passos às suas costas. Ela não se virou para ver quem era.

— É melhor que isso não demore — gritou Jan.

Ela dirigia. O prédio ficava em uma parte deserta das docas. Duas luzes fluorescentes na entrada.

Jan recebeu um telefonema da mulher. Desculpas. Tatibitate com uma criança.

— Tadinha da minha neném. Está doendo?

— Se é uma inflamação no ouvido... — disse Sarah em voz baixa.

Ela desceu do carro, olhou em volta, deixou a porta aberta. Jan não saiu do lugar.

— Eu paro na farmácia a caminho de casa. Não vou demorar, prometo. Espera um pouco...

Sarah estava à porta. Era um sistema de segurança com cartão.

— Ei! — gritou Jan. — As chances de essa coisa aí funcionar são quase as mesmas de eu ser eleito o próximo papa. Espera, viu?

Ela colocou o cartão na leitora, ouviu a fechadura destravar com um estalo. Abriu a porta. Virou-se, agitou o cartão para ele e entrou.

Jan gritou com ela:

— Lund! Mas que droga! Lund!

Ela então o ouviu falar, num tom de voz mais piedoso do que irritado:

— Desculpe, amor. É que ela está pirando de verdade agora. Preciso ficar de olho...

A porta de metal vermelha tinha uma mola aérea robusta. A porta bateu com força às costas de Sarah, sua voz metálica ressoando na escuridão à frente.

Theis Birk Larsen se negou a falar com os dois investigadores que apareceram exigindo acesso aos registros. Pernille foi menos reticente. Estava no escritório com os dois, respondendo a perguntas. Fazendo ela própria algumas.

Os policiais indagavam sobre os funcionários e sobre a escala de trabalho.

— É claro que temos um registro de quem vai fazer cada serviço — disse ela. A dupla folheava calendários, planilhas, livros contábeis. Não pediam permissão para nada. — Do que se trata? O que vocês estão procurando?

Um deles pegou um livro-caixa, começou a folhear.

— Queremos saber quando Leon Frevert trabalhou aqui.

— Por quê?

O policial não respondeu.

— Esses são os nossos livros contábeis. São particulares. Não têm nada a ver com...

— Temos um mandado. Podemos levar o que quisermos.

— Mas é a nossa contabilidade!

Ele sorriu.

— Tudo vai para os livros, não é mesmo? Trabalhamos junto com a Receita, Pernille. Posso dar esses livros para eles...

— O que você quer?

— Quero ver a lista de quem trabalhou aqui e quando. Todos os dias do último ano.

Ela foi pisando forte até o arquivo de metal. Pegou o que queriam. Atirou as pastas na mesa.

— De nada — disse, e subiu.

Theis lavava os pratos. As mudas de manjericão e a salsa na janela definhavam. Ela não as regara. Nem se lembrara daquilo.

Pernille ficou ao lado do marido, tentando encontrar seu olhar.

— Eles estão à procura de Leon Frevert. Estão perguntando onde ele esteve. Há quanto tempo trabalha para nós. Querem...

— Não se envolva — cortou-o ele, irritado.

— Não, mas...

— Não tem por quê! Cada dia eles apontam o dedo para uma pessoa diferente. De manhã foi Vagn. Agora é Leon. Amanhã provavelmente vou ser eu...

— Theis...

— Não consigo acreditar que fizemos aquilo com Vagn. Fomos idiotas de acreditar que tinha alguma coisa nessa história.

— Theis...

— Se não fosse por Vagn, nós não teríamos este apartamento. Se não fosse por Vagn...

A voz dele pairou no ar até sumir.

— Talvez você deva ligar para ele — disse Pernille.

— Eu tentei. Ele não atendeu.

Uma voz fina e assustada vindo das sombras:

— Aconteceu alguma coisa com tio Vagn?

Anton apareceu vestido no seu pijama azul, sentou no degrau da cozinha, os olhos atentos.

— Era a polícia outra vez, pai?

— Sim... Eu perdi uma coisa. Eles vieram devolver.

Braços cruzados, rosto esperto. Sempre com perguntas na ponta da língua.

— O que você perdeu?

Theis olhou para Pernille.

— Bem, era para ser uma surpresa. Mas... — Ele tirou um chaveiro do bolso. — Essas chaves. Vamos nos mudar. Temos uma casa.

Pernille sorriu, para Theis, para Anton.

— Você vai ter um quarto só seu — disse ela. — Poderemos ficar na varanda no verão. Você pode ter um escorregador no jardim.

O menino se levantou, franziu a testa.

— Eu gosto daqui.

— Você vai gostar ainda mais de lá.

— Eu gosto daqui.

— Você vai gostar ainda mais de lá.

O tom duro na voz de Theis calou o filho.

— Vá dormir, Anton — ordenou ele, e o menino obedeceu sem titubear.

Sarah estava no sexto andar, vasculhando os compartimentos de armazenagem, quando Jan telefonou.

— O que é que você está fazendo aí, cacete?

— Encontrei o andar onde estão guardadas as coisas da Merkur.

O prédio ainda era usado. As luzes funcionavam. O concreto era limpo. Cada andar era ocupado por uma empresa. As mercadorias eram armazenadas atrás de portas de compensado.

— Você disse que isso não ia demorar.

A chave que Svendsen encontrara tinha o número 555 rabiscado a lápis numa etiqueta. Sarah olhou para a porta mais próxima: 530.

— Você sabe que trancou a porta, não sabe? Eu não consigo entrar.

Ele parecia tenso pelo tom de voz. Quase desesperado.

— Vou descer em um minuto. O que você está fazendo?

— Agora? Mijando. Você que perguntou.

Jan terminou de urinar na água, na margem das docas. Telefonou para casa outra vez. Ficou aborrecido outra vez.

— Eu já disse. Ela não está bem da cabeça. Não posso deixá-la sozinha. — Ele ouviu uma série de queixas. — Não posso deixá-la sozinha! Você sabe por quê.

Mulheres, pensou ele depois das despedidas desencontradas e irritadas.

Olhou para o prédio. Não estava caindo aos pedaços, como ele esperava. A fachada estava coberta de grafites. Pelo cheiro, muita gente não se dava ao trabalho de urinar no mar, preferindo as paredes. Mas havias luzes de segurança em todos os andares, e portas boas e fortes. Nenhuma câmera de segurança externa. Fora isso...

Ele tirou a lanterna do bolso do anoraque, correu o facho de luz pela fachada de cimento.

Algo brilhou à direita. Ele foi até lá, viu-se pisando em cacos de vidro.

Olhou para baixo.

Recentes.

Apontou o facho para a janela acima.

Quebrada.

Uma lixeira industrial estava encostada na parede. Alguém poderia usá-la como apoio para entrar.

Ele recuou alguns passos, apontou a lanterna para os andares mais altos. Disse:

— Merda.

Sarah caminhou pelo corredor estreito até chegar ao número 555. A mesma placa de compensado. A mesma fechadura simples. Ferrolho e cadeado.

Estava destrancado.

Ela não levara luvas. Então puxou a manga do suéter até que a lã lhe cobrisse os dedos e empurrou a porta lentamente.

O cubículo estava quase vazio. O que havia no interior estava nos fundos.

Caixas de papelão, como as que via na garagem de Theis. Mas aquelas estavam fechadas com uma fita branca com letras azuis. O nome Merkur com a asa à esquerda. A mesma fita usada para envolver o corpo de Mette Hauge.

Parecia ser quase tudo quinquilharia.

O telefone tocou.

Ela olhou para a tela.

— Eu disse um minuto, Meyer. Um minuto dos meus. Ok?

— Uma janela da fachada está quebrada. Alguém entrou no prédio.

— Faz sentido. A porta da unidade de Hauge foi forçada.

— Em que andar você está?

— No sexto. O último.

Alguns segundos de silêncio.

— Ok. Estou vendo o facho da sua lanterna. Você está perto da janela.

Sarah tateou os bolsos, tentou pensar.

— Que janela? Eu não estou usando lanterna.

O silêncio outra vez.

— Fique onde está, Lund. Tem alguém aí. Já estou subindo.

Ela foi até um canto da sala fria e seca. Ficou no escuro. Ajustou o telefone para vibrar, não tocar.

Havia alguém por perto. Ela escutou passos. De um lado para o outro. Procurando.

Algo metálico reluziu numa caixa próxima. Sarah olhou. Um candelabro pesado de metal. Ela pegou a peça e voltou para o corredor, olhando para a direita e a esquerda na penumbra indistinta das luzes de segurança, seguiu adiante, vendo nada além de concreto, compensado e poeira.

Jan Meyer correu de volta para o carro de Sarah, amaldiçoando Brix por ficar com sua arma. Abriu espaço entre as caixas de Nicotinell e lenços de papel no porta-luvas até encontrar a Glock.

O pente estava carregado. O punho estava sujo de goma de mascar.

Colocou a pistola sobre o teto do carro, ajustou o *headset* do celular no ouvido, telefonou para ela outra vez.

— Lund, você está aí?

— Sim — sussurrou ela.

— Ótimo. Estou indo.

Ele trepou pela janela quebrada, desceu com cuidado para o interior do prédio. Portas de compensado amarelas. Piso de concreto. Nada.

Apertou o botão de chamada.

— Lund? Está me ouvindo? Alô?

Nenhuma resposta.

— Lund!

Um ruído. Um murmúrio metálico relutante. Cabos em movimento, engrenagens girando.

Uma voz no ouvido dele:

— Merda!

— Lund!

— Meyer, ele pegou o elevador e está descendo. Estou nas escadas. O elevador!

O ruído que o mecanismo do elevador fazia parecia um animal metálico enferrujado acordando de um longo sono. Jan seguiu pelo corredor de cimento. Encontrou o lugar. Botões na parede. Porta pantográfica de metal. Cabos subindo e descendo dentro do vão.

Sacou a Glock. Encostou-se à parede.

— Cheguei ao elevador — disse ele.

Jan escutava passos nas escadas, rápidos e ansiosos. Abafados pelos guinchos da gaiola de metal que descia resfolegando.

Uma luz. Um ruído. O elevador parou ao lado dele.

Arma em punho. Esperando que as portas corressem. Para agir.

Nada.

Esperou.

Nada.

Arma em punho, Jan contornou o limiar, apontou para o interior do elevador.

Nada a não ser uma gaiola vazia com uma lâmpada brilhando no teto.

Ele olhou em volta, viu apenas espaço vazio.

Confuso.

— O elevador está vazio — disse ele.

Passos apressados descendo as escadas. Aproximando-se.

— Vou subir para encontrar você.

— Não acho que ele esteja aqui.

A voz de Sarah soava estridente e assustada na cabeça dele.

— Ele desceu. Está aí embaixo...

— Vou subir...

Jan seguiu na direção das escadas. Viu a porta de compensado voando para cima dele.

A madeira lhe acertou o rosto; o ferrolho e o cadeado, a cintura.

Um grito. Um urro. Seu?

Jan estava no chão, atordoado e sentindo dor.

Furioso, praguejando também.

Dedos tateando o chão em busca da arma.

A arma perdida.

Ele rolou, gemeu. Olhou para cima. Viu o homem. Viu a Glock preta.

Olhos arregalados.

Um estrondo do tamanho do mundo. Um flash de chamas.

Jan Meyer sentiu um solavanco com o impacto, uma pontada aguda de dor atravessar-lhe o corpo.

Congelado no chão frio, os membros se recusavam a se mexer. Viu a arma acima de si outra vez.

Disse...

Nada.

Que palavras havia?

Ele pensou na filha, chorando em casa. Pensou na mulher e nas últimas palavras irritadas que haviam trocado.

O segundo estrondo foi mais alto e depois não houve nada além de sangue e dor.

Uma palavra. Dita por ele, e com uma voz que morreu no momento em que foi proferida:

— Sarah... — disse Jan, e de repente ele se foi.

Sarah voava pelas escadas, tropeçando, gritando, pensando mas não pensando, agitando os braços na escuridão diante de si.

Os andares perderam os números. Quando chegou ao último ela continuou a correr, em círculos, como se houvesse mais a descer. Como se a escadaria fria e seca levasse eternamente a algum lugar.

Mas não. Ela havia chegado. E a apenas alguns passos estava Jan. Uma forma inerte no chão. Ruídos. Alguém correndo.

Sarah se ajoelhou ao lado dele.

Buscando ar, arfando. Sangue na garganta. Sangue no peito.

— Jan. Jan. Olhe para mim.

Levou a mão ao rosto dele. Um líquido quente e pegajoso.

Peito, pensou ela.

Rasgão no colete. Viu pele. Viu a ferida aberta.

Pegou o telefone com os dedos ensanguentados.

Discou.

A partida de um motor do lado de fora, pneus cantando.

Esperou.

Esperou.

Esperou.

Uma ambulância. Luzes, sirenes, barulho.

Dentro do prédio, agora. Paramédicos vestidos de verde trabalhando, gritando, mãos agitadas, tirando-a do caminho.

Uma máscara de oxigênio no rosto dele.

Gritos.

— Mais fluido.

Apitos mecânicos. Pneus cantando. O mundo gira.

— Saturação de oxigênio baixa Pulso alto.

Uma via intravenosa no braço. Olhos grandes arregalados e assustados.

Sarah sentada no banco, observando, além das lágrimas.

— Estamos perdendo ele — disse alguém. — Desfibrilador!

— Continue ventilando. Mais fluido.

Jan se sacudindo e se contorcendo, fios em meio ao sangue.

— Ok. Carga.

Uma máquina na parede.

— Para trás!

O corpo dele deu um salto.

Mãos no peito. Massagem cardíaca.

Palavras ditas mentalmente.

"Será? Será?"

Ninguém escuta.

Uma hora depois. Sarah estava sentada num banco no corredor, perto do centro cirúrgico. Ainda com as mãos pegajosas do sangue dele. Ainda aturdida com o que acontecera.

Bifurcações na estrada. Escolhas feitas.

Se ela o tivesse deixado ir para casa, para ver a filha com dor de ouvido.

Se tivessem entrado juntos, como determinam todos os manuais.

Se...

Brix vinha na sua direção. Terno preto. Gravata-borboleta, camisa branca elegante.

— Vim assim que pude — disse ele.

Mais à frente no corredor, homens de verde falavam em voz baixa por trás de máscaras.

— Alguma novidade? — perguntou Brix.

Uma enfermeira entrou correndo no centro cirúrgico carregando uma bolsa de sangue.

— Ele está sendo operado.

Ela observava as pessoas entrando e saindo pelas portas vaivém. Perguntava-se o que estariam pensando.

— O que vocês estavam fazendo no prédio?

— O quê?

Ele repetiu a pergunta.

— Poderia haver evidências nos pertences de Mette Hauge. Alguém teve a mesma ideia.

— Deixe isso comigo — disse Brix. — E desta vez faça o que estou mandando.

Hanne, a mulher de Jan, vinha na direção deles. O rosto congelado, totalmente pálido. Os cabelos loiros presos. Caminhando desnorteada.

— Onde ele está?

— Na sala de cirurgia — disse Sarah. — Posso te acompanhar à sala de espera.

— Não.

Brix a encarou com frieza.

Um homem alto, distinto no black-tie.

Era o que faziam. Momentos como aqueles pertenciam a eles.

Ele envolveu os ombros de Hanne Meyer com o braço, conduziu-a ao local perto do centro cirúrgico.

Sarah ficou sozinha, observando-os.

Imóvel. Seu corpo se recusava, não conseguia se mexer.

Onze

Quarta-feira, 19 de novembro

Sete e meia. Uma manhã enevoada. Trânsito parado nas ruas molhadas da cidade. Hartmann e Bremer enfrentando-se ao vivo em um debate mal-humorado, num estúdio não muito distante do Palácio de Christianborg.

Políticas ambientais e recuperação industrial. Hartmann exibindo suas credenciais verdes:

— Precisamos tornar a cidade atraente para empresas com responsabilidade ambiental...

— Não podemos fazer concessões à indústria em nome do meio ambiente — interrompeu Bremer.

Ele tinha uma aparência velha e cansada. Hartmann seguia o conselho de Rie. Apelava para o charme. O novo rosto jovem da política de Copenhague. Conciliatório, sensato, atencioso, que sabia ouvir.

— Ninguém falou em concessões...

— E o que vocês dois têm em comum? — intercedeu a mediadora. — De uma forma ou de outra, vocês precisarão trabalhar um com o outro depois da eleição. Podem fazer isso agora?

— Posso trabalhar com qualquer um — declarou Bremer. — O problema é a credibilidade de Hartmann.

— Isso está parecendo um disco arranhado, Poul. Estamos aqui para falar de meio ambiente.

— Não, não, não. Ainda tem muita coisa pairando ao redor dessa investigação de assassinato. Muitas perguntas sem resposta...

Hartmann sorriu para a mediadora.

— Já falamos sobre isso um milhão de vezes. Todas as acusações contra mim foram retiradas. Contra minha equipe. A própria polícia afirmou...

— Credibilidade. Esse é o cerne da questão — insistiu Bremer. — Como é possível trabalhar com um homem sobre o qual temos tantas dúvidas?

Hartmann deu de ombros, olhando para a jornalista.

— Fico triste que você use esse caso trágico em busca de ganho político. Agora um policial em estado crítico está internado no hospital. Esse não é o momento para...

— Você é que levou aquele pobre homem ao hospital. Não eu. Pelo que soube, ele não era exatamente um grande fã seu...

O relógio na parede. O ponteiro de trás se movendo. Hartmann cronometrou a réplica.

— Vamos trabalhar com qualquer pessoa que demonstre boa-fé e comprometimento com uma causa em comum. Isso exclui o senhor prefeito e o partido dele. Não sinto prazer algum em dizê-lo, mas tenho certeza de que os ouvintes que escutaram esse estranho acesso entenderão.

— Não...!

— Obrigada — disse a mediadora. — Por hoje é só, nosso tempo se esgotou. E agora...

O noticiário entrou no ar. Poul Bremer estava de pé, com um sorriso artificial, distribuindo apertos de mão. Então saiu.

Rie parecia satisfeita.

Hartmann escutava as notícias. Jan ainda estava inconsciente na UTI depois da operação.

Alguém batia no vidro do estúdio. Erik Salin.

Ele bloqueava a saída. Poul Bremer devia ter acabado de passar. Não havia outra forma de ir embora dali.

Hartmann saiu, continuou a andar.

— Tem um minuto, Troels? — perguntou Salin, apertando o passo para acompanhá-lo.

— Você teve bem mais do que isso ontem.

Ele seguia para a saída do prédio, outra reunião, outra entrevista.

— Andei fazendo algumas perguntas sobre o envelope no qual a fita da segurança foi entregue. É do mesmo tipo usado no seu comitê.

Hartmann parou, arqueou uma sobrancelha.

— Peguei um ontem, quando estive lá.

— Sério, Erik? Um envelope vai lhe dar o Prêmio Pulitzer?

Salin abriu um sorriso.

— Você é bom nisso. Devo admitir.

Hartmann seguiu para o banheiro.

— Ei — continuou Salin. — Você não se incomoda se eu entrar junto aí, não é? Qualquer coisa por uma matéria, hein?

— Pare de perder o seu tempo.

Ele seguiu Hartmann, observou-o da parede.

— Falei com gente do seu comitê de campanha. Andam tão ocupados que precisaram alugar salas para as reuniões.

Hartmann urinou, olhando para os azulejos brancos.

— Que interessante.

— Eu acho, acho mesmo. Por que gastar dinheiro alugando salas quando vocês têm um apartamento vazio? Nesses tempos de aperto?

Hartmann foi até as pias, lavou as mãos, olhou para o rosto do jornalista no espelho.

— A sua obsessão com pequenos detalhes é impressionante.

— O diabo está nos detalhes, como dizem. E que diabo. Pega a sua fita. Fica com ela por um tempo, apesar de...

Salin parou, esperou que Hartmann se virasse e o fitasse por um instante.

— Apesar de as imagens aparentemente livrarem a sua cara. Então a enfia num envelope dos seus e a entrega à polícia. E por mais de uma semana alguém cuida para que ninguém, absolutamente ninguém, vá ao apartamento onde Nanna esteve pouco antes de morrer. E teria sido por ainda mais tempo se a polícia não tivesse aparecido logo por lá.

Salin sorriu para o reflexo de Hartmann.

— Você é um homem inteligente, Troels. Consegue ver que algo aqui está fedendo. E está no seu sapato. Não no de Poul Bremer.

Hartmann seguiu de volta às escadas. Rie o aguardava.

— Então, mesmo que não tenha sido você — disse Salin, acompanhando-o —, foi alguém próximo de você. Alguém que não acreditava tanto na sua inocência quis livrar a sua cara. Se a sua própria equipe não confia em você, se eles acham que você é capaz de assassinar alguém, por que é que...?

Hartmann perdeu a paciência, agarrou Salin pelo colarinho do seu casaco de inverno azul, empurrou-o contra a parede de vidro do estúdio, Rie tagarelando às suas costas.

— Publique uma palavra disso, seu verme, e eu transformo a sua vida num inferno.

Ele era maior do que Salin. Não dava um soco em ninguém desde os tempos de escola. Mas agora parecia um bom momento.

— Troels! — exclamou Rie, segurando-lhe o braço.

— Vá em frente — disse Salin, olhando para o punho fechado, sorrindo na cara de Hartmann. — Anda. Você tem uma consultora política dando para a oposição para conseguir documentos secretos. Tem alguém próximo que acredita que você estuprou e assassinou uma adolescente. Como o Sr. Certinho está se sentindo hoje? Está começando a perceber que a queda vai ser grande?

Apesar de sua fragilidade física, Rie puxou o braço de Hartmann antes que ele socasse o jornalista.

Mãos erguidas, sorrindo como se houvesse vencido o jogo, Erik Salin disse:

— São só perguntas, Troels. Só isso. Você é um político. Deveria saber lidar com isso.

Hartmann disparou mais algumas ofensas e saiu em direção à porta.

Rie ficou. Confrontou o jornalista, ensandecida de fúria.

— Quem está por trás disso? Ora, como se eu não soubesse.

— O público tem o direito de saber.

— O público tem o direito de saber a verdade. Não permita que uma palavra desses absurdos seja publicada, Erik. Ou você vai voltar a se esconder atrás de cortinas para tirar fotos.

Salin fez um som de desdém.

— Ui. Essa doeu.

— Eu sei de onde você vem, seu sanguessuga de quinta.

— Digo o mesmo. — O sorriso. — As suas táticas de relações públicas são uma sacanagem. Surpreendentes, até. Phillip Bressau é um cara esperto. Achei que ele tivesse... sabe como é, colocado você numa posição um pouco melhor.

Sem palavras, feliz por Hartmann ter ido embora, Rie encarava Erik Salin, tremendo de ódio.

— Ou eu também entendi isso errado? — perguntou ele.

* * *

Sarah dormiu no hospital. Às 8 horas da manhã seguinte, comprou algo para comer e levou uma bandeja à sala de espera. Hanne Meyer estava no mesmo lugar em que se sentara na noite anterior. Parecia dez anos mais velha.

— Comprei alguma coisa de comer — disse Sarah. — Posso sentar?

— Elas brincaram com as canetinhas ontem à noite.

Sarah olhou para as mãos de Hanne. Estavam cobertas de desenhos infantis em tinta azul e vermelha.

Mãos vermelhas. Dedos ensanguentados. As imagens não iam embora.

— Fizeram alguns desenhos para animar a irmã. Ela está com uma inflamação no ouvido.

A voz dela saía aguda e trêmula, a um passo do choro.

— Jan me contou. Quantos anos tem a Marie?

— Neel é a mais nova. Marie é a do meio.

— Então...

Sarah tentava se lembrar dos nomes. Ela os ouvia com bastante frequência.

— Ellie é a mais velha?

— Ella. Tem 10 anos.

Sarah pensou em Mark. No que o filho estaria fazendo. O que pensaria dela.

— Pode me contar o que aconteceu?

— Ele ficou esperando no carro enquanto eu entrava no prédio. E então...

Ela não sabia dizer direito. A noite, o sangue... a culpa. Sua cabeça não estava boa.

— Ele percebeu que havia mais alguém no prédio.

Hanne Meyer começou a enxugar os olhos com um lenço de papel amassado. Sarah pensou em passar o braço ao redor de seus ombros, mas não o fez.

Um cirurgião entrou na sala. Uniforme verde, touca verde, máscara abaixada.

A mulher de Jan se levantou no mesmo segundo.

O médico dava ordens a uma enfermeira.

Ele trazia uma radiografia. Colocou-a em um negatoscópio próximo à porta.

As duas se aproximaram e observaram.

— A operação correu bem, mas ele perdeu muito sangue. Olhem aqui...

Ossos e tecidos, cortes e marcas escuras.

— A primeira bala atravessou o corpo. A segunda ia acertar o coração. Mas encontrou o isqueiro pelo caminho...

De metal. Brilhante. Sarah odiava aquele Zippo.

— A bala acertou o isqueiro e mudou de trajetória. Perfurou o pulmão esquerdo dele. Mais um problema...

A esposa apontou a radiografia. Ossos e carne e cortes.

— Ele vai sobreviver?

O médico olhou para o negatoscópio. Sarah fechou os olhos.

— Provavelmente. Ainda não recobrou a consciência. Ainda precisamos confirmar se há mais algum problema. Ainda não acabamos...

Hanne Meyer o abraçou, lágrimas escorrendo pelo rosto.

Sarah assistia à cena, sentindo-se constrangida. Como uma intrusa em tudo aquilo.

O médico tirou algo do bolso. O isqueiro prateado. Arranhado. Amassado.

— Isto é para a senhora. Diga que, se ele continuar a fumar depois de todo o trabalho que tivemos, vai ter que se ver comigo da próxima vez.

Chorando, rindo ao mesmo tempo, ela o pegou.

— Pode vê-lo agora.

Hanne Meyer quase correu até o quarto.

Sarah acompanhou o cirurgião pelo corredor.

— Ele disse alguma coisa?

— Já falei. Ele está inconsciente desde que deu entrada aqui.

— Quando posso falar com Meyer?

— Quando ele acordar.

Sarah cruzou os braços.

Havia nos olhos do médico algo que ela reconhecia, mas que raramente via em hospitais.

Um ar evasivo.

— Qual é o problema? — perguntou ela.

— Ele sofreu ferimentos graves. Ainda não sabemos a extensão dos danos. Quero ter esperança de que vai dar tudo certo. Todos queremos.

— Quando?

— Volte hoje à noite. Então veremos.

O carro estava estranho sem ele. A sala também.

Brix conduzia uma reunião com a equipe na sala ao lado. Sarah ficou ali sentada sozinha por um minuto; então, entrou e ouviu.

— Temos sorte que Meyer ainda esteja vivo — disse o chefe. — Eu quero Leon Frevert. Presumam que ele esteja armado e seja perigoso. Não podemos permitir que escape. Temos nossos próprios motivos agora. Perguntas?

Nenhuma.

— Ótimo. Ao trabalho.

Ela esperou todos saírem.

— Quem estava naquele prédio sabia sobre as coisas de Mette — disse Sarah quando ficaram sozinhos. — Ele leu sobre a operação dos canais.

Camisa escura, aberta no colarinho. Ela não conseguia mais imaginá-lo vestindo black-tie. Brix transmitia uma mensagem. Estava no comando e queria resultados.

— Escolhi um novo líder para o caso.

— Por quê?

— Vá para casa. Fique lá. Precisaremos conversar com você.

— Brix, eu sei mais...

— Você não pode mais liderar essa investigação.

— Por que não?

Ele balançou a cabeça.

— Está falando sério? Você entrou sozinha naquele prédio. Meyer recebeu um tiro que saiu da sua arma.

— A arma não estava comigo, pelo amor de Deus. Ele deve tê-la apanhado no carro.

O inspetor se contorceu.

— Eu preciso ouvir isso? Diga onde estava a arma à corregedoria, não a mim.

— Nós precisamos encontrar Leon Frevert!

Silêncio. Aquele olhar duro e implacável outra vez.

— Isso agora é com os alemães. O carro de Frevert foi encontrado nos arredores do porto de ferryboats. Achamos que ele foi para Hamburgo ontem à noite.

— Por quê? — perguntou ela de pronto.

Brix saiu da sala. Sarah o seguiu.

— Ele não foi para a Alemanha. Está sem o passaporte. Encontramos o documento na casa dele. E ele está sem dinheiro. Frevert trocou quase todo o dinheiro que tinha por moeda vietnamita. Se ele fosse fugir para algum lugar...

— Mas foi o que ele fez.

— Quem atirou no Meyer não é idiota!

— Ele arrumou dinheiro depois de ler os jornais. Isso não é óbvio?

Brix seguiu para sua sala. Sarah se postou à porta, bloqueando-lhe a entrada.

— Não. Não é.

Ele cruzou os braços.

— Só preciso de duas horas — implorou ela. — Quero dar alguns telefonemas. Se eu não conseguir nada, faço qualquer coisa que você mandar.

— Isso deveria vir em primeiro lugar.

Svendsen vinha resoluto pelo corredor. Segurava uma folha de papel.

— Leon Frevert foi visto na estação Høje Taastrup há duas horas. Temos imagens das câmeras de segurança. É ele mesmo. Um segurança o abordou, mas ele fugiu.

Um subúrbio na região oeste da cidade. Acesso fácil às rodovias. De lá, Frevert poderia ter ido para qualquer lugar.

— Temos alguma viatura na área? — perguntou Sarah.

— Vou conferir.

— Lund... — começou Brix.

— Frevert está a pé — disse ela a Svendsen. — Ele vai precisar de um veículo. Entre em contato com os bancos. Ele está sem dinheiro. Fique de olho no irmão.

— Lund! — gritou Brix.

Ela olhou para o inspetor. Svendsen olhou para o inspetor.

— Quero que me mantenha informado — disse Brix.

Vagn chegou à garagem pouco depois das 8 horas. O uniforme vermelho estava numa sacola. Com o gorro preto ele ficou.

Desceu da van, entregou as chaves do veículo a Theis.

— As da garagem, do portão e do apartamento estão na sacola.

Parecia abatido e cansado.

Theis assentiu. Calça jeans velha. Suéter preto. Correntinha prateada. Jaqueta corta-vento preta.

— Certo — disse ele.

Vagn foi até a traseira da van, pegou outra sacola. Amarela. Com o nome de uma loja de brinquedos.

— Isso é para os meninos — disse ele, entregando-a. — Faça o que quiser.

— Vagn — disse Theis enquanto o outro ia em direção ao portão. — Vagn!

Ele parou, as mãos nos bolsos. Parou e olhou.

— Vamos subir e resolver isso, está bem?

— O que há para resolver?

— Muita coisa. — Ele segurou o braço de Vagn. — Vamos.

Na cozinha, a luz entrando pela janela e passando por entre as plantas. Elas haviam se recuperado depois que Pernille as regara. O apartamento estava com aparência quase normal.

Ela estava ao lado de Theis. Sobre a mesa, colocara café, queijo e pão.

Vagn fumava, não comia.

— Leon contou à gente algumas coisas a seu respeito — disse Pernille. — Pareciam estranhas.

Ele deu uma tragada no cigarro.

— Devíamos ter falado primeiro com você, eu sei. Mas...

Os olhos de Pernille haviam voltado a brilhar.

— Temos agido como loucos ultimamente.

— É, eu percebi.

Ela o fitou.

— Mas ainda me parecem estranhas. Para mim...

Nenhuma resposta.

— Leon me disse que você cancelou com um cliente grande naquele sábado.

Vagn riu.

— Ah, sim. Aquele cara. Ele queria pagar em dinheiro. Só faço isso quando você pede, Theis. Não por decisão minha...

Os dois o observavam.

— Então eu disse que só faríamos com nota ou então ele que procurasse outra pessoa. Eu posso não ter feito a coisa certa...

— A polícia disse que você mentiu a respeito da sua mãe — disse Pernille.

— É. Eles me disseram a mesma coisa. Meu tio sempre me disse que ela bebeu até morrer. Mas no ano passado ele me contou a verdade. Só Deus sabe por que ele inventou isso. Mas o que...

A ponta do cigarro foi amassada no pires.

— O que as pessoas têm a ver com isso? — Ele mesmo respondeu, em meio à fumaça, à ansiedade, ao constrangimento: — Nada.

— Aqueles malditos estão dando uma mancada atrás da outra desde o começo. — Theis balançou a cabeça grisalha. — Você pagou o preço dessa vez.

Ele olhou por sobre a mesa.

— Queríamos pedir desculpas, Vagn.

— É — confirmou Pernille, baixinho.

Vagn mexia no maço de cigarros, sério.

— O que vocês disseram aos meninos?

— Nada — respondeu Theis.

— Meu Deus. — Ele tirou o gorro preto, começou a girá-lo nos dedos. — Mas que merda isso tudo. Eu é que devia pedir desculpas. Eu trouxe aquele canalha do Leon para cá. A agência...

Theis tossiu, olhou para as próprias mãos.

— Eles disseram onde Leon está? — perguntou Vagn.

— Não. Eu não quero pensar nisso. Vamos terminar a casa. Sair desse apartamento. Certo?

— Vamos até lá hoje com os meninos — disse Pernille. — Anton não ficou animado com a ideia da mudança. Então queremos tentar facilitar as coisas.

O telefone tocou. Ela foi atender. A sacola com o uniforme de Vagn estava no meio da mesa.

Vagn a pegou.

— Não temos que estar em um cliente daqui a 15 minutos?

— É — respondeu Theis, com o mais sutil dos sorrisos.

Pernille voltou.

— Era a advogada. A polícia quer revistar o apartamento. Eles querem conferir se Leon esteve aqui.

— Ah, pelo amor de Deus. — O punho maciço de Birk Larsen socou a mesa, as fotos, os rostos. — Estou farto dessa gente no nosso pé. Não os deixe entrar. Vagn!

Vagn terminou o café, pegou a sacola. Seguiu-o escada abaixo.

Frevert estava em movimento; voltava a pé para a cidade. A polícia recebera a informação de que ele tentara usar um caixa eletrônico na Toftegaards Plads, em Valby.

— Chegamos dois minutos depois — disse Svendsen à equipe na sala de operações. — Já tinha sumido...

— Fiquem de olho nos parques — ordenou Sarah. — Procurem nos albergues. Procurem nos...

O telefone sobre a mesa tocou. Ela atendeu. A telefonista transferia a ligação de alguém que pedira para falar diretamente com ela.

— É Lund quem fala?

— Isso.

— Aqui é Leon Frevert.

Sarah parou, olhou em volta para os policiais na sala, gesticulou com a mão, moveu os lábios em silêncio: "Rastreiem."

— Onde você está?

— Não importa. Acabei de ouvir aquela baboseira no rádio.

Svendsen correu para o laptop mais próximo, pegou os fones de ouvido, começou a digitar, martelando as teclas.

— Eu não matei aquela garota. Vocês estão falando sério?

— Precisamos conversar com você, Leon.

— Você está falando comigo agora. Eu não a matei. Entendeu?

— Ok. Vamos nos encontrar em algum lugar.

— E também não atirei em ninguém.

— Estou escutando.

— Para tudo tem uma primeira vez, não é verdade? — Ele estava furioso. — Eu contei a vocês que fiz uma corrida com ela no táxi aquela noite. Contei sobre a estação.

— Você não contou que a conhecia, Leon.

Svendsen estava quase conseguindo, gesticulava para que Sarah continuasse a falar.

— Vocês não sabem de nada, não é?

— Não. Então me diga. Onde você está? Eu posso ir até você. Sozinha. Podemos conversar. Só queremos a verdade.

Silêncio. Então um clique.

— Leon? Alô?

Svendsen digitou mais alguma coisa, arrancou os fones de ouvido.

— Ele está na Roskildevej. A poucos quilômetros do centro. Não me pergunte mais nada. Ele acaba de desligar o telefone.

Sarah se sentou.

— Por que ele falou por tanto tempo? — perguntou ela.

— Não sabia que a ligação estava sendo rastreada — disse Svendsen.

— Então por que desligou o celular?

Svendsen fez uma careta. Sarah perguntou:

— O que foi agora?

— A Roskildevej... — começou Svendsen.

— A Roskildevej tem 3 quilômetros de extensão, não sabemos onde ele está nem que tipo de carro está dirigindo. Quero falar com o irmão dele.

— Tudo bem! Tudo bem!

Svendsen saiu da sala pisando forte, balançando a cabeça.

Sarah ficou sentada à mesa. Olhou as fotografias nas paredes. Nanna e Mette Hauge.

Leon Frevert. Um homem cinza, magro e solitário.

A van vermelha estava carregada de coisas para os meninos. Aeromodelos, dinossauros de plástico. Móbiles e pôsteres para as paredes. O carreto anterior havia terminado tarde. E um carro quebrado em Humleby deixara o trânsito engarrafado. Vagn gritava com o motorista da frente quando o telefone de Theis tocou.

Ele olhou para o número. Pernille.

— Onde fica a loja dos dinossauros? — perguntou ele antes de qualquer coisa. — Não temos o suficiente para o quarto de Anton. Queremos deixar algumas surpresas para eles na casa.

— Você não pode levar os meninos para a casa, Theis.

— Por que não?

— A polícia está lá.

— O quê?

— Estão revistando todos os lugares em que Leon trabalhou ultimamente.

— Já cansei dessa merda — disse Theis. — É a nossa casa.

— Theis...

Ele desligou.

— Algum problema? — perguntou Vagn.

O carro em frente começava a sair do lugar.

— Nada que eu não possa resolver.

Ele chegou em dez minutos. Três investigadores não uniformizados que ele nunca vira estavam na sala, vasculhando sacolas com pertences esvaziando no chão alguns sacos plásticos pretos com material de construção.

Theis irrompeu porta adentro, as mãos nos bolsos, o rosto furioso.

Os policiais olharam para ele.

— O senhor não pode entrar. — Um deles mostrou o distintivo. — Estamos trabalhando.

— Esta casa é minha.

— A sua mulher nos deu a chave.

Theis sacudiu o polegar na direção da porta, olhou para os três.

— Fora.

— Precisamos revistar a casa — disse um policial.

— Saiam! — gritou Vagn.

O policial tirou um papel do bolso. Era jovem e magro. Todos eram.

— Temos um mandado.

— Foda-se o seu mandado.

Dois passos à frente. Os três recuaram.

— O senhor não pode ficar — disse um policial, com cautela.

— Vocês já encontraram Leon? — gritou Vagn. — Encontram qualquer coisa que seja? Isto aqui é uma casa, seus escrotos! Vocês não têm respeito. Não têm decência...

Outro policial subiu apressado, vindo do porão. Disse:

— Não tem ninguém aqui.

— Está bem — disse o policial jovem. — Voltaremos mais tarde.

Theis sacudiu o punho no rosto do homem

— Não cheguem perto da gente outra vez antes de falarem com a minha advogada. Entenderam?

Eles esperaram os policiais saírem. Então Vagn correu escada abaixo, para o porão. Olhou ao redor. Voltou.

— Eles não bagunçaram muita coisa, Theis.

Theis mal se movera. Congelado de fúria, pensando na própria impotência.

— Podemos arrumar os quartos dos meninos — acrescentou Vagn. — Eu já tirei muita coisa velha da casa. Todo aquele lixo no porão.

— Que lixo?

— As cortinas. As louças de banheiro quebradas. — Vagn colocou as mãos no bolso, olhou para ele. — Aquele colchão velho fedido. Você não ia querer que os meninos vissem aquelas porcarias.

Outro estúdio de TV. Mais uma entrevista ao lado de Poul Bremer.

Hartmann se aprontava no gabinete, com Morten o ajudando a escolher as roupas certas.

Nada jovial dessa vez. Terno cinza sóbrio, camisa branca imaculada. Gravata preta.

Hartmann olhou para si mesmo no espelho de corpo inteiro do armário. Olhou para Morten, um rosto cansado da vida.

— Ainda temos chance de vencer na terça-feira, Morten?

— Milagres acontecem. É o que estão dizendo, pelo menos.

— Como?

Morten franziu a testa ao olhar para a gravata, disse a ele para escolher uma menos séria.

— O que Rie acha?

— Estou perguntando para você.

— Se Bremer tropeçar, os votos vão para você. Às vezes, o candidato não exatamente ganha uma eleição. O outro é que perde. Estamos numa corrida de dois cavalos agora. Os partidos menores estão se digladiando, como de costume. Ninguém vai prestar atenção neles. A margem será muito apertada, disso eu tenho certeza. Então...

Mais nada.

— Então o quê?

— Então mantenha a cabeça no lugar, não perca o foco, e vamos rezar para que o iceberg bata nele desta vez, não em nós. — Morten esperou. — Achei que você fosse ficar no mínimo um pouco impressionado com a minha avaliação das nossas chances, que, para variar, foi bem otimista.

Hartmann riu.

— E fiquei. Sério, Morten. Aquele imprestável do Salin ainda está no meu pé com a história daquela maldita fita da segurança.

Morten sorriu. Sem jeito.

— Alguém a roubou da sala da segurança — disse Hartmann. — Alguém a enviou à polícia. Alguém manteve as pessoas afastadas do apartamento. Ou ao menos tentou. Fale com Lund.

Morten o observou vestir uma nova gravata. Assentiu em aprovação.

— Por que simplesmente não deixamos que certas coisas fiquem para trás?

— Porque não devemos. Qual é o problema?

— Problema nenhum. Eu olhei os registros. A única encomenda que saiu daqui naquele dia foi enviada pela Rie. Não consta o destino. Tenho certeza de que foi só rotina.

A camisa era nova. A etiqueta ainda estava presa ao botão. Morten pegou uma tesoura, cortou a linha de algodão e a tirou.

Olhou para as mãos de Hartmann. Estendeu-lhe a tesoura.

— Você podia cortar essas unhas, Troels. As pessoas prestam atenção em tudo hoje em dia.

— Rie mandou uma encomenda? E ela cuidava das reservas do apartamento.

— Esqueça isso, está bem? Não havia reserva nenhuma.

— Mas nós usamos outros lugares em vez do apartamento. Isso também era função da Rie, não era?

— Não sei e não me interessa. Temos coisas mais importantes em que pensar. — Morten se animou. — Mas... tenho boas notícias.

— O quê?

— Bremer acaba de demitir Phillip Bressau. — Morten deu de ombros. — Não faço ideia do que o levou a isso. O sujeito é um dos mais competentes da equipe dele. Eu não ia querer perder alguém como Bressau a seis dias de uma eleição.

Hartmann não conseguia pensar com clareza.

— Agora está perfeito, Troels — disse Morten. — Sorria para a câmera, mantenha a calma. Acabe com aquele velhaco.

* * *

Fora do gabinete, no longo corredor, perto dos degraus de cerâmica marrom. O telefone tocou.

— Troels! Você me pediu para ligar.

Era Salin.

— Falei com os advogados, Erik. Vamos processar você pessoalmente se for publicada uma só palavra daquelas mentiras. E também o jornal.

Risos do outro lado da linha.

— Eu só estou tentando ajudar. Você ainda não percebeu?

— De alguma forma isso não me ocorreu.

— Você não é nenhum idiota. Sabe que alguém andou encobrindo coisas. Talvez tenham feito isso sem o seu conhecimento. Não sei. Mas fizeram.

— Já basta. Chega de telefonemas. Chega de perguntas. Chega de conversa. Entendido?

Ele parou no alto da ampla escadaria, sob os lustres de ferro, perto das pinturas de uma batalha naval que cobriam boa parte da parede larga e alta.

Rie estava ao pé da escada, de casaco, pronta para sair. Assim como Phillip Bressau. Os dois pisavam no tapete azul com o brasão de Copenhague, três torres flutuando sobre as ondas.

Eles discutiam. Furiosamente. Sob o olhar de Hartmann, Bressau a agarrou pelo colarinho e puxou seu cachecol vermelho. Ela recuou, gritando impropérios.

Mais irritada do que Hartmann jamais vira.

— Hartmann? — disse Salin no seu ouvido. — Ainda está aí?

Rie saiu transtornada, a caminho da sala de segurança. Bressau ficou onde estava, disparando insultos para as costas dela. Então pegou a pasta no chão. Olhou em volta.

Olhou para o alto da longa escadaria, viu Hartmann.

Fez uma careta e saiu na direção oposta, rumo à porta principal.

— Você ouviu — disse Hartmann, e desligou.

Martin Frevert estava na sala de Sarah, esquivando-se das perguntas.

— Temos todos os detalhes. Você alugou um carro pela internet. Que foi retirado em um posto de gasolina próximo a Valby.

— E daí? Foi para a minha empresa.

— Onde está o seu irmão?

— Eu já disse. Não sei.

Papéis sobre a mesa. Sarah os empurrou para o lado.

— Você sacou 32 mil coroas no banco. O dinheiro também era para a sua empresa? Não tenho tempo para isso. Posso jogá-lo numa cela como cúmplice de assassinato, se você quiser. Poupe o nosso tempo.

Silêncio.

— Ok — disse ela. — Já basta. Você está preso.

— Eu não dei o dinheiro para ele!

Frevert tirou um envelope do bolso do paletó. Jogou-o sobre a mesa.

— Ótimo. Onde você marcou de encontrá-lo?

— Ouça. Leon é um pouco estranho. Mas ele não matou aquela jovem. Ele seria incapaz de fazer mal a alguém.

— Você não faz ideia de quanta gente me diz isso. Onde você marcou de encontrá-lo?

Silêncio.

— Meu parceiro levou dois tiros ontem à noite — disse Sarah. — Se você quiser ajudar o seu irmão, é melhor que eu o encontre antes... — ela apontou para a janela — ... dos outros lá fora.

— Não é de vocês que ele está com medo.

— De quem é, então?

— Não sei. Leon está metido em alguma coisa. Ele não é o cara mais esperto do mundo. Se encontra uma oportunidade...

— No que ele está metido?

— Acho que com contrabando. Quando eu falei com ele, achei que ele estava com medo de alguma coisa relacionada a isso.

— E não de nós?

— Não. — Frevert foi enfático. — Leon disse que tentou ajudar vocês. Mas que vocês insistiam em fazer merda.

— Onde você marcou de encontrá-lo? E quando?

— Ele é meu irmão. Não quero que seja ferido.

— Eu também não quero. Onde ele está?

Martin Frevert olhou para o envelope sobre a mesa.

Sarah olhou para o relógio.

* * *

A casa em Humleby estava às escuras. Parecia grande demais, fria demais, empoeirada demais e vazia demais para um menino de 7 anos com imaginação fértil.

Anton entrou, passou com cuidado sobre as cortinas.

Atento aos sons.

Eles falavam de coisas que não estavam lá. Brinquedos e móveis. Camas e fogões, vasos sanitários e geladeiras.

Coisas de gente grande.

Era um lugar cinza e frio, e ele odiou.

— Esta casa é uma droga — disse Anton.

O rosto do pai ficou vermelho e irritado, como era tão comum.

— Você acha?

— Eu não quero morar aqui.

— Mas vai morar.

O menino foi até as escadas, encontrou um interruptor, olhou para baixo.

Um porão.

Aquilo era novo.

Uma voz às suas costas:

— Deixe o menino, Theis.

Ele desceu os degraus. Olhando em volta.

— Emil! — gritou a mãe. — Venha ver o seu quarto novo. É muito legal.

Passos nas tábuas de madeira acima.

Três andares e um porão. Um andar e uma garagem eram o bastante na sua casa de verdade.

A luz tênue de um poste de rua entrava por duas janelas pequenas com vidro azul. O bastante para ver que o lugar era cheio de velharias e poeira. E ratos, provavelmente. Outras coisas que se escondiam nas sombras.

Uma churrasqueira. Ele correu os dedos pela tampa. Olhou para o rastro que produzira na poeira. Uma bola de futebol, branca com gomos pretos, dentro de uma caixa.

Anton pegou a bola, chutou. Observou-a bater contra as paredes nuas cinzentas.

Mirou as ferramentas, chutou a bola naquela direção, depois noutra.

Um forte ruído metálico.

Seus olhos se voltaram para o teto. Ele já podia até ver a expressão irritada do pai.

Não toque. Não bagunce. Não mexa. Não interfira.

Não faça nada porque só pode ser errado.

Ele foi pegar a bola, pisando leve para que ninguém ouvisse.

O som viera de uma tampa de metal enferrujada que se soltara da parede. A luz azul da janelinha caía exatamente ali. Canos e válvulas e o interior de algum equipamento. Um aquecedor, talvez.

E mais alguma coisa. Pequena, feita de papelão. Vermelha-escura com uma insígnia dourada.

Ele a pegou, folheou as páginas.

Nanna sorrindo.

Estremeceu um pouco quando viu o sangue, seco, como uma poça vermelha, no canto.

Pensou no pai no andar de cima. No que ele diria. No que, em sua fúria, poderia fazer.

Olhou para a fotografia.

Nanna sorrindo.

— Anton!

A voz grave soava alta. Prestes a ficar nervosa.

— Vamos comer pizza. Você está com fome ou não?

Não bagunce. Não olhe. Não faça nada.

Era o passaporte de Nanna. Ele o reconhecera porque um dia, não muito tempo antes, a irmã lhe mostrara aquela coisa que ele agora segurava com os dedos trêmulos, na época nem suja e nem manchada de sangue. Ela o fizera prometer que era segredo, que não contaria a ninguém, nem mesmo ao fofoqueiro do Emil.

— Anton!

A um pequeno passo da raiva.

Ele colocou o passaporte debaixo dos canos velhos, cuidadosamente pegou a tampa de lata e a colocou no lugar, sem fazer um ruído.

Então subiu as escadas, encontrou o pai batendo o pé, ficando irritado.

— Esta casa é uma droga — disse outra vez.

Martin marcara de encontrar o irmão num cargueiro russo ancorado em um dos píeres distantes da extensa região portuária ao norte da cidade.

Sarah pediu a Svendsen que a levasse até lá, e foi dando ordens durante todo o caminho. Que não fizessem a abordagem antes que ela chegasse. Que tivessem barcos de prontidão nas proximidades.

O píer estava escuro e deserto. Uma embarcação no fim do cais. Velho, vermelho, decrépito. O nome *Alexa* gravado na proa.

Três carros sem identificação da polícia já estavam lá quando eles chegaram. Sem a sirene. Sem nada que chamasse atenção.

O líder do grupo de operações especiais, vestido de preto com uma submetralhadora debaixo do braço, foi falar com ela.

— Encontramos o carro alugado — disse ele. — Está atrás de um contêiner. Vazio. Vimos uma luz acesa a bordo. Ele ainda deve estar lá.

Sarah olhou em volta.

— Ótimo. Não quero que isso acabe em tiroteio. Quero falar com esse homem.

Com todo aquele equipamento, o líder parecia pronto para uma guerra.

— Estou falando muito sério — disse Sarah.

— Claro.

— Vou entrar sozinha e tentar falar com ele.

— O quê?

— Você ouviu. Se ele tentar fugir, prendam-no. Ele não tem como ir longe.

Sarah olhou em volta. Escuro e silencioso. O líder do grupo especial parecia ser sério. Eles tinham aquilo sob controle.

Sarah se virou, encaminhou-se para a escada de metal do cargueiro.

Luzes às suas costas. Um carro vindo direto em sua direção.

Mais perto.

Mais e mais perto.

Ela girou sobre os calcanhares. O carro continuava vindo. Ela saltou no caminho do veículo, escutou os pneus cantarem. Bateu no capô, furiosa, gritando:

— Ei! Ei!

O líder da equipe de operações especiais e alguns de seus homens se juntaram a ela.

Sarah deu a volta no carro até a porta do motorista.

— Polícia — ela começou a dizer.

Um homem alto de sobretudo desceu do carro, mostrando a identificação.

Enfiou a carteira no rosto dela.

— Somos da promotoria.

— Pouco me importa de onde vocês são. Temos uma operação em andamento. Apaguem esses faróis agora.

— Lund?

— Sim.

— Estamos iniciando uma investigação...

— Que incrível. Vamos prender um suspeito de assassinato, portanto, entrem no carro e sumam daqui. Falo com vocês amanhã, no escritório.

Outro homem se juntou ao primeiro. Mais baixo, pesadão, barbado, cheio de si.

Ela reconhecia aquele vagamente. Bülow. Ex-policial. Agora na promotoria.

— Não, Lund — disse ele, segurando a porta aberta. — Você vem conosco agora.

— Vocês receberam o meu relatório.

— Entre no carro...

— Falem com Meyer — disse ela, sem pensar.

Bülow se postou na frente dela. Olhos frios, óculos sem armação.

— Isso seria difícil.

— Eu falei com o cirurgião. Ele deve acordar hoje à noite. Escute... — Ela apontou para o cargueiro. — O principal suspeito do assassinato de Nanna Birk Larsen está encurralado aqui. Será que vocês poderiam fazer o favor de dar o fora?

— Transfira o comando da operação. Você...

— Ligue para Brix! — vociferou ela.

— Fale você com ele.

O primeiro homem estendeu um celular.

— Brix?

Um prolongado silêncio.

— O que está acontecendo? — ela exigiu saber.

— Meyer voltou para a sala de cirurgia há 45 minutos. Não foi tão simples quanto eles pensavam — respondeu Brix ao telefone.

— O que você quer dizer?

— Ele está em coma. Respirando com ajuda de aparelhos. A família dele está lá. Há algumas...

Ela olhou para o cargueiro, para a noite negra.

— Decisões a serem tomadas.

Sarah lembrou agora. Eles usavam Bülow para processar policiais.

Ela se perguntou o que fariam. Talvez a pegassem pelo braço. Empurrassem sua cabeça para dentro do carro, como faziam com os outros.

— Você precisa ir com eles.

— Meyer...

— Ele não pode ajudá-la agora. Sinto muito. Ele... — Ela teve a impressão de ouvir a voz dele fraquejar. — Ele não está bem. Nada está bem.

Os dedos dela ficaram frouxos. O telefone escorregou da sua mão, quicou nos paralelepípedos molhados do píer.

— Entre no carro, Lund — disse alguém.

Bülow andava pela sala fazendo perguntas. O outro tomava notas.

— Vamos ouvir a história outra vez. Você estava dentro do prédio, ao telefone. Ouviu um tiro e depois outro.

Estavam na sala dela. Na sala de Jan. A viatura de brinquedo sobre a mesa. A tabela de basquete ainda na parede.

— Então encontrou Meyer ferido no chão.

Sarah chorava muito lentamente, enxugava os olhos com a manga áspera do suéter de lã preto e branco. Pensando em Jan, na sua triste mulher, Hanne. Bifurcações na estrada.

— Como ele está?

Olhos frios. Óculos sem armação. Nunca se desviavam dela.

— O cirurgião não tem esperança de que ele recobre a consciência. O que significa que só temos você. O seu lado da história, Lund. E nada mais.

— Só queremos algumas respostas — disse o homem alto. — Depois você está liberada.

O pesadão fez cara feia para o colega, sentou-se, fez cara feia para ela.

— A ideia de ir até lá foi sua? Você informou Brix?

— Não. Ele não estava de serviço. Não havia por quê. — Ela olhou para os dois. — O médico parecia confiante.

Ou fora impressão dela. Talvez...

Bülow ignorou a pergunta implícita, recomeçou:

— Você deixou a sua arma no porta-luvas? Por que o carro não estava trancado?

— Meyer estava no carro.

— Como ele sabia que a arma estava no porta-luvas?

— Porque nós trabalhamos juntos.

— Então ele pegou a sua pistola. E alguém que você não viu a tomou dele. Atirou nele.

Ela não conseguia afastar a lembrança de Jan sangrando, os olhos arregalados e aterrorizados, sacudindo com os choques, na ambulância.

— Você não o viu?

Ela esfregou o nariz com as costas da mão.

— Eu ouvi passos. Quando cheguei ao térreo, ouvi um carro saindo do lado de fora.

— Meyer o viu?

— Não sei. Como eu posso saber? Talvez tenha visto.

— Mas você tem certeza de que era Frevert?

Ela fechou os olhos, apertou as pálpebras. Tentou fazer as lágrimas pararem.

— Eu não vi o homem, Bülow. Quem mais poderia ser?

— Não banque a espertinha. Se você não viu ninguém, não sabe se Meyer pegou a sua arma. Ou se foi o homem que atirou em Meyer.

Sarah olhou para ele. Nada daquilo o comovia. Aquele sujeito era distante dela, de Jan. Como deveria ser. Como ela deveria se sentir em relação a Nanna Birk Larsen, embora não conseguisse.

— Por que você não pergunta a Leon Frevert? Eu gostaria de ir agora.

Brix estava do outro lado do vidro, ao telefone, gesticulando para a dupla de agentes da promotoria.

Bülow saiu e foi falar com ele.

O homem alto olhou de relance para a porta, aproveitou a oportunidade:

— Eu sei que é difícil falar sobre isso. Mas temos um trabalho a fazer. Você compreende.

— Já disse o que tinha a dizer. Vocês sabem onde me encontrar.

Ela se levantou, pegou a bolsa, pegou-se chorando outra vez. Bülow estava voltando.

— Então você vai manter o que disse no seu depoimento, Lund?

— Ah, pelo amor de Deus! É claro que vou manter. Eu disse a verdade.

— Certo. Pegue o seu casaco. Vamos sair.

Eles voltaram ao píer. Cortinas lúgubres de chuva negra e vento. O dobro de viaturas em relação a antes. Refletores. Fitas de isolamento. Peritos.

Chegaram ao passadiço. O cargueiro parecia tão velho que era surpreendente o fato de ainda conseguir flutuar. Então ao convés de madeira. O navio cheirava a óleo diesel e tinta recém-pintada.

— A guarda costeira manteve essa embarcação sob vigilância por 18 meses — disse Bülow quando entraram. — Tráfico de pessoas. De drogas. A tripulação fugiu. Estamos à procura deles.

— E quanto aos contatos deles aqui?

— Tudo ao seu tempo.

Ele abriu uma porta de metal pesada, sorriu para Sarah. Ela não entendia por que o sujeito subitamente ficara amistoso.

— Parece que você estava certa a respeito de Leon Frevert.

Havia policiais no que parecia ser uma sala de mapas, analisando cartas náuticas.

— Eles zarpariam para São Petersburgo amanhã. A tripulação estava em terra enchendo a cara. Essa gente...

— E...?

Eles entraram por uma outra porta, um nível abaixo. Essa estava aberta. Um computador velho. Um extintor de incêndio que deveria estar num museu. Rádios. Placas com dizeres em russo.

Lampejos de flashes das câmeras.

Estavam dois andares abaixo do convés, perto de uma escotilha que abria para o céu negro. Algo pendia da abertura.

Os pés para baixo. O corpo oscilando gentilmente ao balanço do navio.

Sarah andou em volta, pensando, olhando.

Roupa cinza, rosto cinza. Leon Frevert não mudara muito depois de morto, nem mesmo com o laço ao redor do pescoço magro.

A corda havia sido amarrada no andar superior. Azul. Náutica. Dois peritos tentavam puxar o corpo para o lado a fim de retirá-lo dali.

— Talvez ele tenha concluído que a tripulação não voltaria — disse Bülow. — Havia muitas coisas que ele não queria enfrentar aqui.

Ele segurava um saco plástico de provas.

— Isso é o mais próximo que temos de uma confissão.

UNDSKYLD.

— "Sinto muito" — disse Sarah. Ela olhou para Bülow. — "Sinto muito"? É só isso?

— O que mais você quer?

— Mais do que isso...

— Ele tinha um recibo no bolso. — Outro saco plástico. — Leon Frevert encheu o tanque do carro a cerca de 30 quilômetros do prédio onde Meyer foi baleado. Doze minutos antes de você chamar a ambulância.

Ela analisou o pedaço de papel.

— Ninguém dirige tão rápido, Lund.

— O recibo pode estar errado.

— Temos imagens dele no posto. Com o carro.

Ideias demais, possibilidades demais, tudo girando na cabeça dela.

— Isso não pode estar certo.

Ela olhou para o corpo que oscilava acima. Haviam conseguido pegá-lo. Os peritos o agarraram pela jaqueta, começavam a puxá-lo sobre o parapeito.

— Vou perguntar pela última vez — disse Bülow. — Você quer reconsiderar o seu depoimento?

Pernille fazia pão. Trabalhava feliz na cozinha enquanto Theis andava de um lado para o outro, fazendo planos.

— Se tudo correr bem, podemos nos mudar na semana que vem. Preciso dar um jeito na calefação...

Ela sovava a massa.

— Anton está muito chateado.

— Grande novidade — resmungou Theis. — Ele vai se animar.

— Seria bom comprar um cachorro.

— Mas não era para Emil?

— É um cachorro, Theis. Os dois vão adorar. Pode ser o presente de aniversário de Anton.

Theis deu uma piscadela.

— Bem, nesse caso é melhor você falar mais baixo.

— Eles estão na garagem, brincando, não podem ouvir a gente.

Ele se colocou na frente da mulher. Tirou um pedaço de massa crua dos dedos dela. Colocou-a na boca.

Ela fitou os olhos estreitos do marido. Seu rosto mal barbeado. Theis era ainda um menino em certos aspectos. Bruto e inacabado. Necessitando de alguma coisa. Geralmente, dela.

Pernille o abraçou, beijou seu rosto barbado.

— Nunca mais vamos voltar a ser como antes. Vamos? Algum dia? — sussurrou ela.

Ele tocou seus cabelos castanhos com a mão direita, roubou um pouco mais de massa com a esquerda.

— Vamos voltar a ser quem éramos. Eu prometo.

Ela o apertou com força, o rosto aninhado no seu peito largo, ouvindo o ritmo de sua respiração, sentindo a vida nele, a força.

Na garagem, Vagn se divertia com o último brinquedo. Um carrinho de controle remoto, preto, que circulava pelo espaço em meio a caixas e vans.

Anton estava com o controle. Vagn era o alvo.

O carrinho ia e voltava sobre o concreto. Vagn pulava e gritava, tentando sair do caminho.

Por fim, o brinquedo bateu nos seus tênis brancos.

— Você me pegou! — gritou ele. — Morri!

Ficou parado, os olhos bem abertos, a língua para fora.

Anton não riu.

— É bem legal, não é? — disse Vagn. — Você vai poder brincar no quintal da casa nova.

– Posso levar lá para cima, tio Vagn?

Vagn pegou o brinquedo do chão e o estendeu para o menino.

— É seu. Você pode fazer o que quiser com ele.

Anton segurou o carrinho. O homem de vermelho acima dele o pegou dos seus dedos.

— Quando a gente se muda para uma casa nova — ele se agachou, olhou o menino nos olhos —, todo mundo fica nervoso com coisas novas.

— Você fica?

— Fico. Quando não sei o que vai acontecer. Mas mudar é legal. Você deveria...

— Tem uma coisa no porão.

Silêncio.

— O que você quer dizer?

— O passaporte da Nanna está lá. Sujo de sangue. — Anton parecia assustado. — Não conte para o papai. Ele vai brigar comigo.

Vagn riu, fez que não.

— Por que você diz isso?

O menino tentou pegar o carrinho de volta. Vagn o puxou.

— Anton... é porque você está com medo de se mudar. Mas não precisa ter medo. Você sempre deve dizer a verdade. E não mentiras.

O menino cruzou os braços.

— Eu não estou mentindo. Eu vi o passaporte dela no porão.

Ele estendeu as mãos e pegou o carrinho. Vagn não tentou detê-lo. Então Anton subiu.

Os meninos haviam ido se deitar. Os três estavam sentados à mesa da cozinha, em frente a pratos e talheres sujos.

Theis fumava. O rosto furioso.

— O que mais Anton disse? — perguntou Pernille.

— Nada. Só que viu o passaporte de Nanna na casa.

— Esses moleques — resmungou Theis. — Eu já fui lá milhões de vezes e não vi nada disso. Você viu?

— Ele só está nervoso, Theis. Tudo isso deixou o menino assustado. Só Deus sabe... afetou a todos nós, não foi?

— Onde? — perguntou Pernille.

— Ele disse que estava no porão. Mas não tinha nada lá. Só umas quinquilharias que eu joguei fora outro dia.

— Por que o passaporte dela estaria no porão? — perguntou Theis. — Nanna nem sabia da casa em Humleby.

— Posso ir e dar uma olhada, se você quiser.

— Não tem nada lá, Vagn.

Pernille massageava as têmporas com as pontas dos dedos. O cheiro de pão sumira da cozinha. Agora era apenas fumaça de cigarro e suor.

— Então por que — perguntou ela, tentando não se irritar — ele disse que tinha?

— É Anton! Ele pode dizer o que quiser. Eu não vou admitir que ele invente uma coisa dessas. Vou falar com ele amanhã de manhã.

Mas Pernille não cedia:

— A polícia não encontrou o passaporte de Nanna. Eles perguntaram milhões de vezes onde poderia estar.

Ele olhou para a mulher. O outro Theis. Seu eu frio dizia: não pergunte, não se aproxime.

— Eu agradeceria se vocês não falassem com Anton sobre isso — disse Vagn. — Eu prometi...

Pernille avançou nele num segundo:

— Mas é claro que vamos falar com ele! Vamos até lá amanhã para olhar. Eu quero saber...

— Não está lá! — rugiu Theis.

Ela fechou os olhos por um momento, segurou a raiva.

— Não está lá — repetiu ele, dessa vez mais baixo. — E amanhã é o aniversário dele.

— Theis...

As mãos enormes dele cortaram o ar acima da mesa.

— E ponto final.

No estúdio principal da emissora de TV em Amager, minutos antes de o último debate ir ao ar, Poul Bremer brigava com a equipe de produção por causa de minúcias.

— O meu partido é o maior. Eu vou falar por último — disse Bremer.

O produtor não parecia disposto a discutir.

— O acordo foi decidir isso por sorteio — disse Rie.

— Eu não concordei com isso. Faremos as coisas como sempre foram feitas. O partido majoritário tem a última palavra. É isso que vamos...

O telefone dele tocou. Bremer se afastou para atender.

— Talvez devêssemos deixar de lado a ideia dos sorteios — disse o produtor — se isso for causar problemas.

— Isso já foi acertado.

Bremer escutava atentamente ao telefone, olhando diretamente para Rie.

— Vamos entrar no ar em dez minutos — disse o produtor.

Poul Bremer se aproximou, todo sorrisos, todo amabilidades.

— Vamos fazer os sorteios. Sinto que a sorte está do meu lado. — Os olhos cinza cravados em Rie. — Quando terminar, o jogo estará encerrado, de qualquer forma.

Hartmann ainda estava no camarim, ao telefone com Morten, que se encontrava na prefeitura.

— Por que Bressau foi demitido, Morten? Eu quero a verdade.

— Ele fez uma besteira fenomenal, eu acho. Você não vai entrar no ar daqui a pouco?

— Por que ele foi demitido?

Morten hesitou.

— Este lugar vive cheio de boatos. Se você acreditar em todos...

— Diga a verdade, droga! Acabo de receber outro telefonema daquele verme, Salin. Dizendo que tem um trunfo contra mim. Não quis falar o que era. Bremer sabe, e está planejando divulgar a informação durante o debate. Eu preciso saber. O que é?

— Ele só está tentando desestabilizar você. E conseguiu, pelo jeito.

— Para quem Rie enviou aquela encomenda? Para Lund?

— Eu não sei e, francamente, não vou investigar. Tenho mais o que fazer.

— É possível que Rie tenha mantido a equipe afastada do apartamento?

— É claro que é possível. Qualquer um do gabinete poderia ter feito isso.

— Você conferiu o que ela fez na noite daquela sexta-feira?

— Não estou aqui para espionar as pessoas.

— Eu perguntei...

— Não, Troels. Eu não vou entrar nesse jogo. E ponto final.

A linha ficou muda. Quando ele se voltou, Rie estava à porta.

— Está tudo bem? Chegou a hora.

Ele não respondeu.

— Este é o último debate da campanha. — Ela havia recuperado sua postura profissional, fitava-o nos olhos. — A impressão que as pessoas tiverem hoje é a que elas vão levar para as urnas.

Mais um produto a ser vendido. Uma marionete para o pai dela manipular o Parlamento.

— Todas as pesquisas dizem que a disputa será entre você e Bremer. As minorias não convencem ninguém. São só vocês dois.

Ele assentiu.

— Se ele mencionar o assassinato, siga o roteiro que combinamos. Você vai fazer tudo que for possível para ajudar nas investigações. Você é o novo líder que vai varrer toda a sujeira. Representa a sinceridade e a objetividade. É Bremer que tem coisa a esconder. Não fale nada além disso... Mas que droga, Troels, você está me ouvindo?

Ele tinha os olhos fixos no estúdio do outro lado da porta. Bremer estava lá. Confiante. Sorridente.

— Troels. Isto é importante.

Rie ficou em silêncio. Parecia nervosa. Um assistente de produção apareceu à porta e pediu que ele tomasse seu lugar.

Hartmann deu um passo para fora do camarim, em direção às fortes luzes, e então se voltou e olhou para ela nas sombras.

— Eu sei o que você fez.

— O quê...

— Sei de tudo. E Bremer também sabe.

Nenhuma resposta.

— Sobre Bressau. Sobre a fita do circuito de segurança.

Ela ficou rígida, o rosto impassível, os olhos fixos nele. Calada.

— Que você tentou manter as pessoas afastadas do apartamento.

— Não, não. Não é o que você está pensando.

O assistente voltou.

— Já estamos no ar, Hartmann. Se quiser participar, é bom ir logo.

— Troels!

Ele seguiu na direção das luzes ofuscantes e se sentou.

Dez minutos depois de iniciado o debate ao vivo, eles discutiam o aumento da carga tributária. Hartmann não conseguia tirar os olhos do velho sentado a duas cadeiras de distância. Ele agia como se já houvesse vencido. Mal podia esperar para entrar no plenário sorridente e triunfante. Mais quatro anos em seu trono reluzente.

Então veio a bomba.

— Os impostos são importantes — disse Bremer, com o ar calmo e imperioso que aperfeiçoara em três décadas de atuação nos círculos políticos de Copenhague. — Mas tão importante quanto isso é o caráter daqueles que escolhemos para nos representar.

Ele olhou direto para a câmera.

— O assassinato de Nanna Birk Larsen...

— Espere — cortou o mediador. — Estamos aqui para falar de política...

— A política diz respeito à ética e à moral, antes de mais nada — retrucou Bremer, olhando de relance para Hartmann, sentado à sua frente, antes de voltar à câmera. — Os eleitores têm o direito de saber...

Hartmann se recostou e escutou.

O rosto de Bremer agora assumira uma expressão de indignação resignada.

— Fui acusado de omitir informações. Cheguei a ser objeto de uma acusação formal feita à polícia. Tudo parte de uma manobra de Troels Hartmann. O mesmo homem que deliberadamente omitiu informações ele próprio, que interferiu no avanço de uma investigação criminal...

Hartmann ergueu o dedo, sem energia para interromper. Deu consigo mesmo olhando para Rie, à porta do estúdio.

— Como é que o apartamento do partido dele pode ter permanecido intocado até a polícia encontrá-lo? — exigiu saber Bremer. — Como pode uma fita de circuito de segurança desaparecer subitamente e então, tão subitamente quanto sumira, voltar a aparecer? Como?

Por fim, Hartmann recuperou a voz:

— A polícia me garantiu que as acusações de Bremer são infundadas. Tudo isso são esforços desesperados de um homem capaz de qualquer coisa para se agarrar ao poder.

— Poder? — A voz de Bremer se elevou acima do seu natural. Seu rosto ficou afogueado. Ele afrouxou a gravata. — Então eles estão mal-informados. Quando virem a prova que eu tenho...

O mediador estava ficando incomodado.

— Seja breve...

— Isso toca no cerne do problema! — disse Bremer, exaltado.

Hartmann se surpreendeu com o nervosismo dele. Com seu estado de espírito.

— Se você está tão convencido das suas fantasias, Poul, vá à polícia. Eu não tenho nada a temer da verdade. Ao contrário de você...

— Seu moleque hipócrita — cuspiu Bremer.

Silêncio.

— Copenhague merece propostas, não ofensas pessoais — disse Hartmann. — Se a polícia quiser falar comigo, sabe onde me encontrar.

— Quando eu terminar, você voltará para a prisão, Hartmann. Que é o seu lugar...

— Espere aí! Espere aí! Eu fui inocentado.

Um bate-boca agora. O mediador perdeu a paciência.

— Agora há pouco, antes de entrarmos no ar... — começou Bremer.

— Isso é o que 12 anos de poder fazem com uma pessoa — bradou Hartmann.

Os olhos de Bremer se voltaram para o chão. Seu rosto estava vermelho. Sua respiração, ofegante.

— Eu tenho informações...

— Não, não — gritou Hartmann, acima da voz dele. — Tudo que você faz é vir aqui e tentar atirar lama sobre mim. Em vez de falar de política. Isso é indigno do prefeito de Copenhague. Você é indigno do cargo.

— Indigno? — A voz de Bremer estava próxima de um falsete. — Eu tenho informações...

— O sistema está estagnado — interrompeu Hartmann. — Vivemos sob o despotismo de um velho que, em vez de debater, trata colegas políticos como peões e que então descarrega sua arrogância nos eleitores.

Mão no pescoço, puxando o colarinho, buscando ar.

— Eu tenho provas de que... — tentou Bremer mais uma vez.

Hartmann continuou o ataque:

— Você não tem nada. Só está tentando desviar o debate das suas próprias falhas. É o que você sempre faz. Tenta voltar os holofotes para os outros para esconder a sua própria corrupção e falta de visão.

Bremer o encarava, sem palavras. Sem ar.

— Corrupção, Poul — acrescentou Hartmann, em voz clara e confiante. — Pronto, falei. O verme da corrupção devora você perante os nossos olhos...

— Eu tenho provas... — ofegou Bremer.

— Você não tem nada.

Ele olhou para o velho em seu terno cinza de risca de giz. Bremer apertava o braço direito. Sua boca estava aberta e se movia.

— Eu...

Poul Bremer soltou um gemido baixo e assustado e desmoronou da cadeira do estúdio para o chão.

Olhos vidrados por trás dos óculos de estadista. Rosto imóvel. A testa molhada de suor.

Hartmann estava ao seu lado num instante. Afrouxando-lhe a gravata.

— Bremer? Bremer?

Sarah estava de volta à sala de Bülow. No segundo andar da central da polícia, do lado oposto ao do esquadrão de homicídios. No fim de um longo corredor de mármore preto, após passar por lugares que ela nunca vira antes.

— Por que Meyer não entrou com você?

— Ele não achava que valia a pena.

— Você ordenou que ele entrasse?

— Não. Eu só queria dar uma olhada rápida. Ele me ligou e disse que tinha visto uma janela quebrada. E que havia a luz de uma lanterna no mesmo andar em que eu estava. Era a lanterna de Frevert, não a minha.

Bülow se sentou e olhou para ela.

— De Frevert?

— Tudo bem. Desculpe. Estou cansada. Era... a lanterna de alguém.

O agente da promotoria pareceu ficar satisfeito.

— Então concordamos que Frevert não estava lá, certo?

Sarah vinha pensando naquilo.

— Ele tinha mais a nos dizer. Mas não queria que ninguém soubesse. Frevert estava com medo de alguém. Talvez tenha visto algo que não devesse.

— Então, apesar de ter escrito aquele bilhete, ele não matou Mette e Nanna? — perguntou Bülow.

— Você não sabe se ele escreveu o bilhete. Não sabe se ele se matou.

— A sua carreira parece se basear em tiros no escuro.

— Não — retrucou Sarah. — Não é verdade. Alguém entrou naquele prédio. Alguém que sabia que iríamos procurar algo lá. O cubículo com as coisas de Mette tinha sido arrombado. Ele deve ter apanhado o que estávamos procurando.

— Você deveria ter ido para a Suécia, Lund. Meyer queria assumir o caso?

— O que você quer dizer? Ele queria ficar com o caso. Então Buchard me pediu para assumir...

— Vocês discutiram...

— É claro que discutimos. Um caso como esse. Mas não foi nada.

— Meyer se queixou aos superiores por causa de nada, então? Ele disse à mulher que você não estava bem aquela noite. Que estava louca. Disse que não havia motivos para você ir àquele prédio.

— Meyer não teria ido se não tivéssemos motivos...

— Ele não foi o único a perceber o estado em que você se encontra — disse Bülow. — Obcecada. Dissociada da realidade.

— Quem disse isso? Brix? Svendsen?

— Não importa quem disse. É verdade?

— Não. E eu já salvei a pele de Brix duas vezes.

Ela se curvou sobre a mesa, olhou para Bülow e o assistente.

— Eu preciso saber o que ele tirou dos pertences de Mette Hauge. Se descobrirmos isso...

— Se é que alguém esteve lá — cortou Bülow. — Além de você e Jan Meyer.

— O quê?

— Venha comigo — ordenou ele.

Três salas adiante. Um perito que ela conhecia de vista. Um computador com alto-falantes.

Bülow ficou de pé atrás do homem. Sarah se sentou onde foi instruída a sentar.

Ele ergueu um saco de provas com o celular de Jan.

— Quando você entrou no prédio, Meyer acionou uma função que usava para gravar os interrogatórios de suspeitos. Escute.

O perito apertou uma tecla. A voz de Jan soou pelos alto-falantes:

— Lund? Está me ouvindo? Alô?

— Lund!

— Merda!

— Lund!

— Meyer, ele pegou o elevador e está descendo. Estou nas escadas. O elevador!

— Cheguei ao elevador.

Uma longa pausa. Ruídos mecânicos.

— O elevador está vazio. Vou subir para encontrar você.

— Não acho que ele esteja aqui.

— Ele desceu. Está aí embaixo...

— Vou subir...

A cabeça de Sarah deu um solavanco para trás com a primeira explosão. Sua mente ficou vazia com a segunda. Ela ouvia os berros e gemidos de Jan.

O rosto de Bülow mudara. Ela achou que o agente da promotoria tentava demonstrar empatia.

— Você não dorme há três dias. Está escuro. Você ouve ruídos e acredita que é o homem que está procurando, em algum lugar no prédio. Você saca a arma. A arma que levou para o prédio. Você desce as escadas correndo.

— Ah, por favor... — sussurrou Sarah.

— Você escancara a porta e atira. O que mais podia fazer? O que qualquer um faria nessas circunstâncias? Tem alguém ali. Ele tenta pegar a sua arma. Você dispara. Ele tenta pegar outra vez. Você dispara outra vez.

Os olhos límpidos e aguçados de Sarah se voltaram para ele.

— Então você percebe que atirou em Meyer. Você fica desesperada. Chama uma ambulância. Nos 16 minutos que o socorro leva para chegar, você simula o arrombamento. Então coloca a sua pistola ao lado de Meyer e espera.

Bülow fez uma pausa.

— O que acha, Lund?

— Acho que essa é a coisa mais imbecil que eu já ouvi na vida.

— Não há vestígios de ninguém além de você e Meyer no prédio.

— Você é um policial frustrado em busca de um lugar novo para fracassar.

— Não encontramos nada!

Os olhos de Sarah continuavam fixos nele.

— Isso porque vocês não sabem procurar.

O outro agente entrou na sala.

— Conversamos com a mulher de Meyer, Lund. Ele voltou a si pouco antes de o levarem de volta à sala de cirurgia.

Bülow estendeu o depoimento.

— A única coisa que ele disse à esposa foi o seu nome. Sarah. Repetidamente.

— Ele achou que fosse importante — acrescentou Bülow. — Podia até ser uma declaração de amor. Mas isso não me parece provável, tendo em vista o que ouvi a respeito do relacionamento de vocês.

Bülow passou para ela o documento de acusação.

— A audiência preliminar acontecerá amanhã. Você conhece os procedimentos. Tem direito a um telefonema.

Bülow devolveu o celular dela e os dois agentes saíram da sala.

Sarah foi atrás deles.

— Isso não faz sentido.

Eles continuaram andando. Um policial uniformizado na porta a deteve, empurrou-a de volta para a sala.

Sarah olhou para o telefone sobre a mesa. Discou um número.

— Sou eu. Preciso da sua ajuda.

Bülow percorreu os corredores circulares, encontrou Brix em sua sala, no departamento de homicídios.

— Quero que o apartamento de Lund seja revistado — disse ele. — Que roupas e sapatos sejam periciados. Preciso da pasta dela. Você tem vinte minutos.

Brix riu na cara dele.

— Você receberá tudo. No devido tempo.

— Vinte minutos, Brix. Não é só nela que eu estou de olho.

— De acordo com os registros, ela nunca disparou a arma. Nunca a portou em serviço. Nunca a carregou para lugar algum. Todo mundo sabe disso.

— Você tirou o distintivo dela há alguns dias e depois o devolveu. Por quê?

— Porque ela estava certa e eu, errado. Ela viu coisas... — Brix deu de ombros. — Coisas que eu não percebi. Que ninguém mais percebeu. Ela não é uma pessoa das mais fáceis, mas...

— Você sabia que ela estava em condições emocionais instáveis. Por que outra razão teria feito isso?

— Fiz porque ela me tirou do sério. Ela é boa nisso e não se incomoda. Mas se importa com o caso. Mais do que com qualquer outra coisa, eu acho. Sua família. Mais do que consigo mesma. Não sei por quê...

— Sei, sei — resmungou o homem atarracado. — Manda essa ladainha uma outra hora. Vinte minutos...

Havia quatro celas femininas. As outras três estavam cheias de bêbadas barulhentas. Sarah se sentou na única cadeira e olhou em volta. Parecia diferente dali de dentro. Menor. Um colchão. Lençóis e um travesseiro. Uma pia e uma Bíblia.

Ela vestia um uniforme azul de detenta. Havia uma tigela debaixo da cama.

Sarah olhou para o carcereiro.

Tentou se lembrar do nome dele.

O homem deu a ela um sabonete e uma toalha. Saiu. Fechou a porta. Olhou pela abertura.

— Alguma chance de você me conseguir um pouco de comida?

— Não está na hora da comida — disse ele, e fechou e portinhola.

Hartmann e Rie estavam de volta ao Rådhus, sozinhos no gabinete. Lá fora, a cidade começava a dormir. Bremer estava no hospital, em condição estável. Houvera discussões quanto às consequências do incidente na eleição. Nada sobre Nanna Birk Larsen nos noticiários. Apenas o rei de Copenhague dando sinais de mortalidade pela primeira vez em sua longa vida.

— Você mentiu para mim, Troels — disse ela, sentando-se do outro lado da mesa como uma candidata a funcionária chamada para uma entrevista. — Para mim. Você e o Morten...

— O quê?

— Como você pôde compartilhar um segredo com ele? E não comigo?

— Troque o disco — disse Hartmann, e pensou consigo mesmo: "Isso acabou dias atrás. Acabou e ninguém percebeu."

— Eu estava com raiva de você!

Ele esperou.

— Naquela noite em que todo mundo pensou que você estava acabado, eu topei com Phillip Bressau. Fomos ao bar de um hotel. Ele disse que você era causa perdida. Que eu deveria trocar de lado. Que havia uma vaga em aberto.

"E se eu cair", pensou Hartmann, "ela vai estar lá atrás da vaga. Ao lado de Bremer, no mesmo segundo."

— Eu sabia que alguma coisa estava acontecendo. O telefone de Bressau não parava de tocar. — Rie procurou os olhos dele. — Ele perguntou se eu queria beber um último drinque. No quarto dele.

Hartmann assentiu.

— Muito generoso da parte dele.

— Eu escutei que ele falava a respeito de Stokke. Sobre o apartamento. Bressau já tinha bebido um pouco. Ele não foi... — Ela franziu a testa. — Não foi muito discreto. Foi assim que eu soube que Stokke estava envolvido.

— O que aconteceu?

— Você quer saber se eu fui para a cama com ele?

Hartmann não respondeu.

— E isso importa? Ao menos eu conheço Bressau. Não usei sites de encontros. Não transei com estranhos.

Nada.

— Que importância isso tem para você, aliás? — perguntou ela. — Eu escutei. Tomei um drinque. Então fui para casa.

Ele se levantou. Caminhou pela sala.

— Naquela sexta-feira. Você procurou por mim?

— Eu?

— Você foi ao apartamento. Soube que tinha acontecido alguma coisa lá.

— Não. Eu não fui lá. Na manhã seguinte fui ao centro de conferências sem você. E menti em seu nome. O que é isso? O que você quer? Honestidade pura e virginal quando lhe dá na telha? Depois viramos pilantras desonestos como todo mundo, quando necessário...?

— Eu nunca pedi isso.

Ela riu.

— E não precisa, não é? Você precisa que as coisas aconteçam, mas nunca quer saber como. Bremer é igual. Talvez seja uma exigência do trabalho.

— Eu espero certa...

— Não posso impedi-lo de esperar nada. Eu não cheguei perto daquele apartamento. Não toquei naquela maldita fita. Faria muita coisa por você, mas não acobertaria um assassinato.

Rie ficou de pé, ativou o sorriso. Foi até Hartmann, tocou-lhe o ombro, a camisa.

— Ah, Troels. Você sabe disso. Tem gente bisbilhotando o escritório há várias semanas. Olav entrou no sistema...

Hartmann tirou a mão dela do seu paletó.

— Olav está morto. Você teria aceitado o emprego? Com Bremer?

— Eu tenho um emprego, não tenho? Abri mão de uma sociedade na agência para trabalhar aqui. Por metade do que eu recebia...

— Achei que fosse por comprometimento...

— E *é* por comprometimento.

— Você teria aceitado o emprego?

Ela fechou os olhos. Estava à beira das lágrimas. Hartmann gostou daquilo.

— Eu nem cogitei a proposta. Temos trabalho a fazer aqui.

— Eu mesmo posso fazê-lo, obrigado.

— Troels...

— Quero que você vá para casa. E que não volte mais.

— Isso é ridículo.

Ele a encarou. Rie sustentou seu olhar. Sempre conseguia.

— Eu não sou um pedaço de carne que você pode comprar e vender. Diga isso ao seu pai, está bem?

— Eu nunca pensei assim!

— Vá embora.

Doze

Quinta-feira, 20 de novembro

A advogada de Sarah, junto com Bengt Rosling, começou a reunião na sala de Brix às 9h15. Sarah ainda estava na cela, ainda no uniforme da cadeia.

— Minha cliente solicita soltura — disse a advogada. — Ela está disposta a cooperar com o que for razoável. Vocês não têm provas contra ela. Ela nega as acusações. Uma vez que as responsabilidades ainda não foram apuradas, ela não deveria estar aqui.

— Diga isso ao juiz — retorquiu Bülow.

– Todas as pessoas que vocês poderiam entrevistar já foram entrevistadas — objetou a advogada. — Lund seria a última pessoa do mundo a se tornar uma criminosa reincidente. Ela tem um filho...

— O filho mora com o ex-marido.

— Ela tem enfrentado uma grande carga de estresse mental recentemente. Foi feita refém e esteve presente em dois incidentes com tiros. A carreira dela na polícia é impecável.

Bülow riu.

— Se você acha que vai libertá-la argumentando que ela é louca, esqueça. Ela atirou no parceiro. E será julgada.

O agente da promotoria ficou de pé.

— Solte-a — acrescentou a advogada rapidamente —, e ela permitirá que vejam seus registros psiquiátricos.

Bengt Rosling, que ainda usava uma tipoia desde o acidente, colocou uma pasta sobre a mesa.

— Que registros? — perguntou Brix. — Ela não estava recebendo tratamento da polícia.

— Não foi um psiquiatra da polícia — respondeu Rosling. — Há motivos para acreditar que ela sofre de paranoia e surtos de ansiedade Talvez demonstre comportamento suicida.

Bülow pegou os papéis com violência, leu, riu.

— Foi você que escreveu essa merda?

— Sarah procurou tratamento por sugestão minha — disse Rosling. — O psiquiatra confirmou que ela tem predisposição à depressão e que não deve ser mantida sozinha numa cela.

— Obrigado — cortou Bülow, agitando os papéis. — Vou usar isso no tribunal. Então por que Lund está nos dizendo que é louca?

— Porque ela quer ajuda! — disse a advogada. — É essa a sua atitude em relação à saúde dos seus oficiais? Eu também vou usar isso no tribunal. Deixe que cuidemos dela. Assim vocês terão tempo para reconsiderar essas acusações ridículas que, francamente, eu vou reduzir a cinzas se vocês forem idiotas de manter. Antes de entrar com uma ação legal por indenizações punitivas.

— Você está blefando — disse Bülow entre os dentes.

— Pague para ver.

Meia hora depois, Sarah pegou suas coisas. Vestiu novamente o suéter branco e preto, a calça jeans, calçou as botas.

Assinou o documento de soltura sob o olhar de Brix.

— Você está suspensa — disse ele. — O seu depoimento está sendo investigado. Você vai ter que entregar o seu passaporte. Seu apartamento está sendo revistado.

Ela conferiu os pertences que estavam na bolsa. Achou o Nicotinell, colocou um na boca.

— Eu tinha cigarros na bolsa.

— Ninguém pegou os seus cigarros. Apresente-se imediatamente quando solicitado.

Sarah juntou os cabelos despenteados, prendeu-os com um elástico.

— Preciso ver as coisas de Mette Hauge.

Brix a encarou.

— Adeus, Lund — disse ele, e se virou para sair.

— Brix, me dê uma lista dos itens. Qualquer coisa. Você não é bobo. Você sabe que eu não atirei em Meyer. Sabe que Leon Frevert não matou Nanna.

Ele parou.

— O que eu sei é que o seu caso não é nada animador.

— Uma lista dos itens. Só isso.

Ele hesitou antes de responder:

— Bengt Rosling está esperando você lá fora.

Bengt a aguardava em um Renault vermelho alugado, estacionado em frente à arcada frontal do prédio.

Sarah entrou, não olhou para ele.

— Você falou com o patologista, como eu pedi?

— Se Bülow descobrir isso...

— Ele não vai descobrir.

Ela se pôs a folhear o laudo da necropsia de Leon Frevert. Dentes lascados, boca ferida.

— Ao que parece, as feridas foram provocadas pelo cano de uma arma — disse Bengt.

— Isso é o que eu chamo de suicídio.

— Esqueça Frevert. Eles não vão demorar a descobrir que os registros que eu entreguei são falsos. Usei o nome de um colega. Magnus. Ele está fora da cidade, numa conferência em Oslo. Mas talvez consigam falar com ele. Aquele tal de Bülow está empenhado em acabar com você.

— Bülow é um cretino.

Uma batida na janela. Jansen, o simpático perito ruivo.

— Aqui o que você queria — disse ele, entregando a ela uma folha de papel. — Boa sorte.

O perito sumiu antes que ela tivesse a chance de agradecer.

— O que é isso? — perguntou Bengt.

— Uma lista com o conteúdo do cubículo onde estavam as coisas de Mette Hauge. — Sarah leu a lista. — Ele devia conhecer Mette de alguma forma. Algo que estava lá o ligava à jovem. Ele pegou.

Bengt olhou para o relógio.

Sarah pegou a caderneta.

— Temos o endereço do lugar para onde Mette se mudou. Era uma república de estudantes perto de Christiania. Se eu conseguir descobrir quem morava lá há vinte anos...

Ele não pegou o papel que ela lhe estendeu. Apenas olhou pela janela. Não para ela.

— Desculpe — disse Bengt. — Não posso...

Sarah esperou. Um homem fraco, mas gentil. Não conseguia nem dizer as palavras.

— Você escreveu aquele relatório bem rápido, Bengt.

— Não foi difícil. A maior parte é verdade. Você precisa de ajuda, Sarah. Posso indicar alguém.

— Eu preciso é de outro tipo de ajuda.

— Não. Desse tipo. O comportamento impulsivo. A forma como você sente afinidade com pessoas distantes, mas não com as próximas. Como sai sozinha sem nenhuma preocupação com as consequências...

— Já basta, Bengt! O que eu era, sua amante ou sua paciente?

Nenhuma resposta.

— Não tem problema — disse ela, e puxou o cinto de segurança.

— Eu ligo para você da Suécia.

— Se quiser.

Ela deu partida no carro. Bengt desceu. Sarah saiu sozinha rumo ao dia pálido.

Eles levaram os meninos a Humleby. Quase todos os homens trabalhavam na casa, pintando, aplicando gesso, empenhando-se dia e noite.

Ninguém encontrara nada. Nenhum passaporte. Nada fora do comum.

Anton estava parado perto da porta, os olhos fixos no chão, inconsolável.

Vagn entrou, agachou-se ao lado do menino.

— Feliz aniversário, amigão!

Nenhuma palavra.

— Eu tive que contar a eles, Anton.

Vagn olhou para Pernille.

— Foi a coisa certa se fazer. Não foi, mãe?

Ela olhava em volta. Não ouviu.

Anton balançou a cabeça em negativa.

— Tenho um presente para você, guri. Mas só vou dar hoje à noite. Ok?

Ele deu um soco de brincadeira no ombro do menino. Nem assim recebeu um sorriso.

— Que diabo — disse Theis. — Vamos parar com isso.

Ele pegou a mão de Anton, levou-o até o porão, seguidos por Pernille. Tinta fresca e gesso novo. O piso de madeira estava quase pronto.

— Onde está?

— No armário — disse o menino.

Theis tirou a tampa de metal.

Nada de aquecedor. Nada de canos.

Nada de passaporte.

Pernille afagou o cabelo loiro do filho.

— Talvez esteja em outro lugar. Estava escuro aqui.

Ele olhou para o pai.

— Posso subir agora?

Theis se agachou. Casaco preto, gorro preto. Aproximou o rosto largo do rosto do filho.

— Anton. Ouça. Eu sei que é difícil mudar de casa. — Os olhos estreitos bem abertos, fixos nos do menino. — Mas você não pode inventar histórias como essa. Está entendendo?

A cabecinha se voltou para baixo, até encostar o queixo no peito.

— Está entendendo? — perguntou Theis, dessa vez mais alto. — A sua mãe fica triste. Eu fico triste. Você pode dizer o que quiser. Mas não minta sobre Nanna. Nunca mais...

— Já está bom, Theis — intercedeu Pernille.

Anton estava à beira das lágrimas. Ela colocou a mão no ombro do filho, levou-o para cima.

Vagn ficou na escada. Esperou até que os dois estivessem sozinhos para falar:

— Aquilo foi mesmo necessário?

— O que você entende de crianças?

— Eu já fui uma. Você encontrou um cachorro para ele?

— Como se eu tivesse tempo para isso...

— Eu tenho um amigo que não consegue se livrar de alguns filhotes, Theis. Talvez...

Theis o encarou com frieza.

— Eu não quero interferir — disse Vagn, apressado. — Só ajudar.

— Achei que o aquecedor já tivesse chegado.

— Sem problema — disse Vagn. — Eu cuido disso também.

* * *

Eles esperavam como abutres nos degraus do Rådhus. Repórteres, equipes de filmagem, sonoplastas enfiando microfones no rosto de quem quer que passasse.

Hartmann e Morten entraram juntos, lado a lado.

Eles haviam definido o posicionamento a tomar. Apesar das diferenças em relação a Bremer, ele era uma figura de respeito na política de Copenhague. Seu mal súbito fora um choque.

— A eleição, Hartmann! — gritou alguém quando se aproximavam da porta.

Ele se virou, esperou que fizessem silêncio.

— Este é um momento de torcer pelo bem de Poul Bremer. Não de tentar conseguir uma vantagem política.

— Mas bem que foi conveniente, Troels! — berrou uma voz conhecida do meio da multidão.

Erik Salin abriu caminho por entre os jornalistas, a careca brilhando, um cigarro pendurado na boca. O gravador apontado como uma arma.

— Não acho que um derrame seja conveniente para ninguém — disse Hartmann.

Salin sentiu as luzes sobre si, uma vez na vida.

— Bremer tinha uma prova de que o seu comitê de campanha interferiu na investigação do assassinato de Nanna Birk Larsen.

— Que prova? — perguntou Hartmann, as mãos nos bolsos, intrigado. — Não me foi apresentada nenhurna prova.

— Bremer tem essa prova.

— Não posso falar do que não vi.

Fique calmo, seja sensato, Morten dissera.

— Mas vamos deixar isso totalmente claro. Eu nunca aceitaria tal comportamento de nenhuma pessoa da minha equipe.

Ele desviou os olhos de Salin, encontrou as câmeras de TV.

— Isso iria de encontro a tudo em que acreditamos. — A mão erguida, o dedo apontado para o céu, defendendo uma convicção. — Se eu tiver provas de que qualquer pessoa da minha equipe fez algo desse tipo, eu garanto que direi ao mundo. E... — O mais sutil dos sorrisos autodepreciativos. — Eu reavaliaria seriamente o meu futuro na política.

Ele deixou os jornalistas, seguiu seu caminho até o gabinete. Jogou o paletó numa cadeira.

Foi até a janela.

— Aquilo foi bom — disse Morten. — Muito bom.

A residência dos Meyer ficava em Nørrebro. Um sobrado geminado, ligeiramente malcuidado. Havia uma tabela de basquete no quintal, além de um bebedouro de pássaros, uma árvore de Natal, patinetes, um carrinho de bebê.

Sarah estacionou na rua, ficou parada em frente à casa por dois longos minutos. Perguntando-se por que estava ali. Se era a coisa certa a fazer.

Ela tentara conseguir informações no hospital. Os médicos e assistentes haviam recebido ordens de não informar nada a ela. O mesmo, provavelmente, valia para Hanne Meyer.

Formas na janela. Uma mulher loira ninando uma criança que chorava no seu colo. Uma menina mais velha, também loira, olhava desolada pelo vidro.

Sarah entrou e parou debaixo de um alpendre em frente à garagem. A porta estava aberta. Ela viu mais brinquedos. Uma motocicleta grande. Nos fundos, uma mesa de DJ.

Um minuto depois, Hanne Meyer saiu, deixando as filhas dentro de casa. Parou em frente a Sarah com os braços cruzados, os olhos ainda vermelhos. O rosto marcado.

— Como ele está?

Uma pergunta idiota. Mas necessária.

A mulher de Jan deu de ombros. Mal contendo as lágrimas.

— Na mesma, igual a quando saiu da sala de cirurgia. Eles disseram que se o quadro não evoluir... — Um prolongado olhar para o céu cinza. — Se o quadro não evoluir em breve, precisaremos conversar sobre manter os aparelhos. E... eu não sei.

Ela não chorou. Sarah já passara por situações como aquela muitas vezes ao longo dos anos. Depois de algum tempo, a percepção do inevitável, pragmática, caía sobre todos.

— Eu não fiz o que eles disseram. Juro para você. Quando chegamos lá...

Um olhar súbito de raiva, de desabafo.

— Por que não o deixou em paz? Você disse que o caso estava encerrado.

— Não estava. Ele também sabia disso.

Nenhuma resposta.

— E ainda não está — completou Sarah.

— O que eu tenho a ver com isso? Amanhã talvez eu tenha que voltar lá e vê-lo morrer. Eu seguro a mão dele? Que palavras posso usar? Você sabe?

Sarah fez que não.

— Pelo que me disseram, ele falou algo que parecia ser "Sarah".

Hanne Meyer fechou os olhos.

— Ele disse o seu nome. Não o meu.

— Não, não. Ele nunca me chamou de Sarah. Nenhuma vez. Era sempre Lund. Você o ouvia. Ele me chamava de Sarah quando vocês conversavam?

Braços cruzados, olhos semicerrados.

— Ele estava pensando em outra coisa. Tentando dizer algo importante. Você consegue lembrar o que ele disse exatamente?

— Por que você veio aqui?

— Porque quero encontrar o homem que atirou nele. O homem que matou Nanna Birk Larsen. E que matou outras mulheres também. Preciso da sua ajuda. Eu quero...

— Ele disse o seu nome. Sarah. E só. — Os olhos dela se abriram um pouco. — E uns números. Não sei...

— Que números?

— Eu não ouvi direito.

— O que parecia ser?

— Oito quatro.

— Oitenta e quatro?

A porta da casa se abriu. Duas meninas saíram. Chorosas. Assustadas.

— Ele disse mais alguma coisa, Hanne?

Ela parou.

— Não. Não disse. Nem sei se ele tinha consciência de que eu estava lá. Entendeu?

Hanne beijou a menina mais nova, passou a mão nos cabelos da mais velha. Chamou-as para dentro de casa.

Sarah ficou debaixo do alpendre, perto da árvore de Natal e da moto amarela que ela nunca vira Jan dirigindo.

O celular dela tocou.

— Liguei para um amigo na Suécia — disse Bengt. — Eles têm acesso às bases de dados dinamarquesas. Consegui um nome dos tempos em que Mette Hauge morou na república. Um homem chamado Paludan. Ele ainda mora no mesmo endereço.

— Isso é bom.

— É a única coisa boa que eu tenho para contar. Magnus me telefonou. Conseguiram entrar em contato com ele em Oslo. Eles sabem que eu menti sobre os seus registros. Bülow solicitou uma busca por você. Aluguei o carro no meu nome. Eles não terão essa informação. Acho que não, pelo menos.

— Obrigada — disse ela, e olhou a rua pelo para-brisa.

Pensou em qual seria a sensação de estar do outro lado. Caça, e não caçadora.

Troels Hartmann e Morten Weber encontraram Lennart Brix em sua sala, analisando documentos.

— Não tenho tempo para falar com vocês agora — disse Brix, sem tirar os olhos dos papéis.

— A imprensa voltou a nos importunar — disse Hartmann. — Acho que isso partiu de vocês. Quero falar com Lund.

Brix ergueu os olhos.

— Entrem na fila.

Hartmann bateu sua pasta de couro na mesa, encarou o policial.

— Minha paciência com vocês está acabando. Eu quero respostas.

— Você já teve as suas respostas. Se eu pudesse acusá-lo de alguma coisa, já teria feito. Mas não. Agora você está na TV implorando por votos. Não se faça de vítima comigo. Você já está bem grandinho.

Brix se levantou.

— Quem mandou a fita para Lund?

— Não sei. É possível que alguém do seu comitê a tenha pegado. Se eu soubesse quem, essa pessoa já teria sido indiciada. Mas não sei. Não entendo por que fizeram isso depois que você já tinha sido inocentado. E francamente, no momento não estou dando a mínima. Você acha que eu deveria?

— É importante? — perguntou Morten.

Brix sorriu.

— Quem sabe? — Ele estendeu a mão. — Imagino que tenha votos a implorar. Não deixe que eu o atrapalhe.

No carro, a caminho do Rådhus, Hartmann telefonou para o comitê. Rie atendeu. Ela havia ido trabalhar de qualquer forma, estava redigindo um discurso que ele faria no dia seguinte.

Os dois conversaram como se nada houvesse acontecido.

— Um dos assessores de Bremer telefonou do hospital. Ele quer falar com você.

— Por quê? Achei que ele já tivesse recebido alta a essa altura.

— Alguma complicação. Os médicos querem mantê-lo no hospital até amanhã.

— Que tipo de complicação?

— Eu não sou médica. Falei que você não tinha tempo. Algum problema?

— Não.

Morten estava sentado em silêncio, escutando.

Hartmann desligou.

— Quando chegarmos, quero que você encontre para mim o contrato de Rie — disse ele. — Quero lê-lo.

O apartamento não era mais uma república. O antigo prédio de Mette Hauge havia sido reformado, transformado em um lugar caro. Triciclos Christiania para as crianças. Chão de paralelepípedos, privacidade.

Paludan era um homem magro de aparência atlética que chegou pedalando uma bicicleta de corrida enquanto Sarah estacionava.

Ele não pediu para ver seu distintivo. Parecia mais ansioso para que conversassem do lado de fora, no pátio. Longe da mulher.

A meio quilômetro dali ficava a assim chamada cidade livre de Christiania. Uma espécie de comunidade hippie degenerada. Havia traficantes de drogas na região desde que Sarah conseguia se lembrar. Metade fazia parte das gangues dinamarquesas de motoqueiros. Os demais eram turcos e outros estrangeiros. Havia uma guerra constante entre os dois grupos. Às vezes alguns inocentes saíam machucados no fogo cruzado.

Ela perguntou sobre Mette Hauge.

Paludan deu de ombros.

— Dividíamos a casa. E só. Eu não a conhecia.

Sarah o observava. O nervosismo. E tinha ficado mais ansioso quando ela manifestara a intenção de entrar.

— Vocês estudavam na mesma universidade. Deviam conversar. Na cozinha. Em festas.

— Eu já disse isso para todos vocês há vinte anos. Éramos estudantes. Eu era ocupado. Não fumava maconha nem usava outras merdas como...

Ele deixou o resto no ar.

— Você dormiu com ela? — perguntou Sarah.

Paludan não respondeu de imediato. Então disse:

— O quê?

— Você dormiu com ela?

— Não! Por que está perguntando isso?

— É o meu trabalho.

— Ah, é? Quero o seu nome. O seu departamento.

— Preste atenção. Esse caso foi reaberto e está sendo investigado. Se você sabe de alguma coisa, a hora de dizer é agora.

Pessoas iam e vinham no pátio.

— Você pode falar mais baixo? Eu não sei de nada. — Ele suava. Manchas úmidas sob as mangas da sua roupa de ciclista. — Todo mundo dormia com ela. Ok?

Sarah ouvia.

— Eu? Só uma ou duas vezes. E ela nem deve ter notado.

Sarah esperou.

— Éramos jovens. Estudantes. Rolavam festas. Você sabe como é.

— Conte.

Passos no pátio. Uma senhora com um carrinho de feira. Ela gritou de lá um "olá" simpático.

Paludan voltou a falar apenas quando a mulher se foi:

— Mette era uma garota legal. Mas doida. Ela usava... de tudo. Quando disseram que ela tinha se matado... — Ele balançou a cabeça. — Foi um choque. Disseram que talvez tivesse sido overdose...

— Ela não teve uma overdose. Alguém a espancou até a morte. Por que você não disse nada disso na época?

Ele encostou a bicicleta na parede.

— Porque eu estava morrendo de medo.

— Do quê?

Os olhos dele gravitaram até o arco que levava para fora do pátio de paralelepípedos.

— Deles. Mette andava com uma turma barra-pesada. Se você quisesse maconha, ela sempre conhecia alguém que podia arranjar.

— De Christiania?

— Acho que não. Todo mundo sabia quem eram aqueles caras. Eles pareciam... ciganos. Andavam com as gangues. Talvez até fizessem parte das gangues. Eu não sei.

— Algum nome?

Ele riu.

— Eu não ousaria perguntar. Acho que um deles era namorado de Mette. Talvez... — Ele tossiu. — Talvez mais de um. Quem sabe? A Mette era a Mette. Eu que não ia contar a ninguém que tinha dormido com ela.

— Você conheceu algum deles?

— Faz muitos anos... Não lembro. Eu só...

— O caso foi arquivado — disse Sarah. — Acreditávamos que Mette fosse só mais uma adolescente desaparecida. Se você tivesse tido...

— Eu era recém-casado. Minha mulher estava grávida na época. Isso é o bastante para você?

— Preciso de um nome.

— Eu não sei nenhum. Aqueles caras não eram brincadeira. Um deles era louco por Mette.

Uma lembrança.

— Ela apareceu um dia com um colar bem feio. Tinha um pingente com um coração preto. Acho que os motoqueiros gostavam daquele tipo de coisa.

Um jovem alto atravessava o pátio. Olhou para Sarah e Paludan, sorriu, acenou.

— Oi, pai!

Paludan tentou retribuir o sorriso.

— Todos nós éramos idiotas naquele tempo. Mette era um amor. Quando lembro daquela época... vejo que de certa forma ela procurou aquilo. Meu Deus. — Ele olhou para Sarah. — É uma coisa terrível de se dizer, não é?

— Não sei. É?

— O que eu quero dizer é que... algo ia acontecer. Eu não sabia o quê. Mas não podia ser boa coisa.

Ele se abaixou, colocou a roda da bicicleta no suporte, passou a corrente.

— Acho que também foi por isso que eu nunca falei nessa história. Eu via que algo ia acontecer. E não tinha nada que eu pudesse fazer.

Bülow estava lívido. Ele conseguira a placa do carro alugado por Bengt, ordenara um alerta geral para que Sarah fosse levada à polícia. Nada de fiança dessa vez. Sem chance de se livrar da prisão.

Agora ele estava à entrada da sala de Brix, distribuindo ameaças como um palhaço distribui balas numa festa de aniversário.

— Se eu descobrir que você tinha conhecimento disso...

— Eu não sabia — disse Brix. — Como poderia?

O celular dele tocou. Ele olhou para a tela.

— Preciso falar com a minha mulher. Vamos sair hoje à noite.

O telefone tocou outra vez. Bülow não saiu do lugar.

— Você gosta de balé? — perguntou Brix.

Bülow praguejou e saiu pisando forte pelo corredor preto.

Quando ele já estava a certa distância, Brix atendeu a ligação.

— A lista de itens diz que havia um álbum de fotografias na caixa — disse Sarah.

— O que você está aprontando?

— Mette vendia maconha. Tinha conhecidos nas gangues. Talvez de Christiania. Talvez não. Um dos marginais era namorado dela. Talvez mais de um.

— Lund, você precisa vir para cá imediatamente.

— Eu preciso ver o álbum de fotos.

— Já fizemos isso. Espere... está aqui comigo.

Ele se levantou, procurou em meio aos itens que haviam retirado do cubículo.

O álbum tinha capa azul. Fotografias da escola. Retratos de estudante. Passeios à praia. Festas.

— Não tem nada aqui.

— Está ou no fim ou no começo, Brix. É assim que as pessoas organizam fotografias. Procure pelas mais próximas do desaparecimento de Mette.

— Encontramos o passaporte de Nanna no quintal de Frevert.

— Onde?

— Na lata de lixo.

— Isso não faz sentido. Ele teria se livrado do passaporte há duas semanas. Não estaria mais na lata de lixo. Você precisa encontrar essa foto, Brix.

— Talvez ele o tenha guardado. Frevert estava com o passaporte dela. Foi a última pessoa a ver Nanna Birk Larsen viva. Cinco minutos depois de terminada a corrida, ele deixou uma mensagem na secretária eletrônica da empresa do Birk Larsen. Vagn Skærbæk confirmou que ele ligou dizendo que estava se sentindo mal e não poderia ir trabalhar.

Ela tentou refletir sobre aquilo.

— Explique isso de novo...

— Volte para cá, droga! Lund! *Lund!*

Pernille estava agitada. Era aniversário de Anton. O último que comemorariam no apartamento apertado em cima da garagem. A casa estava um caos. Malas por todo lado, prontas para a mudança.

Anton estava numa festa com alguns amigos da escola. Pernille iria buscá-lo. Não falariam em passaportes. Não falariam em nada além de aniversários.

— Preciso que você asse a carne, Theis — disse ela, limpando a pia. — E que passe o aspirador na casa.

Ele preparava sanduíches de Nutella para as crianças.

— Mais alguma coisa?

— Não. — Pernille troçou um olhar com o marido. Ele estava de bom humor. — Só isso.

— Isso aqui vai ficar uma zona em cinco minutos.

Ele espalhou creme de avelã em duas fatias de pão.

— É só a família.

— Quero a casa limpa.

Theis esfregou a testa. Ela o fitou.

— Contanto que os meninos se divirtam...

Pernille levou a mão à boca. Segurando uma risada.

— Ah, então agora eu virei engraçado, é?

Ela foi até o marido, correu o dedo pela sua testa. Limpou um pouco do creme que ele deixara lá sem querer.

Mostrou o dedo.

— Ah, droga.

Mas ele riu.

Sacolas cobriam a mesa da cozinha, com suas fotografias envernizadas e suas lembranças congeladas no tempo. Ela não permitiria que aquilo fosse junto para a casa nova. O móvel iria para o depósito. Talvez pudessem dar uma olhada de tempos em tempos.

Em algum momento eles precisariam deixar o passado para trás. Ela entendia isso agora.

Um braço forte a envolveu. Ele a puxou, beijou seu rosto. Couro preto e suor, o toque áspero da barba.

Ela ainda olhava em volta, para as paredes onde antes havia fotografias, para os espaços vazios das plantas, a área mais clara onde sempre ficara o quadro de cortiça. Pernille se pegou chorando e não soube por quê. Ao menos não eram lágrimas tristes, e eram temporárias. O círculo cruel e apertado que se abrira quando Nanna morrera começava a se fechar, hora a hora, dia a dia. Sempre estaria presente. Mas com o tempo passaria a fazer parte deles, aceito, como uma cicatriz familiar, sempre percebida, mas não mais uma fonte de dor constante.

— Vai sentir saudade desta casa? — O rosando baixo dele sussurrado em seu ouvido.

— Só da felicidade. E isso nós podemos construir de novo.

Theis enxugou o rosto dela com os dedos grossos cheios de cicatrizes.

Pernille o apertou. Ele a apertou.

— Eu queria ter feito mais, amor.

— Eu sei que sim. Eu sei.

Vinte minutos depois, Pernille pegava Anton na festa. Ele não parecia cansado. Não parecia feliz.

— Você se lembrou de não comer muito? Seu pai está cozinhando.

— Não comi muito.

— Você distribuiu os convites da festa de inauguração da casa nova na semana que vem?

— Sim.

Ela olhou para o filho pelo retrovisor, sorriu.

— Para as meninas também?

— Para as meninas também. — Ele suspirou.

O filho não queria falar. Ela sim.

— Estão reformando o porão por último — disse Pernille. — A casa vai ficar muito bonita.

O menino balançou a cabeça lentamente. Olhou para a Vesterbrogade debaixo de chuva.

— Você ainda está chateado com o seu tio Vagn por ter contado aquilo?

Por um segundo, Anton se virou e a olhou.

— Agora que sabemos que não tinha passaporte nenhum, fica tudo mais fácil, não é?

— Alguém pegou antes — disse ele, com uma voz fina e decidida que a deixou sem fôlego. — Alguém.

— Não. Ninguém pegou! Meu Deus... Anton. Por que você inventa essas coisas?

O menino cruzou os braços com raiva, não disse nada.

— Ninguém pegou. Às vezes... — Pernille olhou pelo retrovisor outra vez. Ao menos ele a escutava. — Às vezes vemos coisas que não estão lá.

Os olhos do filho estavam voltados para o espelho agora, buscando os dela.

— Isso acontece, não é, Anton?

O menino estava na cadeirinha, os braços cruzados com força sobre o peito. Os olhos no espelho.

Quando voltou a falar, a voz de Pernille estava baixa e assustada:

— Por que alguém pegaria o passaporte?

— Para você e o papai não ficarem tristes.

Anton ainda olhava para o reflexo dela.

— Quem você acha que pegou?

Silêncio.

— Quem?

— Eu não deduro as pessoas. Nunca.

O rosto outra vez voltado para a janela, para a rua.

Quando chegaram em casa, ele subiu correndo. Pernille foi até o escritório. Pegou os cronogramas de trabalho e a agenda. Encontrou a planilha daquela semana.

O nome da empresa estava lá. E um telefone.

Ela discou, a ligação caiu na caixa postal.

— Meu nome é Pernille Birk Larsen. Tínhamos combinado de fazer um carreto para vocês. Um dos nossos funcionários cancelou o serviço.

Vocês podem ligar de volta, por favor? Para esclarecermos o mal-entendido? Obrigada.

Sarah deixou o carro alugado a dois quarteirões da casa em Humleby, no final de um beco sem saída, longe da rua. Dali foi caminhando debaixo de chuva, a cabeça coberta com o capuz, até a rua estreita. A casa de Theis ficava na esquina, cheia de andaimes e forros plásticos. Havia luzes acesas lá dentro. Uma van vermelha da empresa estava estacionada em frente.

A porta estava aberta. Ela entrou sem bater. Não havia ninguém no primeiro andar. Apenas latas de tinta, escadas, lonas, pincéis.

Um som.

Alguém subia do porão.

Sarah ficou ali parada e esperou. Era Vagn. Ele parou no alto das escadas escuras. Era possível discernir apenas o gorro preto, um suéter manchado de tinta, a caixa de ferramentas que ele carregava.

— Sinto muito em incomodar, Vagn...

— Ah, meu Deus. Você de novo não.

Ele passou por ela, foi até o outro lado da sala, não se virou.

— É sobre Leon Frevert. Só algumas perguntas.

— Vamos logo com isso. Tenho uma festa de aniversário daqui a pouco.

— A mensagem que Leon deixou na secretária eletrônica. Vocês ainda a tem?

Vagn se aproximou e parou debaixo da luz, fazendo que não com a cabeça.

— O outro cara me perguntou a mesma coisa. Vocês não se falam?

— Diga.

— Não. Eu apaguei. Não sabia que era importante. Era só um cara cancelando o dia de trabalho.

Ele limpava as ferramentas, arrumava cada uma no seu devido lugar dentro da caixa.

— O que exatamente ele disse?

— Isso faz três semanas. Você consegue se lembrar de uma mensagem de dez segundos de...?

— Por favor.

Vagn olhou para o teto.

— Foi alguma coisa falando que não estava se sentindo bem. Disse que não poderia trabalhar naquele fim de semana.

— Mais alguma coisa?

— Não. Eu não liguei de volta. Fico puto quando as pessoas furam desse jeito. Foi uma sorte o cliente ter cancelado.

Sarah caminhava em volta, de uma parede semipintada à outra.

— Como ele estava? Parecia assustado? Estranho? Ele disse o que...?

— Era uma mensagem de secretária eletrônica. Parecia o Leon.

Ela olhou para Vagn. O rosto enrugado ainda pueril. Correntinha de prata. Olhos tristes, sofridos.

— Ele mencionou Nanna?

— Vocês não acham que eu teria dito?

Ele pegou um trapo para limpar as mãos. Olhou para o relógio, então para uma jaqueta azul jogada num canto.

— Por que ele ligou para a empresa? E não para você?

— Todo mundo liga para aquele número. Se ninguém atende, a ligação é transferida para o meu celular.

— Entendo.

Pensando.

Imaginando.

— Então Leon Frevert ligou para o telefone da empresa para falar com o Theis ou Pernille. Em vez disso, falou com você.

Vagn parou de limpar as mãos. Parou tudo. Estava imóvel. Estático. Olhando para ela.

— Não. A ligação dele caiu na minha caixa postal. Eu já disse. Eu estava com o meu tio. Ouvi a mensagem de manhã, quando fui trabalhar.

Pensando.

— É só isso? — perguntou Vagn. — Eu queria fechar a casa. É aniversário de Anton. Estou indo para lá. Você não vai me atrasar.

— Não vou.

Ele se virou e desceu as escadas. Sarah o seguiu até o porão. A porta era antiga. Tinha uma fechadura, com a chave.

— Leon alguma vez mencionou alguém chamado Mette Hauge? — perguntou ela.

Ele desligava alguns pendentes de luz, enrolava os fios.

— Não.

— Ele fez parte de alguma gangue?

— Eu não sei! Escute. Estamos de saco cheio das suas perguntas, entendeu?

Ele foi até uma escada dobrável, pôs-se a amarrar os sapatos.

— Queremos deixar isso para trás.

Sarah olhou em volta.

— Essa história sobre o maldito Frevert. O que ele fez. Não queremos pensar nisso.

Tábuas de madeira novas no piso. Sujas e brilhantes. Instaladas às pressas. Folhas novas de aglomerado cobriam toda a parede dos fundos, mas não as outras três.

— Não vamos mais aturar essa ladainha.

Ele estava perto da escada, vestindo um moletom, arrumando-se para sair.

— Você precisa nos deixar em paz. Depois de tudo pelo que essa família passou...

Sarah Lund observava o porão em volta girando lentamente, 360 graus.

— Eles precisam de um pouco de paz.

Ela parou e olhou para Vagn.

Apenas os dois ali, na casa vazia em Humleby. Algo nos olhos de Vagn que ela nunca vira antes. Um brilho de reconhecimento. De constatação.

No seu rosto também, ela supunha.

— O que houve? — perguntou Vagn.

Todas as ferramentas, os martelos, os formões, estavam perto dele.

Ela tentou não olhar. Não demonstrar medo.

— O que houve? — perguntou ele outra vez.

Ele era esperto. Sarah nunca duvidara disso. Vagn olhou para si mesmo, para o moletom que acabara de vestir.

Velho. Azul-escuro. O símbolo das Olimpíadas de inverno. E as palavras...

SARAJEVO 1984.

Um carro passou em frente à casa. A luz da rua era filtrada pela janelinha de vidro colorido. Pessoas caminhavam lá fora. Ela ouviu o som das rodas de um carrinho de bebê ou talvez de um triciclo Christiania. Risos. Uma chave numa fechadura. Passos numa escada próxima.

— Mais alguma coisa? — perguntou Vagn.

Demorou alguns instantes, mas ela acabou conseguindo dizer que não. Então se virou na direção da escada e da porta pesada com a chave na fechadura.

Algo passava pela cabeça dele. Sarah não queria saber o que era.

Ele se colocou na frente dela.

Esperto. Talvez sentindo tanto medo quanto ela. O pomo de adão dele se moveu. Um fio de suor brilhava na sua testa.

— Então estamos conversados? — perguntou Vagn. — Essa história está encerrada. Encerrada.

Ela não conseguia tirar os olhos do seu rosto pueril. Havia ali uma sugestão de dor, de vergonha. Uma constatação de quem e o que ele era.

Sarah olhou em volta.

— Acho que sim, Vagn. Você tem razão.

Então, lenta e deliberadamente, ele deu um passo para o lado.

Ela tremia quando chegou à rua. Atravessou para a outra calçada, encontrou outra casa vazia, em reformas, quatro portas depois da de Theis. Encostou-se à parede suja que dava para o beco, agarrando o corpo, os dentes tiritando.

Esperou três ou quatro minutos e então viu as luzes serem apagadas. Vagn saiu, olhou para um lado e o outro da rua. Entrou na sua van vermelha. Colocou uma sacola colorida com alguma coisa no banco do carona. E se foi.

Sarah olhou para o telefone. Pensou melhor. Voltou à casa dos Birk Larsen, encontrou a porta dos fundos.

Pegou um tijolo e quebrou o vidro. Tirou os cacos um a um. Encontrou a chave do outro lado e entrou.

Ela ligou para Jansen. O perito ruivo que Brix encarregara da pasta de Mette Hauge.

Um bom homem. Calado a ponto de parecer taciturno. Disse que entrasse pela porta dos fundos arrombada, que a encontrasse seguindo o barulho no porão.

Primeiro ela olhou para a parede. Aglomerado. Não seria difícil de tirar com uma picareta. Se houvesse marcas de sangue, ela veria. O piso era de madeira, fixada fortemente com pregos. Não conseguiria tirá-lo sozinha.

Ela já removera um terço do aglomerado quando Jansen chegou. Pedaços e farpas de madeira estavam espalhados pelo chão. Não parecia haver nada atrás além de uma parede de alvenaria. Recém-lavada, pelo visto.

— Eu nunca convidaria você para me ajudar nas obras lá de casa — disse Jansen. — Eles conseguiram a placa do seu carro. Foi dado um alerta para que você seja levada sob custódia. Direto para aqueles canalhas do outro lado do prédio.

Foi provavelmente o maior número de palavras que Sarah ouviu sair da boca dele.

— Estou tendo dificuldade com o piso — disse ela, estendendo um pé de cabra. — Pode começar por ali?

Jansen trabalhava com Sarah havia anos. Via coisas. Como ela.

— Nossa — disse ele, olhando para as tábuas novas. — Estavam com pressa quando fizeram isso aqui.

— Você contou para alguém?

— Contei. Contei que ia para casa.

— Tem mais ferramentas lá em cima se você precisar.

— Eles vão encontrar você, Lund.

Ela tentou sorrir.

— Obrigada. Eu preciso do seu telefone.

Jansen estendeu o aparelho.

— Quanto você quer que eu tire?

— Até encontrarmos alguma coisa — disse ela, e então subiu para tentar conseguir sinal. — Não temos muito tempo.

Bülow estava de volta ao escritório de Brix, irritado com a falta de pistas.

— Se você souber onde Lund está, eu juro que vou prender você junto com ela.

Brix balançou a cabeça em negativa.

— Ela telefonou. Não disse de onde.

— Você rastreou a ligação?

— Ela não acredita que Frevert tenha matado a garota. Ou atirado em Meyer.

— Ela atirou em Meyer.

Brix olhou para ele.

— Parece que Frevert foi assassinado.

— Eu quero a Lund! Rastreie a ligação

— O celular dela está desligado. Ela não é idiota. É a melhor policial daqui quando o assunto é encontrar pessoas.

— Ela forjou provas, Brix. Está foragida. Enlouqueceu. E ainda assim... — Ele perdeu a paciência. Gritou o fim da frase: — Ainda assim alguém daqui a está ajudando! Se eu descobrir que é você...

O telefone de Brix tocou.

Ele olhou para o número, levou o aparelho ao ouvido.

— É Lund. Você pode falar?

— Acho que não vou conseguir ir ao concerto. Um minuto.

— O que você acha que o Ministério da Justiça vai pensar disso? — berrou Bülow.

Brix não respondeu.

— Você vai passar o resto da vida assistindo balé — disse o homem atarracado, e saiu pisando forte.

— Sim? — disse ele depois que Bülow saiu.

— Conseguiu a foto? — perguntou Sarah.

— Você precisa se apresentar agora.

— Eu sei quem foi, Brix. Sei para onde Nanna foi levada depois do apartamento da Store Kongensgade. Onde foi agredida e espancada. Vagn Skærbæk. Mande uma equipe de peritos.

— Encontramos o passaporte dela...

— Vagn o plantou. Não temos tempo para isso. Mande alguém.

Brix olhou pela janela. Bülow ainda ameaçava os homens.

— Mandar alguém para onde?

— À Küchlersgade, em Humleby.

— A casa dos Birk Larsen.

— Sim. Precisamos agir rápido. Vagn sabe que eu estou de olho nele.

Em meio a sacos plásticos, malas e caixas de papelão, Anton abria os presentes. Uma vara de pescar. Um barco de brinquedo. Um kit de mágico, e canetas e livros para a escola. Lotte estava de volta à vida familiar, ajudava a colocar a mesa. Metido em seu avental de chef, Theis servia bebidas: vinho para os adultos, suco de laranja para os dois meninos.

Batatas assadas. Um corte caro de porco.

Ele tirou a carne do forno, colocou a assadeira sobre a pia.

— É melhor deixar descansar um pouco. — Ele olhou para a mulher. — Não acha?

Pernille olhou para o assado, viu o marido pegar papel-alumínio para enrolar a carne.

— Falei com Anton sobre o passaporte.

Aquilo o irritou.

— O quê? O passaporte não estava lá. Já procuramos.

— Anton acha que Vagn pegou.

Ainda ocupado com a carne.

— Achei que tivéssemos concordado em não falar nesse absurdo.

Os meninos começavam a se desentender. Lotte tentou acalmá-los.

— Deixei um recado para aquele cliente que Vagn cancelou. O escritório. Naquele sábado.

Theis arrumou as bordas do papel-alumínio, olhava para ela de canto de olho.

— Por que você fez isso? É aniversário de Anton...

Os olhos dela flamejavam, arregalados. Ela se aproximou e o encarou.

— Porque tem alguma coisa errada, Theis! Você não sente? Você não...

Rapidamente, ele a beijou.

Rosto barbado. Hálito de cerveja. Bastante cerveja, pensou ela.

Lotte perguntou se podia ajudar. O celular dele tocou.

— Olhe as batatas para mim, Lotte — pediu Pernille.

Theis ria.

— Onde diabos você está? — perguntou ele. Então escutou, levou um dedo à boca. — Ssshhh.

E desceu.

A casinha de cachorro estava junto à porta da garagem. Nova. Ainda com a etiqueta, que Vagn arrancou com um movimento ágil quando Theis se aproximou.

— O que é que você está fazendo?

Vagn o encarou.

— Não estrague a surpresa!

Ele pegou uma lona, passou-a sobre a casinha, sorriu.

— Eu estava passando por essa loja. Vi exposta na calçada.

Theis levantou uma ponta.

— Deve ter custado uma fortuna.

— Os meninos vão adorar ter um cachorro. — Ele sorria. Estava bem-vestido: jaqueta preta e camisa branca. Tinha um ar diferente. Mais velho. Mais sério, de alguma forma. — Eu sempre quis ter um.

Um sorriso estranho, diferente.

— Nunca se pode ter tudo que a gente quer, não é verdade?

— Caramba, Vagn. Nós nem temos um cachorro.

— Eu consegui um. Da Polônia.

De avental e em sua melhor camisa, Theis começava a perder a paciência.

— Você comprou um cachorro polonês?

— É. Posso conseguir qualquer coisa, Theis. Lembra? Conheço um cara que importa os bichos...

— Vagn...

— Não fique irritado. É um bom cachorro. Tem pedigree e tudo. Uma surpresa bacana.

— Uma grande surpresa — resmungou Theis. Ele olhou em volta — Então cadê o bicho?

— Podemos ir lá buscar hoje à noite. Nós dois. Depois do jantar. — Ele apontou para a casinha de madeira. — Vamos deixar coberta. Até pegarmos o cachorro. Ok?

Theis fez que não. Teve a impressão de ouvir um ruído por perto, algo sendo arranhado. Hora de botar veneno de rato na garagem outra vez.

— Às vezes parece até que voltou a ter criança aqui em casa.

— As crianças são um milagre — disse Vagn. — São tudo. Preciso escrever o cartão.

— Até crescerem. Preciso cozinhar.

Ele olhou para o escritório.

— Esqueci de transferir as ligações para o nosso telefone lá de cima.

— É um aniversário, Theis.

— É uma empresa.

— Deixe que eu transfiro — disse Vagn. Ele agitou a caneta sobre o cartão de aniversário amarelo vivo. — Depois de escrever isso. Vá ficar com os meninos.

Vagn esperou Theis subir. Rabiscou “feliz aniversário” no cartão de Anton.

Ouviu a familiar mensagem da secretária eletrônica, que recebia uma ligação:

"Você ligou para a Birk Larsen Transportes. Por favor, deixe a sua mensagem."

— Boa noite — disse uma voz de homem rígida e irritada. — Aqui é Henrik Poulsen, da HP Suprimentos para Escritórios.

Vagn parou de escrever, olhou em volta para ter certeza de que estava sozinho. Então foi ao escritório.

— Vocês ligaram para saber sobre a mudança que solicitamos na primeira semana de novembro — disse a voz. — Sinceramente, ficamos muito decepcionados. Planejamos a mudança várias semanas antes. E aí o funcionário de vocês cancelou na última hora. Foi lastimável. Se precisarem de mais informações, podem ligar para a minha casa. O número é...

Ele esperou o fim da gravação, tirou a fita da máquina, colocou-a no bolso da jaqueta. Então acionou a transferência de chamadas.

Rie estava sorridente e animada outra vez, mostrando a ele os resultados das pesquisas independentes. Tudo corria como Morten previra. Uma corrida de dois cavalos, com ele na liderança. A doença de Bremer ensejara compaixão, mas não apoio. Quando muito, aumentava as chances de Hartmann, em vez de diminuí-las.

— Falei com um contato na polícia — disse Rie. — Alguma coisa está acontecendo. Mas não nos afeta.

Hartmann pegou um decantador de conhaque, serviu-se, não disse nada.

— Não há com o que se preocupar. Essas calúnias que Erik Salin vem dizendo. Não passam de...

Ele a encarava.

— Ameaças — disse Rie, quase num sussurro. — Prefere conversar em particular, Troels?

Morten fez menção de se levantar.

— Morten fica — disse Hartmann.

O conhaque era envelhecido e caro. Fogo na garganta, na cabeça.

— Desculpe — disse ela — se decepcionei você de alguma forma.

Hartmann tomou um gole da bebida forte, pensou naquela noite no apartamento da Store Kongensgade. Ele se sentira de forma bem parecida. Como se nada importasse de verdade. Com se estivessem saltando em direção a um destino sobre o qual não tinha qualquer controle.

— Vou lhe dar uma escolha, Rie. Ou você me conta a verdade sobre o vídeo e o apartamento, e nós vamos à polícia, ou você assume as consequências.

Rie olhou para ele, balançou a cabeça em negativa.

Morten estava inquieto na cadeira. Perguntou:

— Mas o que...?

— Eu cuido disso — interrompeu ela. — Do que você está falando, Troels?

— Não minta mais para mim. Eu sei. Você foi me procurar aquela noite. Foi ao apartamento da Store Kongensgade. Quando entrou, soube que algo estava errado. Na segunda-feira, quando a polícia começou a farejar por aqui, você acreditou que, se conseguisse manter as pessoas afastadas de lá por algumas semanas, ficaria tudo bem.

Ela riu.

— Você é mais ridículo do que aquela investigadora, Lund. Eu estava no centro de conferências.

— Só depois das dez da manhã.

— Se isso for mais um dos disparates de Bremer...

— Foi alguém do Parlamento? O seu pai? Ele mandou você entrar em ação e livrar a pele da sua marionete?

Rie ficou boquiaberta. Sem palavras.

— Ou foi uma manobra calculada para favorecer a sua carreira?

Os olhos claros e brilhantes se enchendo de lágrimas.

— Como você pode pensar uma coisa dessas?

— Tem uma cláusula de demissão por justa causa no seu contrato. Vá para casa e leia. Quero você fora daqui agora. Não quero voltar a vê-la. Neste comitê nem em nenhum outro lugar. Fui claro?

Ele se levantou e foi até a janela. Levou a taça de conhaque. Tomou um gole à luz do letreiro de neon azul.

Rie foi até ele.

— Se eu achasse que você tinha matado aquela garota...

Hartmann não se virou para olhá-la.

— Acha que eu teria continuado com você? Eu fiz isso por nós...

Hartmann girou, os olhos inflamados, vociferando:

— Eu sei por que você fez isso! Eu sei o que eu fui para você! Um degrau na sua escada. Um meio de atingir um fim.

— Troels...

— Saia!

Morten estava atrás dela. Um braço no seu ombro. Incitando-a a seguir para a porta.

— Me solte, Morten! — gritou ela, e se desvencilhou.

Hartmann estava de volta à janela, olhava para a cidade além do vidro.

— Elas são as únicas pessoas que importam — gritou Rie. — Não são? Você não quer amor. Você quer adulação. Quer...

— Vá embora — disse ele, sem se virar, apenas acenando com a mão. Sem escutar os insultos, os gritos.

Então ela se foi de verdade. Junto com a única chance que ele possuía de ter Copenhague para si. Uma batalha perdida. A única vitória que importava, mas longe do alcance de suas mãos.

Quando voltou ao conhaque e se serviu de mais uma dose generosa, Hartmann achou que estivesse sozinho.

Então um som.

Morten Weber.

— Troels — disse ele —, precisamos conversar.

— Chame o carro — disse Hartmann. — Quero visitar Bremer no hospital.

— Precisamos conversar...

Sua cabeça queimava, e não era a bebida.

Hartmann se voltou para o homenzinho e começou a gritar, a voz aguda, como um lunático, fora de si, fora do manequim comportado, engomado e fabricado que se tornara.

— Será que tem alguma pessoa nesta porra de comitê que faça o que eu mando?

Ele nunca vira Morten Weber olhar para ele daquela forma antes.

— É claro, Troels, eu só queria...

Hartmann atirou a taça de conhaque contra a janela. Estilhaçou o vidro. O vento frio do inverno entrou, rolou por ele, gelou-lhe a pele.

Havia uma válvula de escape para tudo em algum lugar. No álcool. Na ação. No arrebatamento físico do amor. E ainda assim todas levavam ao mesmo lugar desolado, a nada.

— Desculpe — disse Hartmann, com sua antiga voz, calma. — Só achei que ela... — Ele chutou os cacos de vidro. — Achei que fosse a mim que ela quisesse. E não... — Ele olhou para o pôster, seu rosto jovem e sorridente na parede. — E não o outro.

— É ele que todos querem — disse Morten, em voz baixa, abatida. — Isso é política. Não é para as pessoas de verdade. Eles querem líderes. Ícones que vejam ascender e cair para então dizer... Ei, eles estão nisso sozinhos, não é? Assim como nós. Frágeis e humanos e mercenários. É nesse jogo que estamos.

— Fale com a polícia sobre o apartamento. Sobre a fita. Estivemos envolvidos em atos de obstrução da Justiça. Brix verá o que podemos fazer.

— Agora? Está tarde. E você vai visitar Bremer. Por que você não...? Não sei. Preciso pensar numa forma de fazer isso funcionar para todos nós.

— Não tem como funcionar...

— Troels, se formos à polícia, já era. É tarde demais para dar a volta por cima outra vez. Você estará acabado.

Hartmann o encarou com hostilidade.

— Ligue para a polícia — ordenou ele. — Você não vai dar um jeito nisso.

Jansen já havia levantado um terço das tábuas. Sarah olhava para o chão de concreto abaixo. Os dois estavam cobertos de pó de serra, reboco, lascas de madeira.

Sarah ficou de joelhos, colou o rosto ao chão frio abaixo das tábuas.

— Me dê a lâmpada de inspeção.

Ela colocou a lâmpada ao lado de uma viga e olhou por baixo de uma seção que ia até a parede.

— Acho que fizeram essa parte primeiro — disse ela, debaixo das tábuas. — Cadê o Brix e o reforço, droga? — Estendeu a mão. — Martelo.

Jensen colocou a ferramenta na mão dela. Sarah usou o extrator de pregos como alavanca para levantar a ponta da tábua. Jansen enfiou o pé de cabra na fresta. Mais uma parte do piso novo cuidadosamente instalado por Vagn se fora.

— Está vendo alguma coisa? — perguntou ela.

— Ele não teria instalado o piso logo em cima do sangue. Ele limpou o chão antes. Com água sanitária. Acho que passou nas paredes também.

Sarah se levantou. O suéter preto e branco sujo de pó de serra e poeira.

Uma luz do lado de fora. Os faróis se infiltrando pela janelinha azul.

— Já era hora — disse Sarah. — Levante o resto e veremos o que temos aqui.

Ela subiu as escadas. Brix estava ao lado de seu Volvo preto.

— Já prenderam o Skærbæk? — perguntou ela.

— Não.

Ela vestiu o casaco. Olhou em volta.

— Cadê o perito?

Bülow se aproximava pela esquerda. À direita, Svendsen descia do carro. O maior sorriso que ela já vira no seu rosto.

— Seu filho da mãe idiota — sussurrou ela, entre os dentes, para Brix.

— O inspetor está fazendo o trabalho dele — disse Bülow. — Você deveria ter feito o seu.

Brix olhou para ela, deu de ombros.

— Não tem nada no porão, Lund. Já demos uma olhada lá.

— Naquela ocasião vocês estavam procurando por Frevert, não por Nanna.

Svendsen aproximou-se, agarrou o braço dela.

— Você está presa.

Sarah se desvencilhou com um safanão, pôs-se na frente de Brix.

— Frevert telefonou para Birk Larsen aquela noite. Queria contar que tinha feito uma corrida para Nanna e que ela estava indo para algum lugar. Mas a ligação foi transferida para o telefone de Vagn.

Svendsen tentou agarrar o braço dela outra vez.

— Tire as mãos de mim! — berrou Sarah. — Brix! Escute. Skærbæk foi até o apartamento. Pegou as chaves do carro que Hartmann tinha usado. Escondeu Nanna no porão dessa casa. Se procurarmos...

— Você pode falar o quanto quiser quando voltarmos à sede — cortou Bülow.

Ela tentava se esquivar dos braços de Svendsen.

— Skærbæk atirou em Meyer. Ele não disse Sarah. Disse Sarajevo. Oitenta e quatro. Olhem para o moletom de Skærbæk. Droga!

Svendsen conseguira agarrar o braço dela, torcia com força.

— Conte a eles sobre a fotografia desaparecida, Brix! Conte!

Ela foi dominada. Arrastada até o carro

— Skærbæk instalou um piso novo. Forrou as paredes. Olhe! Prenda-o antes que ele mate mais alguém...

A mão direita do policial agarrou o cabelo comprido dela, arrastou-a até a porta. Empurrou-a para dentro, no banco de trás.

Então ele entrou na frente, ao lado de outro homem que já estava no banco do passageiro. As portas traseiras trancadas.

Jansen saiu da casa, foi até Brix.

— Você encontrou algo lá embaixo?

— Nada que eu possa ver — disse o perito. — Mas isso não quer dizer...

— Vá embora — ordenou Bülow. — Vou mandar alguém vir avaliar os estragos provocados por Lund. Vamos ter que pagar por isso também.

Ele seguiu para o carro.

— Espere.

O atarracado agente da promotoria se virou e fez uma careta.

— Pode ser o seu trabalho processar Sarah Lund — disse Brix. — Mas eu é que comando o esquadrão de homicídios.

— O seu caso está encerrado. Livre-se daquela louca maldita enquanto pode.

Ele voltou a andar.

— Providencie uma equipe completa de peritos — ordenou Brix a Jansen. — Todo mundo que tivermos. Quero que passem pente fino nesse porão.

Bülow se virou, balançou a cabeça em condenação e desprezo.

— Só vamos embora quando eu mandar — insistiu Brix.

— Pode deixar — disse Jansen, pegando o telefone do bolso.

Uma canção de aniversário. "É assim que tocamos os trombones". Todos de pé em volta da mesa, fazendo de conta que tocavam instrumentos.

Chapéus de festa. Presentes. Bolo. Velas e bandeirinhas dinamarquesas.

Um brinde de vinho e suco de laranja. Vagn nas suas melhores roupas, sorrindo como um tio orgulhoso, contemplando radiante os garotos.

Pernille olhou para ele. Tão jovem às vezes, apesar de ter bolsas debaixo dos olhos nas quais ela não reparara. E talvez ele estivesse começando a pintar os fios de cabelo brancos.

Vagn era parte deles havia tanto tempo que Pernille não conseguia lembrar como começara. Com Theis. Tudo começava com ele. Naquela loucura eufórica, quando ela estava grávida de Nanna, fugindo dos pais, casando-se. Persuadindo o marido a deixar de lado os bicos e tentar buscar estabilidade. A montar a própria empresa.

A figura franzina e tímida, às vezes assustada, de Vagn, sempre nos bastidores. Sempre pronto a ajudar. A oferecer uma palavra amiga. A colocar a vida de outra pessoa na frente da sua.

Agora ela o observava, enquanto ele olhava para os meninos, e sentia, a cada segundo que passava, que algo que um dia parecera tão certo, tão natural, estava profundamente errado. Não por qualquer motivo que fosse capaz de compreender. Não por nenhum fato isolado, e mais por uma linha de circunstâncias e intuições que ela ainda não conseguia discernir bem.

— Os meninos estão lindos — disse Vagn, sorrindo daquela forma espontânea e genuína que ela sempre vira como verdadeira.

Talvez visse neles a si mesmo. Ou o menino que desejava ter sido.

— A comida estava deliciosa.

— Que bom, Vagn — disse ela em voz baixa.

E quis perguntar: por quê?

Estava prestes a fazê-lo quando Theis levantou, pigarreou, anunciou que desejava dizer algumas palavras.

Será que haveria outras?, pensou Pernille. Ela amava aquele homem, mas sabia que, de certa forma, ele era um mistério para si mesmo tanto quanto era para ela.

— Antes de mais nada — declarou Theis, num tom sério quase cômico, um efeito de que ele talvez nem se desse conta —, eu queria desejar feliz aniversário a Anton. Espero que tenha sido um ótimo dia. Um passarinho me contou...

O homem do outro lado da mesa levou a mão à boca e deu uma risadinha.

— Que o seu tio Vagn tem outra surpresa para você depois.

Ele estava ao lado de Pernille como o rochedo, como a grande árvore da floresta que sempre fora. Oscilando um pouco agora. Não mais o arrogante jovem durão do passado.

Curvando-se um pouco, Theis levou a mão à mesa e afetuosamente cobriu a dela.

— Lotte — disse ele, erguendo a taça. — Anton. Emil. Vagn.

Ele não chorou. Nunca chorava. Não quando ela estava olhando. Mas estava quase.

— Não teríamos enfrentado tudo isso sem vocês.

Ele apertou os dedos de Pernille.

— E eu não teria conseguido enfrentar nada... — Olhos estreitos, impenetráveis, às vezes astutos, recaíram sobre ela. — Absolutamente nada sem a minha Pernille. A minha doce Pernille...

Theis passou a manga da camisa nova no rosto. Não eram lágrimas. Não exatamente.

— Logo teremos uma casa nova. E todos vocês serão bem-vindos lá. Um recomeço. Um novo...

A grande árvore oscilava. A mesa estava em silêncio.

— *Skål* — disse Pernille, erguendo a taça.

— *Skål* — disseram Lotte e Theis.

— *Skål* — disseram os meninos, com seu suco de laranja.

Vagn virou a cerveja e urrou:

— *Bunden i vejret eller resten i håret*!

Os meninos riram. Ele cobriu a boca e corou.

"Esvaziando os copos, ou o resto eu jogo nos seus cabelos".

Um brinde de bêbados. Não para crianças. Mas talvez Vagn não soubesse disso. Talvez houvesse uma linha entre o menino que ele queria ser e o adulto que se tornara. Um, a criança imaginária, feliz e livre, se tornando real. O outro, o adulto, pobre, atormentado, solitário, se transformando em fantasia.

Ela decidiu que ligaria para Sarah na manhã seguinte. Falaria com a investigadora. Sabia que aquela mulher a escutaria. Até lá...

Ela o viu sorrindo para Anton e Emil.

Até lá, ela manteria a família por perto, não deixaria que se afastassem do seu olhar amoroso e atento.

O telefone tocou.

Vagn se levantou da mesa de imediato, foi até o telefone sem conseguir tirar os olhos dos meninos.

E de Pernille também. Ela estava tão... intensa. Feliz, de certa forma. Como se algo, algum mistério oculto, estivesse ficando claro.

— Alô — atendeu ele. — Residência dos Birk Larsen.

— Aqui é Rudi. Theis está?

Em meio a balões e presentes, ela o observava.

Vagn sorriu.

— Oi.

Animado.

— E aí?

— Eu passei pela casa. A polícia está lá de novo.

Ainda sorrindo.

— O que você quer dizer?

— Estão entrando e saindo do porão. Um monte de guardas. Será que está tudo bem? Eu pensei...

— Sim, sim — disse ele. — Está tudo bem. Vamos dar um pulo por lá. Obrigado por ligar. Tchau.

Sentou-se. Deu de ombros.

— Bem — disse ele, olhando ao redor da mesa —, acho que temos uma mudança de planos.

Theis franziu a pesada testa.

— O cara de quem eu falei. — Vagn piscou. — Sabe? Aquele cara? Ele quer que a gente vá lá agora.

— Que plano? — perguntou Pernille, subitamente tensa. — Que plano é esse?

— A surpresa de Vagn — explicou Theis.

Ele piscou também. Aquilo a irritou.

Pernille levantou, ficou atrás de Anton e Emil.

— Então por que ele ligou para cá?

— O meu celular está sem bateria — disse Vagn. — Eu comentei isso?

Ele olhou para os meninos. Para Lotte e Pernille.

— Não quero estragar a festa, Theis. Mas, se vamos lá, é melhor irmos andando. Quanto mais cedo a gente for, mais cedo a gente volta com...

Ele olhou para o teto, revirou os olhos.

— Não podemos esperar até depois do bolo? — perguntou Theis.

— Não. Tem que ser agora. Vai levar meia hora. Só isso.

Um olhar para os meninos.

— Guardem um pouco para mim — disse ele, então pegou o casaco de couro de Theis e o estendeu para ele.

* * *

Na garagem.

Ela ouviu os sons metálicos do portão sendo levantado. Foi até Theis enquanto Vagn seguia para a van.

— Não vá.

— Pernille...

— Por que Vagn não pode ir sozinho?

— Vamos pegar o cachorro — sussurrou Theis. — Estaremos de volta para o bolo. Eu prometo.

Então, com uma embalagem de seis latas de Carlsberg na mão, saiu.

Pernille ficou parada ao lado de caixas e da empilhadeira. Amaldiçoando a si mesma. Perguntando-se por que o deixava dominá-la daquela forma.

Uma vozinha fina vinda das sombras a chamou:

— Mãe? Isso é para mim?

Anton, bisbilhotando na garagem, olhando onde não deveria. Aprendera aquilo com Nanna.

— Vamos subir. Pare de bagunçar as coisas.

— Eu não estou bagunçando. Tem o meu nome escrito.

Ela se aproximou. Um envelope amarelo.

Os garranchos de Vagn: *Anton.*

Estava sobre uma lona que cobria algo que não estava ali antes. Pernille arrancou a lona. Uma casinha de cachorro, nova e reluzente. E atrás uma caixa de papelão velha, semiaberta. Dela saía um som.

Ela abriu.

Anton deu um gritinho agudo. Pulou.

— Ele é lindo, mãe! Ele é lindo! É meu.

Um filhote preto e branco.

Pernille olhou, a mente disparando. Pensando.

Anton pegou o cachorro. Emil descia as escadas correndo.

Correu para o escritório, pegou o telefone. Discou o número dele.

Esperou e ouviu um eco. Foi até a bancada de trabalho, viu o Nokia vermelho, a luz piscando, o toque soando.

— Qual é o nome dele, mãe? — gritou Anton, seguindo o filhote em meio às vans. — Qual é o nome dele?

— Lund — murmurou Pernille.

Anton olhou para ela.

— Lund? — repetiu sua vozinha de criança.

* * *

Svendsen estava ao volante. Sarah não conhecia o outro sujeito ali na frente. Ela falou enquanto abriam caminho pelo trânsito intenso da Vesterbrogade:

— Mande alguém atrás de Skærbæk, droga.

— Por que você não cala a boca e curte o passeio?

— Ele matou Nanna. Matou Frevert. Atirou em Meyer.

Svendsen tirou a mão do volante, girou um dedo no ar, fez um som infantil:

— Auu-auu-uuu. — Riu. — Talvez eu vá visitar você no hospício. Talvez não.

— Precisamos deter Skærbæk...

— Fale com Brix. Você já está me enchendo a paciência.

O rádio ganhou vida com um chiado.

— Carro 1224, copia?

Svendsen pegou o microfone:

— 1224. Câmbio.

— 1224, a mãe de Nanna telefonou. Ela insiste em falar com Lund.

— Lund está de camisa de força uivando para a lua. Qual é o problema?

Ela queria gritar com ele. Agarrar o microfone da mão daquele maldito. Mas esperou.

— Ela quer que localizemos o marido.

— Somos do achados e perdidos agora?

— Puta merda, Svendsen! — gritou Sarah.

— Tá, tá. — Ele agitou a mão. — Qual é o problema?

— Birk Larsen saiu com um funcionário. Ela não sabe para onde. Está preocupada.

— Que funcionário? — intrometeu-se Sarah. — Pergunte a ele. Me dê essa droga de microfone.

Quando tentou levar as mãos à frente do carro, o homem no banco do passageiro lhe deu uma forte bofetada no rosto.

— Droga, Svendsen! — gritou ela. — Bote o seu único neurônio para funcionar uma vez na vida. Pergunte com quem ele saiu! Pare de ser cabeça-dura.

Ele a fitou pelo retrovisor, fez que não, mas perguntou mesmo assim.

Uma pausa.

— Ele saiu com um homem chamado Vagn Skærbæk. Os dois foram supostamente pegar um filhote. A mulher disse que não é verdade.

Sarah enfiou o rosto entre os bancos da frente, sob o olhar atento do policial no banco do carona:

— Precisamos mandar uma viatura até lá. Consiga a placa da van de Skærbæk.

— Copiado — disse Svendsen, e encaixou o microfone no rádio.

Ela piscou, os olhos claros brilhando.

— O que você acha que está fazendo, meu Deus do céu? Mande uma busca pelo Skærbæk. Ele já matou duas pessoas. Svendsen!

Ele virou a cabeçorra bovina para trás, furioso.

— Você não sabe disso, Lund! Não posso pedir uma busca porque alguém saiu para passear. É sexta à noite. Devem ter ido encher a cara e não querem que a patroa saiba.

— Skærbæk não saiu para passear. Faça o seu trabalho.

Ele olhou para Sarah outra vez.

— O meu trabalho é levar você para a sede e atirá-la numa cela. Você não imagina quanto prazer isso vai me dar.

Sarah se recostou no banco duro. As luzes brilhantes da noite ficavam pelo caminho. O tempo corria.

Dois homens do setor de homicídios. Investigadores típicos. Homens. As Glocks sempre no coldre, como se fossem joias, um símbolo de sua masculinidade.

Ela olhou para o painel, então mais abaixo. Svendsen era destro. O outro, canhoto. As armas entre eles. Os punhos voltados para trás. Chamando.

— Eu pedi com educação — sussurrou Sarah.

— Tenho certeza de que a única cela vaga é a mais imunda — começou Svendsen. — Lamento tanto que...

Um movimento brusco para a frente, com as duas mãos. Ela abriu os fechos de couro dos coldres, puxou as armas, largou uma no assoalho, armou o percussor da segunda.

Encostou o cano no pescoço bovino de Svendsen.

— Que palhaçada é essa?

Ele parecia assustado.

— Pare o carro — ordenou ela. — Agora mesmo.

— Lund...

Ela afastou a arma da pele de Svendsen, apontou para a janela do lado do carona e, pela primeira vez fora do estande de tiro, disparou.

A janela explodiu em uma confusão de cacos de vidro. O carro derrapou e rodou na pista molhada.

Svendsen pisava no freio e o outro sujeito gritava. O carro parou em frente a uma loja de presentes. Tijolos vermelhos. Árvores e decoração de Natal na vitrine.

— Desçam — ordenou Sarah. — Encostem na vitrine. Não me provoquem.

Ela os observou enquanto eles obedeciam. Passou para o banco do motorista, arma em punho, os olhos em Svendsen o tempo todo.

Então, na avenida larga, deu a volta e embicou para Vesterbro o carro da polícia sem identificação.

Bülow se recusou a sair da casa. Ele ficou, e agora observava os homens de Brix tentarem encontrar uma forma lógica de examinar a bagunça que agora reinava no porão.

Dois peritos graduados, de macacão e branco e touca, borrifavam um produto químico em busca de marcas de sangue. Brix assistia das escadas, junto com Jansen, sob ameaças incessantes de Bülow.

— Isso não está fácil — resmungou um dos homens de branco. — Esse pó de serra, essa poeira...

— Vocês estão desperdiçando recursos da polícia — intrometeu-se Bülow. — Isso já é uma transgressão, Brix.

Os homens usavam Luminol. Qualquer vestígio de sangue emitiria um brilho amarelo sob as fortes luzes ultravioleta que usariam em seguida.

— Encontraram qualquer coisa que seja? — perguntou Bülow.

— Bem, não — respondeu o perito, com cautela. — Geralmente é o que acontece antes de procurarmos.

— Todos os seus subordinados são piadistas, Brix? Responda. Sério, eu queria saber.

— Precisamos apagar as luzes — disse Jansen. — Para ver se encontramos vestígios. — Ele encarou friamente o homem da promotoria. — Cuidado para não tropeçar.

Então ficou tudo escuro.

Os dois homens de branco pegaram compridas lâmpadas fluorescentes.

Azuis.

Então começaram a passar as lâmpadas ao longo das paredes agora sem forro e borrifadas com Luminol.

— Não estou vendo nada, Brix — provocou Bülow.

O celular dele tocou.

Os peritos começaram a passar as lâmpadas ao longo do piso, cada centímetro.

— Entendi — disse Bülow. — Estou a caminho. Localizem o carro. Alertem a todos que ela está armada. Abordem com cuidado.

Ele desligou, colocou-se em frente a Brix e Jansen.

— Lund acaba de ameaçar dois investigadores com as próprias armas deles e roubou um carro da polícia.

— O quê? — disse Brix.

— Você ouviu. Vou cuidar para que você seja suspenso, Brix. Você interferiu no nosso trabalho desde o início. Quando eu terminar...

Um prolongado assobio vindo de um dos peritos.

— E agora — disse uma voz sob a estranha luz azul — deem um passou para trás e admirem.

Eles olharam para o chão. Bülow e Brix. Jansen e os homens de branco.

Entre duas travessas que sustentavam as tábuas arrancadas do piso, borrões amarelos surgiram sob o jorro de luz azul.

Poças e respingos. Longas marcas escorridas.

— Levantem os olhos, cavalheiros — disse o perito. — Isto é um espetáculo à parte.

Uma marca de mão amarela na parede. Marcas de dedos escorrendo pelo reboco, como as sombras deixadas para trás por um fantasma desaparecido.

Surgiam por todo lado. Fios e espirros, borrões e poças.

Como a sala de uma casa noturna doentia.

Sob a luz estranha, Jansen olhou em volta.

— Ela lutou pela vida aqui, Brix. Isso foi um...

Bülow estava boquiaberto, movendo-se, sem palavras.

Brix tirava o celular do bolso.

— Transfira para a central.

Uma única enfermeira estava de plantão naquela ala do hospital particular.

— O senhor é parente ou amigo? — perguntou ela quando Hartmann pediu para ver Poul Bremer.

— Nenhum dos dois.

— Bem, então sinto muito.

— Diga que Hartmann está aqui. Ele pediu para me ver.

— Ele precisa de repouso.

Hartmann recostou-se no balcão e esperou.

A mulher foi até uma porta próxima e entrou. Instantes depois, quatro pessoas saíram. Hartmann reconheceu a mulher e a irmã de Bremer. Ambas choravam. Passaram por ele no longo corredor, a caminho da sala de espera.

A enfermeira estava de volta.

— Não quero que ele se exalte. Se ele se sentir mal ou ficar agitado, o senhor deve nos chamar. Há um botão de campainha ao lado da cama. Acabamos de transferi-lo para esse quarto, nem todos os monitores foram ligados ainda.

— Claro — disse Hartmann, dando de ombros. — Como ele está?

A enfermeira não respondeu. Acompanhou-o até a porta e se foi.

Apenas uma lâmpada acima da cama. Bremer de camisola hospitalar branca sobre um lençol branco. Uma sonda nasal. Sem óculos. Barba por fazer.

Parecia mais novo assim. Como se o pequeno e solitário quarto o houvesse despido das preocupações com o mundo exterior, dos fardos que Poul Bremer carregava em cada segundo de um dia de trabalho.

O prefeito de Copenhague olhou para ele, estreitou os olhos, riu.

— Eu teria derrotado você com facilidade na terça-feira, Troels — disse ele com voz fraca, débil. — Você sabe disso, não sabe?

Hartmann esta ao lado do suporte do soro, as mãos nos bolsos.

— Talvez ainda dê tempo.

— Bem que eu gostaria.

— Você sabe que deveria estar conversando com os médicos, Poul. Com a sua família. Não comigo.

— Você é o meu legado — disse Bremer, com um sorriso cansado. — Podia muito bem me ouvir.

Havia um banco junto à cortina. Hartmann o puxou para perto da cama e sentou.

— Ah, por favor, Troels. Não faça essa cara de compaixão. Meu estômago fica embrulhado. — Aquele riso fraco outra vez. — Se eu fosse você, com trinta anos a menos do que eu tenho, estaria de pé ao lado daquele soro agora, me despachando para o inferno e roubando o prêmio.

— Não acredito nisso nem por um segundo — disse Hartmann, surpreso ao se dar conta de que sorria.

— Não — concordou Bremer. — Eu gostava de bravatas naquele tempo. De ameaçar. Era só isso. Eu era muito parecido com você. Expressava os meus sentimentos. Então você conquista o seu sonho. E é...

Hartmann viu a expressão de repugnância.

— É uma bosta. Você não muda nada. Tem sorte se conseguir manter a coisa funcionando porcamente.

— Você deveria descansar.

— Descansar? — A voz dele ficou um pouco mais alta. — Descansar? Como é possível descansar? Como é possível fazer qualquer coisa... mudar qualquer coisa... sem o poder?

— Poul...

Os olhos do velho estavam vidrados e desfocados. Ele produzia chiados ao respirar, tomando fôlego a intervalos curtos e irregulares.

A mão de Bremer avançou e pegou o braço de Hartmann. O toque fraco e trêmulo de um homem frágil.

O monitor ao lado da cama emitia bipes e piscava.

— Você acha que é diferente — gemeu o velho. — Talvez seja. Está tudo mudado ultimamente. Tem muita coisa que eu não entendo mais.

Ele tossiu, fechou os olhos de dor.

— Poul? O que você queria me dizer?

Os olhos de Bremer tentaram recuperar o foco.

— Eu sei quem vem protegendo você.

A enfermeira entrou agitada, olhando para o monitor.

— Preciso pedir ao senhor que saia.

Hartmann se levantou. A mão fraca de Bremer ainda o agarrava.

— Achei que fosse Rie, mas não era.

O velho engoliu em seco. Sentindo dor novamente. A enfermeira colocou a mão na sua testa, conferiu o monitor outra vez.

— Mandei uma coisa para o seu escritório. Cabe a você...

A mulher chamava um médico. Hartmann ouvia os passos no corredor.

— O senhor precisa sair agora — disse ela com firmeza, apontando para a porta.

Mas a mão de Bremer ainda o detinha, seu rosto ainda com aquele olhar de basilisco, os olhos da cor do mármore escuro dos corredores do Politigården.

— Faça a coisa certa, Troels. Você é quem vai ter que viver com isso. E mais ninguém.

Surgiram lágrimas e um olhar súbito de terror.

— Você acha que é o capitão desse navio — sussurrou Poul Bremer. — Mas na verdade... é o próprio navio que comanda a todos nós.

A voz aguda, trêmula, frágil. A mão na dele.

— Troels...

Formas de branco acorreram em volta, tirando Hartmann do caminho. O monitor começou a apitar alto. Médicos, enfermeiras, palavras tensas.

Os olhos escuros se abriram tomados de terror e se fecharam, e então Hartmann foi arrastado para fora da porta.

Pelo corredor, a caminho da saída.

Alguém causava uma comoção. Aos gritos.

— Mas ele é um velho amigo meu! Ele pediu...

Troels Hartmann chegou ao balcão. Só permitiram que Erik Salin chegasse até ali.

A cabeça careca veio imediatamente em sua direção.

— Hartmann? O que Bremer disse? Hein? Vamos, Troels...

Ele olhou para o homem enfiado num casaco cinza, cheirando a cigarro e ansiedade.

— Bremer lhe deu a prova, não deu? Ele não teria chamado você aqui por nada. Ele tinha uma prova. Ele me garantiu.

Hartmann parou.

— O que você quer?

— Bremer me disse que tinha uma prova — repetiu Salin. — Então...? — Um olhar de derrota, de desespero. — O que é?

Ele não sabe, pensou Troels Hartmann. Não mais do que eu.

— Boa noite, Erik.

Brix foi direto à casa dos Birk Larsen, falou com Lotte, olhou para o cãozinho.

— Tentamos telefonar para eles. Mas Theis deixou o celular aqui. E Vagn não atende.

— O que Sarah Lund disse?

— Ela só passou aqui e pegou a minha irmã.

— Aonde elas foram?

— Foram procurar Theis e Vagn.

— Onde? — perguntou Brix.

Ela olhou para os policiais que revistavam a garagem, as luzes azuis piscando do lado de fora.

— A Lund é da polícia, não é? Por que diabos você está me perguntando isso?

Uma voz familiar no rádio:

— Eles estão numa van vermelha, com Skærbæk ao volante. Placa UE 93 682.

— Lund — disse uma voz da central —, você não tem autoridade. Apresente-se imediatamente.

— Apenas peça a busca, está bem?

Brix foi até o carro.

— A van foi vista pela última vez seguindo em sentido oeste na Vesterbrogade — disse Sarah.

— Apresente-se! — berrou a voz do controle.

Ele pegou o microfone.

— Brix falando. Eu cuido disso.

De volta ao Rådhus, Hartmann foi direto para seu gabinete. A janela quebrada estava coberta com fita. Sobre sua mesa havia um buquê de Natal, folhagens e copos-de-leite, que trazia um envelope com seu nome.

Dentro havia uma fotografia que ele lutou para reconhecer. Tirada no verão, talvez. Parecia um evento escolar num parque. Ele sorria em meio a um grupo de adolescentes. Ao lado dele estava uma jovem loira, de braços dados com ele, rindo como se acabasse de ouvir uma piada.

O sangue de Hartmann gelou.

Nanna Birk Larsen.

Um som veio das sombras do gabinete. Morten Weber estava no sofá, com o casaco dobrado sobre o braço, segurando o cachecol.

Ele se levantou, foi até a mesa. Olhou.

— Eu estava de saída quando isso chegou. Achei que eu tivesse todas as cópias. Mas parece que Bremer encontrou a última. Não deve ter sido nada fácil. Nem mesmo Salin conseguiu descobrir, ao que parece.

Morten puxou uma cadeira, sentando-se do outro lado da mesa, em frente a Hartmann.

— Foi em julho. Na corrida beneficente da Frederiksholm. Lembra?

Hartmann olhou para a fotografia.

— De braços dados. Olhos nos olhos. Ela nem de longe parece uma adolescente, não é verdade? De certa forma acho que não era.

Morten se levantou, deu a volta na mesa até chegar ao lado de Hartmann, pegou a fotografia.

— Ainda bem que não foi publicada. Nanna ganhou a medalha de bronze. Você a entregou a ela. Isso poderia ter nos destruído. E Bremer entrega a foto a troco de nada. Deve existir um Deus.

Ele devolveu a fotografia a Hartmann, voltou à sua cadeira.

— Acabo de saber que ele teve outro derrame. Parece que é grave. Se ele não puder ocupar o cargo, você assume. Precisamos pensar em como você deve agir...

Troels Hartmann olhou para a bela jovem loira e então para o buquê de Natal, pensou no velho lutando para respirar no hospital.

— O que você fez? O que em nome de Deus...

Morten deu de ombros, olhou para ele.

— Está falando sério?

— Estou falando sério.

— Você realmente deveria tentar se colocar no lugar dos outros às vezes. Você esteve no apartamento. Estava completamente embriagado. Quando o encontrei no chalé, você era uma massa incoerente e patética. — Ele balançou a cabeça lentamente, sem tirar os olhos de Hartmann. — Você tentou se matar. Eu me lembrava daquela jovem. E me lembrei dessa foto no momento em que a polícia disse quem era. Eu sabia o nome dela, Troels. Eu trabalho. Cuido dos arquivos.

— Você... sabia?

— O que eu deveria pensar?

— Eu não a conhecia — insistiu Hartmann, colocando a foto sobre a mesa, se recusando a olhá-la. — Não me lembro disso...

Morten recostou-se na cadeira, fechou os olhos e suspirou.

— Você achou que eu fosse capaz de...

— Eu trabalhei vinte anos para transformá-lo em quem você é! — berrou Morten. — Esperando pela chance de finalmente conquistar alguma coisa. Não ia permitir que isso fosse para o lixo.

A voz mais baixa. Hartmann ofegante. O ar quase tangível.

— Ah, tenha dó, Troels. Eu fui ao apartamento naquele domingo. A mesa estava estilhaçada. Eu vi que alguma coisa tinha acontecido. No dia seguinte a polícia disse que era ela... — O rosto dele ficou grave. — É claro que eu tomei precauções para que não descobrissem. Todas as que estavam ao meu alcance. Também peguei a fita da segurança. Pensei que poderíamos entregá-la à polícia depois das eleições. Deixar que fossem ao apartamento. Quando fosse seguro. *Se* fosse seguro...

— Se?

— Não force a barra. A rigor, eu não fiz nada que tenha obstruído a investigação. Só ajudei...

— A rigor?

Morten pegou o decantador de conhaque, serviu-se uma dose, ficou de pé à frente de Hartmann. Como o chefe dele.

— Sinto muito sobre Rie — disse ele, casualmente. — Mas, convenhamos. Ela não era a mulher certa para você.

— E é você quem decide isso?

Morten o olhou de cara feia.

— Depois de todo o suor que eu dei a esse gabinete, não tenho direito a uma opinião? Você devia ter ficado com aquela policial, Lund. Faz mais o seu tipo. Consigo até ver vocês dois... — Ele tomou um gole de conhaque. — Na cama. Você pensando no próximo discurso. Lund com aqueles olhos enormes, se perguntando o que procurar no quarto, o que procurar no resto da casa.

— Você me dá nojo...

— Tudo bem, Troels. Sinta quanto nojo você quiser. Eu deveria jogar fora vinte anos da minha vida só porque alguém matou uma garota de Vesterbro?

Hartmann perdeu o controle. Tirou a taça da mão dele, atirou-a na parede. Ficou com o rosto a centímetros do dele.

— Você é louco, Morten?

Morten não recuou, como costumava fazer. Ficou imóvel, desafiador, com um sorriso de canto de boca.

– Não. Só eficiente.

— A polícia vai descobrir. Eles estão no apartamento agora.

— Não, não estão. Eu não liguei para eles.

Ele pegou uma nova taça. Serviu-se conhaque novamente. Sentou-se na cadeira de Hartmann. Olhou para ele.

— Sente-se, Troels. Sente. Temos coisas a discutir.

Hartmann continuou em frente à janela.

— Ah, tenha dó — resmungou Morten, então pegou outra taça e serviu conhaque para Hartmann. — Se isso é tão importante para você...

Ele se sentou do outro lado da mesa. Esperou que Hartmann ocupasse seu lugar.

— Você não tem com que se preocupar. Nada. Esse discurso de amanhã... — Pegou alguns papéis que estavam sobre a mesa. — Preciso fazer algumas mudanças. Precisamos incluir referências ao Bremer. Elogios. Eu cuido disso.

— Não haverá um discurso amanhã. Quando eles descobrirem o que você fez...

Morten riu.

— Ah, tá.

— Se não descobrirem, eu vou contar.

— É isso o que você quer? Ótimo. — Ele empurrou o telefone para o outro lado da mesa. — Vá em frente. Ligue. — Ele bateu com a ponta do dedo na foto. — Podemos mostrar isto a eles. Você pode dizer o que aconteceu quando a conheceu. Em julho. Rie estava de férias na Espanha com o pai. Lembra?

Hartmann não disse nada.

— Você lembra, não lembra? Corrida beneficente. — Dedo na foto. — Eu estava lá. Esse sou eu atrás do grupo. Sempre nos fundos. Eu sei qual é o meu lugar, e...

Morten apontou para os próprios olhos, sorriu.

— Eu observo. É preciso. Você tinha bebido algumas cervejas, não tinha? Esses seus olhos atentos. E ficou até mais tarde. Me diga, Troels. Eu nunca fui bom com as mulheres. Você ao menos lembrava o nome dela? Faz alguma diferença?

— O que você quer dizer? — murmurou Hartmann.

— O que acontece é que... — Morten havia deixado de lado a fotografia de Nanna Birk Larsen, agora tinha nas mãos o retrato de JFK com

Jackie. — Você sonha com a Casa Branca. E eu o conheço. Sei como você é. Como era antes de se casar. *Enquanto* era casado. Depois.

Morten se curvou sobre a mesa. Ergueu a voz.

— Eu *sei*. Você sonha com a Casa Branca. E eu só vejo Chappaquiddick. Uma bela jovem. Algumas cervejas. Eu vi você dar o seu número a ela. Eu não tinha como saber naquele momento. Mas, bem... — Ele deu de ombros. — Acontece que ela estava transando com Jens Holck, não é? Talvez quisesse experimentar outro político. Mais uma conquista na cama. Eu vi você...

— Morten...

— Você deu o seu número para ela. Foi ao apartamento da Store Kongensgade. Esperou. Tomou um bom vinho. Pediu comida. Foi assim que aconteceu?

Hartmann balançava a cabeça.

— Eu não lembro...

— Eu puxei a garota de lado depois que você foi para o apartamento. Arranquei o número de telefone da mão dela. Dei-lhe um bom susto. Foi por isso que ela não apareceu. Mas eu sim. Por acaso. Para me certificar de que você estava sozinho. E não transando com uma aluna do ensino médio que conheceu numa premiação. Você se lembra disso?

Nenhuma resposta.

— Então veja. Quando ela apareceu morta, eu tive que me perguntar. Será que ela tinha conseguido o seu telefone de outra forma? A bela colegial que parecia tão mais velha?

— Eu não matei aquela garota!

— Eu sei que não. Agora sei. Isso é bom. Podemos viver com isso. Se fosse diferente... Eu teria me deparado com algumas decisões difíceis.

Morten ficou de pé, vestiu o casaco.

— Alguma pergunta, Troels?

O telefone preto permanecia intocado.

— Ótimo. Essa conversa foi só dessa vez. E nunca mais. — Morten Weber olhou o relógio. — A gente se vê amanhã de manhã. Não se atrase.

Na longa estrada que saía da cidade. Pernille de olhos arregalados e assustada no banco do passageiro, Sarah ao volante.

A chuva entrava furiosamente pela janela estilhaçada. Havia vidro no assoalho, sobre o painel.

— Você consegue pensar em algum galpão que eles possam usar? — perguntou Sarah.

— Temos alguns em Sydhavnen.

Uma área industrial, do outro lado da via principal que levava ao aeroporto e a Vestamager.

— Lund? — chamou uma voz pelo rádio. — Aqui é Brix.

— E...?

— Você estava certa a respeito de Skærbæk. A jovem foi mantida refém no porão.

Ao lado dela, Pernille levou a mão à boca.

— Então vamos encontrá-lo — disse Sarah.

— Nós é que vamos. Você precisa se entregar.

A resposta foi imediata:

— Sem chance.

— Você não sabe onde eles estão, Lund! Está interferindo na operação. Estamos alertando os postos de fronteira e...

— Vagn não vai sair do país. Não se trata...

— Encontramos cartuchos de escopeta na garagem de Skærbæk. Ele está armado. Não quero você perto dele. Muito menos a Pernille. Dê meia-volta e venha para cá.

Ela olhou para a mulher ao seu lado. Pernille fez que não.

— E quanto à floresta? — perguntou Sarah. — Pinseskoven.

A Floresta de Pentecostes.

— Por que diabos ele iria até lá? — perguntou Brix. — No meio do nada. Um beco sem saída.

— Começou lá. De alguma forma. Talvez ele queira que tudo termine lá também.

— Entregue-se agora. Eu cuido disso.

Ela colocou de volta o microfone, seguiu em frente, pegou o retorno para Vestamager.

— Por que eles iriam para a floresta? — perguntou Pernille.

O trânsito ficava menos intenso à medida que a noite escurecia. Logo elas haviam deixado para trás os postes de iluminação e a estrada de pista dupla, e agora desciam uma longa via úmida que levava à floresta.

Algum tempo depois a estrada só tinha uma pista, e então era pouco mais do que uma viela.

Um beco sem saída, dissera Brix. Pelo menos nisso ele tinha razão.

* * *

Theis bebia a terceira lata de cerveja e não dava a menor atenção para onde iam. Estava um pouco bêbado, muito feliz. Imerso em lembranças.

— O primeiro cachorro que eu tive se chamava Corfu. Lembra dele?

— Aham — respondeu Vagn, soando entediado.

— Contrabandeei o bicho da Grécia na mochila. Aprendemos algumas coisas naqueles tempos, não foi?

— Nunca imaginei que um cachorro tão pequeno podia cagar tanto.

Theis fez uma careta para a cerveja.

— Talvez a gente precise contrabandear outras coisas em breve. Tem a casa para pagar. E se me prenderem por causa daquele maldito professor... — Ele olhou para o homem ao volante. — Você segura as pontas. — Deu um tapinha no ombro dele. — Você cuida da empresa.

Ele pegou as últimas latas.

— Quer mais uma?

— Não.

— Então tá. Eu bebo a sua.

Eles estavam numa estrada estreita. A van quicava e balançava.

— Aonde é que estamos indo?

— Já vamos chegar.

— Pernille vai matar a gente se não chegarmos a tempo pro bolo. — Theis ergueu a lata. — Às mulheres.

E bebeu um bom gole.

Um rugido distante acima deles. E luzes. Theis observou um avião descer do céu escuro.

— O aeroporto é aqui perto. Que tipo de idiota cria cachorros nessa área?

— Tem uma coisa que eu preciso mostrar para você. Coisa rápida.

— Pernille...

A van quicou. Ele olhou para o caminho que os faróis iluminavam. Uma estradinha de terra. Uma vala de um lado, ao que parecia. À luz cinzenta de uma lua encoberta por nuvens, os contornos de uma floresta.

Uma lembrança indistinta, embaçada pela cerveja.

Vagn a interrompeu:

— Lembra de quando a gente saía para pescar à noite?

— Foda-se a pescaria, Vagn. Cadê a droga do cachorro?

Árvores agora. Casca prateada. Troncos nus e esguios se erguendo da terra como membros mortos.

— Estava sempre um gelo. Nunca pegávamos droga nenhuma.

A van agora quase se arrastava. Passavam por um buraco escuro para logo topar com outro.

Theis se sentia lento e bêbado e estúpido.

— Você dizia que Pernille acharia que a gente tinha ido beber se não voltássemos com algumas enguias. Devia ter visto a sua cara quando eu consegui algumas. Nunca perguntou como.

— Vagn...

— Eu fui lá e roubei da armadilha de alguém.

— E daí?

Vagn assentiu.

— É. E daí? Contanto que as coisas sejam resolvidas... Nada nunca volta para assombrar você. Que importância tem?

Ele encontrou o lugar que procurava. Parou a van. Puxou o freio de mão.

Troncos prateados descascados sob a luz baça da lua. Valas fundas dos dois lados da estrada. Nenhum sinal de vida.

Vagn desceu, foi até a traseira da van, abriu as portas.

Theis suspirou. Tomou um gole de cerveja. Decidiu que queria urinar.

Desceu, deu a volta no carro.

Vagn havia vestido por cima uma roupa de caça completa. Galochas pretas de cano alto, um comprido casaco cáqui. Sobre o ombro, a alça de uma escopeta.

Ele tirou outro par de galochas do carro.

— Calce isso, Theis.

— O que está acontecendo?

— Calce logo de uma vez!

Então ele pegou um galho pesado, segurou-o com as duas mãos.

— Vamos para casa. — Theis suspirou. — Pernille...

Ele não viu o galho chegando. A madeira o acertou na têmpora, derramando sangue em seus olhos. Ele cambaleou, seu corpo bateu contra a porta da van, desmoronou para o chão.

Vagn o cutucou com o cano da escopeta.

— Você está bem. Levante.

Ele tirou uma lanterna elétrica grande do compartimento de carga, acendeu a luz. Fechou as portas da van.

— Esqueça as botas — disse Vagn. — Vamos andando.

Então o empurrou na direção das árvores.

Dez minutos depois, Sarah estacionou ao lado da ponte onde o corpo de Nanna fora encontrado e caminhou na direção da floresta por uma trilha longa e reta, com Pernille ao seu lado. Mais atrás, elas viam fachos de lanternas. Sons de rádios e homens. Um helicóptero sobrevoava a área, sua luz brilhante cortando a escuridão da Floresta de Pentecostes.

Tudo que ela tinha era uma única lanterna de bolso e a pálida lua, que se insinuava por trás das nuvens esfiapadas.

O celular dela tocou.

— Mandei dois carros e uma equipe do esquadrão de cães do aeroporto — disse Brix. — Eles encontraram a van. Está vazia

Ela se lembrava da floresta. Um labirinto de trilhas e caminhos, entrecruzados por valas, alagadiços pantanosos e canais. Pilhas de toras de madeira bloqueavam algumas estradas de terra que cortavam a mata. Outras teriam sido transformadas em atoleiros pela chuva.

— Os cães — começou Sarah.

— Os cães farejaram um rastro. Estão seguindo nessa direção.

— Quantos homens você reuniu?

— Cinco patrulhas. Onde você está?

— Na floresta, à frente de vocês, eu acho. Precisamos correr.

Ela podia ouvir os latidos. Ver os fachos das lanternas. Esperou. Viu a direção.

Pegou o mapa que pegara de uma das caixas que a administração da reserva espalhara por todo lado.

Lembrou-se de Jan Meyer sorrindo com uma raposa morta debaixo do braço, lembrou-se do arame e do lenço dos Lobinhos no pescoço do bicho.

Voltou a andar.

Pernille a seguiu.

Theis tropeçou.

Vagn, escopeta em punho, estava às suas costas.

— Vamos — ordenou ele, vendo o homenzarrão se apoiar num tronco prateado. — Andando.

As árvores ficavam mais grossas e mais altas. Os dois caminhavam em meio a samambaias e folhas podres.

Latidos distantes. Vozes.

Theis pisou em falso numa poça, caiu na terra molhada, chapinhou na lama.

— Vagn...

Vagn olhou para o rosto perplexo e machucado do homem no chão.

— O que é isso, Vagn? Que porra é...?

Vagn disparou, abriu um rombo em um tronco coberto de fungos e mofo a um passo do homem ferido e enlameado à sua frente, viu o clarão amarelo e a lama voando para todo lado.

Latidos. Vozes cada vez mais altas, mais próximas.

— Levante. Vamos andando — disse ele. — Não pare agora. Não está longe. Não vai demorar.

Sarah ouviu o tiro. Pernille soltou um grito agudo, assustado.

Não ouviram mais tiro algum.

— Onde eles estão? — perguntou Pernille, arfante. — Theis...

Uma voz no ouvido de Sarah:

— O que está havendo? — perguntou Brix.

— Não sei.

— Você está perto?

— Não sei. Eu...

Turbinas engolfaram suas palavras. Engolfaram seus pensamentos.

Uma vala, coberta de algas verdes. Theis tropeçou, caiu, foi levantado pelas mãos de Vagn.

Tropeçou em troncos derrubados, chapinhou na lama. Escalou o outro lado. Ofegando, sangrando.

As árvores ficavam mais grossas.

As árvores ficavam mais esparsas.

Luzes próximas. O som ritmado de cães ansiosos por seguir um cheiro. Gritos de seus treinadores, berros no escuro.

Uma clareira à frente. Mato alto. Galhos quebrados. Um círculo em meio às árvores prateadas.

Envergando seu casaco de caça verde, Vagn olhou em volta.

— Pare aqui.

Concentrou a atenção na mata. No brilho distante das lanternas que se aproximavam.

Voltou-se para o homem grande e aturdido ao seu lado. O sangue escorria da têmpora esquerda de Theis, caindo no olho, passando em volta do nariz e pela face barbada, como uma máscara macabra.

— Theis. Em pouco tempo eles vão falar todo tipo de coisa.

Theis continuou encolhido e confuso.

— Quero que você ouça de mim.

Lanterna na mão esquerda, escopeta apoiada no braço direito, Vagn escutou outra vez. Balançou a cabeça, riu por um instante.

— Às vezes as coisas simplesmente acontecem. Você nunca sabe. Nunca suspeita. Mas então elas estão lá e nada do que você faça pode impedir. Nada...

O homenzarrão com o rosto ensanguentado o encarava.

— Leon telefonou para dizer a você que tinha feito uma corrida para Nanna, que a tinha deixado em um apartamento na Store Kongensgade. Eu sabia que ela estava aprontando alguma coisa. Vi os dois na estação. Ela ia embora com aquele indiano sujo. Aquele moleque indiano idiota. — Vagn agitou a arma na direção dele. — Os dois iam embora. Você está entendendo?

Theis resmungou algo ininteligível.

— Eu sabia o que você ia dizer. Mas você não estava por aqui. Então eu fui atrás dela.

Ele ergueu a voz:

— Eu sou um homem de bom-senso! Você sabe disso! Tentei convencê-la a não fazer aquilo. Botar juízo na cabeça dela. Ah, mas não Nanna.

Ele arrancou o gorro, olhou para Theis com olhos suplicantes.

— Não Nanna. Ela tem o seu sangue, não é? Ela não me ouviu. Pulou para cima de mim, gritando e me arranhando.

Theis estava tão imóvel quanto as árvores em volta.

— Você sabe como ela era. O seu sangue. — Vagn apontou a lanterna para o rosto dele. — Eu? Eu pensei em você, na Pernille e nos meninos. O que iam pensar. Como iam se sentir. Abandonados daquele jeito.

Parte da máscara caiu. Os olhos dele começaram a ficar marejados. A voz, trêmula.

— A gente amava aquela menina. Mas ela não se importava. Não a Nanna. Não com vocês. Não comigo. Você sabe que é verdade, não sabe? Você sabe, Theis. Então.

Nenhuma palavra do homem imóvel, o sangue começando a coagular no rosto rígido.

— Theis...

Vozes mais próximas. Fachos de lanterna iluminando os troncos prateados às costas dele.

— Às vezes as coisas simplesmente acontecem. Você não tem como prever. Não tem como saber de onde vêm. Simplesmente vêm.

A escopeta tremia, apontada.

— Você sabe disso. Não sabe? — Ele olhou em volta. — Sem explicação. Sem desculpas. Você só... — Vagn limpou alguma coisa dos olhos. — Você precisa consertar aquilo. Tentar ao máximo compensar por tudo.

Ele levou a arma ao ombro, confirmou que estava carregada.

— Você entende o que eu estou dizendo?

Nenhuma resposta.

A escopeta foi abaixada, apontou para o chão.

— Viemos para cá. Essa parte aqui da floresta. Ela estava assustada. Eu sabia que você nunca entenderia.

Olhos jovens, voz jovem, sem a correntinha de prata, sem o uniforme vermelho.

— Eu não consegui matá-la. Não consegui.

Ele fungou. Deu de ombros.

— Então a coloquei no carro e o empurrei para dentro da água.

Ele ergueu a escopeta. Theis olhou para a arma.

— Aqui.

Vagn a arremessou. Observou o longo cano girar no ar entre eles. O cabo foi parar bem na maciça mão de Theis. Os dedos dele se fecharam automaticamente ao redor da madeira.

A arma mágica. A arma que encerrava as coisas.

Homem grande, casaco preto, rosto ensanguentado.

— Vamos, seu idiota. Vá em frente. Acabe com isso.

Passos apressados. Vozes.

— Atire!

Uma voz de mulher rasgou a noite:

— Theis Birk Larsen, solte a arma.

Os dois homens se voltaram e olharam. Viram Sarah Lund do outro lado do alto mato seco. Arma em punho. Pronta para disparar. Ao seu lado, Pernille em seu casaco cáqui.

Vagn abriu as mãos, sorriu para o homem com a escopeta.

A explosão reverberou no escuro. Sarah atirara para o alto.

— Afaste-se de Skærbæk agora — ordenou ela. — Sabemos o que aconteceu, Theis. Solte a arma. Afaste-se.

Vagn ria.

— O que aconteceu? — perguntou ele. — Você acha que eles sabem, grandão? Hein? Ou eu entendi errado?

Nenhuma palavra. Theis nunca fora bom nisso. Mas sabia olhar.

— Vocês nunca vão se mudar para Humleby agora — disse Vagn, com o mesmo sorriso sarcástico. — Foi lá que eu fiz tudo. Já imaginou?

— Solte a arma, Theis! — guinchou Sarah.

Ela estava depois do mato. Os dois viam a Glock preta em suas mãos. Mais pessoas também. Luzes atrás dela. Formas escuras em meio às árvores prateadas com a casca se desfazendo. Cães e lanternas, o círculo se fechando em torno dos dois homens na clareira.

Theis segurava a arma ao lado da cintura, num ângulo de 45 graus.

— Theis — gritou Sarah —, tem alguém aqui que quer falar com você.

Um casaco cáqui atravessando o mato para dentro da clareira.

— Acabou — disse Pernille. — Theis...

Por um breve instante ele desviou a atenção do homem de casaco de caça verde, viu-a.

— Acabou.

— Não acabou — disse Vagn, entre os dentes. — Ainda não. Até mesmo um cretino como você sabe disso. Não sabe? Anda logo. Você vai ser solto em dois, três anos no máximo. O que tem a perder? — Uma risada breve, dura. — Você vai ser um herói. Theis Birk Larsen. O anjo vingador. Bem que você vai gostar, não vai?

Ainda além do círculo, aproximando-se rápido, a voz suave e assustada de Pernille implorava:

— Vamos para casa, Theis. Vamos voltar para os meninos.

A arma relaxou.

— Os meninos. Olhe para mim. Olhe para mim. Afaste-se dele.

Theis deu um passo para trás, deixou que os olhos percorressem o pequeno círculo na Floresta de Pentecostes. Lanternas e homens os rodeavam como a plateia de um espetáculo. Como a plateia de uma arena.

Chegando mais perto.

A voz assustada e dura de Sarah:

— Largue a arma, Theis. Largue a...

— Eu tampei os ouvidos — disse Vagn de súbito. — Porque não consegui suportar os gritos dela. Pode imaginar?

Theis o encarou com fúria, não ouviu mais nada.

O rosto de Vagn estava diferente agora. Assustado e desesperado. Ainda determinado.

— Quando a empurrei para a água... O carro afundou devagar... Nossa! Ela implorava e gritava e...

A voz fraca e aguda de Vagn fraquejou. Sua cabeça se contorcia de um lado para o outro. Medo, agonia.

— Nanna não parava de implorar para que eu a tirasse dali.

A arma foi erguida lentamente. Os olhos ansiosos de Vagn cravados no homenzarrão com rosto sombrio.

— Ela gritou por você e pela Pernille. Patético. Ainda consigo ouvir.

Os ombros do casaco de caça foram erguidos num gesto de indiferença.

— Mas, sério... Já era tarde demais, não é mesmo? Ela podia gritar quanto quisesse. O que é que eu podia fazer?... Cadê os seus colhões agora, seu covarde de merda?

A arma foi erguida, um clarão amarelo na noite. Fumaça e um berro esganiçado.

O homem de casaco comprido voou para trás. Mão no peito. Caiu num arbusto rasteiro. O rosto erguido para o céu noturno.

Erguido para Theis Birk Larsen, que ignorava os gritos à sua volta. De Lund. De Pernille. Ignorava as formas escuras que corriam na sua direção.

Não vê nada além do homem no chão.

Arma no ombro. O rosto imóvel. Fixo nos olhos assustados de Vagn.

Alguém gritando, não que isso fizesse alguma diferença.

Sangue no casaco verde. Sangue na boca aberta trêmula de Vagn. Ainda respirando. Ainda vivo.

— Você me deve — disse o homem fulminado, as palavras saindo junto com bolhas vermelhas enquanto ele lutava para falar. — Você me deve agora, seu idiota...

O segundo tiro ecoa com uma revoada de pássaros noturnos saindo dos galhos da mata escura onde as árvores mortas não dão abrigo.

Então Theis Birk Larsen dá um passo para trás.

Joga a arma de caça no chão. Olha para a forma desfigurada e contorcida aos seus pés.

Então recua.

Sem palavras. Não há necessidade.

Formas escuras se movem à sua volta

Gritando ordens. Empunhando armas.

Ele gira a cabeça dolorida, confusa, como uma fera encurralada, olha à sua volta e vê.

Há uma mulher de suéter preto e branco, e ela está chorando.

Uma mulher de casaco cáqui. Ela não.

Treze

Sexta-feira, 21 de novembro

Cinco da manhã. Brix estava na sua sala.

Sarah aguardava em frente a uma janela no corredor curvo, observando o pátio que dava para a cadeia onde Theis Birk Larsen estava preso, sob acusação de homicídio.

Logo amanheceria, e com a luz viria a necessidade de explicações. Coletivas de imprensa. O caso Nanna Birk Larsen seria encerrado de uma vez por todas.

Brix olhava para a mulher solitária em frente à janela, perdida em pensamentos. Perdida em tudo, a não ser em si mesma. Desejou, indo contra os próprios instintos, poder trabalhar mais com ela. Não que desejasse conhecê-la melhor. Aquele era um desafio além do seu alcance Além do alcance da maioria das pessoas, ele suspeitava.

— Lund! — falou ele, chamando-a à sala com um gesto.

Ela ainda vestia o casaco azul e o suéter de lã, sujo com a lama do Kalvebod Fælled.

— Encontrou a foto?

— Não. Sente-se.

— Leon Frevert...

— Lund. — Ele tentou sorrir. — A perícia encontrou resíduos no moletom de Skærbæk que batem com as balas que feriram o Meyer. Sabemos que foi ele.

Ela o fitou com aqueles olhos grandes que tudo viam.

— Bülow ainda quer o seu sangue. Ele vai apresentar um relatório. Você pode esperar consequências. Principalmente pelo que fez no carro

— Svendsen se recusava a me escutar.

— Você apontou uma arma para ele.

— Ele se recusava a me escutar — repetiu ela, muito lentamente.

Brix aguardou um instante.

— Bülow não é o único envolvido. Eu poderei me pronunciar. Eles levarão em consideração a natureza do caso. E da investigação.

Sarah vasculhava a sala com os olhos, atenta aos sacos plásticos de provas.

— A sua situação é muito séria.

Brix notou que a porta ainda estava aberta. Ele se levantou e a fechou. Voltou e ficou de pé ao lado dela.

— Posso lhe oferecer uma oportunidade. Mas não por muito tempo. Você precisa pensar a respeito.

Ela olhou para as próprias mãos, que estavam imundas.

— Esse caso gerou muitas dificuldades. Todos querem que sejam esquecidas. De uma vez por todas. — As mãos nos bolsos, falando com segurança. — Certos aspectos da investigação serão omitidos dos relatórios. A sua alegação de que alguém protegia figurões do Rådhus. A ideia de que há outros casos de pessoas desaparecidas ligados a Skærbæk. — Ele voltou a sentar-se. — O caso Nanna Birk Larsen está encerrado. E vai permanecer assim.

Nenhuma resposta.

— Do meu ponto de vista, essa é uma boa solução para você. Para todos nós.

Sarah cruzou os braços. Não disse nada.

— Aconselho-a a aceitar.

Nenhuma resposta.

— Sarah, você solucionou o caso. Essa é a única coisa que importa. Se você concordar, pode ter um emprego em outro lugar. Posso lhe dar uma carta de referência. Você pode começar...

Ela se levantou, foi até a porta, abriu-a.

— Lund?

Cuidadosa e lentamente, ela tirou um pouco da sujeira que cobria a manga do seu suéter preto e branco.

— As pessoas lá de cima estão esperando uma resposta.

— E não estamos todos? — retrucou ela, e afastou-se pelo corredor de mármore preto. Passou pela sala com o carro de polícia e a tabela de basquete, passou por Jansen, passou pela sala onde os homens da homicídios se reuniam para contar suas piadas sujas.

E saiu para a manhã fria e escura.

Às 6 horas, Troels Hartmann acordou em seu gabinete. O vento de inverno uivava. A fita colada na janela quebrada se soltara. O vento frio abria caminho sala adentro.

Cabeça pesada, hálito acre. O decantador vazio de conhaque no chão, em meio a papéis, discursos, pôsteres. Basicamente tudo que dele conseguira atirar a esmo naquela noite longa e amarga.

Agachado no chão, dolorido, ele pegou o celular do bolso e ligou para Brix.

— Estou ocupado — disse o inspetor. — Eu ligo de volta quando não tiver nada melhor para fazer.

O tom de sua voz era azedo.

— Isso é importante. Não desligue na minha cara!

— Por que não?

— É sobre o caso Nanna. Liguei para a sua casa ontem à noite. Você não estava.

— Estava trabalhando.

— Eu descobri uma coisa. Você vai precisar dar uma atenção a isso. O apartamento...

— Fico feliz que você subitamente esteja tão cooperativo, Hartmann. Mas é tarde demais. O caso está encerrado. Definitivamente, desta vez. Encontramos o culpado. Não tem qualquer relação com você ou com o Rådhus. Foi um... — Ele fez uma pausa, como se achasse desagradável o que estava para dizer. — Um assunto de família, de certa forma.

Hartmann ficou em silêncio, deu consigo mesmo olhando com vergonha para a desordem à sua volta. As garrafas. O lixo no chão.

Com a cabeça pesada, a garganta seca, ele foi até a mesa e se sentou.

— Quem...?

— Você verá nos noticiários em breve.

A fotografia encontrada por Morten ainda estava lá. Nanna, sorrindo, o braço enlaçado no seu. Olhando-o no rosto.

Ele nem chegara a perguntar o nome dela.

— Alô? — disse Brix.

— Ele está morto?

— Não foi o que eu acabei de dizer? Ouça, Hartmann. Eu tenho muito o que fazer...

— Tem mais uma coisa.

Ele ouviu o inspetor suspirar do outro lado da linha.

— Seja breve.

O cheiro encorpado de mogno. As dourações. Os afrescos. A cela acolhedora e confortável que confinava Troels Hartmann parecia envolvê-lo, sussurrar como uma sereia sedutora em seu ouvido.

— É só que...

A voz rouca se calou. Ele não conseguia falar.

— Mando alguém no meio da semana se você quiser — atalhou Brix. — Boa sorte com a eleição. E a propósito. Não pense em nos pressionar, como fez o seu antecessor. Não vai voltar a acontecer.

A linha ficou muda. Hartmann encontrou o controle remoto. Ligou a TV. Escutou o noticiário:

— Poul Bremer sofreu outro derrame ontem à noite. Ele retirou sua candidatura à prefeitura de Copenhague. Bremer foi prefeito por 12 anos. Nosso editor de política sustenta que, com essa decisão, é certa a eleição de Troels Hartmann...

Uma batida na porta. Uma loira sorridente de vestido verde entrou na sala. Ela trazia os jornais.

— Bom dia — disse ela, em tom jovial.

Olhou para a bagunça, para o estado dele, ainda sorrindo. A janela quebrada.

— Vamos dar um jeito nisso — disse ela. — Haverá uma sessão de fotos mais tarde. Vou mandar vir alguém para consertar o vidro.

Foi até a mesa, estendeu a mão. Ele a apertou. Quente e macia.

— Maja Randrup. Eu sou a substituta de Rie Skovgaard. Morten me contratou. — Ela colocou alguns papéis à frente de Hartmann. — Morten me pediu para digitar o seu discurso. Eu li. Muito bom.

Com passos delicados, ela começou a recolher as coisas do chão. O paletó dele. O copo vazio. O decantador e as pastas. Ainda sorrindo.

— Sugeri algumas mudanças depois que fiquei sabendo de Bremer — disse ela, colocando de pé uma cadeira. — Eu e Morten acreditamos que deram o tom certo. Solidário mas determinado a fazer o que é certo para a cidade. Deixando clara a intenção de incorporar as partes boas do legado de Bremer, construir a partir disso e acrescentar a elas as suas políticas.

Maja olhou em volta, conferindo tudo. Agitou a mão, perguntando:

— Tem um chuveiro aqui, certo? Você tem as suas coisas para se barbear. Vou buscar roupas limpas. — Não esperou por uma resposta. — Precisamos que você esteja pronto em 45 minutos. — Pegou o decantador de conhaque. Ficou segurando-o. — É uma pena que você vença dessa forma. Mas vamos admitir: vencer é vencer. Você vai ter um tempo livre na agenda depois da coletiva de imprensa. Morten acha que você deve aproveitar. Ir para casa. Ficar longe dos olhos do público o máximo que conseguir nos próximos dois dias. A campanha está encerrada. Agora é só esperar.

Ela abriu as janelas. O vento frio de novembro ficou mais forte, fazendo-o tremer, tiritar os dentes. A mente imersa numa dor anestesiada, embotada.

Sons do trânsito. Ainda escuro. A luz azul do letreiro neon do hotel.

Ele se sentou à mesa, a mente ainda entorpecida, olhou para ela. Uma mulher atraente. Trinta e poucos anos. Saia apertada, de um verde vivo. Belo corpo. Sem anel no dedo. Ela sabia que ele estava conferindo.

Maja pegou a fotografia dele com Nanna.

— Vou levar isso — disse ela, e saiu da sala.

A advogada se encontrou com Pernille no corredor circular em frente à carceragem.

— Ele terá uma audiência hoje pela manhã. Depois, provavelmente o mandarão para a penitenciária de Vestre. Eu, se fosse você, não desperdiçaria dinheiro tentando conseguir fiança.

Lis Gamborg. A mesma mulher que havia defendido Theis antes, e Vagn também, quando Theis exigira. Pernille não conhecia muitos advogados. Nem desejava.

— Sinto muito — disse ela. — Ligo quando souber a hora da audiência.

Então se foi.

Pernille ficou parada no corredor estreito, olhou para fora. O dia raiava. Claro e limpo. No pátio abaixo, um grupo de policiais conduzia um homem grande de uniforme azul, algemado, com um curativo na têmpora, em direção a uma van.

Ela começou a correr.

Disparou pelas escadas em espiral, os pés voando. Empurrando policiais e guardas, advogados, tirando bêbados do caminho.

Dois lances depois, estava no estacionamento cinza de concreto. Cabeças se voltavam, pessoas começaram a gritar.

Ele estava no centro do pátio, um policial em cada braço, caminhando do jeito de sempre. Cabeça erguida, olhos à frente. Boca fechada. Mudo e aguardando o que o dia reservasse.

— Theis!

Os policiais a viram agora.

Ele também.

Uma policial foi na direção dela, agarrou-lhe o braço.

Pernille se desvencilhou, agitando os braços. Livrou-se da seguinte.

Correu e correu.

Dois guardas o seguravam, mãos a postos nos cassetetes, olhando em volta.

Sob a luz de um amanhecer rosado de inverno, Pernille Birk Larsen abriu caminho pelo pátio estreito à base de chutes e socos e gritos, atirou-se nele, os braços no seu pescoço, as pernas no tronco de árvore maciço que era o seu corpo.

Rosto contra rosto. Pele macia contra barba áspera. Palavras que ela nunca lembraria; não que importasse.

Sua força na dele. A dele na sua.

Brevemente entrelaçados. Um amor sem palavras. Uma união reafirmada.

Quando a arrancaram dele, Theis Birk Larsen ficou parado, grande demais para ser movido com facilidade.

Ela nunca soube o que havia em seus olhos. Nunca saberia. Nunca quis. O que importava estava no coração, e ali eles eram um.

Oito e meia. Terno limpo, camisa limpa. Ar limpo no gabinete. Um aerossol mascarava o fedor de conhaque deixado pela noite. Nenhum papel no chão.

Maja Randrup estava à frente dele. Arrumou sua gravata. Uma conferida nos cabelos. No rosto.

— Não se coloque como vitorioso — disse ela. — A imprensa deve dar a eleição por encerrada. Ninguém mais pode vencer. Mas um pouco de humildade não faz mal a ninguém.

Ela deu um passo para trás a fim de admirá-lo, como um vitrinista julgaria um manequim.

Estendeu-lhe o discurso.

Troels Hartmann não olhou para os papéis. Não precisava. Sabia cada palavra.

O sorriso dela diminuiu por um momento. Ele se perguntou se a decepcionara de alguma forma.

Decepcionar as pessoas não era bom. Elas lembravam. Usavam isso contra você.

Aquilo era política. Satisfação. Entrega. Imagem. Aparência. Coisas acima de todo o resto.

O olhar cáustico era dirigido à mesa, não a Hartmann. Ela falava da sessão de fotos. Da necessidade de uma personalidade consistente, visível.

— Não precisamos disso — decretou Maja, colocando a foto de Jack e Jackie debaixo do braço. — É muito... — Ela torceu o nariz arrebitado. Um gesto de que Hartmann gostou. — Muito velho.

De camisa nova e perfume novo, sentindo-se alheio mas não tão mal, Troels Hartmann esperou. Instruções.

Uma batida na porta. Morten Weber assentindo. Para ela, não para ele.

— Ele está pronto? — perguntou Morten.

Ela fala. Troels Hartmann não escuta. A um gesto de Morten, ele sai do escritório, atrás do homenzinho de cabelos cacheados revoltos e óculos baratos de armação dourada, passando pelo comitê de campanha do Partido Liberal, pelos corredores reluzentes, por portas que se abrem, por rostos curiosos.

Próximo ao grande salão, Morten Weber começa a bater palmas. Maja Randrup faz o mesmo. Os aplausos pegam fogo como em mato seco.

Ele caminha rumo à grandeza bem-polida do plenário da Câmara, um lugar tão claro que ofusca seus olhos.

Ele vê as portas. Para. Então as atravessa.

Vê as câmeras, os rostos, as mãos aplaudindo, as mãos aplaudindo.

Fica de pé na tribuna, ao lado do grande trono de Copenhague.
Vai até o assento envernizado, leva a mão firme à madeira antiga.
Volta-se para a multidão, as câmeras, os rostos cheios de expectativa.
E sorri.
E sorri.
E sorri.

Catorze

Um dia claro, pintado em cores esparsas. O inverno caía sobre Copenhague, a brisa do mar cortante e fria, o sol forte e ofuscante. Sarah esperava do lado de fora do hospital, tremendo na fina capa de chuva. Seus pertences ainda estavam no porão do prédio de Vibeke. Apenas algumas roupas e um nécessaire fora o que ela levara consigo para o albergue próximo à Estação Central, onde havia se instalado perguntando-se o que fazer, para onde ir em seguida.

Ela estava prestes a entrar uma hora antes, então vira Hanne Meyer e suas filhas descerem de um táxi. Agora Sarah esperava, encolhida no casaco azul fino demais, encostada numa parede, fumando, apertando contra si a pasta que Jansen surrupiara para ela aquela manhã, repassando as opções na sua mente hiperativa.

Às 10h45 elas saíram, encolhidas contra o frio.

Sarah enfiou a pasta dentro do casaco, cobriu o rosto com o capuz, ficou onde estava até sumirem de vista.

Então foi até a recepção do hospital, pediu para entrar.

Esperou dez minutos. Por fim foi conduzida por um longo corredor branco até um quarto individual. Bancado pela polícia. Era obrigatório, naquelas circunstâncias.

Ela entrou, por um momento se sentiu ofuscada pela luz que entrava pelas janelas.

Uma silhueta à janela. Roupão branco de hospital, pijama azul por baixo, cadeira de rodas prateada, reluzente.

Rosto pálido, barba por fazer. Orelhas grandes. Os olhos saltados pareciam mais tristes do que nunca. Uma bolsa de soro num suporte, a agulha enfiada no dorso da mão esquerda.

A televisão estava ligada. A coroação de Troels Hartmann como prefeito de Copenhague. Ele tomava seu assento no plenário da Câmara Municipal, acenando majestosamente para a plateia a seus pés, que aplaudia entusiasmada, aclamava o novo senhor do Rådhus.

Jovem e vigoroso. Cheio de energia e esperança.

Esperança.

Jan estava em frente a uma mesa redonda. Tinha na mão uma faca pequena e descascava uma maçã muito lentamente, a mangueira do soro se agitando a cada movimento letárgico.

— Trouxe um presente para você — disse Sarah, tirando duas bananas do bolso.

Ele olhou para as frutas amarelas, o rosto sem expressão.

— Eu sabia que você ia conseguir. Não conseguia ver o seu nome na parede do Politigården.

Pijama azul-claro. Roupão branco.

Hartmann começava a discursar na TV.

— Maldito — murmurou Jan.

Belas palavras. Nobres aspirações. O herdeiro natural de Poul Bremer.

— Ele acha... — Jan lutava para encontrar as palavras certas. — Ele acha que não ser culpado é o mesmo que ser inocente. Todos eles acham isso. Simplesmente lavam as mãos...

— Eu preciso...

— Eles mentiram para nós. Os alunos. Os professores. Aqueles filhos da puta do Rådhus.

— Você precisa...

— Todos. Sem exceção. Estavam se lixando para Nanna. Pensavam só em si mesmos.

Ele pegou o controle remoto. Hartmann ganhava fôlego. Falava de responsabilidade e coesão social. Integração e desenvolvimento sustentável.

O caso Birk Larsen estava morto e enterrado, de uma vez por todas. Não havia sido mencionado pela imprensa durante toda a manhã.

Jan desligou a TV. O silêncio pesou no quarto.

Sarah tirou de dentro do casaco a pasta que Jansen lhe dera.

Ele a observou esvaziar o conteúdo na mesa, colocar ao lado das bananas.

Fotografias. Novas.

— O que você quer? — perguntou ele em voz aguda, falha.

— Você precisa saber de uma coisa. Algo...

Aquilo não lhe saía da cabeça desde a morte de Vagn Skærbæk. As fotos de Jansen apenas fizeram com que os pensamentos corressem mais rápido, como um filme que se descortinava na sua imaginação. Havia evidências ali. Pontos gritando para ser ligados. Se apenas alguém ajudasse... Alguém que confiasse nela.

— Olhe — disse ela. — Eu consigo ver. Você também vai conseguir.

Pela mata escura, onde as árvores secas não oferecem proteção, Mette Hauge corre.

Ofegante, tremendo de frio na calça jeans esfiapada e na camiseta rasgada, pés descalços pisando em falso na lama pesada.

Raízes cruéis prendem seus tornozelos, galhos ameaçadores lhe rasgam os braços fortes e exaustos. Ela cai, levanta, desvencilha-se com esforço de valas repugnantes, tentando fazer o queixo parar de bater, tentando pensar, ter esperança, esconder-se.

Dois fachos ofuscantes a seguem, como caçadores atrás de um cervo ferido. Aproximam-se lentamente em zigue-zague, atravessando a terra desolada de Pinseskoven, pela Floresta de Pentecostes.

Troncos branco-prateados emergem do solo sombrio como membros de cadáveres antigos congelados nos últimos espasmos.

Mais uma queda, a pior. O chão abaixo dela desaparece e, com ele, suas pernas. Tateando o vazio, gritando de dor e desespero, a jovem cai na vala imunda e gelada, tromba com pedras e toras, patinha em cascalho afiado e cortante, sente a cabeça e as mãos, os cotovelos e joelhos se chocarem contra o chão duro mas invisível que espreita de baixo.

A água gelada, o medo, a presença deles não muito distante.

E uma tempestade selvagem ruge em sua cabeça.

Ela pensa nos pais, sozinhos na sua fazenda distante. Um mundo pequeno e tranquilo deixado para trás.

Pensa naquele dia, no pequeno comprimido cor-de-rosa que lhe deram. Na barato, no entusiasmo, nas promessas. Nas exigências.

Uma correntinha de ouro barata no pescoço dela. Um coração preto de vidro. Uma tatuagem inacabada no tornozelo.

E então veio a fúria. A magia ácida de Christiania produzindo sua lívida feitiçaria. Nela. Neles.

Na região deserta além de Kastrup. Escondida em meio ao mato amarelado, os dentes tiritando, o sangue pulsando rápido.

Uma iniciação pela qual ela pediu. Um ritual que não pode rejeitar agora.

Mette Hauge corre, sabendo que está perdida. À sua frente, o que a aguarda não passa da desolação, e depois, a gelada barreira cinza que é o mar.

Mas ainda assim ela foge, e cai.

Cai e espera, os punhos fechados e prontos.

Isso, Sarah vê com absoluta clareza em sua mente incansável.

— As fotografias...

Jan não as olhava.

— Eu pedi ao Jansen que repassasse algumas coisas. Tudo que tínhamos. O que restava no depósito da Merkur.

— Achei que você tivesse sido demitida.

— A necrópsia de Mette. A fita da garagem do Rådhus. Nunca olhamos como deveríamos. Você precisa *olhar*.

Uma fotografia foi passada sobre a mesa.

— Havia traços de uma tatuagem no tornozelo esquerdo da Mette. Um coração preto. Inacabado. Acho que foi feita no dia da morte dela. Era parte do... ritual.

Jan olhava pela janela, ofuscado pelo dia iluminado de inverno.

— Não foi feita em um estúdio. Nem com agulhas profissionais. Eles é que fizeram. Fazia parte da cerimônia. Um teste. Você tinha que passar por isso para ser aceito.

Jan fechou os grandes olhos, suspirou.

— Havia uma gangue chamada Corações Negros. Pequena. Eles distribuíam maconha, ácido e cocaína de Christiania a Vesterbro.

Mais papéis.

— Havia mais informações nos arquivos. A gangue se separou pouco tempo depois do desaparecimento de Mette.

— O que você está dizendo, Lund?

— Estou dizendo que Mette andava com eles. Queria se juntar à gangue. Por isso deram a ela o colar. Fizeram a tatuagem. Havia um rito de iniciação...

— Você já disse isso.

— Se ela quisesse entrar, precisaria...

Fica mais claro à medida que ela fala. Sua respiração se torna arfante. A cabeça começa a girar.

— Fazer o quê?

— Deixar que eles fizessem o que quisessem. Tomar qualquer droga que lhe empurrassem. Era uma gangue de motoqueiros, Meyer. Você sabe do que eu estou falando. O que ela teria que pagar...

Pagar o preço.

Dois homens. Um de quem ela gostava. Outro que odiava. Ambos tinham agora o ácido do mesmo comprimido cor-de-rosa circulando nas veias. Uma besta solitária, um único propósito.

Acuada na lama e no lodo, seminua, gritando para o céu que se abate sobre ela, Mette Hauge os vê.

Sente-os.

As mãos nela, os dedos lhe arrancando as roupas.

Encara a decisão.

Ceder ou lutar.

Um punho em seu rosto. Um estalo de osso. Um grito de medo e dor.

Uma escolha feita. Na Floresta de Pentecostes, onde ninguém pode ouvir.

— Aqui — disse Sarah.

Outra fotografia. Nanna em frente à sala da segurança do Rådhus, falando com Jens Holck, pedindo as chaves do apartamento na Store Kongensgade, dizendo que está de partida.

A imagem havia sido ampliada.

No pescoço da jovem, borrado pela ampliação, o que parece ser o colar com o pingente de coração preto.

— Ela o colocou depois da festa de Halloween. Nanna já estava com o colar.

Pernille e Lotte haviam dito, as duas... Ela vivia bisbilhotando gavetas, procurando onde não deveria, pegando coisas sem pedir.

— Foi a própria Nanna que encontrou.

Mais fotografias. Um corpo flutuando de bruços na água. A necrópsia. As marcas deixadas pelas esferas de chumbo. Um rosto sem vida. Bigode grisalho e cicatriz. Uma marca semiapagada no braço.

Um coração negro.

— John Lynge. Retirado da água perto de Dragør no domingo. Morto a tiros de escopeta no peito e na cabeça. Ele tinha a tatuagem. Peguei a ficha. Quando atacava as garotas, fazia-as se lavarem antes. Cortava suas unhas.

— Nós inocentamos o motorista — disse Jan, com um gemido dolorido e enfadado. — Ele estava no hospital.

Sarah hesitou. Jan parecia frágil. Incomodado com a presença dela.

— Lynge recebeu alta às 7 horas da manhã seguinte. Conferimos os registros. Vagn telefonou para a agência dele pouco depois. A Birk Larsen também usava os serviços dessa agência. Por isso não vimos nada de mais. A agência deu a ele o celular de Lynge. Vagn falou com ele. Tentava evitar confusão. Pelo bem de Nanna...

— Mas...

— Vagn atirou em você. Vagn matou Leon Frevert. Matou John Lynge.

Aquilo estava claro.

— Você mesmo viu. Ele amava aquela família. Amava os meninos. Amava... — Pensando, imaginando. — Amava o que os Birk Larsen haviam se tornado. Algo que ele jamais seria capaz de construir para si mesmo.

— Lund...

Ela descascou a banana mais próxima, deu uma mordida, gostando da forma como as imagens se formavam à medida que falava.

— Vagn não tinha a tatuagem do coração negro. Aquela parte da mata para onde ele levou Theis não foi onde Nanna foi atacada. Não há qualquer evidência de que ela tenha estado ali. Vagn não sabia. Porque ele não a matou.

Jan cobriu o rosto com as mãos, parecia prestes a chorar.

* * *

Manhã de sábado, o dia seguinte à festa de Halloween, em frente à casa de Humleby. Claro e ensolarado. Máscaras de monstro feitas em papelão, ainda da noite anterior, eram sopradas pelo vento na rua.

Vagn Skærbæk caminhava em volta dos andaimes e forros plásticos, parando para gritar com o rosto furioso atrás da janela de vidro azul do porão.

Alguém caminhava na sua direção, vindo da grama verde do parque Enghaven. Em breve Anton e Emil brincariam ali com as bicicletas que Vagn reservara na loja de brinquedos em Strøget, pelas quais pagaria com algum dinheiro que conseguira revendendo bebidas contrabandeadas. Em breve...

O homem que se aproximava era alto e musculoso. Ele parou em frente à casa, conferiu o número, olhou para o Ford.

— Olá. Eu sou o John. Você ligou a respeito do carro.

Mais uma olhada para a perua preta.

— Não parece estar amassado.

— E não está. Não tem nada de errado com o carro.

Uma pausa.

— Você olhou dentro?

— Foi um mal-entendido, ok? Um mal-entendido.

Os dois homens ficaram em silêncio por um momento, olhando-se.

— Eu não conheço você? — perguntou Vagn, sentindo subitamente a impressão de que já o vira antes.

— Se está tudo certo com o carro... — começou o homem.

— Eu conheço você.

— O que aconteceu?

— E tem importância? Você o recebeu de volta. Em perfeito estado. Não podemos deixar as coisas assim?

Rosto pálido, talvez doente. Roupas baratas. Bigode hippie grisalho. Cicatriz na face direita. Uma memória nadava na cabeça de Vagn, provocando-o, recusando-se a aflorar.

Fora uma noite longa e difícil. A discussão com Nanna no apartamento onde a encontrara depois do telefonema de Frevert ainda o incomodava. Tentando achar alguma verdade nas mentiras que ela gritava, cuspindo, arranhando-o com as unhas.

— Você não vai à polícia, vai? Ela é uma menina boa, na verdade. Não roubou o carro. Tinha um moleque indiano com ela. Meu Deus, se eu coloco as mãos nele... Encontrei o seu crachá no assoalho. Aqui...

O homem da cicatriz pegou o crachá e as chaves.

— Eu não gosto da polícia — disse. — O carro parece estar em ordem. Vamos esquecer isso. Sem problema.

— Eu conheço você — repetiu Vagn. — Talvez da agência. A gente às vezes chama alguém de lá...

Aquela manhã brilhante estava estranha e atordoante. Ele pouco dormira na casa em Humleby, ouvindo os gritos e apelos dela, trancada no porão, um andar abaixo.

Agora a voz jovem vindo do outro lado dos andaimes e dos forros de plástico estava aguda e estridente outra vez, e ficava mais alta.

Perdendo a paciência, Vagn foi até a porta da frente, agachou-se, olhou pelo vidro azul para o rosto colérico no porão.

— Nanna, pelo amor de Deus, cale a boca! Você vai ficar aí até eu conseguir falar com o seu pai. Vou voltar ao meio-dia. Pelo menos sei onde você está.

Com os olhos voltados para a janela, sacudindo os cabelos loiros, ela gritava:

— Vagn, seu idiota...

— Espere, droga! Você sabe que eles estão viajando. Tiraram um fim de semana de folga. Para descansar de você, inclusive.

Ela então se calou.

— O que você acha que o seu pai vai pensar quando souber, hein? Caramba. Roubar um carro...

— Eu não roubei a porra do carro!

— Então foi o seu namorado indiano. Você é filha do Theis, droga! Esqueceu?

O homem ao lado do Ford preto escutava.

Vagn mal notava. O homem imaginava o que Nanna estaria vestindo.

— E tire essa droga de colar antes que o seu pai volte. Se ele vir isso...

Ele deixou o comentário no ar. Voltou à rua, ao homem que conferia o porta-malas do carro.

— Não está faltando nada, está? — perguntou Vagn.

A tampa foi rapidamente fechada.

— Nada.

— Malditos adolescentes — resmungou Vagn. — Por mim, ela pode ficar naquele buraco até apodrecer. Se o pai dela souber...

O estranho escutava.

— O que ela fez?

— Melhor nem saber. — Vagn pegou o celular. Tentou ligar outra vez. Caixa postal. — Atenda, Theis. Preciso trabalhar.

— É melhor deixá-la aí — disse o estranho. — Adolescentes precisam de uma lição.

Um uivo veio da casa.

— Ela vai ouvir muito — murmurou Vagn, e gritou mais impropérios para a janela azul.

Era inútil. Nanna nunca dera atenção ao que ele dizia. Ao que ninguém dizia, na verdade.

Então ele deixou o carro com o homem vagamente familiar e voltou irritado para o depósito, praguejando entre os dentes, fazendo malabarismo com telefonemas e cronogramas de trabalho, coletas e entregas. Perguntando-se como daria um jeito em tudo aquilo, quanto mais fazer tudo correr às ordens, como deveria.

Vinte minutos depois, Vagn caiu no sono na cadeira do escritório. Não se mexeu por três horas. E então um pesadelo cruel, pungente, acordou-o com uma lembrança assustadora. Uma sensação real demais. Real demais.

Um dia claro. Um dia vazio.

John Lynge olhou para o Ford preto. Não conseguia parar de pensar na voz esganiçada que vinha da casa, pelas janelas de vidro azul.

Uma voz de mulher. Forte e fraca ao mesmo tempo. Jovem e experiente também.

Uma voz de mulher.

Ele olhou para a rua vazia com casas cinza. Foi até a janela. Podia vê-la pelo vitral. Cabelos cacheados. Rosto bonito. Olhos suplicantes.

— Me tira daqui, moço.

Mais uma conferida cuidadosa na rua deserta em Humleby. Um lado. O outro.

— Me tira daqui antes que aquele idiota volte.

Pouco depois das 10 horas. Teria bem uma hora à disposição.

— Por favor. Eu lhe dou alguma coisa. — Ela fez uma pausa. — Algum dinheiro.

Novembro. O mês que ele sempre escolhia. Não esperava que a oportunidade surgisse tão cedo. Logo no primeiro dia. Mas nunca tardava. Sempre surgia desde aquela primeira vez que colocara as engrenagens em movimento e que funcionavam como um relógio desde então, uma vez por ano.

— Ok — disse ele, e voltou ao Ford para pegar a maleta que colocara no porta-malas na noite anterior.

Abriu-a.

Tesouras e uma garrafa de éter. Uma mordaça. Duas facas, dois rolos de fita adesiva. Uma chave de fenda e um cinzel. Um frasco de sabonete líquido, uma esponja e lenços umedecidos. Duas embalagens de preservativos e uma embalagem de lubrificante. Ele era um homem cuidadoso, e sempre andava preparado.

— Moço! Ei! — gritava a jovem voz do porão.

Lynge fechou a maleta, foi até a porta. Além do mais, eles tinham deixado as ferramentas ali. Um pé de cabra, esperando, implorando.

Aquilo foi fácil.

No fundo das escadas, a porta estava trancada e fechada a ferrolho. A bolsa berrante dela estava do lado de fora, aguardando até que ela decidisse ser uma boa menina, imaginou ele.

Lynge a pegou. Lenços de papel, carteira, telefone. Uma embalagem de preservativos estampada com um casal feliz. Nus. Sorridentes.

Ele a levou aos lábios e beijou a fotografia. Riu consigo mesmo.

A jovem chamou do outro lado da porta.

— Estou aqui. Não se preocupe.

Sarah estava inquieta na cadeira, piscando à forte luz do sol. Havia mais fotografias na pasta de Jansen. Ele fizera um bom trabalho. Correra muitos riscos para ajudá-la.

— Vagn contou ao Theis que tinha recebido o telefonema falando sobre Nanna. Acabaríamos descobrindo. Ele a fez passar a noite trancada no porão da casa em Humleby. Mas foi Lynge quem a atacou. Tirou-a de lá pela manhã e a levou para algum outro lugar.

— Por que Vagn não foi à polícia?

A voz dele estava sensível, magoada.

— Ele não se deu conta de quem era até Nanna ser levada. Ligou outra vez para a agência que a Birk Larsen usava. Vagn estava conferindo. Ele havia se lembrado.

— Lembrado de quê?

— Vagn amava Nanna. Amava todos eles...

— Então por que disse que a matou? Por que não falou com a gente?

Sarah comeu mais um pouco da banana. Não disse nada.

— Você precisa de ajuda — disse Jan. — Você é que devia estar aqui. Não eu. Você destrói vidas, sabia disso?

— Meyer...

— Destruiu a sua. A minha. Destrói a vida de todo mundo e nem ao menos percebe, nem se importa.

— Eu me importo!

Uma enfermeira apareceu no corredor, olhou pelo vidro, tentou ver o porquê das vozes exaltadas.

— Eu me importo — repetiu ela, dessa vez mais baixo.

— Não. Você só acha que se importa. Quando as pessoas se importam, elas criam vínculos. Relacionamentos. Confiam em outras pessoas, e os outros confiam nelas. Você não tem vínculos, Lund. Não comigo, nem mesmo com a sua mãe ou com o seu filho. Você não tem mais vínculos do que aquele maldito Hartmann. Ou o Brix...

Os olhos dele brilhavam. Sarah achou que ele ia chorar.

— Eu tenho uma família. Theis e Pernille tinham uma até essa desgraça vir e rasgá-la em pedaços. Com um pouco de ajuda nossa. Não se esqueça disso...

— Eu me importo — sussurrou ela, sentindo as lágrimas embaçarem também seus olhos.

Jan não era um homem cruel. Nem mesmo duro. Ela o julgara mal a princípio. Ele não queria feri-la. Apenas não entendia.

— Não foi Vagn. Quando você sair daqui, voltar ao trabalho... Você pode consultar os arquivos. Eu estou perto. Droga. Você precisa me ajudar...

Jan Meyer jogou a cabeça para trás e urrou.

* * *

Vinte anos antes, telefones celulares custavam uma fortuna, de forma que uma empresa ordinária à beira da falência como a Merkur tinha apenas dois. Aage Lonstrup estava embriagado no escritório, nem desconfiava que um dos aparelhos havia sumido. Não fazia ideia do fim que haviam levado os biscateiros que trabalhavam no turno da tarde. Nenhum serviço programado nas planilhas. Nenhum futuro à frente.

Vagn Skærbæk folheava a agenda, tentando manter o navio à tona. Preocupado. Com dinheiro. Com amizade. Com o futuro.

O tijolo preto sobre a mesa tocou. Tão baixo que mal se ouvia.

Vagn ouviu.

Um pedido assustado, inarticulado, de socorro.

Ele olhou para Lonstrup, roncando à mesa.

Foi até Vestamager numa van da Merkur, seguindo por estradas estreitas, passando por cercas que isolavam o que um dia seriam casas novas e uma linha do metrô que levaria à região abandonada às margens do cinza Øresund, passando, vastidão adentro, por placas que alertavam sobre a área de tiro do Exército.

O coração batendo forte, a mente disparando.

Encontrou duas motocicletas às margens de um canal preto. Uma, a Triumph, ele conhecia. A outra, uma Honda menor e mais barata, não.

Pensou por um instante. Abriu as portas traseiras, desceu a rampa, empurrou as duas motos para dentro, ofegando.

Novembro. A noite caía. Nenhum som a não ser dos aviões chegando e partindo do Kastrup.

Ele poderia ter virado as costas e ido embora. Para o pequeno apartamento que chamava de casa. Reaberto os livros, voltado a se dedicar ao curso técnico em pedagogia. Tentando reunir os pedaços de uma vida que nunca começara de fato.

Mas dívidas eram dívidas. Havia vidas a serem salvas. A consciência é como uma ferida. Depois de cutucada, ela continua a sangrar até que algo, alguma ação estabilizadora, apareça e a estanque.

Então Vagn pegou a lanterna no fundo do carro e entrou na mata, chamando o nome dele vezes a fio.

— Obrigada — disse a jovem quando Lynge arrombou a porta do porão.

Bonita. Loira. Cansada. Irritada.

Não assustada. Ainda não.

Ele se virou e fechou a porta atrás de si.

Uma hora depois, estariam em outro lugar. Nos alagadiços. Uma cabana de caçador. Um depósito de madeira. Ele conhecia bem a Floresta de Pentecostes. Sempre conseguia encontrar um lugar por lá. Poderia lavá-la na água preta e gelada, cortar suas unhas, fazê-la sua.

— Eu vou embora agora — disse ela.

Lynge encostou-se à parede. Contemplou.

Duas décadas. Uma jovem todo mês de novembro, como um presente de Natal antecipado. Geralmente putas e vagabundas. Lixo às margens do mundo, como ele. Tantas, com o passar dos anos, as lembranças se confundiam.

Mas aquela era diferente. Aquela era bonita e jovem e pura.

Ele abriu a maleta, pegou a mordaça e o vidro de éter, colocou-os no chão. Tirou o cinto, puxou um pedaço de fita adesiva, cortou com os dentes.

Avançou para a jovem no instante em que ela começou a gritar. Braços fortes na cabeça dourada, dedos fortes cobrindo a bela boca com fita, um safanão na cabeça para atirá-la no chão.

Fácil, pensou ele.

Sempre era fácil. Além do mais, elas imploravam por aquilo.

John Lynge olhou para o relógio. Então começou.

— Por que Vagn faria isso?

— Eu preciso ter certeza. Não quero fazer mais uma besteira. Causar mais dor.

— E isso é possível?

— É. É possível.

Ele piscou. Pegou a faca, voltou a descascar a maçã, sem perceber que a polpa exposta já começava a ficar marrom.

A mangueira transparente no seu braço sacudia sob a bolsa pendurada no suporte prateado.

— É melhor você ir embora — disse ele.

Sarah não lhe mostrara a última fotografia. Ainda não era o momento. Depois. Quando ele estivesse melhor. Quando se recuperasse.

— Você logo vai voltar ao Politigården. Assim que Brix cair em si. Depois que você consultar os arquivos, eu vou lhe dizer o...

— Saia! — gritou ele.

— Eu preciso de você! Preciso da sua ajuda!

Uma enfermeira entrou apressada porta adentro, segurou o braço de Sarah.

— Meyer, quando você voltar ao trabalho...

Ele levantou a faca, apontou-a para o rosto dela.

A lâmina chegou perto demais. Sarah ficou calada. Assim como a enfermeira.

— O que você disse?

— Quando você voltar ao trabalho — sussurrou ela, reparando nele de verdade pela primeira vez. Notando a forma estranha, imóvel, como estava sentado. A força com que sua mão esquerda agarrava a roda da cadeira.

Não havia muletas no quarto. Nenhum dos sinais de recuperação que ela talvez esperasse ver.

Jan Meyer agitou a faca em frente ao rosto dela e então a voltou para cima, segurou com força o cabo de madeira, enterrou a lâmina na perna da calça azul do pijama com força insana, deliberada.

A enfermeira gritava. Assustada, Sarah ficou imóvel e gelada na cadeira.

Ele soltou o cabo. A faca estava cravada na sua coxa, firme, reta. O sangue começou a vazar pelo tecido azul. Jan a encarava com seus tristes olhos saltados.

Sem dor. Sem qualquer sentimento. Ao ver isso, ela se perguntou por que não fizera a simples e gentil pergunta quando chegara.

Como você está?

Não que não quisesse saber. É que havia perguntas mais urgentes. Só isso.

— Saia daqui — implorou Jan. — Pelo amor de Deus, me deixe em paz.

Um médico e um enfermeiro a arrastavam para a porta, outro acorreu a Jan, arrancou-lhe a faca da perna.

Uma mancha escura de sangue se espalhava no tecido azul. Crescendo lentamente. Nenhum sinal de dor no seu rosto barbado. Nenhum indício de que sentia qualquer coisa.

Eles seguravam os braços de Sarah. Forte demais para que ela pudesse oferecer resistência.

Havia algo que ela queria dizer, mas não conseguiu.

Algo...

A pena de Theis Birk Larsen seria de no máximo três anos. Essa era a aposta no Politigården.

Três anos, com liberdade condicional depois de cumprida metade da pena. Estaria livre em 18 meses. Theis e Pernille sobreviveriam, talvez ficassem mais fortes, de uma forma estranha, cruel.

Lá fora, o céu escurecia. Chuva a caminho. Neve, até.

Vibeke pegara de volta o Fusca verde. Então Sarah caminhou até a estação e comprou um bilhete para Vestamager, sentou-se no trem vazio, ficou vendo pelas janelas a cidade desaparecer. Depois de algum tempo não havia nada além de uma vastidão desolada que ficava para trás em borrões à medida que se aproximava o fim da linha.

Eram três figuras junto à vala rasa e lamacenta escondida em meio ao mato amarelo, não muito distante de um canal estreito. Uma, a menor, uma mulher seminua e ensanguentada, inerte. O segundo, um homem com bigode estilo Zapata e cicatriz no rosto, tatuagens e cabelos compridos e escuros, os olhos desvairados e gargalhando, sacudindo-a de tempos em tempos. O outro, o maior, encolhido em posição fetal, os olhos inexpressivos e absortos, uma poça de vômito ao lado do cabelo ruivo.

— Theis — chamou Vagn.

Os olhos estreitos se ergueram para ele. Pupilas pretas e vidradas, vazias e profundas como as águas do canal.

— Meu Deus. O que você fez dessa vez?

O sujeito com o bigode ridículo parou de sacudir a jovem, tirou uma garrafa do bolso. Tomou um gole de cerveja, passou-a para Theis.

Vagn pegou a garrafa, atirou-a longe, gritou com os dois.

Por um bom motivo. A jovem estava morta. Aqueles dois estavam perdidos em um mundo imaginário de ácido onde nada era real.

Bifurcações na estrada.

Ele quis ir embora, deixá-los lá.

Quis telefonar para a polícia pela primeira vez na sua pequena e insignificante vida.

Mas dívidas deviam ser pagas. Consciências, corroídas. Estavam no Kalvebod Fælled, uma região desolada que ninguém visitava. Um lugar para esconder coisas. A dura escolha foi feita.

Então ele foi até a van da Merkur, entrou, enfiou-se atrás da Triumph e da Honda, pegou uma lona plástica e fita adesiva reforçada, voltou para perto do trio na lama. Chutou para trás o idiota de bigode quando ele protestou. Enrolou a jovem algumas vezes, passou fita até que o embrulho ficasse firme, como o tapete de uma mudança.

Jogou-a no canal profundo. Voltou e gritou com os dois até que eles fossem para a van, cambaleando.

O estranho se chamava John. Não queria ir embora de jeito nenhum. Parecia disposto a ficar ali, arrastar o corpo para fora da água, desembrulhá-la da lona da Merkur e começar tudo de novo.

Quando Vagn os tirou de lá, a noite se tornara escura como piche, úmida e amarga.

Nunca esqueceria aquele incidente. Vagn sabia disso. Entendia que havia se igualado a eles. Não era diferente.

Quando começou o asfalto e algumas placas sinalizavam o terreno da futura estação do metrô, ele desceu da van, ordenou aos dois que saíssem. Mandou que esvaziassem os bolsos, jogassem fora a maconha, o haxixe, o ácido e as pílulas. Gritou com os dois, fez ameaças até que tudo sumisse.

Vinte minutos depois, deixou John e sua Honda castigada em um beco próximo a Christiania e pensou: *Eu nunca vi o seu rosto antes e rezo para nunca voltar a vê-lo.*

Dirigiu até Vesterbro, escutando os gemidos roucos do homenzarrão no banco do passageiro, encolhido com sua vergonha e as lembranças que começavam a aflorar.

— Não posso salvar você duas vezes.

Havia vômito no assoalho. Vagn nem notara que ele havia vomitado no caminho.

— Estou falando sério, Theis. Você precisa parar com isso. Parar de andar com esses caras da gangue. Voltar com aquela garota legal. Aquela que gosta de você.

Nenhuma resposta.

Ele estacionou no meio-fio de uma rua não muito distante da ponte de Dybbølsbro, olhou para as putas que mostravam as pernas para os carros.

Voltou-se para o homem encolhido ao seu lado.

— Senão estará morto. Mais um inútil de Vesterbro a acabar no lixo.

Os astutos olhos estreitos o fitaram.

Vagn nunca conseguiu decifrá-los.

Ele abaixou a janela, deixou que o fedor de vômito saísse para o ar frio de inverno.

Levou a mão ao bolso, pegou o que tirara do pescoço da jovem morta.

— Aqui — disse ele, e o colocou à força na mão ensanguentada de Theis.

Um colar barato, com o coração preto de vidro.

— É seu agora. Quero que você se lembre. Quero que pense nisso e peça para que algo parecido nunca...

Ele ficou com raiva. Precisava gritar.

— Nunca volte para atormentar você. Não posso salvá-lo duas vezes. Mesmo que eu quisesse.

Uma batida na janela. Um rosto magro e emaciado, que já fora bonito. Uma garota de Vesterbro que Vagn conhecia de vista.

— Você está chorando? — perguntou ela, e parecia surpresa.

Ele engatou a marcha, tirou a van da Merkur dali.

Ao seu lado, Theis agarrava o colar. Olhava fixamente para o coração preto.

— Coloque isso no bolso — disse Vagn, e esperou que o outro obedecesse. — Fique com esse colar. Olhe para isso da próxima vez que algum cretino aparecer para colocar uma ideia idiota na sua cabeça idiota. Quero que você pense...

Dívidas assumidas, dívidas pagas. Eles eram moleques de Vesterbro e viviam à margem, sempre viveriam. O que fazia com que fosse ainda mais importante lembrar como era fácil escorregar e cair no abismo.

— Quero que você pense que, se um dia essa coisa voltar, vamos acabar de volta nesse pesadelo. Porque você vai libertar o monstro outra vez.

Nenhuma resposta.

Não somos assim, pensou ele. Não exatamente.

Vesterbro. Ruas sujas. Casas ordinárias. Putas e drogas. O mundo como ele é.

Um colar com um pingente de coração preto. Como uma maldição cigana. Theis Birk Larsen podia levá-la para o túmulo.

— Você não quer que isso aconteça — disse Vagn, dirigindo pela rua de paralelepípedos, fitando a distância sombria. — Ninguém quer.

Sarah pegou uma bicicleta no centro de estudos próximo à estação, pedalou debaixo da chuva gelada até os alagados e a mata. Encontrou a ponte baixa de metal, sentou no piso de concreto. Os braços sobre o parapeito, os pés balançando acima do canal. Da mesma forma como Amir El' Namen na semana anterior, com um triste buquê às suas costas, lágrimas rolando para as águas pretas onde Nanna morrera.

Estava em todas as fotos e documentos que Jansen encontrara. Já bastava. Sarah não precisava de Jan, na verdade. Era covardia sua. Até mesmo Brix escutaria se ela o convencesse.

Se...

Ela deixou essa decisão de lado e repassou o que sabia.

Nanna ia embora, levando consigo lembranças. Uma lembrança do pai, que nunca arregaçava as mangas quando trabalhava ou lavava pratos, nunca mostrava os braços quando a polícia estava por perto.

Mas uma filha veria aquelas antigas tatuagens. Uma filha faria a conexão quando encontrasse um colar com um pingente de coração preto escondido numa gaveta trancada. E uma filha amorosa em fuga iria querer levar uma memória para a jornada.

Vagn fez o que fez porque era quem era. O homem que dava um jeito nas coisas, que mantinha as engrenagens girando.

Nanna havia desaparecido da casa em Humleby. Havia sangue no porão, e o sangue levava à Floresta de Pentecostes.

Todos eram ciganos, como dissera a filha de Lonstrup. Seus caminhos se cruzavam constantemente com o passar dos anos, carregando móveis, fazendo negócios obscuros. Theis e Vagn e a criatura que era John Lynge, o primeiro homem que perseguiram e então deixaram ir, tentando permanecer vivos no lúgubre submundo de Vesterbro.

Ela enfiou a mão na capa de chuva azul. A garoa tentava decidir se se transformava em neve. E caía lhe gelando o rosto, gelando o rabo de cavalo contra seu pescoço.

Sarah pegou a última fotografia. Aquela que não mostrara a Jan.

Vinte e um anos antes. Uma ampliação Kodacolor desbotada. Em frente a uma casa hippie em Christiania, coberta de símbolos berrantes de paz e amor. Três pessoas. No centro, Mette Hauge, os cabelos compridos e sebentos, o rosto pálido e chapado. Uma inocente se desgarrando do caminho, por curiosidade e um senso infantil de busca de emoções. Como Pernille fizera um dia. Como Nanna também tentara fazer.

À esquerda de Mette, um homem de cabelos compridos e bigode estilo Zapata, testa franzida, olhos escuros fundos, o que parecia ser uma cicatriz recente de faca na face direita.

Tire os cabelos. Envelheça a cicatriz. Apare o bigode, torne-o grisalho. John Lynge.

Do outro lado, o jovem Theis Birk Larsen, grande e brutalmente altivo. Cabelos ruivos. Barba rala e ruiva. Sorrindo triunfante para a câmera. Calça jeans azul, casaco jeans sem mangas com estampas da gangue. Um braço possessivo envolvendo os ombros de Mette. O rei do bairro. No seu musculoso bíceps direito, apenas discernível, uma série de tatuagens. Entre as quais o que parecia ser — tinha que ser — um pequeno coração preto.

Havia apenas uma resposta para a charada que ela se recusara a decifrar no hospital. Atormentado pela dor e pela culpa e pela vergonha, Vagn Skærbæk sacrificara a própria vida para manter oculto aquele outro Theis. Enterrara a verdade sobre Nanna por terror de que um pesadelo ainda pior emergisse da vastidão lúgubre do Kalvebod Fælled, junto com o Ford preto do qual escorriam água estagnada e sangue fresco. E levasse consigo o milagre secreto que amava — invejava — acima de tudo, os preciosos laços familiares que uniam Theis, Pernille e os meninos à face do mundo sombrio, indiferente.

Todos os pontos haviam sido ligados, na cabeça de Sarah ao menos, mesmo que para mais ninguém.

O vento murmurava nas árvores prateadas nuas da Floresta de Pentecostes. Ela escutou pios de coruja, os lamentos de uma raposa, o mundo respirando, farfalhando, girando. Na sua imaginação via todos os rostos mortos que John Lynge deixara para apodrecer debaixo das águas infectas, viu suas bocas abertas, ouviu-as gritar.

Foram os gritos delas e os de Nanna que ela ouviu naquela primeira manhã, antes da viagem para a Suécia, adormecida nos braços de Bengt Rosling, um homem que nunca mais voltaria a ver.

Gritos dos quais nunca se livraria. Uma culpa da qual não podia fugir.

Sentada no chão duro, com as pernas sobre a borda, Sarah Lund olhou para a imagem granulada que perdia as cores com a idade. Três rostos, dois mortos e um vivo, preso na sua própria culpa inarticulada.

Em 18 meses Theis Birk Larsen estaria de volta ao mundo, tentando reconstruir sua empresa, sua família, encontrar o homem que queria ser, afastar a criatura que um dia fora.

O assassinato de Mette Hauge. A prova estava em suas mãos.

Vendo a chuva gelada cair na velha fotografia em suas mãos, Sarah Lund apoiou o corpo no parapeito de metal, perguntando a si mesma se deveria soltá-la e deixá-la ir com as águas.

Este livro foi composto na tipologia Minion Pro,
em corpo 11,5/15, e impresso em papel off-white no Sistema
Cameron da Divisão Gráfica da Distribuidora Record.